U0854759

美人思无邪

下

中国出版集团 现代出版社

美人思无邪

目录

第一章 巧护麟儿

美人思无邪 下

破晓刚过，天蒙蒙亮，有人拿着东西进来了。

入夜后，六名医女就被从紫光阁转移出来，换到了另外一间宫殿。

也不知道是什么地方，只听领路的公公似是说什么“上路的地方……”，想必是宫中专门用来殉葬赐死的殿所，两个小医女当场又吓得哭起来。

殿室很大，却空空的，直到宫人们放下六张凳子，又将白绫放到案上，一个太监才扯着嗓子喊起来：“好了，请各位过来吧。”

几个医女缩到角落，死也不过去，惊恐地呜咽着：“不，我不想死……”

云菀沁攥住琴钗和听弦的手。

“进了宫，生死哪由得你自个儿说了算！”领头的老太监一记眼色使过去，两名年轻些的小太监上前去扯那三名哭得大声的医女。

求生欲望大，三人抱着柱子不放，一时竟怎么也拉不开。

两个太监累得气喘，领事老太监气得叫起来：“没用！连几个小丫头都搞不定！”两个小太监被斥责得脸色涨红，生怕受罚，放眼一瞧，只见那听弦长得瘦小，直起身子，先去找最好下手的一个。

听弦一声尖叫，被两个太监架了起来，拖到旁边用白绫套住脖子，合力将听弦拖到板凳上，准备吊上去。

“听弦——”琴钗叫起来。

云菀沁咬牙，冲过去推开两人。

两名太监踉跄了一下。听弦摔了下来，跌在地面的毯子上，被云菀沁一把搀起来，琴钗哭着扑上来：“听弦，你怎么样了？”

两个太监骂骂咧咧地起了身，唾了一口：“不想活了！”说着，朝三个女子走去。

云菀沁将琴钗和听弦挡在身后。

“还不滚开！”年轻太监卷起袖，呵斥一声。

“王妃……”琴钗在身后抱住云菀沁，呜咽着。

云菀沁将两人牢牢护住，琴钗和听弦冒着风险帮过她大忙，她承诺过，一定会倾尽全力地报答两人，今天一定要护住她俩性命。

面前女子半点不动，明明是蜷跪在地毯上，一派狼狈，但此时却乌眸铮铮，看得两个太监心里有些发毛，回头说道：“大人。”

老太监知道护住两个医女的是谁，不禁目色一动。这秦王妃的名声颇大，倒是听过，却还没见过。

女子半跪在地上，海藻般丰盛的秀发经过一番拉扯，早就瀑布般地散开，包裹着一张纤美脸颊，一身缟素宫裙掐住一握盈盈小软腰，宛如藤蔓缚住蛇妖般的娆媚妍丽。因为挣扎，衣襟半敞，露出抹胸上面的半弧形，中间沟渠隐隐乍现，雪白脸颊下巴尖尖，微微抬起一个角度，说不出的倔强，眸色漆如星辰，更是冷绝艳绝。

越是如此，越是宛如娇贵名花，让人忍不住想要拔地而起，狠狠欺凌。

难怪……

光这一身素衣打扮，一嗔一怒的味儿就足得很……难怪能得贵人们的喜。

老太监扒开两个太监，走过去托起她的下巴：“到这个境地还想着救别人？莫不是这会儿还当自己是个王妃？”这等的美人，还是个皇子妃，死到临头竟被自己碰上，运气简直好得爆掉了。

目光又顺着美人颈项往下滑了几寸，笑容更是顺着皱纹一层层蔓延。往日玩弄的那些低贱宫女肉糙，眼下美人肌肤却细腻宛如豚肉，凑近了细细一闻，还有天然醇香，比俗气的脂粉香味清幽，又比花草香更勾魂几分。

“啧，难怪秦王不愿意纳妾，得了先帝爷赐婚，脸色跟奔丧差不多，没一点儿高兴，原来家中已经收藏着不同凡响的美人……”老太监眯了眼，脸色陶醉。

云菀沁架不住一阵恶心，有什么东西从胃里奔涌上来，趁他合住眼不备，嘴一张，头颈一低。

“啊——”老太监一声惨叫，手已是鲜血淋淋，一看，恨不得咬缺了一块肉，火气腾腾而起，还没来得及说话，面前女子眉一颦，银口一张，似是终于忍不住，吐出几口酸水。

老太监被浇得一身呕吐物，手又疼得冷汗直冒，扬起手一巴掌甩了过去：“他妈的见鬼了！啊呸！敬酒不吃罚酒！”

“啪”一声，云菀沁耳朵轰鸣，应声趴倒在地，却强撑起身子，呸一口唾去，“狗东西！”

“还等什么！快把这些人都悬吊上去，不愿意的统统勒死，勒死！”老太监捂住伤口，气得大声吩咐。

云菀沁被两个太监架起来，与琴钗和听弦分开，眼见琴钗被人反手绑住，用白绫套住脖子，忍住疼痛冷喝道：“你们住手——”

“住手？自身难保了还叫人住手！杂家叫你今儿死得比谁都惨！”无根的人心性狭窄，睚眦必报。老太监昏黄眼球一转，冷笑道：“来人，将白绫拿过来！杂家亲自送王妃上路！”

接过三尺白绫，老太监往云菀沁颈上缠住两圈，双臂朝两边用力一拽！

“咯吱”一声，云菀沁只觉气在喉咙管中途被截住，无论如何也吸不进新鲜空气，只依稀看见老太监一双混浊眼球充满了阴险光泽：“若伺候伺候杂家，指不定还让你死得稍微舒服些，现在可知道错了——”

突然，门被人猛叩起来：“开门！”

几个小太监循声去望，正要去开门，老太监怕夜长梦多，加重了勒脖子的力气，骂道：“等一会儿，解决了再说！”

太监们不敢不从，停了下来。

门外的人不见殿内人来开门，急了，“哐当”一声巨响，有人竟将门扇用脚踹开。

老太监勒了一半，只觉得手臂被人拽起，整个人悬空离地，活活被人砸到地上，骨头都快断了，哀哀叫唤起来。再抬头一看，竟是东宫的年公公，再往后一看，男子袍下露出龙纹靴，不是太子又是谁？

老太监顿时呆住：“太子怎么亲自过来了，是来亲自行刑么……”

太子看了一眼趴在地上的女子，脖子上缠着白绫，脸颊上一个巴掌印，忽地脸色一变。二话不说，抬脚一下正踹那老太监的心窝：“行你娘的刑！狗奴才！”

说罢，拔了腰际防身的短刀，刀鞘一脱，上前两步，刀尖正戳入老太监胸口里。

老太监声儿都来不及出一下，咕噜两声，吐出两口血，倒地没气儿了。

其他几个行刑的年轻太监一见大惊，忙放下手里的医女，屁滚尿流地爬过来跪下，动都不敢动。

年公公交代：“将秦王妃送去疏影阁。”

疏影阁在皇宫西北一隅，靠近冷宫，因临着一片湖水，赐名疏影，平日寂静萧条，没人会过去。

几人哪敢多问，将秦王妃扶起来，朝殿外走去。

云菀沁经过刚刚那一勒，脑子昏昏沉沉，眼前发黑，使不出半点儿力气，但一双眼睛却死死盯住还在殿内的琴钗和听弦，又朝太子望了一眼，嘴一张，支起身子，似是想要说什么，却觉得一阵天旋地转，晕厥在太监手臂里。

年公公见状，吩咐身后的太医：“去给秦王妃看看怎么样了！”

太子带着一行人来之前，怕已经行了赐死，特意喊了东宫的一个亲信太医，万一有什么，也能当场施救。

太医急急上前，将秦王妃平放在地毯上，试了试呼吸，得知无大碍，捋起女子半截儿袖，手贴腕上，一边把着一边道：“太子爷放心，并没性命之虞……”

说着，却话音一止。

“怎么了？”年公公看出太医有点儿不对劲。

太医耐着性子，又重新把了一次，待确凿无误，起身跑到太子身边，凑耳说了几句。

年公公在旁边也听得清楚，登时一讶，望向太子。

太子并没说什么，只望向地毯上的女子，道："还不送过去。"

太监们慌忙将秦王妃搀了出去。

疏影阁，清雅甘甜的宁心熏香中，云菀沁清醒过来，已是第二天的傍晚。

脖子有勒过后的酸疼，她忍痛撑身坐起来，只见床幔外有个女子身影。

恁般熟悉，好像是郑华秋。

昨日开始，郑华秋就被太子调来伺候云菀沁，此刻见她醒了，忙上前。

也不知道是不是起得太猛了，云菀沁正要说话，却眼前一黑，又是一阵晕天转地。

郑华秋忙端热水来喂她服下，又拧了帕子给她揩汗。

云菀沁终于舒服了一下，掀了被子要下床："琴钗、听弦她们呢？"

"放心，"郑华秋将她小腕一捉，"那几个医女都没事儿，当日在殿里羞辱你的太监被太子刺死了，年公公又加了五具宫狱的死囚尸体一同放进棺材，填了殉葬的数，送去万寿山的献陵了。琴钗听弦等五名医女再不方便留在宫里了，年公公叫人给了她们足够余生用度的银子，连夜将她们送出宫。这会儿，都各自归乡返家去了。"

云菀沁一颗大石落了地："我身子也好了，麻烦郑姑姑跟太子那边传达一声。"

五个医女被送离了皇宫，她也一样，不好再留在宫里被人看见。

郑华秋知道她是想要出宫，看着她，犹豫了一下，终究道："秦王走了。"

云菀沁没懂什么意思。

郑华秋将前两天沈同知主动开城门，秦王带亲兵进宫与太子夜间私见，最后被景阳王拦下的事情，巨细靡遗地说了一遍。

云菀沁刚平静下来的心，又如波涛一般涌动起来，玉背仍旧渗出后怕的冷汗，自己与五名医女获救，竟是他冒着带兵进宫胁迫太子放人的风险。

郑华秋又道，宫中夜变的第二天，王府同时传来消息，秦王因病起不来身，贴身侍卫和王府长史进宫替主子上禀，请求去往封地。

秦王的封地为北方的陕西郡，距离驻守边关的沂嗣王只隔着一两个城池远，秦王奏请中提及如今北患深重，北上驻扎，也正好能为沂嗣王做后援力量。

秦王的奏请一提出，景阳王第一个附议赞成。

秦王夜闯一事，足可见其胆量和野心，朝野上下暗中震惊。虽有景阳王及其门客强行压制，仍是避免不了流言蜚语。秦王离开，对于京城的安宁也是件好事，一时之间，朝臣纷纷附和景阳王。

太子在群谏之下应下，一日后，下了监国之旨，准秦王带亲兵及阖府去往封地陕西郡。

如今，北城的秦王府，人去楼空，荒凉一座孤屋。

“王妃，秦王目前暂时离开，是明智之举，”郑华秋劝道，又记起什么似的，站起身，“将人带进来。”

云菀沁眼中波光微漾，说不出的彷徨与惶惑。

三爷自请北上护境抗敌，既能够避开太子刁难，韬光养晦，对于和太子现在紧绷的关系来说，也算是个缓解。

可……

他真的就这么走了？只留自己在京城？

正这时，脚步响起，一道身影扑进来，半伤感半喜悦：“娘娘！”

初夏进了宫。

云菀沁鼻头一酸，心头总算暖一些，用力撑起身子。

初夏将她上下又摸又端详，见没什么事儿，放心许多，哽咽道：“三爷叫奴婢留在京城照顾娘娘，今儿才被内务府的人接进来。”

郑华秋在旁边补道：“经了太子那边的允许，今后初夏姑娘就在宫里，跟在娘娘身边了。”

一听这话，云菀沁心中一动，这意思是自己还得继续留在宫里？

她强定心绪：“郑姑姑，劳烦你还是跟太子那边传达一声，我想见他一面。”

郑华秋应了一声。

云菀沁见她要走，想起什么，又问：“沈同知没事吧？”

为秦王开城门，不顾岗位职责，难道不会被降罪？

这次是初夏开口："放心，奴婢听施遥安说，三爷奏请离京时，跟景阳王特意提及了沈同知一事，只说当夜是以皇子强权和加急军务诱哄威逼沈大人开城，景阳王也从旁劝谏了几句，加上看在沈老将军的面子，所以沈同知除了罚俸，并没受什么重罚……只是……"

"只是什么？"云菀沁放下去的心又一提。

"只是那沈同知说自己脱不了责任，自请降职，调入宫内当侍卫当作惩戒。太子也准了，让他进宫当侍卫领班。"初夏道。

等郑华秋走了，初夏迫不及待上前，拉了她的手："三爷得知娘娘没事儿，一定会很高兴，娘娘快养好身子。"

云菀沁默然不语，半晌才道："初夏，你刚来宫里，许多事都不清楚，先下去找宫女熟悉一下规矩吧。"

初夏见她脸色有些疲倦，点点头，先退下去了。

室内静谧下来，眼皮终是承不住包裹的泪压，云菀沁喉咙一涩，低低哭出声来。

他将初夏特意留给自己，可他却走了……

道理她懂，可想要消化，却不是一时半刻的事。

纤指死死扣入床榻上的被褥里，她跪坐在榻上，娇容上冰凉液体无声地恣意流淌。因为怕惊扰到外面的人，所以她克制住喉间的饮泣声，不一会儿，泪水就湿了衣襟和腮前的发丝。

帘子外，一袭修俊身影站了多时。来了多久，就看了这一场梨花带雨图多久。

女人的眼泪不珍贵，喜欢用眼泪当武器的女人太多了。

可他从没见过她哭，她好像是个生来只会让别人哭的，可此刻，她却在为那个男人哭得厉害。

欲压且抑的流泪，克制的难过，让一具娇躯轻微颤抖，她哭得鼻尖粉红，眼皮肿翘，秀发也散落下来，紧紧抿着唇，生怕哭声太大。

沉默许久，他打帘，跨进去。

男子的步履声惊得她抬起头，一看来人，汲了眼泪，拿起帕子揩干净脸，又下了榻，却与他保持距离，声音恭敬，又不无冷清：“太子来了怎么也不叫人通知一声？”

“看你哭得畅快，哪敢吵了你的雅兴。”仍是昔日一样，略带三分顽劣的轻佻声音。

她喉咙一动，直接问道：“不知道太子什么时候让我出宫？”

“出宫？去哪里？北上去找老三？还是一个人回人去楼空的秦王府独居下来，等他回京？”他见她浑身竖起锋芒，反问。

云菀沁沉默。只听他声音加重几分：“孤顶着违逆遗旨、不孝不敬的千钧压力，将你们几个暗中换了下来，接下来的，你也得一切听孤的。”

云菀沁贝齿轻咬唇：“我知道太子是因为我才将那五名医女也救下来，这一点多谢太子。”

“顺手的事。反正都已经违了父皇的遗愿，换一个人是违旨，换六个也是违旨。”他谑慵道。

“她们被连夜送出宫，就是因为怕殉葬调包的事儿曝光，我也不能继续留在宫里，所以还请太子让我尽快出去。”云菀沁静道。

太子一声轻呵：“你跟她们的情况不一样。她们五个，祖籍全是外地乡间普通民户，打发回家也就没人会知道了。你呢？你现在出宫，无论是重回秦王身边做你的王妃，还是找个地方住下来，都会被人知道，到时候就前功尽弃。你只有留在宫里，孤才能保住你，才不浪费老三拼死拼活地保你一场。”

“我不懂，我留在宫里迟早还是会让人看见，到时我一样会死，一样会牵连了太子。”云菀沁秀眉颦紧，又有些头晕，扶住旁边的香儿，才稳下来。

“这是孤该操心的事。”太子眼一动，扬声道：“送进来。”

帘子掀开，年公公带着两名宫女捧着托盘鱼贯而入。

托盘里是精致而崭新的华服与珠冠。

宫女放下衣饰，年公公挥手，示意退下。

“这是什么？”云菀沁只觉胸口浊气又一滚。先帝出殡那日起，就没吃过什么东西，可这会儿偏偏像是吃撑了一样，胃里头胀胀的。

“若是新帝的后宫嫔妃，自然可以免于殉葬，正大光明地在宫里过下去，没人敢非议。”一字一句，从太子口里吐出。

年公公抱袖躬身：“国不可一日无主，先帝爷已经出殡，下月初，太子择日御极，先提前恭喜云美人。”

什么美人？

云菀沁错愕，只听太子道：“美人这位分确实低了些，但你原来是王妃，二嫁进宫，到时恐怕会引来外人的议论，一开始也不好封得太高，何况你如今在宫里只为保命，应该也不屑于什么高位，待日子长一些，孤再想法子将你提拔上——”

“谁叫你提拔了！我什么时候说要当后宫的嫔妃了！”气滚上来，伴着排山倒海的胃液，云菀沁忍住不适。

“好，那你即刻从这儿走出去。别说三千亲兵，到时就算老三领三万亲兵进宫，孤也再没办法能保你了！”太子也不强逼。

“王妃，如今也没别的法子。您本来是为先帝爷殉葬的，还是太子的皇嫂，太子将您换下来纳入后宫，也顶着压力，还得被人议论呢！秦王夜闯禁宫，好容易将您的命保住，您就当是为了不辜负秦王犯这场险吧……”年公公嘀咕。

“你说得没错，”云菀沁望了年公公一眼，目光一移，又若有似无地瞟太子一眼，不无讥讽，“秦王跟太子已经走到这一步，先帝临死还要摆他一道，与太子合谋，以我引他进宫一网打尽。现在，人都被太子逼出了京城，我为了苟活，再去当太子后宫的人，就算不怕别人说三道四，我自己都觉得没脸。保住性命有什么用？”

太子脾气再憋不住：“在你心里，秦王是个天山雪莲，孤却比砚台里的墨汁还要黑对不对？好，那你若是身在孤这个位置，会如何？难道看着那老三骑踏上来，木头似的一声不吭？他的身份，哄得住太后和臣子，其实你我都清楚，根本不明不白！你能打包票他一定是大宣人？连赫连贵嫔只怕都不能保证吧！父皇快死了都不放心，孤怎能放任不理，让他这个可能是北人的皇子继续坐大！他是被我逼出京城的？得了吧，你别把他说得这么委屈。他离了京，避开孤的打压，还能喘口气儿，不知多划算！要不是景阳王带着一群人上奏，你当孤想放他走吗？”

年公公低声道：“王妃，其实就算秦王不来要挟，太子也不会眼睁睁看着您殉葬。不然，那几具代你们殉葬的尸体怎么那么快就找到？太子早就安排好了！”

太子只想擒住秦王一党，何曾想过真的置王妃于死地。

那日先帝出殡后，回了东宫，太子就交代他去铺排了。

云菀沁一怔，脸色稍松一些，却依旧闭口不语。

见她还在倔挺，太子终是沉了眉眼，轻踱几步，凑近她耳畔说道：“就算不是为了秦王，你也得为了另一个人，留在宫里保住这条命。”

进了夏，伴着一场场的暴雨，暑气一日浓过一日。一夜之间换了季，杂花生树，万物葱茏，宫人们纷纷换上了轻薄夏装。

疏影阁虽然毗邻冷宫，这个季节却正好，比其他宫殿舒服多了。临着湖水，水上天然清风徐徐送凉，不用特意摇扇送人工风或者从冰窖去拿冰块放在房间里。

住了半个多月，云菀沁心情早就平和下来了，只是偶尔看一眼还没显形的肚子，仍有些如堕梦中，恍惚半天才能确凿，这里真是有了个小生命。

差不多三个月了。

算日子，恰好就是进宫做医女的前日晚上种下的果实。

侍疾事务忙乱，跑进跑出，烟熏火燎，更是在赐刑的殿内差点儿被白绫绞死。

在这样的情形下，这孩子却不依不饶，破土而出，稳稳扎下了根。

他的生命力顽强得很，她又怎能辜负。

她定要好好保住他的性命，就如同三爷保她的命一样。

她和腹中的这条小生命，便一块儿等着他回来吧。

前世的帝王，今生也绝不会逊色。

她信他，一定会折返邺京，时光长一点，也无所谓。

这般一想，云菀沁收拾了心情，在疏影阁的房间内好好养着，再无波澜。

太子见她总算没吵闹，也安心了。

这孩子虽然来得不大及时，却总算成了她安心活下去的动力，只暂时让初夏在疏影阁贴身照顾，隔些日子派年公公亲自来送起居的饭菜衣物，又秘密安排了几名东宫影卫在疏影阁的外面守着。

本来太子说再派两个宫女来，云菀沁却婉拒了，只说若非要多个伺候的人，便将齐怀恩叫过来。

太子知道齐怀恩是秦王原先在宫里的贴身行走，第二天就将人送过来了。

齐怀恩见云菀沁没有被殉葬，先是大吃一惊，明白怎么回事儿后，哭着跪下来磕了几个头，再也不离开一步。说是从此她在哪里，自己就在哪里，要为三爷在京城里守着云菀沁，再得知她有了身孕，更是一惊。

初夏递了个眼色过去，摇了摇头，示意这事目前不要提起。

齐怀恩反应过来，太子马上就要即位，给云菀沁封位分，是为了保全她性命，若然现在就让人知道她有了孕，谁都猜得出是秦王的子嗣。

这孩子的身份若是尴尬起来，恐怕就岌岌可危了。

想着，一噤声，将话吞了下去，却抹起了眼泪。三爷，您几时才回来啊，再不回，老婆儿子都快被人抢了。

云菀沁见他哭得像个没牙的娃娃，心情倒被他哭得开怀了几分，将他安排在外面，与初夏一块儿伺候。

齐怀恩临出门前，默默又问："太子登基后，娘娘……果真便要封美人了？"

云菀沁沉默。

前日年公公来时，交代过一些细节。

殿所都选好了，三品的美人。位阶低，宫和殿都没份住，若是住在宫殿，那就是住在配殿，与一宫之主的妃嫔同住，干脆让她另外单独住宫里的瑶台阁。

如此，正合她的心意。

瑶台阁离后宫远，安静清幽，犯不上跟后宫女人低头不见抬头见。

她不过是借这皇宫的角落，暂时安身立命，保住孩子罢了。

念及此，淡淡地说道："身份跟名利钱财一样，身外之物，不管什么时候，我都是你们的王妃。”

心中到底触动。

自从年公公那日说太子不日要御极开始，至今仍有些恍神。

太子夏侯世谆，果真要登基了？

从蒋皇后、赫连贵嫔前后去世之后，她便知道，很多事跟前世的走向不大一样了，可若是夏侯世谆真的登基，那么又还有三爷的昭宗朝吗？

那么，后世的历史岂不是统统与前世不一样了？

若宁熙帝之后的下一任新帝确实是太子夏侯世谆，这又是怎样一个自己不知道的新朝？

那么，若是三爷之后成为天下之主，多出来的太子夏侯世谆这一朝，又是如何处之？

来不及多想，日子流水滑过。

宁熙帝殡天，后宫焕然一新，已成另一格局。

先帝遗孀中，生育过子女的与受过先皇恩宠的搬离了原来的宫殿，进东北宫所的太妃所。

后宫尽数腾空，留新帝妃嫔入驻。

东宫女眷们蠢蠢欲动，私下盘算着储君御极后自己的位分。

京城中还未出嫁的官宦千金们也像热锅上的蚂蚁。

太子妃位置尚悬空，东宫现在的内眷只不过是几名妾室，先帝丧期未满，太子登基应该不会考虑立后的事，可明年——那可就是京城名媛们摩拳擦掌的厮杀战场了。

晴日风暖生麦气，绿茵幽草胜花时，虽然秘居在疏影阁，足不出户，云菀沁却嗅到了外面的热闹气息。

宫内开始操持新帝登基事务。

早在先帝爷出殡之后，御极一事就提上了议程，登基大典安排得行云流水。

虽说历代皇帝在先帝丧期即位很正常，国不可一日无主，北边又有蒙奴伺机而动，更需早日亲政，免得外人觊觎，可太子此次这么匆忙，朝上臣子不免多了几分猜测。

一来，恐怕太子多少是受了秦王前阵子夜闯宫闱的惊吓，免得夜长梦多，早些即位，心里踏实。

二来，也能让秦王早些死心，一门心思好好待在陕西郡封地，再不肖想京城的权位。

御极前夜。

仲夏夜的知了在枝繁叶茂的林丛中嗡鸣，湖上没什么风，屋里燥热，初夏摇了大半夜的扇子，云菀沁还是翻来覆去的睡不着。

白日，年公公搬了几块冰，吩咐初夏搁在水盆里，放在屋里送凉气。

云菀沁只怕凉气太盛，染了风寒误了胎，吹了一会儿，叫齐怀恩搬走了。此刻，坐起来看了会儿书，仍平定不下心绪来。

夜色更深，初夏靠着春凳眯着了。

腹中孩子很省心，似知道眼下亲爹不在身边，不舍得给她添一点儿乱子，除了早孕时有些头晕反胃，近来没什么不适了。

此刻，云菀沁心中却闷得慌，见初夏睡得酣畅，不想叫醒她，披了袍子，一个人走到门口。

仲夏苦夜短，开轩纳微凉。

隔着珍珠帘，吹会儿夹杂庭院花香的夜间自来风，最清爽不过。

呼吸了几口夜间空气，压得低低的鸣鼓声飘来。

跃过疏影阁的矮墙，正北方融融火光未歇，那儿是明日即将举行登基大殿的乾德宫。

先帝丧期，新帝登基，韶乐禁止，只鸣钟鼓。

明日，应该是太子夏侯世谆人生中最意气风发的一日。

她手往下滑落，覆在已凸起的小腹上，情不自禁地抬头凝视北方。

乾德宫的再往北，越过宫墙，跨越山水，是他的封地。

虽然陕西郡离邺京距离颇遥，但这会儿新帝登基的消息，那边应该也收到了。

“小元宵，那儿就是爹爹在的地方。”她抬起手臂，指了指北方。

身上甜蜜的累赘，成了她分不开的一块血肉。

胎动后，她觉得像有个圆乎乎的汤圆丸子在身体里滚来滚去，也就将这个名字不管不顾地扣上去了。

腹中胎儿猛地一动。

虽已经有了胎动，却还从没有像今天这样反应大。

也不知道是不是因为她在望北，胎儿也跟着有了心灵感应。

“你也想多看看是不是？”她绣靴一抬，干脆踩在门槛上，站得更高一些。

她很小心，扶着旁边的门柱，刚踩上去时，身子因为惯性晃了一下。

“小心。”珍珠帘外，一道身影在天井外倏然一喊。

她一惊：“谁！”

打起帘子，只那道身影见她没事，退了几步。

绿树荫浓的夜色下，男子丧服还没除去，一身白色袍子。

明天就要登基成为天下之主的人，今天应该在热闹非凡的东宫，在众人的簇拥中受尽奉承赞美。

此刻，他却微服来了疏影阁。

她拉下帘子，转过头：“初夏——”

却听天井中的男子阻止：“你紧张吗？”

她步子一驻，紧张？

帘外人登基后，她也会迁殿册为美人。

一开始还有些抗拒，可得知有了腹中块肉，早就平静了。

美人这位分，不过是她保住自己和孩子，等那人回来的安身砝码，就跟宫中的嬷嬷或者内侍一样。

有什么好紧张？

她轻声回应：“夜深了，太子回吧。”

他却自言自语：“……孤很紧张。”

云菀沁睫一闪：“太子忙了这么久，做了这么多，不就是为了这一天吗，高兴还来不及，怎么会紧张？”

语气里的嘲讽，让外面的人喉结一动，有些颓丧：“你当孤真的想当皇帝吗？比起当皇帝，孤宁愿办个戏班子，每日抚琴作曲，看戏奏乐。”

简直是赤裸裸的炫耀。

就像是土财主对着快饿死的人说“我根本不想有钱”一样。

云菀沁秀眉一颦：“谁叫太子运气好呢？生下来没多久就成了储君，这种天生的资本已是了不起，后天再有能耐的人都难得赶上。”

“你说得没错，”他挑唇莫名一笑，“正是因为孤生下来就是储君，新帝的位置，才不得不由孤坐。若是其他人坐，就代表这天下大祸临头，大乱将起。”

云菀沁安静聆听，只听他声音继续：“身为储君，不一定能力最强，对社稷苍生的责任感，却一定得最盛。所以，就算再不愿意，孤也只能撑下去，孤不愿今后被父皇和祖宗们责骂。这储君的位置，押着孤，不得不顺着步骤往前走。有时，孤宁可自己只是个普通皇子，就跟老三一样。”

说着，深吸口气：“其实，有时孤实在想不通老三。要是孤是他，就待在北城王府，多逍遥快活。他有孤求而不得的生活环境，还能在宫外自由选择自己想要的人。”

她听得怔怔然。

有人漏夜赶考场，有人辞官归故里。

三爷是拼了命地想往里面冲，太子却是想要冲出去又被身份所制。

俄顷，她一转身，带起了珍珠帘的唰唰作响。

“要休息了吗？”太子像看见玩伴要回家，自己却还未尽兴的孩子。

“太子回去吧，明日还有大典。”她语气不带任何感情。

帘子外的人似是下定了十足的决心：“今后孤还能这样与你秉烛，哦不，秉月夜谈吗？”

语气轻微的打晃，似是真的对即将掌管江山十分不安。

他想要一个知他心意，真正与自己平等侃侃而谈的人。

东宫那些女人，没人能做到。

就算这个人，心里只有他的兄弟。

她猜到他的心意：“这些日子，太子将我母子照顾得很好，今后想必也会一样，多谢太子的恩情。不过，明日开始，太子是一国之主，日理万机，切勿再耗光阴来闲人的住所。后宫佳丽无数，个个心系新帝，太子迟早能找到解语花，何必找个心不在焉的人陪说话？今夜这个样子不成规矩，今后若被人看到，新帝没事，我却要担责。请太子体谅。”

这一道城墙，必定要一开始就竖起来。

帘子外的人影半天没动。

许久以后，才道：“好。孤再不叨扰你。”

今天来，除了登基前的紧张需要倾诉，也抱着私心，等她一句话。

若她松动，愿意接受他，比起登基，兴许更会让他欣喜若狂。

可眼下这一番回答，却让他有些自嘲。

简直是白日做梦。

透过珍珠帘，云菀沁转过颈，看见他清瘦身形转过去，一步步走出疏影阁，跟门口的年公公一块儿离开。

其实，她从来不曾真正憎恨他。

或许，正是因为他的这份不强求，不违人心意。

也许，这样的男子真的不适合与皇位有染。

如他自己所说，宁可做个念着戏文浮生度日的闲暇贵公子，也不愿意做龙椅上挥斥方遒，指点江山的操心天子。

可不管怎样，他的朝代，却已经来临了。

大行皇帝的新年还没满，皇上戴孝即位，无心选后，此刻后宫无主，暂时由升为太皇太后的贾太后打理，升为惠妃的蒋妤和原是东宫良媛，后册封为康妃的徐氏共同协理。

云菀沁在封了美人以后，跟着一群后宫嫔妃，浩浩荡荡去慈宁宫给贾太后请安过一次。

那日，在一群后宫的新鲜血液中，贾太后一眼看到了云菀沁。请安完毕，叫马氏私下将她叫住。

贾太后没料到新帝竟将云菀沁纳进了后宫。

不过既是新皇帝喜欢，也是没法子的。哪个天子不多情呢，全天下的女人都是皇帝的，别说叔嫂，便是翁媳父女也不是障碍。

何况，贾太后对云菀沁终究还是有几分私心，见她能保全一命，到底舒了口气。

凝视云菀沁肚子时，贾太后的眼光中却又闪过一丝疑，将她喊过来，撩开她外面的大袍，手贴在她小腹上，面上无太多的喜色，只淡淡道："你这肚子，倒是不小了。"

云菀沁知道贾太后的怀疑。

夏侯世谆令人在后妃孕事簿上关于她的孕期足足报少了两个月，这样方能与龙裔吻合，不引人怀疑。

可这肚子，少两个月的身孕和多两个月的身孕，稍有经验的人，怎么可能看不出来？

她平日蜗居在瑶台阁，没人有机会看过自己，今天出来也是大袍加身。

无奈贾太后心细如针。

"妾身孕期贪嘴，又特别嗜好荤油之类，"云菀沁跪下来，"今后一定忌口，免得发胖，误了皇嗣。"

初夏心头怦怦跳，也搀着她一块儿跪下来："是奴婢没有督促好美人主子的饮食，求太皇太后责罚！"

沉默半晌，在两人屏住呼吸中，贾太后开了口："既然知道错了，就要记住。孕妇不可太瘦，却也不能太胖，都会影响生产。你们这些伺候的，也要长些心，怀孕时嘴馋是正常的，哀家年轻怀孕时，肚子就像塞了几十条虫，怎么吃也吃不饱，不到五个月就胖了足足好几十斤。可是就算如此，也不能胡吃海吃，你们主子没经验，你们却不能一味放纵，主子吃多了，你们还是得劝阻。"

初夏松了口气："奴婢明白了，回去后也会告诫瑶台阁的其他人。"

"回去吧。"贾太后缓道，"既然身子不便，怀孕期间，就免了宫内的所有请安，不要再出瑶台阁了。"

免了宫内的所有请安，不要出瑶台殿。

云菀沁螓首一抬，明白了，贾太后在装聋作哑为自己打马虎眼，还免了自己今后孕期的请安，避开与人接触。

她喉咙一涩：“是。”

贾太后让马氏将两人搀起来，送出了慈宁宫。

马氏送完人回来，见太后面上若有所思，屏退了下人，凑近前：“太皇太后真觉得云美人是发胖？”

“你觉得呢？”

马氏为难：“光是肚子隆得似座小山丘，脸蛋儿和四肢倒是跟以前一样纤细均匀，没见一点儿肉啊，不像是吃多了发胖。”

贾太后叹息一声：“这话你跟哀家说说就行了，再不要对外说了。”

马氏登时明白，太皇太后也是心清明得像面镜子呢，却又心中咯噔一响，声音压低：“可……这样真的不要紧吗？云氏肚子里若真是秦王的……”

“连皇上都没作声，甘心认下这孩子，你操心什么？先帝殡宫前，秦王被人说是外来孽种的事儿，难道在这孩子身上又要重演一次吗？”贾太后一锤子定音，“这孩子，只能是皇上的。这宫里，谁若捕风捉影，拿这件事借题发挥，不管是谁，哀家定不得好饶！”

马氏点头再不提。

金桂隐约飘香的时候，秋闱也快到了。

新帝登基，大赦天下，加开恩科。

云锦重是恩正并科的受益学子之一，两场全过，中了第七名亚元。

云菀沁喜不自禁。而此时，她身子已经发沉，走路都有些艰难了。

瑶台阁的宫人不多，刚搬进来时，年公公提议多派些宫人来伺候，云菀沁都婉拒了，所以整个瑶台阁，除了初夏和齐怀恩贴身伺候，就是外面几个打杂的，统共算下来才不到十人。

快到临产，初夏和齐怀恩两个都没有生育经验，也没伺候过产妇，万一遇着事儿，忙不过来，这日年公公来时，再提这事儿，云菀沁考虑了会儿，终是答应了。

第二天，年公公领了两名中年嬷嬷来瑶台阁交给初夏，都是有照顾产妇经验的后宫老人，一个姓戚，一个姓聂。

初夏见两人谈吐有条理，打扮也干净，颇是满意，照着云菀沁的吩咐，拿出些打赏给了两人。

戚嬷嬷和聂嬷嬷见那打赏不少，知道主子是个大方的，十分高兴，齐齐接下："奴婢们今后定当尽心尽意，与初夏姑娘一起好生照料美人与皇嗣。"

说罢，初夏带着两人在阁所里熟悉环境，再去安排住的地方。

待初夏离开，年公公照例进去看了看云菀沁，打声招呼，亲自交代一声送人的事儿。

云菀沁温声道："请年公公转告皇上，多谢皇上赐人。"

年公公情不自禁："皇上再忙，心里对美人也记挂着，尤其美人近了临产，政事再怎么繁忙，都不忘问奴才一句瑶台阁这边的情况呢。有几次经过附近，想进来看看，皇上那颈子都快伸到墙那头了，说个掉脑袋的话，那次正巧旁边有株大枣树，只差爬上去看了……亏奴才将皇上抱住，不然被人看到，还不知道传成什么样子。"

云菀沁忍俊不禁，又避开年公公的期待目光，扯开话题："最近皇上政事很忙？"

"可不是？北边的蒙奴人，哪会让人安心啊。"年公公道："皇上登基这几个月，成日扑在北边的事上，尤其最近，白日黑夜歇在议政殿的书房，跟景阳王他们商议军务，后宫都半个月没去了，人都瘦了一圈儿。"

"北边出什么事了吗？"云菀沁心思咯噔一响。

年公公自知说得太多了，可她主动问，也不好收，见她眼神期盼，避重就轻地说："上月下旬，蒙奴人又攻陷了江北城边境的一座互市，抢了不少汉人的民脂民膏，沂嗣王领兵抗击，谁想蒙奴人奸诈，用追兵引沂嗣王进北边的雪莲山，山谷早设了埋伏，沂嗣王差点儿中埋伏，幸亏有救兵赶到解了围，与沂嗣王一块反攻下了蒙奴军队。虽大宣赢了这一场，皇上却对蒙奴的偷袭龙颜大怒，这些日子，就是与众卿家商议与蒙奴开战一事。唉，想想也是迟早的事儿啊，先帝爷那会儿，为了国泰安宁，对北边忍了又忍，可如今，蒙奴完全就是贪得无厌，是可忍孰不可忍……”

话还未说完，只听眼前女子开口问道：“帮沂嗣王解围的救兵是谁？”

没想到这云美人耳朵灵光，还是挑出年公公故意避开的那一茬。

年公公一愣，吞吐起来：“不，不就是江北城附近的救兵吗。”

云菀沁眼睫蝶翼般，一拍，又忽地定住：“是不是秦王？”

他封地陕西郡就在江北城旁边相隔不远。

此次离京北上，也是打着补充抗北力量的名义。

年公公只得含糊地嗯了一声。

她心中跳了一下。

年公公怕她又想秦王，记起今儿来的还有一件重要事，笑着扬起大拇指：“云尚书家少爷成绩斐然，恩正并科，两场试全中，不到志学之龄就能有这个成就，实在是了不得。”

云菀沁刚刚有些恍惚的心思又沉淀下来，心情好多了。

年公公又传达皇上的旨意：“为褒奖云家为朝廷培养栋梁，表彰云少爷，特赐后天上午，云家携子进宫，与美人共聚天伦，倾诉亲情。”

她一直就想再跟弟弟见面，却也不好意思多提，此刻一听，忙撑起沉甸甸的身子，谢了恩。

一大早，云玄昶携着儿子和白氏进了宫。

白雪惠听说皇上赐云家一家进宫与云菀沁见面的圣旨后，本想推了。

新帝登基伊始，正是臣子跟皇上搞好关系的时候，云玄昶不愿意违抗新皇的圣旨，非要她应旨一块儿去：“你还没进过宫，难得咱们家锦重争气，皇上让咱们阖府进宫。进一趟宫，贵人们随便给女眷赏赐的东西，比得上我大半年俸禄，心情好，说不定还能给你颁个诰命。过了这村再没这店了，你考虑清楚。”

白雪惠一听心眼儿活泛了，到底是忍不住，诰命，当官家夫人的，不就等着这个吗？

那妮子如今怀了龙胎，指不定皇帝一高兴，还真有可能。

说到这个，不免嘴一撇，殉葬也被她躲过了，也不知道是靠的什么运气。

当初得知她上了给先帝殉葬的名单，简直要笑死她了，眨个眼，还没高兴完，却成了新皇上的后宫人，更怀上了龙胎。

不过，老爷说得对，借着她此刻的身份和肚子里的皇嗣，指不定能满足自个儿的夙愿。

白雪惠也没多推脱了，前晚睡了个饱觉，养足了精神，次日起了个大早，盛装打扮后，跟着老爷和继子登车进宫。

年公公一大早就来给初夏和齐怀恩传了话，皇上怜恤云美人身体不便，将会面场所就安排在瑶台阁附近的翠湖轩。

一家三口被大内侍卫与几个公公领到了翠湖轩，隔着遥距，云锦重一眼看到了小轩里的人影。小案边立着初夏等人，姐姐坐在旁边，披着一藕色张蔷薇薄纱鹤氅，持一杯香茗，边饮着边与旁边宫人们浅笑慢谈，气态悠和。

“难怪老爷总骂她是个薄情性子，当了王妃和美人也没说提携提携您，的确是没骂错。有了新人，早将那旧人忘得不知哪里去了，看这样子，过得不知道多滋润呢。”白雪惠小声嘀咕一声，被云玄昶呵斥制住：“闭嘴，在宫里乱说话，想死啊？”

白雪惠一哼，不甘心地噤声。

云锦重许久不见姐姐，还当她逃不过那一劫，此刻一见，红了眼眶，泪汪汪轻喊了一声：“姐姐。”

云玄昶将儿子一拉：“别乱喊！”

三人走到小轩阶下，跪在阶下。

初夏下阶：“少爷，里面来，跟着美人一道坐吧。”

云锦重眨了眨眼：“可以吗？”

初夏笑着将他搀起：“皇上恩赐云家一家四口叙天伦，哪里有那么多规矩？”说着将云锦重领进里面，坐在云菀沁身边。

云菀沁没理睬门外阶下还跪着的两个人，跟弟弟说起话来。

云玄昶和白雪惠跪了也不知道多久，小腿酸痛，再看轩内，姐弟两人相谈正欢，还不知道说到什么时候是个头，脸色双双一讪。

只是她不喊起身，云玄昶也只能带着白氏，硬生生跪下去。

不知不觉，日上三竿。

白雪惠被晒得发昏，没料进宫一趟没享受到半点荣耀，反倒被使了下马威，再看旁边有宫人目光也夹杂着奚落，终忍不住羞恼，拉了一把云玄昶的袍子角。

云玄昶也再忍不住，语气夹杂了些怒气，开声道："美人。"

小轩内，姐弟总算停下说话。

云菀沁悠悠朝晒得脸通红的两人望去，佯装惊讶："怎么爹还没落座？哎呀，看我一激动，尽顾着拉锦重说话了，你们怎么也不主动说一声呢？起身吧。"

初夏等人自然装模作样地弯腰赔罪："是奴婢们失职了。"

白雪惠紧咬银牙，知道云菀沁摆明是故意，却也无奈。

宫人端了把圈椅过来，云玄昶揉着站不稳的腿，总算坐下。

白雪惠正等着第二把椅子端来，半天却没看到有人伺座，白了脸。

云玄昶也惊异，顾不得冒犯，吞吐道："……没有座位给你母亲吗？"

云菀沁唇边扬起一抹淡凉笑意。

初夏道："美人孝敬父母，生养之人，自然有座。云尚书是美人生父，好歹养了美人一场，入座是人情。至于美人的母亲，早已仙游，不知尚书说的是哪位？"

白雪惠牙根儿更酸得慌，涨红着脸，只能捏着拳直愣愣站在老爷身边。

白氏丢脸，也是云玄昶丢了脸，咬牙忍不住说道："白氏虽不是美人生母，到底也是白家夫人，你弟弟如今在家也得喊她一声母亲的。如今我坐着，她立着，这是什么道理？"

"看来尚书大人与白氏倒是鹣鲽情深，互不离弃啊。"云菀沁眼波一转，"如此，叫尚书大人与白氏一个坐着，一个站着，的确不像个样子。那就……"

初夏会意，一个手势打了下去。

宫人上前，生生抽走了云玄昶屁股下的座椅。云玄昶一个踉跄险些摔倒。站稳后，不敢置信地望向阶上的人，脸色通红，却终究忍了下来，再不敢作声。

不过抱怨了一句，连椅子都没收了，再多说两句，可不见得这小贱人又要使什么手段!

云氏夫妇就这么脸色难看地双双笔挺站着。

日头越来越烈。

小轩内，云氏姐弟畅谈家常，有羽扇送风，凉果送爽倒是不觉得热，阶下，云氏夫妇却头顶生烟额冒汗。

云玄昶擦一把热汗，再不敢来强硬的，只能来软的，身子晃了一晃。

白雪惠会意，忙搀住老爷，轻唤出声："老爷——"又哭丧着脸道："老爷身子本就虚，哪禁得起这样站……"

语气委屈，字句似在控诉阶上人不孝。

云菀沁示意宫人将父亲扶到座位上。

云玄昶心内松了口气，只听阶上声音传来："女儿记得爹身子一向硬朗，怎么如今这样虚了？"

白雪惠忙代替回答："可不是，年纪大了，哪能还像少年一样？"

"哦，"云菀沁眼波一动，似笑非笑，"请大夫瞧过没，怎么说？"

云玄昶赌气般道："许是公务繁忙，气血有些亏损，肯定再不比当年了。"

"既是这样，"云菀沁思虑须臾，掷出声，"不如，爹便回乡颐养天年吧。"

云玄昶和白雪惠一惊，继而云玄昶差点儿跳起来："你……你在说什么？"

"女儿是说，既然爹身子这么差，站会儿都摇摇欲坠，显然已是难支公务，为了身子着想，还是尽早回祖籍去吧，也算是女儿的一片孝心。"

云玄昶没料自己给自己挖了个坑，半天说不出话，许久才吞吐道："为父告老，你弟弟怎么办，莫非也跟着为父的回乡，浪费才华？"

"弟弟如今争气，已有了候补官员的身份，前途再不愁，"云菀沁唇一动，"爹且放心，女儿会在京城给锦重置一所宅子，由人照顾。至于爹，千万别耽搁了身子，与夫人且先回乡颐养天年吧。"

颐养天年？

他正值壮年，刚坐上尚书的交椅，屁股还没坐热，谄媚奉承还没听够，怎么甘愿重新成为没权没势的平头百姓？

云玄昶不甘心。

可也知道，既然女儿提出这事，必定是抱着十全把握。

她如今是身在龙侧的人，更怀有龙裔。

新帝顶着弟纳兄妻的名义，也将她保进了后宫，岂会不满足她恳请老夫归田的这点儿要求？

云玄昶咬牙抓住最后一根命脉：“……就算为父的回乡，也不可能让锦重一个人留下，他是云家子嗣，尚未成年，于情于理，怎好留在外面？”

只望云菀沁看在云锦重的份儿上他，饶过他。

不提弟弟尚好，一提，云菀沁眸子闪过凉意，敞袖一挥。

宫人两侧退散，初夏亦牵了云锦重的手：“云少爷，奴婢带你先去逛逛园子。”

白雪惠亦是被请离了小轩之外。

待众人离场，空气肃然一清！

云菀沁缓步下阶，倾颈凑在云玄昶耳边：“爹怎有底气说锦重是云家子嗣？”

字句冷硬如磐石，又痛心疾首。

云玄昶似被雷击，纹丝不动，继而浑身筛糠一般，抖动起来。

这事他不是不知，正因为知道，才清楚，只能当成秘密，永远烂在心底。

妻子，当年是他送出去的。

他默认，甚至纵容着那个高高在上的男人因难忘旧爱，私下来找许氏。

因为他明白，这顶世间男人皆以为耻辱的绿帽子，会给自己带来毕生难以企及的荣华富贵。

龙椅上的男子，即便是为了许氏和锦重，也不会亏待了他与他的前途。

没料到，女儿知道了。

他仿似脸颊被人狠狠打了一个耳光，火辣辣的，既羞又疼。

一句话，叫他恨不得挖个地洞钻进去。

喉咙干涩，踉跄退后两步，身子摇摇欲坠，头都抬不起来。

云菀沁看他的反应，便知道自己的猜测果真不错，心中更是复杂万分，既是悲凉，又是可怜，更是痛恨。

娘亲钟情的是先帝，婚后遭丈夫宠妾冷妻，又被丈夫拱手让人，便是做出有违妇道的事，她也恨不起来。

面前的生父虽为了权位毫无男子骨气，但在君君臣臣之下，又真的有抵抗能力吗？

到头来，竟是哪个都没法儿恨。

末了，只纤喉一动，冷冷地说道："还请爹回乡吧。你已靠娘富贵了半世，莫不是还要靠着娘的亡魂荫庇活下去？"

云玄昶见她脸色坚决，知道她心意已定，又实在无颜面，浑浑噩噩地蹒跚离开。

五日后。

朝上传信，兵部尚书云玄昶身体不适，对上提出请辞，携妻回乡疗养。

夏侯世谆见其去意坚决，也就不强留，准了奏请。

十日后，云玄昶备车，携白氏落魄离京，邺京宅子及一干下人留独子在京城应考入仕。皇上见偌大府邸只有云家独子少爷居住，体恤国家良才，又为表彰其父为朝廷效力过，一道恩旨颁下来，重新修缮云府，赐四名内管事，十名护院，二十名侍婢进府充实宅院照顾云锦重。

与此同时，对外开战的圣旨也下达了。

北边与蒙奴的战事正式拉开帷幕。

主力是沂嗣王亲兵及景阳王部分驻北嫡系军队。两支队伍本就抗敌多年，有了经验，又多加入了北上的一股秦王兵力，加上新帝刚即位，锐气满满，准备充足，调兵遣将、辎重粮草全都亲力亲为督促，几个回合下来，连胜多场，将蒙奴几只草原强兵打得落花流水，逼退国境百里开外之遥。

虽只是几场小战役，已是开门红。

传到邺京，朝上一片欢腾喜庆之余，对此后的大战事志在必得。

沂嗣王也来了奏请，恭请皇上干脆趁这个时候御驾亲征，士兵们一定越战越勇，节节胜利。

御驾亲征一来鼓舞士气，二来对于初登皇位的天子来说，是个能够在最短时间内积蓄人心，握牢权柄的法子。

目前前线战事顺利，倒也安全，故此，沂嗣王的奏请一到，朝上不少臣子纷纷赞同，只皇上那边迟迟没发话，暂未回应沂嗣王的提议。

与蒙奴开战是皇上登基初就主动提出的，这场仗，皇上比谁都想尽快搞定。臣子们猜来想去，皇上估计不是畏惧前线沙场凶险，怕是因为秦王正在北方。

皇上一离，京城空虚，只怕会引来忧患。

大宣军队在前线连连得胜，传到后宫，已荣升太皇太后的贾氏也高兴，着人准备，择了一日，领着后宫妃嫔去宫里的长青观酬神拜佛，为沙场将士们祈福。

晨光中，长青观。

贾太后瞥见妃嫔中的熟悉身影，脸色不满，朝马氏训斥："哀家不是早就放了话，免了云美人的进出请安吗。这大腹便便的，你把她叫来佛堂干什么？"

蒋妤忙一躬身："太皇太后恕罪，请云美人来，是妾身的意思。若是一般的事儿就算了，可今天事关社稷江山，是在菩萨面前为士兵们祈福，妾身想，得要全后宫的女眷一块来参拜才算虔诚，这才喊上了云美人。来之前也问过，得知云美人最近身子稳当，才敢叫上。"

徐康妃帮腔："太皇太后莫操心，看云美人的精神不错，出来走走，对生产倒还有益。"

毕竟是两个协理后宫的人，贾太后也没什么话好讲，只望向云菀沁："你身子受不受得住？"

"妾身安好，多谢太皇太后挂心。"云菀沁躬身道。

因晚报孕期两个月，在外人眼里，自己起码还有一两个月生产，其实自己的临产期只怕就是这些天了，但正因为这样，不得不出来，免得外人猜疑。

反正已是孕晚期了，肚子已经大到了极致，反倒再不需要像之前那样遮掩了。

贾太后领众女进殿室之内，后宫众人依身份地位顺序一排排跪下来。

佛堂的一名领头尼姑带着弟子为一群贵人们分发清香，走到云菀沁身边时，脱口而出：“秦王妃……”又自知口快说错，忙纠正，“哦不，云美人……”

蒋妤眼眸一动，溢起得意，却不动声色，厉声道：“休得乱喊！什么秦王妃！”

尼姑忙跪下：“老尼失言了。”

贾太后被动静惊扰，转过头来。

蒋妤看了一眼徐康妃。

徐康妃立刻道：“这也怪不得师太，云美人曾经也的确是秦王妃，这叫惯了口也是正常。”

蒋妤一斥：“康妃不得胡说，以前是以前，现在是现在。什么秦王妃，这称呼，再没有了！从此再不准提！”

徐康妃小声嘀咕：“妾身也是有一说一，再怎么自欺欺人，也抹杀不了过去啊。今儿咱们都是为前线的将士们祈福，她却是给前夫祈福……”

声音虽小，可佛堂安静，十分清晰。

众妃嫔窸窣起来。

一时之间，目光全聚集在云菀沁身上，却见她语气恭敬：“今日妾身随太皇太后一道为前线战士祈福，私以为，上到将军元帅，下到兵卒走马，不管身份地位，只要是为大宣出征的，全都应该是值得菩萨护佑的，妾身倒没康妃想得这么复杂，特意为谁祈福。”

众人噤住议论，蒋妤和徐康妃脸色一讪。

“这才是大气话，”贾太后脸沉下来，“前线战事正酣，皇上费心劳力，有人却还在菩萨面前争风吃醋，丢人现眼。”

云菀沁目光望过去，这个蒋妤，至今还没搞清楚，让她总离正位差一步的原因，并不是生不了子嗣，也并不是庶出，而是永远不在合适的环境做最合适的事。

蒋妤银牙一咬，大气？

再大气也只是个美人。

马氏打圆场：“吉时不可误，陪太皇太后进香吧。”

徐康妃虽不愿得罪蒋好，却也怕太皇太后不高兴，拉了蒋好一把，示意算了。

两人一前一后过去了。

拜佛完毕，天色不早了。

众女刚恭送太皇太后离开，却见惠妃眼光在人群中一巡梭，落定一人身上：“除了云美人，你们先走吧。”

几个妃嫔一愣，却仍是领着各自侍从先匆匆离开了。

第二章 后宫争风

美人恩无邪

下

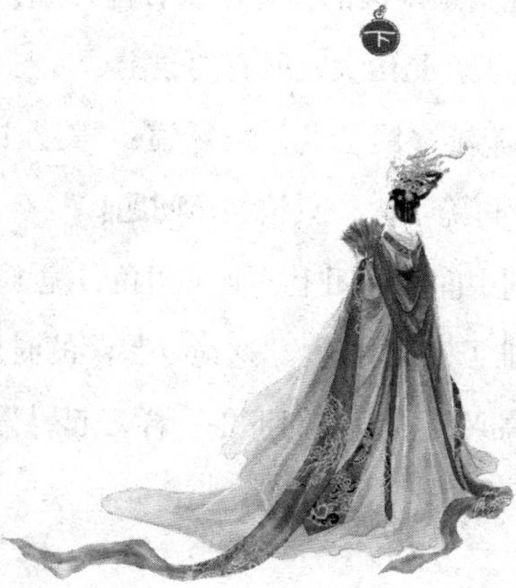

室内静下来。

初夏见只余下蒋妤和徐康妃，心生不妙，主动道："不知道惠妃留下奴婢主子有什么事？"

"还真是个忠奴，本宫话都没说，就急着护主了。"蒋妤勒令随行太监将初夏拉开。

"你们干吗？"初夏挣扎着，喊起来。

云菀沁凝视蒋妤："太皇太后刚出长青观，只怕还没拐弯，便就算是拐了弯，慈宁宫的路，妾身还是认得的。"

"惠妃，算了。"徐康妃听她搬出太皇太后，怕出事，到底有些紧张。

蒋妤气得鼻頬一红，不就是仗着在后宫有个撑腰的太皇太后，让自己不能随意动她，笑起来："云美人反应也太激动了，本宫只是好意，你都大着肚子来了佛堂，不如多拜拜。你刚说得轻巧，其实还是担心秦王的吧？听说前两日，又开了一场火，还没完呢，在北边最险峻的雪莲山山谷里开战，云美人不如多祈祈福。哦对，当然，不是给秦王，是给大宣所有的战士。"

初夏见蒋妤是找借口让云菀沁多跪会儿，咬牙道："美人这么大的肚子，已经陪着太皇太后跪了一下午，再跪下去，只怕会出问题！"

话音未落，却见云菀沁走到中间的蒲团上，掀了裙角，跪了下来。

蒋妤见她跪下，也没多刁难了，笑着说："这跪拜菩萨的时辰是有讲究的，可不要半途而废哦，菩萨会不高兴的，跟咱们下午一样，起码得一口气跪个一个时辰。"说罢，带着徐康妃走了。

初夏见人一走，忙过去道：“奴婢这就去告诉太皇太后去，肯定不会让您跪——”

“算了，跪一下而已。她到底是后宫最大的，不让她用用手上的权力，她就像个小孩子，骨头里发痒。顺了她的心意，她就觉得没意思了，以后咱们也能少些滋扰，也不能件件事都去麻烦太皇太后。”云菀沁淡淡地说道。

初夏见主子已然决意，也就安静陪跪在旁边蒲团，不时给她膝腿下加些柔软厚实的蒲团，又帮她扶住背，为她省些力气。

日头渐移，斜阳透过窗棂，洒进室内，镀上一层金黄光芒。

时辰差不多了。

云菀沁腰身只觉酸软，果真是快要生了，身子一日沉过一日，前几日还能在庭院走好几圈，今儿就有些脱力了。她扶着初夏的肩，正要起身，却见门外一阵风刮入，有人一溜烟儿地跑进了长青观，竟是齐怀恩。

“快，来搭把手，帮我扶一下。”初夏喊道。

齐怀恩赶忙上前搀住云菀沁，却偷偷看一眼云菀沁。

云菀沁本来以为齐怀恩是见自己迟迟没回瑶台阁才过来找，这会儿见他满头大汗，气喘吁吁，眼角竟还有干掉的泪痕，就像是受了惊吓之后的模样。

她心里一动，问道：“怎么了？”

“没，没事。”齐怀恩吞吐着回应。

“到底什么事！”初夏也看出他的异状，啐了一口。

“说了没事就没事！”齐怀恩狠狠望一眼初夏。

“说。”云菀沁清冽一声。

齐怀恩再不敢多瞒，哑着嗓子，将听到的事儿一字不漏地说了一番。

云菀沁心跳一停，半晌没动。

初夏也惊住，半天没回神。

齐怀恩见云菀沁没动，也不敢动。

俄顷，云菀沁忽觉小腹一阵疼，有什么往下哗哗直滑。

初夏一看，裙子下面竟是一摊水，还没反应过来，倒是齐怀恩这几日找聂嬷嬷和戚嬷嬷询过生产事儿，先反应过来：“快，快，破羊水了，只怕要生了！”

瑶台阁云氏即将生产的消息，入夜后，传遍了后宫。

聂嬷嬷和戚嬷嬷早为生产准备了多时，吩咐宫女们烧水准备产具，拉了帘子便进了产房。

初夏不放心，想要进去，却被聂嬷嬷满头大汗地一推：“生孩子不是人多就好办事，待会儿用水量大，初夏姑娘请在外面，帮忙督促宫人烧水端水，消毒产具。”

初夏只得在外面照应着。

齐怀恩站在廊下，听窗棂内隐隐传出的忍痛声，心急如焚，不时问里面的初夏：“怎么样了？还有多久啊……”

初夏便是没生过孩子，也知生孩子是过鬼门关，本就悬着一颗心，听齐怀恩不住地问，终于也忍不住了，掀开半截帘子，朝正在拿剪子的聂嬷嬷挥了挥手：“要不要紧？这么久了，怎么还没生下来啊——”

聂嬷嬷给后宫不少女眷接过生，今日也是驾轻就熟，并没当回事，安慰道：“头胎都是这样，不会那么顺利，生一晚上的都有。放心，没事儿，云美人她保养得好，又年轻，不会有事，等着宫口一开就瓜熟蒂落了。”

说罢，又叫戚嬷嬷去外面取些可能要用的助产用药。

初夏听了聂嬷嬷的话，安定了一些。

戚嬷嬷出了产房，去旁边房间拿药。

为了方便云美人，两个嬷嬷的房间就在主卧的后面。

她一会儿就到了房间，药早就配备好，拿了就准备走，刚要出门，却见有人几步闪身进门，“哐当”一声带上门：“戚嬷嬷这是给云美人拿药？”

“你，你是……”戚嬷嬷借着微弱光线看出来人竟是同光宫蒋惠妃身边的婢女。

婢女眼光往下一移，正落在戚嬷嬷手中捏着的牛皮药袋上，忽地“咻”一声，一把抽走。

“您这是干什么——”戚嬷嬷一惊，却见那婢女从怀里抽出另一袋东西，塞她手上："这药是我家娘娘为云美人亲自准备的上好助产药，嬷嬷用这个吧。"

戚嬷嬷怎会不知道这药里有鬼，后宫借着生子害人性命的事还少吗。大惊失色地摆手："我不能做这种事儿，还请娘娘另找别人！要是被人知道，我准没命！"

"后宫如今惠妃最大，这事你不说，惠妃不说，谁会知道。此事若成，嬷嬷就是娘娘的第一功臣，到时定会给你安排个油水更丰厚的当差地方。"婢女又掏出一袋沉甸甸的金叶子，塞了戚嬷嬷袖袋内，低声道："这是提前打赏给戚嬷嬷的。"

戚嬷嬷一摸那袖袋，咋舌不已，再听说会安排更好的地方当差，更是心思大动。原先以为跟着怀了龙裔的云美人也不错，可慢慢发现不是这么回事儿，跟了她这么久，皇上从来没来过一次，这云美人也从不主动去取悦，想来也是个没前途的，若成惠妃身边的红人，肯定是比跟着云美人强。

想着，戚嬷嬷一咬牙，握紧药袋，飞快出去，跑回了产房。

夜色渐浓。

燠热的空气因瑶台阁内进出的宫女们，就像是藏了火星，更是绷得紧紧。

年公公奉了皇命，也亲自过来了。

眼看帘子内呻吟越来越明显，却还没婴儿啼哭，初夏有不好的预感，正这时，帘子内，聂嬷嬷出声："不好！"

初夏心头一个猛跳，掀开帘子："怎么了？"

戚嬷嬷站在产床边，脸色惊惶。

聂嬷嬷眉头紧皱，袖子撸起，卷得高高，正在推揉肚皮助产："刚刚本还顺利，不知怎的，这会儿宫口死活开不了，用了些催产手段也没用……"

初夏唇齿发抖："什么意思？"

"宫口再不开，羊水尽了，别说孩子保不住，大人也有危险……"

初夏冲到榻前，捏住主子的手，陪在旁边。

庭院外，年公公和齐怀恩从宫女口中得知里面的情况，脸色双双大变。

"刚刚不好好的吗，怎么摊上产厄了？"年公公一拍大腿，又吩咐小太监："快，快去将姚院判请过来，商议商议对策！"

转眼滴漏渐深。

产床上人呻吟低弱很多，并不是因为不疼了，而是快没了力气。

聂嬷嬷心头不妙，只怕云美人和皇嗣会撑不过去，冲出来先回个话，哭丧着脸：“针灸、药油、药贴、推拿都用过了，没用啊。再这样生不下来，大人熬不住，疼都得干疼死啊。”

“姚院判怎么还没来啊？”齐怀恩急得跺脚。

聂嬷嬷苦道：“来了只怕也没用啊，这临床接生的事儿，咱们比姚院判接触的说不定还多些。奴婢再去试试，唉，只能听天由命！”转身一阵风地进屋。

两个嬷嬷在宫里做了十多年的稳婆活计，什么情况都遇到过，若她们都说不妙，那便肯定是濒临绝境，齐怀恩脸色青了。

正这时，瑶台阁外传来脚步，姚光耀领着两个医官打扮的过来了。

“哎哟喂，姚院判您怎么才来啊？”

年公公迎过去，姚光耀来不及多唠嗑，吩咐齐怀恩将接生的嬷嬷叫出来，问了具体情况，二话不说，几步进去。

“姚院判在外面交代就行了，产房不能进啊——”年公公阻止，齐怀恩忙领着瑶台阁楼的几个宫人将他一挡。

“这都什么时候了！若是皇上在，一定会允许！”

年公公声一止，再不说话。

姚光耀留两个医官在外面，独自跨进产房。只见榻上人半合双目，气若游丝，脸色没一丝血色，肚腹上的几个穴位贴满了药贴，还有轻轻重重的指印和针灸印，全是为了助产的按摩，饶是如此，肚皮更是鼓鼓，仍没一点动静。

老辣目光在桌子上扫了一圈，用药都齐全，稳婆嬷嬷该做的也都做了，若这样还产不下来，只能……

待姚光耀出来，神情更深重了几分。

齐怀恩和年公公正要问，却见他走到一块儿来的一名医官面前，将里面情况说了一下，说毕，道：“就看杜大夫的了。”

杜大夫？年公公和一群宫人吃惊地望过去，只见那医官卸下帽子，顿时众人俱一呆。

刚一群人心急火燎，哪仔细注意过姚光耀带的医官。

这一看，才发现这人哪里是什么医官，竟是个高鼻凹眼黄头发满脸络腮胡子的西人，年纪看上去六十多，此刻背了医箱就要朝产房里面走。

年公公反应过来，忙上前拉住："这是谁，进去干吗？"

姚光耀将年公公手一拍："杜诺马大夫在大食执医业三十年，曾为不少难产妇人接生过，与下官是老友，目前在大宣传教，刚刚宫人来找下官时，下官恰巧与杜诺马大夫在煮酒论医，杜诺马大夫一听，愿意来帮忙。如今，幸亏杜诺马大夫来了，云美人胎不下，只能剖腹！"

西人的玩意儿年公公不懂，只听说剖腹二字，脸色黄了："剖腹？是要开肚子？那不是送死吗？人剖了肚子还能活啊？休得胡来！"

"放心，草民有麻药，可镇住产妇的痛，待剖腹取子后，会尽快缝合。"杜大夫操着不娴熟的汉话。

还草民呢，这老外倒还挺会打官腔的。年公公还是不愿意："姚院判进去就罢了，这黄眉毛绿眼睛的老头儿进去又算什么事？云美人岂不是被他看光了？这——这于理不合啊！"

"西方国境，由男子接生的妇人多得很，大夫眼中无男女，哪里有什么理不理？公公耽误了时辰，你们的皇帝得找你算账。"杜诺马皱眉。

姚光耀不由分说，将杜诺马推进了产房。

年公公正要再去拦，却被齐怀恩等人拉住不放，终究叹口气，得，还能有别的法子吗？只能死马当活马医！

庭院内，众人度日如年，汗湿衣襟，见着宫女端着一盆盆的血水进出，就更是心惊肉跳。

这可是剖开肚子啊！年公公又后悔轻易放杜大夫进去了，手心出汗，都做好回去跟皇上报丧、自领责罚的准备了。

知了和虫鸣的共鸣谱曲中，夜渐深沉。

终于，宁谧的宫闱东北角，骤然传出婴儿一阵嘹亮啼哭。

哭声划破天际，中气十足，仿若幼雏金乌，一出生就引颈高歌，气势不弱，附近四周宫殿的人都听得一清二楚。

“这个哭声真是响，厉害！以后不得了啊！”姚光耀情不自禁。

不到半会儿，有宫女跑出来，激动地脸通红：“生了！”

“美人主子现在怎么样？”齐怀恩瞪大眼。

“是男孩还是女孩？”姚光耀补充。

“是小皇子，母子均安，洋大夫还在给主子缝合，不过说了，应该没什么事，快完了！美人有些意识，还看过小皇子呢。”宫女气喘吁吁。

众人松了一口气。

正这时，聂嬷嬷抱了新生婴儿到门口。

小婴儿天生长得壮实，此刻还没来得及清洗，裹在一张锦毯内，浑身粉粉的像个奶猫，却不像一般婴儿皱巴巴，有淡淡血腥味和天然乳香味。

聂嬷嬷稍微将毯子角掀开一点，亮出个雄赳赳、气昂昂的小鸡鸡，给年公公亲自查验回去好交差，还喜滋滋地拨了一下：“年公公看，是个皇子。”

小婴儿难为情的地方受了骚扰，眉毛一皱，哇哇哭得更是响亮。

“好，哭声厉害，连小雀儿都长得了不起！长大后不知道多少家闺女儿喜欢得不得了呢！”姚光耀一高兴起来，向来是不忌荤素言辞的。

齐怀恩骄傲地撇撇嘴，那当然，也没看是谁的儿子！

年公公虽也放下心来，却不免暗中叹了一小口气。若是皇上的，该有多好啊，此刻皇上定得高兴坏了。强颜欢笑拱手道：“恭喜云美人。”

几人又等了会儿，直到杜诺马大夫领着初夏和聂嬷嬷、戚嬷嬷出来，得知云菀沁缝合已毕，麻药未消睡过去了，才彻底放了心。

杜诺马跟初夏和两个嬷嬷交代了伤疤处理和剖腹产过后的一些禁忌和注意。

几人在产房见识过这洋大夫的本事，一一认真听着，半个字都不敢漏。

等杜诺马交代完毕，年公公道：“杂家先回去跟皇上还有太皇太后报个信儿，好叫两位贵人心安。姚院判，那您就随杂家领着这位……杜什么马大夫，去领赏吧。”

初夏正要跟两个嬷嬷回产房去，却听姚光耀喊了一声：“初夏姑娘。”

初夏回头，见姚院判脸色怪异，让聂嬷嬷和戚嬷嬷先进去，走到姚光耀跟前："姚院判是不是有什么吩咐？"

"给美人准备助产药的是谁？"姚院判花白眉毛虬得紧扎扎。

初夏心头一个咯噔："聂嬷嬷负责接生，戚嬷嬷负责备药。怎么了？"

姚光耀心里有了底，哼了一声，凑近初夏的耳边低语了两句。

一夜下来，跨过生死大劫，却总算熬了过去。

第二天清醒时，云菀沁麻药的药性退去了，伤口隐隐作痛起来，可让聂嬷嬷将那小人儿抱到床榻前看两眼，又什么疼痛都不记得了。

锦丝襁褓中的娃娃，粉妆玉砌，黑发乌浓，虽才生下来一天，却已经开了眼，葡萄似的大眼珠子活灵活现，竟会到处看人。抱到鼻子下，浑身的乳香味儿，恨不得让人一口吞下去。

前日还揣在肚子里的那团肉，终于见面了。

这孩子被杜大夫拿出来的一瞬间，并没啼哭。

直到被狠狠打了几下屁股，惊天动地的号哭一阵阵传进耳里，她才四肢放松，天昏地暗地睡了过去。

再次见着儿子，她心头阵阵发软。接过襁褓抱了一下，贴了脸去挨，用手指轻轻钩住婴儿的手指头逗弄："小元宵……"

"还真拿这么个名字叫唤？"初夏忍俊不禁。

云菀沁笑了一笑，正名还没取，总得有个小名应对，既已经叫熟了，也懒得换，怀里圆滚滚的一团，还真的像个元宵。

初夏怕她伤口裂了，不让她多抱，将小元宵接了过来，重新放回聂嬷嬷怀里。

"主子，多像您啊。"聂嬷嬷虽在宫里接生了许久，却难得见着这么漂亮的男孩儿，爱不释手地赞叹道。

"叫奴婢看，也很像皇上，隆准饱满，颇有贵相，又大难不死，必有后福，日后一定有大作为。"戚嬷嬷也不留余地的大力奉承。

初夏眼色一动，语气平缓："聂嬷嬷，将小皇子抱到一边。"

聂嬷嬷应了一声。

戚嬷嬷见气氛不对头，屏住呼吸，只听床帏内，刚刚生产后的女子声音飘来：“戚嬷嬷对小皇子寄望这么高，为何又会在产床上对他下毒手？”

此话一出，聂嬷嬷一震，难道美人难产是被戚氏所害？

戚嬷嬷脑子如雷电窜过，大气儿不敢出：“美人何处此言？奴婢不、不懂您的意思……”

“吃里爬外的东西，还敢狡辩。”初夏冷声，“顺产的药被你换成收敛药，抹于宫颈上，可让宫口闭户不开，子不下，母亲也会有危险，好个一箭双雕的恶毒手段。说，是谁叫你这么做的！”

戚嬷嬷见面前人全盘清楚，哪里还瞒得住，腿膝发软，扑通跪下来：“奴婢知错了！是惠妃派人来胁迫奴婢做的——奴婢也没法子啊——求美人主子和初夏姑娘再给奴婢一个机会吧，奴婢绝不会再犯了！”

“呸！”初夏一口香唾啐她面，回头道：“奴婢这就将她拎去年公公那儿，叫皇上去发落。”

“慢着，”云菀沁望了一眼筛糠般抖动的戚嬷嬷。

便是将戚嬷嬷提去皇上那里，蒋妤也是肯定打死不承认的。既然敢安排了这个嬷嬷，想必也有后招应对，便是退一万步，蒋妤瞒不过，承认了，皇上真会对蒋妤做出什么置于死地的责罚手段吗？

大有可能不会。

他虽还算护着自己，可这孩子，毕竟不是他的骨血。

蒋妤到底是他东宫老人，也对他有功，如今又是后宫地位最高的惠妃。

他不会为了秦王的儿子去伤害自己身边的亲信老人儿，最多不过是小惩大诫，勒令不准再犯，总不会对蒋妤罚得太重。

若今天撕破脸面，却击不倒蒋妤，蒋妤再不会顾忌什么，疯狂还击。

这个告状的风险，她不能冒。

云菀沁斟酌片刻，缓道：“这事暂且罢了，只当没发生过。”

初夏眉一动，仍是听从主子的话，点点头。

戚嬷嬷只当云美人畏惧惠妃地位，忍气吞声下来，忙啄米似的磕头：“多谢美人主子，奴婢今后再不会听外人的……”

"将戚氏带到后院沉湖。"云菀沁脱口而出，"不忠之人，我不敢用。"

戚嬷嬷神情僵在脸上，继而大哭起来："主子就绕过奴婢这一回吧。"

初夏拉了帘子，朝外面一招手。

齐怀恩早候了多时，跨进来，一记手刀劈向戚嬷嬷后颈。

戚嬷嬷哭声顿止，应声而倒！

齐怀恩将戚嬷嬷扛在背上，正欲出门，云菀沁喊住："不要让人看见，只将她做成失足落水的样子。"

齐怀恩明白她的意思，如今与后宫位分最高的蒋惠妃对抗，必定得敌在明，我在暗，不能让惠妃那边知道美人已经发现了她们的动作。

他点点头，将戚嬷嬷从屋子侧门扛到了后院。

待人离开，聂嬷嬷早看得背后冷汗直冒，紧紧抱住小皇子，不敢作声。

云菀沁柔声说："吓着聂嬷嬷了。"

聂嬷嬷岂会不知道美人是在杀鸡儆猴，立时抱着襁褓跪下来："奴婢绝对不会犯跟戚氏一样的错，便是同光宫那边有人问起戚氏的死，奴婢也会帮忙周旋，打消她们疑心，请美人放心，奴婢今后只有美人和小皇子两个主子！"

"太皇太后送来些名贵的补品，我一人吃不了这么多，稍后我叫初夏拿些去你房间，你自个儿吃也好，送出宫带给家人换钱也罢，都行。"云菀沁淡淡笑道。

聂嬷嬷道："是，多谢主子。"说着，小心翼翼地抱了婴儿下去了。

房间安静下来。

云菀沁一专注，伤口就又有些疼，再想起昨天在佛堂齐怀恩的一番禀报，心里又跌宕起来，伤口更是扯痛。

初夏猜到她在想什么，也是脸色黯然了几分，正要说话，却听外面传来宫女声音："年公公来了。"

年公公喜洋洋的声音传来："恭喜云美人喜得麟儿，皇上叫奴才送了些礼过来，也叫奴才带话，让美人产后好好休息。"

产后才半天的时光不到，各宫各殿都送来了礼。

云菀沁大部分都分发下去了，也算是积蓄人心，免得再发生戚氏那事，瑶台阁的宫人们个个高兴不已。

云菀沁应声："劳烦年公公帮妾身转告，多谢皇上厚爱。"

年公公答应了两句，正要告辞，却听屋内女子轻声一喊："年公公，北方前线前些天是不是出事了？"

年公公一愣，敷衍道："这段日子前线忙着打仗，哪天会没有事？"

云菀沁语气轻晃了一下，兀自说下去："前日雪莲山那场仗，大宣一支军队不慎中了蒙奴的山石埋伏，人马跌下山谷，至今还没音讯，是秦王的队伍，是不是？"

初夏心头一震，眉心拧紧。那日在佛堂，主子就是听到齐怀恩的报信，才受了刺激，提早生产，今天主子醒了，她还心慌不知道怎么安慰，见主子没多说，一心只顾着看小元宵，便也松了口气，没想到，这会儿又问起年公公。

年公公不好再否认，没吭声了。

初夏见他默认了，连忙望向云菀沁，却见她倚靠在榻背上，并没什么太大表情，只眼皮微微一搐。

齐怀恩也在外面，扑上前抱住年公公的袍子："年公公……叫人在山下找过了吗？"

"沂嗣王军报来京说过，已派人慢慢下崖搜寻，可——可雪莲山是北方最险峻的山脉，怪石嶙峋，四处天然障阱，最深的崖，壁立千仞……"后面半截子话年公公没说完，几人却知道，没说的半句话是"你们还是做好心理准备"。

齐怀恩眼眶一红，哽咽起来。

初夏手心儿也一松，攥着替主子擦汗的帕子也落在地上。

半晌，云菀沁缓道："多谢年公公告知。"

年公公见她这样平静，倒有些惊奇，便告辞了。

齐怀恩等年公公一走，进来与初夏跪在床榻前。

云菀沁见两人双眸眶红不住擦泪，眼却一厉："擦什么眼泪！生要见人，死要见尸，你们哭个什么！"

年公公都说了那雪莲山千仞悬崖，人若真是掉下去了，只怕成了粉碎，哪里还会有尸首？齐怀恩听了，更是心痛。

初夏见主子尚抱着希望，总比死心好，倒舒了口气，使劲儿捏了一把齐怀恩的大腿肉，齐怀恩这才放下袖子。

既然是打仗，就总有凶险，他熬了这么久，难不成还会丧生区区一个山谷？

云菀沁从头到尾只抱定了他迟早会回来的希望，缓缓躺下去，眼波无漾。唯今只想快点养好身子，才能保护好小元宵。

半月不到，云菀沁已能下床出门走动，伤口也收得很好。

其间，姚光耀送了杜诺马大夫从西土带来的药进宫。

比起中原的药材，西土药物的即时效果很好，加上宫内名贵药材的调养，喂奶之事又有专门的乳娘，身子恢复得也很快。

皇子出生以后会交给皇子所那边抚养，这方面，云菀沁在生产前就跟年公公打过招呼，说是想自己哺育。

皇上那边也回了音讯，只说到时会寻个由头，放她手边。

这一场难产，险些母子俱亡，倒也正好成了由头。

皇上打了这个病名义，瑶台阁云氏之子本就是早产，加上难产，皇子体弱受惊，一岁之前暂先养在生母身边。

满了月之后，云菀沁身子轻便起来，为了促进恢复，也没继续在屋子里犯懒，每日在庭院里走几圈。

只是肚腹上多了疤痕，不过早在怀孕时，她就调配了不少消疤香膏，怕生了孩子肚皮上会有妊娠纹，有碍美观，如今一场剖腹产，还多了刀疤，她便又配了不少消刀疤的药膏，每日早起后和入睡前涂在上面，不单对疤痕有效，还能紧纤腰身。

上午，云菀沁正在榻上敞着小衫，用香膏揉腹。

初夏端水进来，嗅着一阵清幽香馨，顺着看去，榻上人轻纱衣襟半开，垂着上身，长睫轻覆，朱唇一点微隆，娇媚动人，小腰仍是纤纤一把，多了些圆润，却更有股说不出的诱人。

虽然同是女子，初夏也禁不住看得脸红心跳："人家都说生了孩子的女子比不上小姑娘了，奴婢一点儿都不信，您现在比以前还要美艳个几分。”

刚说着，瑶台阁的宫女来了屋外，禀报：“同光宫那边来了信，今儿天气凉快，惠妃在御花园办了小宴，邀后宫女眷一块纳凉饮酒。听说美人身子恢复得很好了，特邀美人一块同去游玩。”

初夏退去笑意：“要不要推掉？”

云菀沁一抬螓首：“徐康妃去了吗？”

“有惠妃的地儿哪里会没有徐康妃，也陪在惠妃身边呢。”宫女答道。

“回话过去，我稍后过去。”云菀沁放了香膏，支臂起身。

流火季节快要结束，御花园内，天清气朗，桂子飘香。

徐康妃早起让宫人们摘了新鲜桂花，酿好了适合女子口味的花酒，配上全国各地快马进贡的时令水果，送到各殿主子案前，供内命妇们享用。

鲜果配美酒，几口下腹，佳丽们吃得脸红扑扑，更添几分娇色，好不惬意，对着坐在上方的惠妃举杯奉承。

“还是惠妃体贴妾身们，前阵子战事吃紧，皇上成日劳累操心，咱们也不敢有什么玩乐，连笑都不敢多笑，今日惠妃体恤，才能让咱们透口气，轻松轻松。这小宴十分周全，处处完美，实在是得咱们的心意。”一名嫔妃感谢道。

“惠妃为太皇太后协理后宫，深得皇上和太皇太后的器重，安排个小宴算得了什么？就算再大的事儿，惠妃都拿得下手。”另一名嫔妃更是大力恭维着，言下之意便是蒋妤有后宫之主的能耐。

蒋妤听得心里极舒坦，眼里泛着神采飞扬的光泽：“战事顺利，我大宣得佛祖庇佑，胜仗连连。皇上最近心情不错，所以本宫说办个小宴，叫各位妹妹们聚一聚，皇上二话不说就答应了。”

“那也是因为皇上重视惠妃，惠妃说什么，皇上都听，要是咱们提议啊，只怕刚一说出口，就被拖出去打板子了。”有人笑着拍马屁。

蒋妤笑得更是畅快。

正这时，内侍一声高亢传报飘来：“瑶台阁云美人到。”

蒋妤笑意一收，循声望过去，目光凝于朝小宴这边走来的女子身上：“命大啊。”

徐康妃坐在蒋妤身边，听见了她的低语，只当她是说云氏熬过难产的事，附和道：“可不是，听闻肚子上还被开了一刀呢，这样也死不了，稀罕。还是被西人传教士大夫开的一刀，皇上知道了，竟也没吭声儿。”

又将云菀沁上下端详一番，眼珠子一动，满不服气：“……生了孩子，倒比原先更添了几分狐狸相，也不知是暗地修炼了什么狐媚之术。”

当年徐康妃生了皇长女后，快一年的光阴都是臃身肿脸，满颊雀斑，不好意思见皇上，后来不知道花了多少重金调养才调回来一些，可到底还是比不上做小姑娘时的模样了。

可这云氏，小腰隆胸，柳条儿身姿，肤色白如玉脂，还不走近便隐约有芬芳香馨袭来，比以前没生孩子还要增了几分颜色。

蒋妤听徐康妃一说，心情更是不大爽快。

心腹婢女垂下头：“她原先待产，不能侍寝，倒不担心，如今已经出了月子，只怕……”

徐康妃眼微微一眯，蒋惠妃安排今天这场小宴，名义为是体恤后宫姐妹们，还有另一层意思，她也知道。

皇上前阵子因前线军务分身无暇，快一个月没进后宫了，眼下战局稳当一些，年公公给后宫传了风声，皇上最近许是要召寝，叫各宫各殿的主子提前做好准备。

这消息一来，众女哪会不把握好机会？

蒋妤也不例外，今儿就是想借这小宴立个威，彰显自个儿才是后宫最大的，暗示其他妃嫔主动放弃这次的机会，让她一人独占雨露罢了。

徐康妃虽站在蒋妤这边，可要说到分宠，要自己像其他妃嫔一样故意以来经水、身子不适等理由推掉侍寝，到底有些不情愿。

蒋妤倒没那么笨，还想拉拢徐氏为自己所用，开宴之前跟徐康妃说过，她跟其他妃嫔不一样，她们两个谁得宠都一样，若是皇上选了她，绝不会跟她抢，也不会逼她放弃。

徐康妃这才放了心。

与此同时，云菀沁进了小宴，朝着并排而坐的蒋妤和康妃遥遥行礼："参见惠妃娘娘，康妃娘娘。"

别的妃嫔肯定不敢跟自己争侍寝机会，唯独云氏难说。蒋妤眼皮一动，招招手："云美人来本宫身边坐吧。"

云菀沁坐在了徐康妃的旁边。

"云美人现在不知道能不能喝酒？若不行，就换上水吧。"蒋妤极尽体贴。

"不妨。妾身身子也恢复得不错。"云菀沁客气道。

蒋妤不易察觉打量她上下："倒也是，云美人这样子，一点儿都不像是早产一两个月的人啊。"

她实际上是足月生子，可在宫人眼里，自己是早产生子，也知道必会有人拿这个当话题，只不动声色地回道："姚院判和聂嬷嬷他们也说妾身身子健壮，跟太皇太后年轻时生先帝爷一样，都恢复得快。"

蒋妤之前去慈宁宫请安时，也有意提过云氏早产的事儿，只说她从秦王府到进宫跟了皇上，日子贴得太紧，暗示那胎儿可能有异。太皇太后一听就烦，叫她住嘴，女人间争风吃醋无所谓，却不要波及到皇子。蒋妤见太皇太后不高兴，也就不敢再提了，这会儿听她将太皇太后搬出来当例子，也噤了声，却又眉一扬，问道："说到嬷嬷，听说你那边两个陪产的嬷嬷，没了一个？"

戚嬷嬷落水死了的信儿传到同光宫时，蒋妤便怀疑有问题，若真是的，那便代表云菀沁已经知道自己害她的事了。

云菀沁叹了口气："娘娘是说戚嬷嬷吧？说起来，她的死，也怪妾身。"

"怪你？"蒋妤身子一紧。

云菀沁点头："妾身听说宫里新生儿风俗，是将莲蓬子串成项链给婴儿戴十天，能保佑新生儿长命百岁，鬼神不扰。那日妾身叫戚嬷嬷带着下人去后面的湖中央摘些莲蓬子儿，没料她失足摔到湖里去了，婢子想拉都拉不上来，等救上来时，已经没气了。"

蒋妤松了一小口气。

跟自己派人去打探的一样，当时下人回来说那戚嬷嬷是衣衫整齐，在湖中心的荷叶堆儿里被捞上来的，一块儿捞上来的还有木浆，中间泊着小舟。

她脸色松弛："这怎么能怪云美人呢？摘个莲蓬都能失足，笨得要命，还能做什么事？下次挑人进你瑶台阁，得选些伶俐的。"

"下次若再挑人，妾身一定慧眼识人。"云菀沁凝视蒋妤。

徐康妃适时试探："云美人身子既已恢复，瑶台阁又冷清了这么久，只怕皇上马上就得召你了吧？"

云菀沁恬静望着徐康妃："康妃笑话了，后宫这么多年轻貌美的娘娘们，妾身品阶低，皇上哪会看到妾身？便是侍寝，也肯定是惠妃和康妃打头阵。"

蒋妤唇角渗出一丝冷意："皇上想要哪个侍寝，跟品阶的关系还真不大。你不想，可皇上若非要你侍呢？"

"惠妃放心，"初夏忽然冲口而出，脸颊红红，"便是皇上召寝，奴婢家主子也没心情，肯定会以死推拒！"

"闭嘴，胡说什么！"云菀沁眼眸一厉，呵斥一声，引来下面几个妃嫔的观望，及时吞下声音，眼眶一红，有些失神。

"哟，什么意思？皇上召侍寝，美人还能没心情？还能以死推拒？"蒋妤跟徐康妃对看一眼，有些惊奇。

却见云菀沁编贝紧紧咬住下瓣唇肉，并没作声，被问急了，鼻头一红。

徐康妃忽地脑子一闪，凑到蒋妤耳下，低声道："前阵子不是有一只大宣的军队掉下雪莲山山谷了吗，听说有秦王兵马在内……"

蒋妤赫然明白了，原来这小贱人正悲伤前夫的死，估计是想给那秦王守一段日子的节呢！说她水性杨花，倒还是有点忠贞啊。

徐康妃与蒋妤交换了一下眼神，在对方脸上看到了松了口气。徐康妃端了酒盏朝云菀沁举起来："算了，不提了。"

云菀沁似是极力克制了难过，强打精神，也拿起酒杯，与徐康妃碰了一碰。两杯相碰一瞬，袖口一抬一抖，往下滑了几寸，却又马上抬起来，对饮入腹。

放下酒杯，她仍是一副心不在焉的恍然模样。

蒋妤见她这丧门寡妇的样子，近日怕真是不会肖想皇上了，心情也舒坦了不少，举杯对着下面的一群妃嫔说了些话。

众女也明白惠妃此次设宴的目的。

眼下慑于她地位，哪里会有人反抗，一个个都暗示承诺，不会跟惠妃争此次的侍寝。

蒋妤甚是满意，叫宫人们给妃嫔们添酒上水果。

整个宴下来，云菀沁独酌小饮，让蒋、徐二人看尽自己满身的伤心失意。临近宴席尾声，她只觉得小臂和颈部开始有些发痒，眼儿一转，瞟了徐康妃一眼，只见她似是也有些骚动难安，却因为在露天场合，不好掀衣卷袖，只尽力忍着。

正午，妃嫔们都倦了，待蒋妤先离场，其他人也都一一散去。

徐康妃刚才就开始浑身奇痒，见内宴散了，再等不及，喊了婢子就准备回宫去抓挠，刚走两步，却听背后传来惊嚷："美人，你这身上怎么回事？"

徐康妃回头一看，只见得云菀沁一脸错愕，在初夏的提醒下才卷起袖子，雪腕上一块块的赤红肿块，又去挠颈子。

徐康妃一惊，连忙也撸起袖子，手臂上竟与云氏一样，几步过去："你是不是身子发痒？"

哪里还用云菀沁回答，光看她浑身抓痒的样子，便知道了。徐康妃望一眼案上三人还没收拾的杯盏，心头忽地一冷。

初夏顾不上跟徐康妃说话，只催促云菀沁："先回去叫个太医来看看吧。"

"没事，这季节花粉到处飘，沾了皮肤，起些小疹子也是正常，哪里用得着叫太医。"云菀沁一边抓着，一边道。

"虽说没什么，可浑身的大红疙瘩，怎么见人啊，还是得回去擦擦药膏。"初夏朝康妃匆匆一福，先搀着主子离开了。

"主子……"康妃身边婢女上前。

却见徐康妃眉一拧，咯咯攥紧粉拳："说得漂亮，说什么咱们两个谁侍寝都一样，结果还是暗中对我使这种手段！"

"会不会是误会？"

"误会？她自个儿倒是好好的，只有我跟云氏长了一身的疙瘩！呵，这副样子，还怎能侍寝？不是她，还有谁？嘴巴说不会打压我，却叫我知难而退！

她的性子，我还不知道吗？一天不争风吃醋，比十天不吃饭还难受！”徐康妃被浑身的瘙痒弄得更是烦躁，拉了婢女先回去了。

金风甫弭，冬风又至，寒来暑往，转眼季节更迭，年底的时光过得特别快。

新年伊始，朝上传来消息，夏侯世谆改元隆昌。

宁熙一朝，彻底成历史。

云菀沁虽早接受今生有个新朝的现实，可这隆昌年号一颁下，仍恍恍。

从此，天下再无宁熙年间，宁熙帝亦是尘归尘。

隆昌年间拉开帷幕，朝堂上，隆昌帝取而代之。

那日御花园后，徐康妃浑身起了疹子，休养了月余才勉强褪了些。

后宫其他妃嫔亦是不敢与蒋妤争宠。

那日不久后，皇上侍寝独招了蒋妤。

与此同时，云菀沁正抱着刚被乳娘喂完奶的小元宵逗弄。

初夏从外面回来，道：“康妃听说惠妃前日侍寝，刚在殿里发了一场脾气。”

那日去御花园赴宴前，主子在妆台上顺手拿了一小袋香粉放进袖袋里，初夏就猜测到几分了。

那段日子主子做了不少香膏方剂，其中有致人皮肤发痒，引发疹子的花粉。

“她关上门发脾气，你们怎么知道？”云菀沁从儿子身上抬起脸。

“本来不知道，康妃摔碎了好几个古玩，她宫殿里的下人将古玩碎片拿出去埋，好多宫人都去挖出来呢，有些古玩，摔碎了却还挺值钱的。这才在宫里传遍了。”初夏笑道。

看来康妃对蒋妤已是生了记恨心。

云菀沁默不作声，将儿子抱起来，贴了贴小嫩脸，小元宵咯咯笑起来。

抱起孩子的一瞬，袖子一滑，露出半截皓腕，缀着几抹没退下的红痕，与雪白肌肤交相辉映，十分鲜明。

初夏不自禁道："这么多天了，还没完全好。"

为了不让康妃起疑，主子当时也服用了花粉，前些日子一身疙瘩，这几天才褪了，却还有些印痕没全消。

云菀沁瞥了一眼手腕上红痕："没事。"

顿了一顿，又说道："初夏，你去代我问候一下，看康妃那边好些没，若是还没好，就说我这边有一些止痒消疹的泡澡花液还不错。我已好了大半，本来叫康妃纡尊上门不合情理，应该是我亲自将药液送上门，可那药是从花田当场摘取的花卉鲜榨液，为保证新鲜，康妃本人上门泡浴是最好不过的，顺便也能在这边坐坐，让我好生伺候。"

初夏自知这话应该怎么说，应了一声，去办了。

云菀沁又把齐怀恩叫进来："你去找年公公，皇上若是今天有空闲的话，我想请皇上入夜后过来瑶台阁。"

"啊？"齐怀恩一惊，却见主子已是加重语气，"去。"

傍晚时分，夜色降了下来，瑶台阁外传来禀报，徐康妃来了。

云菀沁早领着宫女在门廊下等着，见披着千蝶绕梅罗纹披风的熟悉身影出现，莲步窈窈迎过去，轻巧一福。

徐康妃看了一眼庭院里开垦的小花田："你这儿还真是别有洞天，是个挺幽静的地儿啊，本宫和惠妃那边看着热闹繁华，却赶不上美人这里独特，能在自个儿居所开园垦地的，后宫只有你一个人，皇上到底还是对美人怜惜啊。"

云菀沁见她人虽来了，可还是带着些敌意，淡淡一笑："康妃笑话了，哪有什么独特，被妾身弄成乡下田园一般。康妃纡尊降贵，亲下瑶台阁，实在是妾身大逆不道。"

廊下灯火摇曳，徐康妃见她脸蛋白如玉，露出的颈项、小臂上也是干干净净，疹子早就消失了，比自己恢复得好多了，想来那泡浴的花液应该不错，口气也温和了几分："既然花液需要现摘现榨，本宫亲自过来，也没什么，就试试吧。"

今儿亲临，一来是因为听说她这边有效果好的药，二来也是因为怕蒋妤得知云氏上门找自己，得知自己与云氏接触，不大高兴，虽然这次后，徐康妃对蒋妤有些恼火，却也还不至于吵翻的地步，所以才趁着入夜后偷偷上门。

云菀沁将徐康妃引进内室坐了下来，让人斟上些甜酒，吩咐初夏带着宫女去花田摘新鲜花卉，榨液取汁，再烧热汤，又道：“康妃稍等片刻，先喝几口甜酒，暖暖身子再用浴，活活气血，效果会更好。”

徐康妃对她的伺候十分满意，脸色也没刚进来时绷得那么紧。之前针对云菀沁本就是因为帮蒋妤，并不是出自真心，这会儿态度也好多了，眼梢一挑，打量她：“难怪皇上将你当作宝贝，顶着压力也要保下你，原来云美人是个这么体贴入微的。”

云菀沁语气谦逊：“康妃怎么跟惠妃一样非要扣这么大的帽子给妾身戴？皇上来瑶台阁屈指可数，就算宝贝，那也是对惠妃，皇上好久不进后宫，一进就去了同光宫。”

徐康妃脸色一黑，轻哧了一声。

云菀沁垂头轻呐：“妾身失言。不仅是惠妃，康妃自然也是皇上眼里的重要人，只是这次……康妃刚巧染了风疹，若没有，指不定能让康妃拔了头筹。”

徐康妃更是恼恨，赌气一般说道：“本宫怎能与惠妃比？她在东宫开始就比本宫高一级，如今协理后宫，受妃嫔们仰仗，更是本宫及不上。”语气却无形中多了点儿酸意。

“康妃也实在太妄自菲薄了，惠妃地位是高，可康妃也差不到哪里去啊。何况有一点，是惠妃比不上的，康妃始终为皇上生了皇长女，”云菀沁轻笑，“还有，如今协理后宫的，除了惠妃，您也有份儿啊，怎么倒将自己忘记了呢？”

说起来，徐康妃就更有些气。

协理后宫说是她与蒋妤一块儿，可办事跑腿全是她，邀功领赏的就全是蒋妤。比如前阵子的那场小宴，早起操劳、邀请妃嫔、布酒果的全是自己，宴上的妃嫔们却全是口径一致地感谢蒋妤。

以前倒觉得没什么，谁叫蒋妤比自己高一级呢？

云氏这一提，却将徐康妃提不得的心火都撩了起来。

说得对。

自己又有什么比不上蒋妤呢？

徐康妃恻然，论跟着皇上的年份，自己比蒋妤还早。

轮级别，她凭着那个死鬼皇后姑妈，比自己高一点儿而已，到底也不是隔得太远。

最关键是，自己给皇上好歹生了个公主。蒋妤呢？连个蛋都没下。

凭什么要被她压着？

云菀沁静静观察徐康妃神情的变化，再没说话，只见初夏进来才起身：“热汤备好，请康妃移驾内室吧。”

徐康妃收回心绪，嗯了一声，朝里面走去。

云菀沁见她被宫女带了进去，朝窗棂外望去，窗扇微敞，正对着瑶台阁的正门。

她站起身，剪灭室内所有蜡烛，又让人灭了廊下灯，又让宫人全都各自回屋，再不许出房间。

整个瑶台阁，坠入黑暗一片。

只闻内室轻微的哗哗水响。

估摸着徐康妃除衫下水，透过薄纱窗格，隐约见着妇人丰盈的酮体映在窗纱上。

月渐移，大门传来脚步声和宫灯光线。

云菀沁心中会意，皇上来了。再不迟疑，悄悄转身，朝后院耳房走去。

今夜，便将主屋留给他人。

她信徐康妃的能耐。

后宫的女人，难得得到与帝王亲近的机会，定会使尽法子。

天亮时分，云菀沁得知人都走了，回到主屋，房间和床榻已经收拾好了。

一名小宫女走近，低声汇报昨夜的事：“昨夜皇上进来，见到是康妃娘娘，很是惊讶。奴婢照您的吩咐，说您甜酒喝多了微醺，见康妃在主屋洗浴，便去偏屋歇息，烂醉如泥，已是睡过去了，皇上脸色有点不好看，却也没说什么了。那康妃倒也是机灵，缠着皇上说话，皇上昨夜便留了下来……”

将皇上请来，却又将这千载难逢的侍寝机会让给了徐康妃，也不知道主子要干吗。

“知道了。”云菀沁瞥一眼床榻，“将褥子和被套全部都换了。”

宫女抱了一堆离开。

日头升了起来，云菀沁用完早膳，一个宫婢来了瑶台阁，隔着帘子，请了个早安。

是徐康妃身边的贴身婢子，云菀沁心中有数，叫她免礼：“康妃娘娘昨夜洗浴过后，身子舒坦多了吧？”

那婢子低声笑道：“多谢云美人，我家娘娘舒坦得很，特意叫奴婢来跟您道个谢，还叫奴婢带了几份厚礼。”

自家娘娘有多久没亲近皇上都记不清楚了，最近皇上忙里忙外，好容易想找人侍寝，还被蒋惠妃用污浊手段抢了去，昨晚回去，康妃一吐恶气，那股子高兴劲头，身边的下人都看得清楚。

“娘娘太客气了，妾身也没料到自己不胜酒力，竟没用的醉倒了，这才成全了康妃和皇上的一夕佳缘。”

“不管怎样，总是借着云美人的吉地，康妃才满足了心愿，”婢子恭敬道，“这份恩情，康妃一定会记着的。”

云菀沁但笑不语，只看着婢子搁下礼物，出了瑶台阁。

初夏这阵子下来，也知道云菀沁是在做什么打算。

分化蒋徐，求得一片宁静。

若蒋妤在后宫一人独大，难保不会继续对主子再生枝节。

如今看见徐康妃也得了皇宠，蒋妤也不会将全副火力放在主子身上了。

也罢。

总算是能多少消停些日子了。

——

北边那边，还是没有信。

生要见人，死要见尸，偏偏还就是生不见人，死不见尸。

年公公那边过来时再没多说一句雪莲山的事，云菀沁只能让初夏偶尔去见值勤的沈肇，然后将消息带回瑶台阁。

沈家是将门，虽老将军年事已高不在朝，可到底还有些通晓军务的朝中老友，沈肇通过一层层熟人关系，问清北边的事后，再在宫里值勤时与初夏见面，将前线消息转给云菀沁。

沂嗣王派人花了三天三夜，顺着千仞崖壁下去，又花了近十日搜索崖底，搜到小部分跌落山谷的人马尸骸，大部分却不见踪影。

雪莲山谷崖底太大了，深不见底，宽不见边。

没有消息，却也算是好消息，初夏传话时脸色发沉，云菀沁倒是松了口气。

前线战事吃紧，大战小役不断，可快要过年了，宫里气氛总算比之前欢悦了一些。

这日黄昏，聂嬷嬷领着乳娘，抱了小元宵过来，云菀沁将儿子抱在手里撩逗。

聂嬷嬷见母子其乐融融，笑道："美人也该奏请皇上那边，给二皇子取个大名了。"

云菀沁亲了亲儿子胖乎乎的脸蛋肉，只道："眼下朝事太多，待北边战事松弛一点，再说吧。"

虽说如今是非常时期，可再怎么忙，也不至于连皇子的大名都顾不上取啊。

偏偏皇上那边不主动提，美人也不急，倒都无所谓似的。

聂嬷嬷努努嘴，正想再劝，只听云菀沁道："聂嬷嬷，你先下去吧。"

聂嬷嬷应声退下。

室内清静不少，唯余婴儿奶声奶气的嘤咛。

小元宵趴在娘亲温软的怀里，踢了踢藕节似的胖腿，咧嘴笑着，胖乎乎的手一下子钩住她手指。

她端详儿子，笑意微凝，贴到儿子耳边，轻喃："小元宵，待你爹回来了，再给你取个名字好不好？"

新年一过，天气就暖和了起来。

春天的黄昏，本该和风醺人醉，红瓦墙琉璃檐内的议政殿，气氛却肃穆着。

君臣们的面色并不像此刻的季节一样轻松，夜聆北边军情，或是沉默，或是慎思。

北边的战事从去年开始，到现在已持续近一年。大宣的数场开门红战役后，蒙奴骑兵也曾反转过局势，其中占上风的最紧张时候，兵分三路，最远打到大宣关内，惊险万分，幸被大宣搬回局势，又攻出境外。

来来去去下来，北边目前成了拉锯战的局面。

两边国家的精兵良将全是沙场上的个中老手，又互为宿敌多代，深谙对方作战手法，军事方面的势力均衡，一时难分高下，只看哪一方的士气能维持得更长久，便是最后的赢家。

“这场仗，再持续个好几年都是有可能。”景阳王脱口而出。

几个内阁元老和掌军中军事的权臣听闻，都暗中叹口气，连景阳王都这么说，只怕真是大有可能。

大宣与蒙奴最长的一场仗，打了将近十年，最后大宣勉强得胜，却得不偿失，拖垮了民生，花了三四十年才恢复了边关经济。

主位上的男子身影疲倦，又是几日未眠，此刻托住太阳穴，一边沉思，一边闭目养神。听了景阳王一席话，蓦然睁开眼，眸中微光闪烁：“朕决意御驾亲征。”

众臣乍然一听，没醒神。

年公公在一边陪侍议政，一惊，忙道：“皇上三思，御驾亲征到底不是小事啊。”

臣子们听了年公公的话，也齐刷刷跪下：“请皇上三思。”

蟠龙金丝椅上，即位不足一年的夏侯世谆显然早就决定好：“去年刚开战时，沂嗣王就奏报来京，劝朕御驾亲征，只那时朕初临皇位，京城政局不稳，应该固守邺京，不便出行。现在不同，时日长了，京城安定，再不用担心，此事可以提上议程了。朕思前想后，大宣与蒙奴势均力敌，若这样拉锯下去，缠绵滞怠，如景阳王所说，再打个几年都不出奇，大宣边关百姓民不聊生，损江山元气，实乃朕不愿意看到的。朕若领兵御驾亲征，能够鼓舞士气，缩短战事的长线，是当前最好的法子。”

朝上支持皇上御驾亲征的主战派接二连三地俯身：“臣等附议，一切听从皇上安排。”

不放心天子亲征战事的臣子，见皇上都决定好了，也不好再劝，只能也跟着应下。

不过，个个也都猜得出，去年沂嗣王请皇上御驾亲征，皇上死都不去，这会儿却主动提出来，恐怕不全是因为如今御驾亲征是上策，而是因为秦王——没了吧？

雪莲山谷兵马摔崖之后，已隔了半年多。

沂嗣王和边关官员至今没找到活人，秦王哪还会有生还的可能性？

皇上静待了这么久，确凿秦王已不在人世，才会放心出京去亲征。

御驾亲征一事确定下来后，接下来就是商议战事的各种细节。

这是很大的工程量，商议完两轮下来，已是月上柳梢头。

年公公走到门外的廊下，吩咐宫人给皇上和大臣们端上茶点消夜，又安排软榻薄毯，方便中途休息。

吩咐完毕，年公公眼光一移，一袭熟悉倩影在婢女的陪伴下，站在宫院门口的红墙下，看样子，已经等了多时。

竟是云美人。

年公公喊了个门口的太监一问，才知道是来见皇上的，正等着皇上议完事。

云美人主动来找皇上，这可真是稀奇事。

年公公疾步进去，凑到皇上耳边：“云美人想要见皇上。”

龙椅上的人心头一动，手中的黄卷也松了一松：“今日政事繁忙，不知道什么时候能散场，你去让云美人先回去吧，明日再说。”

年公公出去回应了。

夜渐深沉，事务交代完毕，只剩分发给下面各部各岗去完成，臣子们俱是疲惫不堪，得了允许，几名高岁老臣被准许出宫回府，部分年轻臣子则被宫人们领到旁边配殿小憩，下半夜再办公，明日直接上朝。

两边宫人正要伴天子进内殿，年公公匆匆进来，低禀：“云美人还没走，一直等在外面，得知殿内公事已毕，求见皇上。”

他脸一滞。居然还没走，还真是韧劲十足，静了须臾，道：“请进来。”

年公公引路在前，云菀沁独自进殿。

用于商议政务的议政殿本就宽阔，此时人一空，更显得空旷。

中间的长案上堆砌着国境地图和各类塘报、军情图。

隔得远远，云菀沁垂首跪下：“叩见皇上。”

第三章 乞巧旧影

美人思无邪 下

丹陛上，男子声音似遥若近，虽有些疲倦，却跟以往一样噙着些笑意：“一年都不肯见朕，总算来了，起来说话吧。”

笑意却又有些颓然。

她来这一趟议政殿，绝不会是想要与自己烛下促膝谈心。

多时不见，一身风华未丢，更添了为人母的丰韵楚楚。

老三啊老三，你纵是埋骨崖下，却又不枉来一趟人世。

如他所料，云菀沁并没起身，仍伏在水磨玉石地砖上：“请皇上加派人手，力搜雪莲山谷。”

声音不大，每个字盘桓殿内，却有轻微颤抖的回响。

座上人自然早猜到她的目的。

离秦王失去踪迹已近一年，再沉着的人，也不可能沉得住气了。

她通过沈肇打听秦王的信，他也不是没听说过，只是并没作声。

今夜恐怕到了她的极限，终于来亲自问自己了。

夏侯世谆望住她，克制心头的波动：“一年了，沂嗣王该搜的地，都搜遍了。”

一年了，日新月异，她却偏不信秦王没了，竟还苦思冥想，幻想找出个大活人。

不知道是不是因为心情起伏，还是被夜风吹过，云菀沁粉颊有些发红，语气却还算平静：“一年又如何，雪莲山谷宽阔无边，就算搜几年只怕也搜不齐全——”

“够了！”他拍案而起，简直不知道拿她该怎么办。

他给她一年的时辰去忘却，去消化，到头来，她竟冥顽不灵，仍半夜跑来请求自己派人手去搜一个死了已经一年的人！

他目色笃笃端详她：“之前朕不愿意告诉你，可今日看来，必须要跟你说清楚了。”

云菀沁抬起头，看着他。

“你从册封为美人的第一天，就在后宫等他回京，然，你可知道他在北地如何回馈你吗？就在你生下小元宵的前两个月，他的侧妃为他也产下一女，”男子语气添了几分叹息，“还有，你待产时，朕心思松动，实在不愿看你独自一人挺着个大肚子在京城等他回来，曾经想过，要不就准他回京，寻个机会让他带你们母子走罢了，朕也不必再为你发愁，倒落得清净！朕密信去陕西郡，暗示这事，你可知他怎么答复朕？”

她酥手结拳，撑在裙摆两侧，面色并无波澜，心却已经在紧紧收缩。

“……他回复朕，边关军情紧凑，离不开人，不宜回京，望朕见谅。”

她睫微微一拍，仍是不语，倔挺坚持之中，竟无端衬出让人怜惜的楚楚之姿。

“你可以当朕是骗你，是为了哄得你的欢心，才故意抹黑他，”男子目色发黯，“可，事实就是事实。”顿了一顿，又道：“朕，也用不着抹黑个死人。”

云菀沁支起身子，福了一福，轻声道：“时辰不早，妾身不打扰皇上了。”

转身一瞬，却听身后男子急急一喊：“沁儿！”

那声音急迫不已，似是今天非讲不可，再不能留到下一次了。

“朕马上就要御驾亲征。”

她步子一驻，停了下来，只听他继续：“……若朕回来时，你已经想通，答应朕，开始慢慢尝试……接受朕，可好？”

语气低敛，没有半点天子居高临下的霸凌气，只有对等的恳求。

转身，她注视他年青俊朗，意气风发的脸，充满了即将为民出征，为祖业尽心尽力的焕彩容光。

宛如一幅浑然天成的画面，她不愿因为失望而破坏了这幅画面，让他抱着遗憾去对敌。

临行之际，她又怎能狠心说些不好听的话？俯了身说道："妾身会在宫中日夜遥祝皇上一切平安。"

虽只一句模棱两可的话，男子已俊眉舒展，瞳仁漾起笑意，就像一个满足的孩子。

隆昌元年，夏。

经过四个月的充足准备，隆昌帝御驾亲征，率精兵三十万去往北边，与抗敌的主力沂嗣王军队会合，共击蒙奴军队。

邺京朝上，由景阳王和郁文平监国，内阁几名元老大臣辅政。

皇上带兵出京一个月了，后宫的女眷们从刚开始的紧张、不安、忐忑，逐渐平静下来，恢复了正常生活。

虽然御驾亲征有风险，可皇上是主帅，大半都是在帅营里指挥，真正上沙场的时候不多，就算上沙场，身边那么多精兵良将护着，也不会由皇上打头阵第一个冲上去，有什么好担心？

大宣朝的祖宗天子们御驾亲征的更是不在少数。

再过些日子，前线捷报频频。皇上抵江北城后，与沂嗣王重商战术，亲下营犒劳将士、操练士兵，一时之间，士气大涌，连战皆胜，将蒙奴逼得节节败退。几场中型战役下来，全是大宣独占鳌头。

消息一传回，宫中越发群情兴奋。

皇上此次御驾亲征还真是英明决定，照这个情况看来，或许不到年底，与蒙奴这场打了一年多的仗，便能结束了。

天气渐热，暑气横流。

贾太后一进了夏天就懒得动，只是在慈宁宫歇息久了，又有些闷，便将宫里为数不多的三个重孙让乳娘带过来，含饴弄孙，逗弄逗弄。

这日热得比平日更厉害，慈宁宫内，贾太后午睡起来，热得一身汗。

因好些日子没见到小元宵，怪想念的，贾太后睡前叫马氏去瑶台阁，让云菀沁下午将二皇子抱来，这会儿见天气太热，生怕小孩子一来一去的路上中了暑，正要让朱顺通知云菀沁不用来了，门口已有太监禀报：“云美人携二皇子到。”

“快快，请进来。”贾太后见母子两人已经来了，让宫人去多拿些冰块，放在房间四周，又让人将已经镇好了的沉李浮瓜，菊花茶水捧上来。

等云菀沁抱着小元宵进来坐下时，室内一阵凉意袭来，桌子上早就堆了一堆解暑祛热的，不禁笑着行礼。

贾太后又催促：“快舀菊花晶莹露给小元宵吃两口，先解暑气。”

“太皇太后就是偏心，”马氏笑起来，“每次二皇子来的时候，慈宁宫的好东西，恨不得一口气全部都搬出来。”

“你又在胡说八道，”贾太后不承认，“大皇子和定宜公主来的时候，难道哀家就不好吗？”

说是这么说，却已经伸开双臂，脸上一片疼爱，学着小孩子的童声：“乖乖，快给哀家抱一抱……又重了！都快抱不动了，”又蹭蹭幼儿的脸儿，“哀家的小心头肉哦……”

小元宵举起藕臂，腕上的辟邪小金镯哐啷响着，咧嘴笑着，一边下意识用手轻拍曾祖母的脸。贾太后却无半点被忤逆的不悦，反倒高兴得不得了，“这手劲儿可真大…”

云菀沁见儿子失礼，轻喊一声：“小元宵。”

“不怕不怕，再重点儿，再打重点儿……哀家就喜欢看小元宵长力气。”贾太后将脸送上去。

马氏看着主子在重孙子面前哪有半点太皇太后的仪态和尊严，不禁失笑，心头却又有些微微感叹，不管这孩子到底是皇上的，还是秦王的，总归都是太皇太后的重孙儿，哪里会不疼呢？

贾太后每次只要一看见小元宵就抱得不放手，今儿也一样，不时捏他小手勾小孩子说话。

小元宵笑得像个弥勒佛，憨厚喜气，任由怎么揉怎么弄都好，来者不拒，就是不出一个音。

贾太后逗着逗着，突然笑意稍退了一些，望向云菀沁：“二皇子还没开始说话？”

云菀沁眸子一动，回道：“还没开口。”

“小孩子虽然说话有早有迟，但咱们夏侯家的孩子说话都早，小元宵一看就是个灵光的，样样都比同龄孩子好，劲儿大，个头高，怎么偏偏就是没点儿说话的意思呢？”贾太后有些忧虑。

马氏哭笑不得：“太皇太后急中生乱了，一岁多的孩子不说话，不是很正常吗，多少孩子两三岁了还都开不了口呢！这也是因人而异啊。”

“可这么大的孩子，恩恩啊啊的单字儿应该也能吐几个啊。”小元宵是被剖出来的，又在娘胎里憋了那么久，所以稍微比皇宫里其他孩子迟一点，贾太后就忍不住发急。

云菀沁安慰道：“太皇太后莫担心，一来就像马嬷嬷说的，小元宵年纪还小，二来，常年在瑶台阁，周围安静，少听人声，接触的语言少，自然开口也就懒些。妾身近来常给他读些幼学琼林，千家诗，三字经，指望他听得多，词汇积攒得多一点儿，到时也能快些说话。”

贾太后斟酌了下：“你说得倒也是，你那瑶台阁常年没人气，比哀家这老人家住的地方还要沉闷，咱们小元宵连个学习的环境都没有。”

云菀沁和马氏双双一笑，却听太皇太后轻摇着重孙的小胖手：“过几天便是七夕，乞巧节当日，照往年邺京的规矩，京兆尹衙门官员会将绣好的织锦供在京城主干大街上。哀家让康妃吩咐下去了，准许几名主位妃嫔登城楼观赏。到时若天气好，你也带着小元宵登楼去赏赏吧。”

七月七，乞巧节，庆祝节日的风俗之一是召集百姓家中的巧手妇人，对月迎风地集结街道两边，用七孔针和五色线，当场绣出各式各样的织锦，再由主持节庆的衙门官员嵌于在屏上，在京城的主干大街上摆成一条长龙，供京人欣赏和品评。长年下来，已经成了邺京乞巧节的一大盛事。

届时织锦浩瀚一片，艳色充沛，笔直列于街道上，皇宫城楼上也能看得清楚，所以每年天子会恩赐得宠的内宫妃嫔或者宫人去登楼欣赏。

今年虽边关有战事，可因为皇上御驾亲征，贾太后为彰显城内安宁，国泰民安，也没暂停此事，依往日一样办。

云菀沁道：“妾身身份低微，怎么好跟几个娘娘一块儿登城楼赏……”

“哀家可不是为了你，是为了小元宵，想让小元宵有机会能沾沾人气。五颜六色的，小孩儿也喜欢看，指不定一高兴，突然就冒出话了呢。”贾太后又亲了小元宵一口。

云菀沁也不再推辞：“多谢太皇太后。”

既然多了一对后宫母子，也少不了陪行的护卫，贾太后稍一沉思，知道她跟沈家关系交好，安排下去：“那到时，除了你身边的齐怀恩、初夏与随行宫人，再让沈侍卫陪行登城楼吧。”

“是。”云菀沁谢恩。

七夕这日，夜一降，沈肇带着两名侍卫来了瑶台阁，请云菀沁几人登皇宫的外城楼。

小元宵也似乎知道要去见世面了，手舞足蹈的，兴奋得不得了，在娘怀里动个没完。

一行人到了赏乞巧节节庆的城楼，前后登上。

云菀沁抱了小元宵，朝下面望去。

夜幕中，一片璀璨锦海绣林，径直铺于邺京的御街上，在月光和橘红灯光的映衬下，金线银丝闪闪发亮，如火树银花。

织锦插屏边，游客如织，有人驻足观赏，有人来回徜徉，虽然在城楼上，却听得到欢悦的人声。

繁华盛景就在眼皮下面，小元宵也被热闹弄振奋了，朝有亮光的地方胡乱指着。

云菀沁轻笑：“是不是也想下去看看？”

沈肇看着久不见人气的母子，蓦然一动，低声说：“美人若想下城楼游玩，微臣可护行。”

七月初七晴皎皎，磨连割好稻。

暑风腾腾中，京城中心人山人海，欢声笑语。入了夜的银汉碧霄下，家家乞望秋月，穿尽红丝几万条，照得满京艳艳一片。

云菀沁抱着小元宵，被御街上的人潮推着往前走，开始还有些忐忑，只怕会被人发现，后来才知道是杞人忧天，人山人海，哪有人注意你。

虽然私下城楼不合规矩，可并不走远，就在靠近皇城的御街顶头逛逛，沈肇是个稳妥人，有他在，不会有什么事，云菀沁便也慢慢放心了些。

一路，沈肇紧紧盯住云菀沁母子身影，后面的初夏和齐怀恩，也在人潮里跟着。

扰攘御街的不远处，陋巷口，人群稀疏，一辆青帷单驹马车泊在巷子口。

窗帷打起一半，目光借着层层人潮中的一条弯曲缝隙，停定在前方一双男女身影上。

美貌妇人怀抱幼儿，在人群里被保护得紧紧，身边身后有下人的陪伴。

“被人看见就不好了。走吧，爷。”

车夫的位置传来老者声音，提醒车厢内的人。

车厢内的人没有回应，眼神如钩，仍旧钉在前方，灼热目光统统聚于一点。

沿着御街走了一段路，人声越来越鼎沸，街道中央的锦绣插屏亮花了母子两人的眼睛。

云菀沁不好继续往前逛，眼光一扫，今夜乞巧节，宵禁延长，街道两边的酒肆茶馆鳞次栉比，还在营业，其中一家专营本地小吃，在京城极有名。

在宫里吃惯了精食，云菀沁有些发痒，对儿子笑着说：“在这家坐一坐再走好不好？”

小元宵夹在娘亲温软的怀里，颇有大将之气地抬起小脸，严厉审视了一番招牌，似是还算满意，皱了皱眉，箍紧娘的脖子，没反对。

云菀沁抱着儿子进去了。

沈肇见这食肆窄小，都是些普通散客，自己这么一行人全都进去，反倒引人注意，只和齐怀恩在食肆门口等着，让初夏单独跟进去，吩咐若有什么事儿来叫自己。

“夫人，这边请。”

跑堂的一见进来一名抱着幼儿的美貌小少妇，赶紧招呼到临窗的一张桌子边坐下，又用汗巾将桌子抹了一遍，生怕小娘子嫌脏。

下城楼前，云菀沁等人换下宫装，虽仍是锦衣绣裙，此刻像个在丫鬟陪同下出来过节夜游的富家少奶奶。点了一壶菊花茶和两碟入口即化的松软甜糕，一听食肆的招牌小吃还没卖完，又要了一笼蟹粉汤包。

这家食肆的蟹粉汤包是招牌货，皮薄透亮，蟹香浓郁，每天做的数量有限，卖完了就停止兜售，不少外地食客都曾慕名而来。

软糯汤包皮儿纤薄，透着粉色，顶上的褶子一层一层，里头裹了牛肉和蟹粉的馅，再灌注家传秘制的骨头汤，配上草寇、丁香、小茴香、花椒等作料，云菀沁轻轻咬缺一个小口，蟹香浓汤便流了出来，喂了一点给儿子，给他尝尝味。

小元宵虽然开始吃主食了，但在宫里多半是吃那些精制面线或者熬得稀烂的粥食汤水，哪里吃过这种烟火红尘味十足的民间小吃。刚尝了一口汤汁，小脸马上露出惊为天人的神色，吃得吧唧吧唧，满口流油。

云菀沁怕小孩子隔食，夹了一个喂了再不敢给他多吃，又用甜糕吸引儿子的注意力。

小元宵才不将甜糕放在眼里，见娘将真正好吃的拿走了，只指着那笼汤包，手舞足蹈，咿咿呀呀地抗议。

初夏笑起来："小元宵还是挺聪明的。好不容易出来打个牙祭，自然不肯放过喜欢的美食。"

云菀沁趁机利诱，："你喊一声娘，就给你吃。"

"……嘤……"小元宵急得都快哭了，却还是不肯上套。

云菀沁也不逼了，只抱紧了儿子："不能吃了，再吃会泻肚子。"

小元宵平日还算乖巧，一哄也就算了，今儿估计是被勾起了馋虫，不依了，趴在娘肩上，委屈地哼哼唧唧。

"出门前让乳娘喂过一餐奶水了，不知道是不是逛了这么会儿，又饿了，才吵着非要吃。"初夏有些心疼，给像个熊挂在主子身上的小元宵揩了揩嘴巴。

小元宵越发委屈，哭得更大声，引得食肆里的食客循声回头。

宫里的妃嫔为了保持身材体态，有更多光阴取悦天子，婴儿一般都有专门乳娘喂奶，妃嫔生产后则用麦芽煎水服几剂，奶水就会退下去。打从小元宵生下来，也是由乳娘去喂食，她原本是想亲自喂母乳的，可剖腹生子，奶水本就来得慢，加上身子比顺产亏损，后来经常服些调养药，姚光耀劝她还是将喂奶的事儿交给乳娘了。

她这会儿也没什么奶水，只轻拍打了小元宵后背，安抚儿子。

正这时，附近桌子那边传来戏谑调笑，虽压得低低，仍一个字不落的清晰飘来。

“……孩子哭得这么大声，不知道怎么当娘的，也不知道赶紧喂奶。”

同桌的人都笑起来，笑意中不无轻浮。

初夏娥眉一皱，望了过去，几人穿衣打扮还算富贵，估计是有钱人家的少爷公子哥儿，冷道：“管好你们的嘴巴，否则可别怪我不客气。”

“一丫头片子能怎么不客气？这小鬼头吵得小爷我脑子都快炸了，小爷还不能奉劝你家少奶奶喂喂奶，堵住他的嘴巴啊？”

一番话更是不干不净。

一个随行的公子哥儿见这母子身边的丫鬟都颇有几分气派，想这皇城脚下什么贵人都有，万一是个什么官家夫人出行，那可就不好收场了，将那说话的贱嘴少爷衣裳悄悄一扯，小声道：“算了。”

“算什么算？当娘的给儿子喂奶，天经地义！小爷也是好心！”那少爷嚷了起来。

初夏要起身去喊沈肇和齐怀恩来收拾嘴臭的这厮。

话刚落音，食肆最里头的雅间竹帘一打，带起一股劲风。

一名青衫老者挑帘出来，走到那一桌无聊男子的桌边，口气恭敬：“几位少爷麻烦马上离开食肆，我家主子好容易择个地方休息片刻，给你们吵得心慌气短。请。”说罢，抬手朝大门一指。

老人的语气十分有礼貌，并无一丝失礼，可说出来的话却是叫一桌子人滚蛋。公子们都一惊，简直不信京城还有比自己更蛮横不讲道理的人。

这老者虽是个随从，却气度翩然，有股威仪，几人呆了片刻后才叫嚣起来：‘岂有此理，这食肆是你家主人开的吗？凭什么敢赶咱们走？你可知道我爹是谁，还有他家祖父是谁？”

说罢，几人竟一拍桌子，唰唰站起来。

青衫老者随之唇角浮出一丝冷笑，手背一翻，顺手扼住左右两名纨绔子弟的小臂，提起来。

‘你这是干什么？”嘴巴臭的那一位惊叫起来，料不到这老家伙劲儿还不小，如何都挣不开，只觉被他拎起的整条手臂一阵剧痛，然后一股子酸麻劲从指尖滚到了肩膀。

“疼！你这老家伙！快放开我！”那人受不得痛楚，大叫起来。

“好。”青衫老者随手一松。

两个年轻公子哗啦摔坐在凳子上，刚被老者拽住的手臂却还是保持被拎起来举在半空的那个姿势，化石一样，僵了，刚想要破口大骂，嘴巴一张，竟半个字都说不出来。

两人愤愤，准备闭上嘴，更是震惊，嘴巴竟怎样都合不拢了，跟手臂一样保持原有的状态，僵了！

其他几个大吃一惊，忙拢过去：“怎么样了？”又望向那老者，却不敢上前，生怕跟两个友人一样，只是唯唯诺诺，“你把他们怎么了？”

“死不了，当一阵子的活石而已。”青衫老者眼光一转，只见雅厢竹帘掀开，里头人出来了，背影朝食肆的另一处侧门过去，似要借侧门离开。

青衫老者不再跟几个登徒浪子周旋，轻快跟上去。

几个公子哥儿被那老者的话吓得脸色发白，知道碰上些不好应付的，哪里还敢去讨道理，扛起两个嘴歪眼斜举着手臂不能放的友人，哭丧着脸先走了。

初夏看了云菀沁一眼，只见她并没注意一群落魄而逃的公子哥儿，只盯住那青衫老者追随的背影。

食肆客人多，那道身影穿插于人群中，刻意垂着头颈，一袭夜间防风的玄黑宽大斗篷从头罩到脚，只知身形高大，连男女都分不出。

侧门帘子一掀，身影消失在热闹的食肆客流中，青衫老者也后脚跟出去了。

云菀沁骤然哗地起身，连儿子都没工夫交给旁人，将小元宵抱着离开了座位。

初夏一讶，来不及去叫沈肇和齐怀恩，放了银子便追了上去。

云菀沁一手扒开侧门帘子，跑出食肆外，觥筹交错的喧哗顿时消弭在耳边，苍穹如墨，四周安静下来。

食肆侧门是一方空地，背离正街，也没有灯光，借着月色，能看到前方停着一辆单驹马车。

有人刚上去，门帘微晃，方才食肆里青衫老者坐在车夫座上，已经扬起鞭子。

“主子——”初夏气喘吁吁后脚出门。

窗帷流苏在夏季暑风中轻晃，弹指一瞬，映出窗内的人影轮廓。

云菀沁觉得自己的心跳从未这般厉害过，连怀里的小元宵也感受到娘的情绪，止住哭声和躁动，变得异常安静。

“驾——”

青衫老者一甩马鞭，背朝食肆侧门，朝前方的阔地奔去。

云菀沁抱紧了小元宵，朝马车追去：“停一下——”

马车哪里有停下来的意思，一奔起来，立刻将后面的母子甩开距离，兀自往前奔去。

云菀沁也不知道自己哪里来的力气，紧紧抓抱住儿子，拼命追着前面的车子。不远处的喧闹和马车的疾蹄淹没了她的叫停声，小元宵脸旁边风呼呼直刮，只乖巧揪住娘亲衣襟，乖巧缩在怀里，不给娘亲添一点乱。

车子上了林荫道。

月光透过疏影斜枝，洒在路上，青衫老者这才发现后方有人追着车，吃了一惊，缰绳一收，放慢了脚步，却听车厢后传来声音：“不要停。”

语气跟平日差不多，泉叩岩石般的冷孤，仔细听着，却又压抑着几分隐忍。

青衫老者得了命令，马鞭哗啦一声又甩了下去，

云菀沁见前面的马车慢了步伐，心中大喜，正要再加快脚步追上来，却见

马车又加快了速度，竟比先前还要奔得快。

她心神一溃，却并没气馁，银牙一咬继续朝前追去，风声呼呼在耳边飞窜，一路纤薄绣鞋底儿早就磨破了，抱着儿子的手肘也酸得要命，可哪里又快得过马车，一下子工夫，前方马车越来越小。

眼看马车快要在开叉小道拐弯，她心中一焦，早就累得麻木的脚下踩着石头，一时来不及躲开，整个人朝前摔了出去。倒地一瞬间，赶紧将孩子贴在腹上，自己朝下，不让孩子有碰地的机会。

“嗯……”她撑地的手腕一阵剧痛，呻吟一声，顾不得自己，忍着爬起来，先赶紧查看小元宵有没摔到，所幸小元宵挂在她脖子上，半点事儿都没有，只是看见娘摔跤，受了惊吓，瞪大眼半天，突然大哭起来。

“对不起，是娘不好……”

云菀沁抱住儿子，用袖口擦干儿子的眼泪，心疼得要命，又愧疚险些让儿子受了伤，心头一涩，情不自禁哽咽起来，再不抱继续追赶马车的打算。

她失魂落魄地起来，正要转身回去，远处有亮光照过来，一点点，越来越明亮。

与亮光一同迫近的，还有马蹄声。

她抱着儿子望过去，那辆青帷马车竟然回来了。

车头，青衫老者见着母子两人摔成这副模样，心下不禁恻然，偏过脸去，望了一眼帐车厢内，叹了口气，若不是这一摔，马车也不得掉转回头。

云菀沁见那马车过来了，却有些不敢过去，怕激动了一场，到头来车厢里并不是自己想看到的那个人，空欢喜一场。

青衫老者举起马头边的灯笼：“夫人和小公子没事吧？可有摔着？”

云菀沁尽力压抑着颤抖的声音，道：“没事。”

车厢内，焦躁的呼吸渐均匀了些。

“我看夫人一路追赶咱们，可是有什么事？”老者望住她。

有什么事？

难道说刚才在食肆里见到马车内的人无端为她母子出手，让她追过来想瞧瞧这陌生人是不是他？！

此刻才觉得自己可笑，人家说不定就是因为被那几个嘴臭的登徒子吵得烦躁才去教训罢了。

“我……我想谢谢你家主人刚在食肆解围。”她望一眼夜色中肃静的车厢。

老者笑道：“原来如此。夫人也不必为了道谢追过来，”说着，眼光落在云菀沁手背上，皮开肉绽，摔出血了，看样子是磕在了石头上，忙道：“夫人的手摔破皮了，不要紧吧？”

云菀沁刚只顾着小元宵，这会儿才觉腕子上一阵刺疼：“不要紧。”

“这可不行，得快些包扎起来，伤口还在流血呢。”

不知道是夜风扫过，车厢门帘忽地一动。

老者察觉，忙开口说：“车厢里备着药箱，若夫人不觉得咱们失礼，就在这儿为夫人尽快包扎止血吧。”

云菀沁道了谢，将小元宵暂时给老者抱着，正要打开帘子，却听那老者道：“夫人，我家主人身子孱弱，形态不雅，一向不见外人。再说了，虽眼下是特殊情况，四周无人，到底男女之别，最好还是隔着些距离。若不嫌造次，请在外面。”

她“嗯”了一声，将手伸进了帘子。

须臾，她只觉有一只手将自己的指尖轻轻托起来，另只手似是拧开了水罐，将水哗哗地直接倒在她的伤口上，用干净的流水为她清洗患处。

她禁不住痛感，蹙眉呼痛，突然觉得托住自己的指尖的手也跟着握紧了两分，然后才松开。

虽只握了一下，她心头一动，情不自禁酥手一伸，滑到里面那人的手掌内，嵌进他指缝之间，钩住不放。

很明显，这是男子的手掌，骨节遒劲，指腹处有几个厚茧，掌心却很是温热。

五指光溜溜的，拇指上却有一处凹痕，似是长年佩戴什么压挤造成的。

她心尖有什么快要涌出来，正待要继续再摸，里面的人没料她竟这样大胆，转瞬醒悟过来，甩开她手。

“夫人太失礼了，咱们好心为你料理伤口，你这是做什么？”老者一惊，斥了一声，挡在帘子前头，再也不让云菀沁靠近一步。

她醒悟过来，自己这是做什么，男子的手都差不多，就因为一个男子的手跟他有些相似，就当是他吗？

怎么可能是他，若真是他，怎么会不跟自己见面。

她要去抱回小元宵，今夜这场疯也发够了，在别人眼里都成调戏良家男子的风流妇人了。

帷幔轻摇。

老者会意，叹口气道："罢了，都给夫人清洗了一半，纱布都备好了，便为您包扎好吧。"

云菀沁顿了顿，又将手伸进去，这次安分多了，只等着里头人为自己用纱布包扎好，才拿出手，将小元宵从老者怀里抱过来，道："多谢老人家和您家主人了。"

老者还未回应，"刺啦"一声，小元宵坐在娘的怀里，挥起小胖手，无意地拉开了车厢前的帷幔，正掀到了旁边的钩上，挂在半空。

老者脸色一变，正要放下帘子，却已来不及，只见母子二人朝里望去，再跟着往里面一看，松了一口气。

车厢内一盏豆大灯火挂在厢壁，光线微弱，却还是能清楚照出里头的人。

男子本是俨然而坐，此刻因为帘子忽然掀开，微微一惊，仍是食肆里那一身玄黑斗篷，罩得严严实实，估计身子不好，夜半乘车怕禁夜风，此刻还戴着一顶青竹夜行箬笠，罩住头脸。

云菀沁抱住小元宵，垂下头说："小儿无状。"

怀里的小元宵好奇盯住车厢里的人，一点儿都没意识到自己做错事了，眼珠子都不眨。

"请夫人离开吧。"青衫老者已有逐客的语气，欲要将帘子放下来。

云菀沁正要转身，却见儿子身子一倾，趁还没离开车厢旁边，扬起肉呼呼的小爪子，狠狠呼了车厢内人一下，用吐词不清的童语奶声奶气道："打！打他！"

云菀沁见儿子突然开口说话，吓了一跳，也不知道打到人家哪里，忙退后两步：“小元宵！”

小元宵窝在娘怀里，气鼓鼓的，明明打了别人，却好像自己才是被欺负的人。

青衫老者将帘子放下来，护好车厢内人，哭笑不得：“夫人，你家小少爷可真厉害，为您料理伤口，还要打死我家主人。”

云菀沁也有点儿难为情，这孩子，第一句话不喊娘，竟是要打死别人。

不过这孩子连太皇太后的脸都敢打，也不稀奇，真是被惯坏了。

云菀沁脸没法儿搁了，也不好多逗留，匆匆离开。

待母子身影洇于夜色中，消失无踪，马车方打了回转，背离而去。

“小元宵。”

车厢内，男子将小孩子的乳名一个字一个字地吐出来，如嚼珍馐。明明是略微沉哑的嗓音，却又夹杂着柔情。

撩起袖子，他低下头，瞥了一眼手腕上刚被幼儿失手刮出来的血痕，峻眉一动：“真本事。”

又举起左手，微微蜷曲，放在鼻唇边，轻嗅着，仿似上面还有刚才被她抚摸过的芳馨气味。

青衫老者一边赶车，一边叹着气：“今天爷也该满意了。为保险起见，八月之前，且不可再在人前露面了。”

乞巧节之后，京城恢复清静。

那日偷下城楼逛御街，差点儿跟丢主子，初夏吓得不轻，待云菀沁抱着小主子一回来，见她摔得手都磕破了，更是大惊失色。齐怀恩和沈肇后脚赶上来，也来不及多问什么，将母子两人尽快送回了皇城内。

回了瑶台阁，日子一切如常，唯一的喜事，便是正中了太皇太后的心愿，登楼看过节之后，宝贝重孙还真的开了金口。

一开口，小元宵就再也收不回来了，成了个小话唠，小嘴儿像是开了的闸门，只要一兴奋就叽叽喳喳地说个没完。由一个个的单字，到一个个词，最后连短句子都能说上几句了，可把太皇太后给乐坏了，卸下一桩心头包袱。

那晚上云菀沁追赶陌生人的马车，这事儿初夏没跟谁说，只第二天重新给主子清理伤口时，试探问了问。

云菀沁也没瞒她，跟她说了。

初夏听着，不免叹了一声，七夕节本就是个勾人心绪的节日，主子发了感触，一时昏头，将陌生人当成三爷也不奇怪，可又怎么可能呢，三爷就算活着，现在也该在北边，又怎么会在京城，就算跑来了京城，见着主子又怎么会避着。

最热的三伏天一过，气候一日日地凉快起来。

虽然仍是阳光明媚，却能感受到近秋的凉意。

与此同时，皇上亲征已经两个月过去了。

早上，艳阳半露，轻风沁爽，乳娘将喂过奶的小元宵抱来，云菀沁逗儿子说了会儿话，又拿了本三字经，念一句，让小元宵跟一句。

初夏从瑶台阁外面回来，见起风了，怕吹着小元宵，将窗棍抽走，关了两扇窗。回过头来，看一眼正在学念三字经的小元宵："照这进度，待皇上亲征回来时，咱们小元宵只怕连千家诗都朗朗上口了。"

云菀沁拿着书卷的手一滞，将念得正来劲儿的小元宵递到乳娘怀里，让她将皇子抱了出去，道："皇上要回来了？"

初夏道："刚奴婢在外面听宫里人说，前两天皇上亲率兵将和沂嗣王军队又与蒙奴开了战，这场攻歼战阵仗极大，一旦赢了，蒙奴元气大伤，只怕再难坚持下去，大军最多八月便会凯旋，这几天，大伙儿心情大好，都在想着大军回来后怎么给皇上洗尘呢。"

要回来了吗？

云菀沁心思一动，御驾亲征的人都要回了，他却还不见人。

在别人眼里，他早就是死人。

或许，她也早该放弃不切实际的心思，前世是前世，今生是今生，一只蝶翼的闪动都会引起彼岸的惊天变化，何况是两辈子，早就大不相同了。

可不知怎的，虽完全嗅不到他的踪迹，冥冥中又感觉他近在咫尺，就好像乞巧节那夜，虽然认错了，却好像是个提醒一样。

或许，下一刻，他就会回来。

正如初夏所说的，后宫从这日开始气氛越来越振奋，皇上打从去了前线，逢战必胜，而最近这一场最大的战事，更是由皇上带去的三十万亲兵和沂嗣王的嫡系大军一块攻歼，赢了就显出疲态的蒙奴铁骑更是没什么悬念的事，朝上和后宫已信心满满地等着天子凯旋，就等庆功了。

慈宁宫内。

贾太后听得前线的传报，也是心情大好，让朱顺代话给朝上监国辅政的臣子们，安心在京城为皇上做好后方事务，待皇上凯旋，必定个个有嘉赏。

朝上和后宫人人满心欣喜，同光宫内，蒋妤却百般不顺气。

打从徐康妃在皇上亲征前侍寝过一次，便得了宠，皇上临行前的好几日，都是召康妃陪伴，还将她打理后宫的权限分拨了不少给康妃。

太皇太后见皇上器重康妃，这些日子对康妃也是和颜悦色，处处提拔着。

徐康妃得了皇上和太皇太后的厚爱，对她的脸色也没那么恭敬了。

她本压康妃一头不在话下，可如今，与康妃算是平起平坐了。

这一切，全因那次康妃在瑶台阁侍寝而始。

徐康妃的福气，岂会从天而降？

背后有个军师在扶持着，就是云氏。

云菀沁匡助康妃的缘由，蒋妤怎么会不知道，不就是想要给自己好看，杀杀自己的风头？

一来恼极了云菀沁，二来想起往日对自己巴结的徐康妃，恨不得快要取代自己，蒋妤这段日子茶不思饭不想，脾气无处宣泄，加上皇上亲征在外，更是胆子大，动辄就鞭打同光宫下人，有时出手未免过重，竟前后打死了三名宫女。

心腹婢子每次看主子打死下人，也只能做成病死的样子，再报告内务府来收尸，免得让主子惹得上面更加不喜。

眼看着主子脾气越来越暴戾，同光宫的宫人也是胆战心惊。这日子，还不知道哪日才是个头儿，近来前线的信儿传回京城，才让宫人有了一线希望。

这日，贴身婢子从内务府去取了用度回来，刚一踏进殿室就听见哐啷一声，是杯盏摔碎的声音，几个同光宫打扫的小宫女齐刷刷跪在地上，娇嫩的脸上被蒋妤挠得血肉翻起。

蒋妤见小宫女哭，更是心怒窜腾，抬起尖尖小靴踹那个哭得最大声的。

贴身婢子知道主子又在泄恨，怕又要为她善后收拾人命，忙上前拉住劝道："惠妃不要急，奴婢听宫人说，皇上快要回来了，到时凯旋，龙颜欣悦，主子再想法子好好讨好皇上，一定能扳回一局，到时，叫那康妃和云氏哭都没眼泪。"

蒋妤听了贴身婢女这般说，心情才亮敞多了。

慈宁宫那边，贾太后心情一好，加上小元宵开始讲话，将云氏母子招去的次数也越发的频繁。

一日去的时候，贾太后抱着重孙子逗了半天，又意味深长地跟云菀沁暗示了一件事。

贾太后的意思很明白，云菀沁如今是二皇子的生母，跟美人的位分实在不匹配，想要等皇上回来以后，让皇上加封她位分。

云菀沁想要婉拒，可贾太后却道："皇子的生母，位分不能太低。其实，你刚生下小元宵那会儿，哀家就跟皇上打过招呼，只皇上借口忙，拖了下来。可如今，眼看小元宵渐渐大了，等这场仗结束，国事清宁，也再没什么理由往后推了。皇上回来，哀家便让他办好这件事。"

美人封号虽低，却也是个保全宁静的挡箭牌，纵是这样，还引起蒋妤之流的妒恨，若是位分再拔高点儿，岂不是更成了众矢之的？

更重要的是，位分一旦升高，更避免不了与皇上接触。

云菀沁正要再拒绝，却见贾太后好像有些不高兴了："这不是为了你，是为了二皇子，你就算无视荣华地位，也得为小元宵考虑，一个皇子，母亲才是个连贵人都及不上的美人，如何做人？如何能有前途？"

马氏忙打了个圆场，让云菀沁先回去了。

云菀沁因为记挂着这件事，好几日都不怎么敢再去慈宁宫，就怕贾太后再提起这事，拒不好拒，不拒又不行。

这日，马氏又来传，说太皇太后想要见重孙子，云菀沁再没法子推挡，只得与乳娘抱了小元宵过去。

今日乌云蔽日，细风簌簌，有些落雨的征兆，让人心情阴沉沉的，尤其对于此刻的云菀沁来说。

她一路都在想着如何跟贾太后推辞这事，一直进了慈宁宫，坐下后，犹有些心不在焉。

贾太后也看得出她心思不定，不觉叹了口气。

这个丫头面上淡泊净柔，核子里倒是很有几分犟，说是不愿意参与后宫争宠，只想安静生活在瑶台阁，其实哪里不清楚她什么打算，还是抱着秦王会回的心思呢。

含饴弄孙了会儿，小元宵闹着要骑大马，前几次来慈宁宫骑在朱顺肩上玩过，后来就上了瘾，每次来必定要玩。贾太后赶紧吩咐了一声，朱顺笑眯眯将皇子扛在肩上，带到庭院去了。

“你看看，这么点儿乐子将这孩子高兴成这样，”贾太后睨一眼重孙儿坐在朱顺头上捏着朱顺耳朵高兴离开的背影，将身边宫人都打发了下去，“民间百姓家的男孩子骑大马，都是亲爹陪着。秦王已是不在了，小元宵却还能有皇上作倚仗，你若是位分高些，与皇上关系便也能亲近些，小元宵与皇上的感情，自然也能更深些。”

太皇太后早知道小元宵是秦王骨血，只是从没跟自己挑得这么明。云菀沁此刻一听，清楚了太皇太后的意思，让自己识点儿趣，为了儿子，依从了皇上。

她提裙起身，双膝一曲，贾太后还未及错愕，只见她已跪在地上。

云菀沁知道若再不将话讲清楚，太皇太后还会继续劝，等皇上一旦回京，就真的来不及了：“妾身本不该践踏太皇太后的好意，可小元宵是谁的骨肉，太皇太后是清楚的，就算皇上因为妾身的缘故愿意照拂和提拔这个孩子，妾身却受之有愧。妾身的地位一高，必定少不了与人交往和周旋，遭人的嫉恨，今后，后宫会有皇后，还会有更多的女子进宫，只会引来更多注视的目光，如此，也让小元宵成为焦点，暴露在外人眼中。万一有人处心积虑，查出小元宵的身世，会让皇上蒙羞，小元宵也会有罪，与太皇太后想要压下这事的初衷更是背道而驰。与其如此，还不如叫妾身带着这孩子避开风头，安安静静在瑶台阁过活，位分一低，也再没什么人会注意咱们。”

贾太后见她执意如此，有些焦虑，无奈她说得有条有理，一时也不好反驳，一拂袖，有些气了："你这丫头，怎么偏生这样……"

云菀沁头垂得低低，也没起来的意思，既然今天话都挑明了，就算贾太后再气自己不听话，也一定要让她打消这个念头。

正这时，殿外传来急速脚步声，朱顺竟是没有提前传报一声，直接扛着小元宵跑进来了。

贾太后只当是外面天气不好，要下雨了，也没多想，迁怒于朱顺："你怎么回事，进来之前，也不知道出个声儿吗？"

朱顺将小元宵还到乳娘怀里，手哆嗦了两下，跪了下来，喃喃："太，太皇太后，不，不好了——"

云菀沁这才注意到，朱顺此刻一脸惊慌。

贾太后也会意到异状，问道："怎么了？"

朱顺咽了口唾，尽力让自己的语气平缓些，却仍是克制不住轻微的颤抖："皇上被、被蒙奴人俘了！"

此话一出，室内呆滞须臾。

后脚跟进来的马氏等宫人一震，只觉天一瞬似要塌了，再一抬头，只见贾太后一个天旋地转，身子一晃，栽倒了下去。

亏云菀沁就在跟前，眼疾手快，撑起身子搀住贾太后。

马氏等人也忙冲过来，将贾太后扶到椅子上，赶紧叫人递茶掐人中，又要去喊太医。

云菀沁惊愕无比，还没完全醒神。明明胜利在望，眼看着满朝上下就等着皇上班师回朝庆功了，哪里知道会来这么一个反转。

"不，不用了——"贾太后气息回来，睁开眼，凤眼一冽，怒极攻心，连声音也变了调子，"怎会被俘？沂嗣王在江北戍守多年，深谙敌军，这次的战事又是他全程陪同——他是吃干饭的吗？怎么护驾的？现在皇上如何？蒙奴那边可放过什么话？"

"太皇太后，"朱顺哭着道："紧急军报早上从北边传回来，奴才也是刚在外面听景阳王派身边副官过来说的！说是前儿那场仗本来进行得很顺利，我大宣将蒙奴已经逼退几城，可……可昨儿最后一战时，皇上为鼓舞士气，亲率军队打头阵，让沂嗣王殿后，没料在一处山道中了蒙奴的山石埋伏，再等沂嗣王带队赶上前面去，蒙奴人已经将皇上俘了去……听闻连夜带去蒙奴国都去了，沂嗣王立刻提出退兵，让蒙奴人归还我朝君主，但蒙奴那边……至今还没回音……”

临到最后一场，竟是皇上轻敌了！

年轻啊，太年轻气盛！

即位才一年，到底还是经验浅了！

贾太后听得脸色青紫交织，懊怄不已，胸口一疼，险些再次厥过去。

“太皇太后莫急，郁相和景阳王正在召集臣子商议对策，便是付出再多的赎金，也一定得赎回皇上！”朱顺忙安抚。

赎回来？

这种话，哄哄三岁小孩儿还可以，贾太后却越听越是遍体寒凉，蒙奴本就狼子野心，俘获了大宣的君主，怎可能轻易还回来？

大宣天子被俘，趁着朝上慌成一团，国中无人，蒙奴正好能乘虚而入！

云菀沁这边也是心头凉了又凉，历代国君被俘的也有，大半都是终身在敌国为人质，少数更是因为没了利用价值，在敌国被杀被辱，总之，没几个有好下场的。

贾太后暂压下慌乱：“景阳王他们在哪里？”

“在金銮殿上，正在商议此事。”朱顺哭丧着脸。

“陪哀家过去。”一字一顿，绝无转圜。

金銮殿上，群臣间的议论，从惊慌失措变成了唇枪舌剑。

黄门传报太皇太后贾氏驾到。

国乱当前，朝堂无主，太皇太后乃三朝老人，虽大半时光在后宫，却也算看尽朝堂风云，由她垂帘听政，无可厚非。

更何况，等一下还有事需让太皇太后做主。

郁文平眼珠子一转，率先恭请太皇太后垂帘。

一众臣子拜过之后，宫人在丹墀上拉了帘子，将贾太后搀扶着进去，坐下来。

等太皇太后安坐帘子后，臣子们也没多耽误，议论如潮，一波波地环绕大殿之上。

贾太后任由丹墀下臣子们你来我往，只沉默听着，半会儿，心中大概有数，眼下朝堂上大概分为两派。

一边臣子主张，无论蒙奴提出什么要求，都尽力满足，务必将皇上千方百计赎回来，这部分的人，大多是皇上的心腹臣子以及当太子时的门客和近臣。

另一边的臣子，虽口里不敢明说，言下之意却是——蒙奴人绝不会轻易罢休。皇上经此一役，只怕很难善终，不管怎样，得尽快先在皇子中选派个能人，坐镇朝堂，将局势安定下来。万一皇上没了，也能马上有人顶上去，不让蒙奴有可乘之机。

一时之间，殿上唾沫横飞，要不是景阳王拦阻，几乎要大打出手。

可慢慢地，臣子们的天平已经偏袒到了后面那一派，毕竟都知道皇上落在蒙奴人手上不是好玩的，就算是能赎，万一蒙奴人漫天要价，要大宣半壁江山，难不成也给吗？

这样一想，皇上只怕是……

舆论倾倒一边，不知道几时，坚决全力赎人的保皇党声音弱下来许多。

郁文平趁机出列，朝帘子后的妇人抱拳跪下：“臣等虽然要尽力赎回皇上，可也不能不顾大宣百年的基业，蒙奴俘获了皇上后，到现在还没个回音，并不主动提条件，估计就是为了等着咱们自乱阵脚，朝堂空虚，再随时发难！眼下当务之急，一定得需要择个皇家子弟坐镇，才能稳住社稷。眼下，就等太皇太后一句话了！”

其他主张另择皇子摄政的臣子也得连声附和郁文平：“郁相说得是，请太皇太后亲下懿旨，颁令皇子摄政！”

“什么找皇子摄政，不就是想要放弃皇上，另选君主？”朱顺眉一皱。

贾太后早就瞄到主张另选皇子先监国做候补的臣子中，几人很是眼熟，再看那郁文平和身边几个官员，记起来了，几个臣子都是韦贵妃娘家原本在朝上的党派和门客，那郁文平也是其一，与韦氏一门私交极好，在几个皇子中，也是最倾向魏王的。

贾太后心中清楚了几分，唇角浮出一丝冷意："郁相属意何人？"

"可惜皇上登基才一年，膝下子嗣太小，也只能在先帝爷的皇子中挑了。"郁文平的话明显已经准备好，朗朗道："先帝爷的几位王爷中，还有谁人比得上魏王？论年纪，魏王已过弱冠，已然成人，正是有为之龄；论宠信，魏王素来受先帝爷疼爱；论孝心，先帝爷过世时，魏王痛心不已，因彼时的皇上不允皇子随意进宫，魏王便在宅子里七天七日没有吃喝，数度昏厥呕血；论身份，魏王乃韦贵妃所出，地位不凡。故此，再没有人比魏王更合适了！"

"郁相所言极是！其他王爷，要么是能力有限，要么是母家地位太低，要么是年纪太小，只有魏王堪称合适人选，若魏王摄政，咱们必定倾力扶助！还望太皇太后颁旨，准许魏王尽快进宫摄政！"其余韦氏门臣也跟着乌泱泱跪了一地，声音吵得几乎掀翻了金銮殿的藻井。

这哪里是恳求太皇太后颁旨，摆明了是威胁！朱顺脸色涨红。

贾太后知道郁文平抱着私心，到底吃过的盐比旁人吃过的饭多，临危不乱，一拂袖，压下嘈杂："兹事体大，待哀家考虑几日，你们这些朝上重臣，总不能逼迫哀家这个妇道人家吧。"

哗地起身，径直朝殿后走去。

其他臣子正要拦下来当场让太皇太后下旨，却被郁文平一拦，示意不用太急，朝上言论已由他掌握，还用得着愁太皇太后不妥协么。

有臣子低声说："就怕拖久了，夜长梦多。"

郁文平冷声道："先帝爷仅存的那些皇子中，还有谁担得起这个位置？咱们就等几日吧，免得还真叫人说咱们大逆不道，威胁太皇太后。若太皇太后最后还是不同意魏王，八月初二夜间，咱们一道进宫，再行让她老人家做个决断！"

身边的臣子明白什么意思，暗中点头，又跟着郁文平退出金銮殿。

一名臣子身边一名佐官，默默听了上级们这一番话，走出门槛，趁前面人不注意，不易察觉转身，朝另一边疾步走去。

绕过几道游廊，穿过几道庭院，到了一处僻静无人的小殿。佐官跨进殿院，只见天井内已有人等着，忙抱拳小声喊了一声“燕王殿下”。

又匆匆过去，将郁文平八月初二可能会夜闯宫廷，胁迫太皇太后推举魏王上位一事转告对方。

燕王眉头拧起，拿出袖内的赏赐，递到那名放在朝上重臣身边的探子手上，道：“下去。”

那佐官谢恩刚走，燕王眉头一舒，竟又是笑了起来，与刚才沉重的脸色截然不同。

“殿下，”侍卫乔威上前，“三爷猜得没错，皇上被俘，朝上果真马上乱了，各派开始推举自己心怡的皇子。”

“出宫，捎信去。”燕王收起笑意，大好的机会终是来了。

瑶台阁。

初夏从慈宁宫那边回来，将朝堂上的事儿转述给了主子。

郁文平居然趁这个机会，在朝上牵头让魏王摄政？

韦氏党派诸多，权势滔天，若然魏王一摄政，这大宣岂不是由韦家专权？皇上再不会有回朝的希望了。

太皇太后定不会答应。

云菀沁眉目一动：“太皇太后怎么应付郁文平？”

“听朱顺说，太皇太后召了几个皇子傍晚去慈宁宫，”初夏道，“也不知道是不是想提前选个皇子出来，堵住郁文平一党扶魏王的嘴。”

“太皇太后叫了哪些皇子？”

初夏报了几个名号。

云菀沁听见其中一人，问：“燕王也进宫了？”

初夏点头。

皇上新登基后，燕王成人，在外面开府，搬离了皇宫，任职理藩院，除了偶尔来宫里汇报理藩院事务，大半时光都在宫外。

这一年多来，云菀沁从没机会跟他见过面，这会儿见他进宫，还来了后宫，将齐怀恩喊进来，吩咐了几句。

入了夜，滴漏渐移，到了差不多的时辰。

云菀沁带着初夏，去了慈宁宫，却并没靠近大门，身形一转，去了慈宁宫后面不远处的水榭。

水榭内，已有人等着。

一年多不见，燕王茁拔几分，又长高了不少，原本少年气十足的俊秀脸庞也成熟了几分。

燕王听齐怀恩来传信，在慈宁宫见完了太皇太后之后就过来了，此刻迎过去，叫道："三嫂。"

"燕王，主子如今是后宫的美人，再不是秦王妃，您千万不要再用以前的称呼，被人听见可是大罪。"初夏忙提醒。

燕王一双瑞凤眸内却有些轻蔑之意："亏他承诺三哥，一定保住三皇嫂的性命，照顾好三皇嫂，原来是护到了自己的后宫。这也就罢了，后宫这么多位置，只给你封个最没地位的美人。"

云菀沁不想燕王误会了皇上和自己："越是位分低，越是不起眼，如此，皇上才能真正保住我，我也能跟皇上……保持距离。"

燕王没说什么了，只挥手示意初夏退下，沉默良久，方才凝住云菀沁，犹未改口："三嫂放心，这美人，你也当不了多久了。"

从慈宁宫后的水榭回来后，初夏就觉得主子有些心神不定。

那夜燕王殿下打发自己出去，她在台阶下看见燕王跟主子说了句什么。

主子一听，竟丢了礼仪，拉住燕王的袖子追问起来。

初夏回去后问了几句，云菀沁只敷衍了过去。

燕王一句看似无心的安慰，云菀沁彼时如电过了一道，说不出的异样。

这美人，再当不久……

乍一听，燕王这话，好像只是恨不得皇上被俘再回不来，若皇上没了，再立新君，她自然也不是这后宫的美人了。

可她心里起伏联翩，隐隐只觉有什么事。

而这事，兴许与三爷有关。

她想问他是不是还活着，如今在哪里，可再问燕王，燕王并不多说，只双目难得沉灼，万语千言尽在不言中。

看到燕王意味深长的目光，云菀沁知道自己并不是多心。

她心里百味俱全，不知道是喜是忧，却再没继续穷追猛打。

若这事儿真是跟他有关，再多等些时又怕什么。

日子一滑，到了月底。

太皇太后将几个成年皇子叫到慈宁宫私下筛选的事，传到了朝上，郁文平一派嚷着魏王摄政的声音更大，除了景阳王一惯忠心皇家，无论如何都站在太皇太后这边，其他臣子多少都开始附和郁相。

景阳王虽掌兵权，可朝上的文官集团以郁家为主，渐渐有快镇不住郁文平一党的声势。

踏进八月的第一天，满宫桂子飘香，本是悠闲甜美的季节，宫中却如灌满了火药，极不安生，随时会一触即发。

午后，齐怀恩从慈宁宫那边带回来消息，早上在大殿商议皇上的事时，郁文平的几个门客，又在朝上劝谏赦魏王回朝摄政，都是几个不怕死的言官，言辞估计激烈了些，贾太后听得气急攻心。这几日本就操心皇上的事，吃不好睡不安，到底是上了年纪的人，当场双眼一黑，两脚打晃，晕了过去。

臣子们这才嘀咕着收了声，朱顺赶忙叫了舆车，将贾太后送回去了。

这会儿，贾太后还在慈宁宫由太医问脉，虽没什么大事，但身子虚弱，近些日子再难听政。

“朝上现在如何？”云菀沁问齐怀恩。

“只靠景阳王顶着，”齐怀恩回答，“不过，只怕也顶不了多时。郁文平是文官势力之首，朝上的人脉太多了，加上韦家的门客臣子，一个个都嚷着叫太皇太后下懿旨让魏王进宫摄政！最关键的是，眼下确实没其他皇子能拿下这个职位了。前几天，太皇太后本来想让大皇子顶下摄政，便能绝了郁文平和韦家让魏王上位的心思，谁想那大皇子也是不争气，估计是看见魏王的声势太浩大，又怕得罪了韦家，推掉了。太皇太后为这事儿，更是怄了一肚子的气！”

现在连贾太后都快顶不住了，朝廷上全是一边倒的声音，魏王摄政的事儿只怕要成真了。

之前郁文平尚且顾忌着太皇太后的面子，不敢太造次，如今太皇太后一倒，肯定再不会多等了。

八月天气尚有余热，可细思之下，云菀沁浑身又有些凉飕飕，也不知那郁文平会做出什么打算。

而不管做什么，宫里只怕真得出什么事了。

得知贾太后那边的信后，云菀沁整夜都睡得不安宁，一直到次日，仍魂神不定。入夜后，她看着乳娘给小元宵喂了饭食，逗了会，到了儿子睡觉的时辰，才让乳娘将小元宵抱了下去。

“主子，用点饭吧，昨儿到今天只喝了点汤，仔细饿坏了身子。”初夏道。

“太皇太后身子好些没？”本想去慈宁宫探视，太医说最好不要打扰，她便只叫齐怀恩两头跑，问太皇太后那边的情况。

“齐怀恩刚回来说好些了。”初夏答着。

虽放心一些，云菀沁仍无饿意，踱到庭院外，站在门口。夜间的宫廷静谧，能让人心中安宁些。

夜色比往日更要浓黑几层，仿似深处蹲着夜兽。

也不知过了多久，夜色深浓，云菀沁正要回屋，忽地，远处似有火光跳跃，还夹杂着人声。

声音越来越喧哗，完全不像是平日入夜后戒严肃穆的皇宫。

是慈宁宫的方向。

前几天揣着的忐忑一瞬升起来，云菀沁脱口而出：“去看看怎么回事！”

第四章 翻天覆地

美人思无邪 下

齐怀恩打探了会儿跑回来，气喘吁吁地说道："郁相带着一群臣子从正阳门进了宫，直接去了慈宁宫，这会儿齐齐跪在慈宁宫外面的空地，执意请太皇太后今夜就下懿旨，让魏王摄政，不然就不起身！"

"岂有此理，还反了天了！这不是胁迫太皇太后吗！"初夏气急败坏。

"那些人打着为社稷为江山的名义，有什么不敢。罚不责众，全都是朝上的重臣，太皇太后也拿他们没法子！"齐怀恩哼道。

郁文平果真坐不住，出手了。

云菀沁眼一沉，问道："太皇太后那边怎样？"

"太皇太后借口身子还未好，在殿内不出来，"齐怀恩揩一把汗，"可——可眼看这形势，便是拖也拖不了太久了，那些臣子今日估计不等到懿旨誓不罢休，听慈宁宫的宫人说，太皇太后已叫人去通知景阳王了……只望景阳王能尽快进宫，压下那些人吧！"

景阳王听得慈宁宫太监星夜来报，带了一队亲兵出府，朝皇宫赶去。

正阳门外，门前已停着不少车马，景阳王知道郁文平带了门客臣子已经进宫了，脸色一紧："这个郁文平，实在大逆不道。"

正要让副官下马去通知皇城守卫开城门，却听副官一惊，抬手道："郡王——"

距离不远处，蹄足踏踏中，一行人马靠近正阳门，渐渐浮于黑黢黢的夜色，轮廓渐清。

队伍不过百余人，全都着便服装扮，却个个气态威严，一看便是朝廷正规兵将的仪态。

最前方的年青副将锐气蓬勃，面色从容，腰携佩刀，背系箭袋，在最前方开路。

开道的副将后方，一袭身影跨于锦鞍上，夜色中看不清容貌，唯能看清一身缁黑鹤氅微敞，里头是一身极修身的薄胄软甲，拉着缰绳，打马慢行，领着部属，径直踱上来。

眼看来人越来越近，正阳门处的灯光彻底照亮了男子的面孔，景阳王脸色大变，惊呼出声："是——"

身边副官和兵卫们也看清来者何人，顿时也是喧哗起来。

"怎么会……"

景阳王犹未回神，半天才反应过来，下了马，其他亲兵也跟着主子统统上前。

景阳王震惊之后，醒悟了，正要行拜礼，只见面前朗巍身影稍一举缰，骏马轻微一跃，带着主人已是跨前几步。

鞍上人声音略沉，又噙着几分笑意："一年前，景阳王为了朝廷安宁，迫本王出宫，一年后，为了朝廷安宁，景阳王该做的第一件事，便是让本王进宫。"

慈宁宫。

灯火焦躁跃动下，贾太后靠在榻上，揉着太阳穴，窗外的喧闹劝谏声如潮般涌进来，吵得她更心烦意乱。

"还没走的意思吗？"贾太后蹙眉。

朱顺无奈摇头，忧心忡忡："太大逆不道了！看这情形，太皇太后若不下懿旨，他们恐怕得继续耗下去。"

贾太后气极，撑住风体起来："好，好啊！哀家今天就看看他们有多厉害，看能不能逼死哀家！"

"太皇太后，要不等景阳王进宫再说，您就别出去了……"马氏生怕她出去又被那些臣子气倒。

只怕连景阳王进宫也难得压下了，贾太后脸色更乌青："不妨，哀家就不信了，哀家这太皇太后，还能被一群臣子给钳住喉咙！"

太皇太后享尽三朝天子的荣宠，便是先帝爷那会儿，都对她不无尊敬，皇上这孙儿就更不必说，这样心高气傲的宗亲女眷，岂会甘心眼下被臣子掣肘？

朱顺知道拦不住，与马氏牢牢扶住贾太后，出去了。

殿外，郁文平一行见太皇太后出来了，暂停了沸腾，磕了几个响头："深夜打搅太皇太后的休息，臣等有罪，只是国难当前，臣等寝食难安，才不得不星夜进宫，求太皇太后马上决定！"

"你们还知道自己有罪？诸位大人吃皇室的饭，如今竟跑到宫里来胁迫太皇太后，先帝爷若得知，只怕得气得从献陵坐起来！"朱顺斥道。

郁文平使了个眼色，身边一名私臣忙拱手，语气恭敬地说道："太皇太后若是即刻颁旨，准魏王进宫摄政，臣等马上出宫，明日照常上朝回衙！"

岂有此理，这意思是说今儿若不照他们的意思，明天便要集体罢朝，懈怠岗位？

贾太后没想到他们拿出这种撒手锏来威胁自己，颤道："好啊，你们，你们——"

话没说完，脑门一晕，身子软了一软，幸亏有朱顺和马氏搀着。

郁文平见太皇太后已是强弩之末，趁热打铁，带领群文官磕头，声音翻山倒海，在慈宁宫门口回旋："请太皇太后早下决议……"

"请尽快颁下懿旨，召魏王进宫主政！"

……

声音一阵一阵，回响于三宫六院，惊得后宫女眷们夜间醒来，要么隔着宫墙眺望，要么派下人出去打探。

贾太后心血滚涌，牙咬得紧紧，却见前方火光微闪，铁蹄踏着青石地板，朝慈宁宫跑过来。

众人循声望去。

"景阳王来了。"朱顺吁了口气。

神仙来了也没用。

郁文平轻哧一声，毫无压力，仍是领着臣子们跪在殿前。

副官提灯伴行，景阳王十分不满地瞟一眼殿前众人，快步走到贾太后身边，抱拳弯腰："臣来迟，让太皇太后受惊了。"

又转过头去，斥一声："郁相带着众位大人夜间进宫逼迫太皇太后下旨，也太妄为了！请尽快出宫！否则可别怪本王不客气！"

郁文平眼皮一动，眸中阴涔几分，哧应："景阳王何出此言，天子被俘，朝中无主，咱们为国着想，来慈宁宫请旨有何错？在场的全是朝中肱骨，还不乏两朝元老，景阳王要对咱们怎么不客气？大不了将咱们全部逮捕下狱，明天朝上空空，衙门无人，中了您的心意，可好？"

"咱们让魏王主政，能解决当下的燃眉之急，暂时打消蒙奴人的野心，景阳王有何资格管咱们？你不让我们请魏王摄政，你有本事也推举一个出来啊，难道景阳王是自己想摄政？可惜啊，景阳王又不是先帝的皇子！"一名文臣阴阳怪气。

"是啊，景阳王有何资格管我们？景阳王拦着我们，莫非自己有什么见不得人的打算？要咱们说，景阳王还请出宫才是！"其他几人大声呼应。

朝上平日看起来高贵文雅，满腹经纶的臣子要起赖来，简直就跟街头的泼皮流氓差不多。

朱顺气恨不已，眼看贾太后只差又要气死过去一回，景阳王却并没半点慌乱，在喧哗声中开口："本王是没有资格，可有人有资格。"

臣子们声音暂止，只见景阳王的亲兵散开，一行人朝慈宁宫这边走来。

火光逐渐明亮，照亮夜空，臣子们不敢相信自己的眼睛。

郁文平亦是不由自主揉揉眼睛。

朱顺看清来人，一惊，话都说不清楚了："太，太皇太后，是，是——秦王——"

贾太后虽然年纪大，却没眼花，也早就看到了，顿时激动不已："是老三，老三没死？回来了？"

夏侯世廷已跨步上前，到了贾太后前面跪了下来，鹤氅碰地，在夜风中轻轻飘晃："让皇祖母担惊受怕，孙儿不孝。"

"快，快上来给哀家看看……真是秦王？"贾太后手足无措。

"太皇太后高兴糊涂了，不是秦王还能有谁，看来秦王吉人自有天相，并未在前线丧生，可算是回来了啊。"马氏亦是大舒一口气，秦王这个时刻出现，简直就是解了危急。

郁文平从震惊中醒神，疑窦重重，跌下那雪莲山谷的人怎么还会有活路？

就算活着，为何当时不回来，偏偏等了一年，特意等到皇上被俘、朝堂空虚无主的这种时刻回来？

难道这从头到尾便是他铺排的？

郁文平手心冒汗，面前一年多不见的男子脸庞依旧俊美，眉梢眼角却又添了几分沧桑成熟，身型愈发朗健硕伟，整个人似乎变得更加阴沉难以捉摸。

景阳王瞥了一眼郁文平，面朝太皇太后，恳请道："如今群臣无首，想要找人主政无可厚非，如今秦王回归，简直就是天降甘霖。臣，"说着一顿，凝住鹤氅男子，加重声音，"力荐秦王！"

一群臣子忙了手脚，否决："可魏王他——"

贾太后即刻开口，打断旁人的话："景阳王所言正合哀家心意，先帝爷时，秦王曾经摄政过，在朝上有丰富经验，这一年多又在边关，熟悉军情，没有人比他更适合！"

郁文平愠了，眉目一厉，上前几步："太皇太后——"还未靠近慈宁宫门口的玉阶，只觉后背一阵刺痛，再一低头，一支几尺箭矢的尖头，从胸前冒出来，脸色一白，肉躯訇然倒地。

"啊——"一群文臣惊骇出声，连连站起来，倒退几步，连贾太后都大吃一惊，始料未及，惊叫一声。

秦王的队伍中飞来一箭，活生生射穿郁相的胸膛。

施遥安从队伍中匆匆出来，手上弓箭还未放下，跑到前方跪下："属下见这郁相冲上前去，只怕他是想继续滋扰忤逆太皇太后，一时情急才出手，本是射小腿，无奈夜风大，射歪了，不慎射中郁相要害，还请太皇太后和三爷降罪！”

夏侯世廷眉目冽冽，俊脸发阴，对着施遥安道：“你太莽撞了，险些惊吓了太皇太后！”

只责骂他不该惊了太皇太后，却并没说不该杀郁文平。

贾太后见郁文平当场被射杀毙命，心头大爽，什么气都消了，可郁家毕竟在朝上文臣中势力不浅，只怕有人会替他出头抱不平，后面引起动乱，平定心神，瞥了一眼郁文平的尸身：“你为了护驾，何错之有？”

又望了一眼遭此突变还没回神的文臣们：“大伙儿都看在眼里，郁相要冲撞哀家，是不是啊？”

一群文臣平日娇生惯养，在朝堂上耍耍嘴皮、玩弄心计尚可，却没几个亲眼见过血淋淋的尸体，还是当朝宰相的，一时之间，被武力镇了下来。

左边是太皇太后的威胁，右边是死而复生的秦王回朝，还有景阳王也站在秦王那一边，若继续维护郁文平，只怕连皇宫都出不了，落得跟他一样的下场。

刚才还在殿外叫嚣冲天、逼迫太皇太后下旨的文臣们，驼了背，龟儿子似的大气不敢喘。

半晌，一个看起来很精明的文臣最先见风使舵，颤颤巍巍地道：“今儿是郁相咎由自取，臣等是一心维护皇家的。”

这般一说，其他人也站不住了，纷纷开声：“郁相竟连太皇太后都敢冲撞，死不足惜……！”

“郁文平冲撞哀家，那你们呢？”贾太后冷冷一声。

几人会意过来，跪了一地：“一切听从太皇太后的意思。”

“朱顺，回殿替哀家拟旨，恭请秦王摄政，主理朝事，即刻就于宫中住下，明日天亮便将哀家懿旨颁于殿上！”贾太后舒泰了，声音在夜色中也畅快高亢不少。

片刻工夫，几个臣子失魂落魄地被景阳王一行人带着出了宫，进宫前的振奋和进宫后的嚣张烟消云散，三棍子都压不出个屁，耷拉着脑袋出了正阳门。

郁文平的尸身被禁卫暂送入宫中大牢存放，第二日再行定罪下旨，诉于朝上。

慈宁宫的臣子一散，贾太后整个人松弛了下来，望着夏侯世廷，感慨道："秦王不是随军队掉下那雪莲山山谷么？既然安然无恙，怎么不当时回京，或者报个信？哀家和皇上，只当你已是……"

"回太皇太后的话，"夏侯世廷目光无漾，"当时跌落山谷后，被崖边老藤绊住，有了缓冲，方能幸免于死，却深受重伤，险些瘫痪，亏得被山谷农户救下，在农户家中养了半年的伤，才捡回一条命。因山谷闭塞，与外界通信极难，联系到亲兵来回又耗了几月，如此，才拖到现在返京，叫太皇太后操心了。"

贾太后唇齿滑出一丝叹息。

"太皇太后，"施遥安瞥一眼三爷的腿踝，"三爷的腿骨上至今还有伤。"

贾太后只见这孙儿将裤腿略一卷，露出一道醒目的疤，像是腿骨断了之后定位的钢筋印痕，不禁摇头，"唉，可怜。"再也没多问，叹了口气，"不管怎样，亏得你及时回来，才能镇下今夜这局面，否则还真被这些臣子将魏王给提拔上来，届时若由韦家一手遮天，皇上只怕是……"

天色不早，宫女安排好秦王一行人的住所，还是在原先摄政时居住的崇文殿："三王爷与各位大人请随奴婢们过去。"

夏侯世廷并没即刻离开，眼眸一动，转颈，朝慈宁宫宫墙外望一眼。

贾太后猜出他心思，轻踱上前，压低声音："老三，哀家知道你想见她，可她现在是皇上后宫的美人，论身份，不是你的王妃，而是你弟媳，你总得顾忌一些。"

夏侯世廷沉默俄顷，领着施遥安等先离开了慈宁宫。

慈宁宫这边出了乱子，后宫女眷们听到一些风声，却也不知道具体怎样了，忐忑了大半夜。

瑶台阁。

齐怀恩刚从外面回来，匆匆进来，初夏将他赶紧一拉："慈宁宫那边现在如何了？那些臣子们还在缠着太皇太后吗？走了没？"

齐怀恩脸色大白，似是惊魂未定："慈宁宫附近被人封了路，不让过去打探，只听说闹事请旨的臣子们都散场了，唯独郁相死了！"

“怎么会死了？”初夏一惊。

“听说景阳王好像进宫了，还带着一行人，也不知是谁，反正将局势给镇下来了。那郁相不甘心，还要继续纠缠，差点儿冒犯太皇太后，被下人不小心射杀了，其他大人受了惊吓，这才再不敢多闹，也都离宫了。”齐怀恩气喘吁吁。

景阳王带了人进宫？这镇下局面的是谁？

云菀沁心头一动：“与景阳王进宫的是谁？”

齐怀恩道：“这会儿慈宁宫旁边被封得紧紧，后宫乱成一团，奴才也过不去。不只主子好奇，现在其他宫殿的娘娘们这会儿也都叫人在宫内打探呢。”

“主子别急，明天天一亮就知道了，提心吊胆了一晚上，总算没事儿了，主子先歇息吧。”初夏道。

云菀沁心中跳得极乱，哪里睡得着，却也只能等明天了。刚准备洗漱宽衣，只听门外传来一声传报：“云美人，太皇太后有请。”

一个小公公站在帘子外恭请。

云菀沁见那公公有些面生，疑问：“往日太皇太后来召，不都是派马嬷嬷么？”

小公公打了个躬：“今儿晚上慈宁宫那边事情多，想必云美人也听到些风声了，太皇太后那边经了些波动，马嬷嬷哪里抽得出空，正在身边照料着呢。”

云菀沁再没多问什么，本来就惦记了一晚上，太皇太后既然来传，哪里又等得到明天，带上初夏，随着公公离开瑶台阁。

离开瑶台阁，走了小半会，周围安静下来。

云菀沁注意到不是常去慈宁宫的路，脚步稍缓了下来。

“云美人走快些，太皇太后等着呢。”那公公提醒道。

初夏得了云菀沁的眼色，一蹙眉道：“这是去慈宁宫么？平日不是走这条路。”

公公步子一止，回过头来：“云美人也太多心了，不是说了么，慈宁宫出事了，早被禁卫给守住了，大路行不通，走小路方便。”

云菀沁没继续朝前走，环视了周围一圈：“小道太黑了，夜路难行，初夏，你去将齐怀恩叫过来，让他提个灯笼。”

“是。”初夏应下，要转身。

那小公公一听她要去叫瑶台阁的公公，脸色一变，脱口而出，阻止道：“就剩几步路而已了，哪需要去拿灯笼？”

瑶台阁离慈宁宫颇远，才出来一会儿，怎么就只剩几步路了？

云菀沁明白了，根本不是太皇太后召见自己，眉心一拧：“好大的胆子，竟敢假传太皇太后口谕！”拽起初夏的手，掉头离开。

公公急了，悄悄捡起地上石头，趁两人转身，几步上前，扬起手，一下子打到初夏头上，见那婢子应声而倒，又掏出早就备好的帕子，从背后一把捂住云菀沁的口鼻，已是撕破刚才的恭敬脸色，恶气狠狠地道：“惠妃果真没说错，还真是个不叫人省心的！叫你去你就去，哪里来的这么多推阻猜疑？”

竟是蒋妤。

云菀沁眉一蹙，嗅到一股奇异却不陌生的香味，知道是迷香，虽尽力闭住鼻口，无奈帕子上涂抹了太多，还是吸了一些进去，意识发散，开始有些模糊。

那公公见她挣扎不休，下了狠心，再捂紧了三分力气，待女子软下来，才扛起来，借着夜色作掩护，匆匆离开。

初夏挨了一石头，被砸得半晕，倒在地上起不来，却隐隐约约察觉主子被人挟持走，待力气一回来，马上撑地起来，跌跌撞撞回了瑶台阁。

一进天井，初夏的样子惊得瑶台阁的宫人都围拢了上来：“初夏姑娘怎么了？”

齐怀恩也是吓了一跳：“你不是跟主子去慈宁宫了吗，怎么一个人又回来了？”

初夏气儿都没喘匀，一把捉了他腕子：“是蒋惠妃假冒太皇太后的口谕召咱们出去，主子这会儿被她的人不知带到了哪里，快去叫人找！”

“蒋惠妃会有这般大的胆子！”齐怀恩一震，那蒋妤素来恼恨自家主子，如今趁皇上不在京城，今晚皇城又乱糟糟，生了乱子，只怕是想趁这个良机报复主子。

齐怀恩定了神，立刻吩咐几个宫人道：“快，去通报慈宁宫那边！”

聂嬷嬷急道：“完了，今儿慈宁宫那边乱得不行，都封了路，只怕连太皇太后都见不到，这可怎么是好？”

初夏想起什么，交代几个宫人：“沈侍卫今天在宫里值勤，你们赶紧去哨岗通知他一声。”又拉了齐怀恩，带了几个太监，去了同光宫，在大门口嚷着要找蒋妤要人。

许久后，蒋妤携着几名宫人出来，站在庭院里，对着门外的初夏等人讥讽道：“还真是出了鬼，你们主子不见了，跑我这儿来找？本宫这儿可不是贩卖人口的人牙子行，若有证据，现在就去报太皇太后来搜，若是没证据，你们再这样吵嚷就是以下犯上，别怪本宫叫人将你们几个狗奴才拖出去打死！”

齐怀恩正要撸袖硬闯，初夏将他一扯。蒋妤便是再笨，也不会将人藏在自个儿的宫殿，这会儿没时辰跟她纠缠，找到主子才是最重要的。她拉了齐怀恩小声道：“你注意到没？惠妃那心腹婢女一向跟在她身边，这会儿却不在，会不会是惠妃派了出去——跟咱们主子在一起？”

两人再不多说，匆匆离开了同光宫，走到一半路，只见聂嬷嬷已追了过来，喘着气儿道：“慈宁宫的几面路都拦了，禁卫死活不放，说是太皇太后放过话了。奴婢们好说歹说，那些人也都不让咱们进去……”

正在这时，男子脚步声传来，众人循声望去，只见沈肇领着几个禁卫闻讯过来了，一见初夏等人的神情，不用多问就知道人还没找到。

初夏焦道：“沈大人看怎么办？惠妃这种事儿都做得出来，恐怕会对主子不利，得要尽快找到，还请您多带几个侍卫帮忙搜一下。”

偌大的皇宫，夜色中一团黑，主使者不说，能去哪里找？光靠几个侍卫一时半会儿哪里搜得到。

沈肇脸色一动，让几人少安毋躁，带着人朝皇宫的西北所大步而去。

夜幕下的崇文殿沉静而庄严，刚有人入驻的喧嚣已经退了下去。

先随秦王进京的一批将士已经安排在了各间配殿耳房内。

不到几个时辰便要天亮，待雄鸡一唱，天光大白，太皇太后懿旨一发，朝上的这一柄权杖，便会重回他手上。

一年多的隐忍，并非白费。

只有如此，他才能光光亮亮、堂堂正正，被人恭请着返朝掌权。

夏侯世廷坐在案后，轻抬手指，摩挲沾了尘埃的案头。

施遥安见大局已定，亦是心情松弛，陪着主子站着，又低声说："三爷，我已经通知了陕西郡那边，今日的事情一定，长安那边剩下的亲兵和王府近臣都会后批赶来京城，三爷局势便更稳固。"

夏侯世廷置若罔闻地听着，目光透过敞开的窗，朝北面望去。

朝北方向，正是后宫所在地。

施遥安知道三爷在想什么，又道："太皇太后说得没错，娘娘……云美人如今是皇上后宫的人，三爷和云美人关系需要避忌。三爷刚回宫主事，总不能让人议论您肖想后宫的妃嫔。暂且忍几天，再想法子要回不迟。"

云美人。

这称呼，让他眉心虬蝻成藤蔓，嘴角又凝作冰，冷笑一声。

正这时，门外传来急遽脚步，有人吵着要进来，眼看崇文殿外面守夜的人拦都拦不住。

"怎么回事？是谁敢闯殿？"施遥安出去正殿，只见几个大内侍卫模样的人往里闯，刚要走过去赶人，一讶："沈大人？"

又大声："快放开！是沈大人！"

几名秦王亲兵手臂一松，沈肇推开众人，走到殿前廊下，抱手道："夜深打扰秦王，冒犯了，下官有要事相禀。"

殿内。

夏侯世廷的幽深眸光落至门外人身上，沈肇为开城门后自甘领罚降为皇宫侍卫，也是为方便照顾宫内的她，眼下对他态度倒也算客气："沈大人说吧。"

殿外，沈肇焦急的声音贯穿夜色，驰风而来：

"云美人被不知名宫人带离瑶台阁，不见踪影，还请秦王派人手搜宫！"

云菀沁撑开沉重的眼皮，鼻子下犹有迷香的残余味道，四肢软绵绵的。

四周环境阴气森森，头顶上吊着昏黄的灯盏，嘎吱晃动，身子下面是潮湿的地砖。

目光所及处，是一格格被木头栅栏围住的囚室，窄小得一丝月光都无法射进的小天窗，以及挂在墙上的镣铐枷锁。

是皇宫里的牢狱。

“醒了？来人，将云美人搀过来。”女声冷冷。

她艰难地抬起头，循声望过去，是蒋妤身边的贴身婢女，不禁好笑：“你主子是个疯狗，你也疯了。借太皇太后口谕将我挟持到这里，你们也脱不了一个死。现在，瑶台阁的人应该都在找我，你家主子便是想整我，也不必用这种玉石俱焚的法子。”

婢女笑了一笑：“皇上不在宫里，太皇太后如今自顾不暇，今夜皇城起了乱子，正经事都忙不完，谁顾得上区区一个美人？就凭你瑶台阁那几只小猫小狗，等找着你时，只怕已是干尸一具。明日我家惠妃自有说法，云美人就不用操心我家主子如何善后了。”

又一弯腰，拾起手边一张薄绵帕，放进装满清水的铜盆里浸湿，捞起来，双手一转，拧成半干。

一个公公走到云菀沁身边，就是刚才那名小太监，将她摁在石榻上。

婢女拿着汲满了水的棉帕过去，将帕子打开，铺在她的脸上。

濡湿帕子牢牢黏在皮肤上，密封罩住云菀沁的整张脸。

她只能吐气，不能呼进空气，帕子汲满了水，沉沉的，也吹不下来。

“云美人可见过这种死法？”婢女悠悠说道，又从一堆干帕子上拿起一条，浸湿后，加盖了一层，“宫里的人叫作‘贴金纸’。将湿巾一层层盖在脸上，人只有出气儿，没进气儿，慢慢窒息而亡，身上不会有任何伤口，不会让人怀疑，却是最痛苦的死法……唉，奴婢也觉得这手段太狠了，可谁叫云美人就是不讨惠妃的喜欢呢？”

第二条湿巾覆面，空气更稀薄。

第三条开始，云菀沁手脚开始挣扎，却被公公给压得紧紧。

“再告诉云美人一件事吧，是惠妃让奴婢在您往生前说的，”婢女暂时停下加盖金纸，蹲下身，在她耳边低语，“云美人可知，刚刚是谁进宫镇压郁相和群臣？是秦王——秦王没死，回来了呢——云美人与前夫好容易重逢，却缘悭一面，天人永隔，这会儿定当是懊恼得很吧——”

这也是为何自家惠妃非要今夜动手的缘故。

一来，今夜宫廷大乱，实在是大好机会。

二来，秦王回来了，若今日不动手，只怕以后再难有机会。

云菀沁听了婢女的话，心尖儿一颤，粉拳攥紧，双膝一躬，又被公公按了下去，

是他，他回来了。

降临的死亡阴影，竟一瞬被惊喜掩盖，让她几乎忘记自己快丧生在牢狱里。

与此同时，下一条贴上面颊。

湿巾如毒蚁，一黏上去，巴得紧紧，吞噬了外界的空气，刚刚的惊喜流失，她意识慢慢丧失，呼吸困难，宛如被丢上岸被太阳活活蒸烤得快要龟裂的鱼，连挣的力气都没了。

似又回到重生前被妹妹推下池子溺水的那一刻。

一模一样的感受，呼吸不到任何空气，耳朵嗡鸣，胸口快要爆炸。

脑子里闪过无数次过往场景，就像走马灯一样。

前世病亡前，她脑海也是闪过幼年、童年和少年时的记忆片段。

人临死的时候，脑子里才会回放零散记忆。

难道这次，真的逃不过这一劫？

上次殉葬，几个医女哭得撕心裂肺，她却信心十足，觉得不会有事，老天爷让自己重生一次，不会让自己这么完了。

可这一次，她竟畏怯了。

重活一次，本就是捡的一份运气，是老天爷怜悯她前世过得压抑隐忍，被人夺了不少该得的，连平凡女子该享受的都没得到，给她再来一次的机会。而现在，她该经历的都经历了，运气也恐怕用完了。

三爷回来了。

这次回来，他定会坐稳朝堂，兴许还会成为前世的那个他。

前世，昭宗的后宫没有自己的存在，她只是归德侯府二房孙媳妇，两人关

系遥不可及，完全搭不上界。

今生，若他真登基为皇，老天爷又怎会反历史轨道，在他的后宫多加一个自己？

今日真是自己的死期吗——

娇容血色褪尽，笋指因为蜷曲嵌入了掌心，手背青筋微显，几层金纸下，双眸灌满血丝……

有个声音似乎在耳边不停轻喃，告诉她，她多活一辈子，已经赚到了，劝她放弃算了。

她死死抗拒着那个声音。

她想抱一抱小元宵，儿子还没叫娘……

意识越来越昏沉，思绪渐渐如烟雾涣散，她手指一截截缓缓松开。

哐——！

施私刑的婢女和公公齐齐一震。

铁门被人大力踢开，几人前后冲进来，劲风扑撞而来。

婢女看清几个来人，脸如土色，软倒在地。

“狗奴才活腻了！给小爷我等着！”齐怀恩一见石榻上的主子，恨从中来，临跑进去前，一脚踹中那公公胸骨。

初夏抢先一步过去，掀了女子面上的几层湿巾，一试探，气息微弱，几不可察，忙道：“主子快醒醒——”

铁靴踏过清冷牢狱地砖，靠近低矮逼仄的囚室，听到了里面的哭声，更加心焦火燎的急，步伐几乎凿穿石板。

亲兵们将那婢女和那公公拎起来，退到一边，让路给主子。

走进牢房，囚房内的画面映现在他急灼得快要烧起来的通红眼瞳仁中。

初夏抱着怀里的女子，又掐人中，又是大喊，却叫不回她神魂。

女子美貌如初，甚至更要妍丽，就算现下这模样，还是不掩色泽，可眼睫合得紧紧，双颊霜雪一片，掌心肉有因为痛苦挣扎而掐过的痕迹。

看得他心中宛如被叼去一团血肉。

乞巧节那夜隔着车厢帘子，他虽不方便告诉她自己回来了，却透过帷幔，仔细而灼热地端详她的每一寸眉眼，恨不能将这一年多的遗憾补偿回来。

彼时，她虽然摔得鼻青脸肿，到底却是活生生的。

此刻，她宛如抽走了浑身鲜活，像一樽冰冰凉凉的精致石雕。

“没气了，主子没气了……”初夏唤不醒她，大哭起来。

齐怀恩一呆。

冲进来的亲兵窸窣起来，有几人是老人儿，知道这眼前的女子是隆昌帝如今后宫的妃嫔，却还有一个身份，——是秦王昔日的王妃。

夏侯世廷在一阵低低的哭声和喧哗中，脸色阴冷，大步跨进，蹲下昂长身躯。在众人惊诧眼光中，只见他握住那云美人的手腕，拇指号住她脉上的一处穴位，贴下头颅，当众吮含住女子香唇，急救过气，又解开她衣襟，浑厚大掌隔着轻薄的亵衣，贴在她胸脯左下方，适度按压。

久病成良医，且又是上过沙场的军人，总会有一些急救手段。

只是云美人如今身份到底是后宫女眷，王爷这样也太……

亲兵惊讶过后，都只当看不见，偏过头去。

一番折腾下，佳人衣裳大敞，肚兜露出大半，谁敢多瞧？

非礼勿视！

还不怕事后被摘了眼珠子？

俄顷，夏侯世廷将她打横抱起来，朝大门走去，亲兵们又慌忙让出路。

怀里的人儿浑身凉透了，连指尖儿都像是冰得如水里捞起来，抱起一瞬间，他心头一动，将她揉得更紧，又用鹤氅将她裹得紧紧，这样或许能换回一丝热度。

“三爷，主子怎么样了？”初夏爬起来，围过去看，哭着问。

他一边走着，一边沉道：“去叫姚院判来。”

齐怀恩飞跑出去。

“王爷，这两人怎么处置？”有亲兵一指小太监和筛糠发抖的婢女。

前方人铁靴未停，偏过颈，望一眼囚室墙壁上的刑具。

其中一套，最是醒目。

一个铁钩上挂着一个麻绳编织的千洞大网，旁边是各种尺寸的大小匕首。

剥光犯人衣裳，将网子套在犯人身体上，挤出网眼里的一坨坨肉，再用小刀，一块块地割下来。

网眼密密麻麻，小如鸡卵，足有几千，人一时死不了，只会疼得人生不如死，割去千片肉后，才会断气。

俗称的，千刀万剐。

他一把声如寒铁坠入无底深井，在囚室内毫无感情地回响："凌迟。"

就算她此次没有事，也势必让这一群害过她的人百倍相还。

同光宫，夜将尽。

蒋妤悬着一颗心一夜未睡，只披着寝衣在庭院徘徊，等着心腹婢子回来报信。

破晓刚过，殿门传来急遽的叩门声。

她赶紧让宫人拔掉门闩，却见到一群陌生将官冲进来，看打扮，不是大内禁卫。

"你们是何人？后宫禁地，竟敢乱闯！来人啊，来人！"

蒋妤心中顿感不妙，退后几步，叫人去喊侍卫。

几个魁梧兵将冲过去，刀鞘微一抽，挡开几个手无缚鸡之力的宫人，绑了个瓷实，又一一堵住嘴，然后将蒋妤提到前面。

一名身材高大彪挺的中年将官走出来，一双炯目宛如秃鹫，毫不留情地上下打量蒋妤："咱们是太皇太后邀请进宫的，不是什么贼子。你是同光宫的主位蒋氏？"

蒋妤明白了眼前是什么人，抖索起来，答非所问："……你们好大的胆子，凭什么这样闯到同光宫，是想造反吗？"

"秦王今日天一亮便要上朝主政，皇宫大小事务统管于名下，"男子再不跟她打什么官腔，"蒋惠妃假冒太皇太后口谕，公报私仇，残害妃嫔，还在产床上祸害云氏母子，险些造成一尸两命，数罪并罚，即刻押赴宫中大牢。"

"岂有此理，"蒋妤惊叫，"这些罪名本宫不认。本宫是皇上的妃嫔，就算处罚，也轮不到你们！便是不等皇上回来，也该由太皇太后先来审，岂容你们造次？来人，来人啊——你们这是干什么——”

吵得将官脑门发麻，不耐烦地一把将她拎过来，将她嘴巴塞了布条，叫人拖出同光宫。

天亮了。

贾太后起身后，端详朱顺昨夜拟好的懿旨，正看到一半，只见朱顺从外面慌里慌张回来，将同光宫那边的事情汇报了一遍。

贾太后手上的云绸旨差点儿跌了下来。

马氏亦一惊：“两个下人……都被秦王凌迟了？”

“正割着呢，女的割到第七百八十多刀就疼死了，那太监倒命硬，到现在还没断气儿，不过也差不多了。”朱顺揩一把汗。

马氏倒吸一口气：“……惠妃呢？”

下人都这样，蒋妤还能有好下场？

“天亮前被秦王身边的将官押去了大牢，投了壶——”

贾太后和马氏一听，白了脸。

投壶是宫里一个严刑，将皇宫庭院中收集雨水的半丈多高的青铜水壶烧热，再将犯人投进去，活活给煮死。

“已用了刑？”贾太后忙问。虽说自己也不喜欢蒋妤，这次蒋妤确实也太过分，可再怎么，后宫妃嫔也该由她亲审后再处罚，那老三招呼都不打一个，而且还用这种残暴的手段，实在妄为。

朱顺点点头，据说那蒋妤一被丢下去，连个泡儿都没鼓，只听得惨叫一声就没了声息，再等打捞上来，已是成了水煮青蛙，皮儿都没了，自己都不敢近前去看，又低声道：“那惠妃不单这次残害云美人，听瑶台阁的初夏姑娘交代，似是生二皇子时，惠妃也曾买通嬷嬷加害过云美人。那云美人子不落地，最后剖腹生子，全是因为惠妃让人暗中操作，只当时惠嫔权势大，云美人没证据，吞了这口气。估计因为如此，秦王才更加怒极攻心……血洗了同光宫。”

这就难怪了。

贾太后听小元宵险些葬于蒋妤的手，恼怒道：“这个贱妇，哀家的宝贝孙儿也差点儿祸害了！”这么一恼，也没对秦王的做法说什么了，只恨道：“罢了，罚都罚了，还能怎么办，人死不能复生。若外面有风言风语，就说是哀家同意的。”

朱顺示意知道。

“云美人没事吧？”马氏开口。

朱顺脸色阴暗了几分：“送回瑶台阁了，姚院判去看过，到现在还没醒来。”

贾太后脸一变：“怎么回事？”

“据姚院判说，憋窒久了，也不知道几时能醒。”朱顺叹口气，又安慰，“不过，性命暂时无忧，太皇太后放心，宫中这么多的巧手名医和名贵药材，没事。”

贾太后打起精神，抬头看看窗外，天际明亮，日头高升，道：“秦王呢？”

“已到了金銮殿，臣子们也到场了，就等太皇太后发旨。”朱顺忙答道。

贾太后将懿旨交予朱顺手中，挥手：“去殿上，传哀家懿旨。”

朱顺小心翼翼地捧了旨，告退离开，朝金銮殿走去。

贾太后望着朱顺的背影，莫名感叹。

这道旨一宣发，皇宫内外，朝野上下，便尽数归那老三统管。

比起上次的摄政，这次，才是真正的一统江山，行天子之职。

眼下，国无君主，臣子慌乱散成一锅粥，对于想要一登高位的人，正是好机会。

老三显然已经拉拢了景阳王，昨夜又以护驾的名义，杀了最后一只拦路虎郁文平。

只怕，他的下一步计划，已快来了。

马氏见太皇太后沉思，试探着问道：“太皇太后袒护秦王屠杀妃嫔宫人，不仅是因为太皇太后想为云美人和二皇子出口气吧？”

贾太后望一眼多年的身边老人儿，不语。

马氏继续：“……更重要的是，如今秦王是顶梁柱。若没了秦王，那些臣子又得复卷而来。”顿了一顿，提醒，“可太皇太后，秦王眼下回宫，显然不仅只想摄政……”

贾太后手一举，打断她说话：“哀家又怎么会不知道？这老三失踪了一年多，一直没音讯，刚好皇上亲征被俘，他便回来了，刚好又是臣子闹腾时，他进宫镇压，会有这么巧的事？什么跌落山谷，什么在农户家养伤，你当看戏啊？”

马氏蓦地一惊：“如此说来，难道皇上御驾亲征和被俘，也跟秦王脱不了关系……”

“住嘴！”贾太后声一厉，“这事没证据怎么能乱说！”

马氏忙垂首：“是。”

贾太后虽制止了马氏，心里却活络起来。

皇上是名正言顺的储君，秦王若想取而代之，无论如何都会遭天下人唾弃，被臣子反对，便是去年夜闯皇宫杀了太子，也不过是凭借武力上位，平定不了人心，龙椅坐不稳，亦坐不长。

与其这样，不如暂退一步。

老三干脆借着闯宫这事自请离京，其后更诈死隐居一年，让皇上掉以轻心。

待皇上御驾亲征被俘，他才亮相于朝上，这个时候，他才是众望所归。

若是皇上迟迟不回，他再上位，便是名正言顺，得天下之信服。

既铁了心要登上那高位，又哪慌这一两年？

他倒是会取舍，不焦不躁。

这样一说，皇上被俘的事——

恐怕还真是与老三脱不了干系。

贾太后脊背莫名发凉。

不过，就算将这老三的肠子识得干净，也无奈，如今朝廷上，到底只能靠他。

不让老三上位，难道叫魏王上去吗？

更重要的是，有这份心智，不愁社稷不稳。

当皇帝的人，谁管他是好人还是坏人？只要管得好江山，就罢了。

细思下来，贾太后睁一只眼闭一只眼，再不多提这事儿，只想起什么，对着马氏道："走，陪哀家去瑶台阁一趟，哀家想看看沁儿。"

耳边隐约有声音飘着。

宫人们进出脚步声，初夏熟悉的焦急询问声，姚院判的叹息回答，甚至还有小元宵在耳边咿咿呀呀哭喊。

云菀沁有些朦胧意识，偏醒不过来，就像是跌进了一场漫长的睡眠，被梦魇给缠住，除了声音，四周都是雾气，裹得她辨不到方向。

"小元宵，快叫你娘。"是初夏的声音。

肉呼呼的小手儿拼命挠她的耳朵根子和头发，哭着想要吵醒她。

她嗅到幼儿软绵绵的乳香气，近在咫尺，伸臂欲去抱，却捞了个空，耳边的声音瞬间消失。

虽然闭着眼，视野中却浮现出橘融的光芒，似是夜间掌的灯。

"小元宵。"她蠕动着唇，双眸睁开一点细缝，室内的烛光照得眼前一片亮，窗户似乎敞开了缝儿，有银白月辉照进屋。

已经是晚上了。

头好疼——

全身四处疼痛，虚弱不堪，连动动手指头的力气都没有。

这种感觉，好像有些似曾相识？就像是——病入膏肓的垂死病人？

她轻轻喘息几口，睁开眼，正要叫初夏和齐怀恩，再让乳娘将小元宵抱过来，床头，飘来男子的声音，淡淡道："你醒了。"

一具身影从圆墩上站起身，背手踱近，站在榻边。

她怔然望住他。

面前男子明明是她最熟悉的那个人，似是又成熟了几岁，可明明只分开不到两年。此刻大氅内着玄黑九龙五爪勾金云锦袍，脸上虽有几分惊喜，可目光里，怜悯和同情居多。

人虽醒了，脸色却更加苍白，好像所有力气都在那场告御状里用竭了。

他知道她现在只是回光返照，心中动容，再想起这榻上的娇人儿在相国寺的举动做派，语气稍微柔和了点，“要不要朕给少夫人拿杯水？”

门口，齐怀恩叩门两声，窜进头来，“皇上，不早了，什么时候回宫啊？归德侯府的邢老太太又派人催了。”

云菀沁更一惊，不知道哪里来的力气，撑起了半边身子。

还是那个齐怀恩。

可衣着显然比跟着自己的那个瑶台阁小太监高级不少，——是天子身边内侍的打扮。

这是怎么回事？这是哪里——

她头疼得更厉害，环视四周。

室内的装饰映在视线里，窄小逼仄的闺房，散发着浓浓的药味，房间昏暗，亮一点的灯烛都舍不得多点，粗简的八仙桌上放着大大小小的药罐子和碗勺，沾了尘的窗棂上贴着几朵陈旧的窗花，勉强给房间增色一些，还是初夏为了给这死气沉沉的房间添些颜色剪的——

这是在她告完御状后，被侯爷夫人邢氏赶到西北院落自生自灭的那间小偏厢。

一定是梦。

“催什么催！”夏侯世廷听了齐怀恩的催促，眉宇拧起，极不耐烦。

齐怀恩还是头一次见皇上不合规矩的举动。

在相国寺内听信一名闺中弱质的御状证词，搜证慕容泰和云家的不法事就罢了，如今——皇上竟还夜间微服，看望少夫人最后一面。

皇上对这慕容家的少夫人，当真是不一般啊。

难道是看上这少夫人？不对，皇上不是那种好色之人啊，再说了，就算好色，这位少夫人病得不轻，都快死了，再怎么饥不择食，也色不到一将死之人的头上啊。

齐怀恩见皇上有薄怒，再不敢多说，关上门，出去应付邢氏去了。

云菀沁回过神，努力将震惊的心情拉回来，再次望向榻边的男人——

前世相国寺御状之后，她便丧失了意识，只记得被拖回了侯府。犹记得，病榻前，临终之际，的确似乎有人来看过自己，可她神志不清，从不知道竟是他微服来侯府看望过自己。

她回到了前世病危之际。

只怕就是临死的前一两日，她是病榻上快要气绝的病妇。

夏侯世廷见她脸色错愕，只当她还没从在闺房里看见自己的震惊中回神，道：“少夫人休怕。”

男人的轮廓在昏黄灯光下深深浅浅，睫一低，眼睑下落下一片阴翳。

她好久没看到他，心尖一漾，眸子微润，这一年多的思念奔涌而出。

他见她身子轻微颤抖：“少夫人是不是不舒服？”

话没落音，身躯一滞，幽深瞳孔微紧。女子冰凉小手举起来，贴在了他脸颊上，沿着他刀裁的鬓发缓缓游弋，看着他的目光，不是臣对君，不是下对上。

这种眼光，是相识了许久的神色。不是故友，不是红颜知己，是属于眷侣之间才有的。

奇异的是，他居然一点不排斥，还很受用。

不过，到底还是轻握住她枯瘦纤腕，拉到一边，义正词严道：“少夫人请自重。”

他的拒人千里，让她倒不自禁莞尔，苍白的香唇边浮出一丝笑意，可这该死的身子实在不容许她耗精力，马上喘起来。

胆大妄为地摸自己的脸，又莫名其妙地发笑。怎么看都像是大逆不道，调戏君心。

果然是拼死绊倒负心汉的女子。夏侯世廷当她是病糊涂了，心中又徒增了几分惋惜，却见她停下喘息，支起半边身子，斜倚在迎枕上，虚弱道：“妾身有个问题想问皇上。”

“说。”他恢复正色，虽挡开她的手，却不易察觉地朝她病榻倾近了几寸。

“皇上为什么会信任妾身，还这样照拂妾身？”这是她前世疑惑的。

重活一世后因为揭开了一些事情真相，她能猜到几分，只等着他的回答来确凿。

他望向她：“你真要知道？”

她点点头。

男子眉目微结，掂量了下，委婉道："你生母许氏，与先帝爷是故交。"

说完，他等待着她的惊讶和追问。

出乎意料，榻上女子并没太过震惊。

她终于释然。

果然，前世的他倾向自己，是因为他知道宁熙帝和母亲的事，也许前世宁熙帝临终前，还将自己和弟弟托他照顾。

难怪她一个闺中妇人闯到御前告侯府的状，他给了自己极大的耐性，还不顾归德侯府的面子将慕容泰捉拿下狱，并在自己最后的光阴亲自来看自己。

夏侯世廷凝视着她的淡然，这真是个满身都令他好奇的女子。

当初父皇托孤，坦诚云府的姐弟是他红颜知己的一双儿女，待自己驾崩后，若姐弟俩遇到什么事，叫他暗地出手，关心一下。

红颜知己？

他当时不觉心中一笑，料不到父皇原来这样风流，连臣妻都要搞，嘴上倒也顺从了父皇。

没料初次一见，就是她泼天来了一场告御状。

"你放心，你被赶出家门的弟弟，朕也在派人找，待找回来，会想法子为他安个适合的去处。"他望着她。

原来自己前世过世后，弟弟的下场不坏。

云菀沁最后一点心结释开，露出笑意。

即将凋零的花突然绽放，有独特的璀璨，看得他心动几分，气血微微一涨，用气功压下，百骸方才顺畅流走。

因说不出来的毒伤，宫中女色形如摆设，年逾二十，登基一年，还未沾女色，更未立后，一贯对女子也欲望清寡。每逢去后宫，只去表妹那里，别人都以为崔贵妃是后宫盛宠第一人，谁又知道，他与表妹从小便是兄妹感情，压根儿不可能有任何界越之事，表妹只是帮他掩饰不能人道的挡箭牌？

这个云氏，却从相国寺到现在，一次又一次点起他体内的火苗。

是因她美貌？现下病成这样，能有多美？他自嘲。

可为何就是对她有种说不出来的——亲近感？

她注意到他的目光开始有些异样，蓦地开口。因为气虚，字句颤抖起伏，倒更是撩人，斜眸中波光横飞："皇上为何这样看妾身？"

他脸色一赤，坚决不认账："少夫人多心了。"

两辈子都差不多，死鸭子嘴硬，闷骚得很。

许是太久不见，就算眼前这个男人与自己还没来得及相识，她仍是克制不住情思，手往前一移，小心地捏住他一根指："三爷是想说妾身自作多情了？"

他不敢相信她的言行，这下再不能用病糊涂来替她解释了。他浓眉攒紧："是谁教你这么喊朕？连宫里的女子都没这么喊过。"

被她拽住的手指，却中了咒语一样，任由她握住。

宫里的女子？

他说的是他后宫的那些嫔妃。

这一世，他的后宫名单上，没有她的名字。

云菀沁心头一动，握得他更紧："皇上能不能再帮妾身一次？"

他睨一眼她小手，平定血气，让自己看上去很冷静："什么事？"

她一阵目眩头晕，身体发出最后通牒，警告她寿命不久。她强忍住不适，直直盯住他："妾身想成为皇上后宫的人，无论什么名分都好。妾身知道自己已经是风中残烛，又是归德侯府的女眷，可以待妾身走了，皇上再封册妾身，只要让妾身上了玉牒，成为后宫的女眷就好——"

他惊诧地望住她，她不是说笑，更没半点害臊，就像是在完成一件重要的任务。

他不知道她这样做的意义何在，死了，要个虚的封号，又有什么意思？还得背着个不好听的二嫁名声。

可她的神情很紧张，他竟不忍心让她有半点失望。

"你，想当朕的女人？"他疑惑审视，"可是暗恋朕？"

她轻巧莞尔，点点头，满足他的自尊心，兴许他就会同意了吧，又道："先帝能做的事儿，您也能子承父业，更能青出于蓝，发扬光大。"话说长了，咳喘几声，喉头甜甜，感觉呕出血了，暗中吞下去。

好一个讽刺。

先帝与臣妻有染，所以他这继任皇帝合该也不能落后？

夏侯世廷瞥她一眼，却气不起来，唇角反倒还挑起一抹笑。沉默了片刻，语气批示下级一般："朕考虑考虑吧。"

她知道他这么说算是答应了，吁了口气。这样，可会改变她重生以后的命运？前世若昭宗妃嫔册上有她的名号，那么，这一世兴许她能继续好好活下去。他若成了天子，她进入后宫，也算不得与历史背道而驰了吧。

正在遐思，有声音飘进耳帘："那么，现在轮到少夫人来告诉朕了。"

她一疑，抬头，只见他俯了半身，离自己不到两三寸。这个角度看，斜眉直飞入鬓，眸仁难得闪烁不定，无平日的沉着："为什么朕觉得跟少夫人似曾相识？"

这话若是其他男子说，活活就是勾搭良家女的登徒子，从他口里冒出来，竟是真心实意的，十分诚恳。

她轻笑："妾身这辈子哪有跟皇上相识的时光……"身子脱力，眼皮也发了坠，只是还有一件事没有做，仍死死撑住，目光朝他手上扫去。

他没注意她动静，只听着她的一番话，居然心情不大好。倒也是，刚刚认识便已经来不及深交，不由对慕容泰生了几分痛恨，光终生监禁的处罚还不够，今后每隔一段日子得去牢里收拾收拾。

正想着，榻上女子蜷起身子，血丝从嘴边缓缓流出来。他脸色一变，正要将她托起来，女子一把抓住他的手，抽出他拇指上扳指——

他一惊，却见她已扬起那玉扳指，罄尽最后力气，猛力朝地上摔去！

"砰"一声，玉石裂开，碎作两瓣，扳指内露出一张泛黄的卷纸，翘起边角，有墨痕字迹。

他唰地站起身，无比震惊，再回过头，只见她已仰倒在迎枕上，双目合紧，刚刚颊上的浅浅血色全部褪了个干净，早已气若游丝，不省人事了。

他胸口发震："来人！"

……

浑浑噩噩中，云菀沁失去了所有意识，仿似在黑夜里奔跑，如何也跑不到尽头。

她记得自己最后摔碎了他的扳指……

对，应该摔碎了……

终于大白天下的解药方子会配置出解他毒伤的良药。

那么，也许他后世的命运也会跟前世一样，不会英年早逝了吧？

这般想着，她方才放下心，睡得更加沉。

不知过了多久才又有了意识。

这一次，她发觉自己再没有肉躯，她知道，自己已经病亡了。

身子轻飘飘，似是一缕魂魄游荡，待眼前有亮光，她感觉自己既没回到瑶台阁的床上，也没回到归德侯府的病榻上。

她不知道自己在哪里，宛如一团雾浮在半空，顺其自然地观赏着，就好像是一缕魂魄还没被牛头马脸带走之前，走一走以往的足迹。

长发披散的男子抱膝蹲在简陋潮湿的囚室地上，是慕容泰。

狱卒进来，打开镣铐。

一名风尘仆仆，满脸风霜，似是赶了很远路的青年男子踱进来，后面跟着一个再熟悉不过的女子，是沈子菱。

慕容泰见到男子的神情，脸色大变，站起来往后退：“你要干什么？”

男子一手拎起他衣襟，扬起铁拳，一拳又一拳砸向他的脸，每一拳都下了死手，毫不留情。

云菀沁几乎听到了拳头过风的呼呼凛冽声。

慕容泰从初始的恸哭哀号到奄奄一息，呻吟：“不……不要打……不要打了……”脸上的血滴下来，濡湿了囚室地上的草垫子。

“是你说，你婚后只会对她一人好，是你说会代替我照顾她！结果呢——结果呢——”每句话包含的暴跳如雷叫人心惊肉跳，一句话下来，便一记钢拳砸下。

狱卒怕闹出人命不好交代，走过来劝阻，沈子菱也将他拉住。

男子住手，最后一记拳头收不回来，砸进慕容泰旁边的墙壁内！

墙壁上的泥土纷纷直掉，凹出一个浅洞。

"若是早知道你言而无信，我当年必定不会离开京城，就算你跟她已有亲事，我也不会让步于你！"

男子喘息着跪倒在地，拳头撑在地上，五指上的血汩汩流出，语气尽是悔恨。

"呵呵……"被打得鼻眼不分的慕容泰竟莫名笑起来，"我也是好恨。你当时要敢表达心意，将她抢了去，她也不会进我慕容家门，我又怎会被那贱人害得如此下场？你这懦夫，却囿于礼教，不敢争取，见着我俩成亲，更是可笑，只会避离京城，去疗情伤！呸！"

青年昂躯一挺，又要上前，却被沈子菱拦腰哭着抱住："大哥！算了！沁儿已经死了！这慕容泰也没什么好下场了！你打死他也没用！"

青年男子颓然止步，忽地调头拔足，朝囚室外大步跑去。

沈子菱揩一把泪，也追了上去。

前世的她，跟沈肇并不亲，甚至还觉得这人古古怪怪，不善言辞。

待自己成婚后，他携带沈子菱出京去了北方。

而今，其中的原因放在她面前，她竟说不出一个字。

前世，沈肇是为了自己才离开京城。

八岁那年他承诺照顾自己，一直未变。

只不知曾几何时，他对自己，再不是单纯的兄长守护妹妹。

可面对已经订了亲事，有未婚夫的自己，他终于还是放弃了。

大好前途的将门男儿，前世今生，无论出京，还是进宫，每一步都是为自己。

她只是将他当成一个值得投靠的兄长。

她眼眶湿润，头裂开般地痛，双目发黑，眼前场景逐渐淡下去，然后就如戏台子上帘幕，一下子落下来，黑了。

继续在人世间漂游着。

幽静宝殿内。

她看见男子身着龙袍，稳坐丹墀上，齐怀恩坐在他下首，在草拟什么。

然后，齐怀恩将那张纸捧上前去，给他看。

她看得清晰，是一封和离书，和离双方男女，是自己和慕容泰，还有自己和慕容泰的红泥手印。

“和离书送往侯府后，云氏与侯府再无关系，”齐怀恩禀道，“到时便可将云氏纳入后宫内命妇名册。云氏的尸骨，不日奴才再派人暗中移往妃嫔寝园……唉，虽然不知道她欲意何为，但也算是了却她一桩心愿吧，到底也算是有功，竟误打误撞帮皇上找着了解药方子。”

他不但答应了自己的请求，还让自己这个已死之人与慕容泰正式和离，离了一段她想彻底摆脱的婚姻。

她胸中舒了一口气。

更重要的是，他这一生，不会早逝。

唇瓣微翘，方才的感伤消失了几分，笑靥如花。

仿似冥冥中有什么感应，丹墀上的男子忽地抬目，环视大殿上方，一双目灼灼，似是在找寻什么。

终是停定一点，落在她身上，竟薄唇一抿，显出一丝笑。

龙气腾腾，阳刚正盛，她这条阴魂禁不起这样的端详，又开始头疼如裂，抱住太阳穴，蹲下身，眼前一黑，坠入暗夜。

第五章

重续鸳好

美人思无邪

下

“沁儿——”

“主子——”

“美人——”

还有小元宵的哭声。

耳畔的嘈杂复卷而来，吵得她不得安生，一颗心却踏实了，手指动了一动，轻轻呻吟：“嗯……”

“醒了，主子醒了！”是初夏的惊喜声音。

贾太后唰地坐起来，朝榻边倾去：“快叫哀家看看！”

马氏喜道：“多亏了太皇太后福气，云美人才不受那邪祟鬼魅缠身，终于醒了！”

醒来后，云菀沁才知道，自己昏迷了五六日，大半时光全无知觉，中途也有过短暂的意识，却只是紧合双目，梦魇一样梦呓几句。

这期间，贾太后每天会带着马嬷嬷跑来瑶台阁，抱着小元宵在她榻前坐会儿。

三爷居住西北所的崇文殿摄政的事，自然也是齐怀恩第一时间告诉她的。

歇了几日，贾太后最后一次过来时，意味深长地暗示了两句，意思是暂时先别急着跟老三见面，宫里人多口杂，老三如今刚摄政，免得被人说道。

天色渐凉，人心也受了天气的影响，从天子被俘的慌乱和臣子起哄拥立各自心怡皇子的杂乱中冷静下来了。

虽皇上那边仍没信儿，可朝上已经有了主事的人，臣子们都安定不少，只是后宫却一片喧哗，知道瑶台阁的人与眼下摄政的人先前是什么关系，多少添了些流言蜚语，便是连往日看见云菀沁十分客气的徐康妃，眼光里也多了几分复杂和尴尬。

日子流水滑过。

蒙奴人仍然对于大宣皇帝不放半点话，并没半点交换人质或者通融的意思，后宫妃嫔就更是胆战心惊。

有几个娘家人在朝上的妃嫔私下议论，秦王摄政才不到一月，已俘获朝上大半臣子，如今皇上杳无音信，国不可一日无君，朝臣们再等不起了，前几天开始，已经有三三两两的人在恳求秦王登基，只是被秦王婉拒了。

这哪里是真心拒绝？

不过是因为那劝谏登基的臣子还不多，待人声更大一些，秦王哪会不顺水推舟？

若秦王登基，隆昌帝的后宫也就成了前朝遗孀，只有一人恐怕会走了鸿运，翻身得势。

后宫妃嫔们的目光更是聚焦在了瑶台阁。

贾太后得知后宫的议论，更是不时派马氏去瑶台阁提点。后宫女眷们都盯得紧，这个时候越发要注意，别叫人捉着小辫子。

云菀沁应下，反正大半时间都在瑶台阁养身体，也不怎么出门。

等身子恢复得差不多，趁这日天气好，沈肇又在宫里值岗，她才带着齐怀恩和初夏过去找沈肇。

她捎了两罐自己用花田里的花卉酿制的酒水，叫齐怀恩代替自己送过去，当是谢礼。

一场病中昏梦醒来，她对沈肇越发是不知道怎么报答了，只能以酒代恩。

还有，至少今生能照应他兄妹，再不会让两人离开京城。

送完酒回去的路上，看天气好，初夏和齐怀恩非要她去逛会儿御花园。这个季节的桂子开得正是灿烂，满园甜香，光是嗅一嗅，就能让人神清气爽，对身体也有好处。她在两人推搡下，便也笑着去了。

在桂花树下散一下午步，涤荡了身上残留的卧床气，眼看天色擦黑，云菀沁带着两人转身离开御花园。

刚走近一处园子门，只听那边传来脚步和男子的对话声音，越来越近。

一群人正准备进御花园，其中有景阳王的声音。

还有一人声音听得三人都一怔。

远远一看，一行身着锦绣袍服的男子各自带着禁卫和副官，在门口浮现出身影。

估计是下了朝后，来御花园一边谈政事，一边闲庭漫步。

云菀沁带着初夏和齐怀恩转身回避，朝另一边的门走去，只觉后面脚步忽地一停，男子们的声音暂停下来了，已经看到了自己三人的背影。

三人头也不回，脚步匆匆出了御花园，朝瑶台阁走去。

初夏有些委屈："干吗像是做贼似的，主子又没做错什么。"

"人言可畏。"云菀沁安抚她，"被人看到，又不知道得多添些什么话，何必呢？"

"不管怎样，三爷若是有心，就算再怎么，也该来看一看您。"初夏还是嘀咕。

云菀沁不语，怎么看？

他现在是摄政王，自己是皇上后宫的妃嫔，怎么方便跑到后宫来？

齐怀恩劝道："罢了，不差这几天。"顿了一顿，压低声音，"这些日子，朝上臣子们都在上恳三爷即位。我那日在宫里碰见了施大人，他说三爷留在陕西郡的亲兵和近臣马上就要到了，到时一呼百应，好事不远了。"

回了瑶台阁，夜幕帘子似的拉下来。

用过晚膳，乳娘照例把小元宵抱过来。

云菀沁教了会儿字词，夜深了，看着儿子回去，便也睡下了。

不知是不是出去了大半天，逛得有些兴奋了睡不着，她辗转反侧半天都睡不着。

在卧室的香炉里丢了把平心静气的助眠熏香，才又躺下去。

熏香淡雅宁神，还真的挺管用，刚躺下一会儿，盼了许久的困意总算来了。

眼皮沉坠，她打个呵欠，坠入梦乡。

瑶台阁外，大门口。

守夜的太监借着凉爽安宁的夜，一边值夜，一边半睡半醒地打着盹儿，忽听有脚步靠近，惊醒了。

一名随扈模样的青年走过来，手指放唇边，嘘了一声。

青年身穿宫内品级颇高的侍卫官服。

太监吞了口唾液，还没说话，又见青年让开小路，身穿紫色便袍的男子踱了过来。

“摄……摄政王……”太监始料未及，颤颤巍巍跪下来行礼。

话音未落，施遥安将他一拉，示意给主子腾开路。

太监眼看着摄政王跨进庭院，如入无人之境，就像进自家后院一样，终于反应过来，急了：“这，这不行啊爷——”

却被施遥安捂住口，只听耳边声音凉中又带着几分戏谑：“公公不是这份情面都不卖给摄政王吧？”

太监吞了口唾，再不敢说话。

高大的人影穿过夜色，停在廊下，廊门前的初夏和齐怀恩素来在门口伺候，此刻没料到他竟深夜造访，上前道：“三爷……”

他目光瞟了一眼关得紧紧的闺房朱门。

初夏明白他什么意思，还在迟疑，齐怀恩已经过去拔掉了门闩。

门打开，男子无人阻挡，抬步上阶，径直进了闺房。

待男子进去，庭院内，几个瑶台阁的宫人才围拢上来，惶惶道：“就让摄政王这么进去了？……”

初夏和齐怀恩对望一眼。

齐怀恩压低声音：“这事谁都不准多嚼舌根子，要是我在宫里听到半点风声，就算摄政王放过你们，我也不会客气！”

一群人忙道：“美人平日对咱们这么好，咱们怎么会乱说，初夏姑娘和齐公公放心吧。”

……

寝卧内，纱帐敞开，绣榻上人儿在助眠熏香的帮助下，睡得沉沉，已跟周公不知下了第几盘棋。

秋夜尚有余热，她只盖着一层绒毯，睡觉时翻了两个身，早滑了下去，寝衫微开，露出大片雪白玉背和颈项，秀发蜷曲在脸侧，衬得肤色如脂似腻，几无瑕疵。

尽管她面朝墙，背对着他，他依然能听到她均匀的呼吸声。

见她睡得香甜，呼吸畅顺，他的心也安泰了。

江山他得到了，美人也没失去，如此甚好。

去年春，皇上往陕西郡去过密信，暗示他回京将她母子带走。

彼时，身边臣将纷纷阻止，只怕隆昌帝又在玩引君入瓮那套老把戏，直到他拒绝回京，近臣们才松了一口气。

并非怕皇上爽约使诈。

当时若回京，能带给她什么？无非是携着她避开繁华温暖的家乡京城，委曲求全地去往刀风剑雨的陌生边关北方封地过一辈子。

他要将最好的呈在她面前。

他承认他是有野心的。

自少年起，他绝不仅仅只是想要在邺京的偏僻北城，当个无所事事的闲散王爷。

可突然有一日，他发现这野心，有一部分是因为她。她值得这天下最好的。

放弃了跟她早点相聚，只为与她共同坐拥繁华。

从今以后，再不会叫她离开自己身边一步。

夏侯世廷站在隔断的帘子前，眯眸端视片刻海棠春睡图，气息微微凌乱。

幸亏满身毒伤已经好了。

他踱步过去，拾起毯子给她披上，坐到榻边，俯下身，凑近她小巧洁白的耳垂，唇落在上面，心如石入湖水，乱了波纹，喑哑着嗓音："今天在御花园逃得那么快。"

惩罚似的含住她耳尖，不轻不重吮一口。

她睡得酣畅，对男子细小的举动并没任何反应，只是条件反射地扭了一下身子，脸蛋朝他转过去一点。

脸儿睡得红粉扑扑。

略一动，薄毯滑开了几寸，腰肢柔软纤细，看上去比原先还要不盈一握。

一切景象，仿佛故意要摧毁他的意志力。

盯住她白净的脚踝，他高挺鼻梁涨红，避开眼神，捞起毯子，又盖到她腿脚。

榻上人又翻了个身。

他目色渐浓渐暗，秋凉如水，额上却有热汗渗出来，想好好抱抱她的冲动越来越盛。

助眠熏香俨俨，有轻微的安眠效果，他知道，她睡得很沉。

终于，他弯下腰附她耳边，沉沉道："休怪本王。"

指腹覆在她小臂上，寻到穴位，一摁而下。

天亮后，初夏端水进来，只见云菀沁坐在榻边不住捶肩膀打小腿的。

"主子是哪里不舒服吗？"初夏疑道。

"不知道是不是昨天去御花园逛了太久，睡了一觉起来，浑身都酸痛，"云菀沁将衣领子翻开给她看，"你看，还红了几块，也不像是走多了路啊，也不知道是不是睡得太沉，摔下床或者碰到哪里都不知道。"

初夏望过去，原本白净的娇皮嫩肤上隐隐浮出一团团酡红，尤其颈窝子和胸脯上，生生就像种了好几颗乡下的莓果儿。脸色一红，忙偏过头去，免得叫主子发现自己通敌卖国，"怎么会呢，奴婢和齐怀恩在外面守夜，没听到什么摔下来的声儿啊……主子自己没感觉？"

"估计是点了宁息香，睡得太沉。"云菀沁摇头。

初夏随口搪塞："那是不是做梦了，奴婢有时翻来覆去没睡安稳，第二天起来也是全身酸痛。"

她被问得一怔，还真有些做贼心虚，昨晚……还真做了个旖旎香艳的梦，似是有人抱住自己，恨不得要揉进骨头里，一只登徒大手还在身上翻来覆去，逞能个没完。

这种少女春心泛滥的梦怎好意思说出口？

初夏见她再没多追问，吐了吐舌，又跑到香薰炉旁边。

昨夜的宁息香燃尽了，添了一把进去。

“我今天不用这个。”云菀沁一疑。

初夏揣着明白装糊涂：“不用呀？奴婢看这香挺好用的，主子今儿要不继续用吧……”三爷似是食髓知味了，将这瑶台阁当成了自个儿的后花园，今晚上还要来看主子，吩咐过这宁息香还得点着。

先前初夏还不明白，这下清楚了，方便他下手。

早就说了，这个三爷看着闷声不响，其实花花肠子还不少。

初夏暗中啐一口。

云菀沁见她脸色一会儿红一会儿紫的，更是怀疑了，却没说什么，洗漱穿衣，起身用早膳。

刚用完早膳，乳娘抱了小元宵过来。

刚吃过早饭的小元宵神清气爽，字儿都冒多了几个。乳娘顺口奉承：“看二皇子越来越黏主子了，昨晚上睡觉前小脑袋还到处望，找娘呢。”

云菀沁心思一转：“今晚将二皇子的床搬到我房间里，挨着我睡一天吧。”又抱起儿子，逗道：“怎么样，今儿跟娘睡好不好？”

小元宵手舞足蹈着，完全不反对。

乳娘遵了意思，下去吩咐宫人了。

云菀沁翻开一本开蒙画册，摊在儿子面前，指着书上的画，眼光却斜斜一睨，扫到初夏身上，见她神思不定，没作声，就看着这丫头几时说实话。

初夏被主子一盯，心里发虚，三爷害得自己人生头一次背叛主子，正好这时，门口扫了一阵风，齐怀恩从外面跑了进来。

初夏吁了口气，赶紧秀眉一拧：“招呼都不打就冒冒失失闯进来，看把你跑得一阵风，怎么没喘死你？”

齐怀恩白了初夏一眼，喘匀了气儿：“陕西郡那边的人，早上进京了。”

初夏一喜，这总是好事，表示三爷权势巩固了，却听齐怀恩又道："北边的沂嗣王也带着亲兵，跟着三爷的军队一块儿来了。"

云菀沁一疑："沂嗣王素来镇守江北城，怎么会突然来京？"

"是三爷召回京的，"齐怀恩道，"皇上被俘当日是沂嗣王跟着队伍，后来与蒙奴交涉也是沂嗣王出面，三爷让沂嗣王回京汇报皇上被俘后的情况，商议对策。"

这次沂嗣王来京，恐怕不只是商议如何救出皇帝的对策。

"沂嗣王已经进宫了吧？"

"进宫了，听说刚进议政殿，正与三爷、景阳王和几名朝上大员见面。"齐怀恩回答。

她有了些预感，沉默片刻，对着齐怀恩道："你去议政殿那边打听着，若有什么事再报回来。"

果不其然，晌午一过，齐怀恩又急匆匆回来了，将打听到的事儿尽数转述了一遍。

沂嗣王今早一进殿，先是长跪不起，痛陈失职，没有好好护好皇上，三爷亲自搀他起身，安抚沙场前线瞬息万变，打仗这回事本就是三分凭能耐，七分凭运气，护驾不力是有罪，但如今最关键的还是营救回皇上。

沂嗣王一脸沉痛，力陈北边的情况，说来道去只是一句话，蒙奴阴险诡诈，就是不愿放皇上归京，仍是圈禁在国都，很难继续谈下去。看情形，蒙奴人要生耗下去，等大宣无主，萧墙内乱频起，满目疮痍，再乘虚而入。

听得臣子们心更是凉了半截，虽早知索回皇上的机会不大，可亲耳听到沂嗣王带回这一番话，更是不抱什么希望。

继而，沂嗣王恳请秦王即位，暂代国君之位，以免中了蒙奴人的谋算。

内阁中几个早前就恭请秦王登基的臣子，也跟着跪下恳请，余下几个皇上那边的重臣，虽然心不甘情不愿，又有几分猜疑，无奈眼前局势一边倒，非但秦王亲兵都来京城会合了，连沂嗣王都一力站在秦王那边，也只得顺势而为，跪了下来。

就在齐怀恩回来时，议政殿仍是声势浩荡，喧哗震天，恭请登基之声不绝于耳。

“三爷怎么回应？”初夏忙问。

齐怀恩低声说：“一开始还是跟头几次一样，严斥大臣不该让自己背弃皇上，极力退拒，可沂嗣王带头连跪不起，几个老臣也是声泪俱下，三爷虽仍是没答应，却并没说什么了。”

云菀沁沉默，要当天子的人，除了勇猛睿智耐性，到底还是需要三分演技。

太极拳似的你推我让之中，江山终是倾斜于他手。

半开的窗棂外，金碧辉煌的皇家宫苑，与平日一样，可这天下，却恐怕要易主了。

一日过下来，不知不觉，夜色降临。

到了睡觉的时辰，乳娘按着主子的吩咐，将二皇子抱进来，放在卧榻边的小童床上，离开前道：“美人今儿真要亲自照料二皇子？二皇子半夜容易醒，怕吵着主子休息了。”

“不怕。”云菀沁轻轻一笑，拨了一下儿子的小下巴。

乳娘也不多说什么，出去了。

云菀沁换了寝衫，蹲在梨木童床边跟儿子说了会儿话，见儿子打呵欠，才将他抱到了小榻上，盖上被子，自己也睡下了。

滴漏深了，后半夜，瑶台阁庭院，几个守夜的宫人早就自觉散了。

门廊下，初夏见来人上朝一样准时准点地来了，哭笑不得，轻轻一福身：“三爷再别来了，若被人看到总不好。”

夏侯世廷唔了一声，却纯粹是左耳进右耳朵出的样子，背手进了屋，撩开帘子。

灯光半明半暗的寝卧内，一张幼儿小榻放在中间。

幼童半夜醒了，爬了起来，扶着童床旁边的栏杆，抖索着两条胖乎乎的小腿儿，就跟哨兵站岗一样，听到门口响动，朝他望过来，一双葡萄子儿似的大眼睛瞪圆了。

小家伙居然在为娘亲站岗。

夏侯世廷步子一止，眸子中升起一片柔情。

他居然也是有儿子的人了。

去年京城来密信，他得知自己刚离开，她在宫里就查出有身孕，天知心里是什么感觉……这一年的铺排，他们娘儿俩是自己多大的动力，更只有他一人才知道。

她生产的时候，他正隐居北地僻静地，沂嗣王将他失踪音讯送到了京城，因知道皇上不放心沂嗣王一面之词，私下还派密探调查自己的生死，他与外界不通音讯，避开尘世，所以并不知道她几时诞下麟儿，更不知道孩子是男是女。

只能掐着日子，计算她的生产日期。

他从来是不信老天和神佛的，信的只有自己。

可不能陪在她身边的时候，只好寄期冀于佛祖，在她差不多快要临产的时候，在隐居地临时抱佛脚，唯祈她平安诞子。

上次在车厢里，这小子手脚力气大，虎虎生风的，今日一看，还精明得很。

智勇双全，不愧是自己的儿子。

小元宵见夜半有人闯进，藕臂一晃，咿呀着正要叫出声，夏侯世廷几步上前，将他抱起来，轻捂了小元宵的嘴，压低声音，眼内含笑一斥："小夜猫，还不睡觉。"

软绵绵的一团，带着天然乳香，让他生怕自己的衣裳膈着了幼儿，又生怕声音大了将幼儿吹化了。

小不点儿被陌生来客抱起来，也没什么害怕，很给面子偎在男子怀里，新鲜地打量他。

‘你叫小元宵？”他眼一眯，“爹来日再给你取个雄赳赳的大名。”

小元宵好奇地盯住他，好像听明白了他的话，嘴一张，示意自己确实姓小名元宵，见他嘘一声，又明白了他的意思，胖乎乎的小手捂住嘴口，不让一个音发出来。

他无声地笑起来，掂了一下怀内沉甸甸养得极好的宝贝儿，爱不释手，再望一眼不远处纱帐中若隐若现的身影，这么个粉砌玉雕的小人儿，她是如何将他生下来，又怎样养到这么大的？

“叫一声爹。”他勾道。

小元宵可没上当，爹是能瞎叫的吗？您谁啊？咱们好像第一次见面啊，连糖都不给个，叫叔叔都不行。

他也不强迫，来日方长，不喊自己爹，还能喊别人吗？将小元宵放回童床内，盖上毯子，今天有这小东西在，也不好一亲芳泽了。俯下长躯，刮一下幼儿的鼻子：“小子，坏你爹的好事。”

再是恋恋不舍，也只能暂时抽身。刚走两步，背后传来一声哼唧，他还没反应过来，童床上的幼儿挣头投足地哼哭起来，哭声虽不大，却足够吵醒房间里的人。

他心头苦笑，加快脚步，身后有声音飘来：“我养了这么久都没听到小元宵叫一声娘，你没照顾一天，一来就想坐拥成果让小元宵喊你爹吗？休想！”

他步子一滞，转过身，榻上人披着轻纱软细的寝袍，坐在榻上，雪肤许是因为心情的起伏略潮红，语气有几分嗔。

小元宵半夜醒来发出动静时，云菀沁就醒了，只是还没来得及去抱儿子，便听见有脚步进来，干脆装睡。果然是他，看来昨晚上也是他了。

她懒得理他，趿着软靴走向童床去，准备去哄儿子。

小元宵早停止了哭声，似是觉察到房间内气氛不对头，也意识到娘不大高兴，呆呆望住夏侯世廷，看他怎么收场。

夏侯世廷见她醒了，心神一漾，顾不得儿子哭得鼻涕眼泪抹一脸的，上前长臂一伸，揽住她腰，俯她颈边低谑：“什么坐拥成果？没本王的通力合作，你一人能成什么事？”

她脸色臊红，反肘一擂，没擂到他胸膛上，反被他一拉，扑了个满怀。

短短相聚时光，他也没工夫多哄，非暴力不合作，直接将她横抱起来，丢在软榻上。

小元宵小吸一口冷气，配合地吸了眼泪，拉上被子，乖乖地把头缩进去几寸，幼儿不宜。

他朝床帐外哈哈一笑："真是本王的好儿子！"

没见到他的时候很挂念，可见到他又有委屈。她见他笑得这么开心，更是令了脸，推搡一把："这里是后宫，摄政王大剌剌闯进来，是拿这儿当什么地方？"

他抬起手，拉下金钩上的床帐。

帷幔落下一瞬，他俯身下去，双臂撑在她肩旁，将她手一捉，压在头顶："沁儿，这一次，我再不会离开你们母子了。从此，也只有你和你生的孩子，才能跟在我身边。"

一别近两年，其中苦忍自不必多说，终换得他十足的底气，让他可以一个字一个字地这么对她说。

她心头一动，他是个从不爱许承诺的性子，却仍是没讲话，也没转过头。

他俯下俊颜，靠近她脸蛋。

她察觉阳热气息凑近，终于转头，瞪着他，用手挡住他胸："昨晚上还不够吗？"

他心头一舒，又装糊涂："什么昨晚上？"

她松半截儿领子，雪胸上还有鲜红未褪的吻痕，粼粼目光如水波荡漾，挑起一双笼烟青黛："这形状还真没第二人能弄得出来。"

颈窝里的一团团酡红，让他看得鼻梁涨红。昨日见她睡得恬静动人宛如睡莲，冲动了，此刻见着活色生香的人儿，更是忍不住吃拆入腹的心。

一两年的情思，不见她还好，一见面哪里能憋得住？

半晌，他却静下来，将她衣领拉好，挨近她耳畔沉沉道："再安心等几日。"

她一双方才含嗔带娇的灵动双目宁静下来，滚入他怀里："你马上要当皇帝了，是吗？"

他将她手心一握，钩住她手指。

她知道了，答案是肯定的，心头有一桩憋了许久的事一动，正想问出口，却听帘子外传来初夏的低声："乳娘说小元宵这个时辰照习惯会醒，准备过来瞧瞧，奴婢怕她怀疑，也不好打发……"

夏侯世廷睨一眼帘外，撑身而起，理了一理衣冠，将她腰一搂，又埋她颈窝子里深嗅一口馨香，方才借着夜色离开。

次日，慈宁宫。

贾太后蹙眉："真的偷偷跑到瑶台阁了？"

瑶台阁乳娘跪在织毯上，喏喏点头："去过两次。"

贾太后跟身边的马氏对看一眼。早就知道，老三哪会那么老实？

打从老三在宫里住下，便叫小元宵身边的乳娘稍微盯着点儿，果不其然，还真私下跑去了。

贾太后也年轻过，男女之间的痴缠不是不理解，两人分开这么久，一个青春正盛，一个血气方刚，憋不住也是正常。只是，先不谈两人此刻的伦常关系，宫规到底不能虚设。

不过他眼下哪里会在意这些？

如今的朝上和后宫，哪件事哪个人不在他手心里攥着，他势头如汹汹如烈火烹油，无人可匹，就差那一步了，便是光明正大进出后宫，又有谁敢指摘？

偷偷过去，并不是他畏惧，只是不愿意让人背后说沁儿。

深宫中，人人得守规矩，唯有一个人，宫规在其人面前就是一团尘，便是天子。

他已经到了可以不用在意闲言碎语的地位，可她身为太皇太后，却不能不提点。度量会儿，吩咐下去："朱顺，你去崇文殿看看摄政王有没空，若是闲下来，请他来一趟，哀家有家常话想同他说说。"

半个时辰之后，朱顺回来了，马氏一看，身后没秦王，却跟着秦王身边的近侍施遥安。

"三爷今日全天在议政殿与沂嗣王等人议事，恐怕得晚些才能来慈宁宫，特叫下官来跟太皇太后告罪一声。"

议什么事，贾太后也清楚，只怕是几日后的登基事务。

那日得知沂嗣王来京后，率领亲兵恭请秦王即位时，她便知道，老三的继任之事，跑不脱了。

罢，国实在是不可一日无君。

公侯世家没有顶梁柱，尚且不知多少外人乘虚而入，想要瓜分一杯羹，何况一摊沉甸甸的社稷。

贾太后对远在北方、生死不明的皇上心怀愧疚，却不愿意看着社稷陷入内乱外忧，早就默认了下来。

此刻，贾太后嗯了一声：“办正事自然最重要，不能来，叫朱顺捎个话回来就行了，又何必叫你亲自跑来一趟，哀家不至于那般小气。”

施遥安恭敬：“三爷知道太皇太后操心什么，所以派下官特意来转几句话，让太皇太后安个心。”

“嗯？”贾太后眉一挑。

施遥安垂首道：“后宫那边，三爷近日再不会过去了，请太皇太后放心，也再不用派瑶台阁的下人盯梢了。”

贾太后没料老三早就知道自己派了眼线，有些尴尬，可既然他知道了还敢堂而皇之过去，表示根本无所谓。僵了半会儿，开口道：“这个保证下的，哀家还真难信。”

“三爷说，过些日子，再名正言顺地过去，也免得叫太皇太后记挂。”

老三登基后，肯定会将云氏重新要回来收入后宫，贾太后听了施遥安的这番暗示，一点儿并不意外，只是见他专门派施遥安过来提前说一声，心里咯噔一声，若随便封个位置，怎会特地来跟自己说。想到这里，贾太后看着施遥安道：“有什么话，你明说。”

施遥安抱拳俯身，也就直接明说了：“三爷的意思，是想先将云氏册位皇贵妃，年期一满，表现无差池，再直接立后。”

马氏脱口而出：“这……这不大好啊，其他人肯定会反对的！一来云氏是皇上后宫的人，二来，如今也才是个美人，一下子拔得那么高……”

“嬷嬷，云氏曾是秦王正妃，三爷若登基，云氏照理本来就该册立为国母。三爷如今退一步，已经是锥心挖肉般的疼了。”话音一转，又笑道：“至于反对之声，只要太皇太后这边同意，也基本没人会有异议了。”

“什么意思？”贾太后疑道。

“三爷有自知之明，并不是顺势继承皇位，只是逢着这机会，承臣子仰仗和太皇太后寄望，才有幸中途即位。一来，三爷不想有负所托，想要潜心应付北边战事和营救皇上一事；二来，后宫女子稀少，子嗣也不会繁，若是有朝一日皇上回来，也好顺畅无阻地还宫于皇上。故三爷决意罢每年选妃输女事务，后宫既无佳丽，朝上便无外戚，又哪里会有什么反对之音？”

他——

这是要罢了六宫？

贾太后一讶，废除三宫六院的事，前朝历代倒不是没有，只多半并没明旨下发，他若是刚一即位就这样做，倒是大宣朝的第一个。

且不说这一番是不是虚情假意的漂亮话，这个意思一下，对老三不甘心的保皇党只怕也得被他全部收买了。

还未即位，便谙察了人心，这个皇帝，不由他坐，还能由谁坐得稳？

宫里开始操办新皇登基的事务，各部忙碌起来。

从上一次天子登基到现在，不到两年的光阴。宫人们私下有些感慨，没料隆昌帝的年号，一年都撑不完，可短命的皇朝又岂止这么一个，只能怪皇上这回运气实在不好。

隆昌帝后宫的妃嫔们，从惶惶不安，到担惊受怕，到只能黯然接受，依次做好进太妃所颐养后半生的准备。

数日光阴一晃，临近新的一年。

民间热闹议论纷纷，皇上亲征被俘，朝上混乱，北边骚动，幸得皇上兄弟、先帝爷膝下的三皇子秦王从北边回归，镇下局势，让国祚得以绵长。

钦天监择吉日，夏侯世廷身着衮冕告祀天地，诣太庙，行登极仪，百官上表贺之。

新年伊始，改元宏嘉，替换短如流星的隆昌一朝。

新帝即位第一道御旨，为专国事，暂止后宫选输。

宏嘉元年，气象一新。

但凡新皇登基，第一桩大事总是封赏皇上身边功臣，新朝亦不例外。

诏谕下来，朝上更新新鲜血液，各人或是鸡犬升天，或是云跌泥沼。

除了暂停后宫输入收罗旧皇一党的人心，新帝集中皇权的最大一纸诏令便是废宰相制度，郁家其他人员官衔仍保留，百年门楣的光鲜也维持不变，可没了宰相之职，郁家丧失文官集团的一言堂地位，再没有凌驾其他朝臣之上的气势。

郁文平虽死了，郁家百年家族基业却仍是老树盘根，枝繁叶茂。

夏侯世廷从郁氏嫡系子嗣中提拔出一名贤德子弟为宗族之长，代替原先的郁相执掌郁家家业。

这番举动让朝野上下感慨万千，既是皇上挑选出来的人，定是倾向皇上、为皇上马首是瞻的心腹，由这新任族长来帮皇上看管郁家势力，就相当于皇上亲自操纵郁氏一族

皇上这一举动，比郁文平死后耗力气彻底踩熄郁氏一族，更得利千万倍。在新族长的训诫下，郁氏迟早慢慢也会成为新皇帝的羽翼。

施遥安任领侍卫内大臣，官至一品，直接对皇帝负责，宫外赐府宅，良田千顷，奴从数百，可因为这职位相当于天子贴身警卫的指挥，大半时光还是在宫里居住，跟随在皇上身边。

另外，皇上登极仪前，封地王府的一行家眷下人也到了京城，被安排进宫住下。

秦王府侧妃韩氏携带在封地生的皇女搬进后宫的仙居殿，只等过段日子的分位分和册封仪式。

相比于韩氏，宫人对后宫此刻另一名女子更为关注。

皇上御极后，隆昌帝后宫妇人尽数遣入太妃所、皇家庵堂等地，因隆昌帝在位不长，别说皇后，连品级高的几个妃嫔都没多少，后宫人员不算多，所以安排起来也十分利索。

只一人，却在宫人们的目光中，稳稳扎扎地留了下来，——便是瑶台阁的云美人。

因即将入新帝后宫，再不好以美人相称呼，没有册封位分之前，宫人都以“夫人”相称。

这是毫无悬念的事，谁都知道那云氏以前的身份，只都在猜云氏会被封个什么位分。

有人说，照理说，待封位分的女眷应该搬到新殿去，等候册封圣旨，云氏一行人从上到下到现在还住在瑶台阁，说明皇上也不太重视，兴许还比不上那侧妃韩氏封得位置高。

有人却不以为然，云氏曾经是隆昌帝的美人，皇上都丝毫不介意，依然将她纳进后宫，说明对云氏感情不一般，既然感情不一般，又怎能用常理推断?帝王心，海底针。

后宫的宫人猜来猜去，干脆暗私下小赌两把，用俸禄押宝，看瑶台阁的那位最后封个什么。

夏侯世廷在册封之前依惯例，本来是想给娘儿俩换个热闹一点儿的位置，且已经选好了后宫一处毗水邻山的锦绣地。

无奈小元宵住惯了瑶台阁，被乳娘抱去第一天试环境，哭得抓耳挠腮，小嗓子都号哑了，云菀沁心疼，又舍不得一爿刚种出眉目的花田，暂时不想动。

夏侯世廷叫母子换个殿也是抱了私心。

瑶台阁有点偏远，离册封还有些日子，跑去她那里不大方便，可见那小兔崽子不依不饶，只得作罢。

这小子生下来就是来给自己偷香窃玉增添难度的。

除此之外，高长史封内务府总管，王府医官应大夫入太医院，与姚光耀成为同部门同僚。

另外，云菀沁知道，三爷本来有意提拔自己娘家人，拨官给舅舅。只许泽韬托外甥女儿婉拒了，推托年纪渐长，只愿一门心思料理家中的香料产业，倒也踏实安心。在云菀沁的游说下，夏侯世廷方才没强求了。

赫连氏萃茗殿留下四名贴身婢子是秦王府出身，主子赫连贵嫔殁了以后，本来分配到太妃所的清冷殿室打杂，新帝登基后，也被召出来各自配了姻缘。

四婢匹配的夫婿选自朝中不同部门的官员，两文两武，都是极有潜力的部门中坚力量，也是夏侯世廷在各个部门培植的后秀，随时能顶上去。四女全是皇上这边的人，联姻于四名官员，自然更是能奉劝夫君，全心全意忠于帝王家。

夏侯世廷见蕊枝跟着自己多年，年岁不小了，本想给她也许个好门户，无奈蕊枝死活不愿意，甘愿继续伺候主子，也只得暂时作罢。

四婢的赐婚旨意下达时，云菀沁与初夏、聂嬷嬷等人在瑶台阁正闲聊着，齐怀恩从廊下冲了进来。

“莽里莽撞的干什么？”初夏笑啐一口。

“可是皇上那边又有什么旨意？”聂嬷嬷笑着问道。这些日子，最打发时光的，便是新帝登基后的各项举措了。

齐怀恩点点头：“嗯嗯！”

“怎么，又是给谁升了职，还是给配了姻缘？”初夏问。

齐怀恩这次目光落到了云菀沁身上：“皇上早前勒令密探调查归德侯府，前日查出侯府二少慕容泰勾结官员，在外私圈田产的事情，今早慕容二少被慕容老侯爷亲自拎到殿上请罪，请求皇上严惩不孝孙。”

众人自然知道慕容泰原本差点儿是云菀沁的未来夫婿，俱是一怔，也都清楚三爷这举动不仅是上位后摸查臣子，更是为了给云菀沁泄恨，否则，怎会独独盘查归德侯府?

云菀沁亦是愣了会儿：“慕容泰得了什么惩处？”

“按律法，发配南疆。皇上看在是归德侯府人的份儿上，特允慕容二少的家眷一同前往照顾。”

初夏失笑。

慕容泰打从与云菀霏搅和在一起就坏了名声，至今没正经门户愿意将自家女儿嫁给他做正妻，那就是说，这一次，带着妾室云菀霏去南蛮子地。

三爷倒是手辣，将这对狗男女一道儿赶去了南蛮地，分明是赤裸裸的打击报复啊！

后宫，仙居殿。

从陕西郡跟来的下人早已习惯了皇宫的荣华和宫人们的逢迎，却对主子不禁有些摇头叹气。

韩侧妃进了宫后，一日都没跟皇上碰过面，到现在快要封位了，依旧成天闷在仙居殿，陪着两岁多的皇女端姐儿，根本无所谓什么位分。

侧妃是在当年阖府去陕西郡的半路上发现有孕的。

到了封地，皇上在王府后面叫人修葺了个竹园，让侧妃迁到里面去精心安胎，又在当地招揽了个养娘负责照顾陪产。

这样看来皇上应该很重视侧妃的这胎，可皇女刚生下来，下人抱过去，皇上只是瞅了一眼，虽然吩咐府上人好生照料皇女，不得有分毫的怠慢，却没有半分初为人父的喜悦。

小皇女刚出生没多久，皇上遭遇雪莲山山谷失踪一役，下落不明，父女更是再没见面。

现在侧妃带着皇女回了京城，皇上久未见女儿，竟也没说将女儿抱去看看。

到现在，皇女连大名都没取，更不提封号，因生在端午，只取了个不上册的乳名唤作端姐儿。

这日白天，小彤跑到金銮殿那边试探了一圈，跑回来，一打帘，只见韩湘湘坐在临窗大榻上，正亲手剥着板栗壳儿，用青玉小锤碾碎了，一点点地喂给端姐儿吃。

“哎主子啊，”小彤走过去，“都快封位了，皇上如今一下朝就跑去瑶台阁，您说说，您都回京多久了，召都没召过你们母女一次，亏您一点儿警惕感都没有，到时一册封，那云氏若是位分比你还高，看怎么办？”

韩湘湘手没停，依旧喂着女儿，只轻声道：“皇上与她本来就是一对，去瑶台阁是应该的。我有端姐儿就够了，什么位分，什么宠爱，我不想争，也没本事争。”

小彤急了：“以前您是比云氏矮一截儿，可现在不一样了啊，她都进过隆昌帝的后宫了，连皇子都生了，您大可跟她争个高下了。”

“够了！”韩湘湘难得发了脾气，“我只想跟端姐儿安安静静过日子，你不用再说了，便是皇上一世冷淡我，我也不去夺去争，你要是觉得我这主子没出息，你就去找别的主子，我不挡你的锦绣前程！”

小彤只得放松了语气，道：“主子这是说什么话，奴婢不跟您还跟谁啊？

好，既然主子说端姐儿，那就说端姐儿，名正言顺的皇女，皇上看都不看一眼，别人家的儿子，皇上倒是成日抱在手里，喜欢得不得了，您自己不觉得委屈，奴婢倒是觉得冤啊。”

韩湘湘手滞在半空，将板栗放在盘子里，双目注视在女儿柔嫩的脸庞上，目光一闪：“是哪，端姐儿真是名正言顺的皇女吗……”

小彤大惊失色，捂住她嘴巴：“您可不要发糊涂乱说话啊，端姐儿不是名正言顺的皇女是什么？可再别乱说。”

韩湘湘将她手甩开，自嘲一笑：“不说？不说，难道就能自欺欺人？当皇上真的不知道吗，我跟皇上他根本就——”

小彤生怕隔墙有耳，忙捂住她嘴：“怎么会没有？去陕西郡的路上，奴婢不是沿途找了个方士，要了些药，皇上那日昏了，侧妃不是跟皇上——”

当年走了才一小半路，侧妃便察觉有了身孕。小彤喜不自禁，正要告诉秦王，却被韩湘湘一把拽住，听她说要自己不管用什么法子，赶紧安排自己和皇上过一夜。

追问下，小彤才意识到，原来韩湘湘竟是根本没有同秦王行过房，既没行房，那这肚子中的胎儿又是哪里来的！

韩湘湘咬紧牙关不说胎儿的经手人，小彤也没工夫多问，若不赶紧安排，侧妃就完了。她想尽了办法弄了些迷药，溜去书房投到水里让秦王喝了，等药性差不多发作，再让侧妃以送夜宵进去，好事便成。

只要秦王同侧妃有了夫妻之实，这胎儿怎么也得能赖在秦王头上。

韩湘湘听了，却是苦笑，迷药？那迷药下肚，男子睡得酣如泥，怎可能还能行人道？

当日秦王灌了水下去后，从晚上睡到翌日中午。

她没法子，仅这一次机会，不然肚子再捂不住了，只能赌一把，将他衣裳解开，摆出行房过的痕迹，过了一个多月，再宣布自己有孕的事儿。彼时，秦王什么都没说，只意味深长望自己一眼，她连气儿都不敢出，幸亏他最后什么都没说，只叫自己搬到竹院去一个人好好养胎。

小彤当时吁了口气，好歹哄过了秦王，可韩湘湘却从此心里揣着个包袱，提心吊胆到现在。

此刻，韩湘湘没说什么，只摸了摸端姐儿的脑袋瓜子。

小彤见韩湘湘这副听天由命的神情，牙一咬说道："那又如何？不管怎样，端姐儿才是玉牒上皇上的女儿，云氏的儿子可不是！您怕什么？"

怕？韩湘湘一怔，她怕什么，唯一怕的，是皇上根本早就猜出了端倪，日后会亏待了女儿。

她眼眶一红，收细声音："你帮我去偷偷找个人，我想同他见一面。"说罢，凑近小彤的耳边，吐出个名讳。

小彤一听，脸色一变，再看一眼端姐儿，瞬时明白了，赶紧又将韩湘湘拉下来，捂她嘴："我的祖宗，这个人您可不能见啊，这人，您日后都得烂在肚子里，当不认识的，死都不能再提！"

韩湘湘也自知冲动了些，呆呆被摁坐下来，再不说话。

几日下来，仙居殿的人察觉到韩侧妃比起先前的沉闷消极，更添了失魂落魄，成日心神不定。

这日万里无云，风清气爽，小彤见韩湘湘又抱着女儿在窗前不言不语，只怕她这么成天浑浑噩噩下去，还真叫人瞧出端倪，上前劝道："主子自从进宫，一直闷在仙居殿，从没出去过，再过几天就是册封典礼，您这样子哪见得了人，今儿天气不错，不如去御花园走走吧。"

韩湘湘本不想出外，可看看怀里的女儿，倒也是可怜，从生下来就跟自己在封地王府后面的竹园，现在来了京城，又在仙居殿足不出户，发育都比同龄孩子缓慢。怜惜地摸摸女儿稀疏纤细的头发："好吧，那就带着端姐儿去晒晒太阳。"

韩湘湘抱着女儿去了御花园，在花道上漫步了会儿，心情稍宽敞了些，正要打转，却见怀里的女儿扬起手，朝前一指，叨咕了一声："诶……"

对面不远处，几人簇拥下，草坪上有个跟端姐儿差不多大的男童，一名身披凫靥裘的妙龄佳人弯着腰，微笑着引导那小童走路，旁边的宫人不时喝彩两声。

男童受了表扬，得意扬扬，两条小腿儿越发是动得快。突然步子一停，望住前方的端姐儿，还没见过跟自己一般大的同龄孩子，一下子就像找到了乡亲父老，抬起手臂，扭过头给娘指了一下。

小元宵一指，初夏等人循着望过去。

珍珠和晴雪也在左右陪着，两个丫头跟着队伍从封地回了京，早被召进宫，重新跟在云菀沁身边。一见到小主子，两人喜欢得不得了，再一看小元宵眉眼里藏的影子，就算不说，也心知肚明是谁的儿子。

三人见着对面的来人，望了一眼主子。

云菀沁面色淡然，抱起儿子。

小元宵在怀里轻轻踢打了一下，怕娘还没注意，又嗯呀地指了端姐儿一眼，弯弯眼笑眯了，胖手舞了两下，打招呼："嗯！嗯……嘿……。"

韩湘湘这两年心事重重，不爱说话，更不提给女儿读书讲故事，端姐儿常年不见生人，养得有些怯懦内向，此刻大眼睛里却闪过一丝亮光，粉嫩唇一张："弟、弟弟。"

韩湘湘没料到与瑶台阁的一群人碰上，也是一怔，见前面的母子被宫人簇拥，母恬儿嬉，热闹快活，那小男孩生得结实健康，虎虎生风，看起来十分伶俐，自己这边却形单影只，怀里的女儿羸弱瘦小，可怜虫儿似的，心里说不出的难受，抱紧了女儿。

小彤凝视着云菀沁，蛮不服气地嘀咕了两声，这云氏，比最后一次看见还要容光焕发，皇宫的风水难道真这么滋养人？小腰纤臂，藕颈雪肤，风情妖娆的 哪里像是生过孩子的。

皇位初定，后宫无人，若自家主子争口气，肯争肯抢，分分钟便是万人之上啊，自己这近身婢子，也跟着水涨船高，晋升为红人。

偏偏可惜了，主子就是烂泥扶不上墙，这么好的机会，居然成天坐在殿里。

想着，小彤便一阵儿憋屈，见韩湘湘抱了端姐儿要走，像老鼠见了猫似的，越发鄙夷，赶紧拽住她袖子，激发她斗志："侧妃何必让她们？如今您才是皇上潜邸的家眷，她是什么？便是让，也该她让你。"

韩湘湘被拽住袖子，走不了，再见前方的美妇抱了孩子踱近了几步，情急吼道："还不放开我！"

小彤想韩湘湘若与云菀沁对上指不定能激起些斗心，哪里肯放，扯得紧紧。

韩湘湘抽的力气大了些，一个重心不稳，手一松，怀里的端姐儿竟摔在草地上，顿时大声哭起来。

"端姐儿——"韩湘湘急得冒汗，忙蹲下身去，生怕女儿出事，也跟着红了眼眶。

小元宵见端姐儿被摔，吸了口冷气。

云菀沁吩咐："还不去看看小孩子怎么样了。"

初夏会意，带着两个小太监，走过去查看了一下端姐儿，道："侧妃手脚怎么这么没力气，抱个孩子也能摔着，幸亏草坪厚实，皇女没事，不过像是受了惊吓，先哄哄吧。"

小彤也忙道："初夏姑娘说的是。"

韩湘湘瞪一眼小彤，暂时顾不得斥责，含泪点点头，抱起女儿，一边揉着小手小脚，一边在原地哄着。

云菀沁目光落在趴在韩湘湘怀里停住哭泣的端姐儿。

韩湘湘见她走近，脸色一滞，只将怀里的女儿脑勺一兜，护得紧紧，跟往日一样称呼："好久没见王妃了。"

小彤见主子这样子，心头恨不得吐血。

云菀沁目光仍在端姐儿身上未移开："多时没人这么称呼我了。"顿了一顿，"这孩子看起来瘦小，却很懂事，摔得这么厉害，哄一会儿就不哭了。"

韩湘湘将女儿不易察觉抱紧了几分，垂下头："一个没用的丫头而已。"

"侧妃可不能这样埋汰女儿。咱们大宣朝，女子本就卑于男子，若是连自个儿亲娘都瞧不起，那也太悲哀了。"云菀沁放下小元宵，又指一指正好奇地望着儿子的端姐儿："去跟小姐姐在边上玩一玩，好不好？"

小元宵早就整装待发了多时，腿一落地，摇摇摆摆地踉跄几下，稳住了步子后，朝端姐儿虎步过去。

端姐儿也兴奋了，早忘记了摔跤的事，吵着要下来，韩湘湘无奈，只得放下女儿。

两个小包子用旁人听不大明白的本国语言交流沟通了一下，一会儿就熟了，蹲在碧茵地上玩草叶。

小元宵本就活泼好动，这会儿更是振奋，拔起一根草芯递给端姐儿，奶声奶气地认真道：“xxoooooxxxoo……”

端姐儿拿过来拨了下，高兴得小脸蛋通红，忙点头，“嗯，xxooooxxoo……”

旁边，几个宫人站在不远处守着两个金枝玉叶，珍珠笑起来：“初夏姐，小元宵今天话可真多，看来真的是很高兴。”

“就是不知道说什么。”初夏笑道。

小彤噘了噘嘴，一个身份尴尬的野种，还当成宝，只有皇上鬼迷心窍，将云氏看作宝贝，才爱屋及乌，便宜了小兔崽子。

“倒也是，见着自家亲姐姐，肯定兴奋了。”珍珠笑道。

晴雪却唇儿一撇，不以为然，压低了声音嘀咕：“要不是王妃不在三爷身边，这韩侧妃哪有机会生下皇女？”

初夏和珍珠都沉默了下来。

前面几步之遥，云菀沁目光柔和地看着小元宵和端姐儿一块蹲在地上画圈圈。

其实在韩湘湘前几天刚进宫时，她就想问三爷关于端姐儿的事。

按端姐儿的年龄算来，该是她被召进宫当医女时怀上的。

她就是不大信，三爷那时便会与韩湘湘在一起。

对这个孩子的身世，总揣着几分疑惑。

可每次见他来了瑶台阁，话到口边，又问不出来，生怕他告诉自己端姐儿就是他的女儿。

云菀沁注视了两个小家伙半会儿，转头望向韩湘湘：“天气好，侧妃愿不愿意走几步？”裙袂微拂，朝前走去。

似有股无形引力，韩湘湘无法回绝，魔怔般地随她踱着，只听身畔传来恬静声音：“两个小家伙也是有缘分，连乳名都差不多，各自应了节庆。”

韩湘湘没作声，半天才吭哧出声：“嗯，端姐儿是端午生的，才取了这么个乳名。”

云菀沁见她语气敷衍，眉眼微动：“端姐儿是端午生的，那刚好比小元宵大两个月。”

韩湘湘垂下头，不想多谈女儿的事情，简单嗯了一声。

云菀沁晏然：“算起日子，端姐儿还是宁熙朝我被召进宫当医女前，侧妃怀上的吧？”

韩湘湘埋下脑袋，不言不语。

“我记得那段日子，侧妃一直在棠居，从没出过门。三爷几时进了你的房，我还真的不知道，难道是背着我进去的？男人都是这样。想去就直说呗，用得着偷偷摸摸的吗，弄得像做贼，至于吗。”

韩湘湘冷汗直冒，白了脸色，指尖抠入了掌心肉，她这是猜出来端姐儿不是皇上的种了吗？还是仍在故意试探？

想了想，只能垂下头，含糊其词：“王妃恕罪，我不该勾皇上……”

这话一出，云菀沁便明白了，她在撒谎。三爷那段日子怎可能去棠居，白日子宫里摄政，一回来公服都没脱就泡在自己房，赶都赶不走。

去棠居？再多给他安四条腿，看他有没空去。

既然是撒谎，那就表示端姐儿的身世真的是有问题。

她没说话，只迎着清爽宜人的清风，朝前徜徉，不知道怎的，脚步轻盈了不少，心情也舒爽多了。

与此同时，议政殿的气氛有些紧张。

几个内阁的言官从金銮殿的早朝追到了朝后，就为了反对纳云氏为皇贵妃的旨。

御书案后面的夏侯世廷一身常服，头戴翼善冠，肩绣盘龙的淡金色盘领窄袖袍，腰系透犀束带，正在批阅奏折和前线军情，右手持朱笔，左手拿着黄绫卷，对丹陛下的进言置若罔闻，神情寡淡，眼皮子都不抬一下。

打从登基，他调了齐怀恩回身边伺候。

此刻，齐怀恩看一眼下方言官们的唾沫横飞，瞥一眼临阵不乱的三爷，朱笔龙走蛇舞，阅好的黄卷一札札堆厚，丝毫不受外务干扰，就跟底下没那几人一样，忍不住心头替他着急起来。

“皇贵妃位分仅次于皇后，云氏擢为皇贵妃一事还请三思而后行。”

一名年老言官苦口婆心，努力让嗓音像吹唢呐似的洪亮，争取让皇上抬头。皇上，老臣还在这里，看这里，看这里啊，您不能装聋啊。

三思？七思八思都有了，齐怀恩撇撇嘴。

“云氏虽是皇上结发原配，可如今是二嫁之身，还育有皇子，直接晋为皇贵妃，说不过去啊。”一个中年言官义正词严。

呸，大宣后宫二嫁的不是没有，还全都是盛宠不衰的，前朝历代就更是大把，况且咱们主子本就是清白之身，皇子也是扎扎实实的皇上血脉。

“是啊皇上，不是咱们阻拦云氏入后宫，只这位分不可太高啊。”一人义正词严。

阻拦？你还得有这本事，不是每个皇帝都得看臣子的眼色纳哪个，不纳哪个，后宫都得被人捏着脖子做不得主，前朝还能办出点儿什么事情？太皇太后都默认了，还轮着您老人家操心？齐怀恩更是不屑。

不过，这一个个的言官，大多都是卫道士，平时遇着正经大事提不出什么好建议，遇到这些后宫事务，一个个就像打了鸡血，三姑六婆的习气全都冒出来了。

谁叫高祖爷遗训不斩言官呢，放纵了这些老儿什么事情都得掺和一把。

就在下方一片嘈杂，御案后，夏侯世廷批了最后一道折子，终于搁下笔，抬起头。

众人马上屏住呼吸，安静聆听皇上的答复，只听上首飘来声音：“云氏之子，朕已交代宗人府在玉牒上正名，皇子大名也会由朕亲自题好后送去上牒，从此，再没什么隆昌帝的二皇子，是朕的大皇子。”

什么意思？几个言官讶然，是要将隆昌帝的二皇子当作皇上亲子养育？

夏侯世廷扫了几人一眼：“后宫事务，本不该拿到殿上说，可几位都是重臣，又关切得紧，也正好，干脆替朕放话出去，叫其他跟几位卿家一样嘴巴关不上的人，心里有个数。”

几人赶忙拢住袖子，屏息继续聆听。

“云氏在进皇弟后宫前，已怀有身孕。”夏侯世廷言无不尽，脸上毋庸置疑地写着两个大大的字——“我的”，又瞟一眼丹陛下几个老儿的惊讶神情，“朕即位后，曾在内务府拿了隆昌一朝的起居注翻看过，云氏在整个隆昌后宫时期，起居注上只有两次侍寝记录，一次就是云氏宣布怀孕之前，不到两个月，姚光耀便去瑶台阁，把出云氏孕脉，其后，也是姚光耀帮忙将孕期报早两个月，以此，刚好跟侍寝日子吻合。起居注上的第二次侍寝，皇弟虽然去了瑶台阁，实则却是康妃徐氏代替，如若不信，朕已叫内务那边拓印过一册，几位卿家闲下来，大可去翻阅，再将姚院判、徐康妃身边的宫人叫出来一问，便可知详情。”

齐怀恩听得下巴快掉了，没料皇上闷声不响，却查了个底朝天。

这意思是说，第一次的侍寝记录，隆昌帝是为了瞒住那二皇子的身份，才故意叫人在起居注做的假？几个言官愣住。

齐怀恩却已回过神来，一勾唇道：“各位大人现下可明白了吧，云氏之子，压根儿就是在潜邸时就已经怀上的，进了后宫也从未侍寝过。既然云氏本就是皇上元配，所生皇子也是皇上子嗣，贞洁无污，育子有功，当皇贵妃，还有什么不够资格？”

几个言官语塞，却还有两人仍是叨念：“不管怎样，皇贵妃的位分也着实太高了……”

齐怀恩看得眉毛一皱，这群老头儿，自己家后院妻妾争风的事儿管不完，插手天家内帏的事倒是不亦乐乎。

夏侯世廷噙了一丝若有似无的笑意，目光落在正在叨咕一人身上，语气闲适，侃家常一样：“陆卿家的长公子不小了吧，最近学业可好啊？”

怎么突然提起自家儿子？陆姓言官一怔，抱住手，自然是说儿子的好话：“皇上有心了，犬子还算乖巧，素来在西厢闭门不出，专心学问。”

男子双目蓦然一亮：“闭门不出？那为何朕听说长公子喜好冶游，但凡出府，必定呼朋引伴，阵仗不小。据闻去年乞巧节的晚上，陆公子更与几个友人在京城食肆中聚会，大庭广众下，连携带幼子的少妇都要出口调戏，更被侠义之人出手收拾？”

在场几个同僚的目光顿时唰的集中在陆言官身上。

陆言官一呆，去年乞巧夜儿子的确被人抬了回来，身子僵硬了好多天才恢复，问儿子，儿子死活不说，难道还真是因为调戏人家女眷，被人出手修理了？

现在一说，还真有可能，儿子在府上就喜欢招猫逗狗，在外面做出这事儿也不奇怪。

陆言官脸色大红，支吾起来："这……这……"终是耷拉下头，脸面丢尽，咬牙切齿："这个逆子，回去了，臣一定得抽死他！"

再没脸皮进言半句了，退后几步，无精打采。

家教不严，养出个膏粱子弟，形象没了，其身不正，哪里还有底气劝谏。

另一个刚附和陆氏的言官也登时一呆。

夏侯世廷头颈一转，意味深长："卓卿家府上……"

"云氏为皇贵妃的事，皇上这么一说，如今想来，倒是可行。"卓言官慌忙拖拳，宁可冒犯，也不得不赶紧打断。又不是傻子，岂会步陆言官的后尘被皇帝拉出见不得人的事儿？

人无完人，官做到这个地步，家大业大，人多口杂，不管怎样，府上多少能找出几件不光彩的事，皇上这是摆明了早就调查好了，拿住他们几人软肋了。

几人像斗败的公鸡，再不敢多对皇贵妃一事啰唆半句，个个耷下脑袋，齐怀恩见皇上轻飘飘便镇住几个言官，忍不住也松了口气。正这时，门外跑进了小太监，从臣子的背后，侧身进来。

齐怀恩一看，是皇上派在瑶台阁那边伺候的一名公公。

齐怀恩迎过去，低声问："怎么了？"

公公小声说："云夫人在御花园闲逛，正碰上仙居殿的韩侧妃。"

"两个人碰上了？"齐怀恩一讶。

"不只碰上了，还在说话。奴才离得远，听不大清楚，夫人好像在问韩侧妃关于皇长女的事。"公公挠头。

齐怀恩打发了公公："知道了，你先回御花园伺候吧。"继而转身，跑到御案边，附耳转述了一番。

夏侯世廷眼神一动："八弟回来了没？"

夏侯世廷登基后，燕王在理藩院的官阶升了几级，前阵子因新帝即位，附近附属国家派了使节来朝恭贺，燕王在驿馆接待周旋，忙得分不开身，昨天又送各国使臣出京。

齐怀恩点头："昨晚刚回了王府，派王府长史来禀过一次，今天下午再进宫跟皇上述职。"

"还述什么职，叫他直接过来，用跑的。"夏侯世廷袖风一振，起身，兀自大步朝殿门走去。

几个言官见得皇上有事儿忙去了，总算背上汗水一干，吁了口气。

齐怀恩望着皇上的背影，愣了会儿，却一拍脑袋，皇上好像是——紧张了。

第六章

晋皇贵妃

御花园内。

小彤守在小道尽头一棵高大的桐树下，等韩湘湘跟云菀沁说完话，看着韩湘湘对云菀沁恭敬怯懦的模样，越看越是心里呕血。

正这时，身后飘来个声音，客气道："是仙居殿的小彤姑姑吧。"

小彤回头一看，只见几步之遥的灌木丛后站着个年轻女子，梳双丫发髻，做侍婢打扮，穿的却又是宫女的服饰，奇怪问："你是谁？怎么认识我？"

"奴婢只是个丫头而已，贱名不足挂齿，小彤姑姑是跟着韩侧妃进宫的，今后也是后宫妃嫔身边的红人，大名在宫娥中如雷贯耳，奴婢当然认识您。"丫鬟盈盈笑着，话叫人听得很舒服。

小彤心头美美的，一肚子不顺气也消了一些："小嘴巴还甜得很哪，你是哪个宫当差的啊，有什么事啊？"

丫鬟望一眼不远处草坪上蹲着的两个小不点，答非所问："看样子，小彤姑姑心情不大爽利啊。"

小彤见她好像明白自己心里想什么，一怔："你什么意思？"

那丫鬟招招手，示意叫小彤过去，似是怕被人看到。

小彤的好奇被挑了起来，趁主子们和瑶台阁几个宫人没注意，绕到灌木丛后，近距将这丫鬟上下打量一番，压低声音："你到底是谁？想做什么？"

"奴婢想做什么不重要，重要的是小彤姑姑能做自己想做的，"丫鬟手滑进袖子，捞出个绣袋，拉绳将袋口系得紧紧，勾在指头上，贴近小彤耳边，一字一句，"那小男童是隆昌帝的二皇子，却比皇女还要得皇上宠爱，小彤姑姑一定气得不浅。你看看，这小男童还有个那样的亲娘，今后这对母子，定当将皇上勾得越发紧，你家侧妃和皇女哪里还能机会靠近皇上？你可知道，皇上已经决意将云氏封为皇贵妃了？”

“真的？”小彤一惊，这样的话，主子越是赶不上云菀沁了。

“可不是，太皇太后都允了，今天，就连几个言官都拗不过皇上，全默认了。”丫鬟道，“这小男孩儿，今后也定当子凭母贵，成为皇上的心头肉。”

小彤银牙嚼得响：“岂有此理。”瞥一眼草地上虎头虎脑的小元宵，拳头扎得更紧。

丫鬟眼一眯，顺着她的话：“可不是，岂有此理。虽说你们家皇女是个女孩儿，可她才是名正言顺的皇长女啊，那小野种又算是什么，不就是个拖油瓶吗？那些瑶台阁的奴婢，凭着个野种，尾巴翘上天，偏偏服侍正派主子的小彤姑姑却不被人重视，奴婢心里也不好受啊。”

小彤蹙眉：“你到底想说什么？”

丫鬟适时将绣袋暗中朝她手上递过去：“小彤姑姑拿着这个，到时将里头东西拿出来，放到那小野种身边的草地里，肯定能给小彤姑姑和韩侧妃出出气。”

小彤接过绣袋，隔着一摸，只觉得里面软软滑滑一长条，还在手心里动了动，竟是个活物，吓得差点叫出声：“这什么玩意儿？你疯了，万一出个什么好歹，事情闹大了怎么办？”

“放心，死不了。这是一条普通小青蛇，拔了牙齿，没毒性。杀鸡焉用牛刀，对付小孩子还需要用毒蛇吗，吓都得吓坏了。小孩子是最受不得惊吓的，随便病个几天，也能消了小彤姑姑和韩侧妃的这口气。万一吓死了，那就更好，看瑶台阁那些人到时还有什么炫耀的砝码。云氏失子心痛，估计连皇贵妃都当不安稳，你家主子说不定就有机会了。”丫鬟谆谆教导。

小彤虽蠢蠢欲动，却也不至于傻到被人当枪使，柳眉一竖：“你到底是谁？哪个是你的主子？你们又为什么要帮我？”

“我家主子虽不是宫里的人，但凭着能进出宫闱这一点，小彤姑姑也该猜到我家府上在朝上的地位。我家家主，便是连皇上都得敬重几分，更重要的是，我家主子跟小彤姑姑一样，都瞧不惯云瑶台阁那群人。”

说罢，踮脚凑近小彤耳边，吐出个名号。

小彤听到那名号，深吸口气。

丫鬟见她久久不动，睫毛眨了眨：“反正我家主子跟你一条线的，随你吧。”

小彤见那丫鬟要拿去绣袋，再不犹豫，一把塞进袖口，走了出来，又回到桐树下。

做好了打算，小彤走到两个小孩子身边，蹲下身对着端姐儿笑眯眯：“小主子玩了这么久，要不要撒尿啊？”说罢，一把将玩兴正浓的端姐儿从地上抱起来。

初夏、晴雪和珍珠见她给端姐儿把尿，也没多在意。

小彤趁几人不注意，袖口往下一滑，一条与草色融合的青影“咻”声滚入草地里。

没料，端姐儿根本不想如厕，见小彤把自己抱起来，哪里舍得走，哭起来，小身子拼命往地上指：“下，下去……下去，呜呜……要下去……”

小元宵见玩伴没了，也急了，跑上前，扬起肉呼呼的手，拍小彤的裤管子一下，鹦鹉学舌，帮着端姐儿：“下去！”

小彤差点儿一脚将他踢开，这小兔崽子，还挺厉害呢，却只能顶着一张皮笑肉不笑的脸，对着地上的小人儿说道：“小皇子，奴婢是给端姐儿去把尿，女孩子尿湿了裤子多难看啊，是不是？”

云菀沁和韩湘湘听着吵嚷，目光已投过来。

韩湘湘眉一蹙：“她不想就算了，放她下去继续玩会儿吧，你退下。”

小彤见主子发话，没法子，只能将端姐儿放下地，退到一边。

端姐儿脚一落地，迫不及待地回了小元宵身边，两个小不点又蹲了下去。

韩湘湘看女儿从没像今天这样活泼，心中百味俱全，若当时放下那份没有结果的痴心，寻个两相情愿的夫婿，也不至于落个如今这种独守空闺的可怜境地，至少能让孩子有个爱护她的亲爹。

韩湘湘浸入思绪，眼眶潮红，正这时，女儿的一声号哭传过来。

她醒了神，望过去，只见女儿一屁股坐在草地上，好像受惊过度的，吓得哇哇直哭，小元宵趴在地上，正饶有兴趣地盯着什么。

两个孩子的中间，赫然卧着一条四寸多长的小青蛇，咝咝吐着芯子，蛇皮与草色混为一体，乍一看根本辨不出是草还是蛇。

韩湘湘脑子发晕，尖叫一声："端姐儿——"

云菀沁怕惊了那蛇，不敢走到小元宵身边，却见小元宵压根儿没一点儿害怕的意思，还一指蛇，笑眯眯地抬头望向娘。

初夏儿人大惊失色，却跟主子一样，也不敢随便动作。小元宵哪知道旁边人都捏了一把冷汗，往前又爬了一步，举起小嫩手，要去捉那青蛇，就在所有人快要惊呼出声，背后一阵脚步踏踏，再一看，小元宵整个小身子悬空被人从地上捞了起来。

那人抱起小元宵的一瞬间，一脚朝外踢远了地上的青蛇，身边的侍卫连忙过去将那青蛇七寸一捏，抓了起来。

众人悬着的心落下来，这才看到是皇上来了，忙齐齐跪下："皇上。"

唯韩湘湘顾不得，跌撞过去，将女儿抱起来，上下查看有没有被咬到："有没有哪里疼……"

小彤也忙不迭过去，跟着主子一道查看哭得不止的端姐儿，心头却懊恼，还真是见鬼了，那小野种胆子大得很，倒让自家皇女受了惊吓。

云菀沁疾步到了夏侯世廷身边，只见他怀里的小元宵虽有些蒙，却显然完全还不知道发生了什么，还在指着侍卫手上的青蛇，咿咿呀呀地，似乎在告诉别人自己发现了个特别的玩意儿。

夏侯世廷检查了下小元宵，低道："没事。"

云菀沁这才安心，只听侍卫大声禀报："皇上放心，这蛇没毒。"

"御花园里怎么会有蛇？"夏侯世廷眉宇拧紧，语气相当不悦，又瞥了一眼不远处的韩氏母女，"端姐儿没事吧？"

韩湘湘抱着女儿跪下："谢皇上关心，没事。"

夏侯世廷收回目光，没多说什么了。

齐怀恩见皇上的脸色，吩咐下去："将打理御花园的宫人全部问责！"

"是。"几个侍卫依令下去。

云菀沁瞥了一眼侍卫手上的青蛇，眼眸微微一动，只听身畔男子淳厚声音传来："怎么了？吓着了？"

她转过头，笑了一笑："没事。"夏侯世廷见旁边都是近侍，也不避讳，一手抱着小元宵，一手轻揽她腰身，往怀里稍一带，谑道："还说没吓着？脸都白了，连小元宵的胆子都比不上。是不是啊，小元宵？"

小元宵还惦记着那条渐行渐远的蛇，趴在爹的肩膀上，恋恋不舍地盯着侍卫的背影，并没有理睬。

夏侯世廷得了个没趣儿，脸色有些尴尬，云菀沁忍俊不禁，帮他解围，将小元宵抱过来："三爷怎么过来了？"

夏侯世廷将儿子给了她手里，瞄了一眼韩湘湘主仆，只道："齐怀恩，将侧妃请去旁边的明光阁。"

云菀沁一疑，却见他俯下颈柔声道："你也一块儿过去。"

她更是心头怪异，却还是携着初夏去了明光阁。

不远处，韩湘湘已将女儿哄好了，见皇上与云氏母子相处宛如一家三口，哪里像是高高在上的天子和谨小慎微的妃嫔，顿时垂下头，眼泪吧嗒吧嗒掉下来，飞快拭了去，然后将女儿给了小彤，独自朝明光阁走去。

明光阁。

燕王被召进宫里，到现在还觉得奇怪，若是谈正事，应该去议政殿或者御书房，若是说家常话，也该去乾德宫那儿，怎么跑来这里了。

等了会儿，燕王听见门槛外传来男子步履声，一听就知道是皇兄的声音，起身迎过去："三哥怎么把皇弟叫这儿来了……"

因兄弟感情好，两人私下相处还是按照旧日的称呼。

话音一落，燕王却看见跨门进来的男子脸色有些不对劲儿。

夏侯世廷没应声，一进来，坐于上座。

燕王一奇道："不是北边出了什么事吧？还是朝上有什么棘手事？"

夏侯世廷阴恻恻望了他一眼：“朝堂前线暂时安好。”

“是不是哪个没眼色的忤逆三哥了！”燕王义愤填膺。

夏侯世廷没否认。

燕王一拍大腿，骂了一句：“该死！是不是隆昌帝的那几个旧党，不是早就消停了么？又闹什么幺蛾子？”

夏侯世廷摇首，一抬眼皮子：“光想别人，对自己就这么有信心？”

“我？……皇弟是怎么得罪三哥了？”燕王诧异。

夏侯世廷捧了茶盅，撩开瓷盖，慢悠悠地说道：“当年你做了件大事，朕十分满意。只是你手脚有些不利落，没做干净，留下了后患。”

燕王一头雾水：“三哥说的话，我怎么一个字都听不懂啊。”

夏侯世廷冷笑一声：“看不出来啊，你这小子，毛都没长齐，还能叫你白得个女儿。朕都没有，岂有此理！”

语气充满着浓浓的嫉妒。

屏风帘子后，云菀沁无声笑起来。

旁边，韩湘湘却是涨红了脸，揪住罗帕。

从看到燕王进大厅的一刻，她便丢了魂，透过缝隙，端详着两年不见，成熟挺拔了不少的男子。

燕王听了这一番话，却是大惊，哗地站起身，却又好像记起什么，整个人发了呆。

当年……

纳侧妃的那夜……

韩氏带回京城的女儿……

他……有这么厉害？

不能吧！

“记起来了？”夏侯世廷英眉一抖。

燕王怔然半晌，跪了下来，变成君臣称呼：“皇上恕罪……”

“你这是承认了？”夏侯世廷这句话声音忒大，瞥了一眼屏风后，就是为了让某人听到，以此证明自己的清白。

燕王喉结一动："那夜臣弟听新房有哭声，生怕出事，才进去看看，见她不停灌酒，生怕喝死，便将她余下的酒水喝完了，却高估了自己的酒量，以至于酒后乱性。"说到这儿，牙一咬，"但凭皇上处置！"

"处置？"夏侯世廷目色一冽，"生下来的娃，能塞回去吗？"

燕王弱弱："不能……"

夏侯世廷便也挑明了："得了，纳侧妃那夜，朕连王府都没回，全靠你代替朕打理，最后又是你替朕进的洞房，这场仪式，倒像是你们的婚礼。说起来，也算是你跟韩氏的缘分。"

"皇上什么意思？"燕王一惊。

夏侯世廷淡道："你后院的侍妾，只有原先为你启蒙人事的几个宫女。朕择个机会，将韩氏母女给了你，只是先帝爷已经为你订下的陈国公家嫡次千金做正妃，这个婚事不能违，韩氏只能委屈做妾。你看怎样？"

屏风后头，韩湘湘神情紧张地等待着燕王的回答，帕子险些要掐破。

"不怎么样！"燕王嚷起来。

"你不愿委屈她母女做小？"

燕王哭丧着一张小白俊脸："皇上饶了臣弟吧！天子的女人，臣弟哪里敢要啊，那韩氏若进了燕王府，不是每日都提醒着臣弟背叛过皇上吗？"

韩湘湘脸色一白，指缝的帕子滑下来。

"什么天子的女人！朕与她从未有过什么！"夏侯世廷火大，怕屏风后面的人听见又误解了，压沉了声音，"朕说过，不怪你，当年你与她走火，朕也脱不了干系，多少也算是朕促成的。如今将她母女赐了你，也是情理之中，哪里来的什么背叛？"

燕王这次却很坚持，只磕了几记响头："不管怎样，韩氏终归是皇上潜邸的侧妃，三哥宽宏大度，可臣弟却实在不愿因为当年阴差阳错的春风一度，而使自己跟三哥之间有任何膈膜，更不愿意让自己有一丝一毫的亏欠三哥！"

阴差阳错的春风一度……

韩湘湘脸色又白几分，泪水无声地滑了下来，唇角却有绽出一丝苦涩笑容。

夏侯世廷脸色垮了，这个老八这次怎么这么犟……不过细想之下，八弟推辞倒也不奇怪。

他自幼与自己最亲，别说女人，便是连性命身家都可以为自己不要。两人的关系从来毫无瑕疵，如今与后宫的女人弄出个孩子，还接受了后宫的女人，他肯定会觉得对不住自己，也不愿意损了与自己的关系。

夏侯世廷也不以权相逼，最后放话：“你不接受韩氏母女，朕不强迫，可这宫里也容不下不洁女和并非朕子嗣的皇女，朕若是私下处置了她们母女，你不会怨恨朕吧？”

韩湘湘听了这话，似是木头桩子一样，毫无反应，仿佛在听到燕王的拒绝后，就已经心如死灰，是生是死，并不大重要了，眼泪一颗颗地往下落。

云菀沁却是心头清楚，三爷这话，只怕是先想要激出燕王的心意。

沉默半晌，燕王面色极其挣扎，手掌也慢慢蜷起来，扎紧了，可最终，还是匍匐下去：“不怨恨。”

三字出口，夏侯世廷眉一紧：“行。出去吧。”

燕王颓然挣站起来，转身离开，在背影刚消失于大门的一瞬，屏风后传来一阵饮泣，虽压得低低，却十分无望和凄楚。

云菀沁与哭着的韩湘湘走出来，道：“燕王还没出明光阁，侧妃还能去碰一碰。”又望一眼夏侯世廷。

夏侯世廷没作声，任她安排。

韩湘湘失魂。

难道求着燕王接受自己？

皇上已经彻底摊牌，知道端姐儿非他亲生，燕王待自己又像个烫手山芋一样，根本不想碰，那便安天命吧！

韩湘湘露出一寸涩笑，泪涟涟地跪下来：“王妃，是我当年一进王府就红杏出墙，与燕王酒后失了伦常，得知有孕后，怕得不得了，为瞒天过海，去封地的路上用迷药迷晕了皇上，让皇上以为这胎儿是他的，才保得我母女性命。可如今看来，原来皇上早就知道，倒是我可笑至极……正如燕王所说，我一条贱命，怎么能破坏皇上和燕王的关系？罢了，随皇上处置。”

"若只想处置你，那皇上何必费精力将燕王叫进宫安排这么一场？"云菀沁凝视她，"只是端姐儿是皇上的侄女，还是燕王的亲女，这才花了点儿心思，皇上不想要等处置了你们母女后，燕王才发现自己后悔，从而积下怨气。"

韩湘湘一听到女儿，醒悟过来，自己的命可以不要，女儿呢？她哭声一止，趴下去："多谢王妃提点！"又看一眼皇上，得了允许后，磕了两个头，踉跄朝外面赶去。

云菀沁舒口气，一转身，只见座上的男子面上松弛了许多，正持盏噙笑："朕突然觉得神清气爽一截了。"

"三爷叫我过来演这么一摊子戏，无非就是为了证明自己的清白，用得着吗，直接说不就行了。"云菀沁勾勾嘴。

她要是个这样好打发的人，他倒是轻松了。

韩氏携女进宫后，他就想跟她说，只她没问，他也暂时按捺下去。这阵子燕王分身乏术，又不在京城，干脆等他回了，得空进宫，再直接把真相甩在她面前，叫她心服口服。

"韩氏灌了迷药后，皇上果真跟韩氏没什么？"她眼波斜斜。

他笑意一止，受了冤屈，鼻梁有些涨红："灌了迷药还能有什么的人，你给朕找出来看看。"

她扑哧一笑，走近了几步，见他暗暗气闷，挑起他下颌："那去了封地以后呢，大把的机会。"

他见她发笑，知道是又在故意戏弄自己，气笑地将她手臂一拉，拽到膝上坐下，贴她耳边："去了封地后，朕就开始一天到晚穷思竭虑，想着怎么才能快点能回来降服你这小妖精了。"

天井内，燕王魂不守舍，走得很慢。

快到门口，听背后传来一声叫唤，顿时马上又加快脚步。

韩湘湘见他要走，心头更痛，却一咬牙，飞快跑上去，情急拉住他袖子："燕王难道连见都不肯见我一面了吗？"

燕王拂开她的手，退后几步：“侧妃有话用嘴说就行了。”

韩湘湘苦涩地道：“若那夜我不曾酒后撒疯，也不至于误了燕王，更不至于弄得现在大家都为难的境地。”

“你现在说这些话有什么用。”燕王垂着头，有点儿不敢看她，她竟然给自己生了个女儿。活生生的女儿啊！

他十七还未满，像他这个年纪的皇亲国戚，膝下有侍妾生的子女也不稀奇，可绝对不包括他。

那夜他匆匆离开，只当是做了个梦，一场绮丽缠绵，却又不敢回味的春梦。

虽说三哥让他帮忙料理一下府上事务，可他从没想过会与三哥的侧妃弄出个孩子来啊！

他的头突然有点晕。

韩湘湘揩干泪，平静了心绪：“我不求燕王接受我，可……”泪眼一红，“端姐儿是燕王的骨肉，在这宫里，是绝对不可能活下去的，请燕王想法子带回王府养育好不好？”

“那个孩子叫端姐儿？”燕王眼一烁，却还是埋着头。

“是个乳名。”韩湘湘哽道，“端午生的，两岁半了，生得瘦小，头发也稀少，我没照顾好她，叫她受了苦。”

燕王一抬头：“本王……小时候也瘦小，也……是个秃子。”

却马上又低下头。

韩湘湘见时辰不多，再不犹豫，跪下来：“求燕王了。”

燕王盯住她：“她都这么大了，不少人也见过她样子，若是将她带回燕王府，肯定有人发觉，始终还是知道她原是皇女的事。到时候，三哥名誉不保，我仍是对不住三哥。”

这便是他不能接受韩氏母女的原因，三哥可以对于这顶绿帽子无所谓，大剌剌将两人给他，可他却不能做出一丝令三哥名声有损的事。

“燕王只在乎皇上，却一点儿不在乎自己的亲生女儿吗？”韩湘湘失声痛哭。

燕王头又开始疼起来了，再不作声。

韩湘湘绝了希望，擦干了眼泪，再不多说了，双腿打着晃走出明光阁。

燕王在原地待了会儿，脚步声踱近，一抬头，三哥出来了，站在不远处，似是看到了。

他顿了一顿，忽地上前撩袍跪下："我知道三哥当年肯纳韩氏，纯粹是因为不愿违逆先帝爷的权宜之计，可韩氏到底是先帝爷赐的婚，请三哥网开一面，说个不好听的，三哥当初能摄政，眼下能走到这一步，韩氏也算是有点儿帮助，至少能让先帝爷满意您的孝顺……如今，三哥能否对她母女从轻发落……打入冷宫，终生禁足都好，只要让她们活着……"

这样的求情都说出口，却就是不愿将韩氏母女讨去。

这个兄弟是此生最亲近的，他若是真心想要，自己怎会顾忌那些什么面子里子？偏偏这老八就是想不通，钻了死理，强送他，只怕还让他不安心一生，只能让他自己来求。

夏侯世廷搀起他，语气遗憾："宫规难违。"

燕王脸色一变，眼圈微红，却再没说什么，转身离开。

望着燕王的背影，夏侯世廷淡道："八弟别的事儿倒是伶俐，可男女事上心窍开得有点儿晚，慢个一两拍。"

"那就只能靠逼出来了。"云菀沁轻道。

夏侯世廷望她一眼，唇角弯起弧度，却并未多问什么，她作甚，自己依着便是，这后宫，迟早不是她的吗。

燕王这事儿料理清了，夏侯世廷一桩心事了结，与云菀沁闲逛了半段路回议政殿书房去了，还有两堆北地的军务折子没批完。

果然跟前世差不多，公务狂的秉性又冒了头。

走到快要分开的僻静小宫道，四周没人，她在他拼命的暗示下，叫齐怀恩和初夏避开，踮脚钩住他脖子，凑近去，轻轻碰一下他脸，看着他餍足离开，才带着初夏朝瑶台阁的方向回去。

快到瑶台阁时，初夏见她步子一刹，忙问："怎么了？"一路都见主子凝神不语，似在想什么。

“今天御花园那蛇，你不觉得有问题吗？”

初夏当然觉得有问题，只是一直没机会说：“主子说是人为？”

御花园逛了不下数十次，几时见过蛇虫鼠蚁？

宫里的人精心得很，这种可能会伤人的凶物，怎可能有出现的机会？可今天刚巧遇着韩氏母女一行人，就出现这种情况。

“你去一趟仙居殿，找个原本仙居殿当差的下人，探听下韩氏回去后的情况。”云菀沁睫一闪，那蛇若真是韩氏一行人故意弄的，却肯定不是韩湘湘。

一来她没这胆子和心智，进宫这副惨淡光景的样子，也没心思兴什么风浪，二来当时端姐儿也跟小元宵在一起，她怎会让爱女也面临险境？

仙居殿内。

韩湘湘一回去就坐在临窗榻上，沉默不言。

小彤叫人都退下，走过去：“侧妃看看今天，两个小家伙遇着蛇，皇上一来，第一反应就是抱起那小元宵，端姐儿在地上号啕大哭，皇上却没看见似的，眼里只有那个小拖油瓶，哪里有皇女，事后才想起来问一句。侧妃啊，您是当娘的人，难道就不心疼吗？奴婢求您了，您就当是为了端姐儿，也得争口气，与那云……”

“啪”一声清脆巨响，摔在小彤的脸上，让殿外的人都听得一清二楚。

小彤捂住脸，不敢相信韩湘湘竟掌掴自己。

韩湘湘一改平日的温驯懦弱，脸色涨红，站了起来，直直盯住婢子：“闭嘴！你这狗奴才好大的胆子！那蛇是谁放进草丛的，你当我不知道么？一个人离开了半天，一回来就要跟端姐儿把尿，说没别的心思我信吗……你当真恶毒，险些就差点儿害了皇子和端姐儿，居然还在絮絮叨叨，没完没了！我一次又一次容忍你，不过就是看着你是我陪嫁丫鬟，自幼同我长大，是姐妹的感情，又帮我冒着风险挡过灾。可如今想来，你哪是帮我，全是为了帮你自己。你已经被这皇宫的繁华亮花了眼，根本顾不得礼义廉耻了！我若留你，迟早被你拖累，收拾了你的包袱，滚出我的仙居殿！明天天亮后，我再也不想看见你！”

小彤震住，半天才醒过来，忙跪下来抱了侧妃腿脚：“侧妃，奴婢知错了，不要赶奴婢走啊，这皇宫内院啊，奴婢能走到哪里去啊？宫门奴婢也出不了啊。”

韩湘湘气头上，狠命踢开她：“我去内务府捎个话，将你送进冷宫当差，或者说你生病了，不能再留在宫里，怎么都好，反正我就是再看不得你！若再不走，别怪我下狠心了！滚，滚！现在就去收拾！”

小彤生怕她真的马上要去内务府打招呼，手一松，再不敢多求情，只畏缩道：“主子，您先消消火。”说着，先灰头土脑地出去了。

傍晚时分。

仙居殿的宫人匆匆去了瑶台阁，将初夏叫了出来，把韩侧妃怒斥贴身婢子小彤姑娘的情况低诉一遍。

果不其然。

初夏冷笑一声，拿出赏银递给那宫人，示意知道了，见着宫人离开，方才进屋转告主子。

仙居殿内。

大半夜的，小彤在宫婢居住的耳厢床榻上翻来覆去，不时起身，看一眼精致的房间，再摸一摸高床软枕，自己是韩氏的贴身近婢，一人独占一间殿室，俸禄厚，还有满宫殿的小丫头小太监们奉承自己。

便是韩氏真的不济事倒了，只要自己人还在宫里，何愁没机会再投奔另个主子？

走？走个屁。

在皇宫当差，胜过在民间当普通门户的千金小姐，这番荣华，既经历过了，又哪里舍得放手？

算了，明天早起再去哄哄主子吧。

正想着，小彤打肿了脸又疼起来，下床去柜子里翻药，正翻了一半，烛火一闪，门开了。

冰冷脚步踩着地面，涌进来。

她一惊，回过头去，只见初夏领头，一左一右是晴雪和珍珠，身后还跟着一个公公和一个侍卫，顿时手一松，药掉了一地。

“你们……这是干什么？来人啊，来——”

小彤刚扯着嗓子一喊，便被侍卫用布条塞住嘴，又捆了手脚，被摁倒在一把雕花椅上。

“呜，呜呜……”小彤惊恐万分，仍在踢腿，含含糊糊道：“你，你们……是怎么……进来的……”

初夏捏住她下巴，往上一抬，眼神厌恶，嘴角又挂着一丝冷笑：“怎么进来的？自然是你家主子打开殿门，让咱们进来的。小彤姑娘真想永远留在皇宫，步步高升？”

小彤一呆，停下挣扎和吵闹。

人心不足蛇吞象，初夏淡道：“小彤姑娘这个心愿，我家主子帮你达成。主子不但让你留在皇宫，而且还让你成为后宫妃嫔，今后大宣历代帝王后妃同伴在侧，你看如何？”

小彤不敢置信，眼里闪过一丝惊喜，含着布条儿，口齿不清：“不，不是……骗我吧……”

“一句虚言，天打雷劈。”初夏意味深长地一笑，又凑近她耳边，“不过，出于交换，小彤姑娘也得告诉咱们，那青蛇真是你自个儿的主意，还是有人指使？”

小彤没料到他们居然知道了，瞪大眼睛。

“放心，若是真怪罪你，咱们一进来便，”初夏手作刀，往脖子上做了个杀头的姿势，“……又何必跟你磨叽。”

小彤考虑片刻，再不犹豫，待口中布条儿一脱，就凑近初夏耳边，吐出那人名讳。

初夏听完，凝住小彤未动。

小彤被她看得发毛：“我都告诉你了……怎么样，你们什么时候该兑现诺言……”话未说完，面前女子手一扬，将布条重新塞入她口里。

小彤惊恐而愤怒地望住一行人："你，你们……骗我……骗我……"

"谁说的？这就送你去奔赴你的好前程。"

一个太监上前两步，一掌劈到小彤的后颈上，将她击昏。

此时，门咯吱一开，晴雪捧着一套衣靴疾步进来："初夏姐，衣裳都拿来了。"

初夏吩咐："换上。"

几人七手八脚，一会儿光景将小彤扒得精光，从里到外换上韩湘湘的衣裳和首饰，然后将一个幼儿搭盖的精致棉被塞她怀里。

最后，侍卫将人扛上肩，直奔侧妃寝殿。

……

皇宫，今夜有风，显得天色更黑。

仙居殿内，空旷庭院内，几名宫人站在两个女子的身后。

云菀沁面上无悲无喜，凝住主殿。

身畔，韩湘湘因为半夜临时被叫出来，身上仅披着一件挡住寝衣的披风，在夜风中瑟瑟，却不是因为冷，而是因为心情还未平静，直勾勾盯住夜色中显得诡丽的殿室，喃喃："这样真的可以吗……"

云菀沁拢着滚镶着银狐袖笼，目光一转："莫非你想留在皇宫？"

"不！"韩湘湘惶惶跪下来，有真心疼自己的人，才是家，反之便是炼狱，这皇宫对于王妃来说，是她温暖的家，可对于自己来说，却是个无爱而冷酷、禁闭自己和女儿的牢笼。

云菀沁一手将她搀住，扶了她起来："那不就行了。燕王不要你们母女，是怕有损皇上的颜面，今日一过，世上再无你们母女，皇上颜面得保，燕王收了你们，心里也不会再背包袱。燕王是皇上的手足，一直站在皇上身边，为皇上尽忠，皇上是个投桃报李的人，这次也想尽量让他满意。"顿了一顿，"只是这样一来，便委屈了你。你到底是个官家小姐，绮年玉貌，青春正盛，可从今后便要改名换姓，再不能与娘家人来往，恐怕也只能终生为妾，不可随意抛头露面，在燕王府的后院隐居一生。"

只要能保住女儿，还有什么苛求？

韩湘湘泪盈于睫，真心实意道：“这已经是两全其美的法子，既能不损天家名誉，又能让燕王心里舒坦，最重要的是，端姐儿能被燕王认下，妾身就知足了，自己日后过得怎么样都无所谓了。说起委屈……妾身也算是自找。若当年不是我不顾秦王心中有王妃，死活想要嫁给秦王，又岂会落到如今的地步。”说罢，有几分打算划过心头，并没多说，只拿定了主意，垂下头。

云菀沁并没注意她的异样，见初夏出来了，道：“端姐儿抱出来了？”

“出来了。”初夏循着一指，身后，珍珠抱着还在酣睡的端姐儿出来。

韩湘湘见着女儿出来，脸色平静了许多，抱过来，撩开小被子，看着女儿的小脸蛋，亲了又亲，又不自禁流下泪，卸下了一块心事。

初夏见差不多了，朝主殿门后的侍卫和太监使了个眼色，那侍卫和太监匆匆进去，又马上出来。

靠近韩湘湘的卧室窗户内，最先生起火光。

火苗吞噬着帘幕、窗帷、桌布，殿内的家具全是木制，不一会儿，火势蔓延开来。

“走水了——走水了——”

火势让殿内值勤宫人大喊着跑出来。

与此同时，庭院外的一行人早就退到仙居殿外不远处一座小丘的亭子里，在隐秘的高处看着主殿内宫人的动静。

“侧妃呢？侧妃和皇女还在里面——”有宫人惊叫着。

“火太大了，将卧室的门都封了，进不去啊——”

一开始还有几个宫人用浸湿了的帘子包在头脸上，冒死冲进去想要救人，无奈火势太汹，围住卧室门，实在闯不进去。

“快，快去喊人帮忙——”几个宫人得了提醒，拔腿就跑。

剩下几个宫人精疲力竭，喘着气在天井里挑水救火，次次却还没靠近，就被巨热蒸雾逼退几步，几个来回下来，精疲力竭，个个瘫趴在地上，头都抬不起来。

火趁今夜的风势，半晌功夫，大了几倍，腾腾卷起，直冲云霄，烧得皇宫内四面八方亮堂堂。

“轰——”门窗禁不起火龙煎烤，毕毕剥剥地裂开。

“轰隆——”烧烂了的廊柱倾斜倒地。

“主子，从小彤口中打听到指使她放蛇吓唬小孩子的人了……”初夏趁空，凑到云莞沁耳边：“说是沂嗣王府上的表小姐，与沂嗣王这次一块儿从江北回来的。”

她凝视下方的火光，眼神一动。

沂嗣王府上的表小姐。

“可要告诉皇上？”初夏也猜到了几分。

唯一的人证正在火场替死。

就算有人证也没用，那人岂会承认？

更重要的是，沂嗣王是推举三爷上位的重要力量，至少眼下，是不能与沂嗣王有什么隔阂的。

告诉三爷又怎样？让他狠狠教训一顿沂嗣王，将他的妹妹拉出来问罪？

让两人关系生间隙？

何必影响了朝堂。

正这时，小丘上，亭子边，却听晴雪一阵低呼：“韩侧妃呢？”

众人环扫一圈，果然不见韩氏的踪影，再一听小太监一声惊叫：“主子，快看——”

熟悉的身影早跑到小丘下，借着仙居殿的一闪小侧门，悄悄进去了。

女子走进庭院，背影在映成橘红的苍穹下轻微的颤抖，显得纸片一般的格外纤弱，却毫不犹豫，竟一个人冲进了火场！

这一幕投火景象，惊得初夏等人屏住呼吸，完全没有料到韩湘湘竟来这么一出，便是连端姐儿也似是有心灵感应，蓦然从睡梦中惊醒。

“还不赶快将韩氏救出来。”云菀沁一声低喝，跟随的侍卫箭步下去。

夜尽，破晓之始，旭日东升的前夕，仙居殿的火被扑灭了。

燕王一大早听说了仙居殿起火的事，只当是梦还没醒。

进了宫，一进乾德宫，连通传都来不及，燕王直接冲进寝殿。

昨日的火烧了大半夜，夏侯世廷也没睡好，早就起了身，正坐在一张罗汉榻上看前线的邸报，见齐怀恩气喘吁吁跟在老八身后赶进来，只挥了挥手，叫他退下。

齐怀恩一退下，燕王就脱口而出："三哥……仙居殿的人……怎么样了……"

俊秀容颜惨白，一大早就汗如雨下，平日干净利落的灵巧人，成了这副失魂落魄的样子，怎么还能违心说不想要韩氏母女？

夏侯世廷合上邸报："她们的生死，跟你有什么关系？"

"三哥——"燕王发急了，"这时候，您还有心情埋汰我吗？"

"来人，将孩子抱上来。"

一个嬷嬷抱着个身着银红小衫的娃娃进来了，弯腰行礼："皇上，燕王。"

夏侯世廷让嬷嬷将孩子放在罗汉榻上，打发了她出去。

燕王看了过去，是个小女孩，虽从没跟她见过面，却也知道是谁，心中大石一卸。

女娃呆呆坐在两个天下至贵的男子当中，一双大眼睛盛满了惊恐不安，对皇上不熟，对燕王又不认识，却又好像知道不能乱哭，只揪着衣裳角，死死克制着，眼泪无声地吧嗒吧嗒往下落。

夏侯世廷见老八盯住端姐儿的样子，道："跟你小时候一模一样，没头发，瘦得像个皮猴儿，胆子小，光看这样子，就知道是亲父女。"

男子声音威严，端姐儿胆子小，突然听得他说话，终是忍不住，哼唧一声，吓得小声哭了出来。

燕王一个箭步上前，将端姐儿抱起来，打抱不平："这才多大啊，能看出什么美丑？小元宵的头发也多不了几根啊……"顿了一顿，问："这孩子……没事吧？"

这会儿倒是心疼了。果然沁儿说得对，有人就是不见棺材不掉泪。

夏侯世廷瞥他一眼："起火前，就被人抱了出来。"

燕王松了口气，一口气却又提了起来，神情变得紧张："那……她呢？"

"本来出来了。"夏侯世廷静静看着他。

什么叫本来——燕王手心冒汗。

端姐儿也躁动起来，被技艺生疏的燕王抱得很不舒服，蹬了蹬腿。

"后来又冲进火场了。"

燕王恍惚："怎，怎么会又冲进火场？不是出来了吗？……为什么？……那她……是没了？"

"你的亲骨肉，朕给你保住了，"夏侯世廷并未直面回答，"朕会宣布皇女丧生火海，你带了她回府吧，不会有人猜忌多疑了。另外那个人，你本来就无所谓，跟你也没什么关系，是生是死，又何必多问？"

"哪里没关系，她是我孩子的娘。"燕王没料自己竟会这样难受，鼻头一红。

端姐儿见俊秀洒脱的陌生男子眉宇蹙紧，眼睫颤抖，不懂他为什么会难受，抬起小手，竟为他擦了一下眼泪，嘴里呢哝了一声。

帘子一飘，有人在宫女的陪伴下进来，夏侯世廷见着来人，唇角不自禁轻轻一弯。

燕王汲了摇摇欲坠的泪，一抬头，见是云菀沁携着初夏过来，打起精神："三嫂。"

"燕王可知为什么韩氏明明出来了，却又跑回火场？"云菀沁站在罗汉榻一侧。

燕王盯住她。

"这场大火后，端姐儿能顺利进燕王府。端姐儿是你的亲生骨肉，自然不会少了燕王的疼爱，可燕王之前那样回绝韩氏，却叫她冷了心，失去了在王府立足的希望，难道刚离开冷冰冰的皇宫，又到一个没情没意的王府吗？她这人，心眼儿太痴，没夫婿的疼爱，是活不下去的，以前是这样，为着三爷要死要活，现在也是这样。反正端姐儿也没事，她也放心了，干脆横了一条心，投火自尽。"

燕王呆住，自己的拒绝原来成了她的催命符吗，心头剧痛，抱紧了端姐儿，强忍住泪，说道："她在哪里，求三哥让我见见她最后一面。"

"还有什么见的必要？"夏侯世廷淡道。

燕王看了一眼端姐儿，再没之前的犹豫，下定了决心："皇上本就答应了将她母女给我，是臣弟瞻前顾后，才误了她的性命。臣弟现在愿意了，不管她是生是死，臣弟都要，将她的尸首赐给臣弟吧。反正她也还没正式册封，臣弟想亲自寻个僻静地方葬了她，让端姐儿与自己今后有个凭吊的地方。"

"给不了。"夏侯世廷一口拒绝。

云菀沁瞥一眼身边的男人，有些无语。

燕王一怔，竟是有些急了："为什么？"

"给不了就给不了。"夏侯世廷难得见老八急得冒烟的样儿。

燕王单手抱了端姐儿，唰的起身："总得给个理由吧，难道皇上反悔了？"

"朕只说她重新投入火场，又没说她死了，既然没死，怎么把尸首给你？你急个什么？"夏侯世廷不徐不疾。

燕王心中瞬时拨云见日，好像脚沾了地面，重回人间，却又气急败坏："当了皇上就作兴这么玩人吗？"

又瞄向云菀沁："三嫂怎么也这样，来了半天，看着我干着急也不说。"

云菀沁有些无辜："我刚刚不跟燕王说过韩氏重投火场的原因吗，若她死了，我又怎么知道？燕王连这么明显的细节都听不出来。"

"臭小子竟敢怪你三嫂，欠抽吧。"夏侯世廷愠了。

燕王嘀咕两句，哪里玩得过两人，只得讨好道："那她这会儿在哪里？……"

夏侯世廷斜睨他："疏影阁那边养着，今夜齐怀恩亲自带几个禁卫，送她们母子去燕王府，新的身份文牒都已备好，最好先在外面住一段日子，过个一年半载，再接进府。"

燕王忙应下来，正要放下端姐儿，跪下谢恩，云菀沁却喊住："不过有一件事，需要跟燕王提前说一下。"

燕王见她面色稍凝重，心头又一悬，可比起她还活着，什么都算不得大事了，只试探："她是不是伤得很重？"

云菀沁与夏侯世廷对看一眼，并没否认："性命倒是无忧，却被浓烟呛坏了嗓子，今后说话怕是有碍，火光太烈，面部也有些灼伤，虽然不算太重，日后也能调理恢复，可容颜或许再不如以前了。"

说起来，音貌毁了，这样不幸，却也不见得全是坏事，至少，再没人认出韩氏了。至于端姐儿，长个几年，小孩子一下就变了容貌，更是无人认得，日子一久，韩氏母女这事儿也算是真的抹去无痕了。

燕王松了一口气："我当是什么呢，只要人没事就好！"

夏侯世廷知道，他这话是真心的，每个人志趣不一样，有人贪色，有人恋财，这个老八，喜欢游艺玩乐，马球蹴鞠骑射，全是个中好手，热衷成痴，女人的皮囊对他来说，却不太重视。

一等一的美人跟中等美人放在一起，有的情场老手一眼就能看出差别，分个三六九等，可对于老八来说，没什么区别。

仙居殿一场夜间走水，天亮才扑灭大火，满殿宫人无事，偏只有韩侧妃母女没来得及跑出来。

第二天搜寻火场时，只在烧成了断壁残垣的主殿卧室内，搬出一具烧成了黑炭的女尸。

尸体穿的是韩侧妃的夜间寝衣，怀里还抱着一团烧得褴褛的幼儿棉被，太医查看女尸的牙龄和骨骼后，发现跟韩侧妃差不多的年纪，不是韩氏又是谁？

至于可怜的小皇女，只怕也是被韩氏抱在怀里躲火，跟着娘一道双双殒命。

两岁的幼儿，才多大一点？火一猛，只怕连骨头渣滓都烧化了，尸体没留下来也不奇怪。

这桩惨祸在宫中传播开来，宫人都叹红颜命薄，想韩氏也是倒霉，好容易熬着家主荣膺万人之上的权势，就等着封位了，却跟皇宫没缘分。

不过又有些流言，那场火到底是天灾，还是人祸，不好说，也不知道是不是有人故意放的。

后宫除了韩氏，等着册封的还有谁？不就瑶台阁那位吗，宏嘉帝本就因为中途代位而罢选秀女，韩氏没了，这后宫就只有她一人独大了。

若真是如此，瑶台阁那位当真蛇蝎心肠，还没册封就能做出这种事儿，今后真当了皇贵妃，岂不更是在后宫兴风作浪？

这般一想，一些宫人也不敢多说了，免得被蛇蝎美人捉着把柄了。

初夏将这话捎回去一说，晴雪和珍珠柳眉一挑，斥道："叫我听到了谁敢再说，上前不撕她嘴巴！"

云菀沁倒是无所谓，眼波流转，噙几分笑，安抚几人："你们瞧瞧旧朝往代，后宫那些名气的女子，哪个没被人说过不好听的话？写史的那些老学究，不都是可着劲埋汰这些女子？被骂又如何，人家一辈子照样活得自在惬意又有福气，也没见着被人骂掉了一块肉啊。蛇蝎心肠？倒也好，最好瞧见这后宫有个狠辣点的人，都别起那些歪心思。"

后半句倒是个实在的，几人安了心。

随着册妃仪的临近，宫里忙碌起来。

韩氏母女遗体安葬皇家陵园，特赐韩氏谥号为惠贞敏纯贤嫔，平复韩家丧女心。

仙居殿的祸事渐渐消弭下去，再没人问津。

册妃仪式设在初八的吉日上午，在华盖殿举行。

皇贵妃位分仅逊于后位，许多朝代更称皇贵妃为副皇后或是西宫皇后，除了名号，余下一并如中宫仪，即是说待遇跟皇后差不多，大宣亦是一样。

还有更重要的一点，很多妃嫔在晋升为皇后之前，都会先擢升为皇贵妃，再升皇后，所以册立皇贵妃的旨意一下，宫中和朝上的人也都清楚了，皇贵妃不过是个跳板，皇上最终是要将云氏擢升为大宣皇后。

晴好天气，鸟语花香，供皇贵妃的轿辇在瑶台阁外等着，垂银香圆宝盖，四角各雕金铜飞凤，红销金罗轿衣，一片璀璨如火，喜气洋洋。

"奴婢怎么觉得，好像又伺候主子出阁一次？"初夏搀着云菀沁出门，笑着低语。

云菀沁也觉得比新婚时还紧张，在王府新婚时，至少是前世经历过差不多的流程，可皇宫里的仪式，却还是头一遭。

到华盖殿时，夏侯世廷早就御殿，正在丹陛上等着来人。

一声通传下，云菀沁被扶着进殿，感觉到殿堂上的肃穆气氛，隔着头帘，朝座上的人望去。

他跨坐盘龙金丝椅上，今日穿着一身册妃的皮弁服，赤色绛纱袍，金红敝膝，腰束白玉佩革带，说不尽的风神俊朗，威仪赫赫，此刻一双灼灼目光望过来，眸仁如星辰，却不苟言笑。

原来他在朝堂上，是这样的形象？

不看他还好，一看倒还更紧张了！

她鼓了鼓勇气，抬起缀牡丹珠的云霞绣靴，按着礼制，独自上前，走到正对着御座的中轴线上，跪了下来。

这一跪，却觉得膝盖软软厚厚的，她悄悄一摸，毯子下方鼓起来几毫，好像被提前垫了什么东西，往上面一瞄，顿时明白了。

册妃仪式冗长，这一跪，时辰不短，他早安排好了。

丹陛下的人，一身霞帔配上红罗裙，如娇艳祥云般降临大殿，珠帘后一张玉无瑕的娇容影影绰绰，看不清，却已经让夏侯世廷英朗眉宇舒展开来，下令宣制。

这时，承制官出列，代天子宣制：

“瑶台阁云氏，敏慧夙成，恭谦有度，兰殿承芬，兹仰承命封皇贵妃，命卿等持节行礼。”

两侧，礼官宫人纷纷在拜位上行礼，然后是礼官授皇贵妃宝，来来去去，快到正午，整个仪式方才完毕。

要不是垫了厚厚的护膝，膝盖还真得酸个好几天。

好不容易，一声旨意下来，册妃仪总算是散了。

皇贵妃新所选在福清宫，这次就算小元宵哭破喉咙也没用了，只能跟老家说再见。

从华盖殿坐轿辇回福清宫的途中，轿子一转，朝御花园走去，径直到了承天湖才停下来。

云菀沁也不意外，一定是他主张的。

果然，一下轿，湖心停泊着两层高的宝舫。

虽距离远远，却看得清楚，宝舫从上到下扎着红带，窗棂贴着红窗纸，一片通红，喜气洋洋，映得旁边的水波也红了一片。

齐怀恩驾着小舟已摇到了岸边，笑道："请娘娘上船过去。"

云菀沁一身衣饰都还没除，辛苦得紧："三爷在上面？要不我先回去换一身……"

"没事，娘娘，皇上说了，总是得脱的。"齐怀恩笑道。

云莞沁脸一烫，只能带着沉甸甸的武装先过去。

小舟摇过去时，天色渐暗，月牙儿半露，星辰渐出。

榻上甲板，静悄悄一片，什么人都没有，一层房间里空荡荡的，云菀沁沿着楼梯上了二楼。

宝舫二楼是露天开放式的，只有四方围着阑干，平日多半是凉快的季节，宫里的贵人们在顶楼上吹风游湖吃酒，此刻却红艳艳的一片，跟下面装扮得一样。

可，这次却不是彩带，不是窗纸，而是满地的西域玫瑰花，新鲜，柔嫩，饱满，摘下来后似是还清洗过。

男子躺在中间，修长双臂枕在脑后，卸下了朝上威严得叫人透不过气的服饰，目中的笑意如天上渐渐浮现的星光：

"朕的皇贵妃来了？"

一派散漫慵闲，与刚刚在华盖殿授宝册妃的人，截然不一样。

她摘下头冠，朝前走几步，陷入了花瓣的陷阱，走一步，花瓣香气扩散一次，待走到中间，整个人就像在香花中打过滚的。

身子下的花瓣厚厚软软，也不知道他叫人收集了多少，竟比高床软榻还要舒服。

他将她的手一握，拉到身边躺下。

“沁儿，我们终于能够这样躺在一起了。”

他声音不大，一张脸庞古井无波，宁谧深远，对着头顶上渐萌的苍穹夜色。

她五指一收，扣紧了他指缝。

“我要你亲口告诉我，你又嫁给我了。”他声音淡淡，却带着点得意和骄傲。

她对着星月交晖的天际，笑他的孩子气：“我又嫁给你了。”

他这才满意了，握得她的手更紧：“在封地时，日日都是这样想着，给自己鼓气的。”

她心头一动，好像有什么暖暖又软软的爬上来。

他身下坐着的那把椅子是属于江山的，可椅子上的人，却永远是她一人的。

她撑起手臂，忽地一个翻身，滚到他身上。

他措手不及，被压得呻吟一声，却呼吸渐浓，赤红了眼色：“本来说跟你说会话，既然你这么迫不及待，那我就勉为其难了……”

云菀沁啪一声拍开他手，这一身毒好了就忘乎所以了，只往下一滑，头也一俯。

他简直不敢相信能有这好事，声音有些发颤：“宝贝儿，你想做什么？”

她掀开他便袍下的一截，小腿上的钢筋印子已经淡了很多，舒了口气。

这处是他在封地留下的印记。

不管是为了骗太皇太后的信任故意弄伤的，还是打仗时落下的，总归受了不少苦。

她端详着他的腿伤，又爬了上来，对着他失望不已的脸：“你以为我要做什么？”

“没什么。”他恢复正色，却微不可查地叹了口气。

她抠抠他手心，故意道：“哦，好，那我就不什么都做了。”

摆明是故意的。

他目色一沉，双肘一曲，将她翻压在下方，气息有些不稳当了，却记起什么，从怀中掏出什么。

修指间夹着的透明薄膜让云菀沁一愣：“这是……”

有些眼熟，可又不确定，想来想去，脸色一烫，这难道是……

“帮我戴上。”他呼吸滚烫了起来。

她明白了，早前他刚回宫时，姚院判就没忘记跟他打过招呼，自己生小元宵时剖腹，需等身子复原，近两三年最好不要生产，不然会有危险。

她本已经做好了避孕的打算，没料到他将这玩意儿拿出来了。

男女避孕，多半是女子承担喝避子汤的苦，极少有男子会牺牲欢愉，他竟是愿意吗？

民间这些男子的避孕物事挺多，一般是羊肠、鱼肠制成的，她也不是什么都不懂的无知少女，自然知道，却还从没看过，更没想过当皇帝的人还会用这个。

他现在捏着的这玩意儿，没有丝毫羊肠、鱼肠腥气，反倒还有股清幽的香气，好闻得很。

云菀沁有些好奇，一时之间，甚至超过对其他事情的兴趣，凑过头，薄膜的质地蚕丝一般细腻，晶莹透亮，不过软塌塌的，看起来很小啊，不知道……吹起来……会不会大一些？

“避孕汤药喝多了总不好。”他懒得跟她多解释，语速更急遽，又英眉一皱，有些不放心，“是不是不会？要不然我自己……”

她脸蛋儿盛开如花，比堆积在两人身下的玫瑰还要娇艳三分，红唇绽如夜昙，声音小得似蚊呐：“瞧不起人啊，这有什么不会？”

抬起手，丝袖一滑，一管雪白酥臂露于眼前，唰地一下子拿过那羞人的套儿，如一截儿窈窕尾鱼般滑下去。

半月后，皇贵妃之子大名拟定为“勋”，上玉牒，名字显示了皇上对此子寄托建功立业的厚望，不足两月，又册金宝，三岁不到的孩童，封为亲王爵。

皇上信手一指，将富饶的南部地带选为封地，封蜀王。

一年后，韩氏与皇女一事烟消云散，在人们的视线中淡出。

同时，京城燕王府接进一名张姓妾侍，还携带着一名稚龄的娇娇女。

王府长史上报宗人府，这一对母女是燕王养于外宅的外室，女子是乡间民女，偶被出行游玩的燕王看中，因为身份低微，养在了别庄。

近年，这名外室诞下了女儿，燕王才特上表奏请，接这对张氏母子进王府。

上批允诺之后，张氏母女进了王府，拨了妾侍的名分，居在燕王府后院的东北小院。据王府中下人说，这名新进府的张姨娘性子很是低调，极少出屋，就算是王府的下人，也不是个个见过她，平日只在小院里绣花读书，养育女儿。

倒是张氏的女儿，很得燕王宠爱，燕王是个性子不定，不爱着家的，自从将这个女儿接进王府，却像是找到了另外一个玩意儿，每天回来得早多了，对着女儿爱不释手。

宅子里的下人们感慨，这女儿虽是外室所出的庶出女儿，可有了燕王这份疼爱，今后也不至于差到哪里。

与此同时，经过一年多的锋刃磨剑，宏嘉新朝气象雄伟，在件件政绩下，臣心归一。

唯独朝堂上，部分旧皇党虽已默认新天子，可对于营救隆昌帝一事，却始终没放弃，时不时进谏个几句。

夏侯世廷每隔些日子仍派沂嗣王去跟蒙奴斡旋，然后由沂嗣王来京禀报那边的回音，如此一来，沂嗣王进京更加频繁。

沂嗣王巢营驻地仍在江北城，打从皇上登基后没过多久便回去了，只偶尔回京述职，眼下因为隆昌帝一事，跑得更勤了。

臣子们看在眼里，沂嗣王本就拥立皇上有功，在朝堂上，皇上对他的抬爱，几乎不逊于对景阳王和燕王。

如今这么一来，沂嗣王在邺京的权势，更是日趋如日中天了。

第七章

朝上涌动

美人思无邪 下

午后的议政殿，一群臣子巍巍跪了一排，正在劝谏营救隆昌帝一事。

一个个说得口沫子直飞，有个年纪大的甚至快要体力不支，却还没停下来的意思。

夏侯世廷委派沂嗣王在北边暗查明问，近日打听到音讯，原来隆昌帝被俘后，作为人质一直被蒙奴朝廷安置在京城上都靠近皇宫的一处宅邸内，由朝廷士兵和官员看守。

蒙奴那边压根儿不放话，大宣想要施救也无力可出。

直到上个月，蒙奴终于来了音讯，表示愿意将隆昌帝还给大宣，只指定大宣北方的四座城池为交换条件。

齐怀恩站在皇上的御案边，眉头皱紧。

太子太傅杨敬，殿阁大学士何元忠，翰林院掌院学士涂继祖，三个全是扎扎实实的内阁元老，还有三人带领下的一群臣子，全部是仍将隆昌帝夏侯世谆作为正主儿的旧皇党。

夏侯世廷即位前，这群人的反对声就最大，后来看见他政绩斐然，又丢出罢选六宫，待隆昌帝回来后还政的旨意，暂时没话好说。如今一听北边的信，又燃起了希望，在朝上吵了好几天。

夏侯世廷对蒙奴的条件持保留态度，暂时并没做回复。

旧皇党们虽嘴上不说，却多了些话里藏针的讽刺，暗示皇上完全不尽心，根本就不是真心想迎回旧帝。

亏得皇上大度宽宏，不恼怒，要是齐怀恩，早就发飙了，这些老儿，心里只有隆昌帝，只想着不能贻误旧帝的性命，难道就不知道那四座城池全是北方的关卡和大宣边境的屏障？

可哪里跟这群死心眼的人说得通？

在他们心里，区区几座城池，又哪里比得过旧天子的性命？

“皇上要快些定夺啊，蒙奴朝廷难得递了信过来，愿意还回隆昌帝，若是耽误了，惹蒙奴人不快，又反悔了怎么办？”何元忠苦口婆心，说得胡子翻飞。

“臣等知道四城是机关要卡，可是能重要过堂堂天子吗？我大宣幅员辽阔，护守北境的精兵多得很，不在乎几个城池，今后若有机会，还能将城池夺回来，可隆昌帝若是没了，便再无挽回之地了，咱们都得愧对先帝爷和大宣的列祖列宗啊！”杨敬是中间年纪最大，也是最德高望重的，便是涂、何二人都曾是他的门下学生，或者有些姻亲关系。

此话一出，涂继祖和何元忠也携其他下属呼应起来。

“皇上已拖了好几天，请快些决断，给蒙奴回话吧！”

“请皇上决断！”

这话未免太重了，若是皇上不拨出城池去换人，就是个不孝子了？齐怀恩脸色一变，正要制止，却见御案后夏侯世廷抬眼环扫一遭，神色并无波澜：“若不答应蒙奴人的条件，救不回皇弟，是对先祖不孝。若是答应蒙奴人的条件，失去北方重镇，致使北人入侵，也是不孝。若是你们，会如何决断？”

几人哑然，嘀咕：“难道我大宣就是靠那四座城池保着吗？没有那北边的四座城，还能垮了不成？”

“那几位卿家可敢用百年名誉和身家性命担保？”夏侯世廷唇角一撇，犹自温和。

几人自然不敢轻易下这保证，却仍是执拗：“蒙奴便是拿了那四座城池，也不一定有能耐……”

“你们不敢，朕却敢，”夏侯世廷语气蓦然一凉，声音渐铿，一字一句加重，“你们千方百计想要迎回隆昌帝，不顾北境安全，不惜以江山为代价，朕还当你们多忠贞，却连个保证都不敢下。朕却告诉你们，朕宁可用不孝的骂名做担保，也不会给蒙奴人一丝能侵犯大宣的机会！”

座上天子虽未怒，仪自威，虽没丹陛下的元老们年纪大，一身气势足可镇住臣子。

一群臣子屏了呼吸，半天不敢说话。

半晌，杨敬依旧不甘心：“隆昌帝那边怎么是好？若蒙奴得知咱们拒绝，恼怒之下，这不是将隆昌帝置于险地吗……”

夏侯世廷并未直接回答，只俊颜浮上一丝莫名冷冽：“几位卿家就不曾多想一下，为什么隆昌帝被俘两年，蒙奴都不提出条件，只将人禁在上都待价而沽，偏偏最近却放话过来，着急想要跟大宣谈判了？”

杨敬等人被问住，面面相觑，抱袖弯腰：“臣等愚钝，还请皇上释疑。”

殿门咯吱一声开了，一名黄门官匆匆进来，对着皇上禀报了几句。

“释疑的人来了。”夏侯世廷道，“传沂嗣王觐见。”

众人统统回首望去。

朱门后，年轻男子因为进宫面圣，已卸去了兵器，一袭紫袍，金冠缁靴，虽然从江北城星夜快马赶路到京城，却没有半点仓皇匆忙和风尘仆仆，不紧不慢行礼：“臣拜见皇上。”

眼前的男子，若看外表，着实不像个长年驻守边关的粗莽武将，反倒精致如璞玉，有一股浑然天成的闲雅翩然。五官是夏侯皇室中男子典型的长相，比起皇上眉眼镌刻的深邃幽旷，不可逼视，沂嗣王倒跟宁熙帝这个叔父和隆昌帝这个堂兄弟有些相似，身姿清瘦颀长，长剑眉，瑞凤眸，容姿隽永温润，可因为长期驻外，多了历练的缘故，一举手，一投足之间，目光中又暗藏几分说不出的凌厉。

齐怀恩第一次见到时也不免有些惊叹，沂嗣王近年才频繁进出京城，以前只闻其名，却哪里知道是这种仪表与气态，若是一直在京城，只怕又是无数门户梦寐以求的攀结人物。

“阿轸起身。”夏侯世廷叫人赐座奉茶，“将上都那边打听到的情况，说一遍吧。”

三个老臣在这儿说到唾沫星子干了都没得个座位，沂嗣王一来，却又是端茶又是赐座，皇上还口呼其名，足可显示帝王对他的优渥待遇。

他并不拘礼，一撩锦袍下摆，坐在金丝圈椅里，睨一眼殿内臣子，面朝丹陛上：“蒙奴提出交换条件后，臣奉皇上的秘令，派人买通了一个上都的小官员，请他帮忙去质子宅打探，果然正中皇上怀疑，有问题。”

一群旧皇党们一惊，原来这些日子皇上拖着悬而不决，是叫沂嗣王去查，这是查出什么了？

正这时，沂嗣王双目一暗：“据那官员回报，就在蒙奴提出换人的前几天，质子府看起来跟平时差不多，其实看守隆昌帝的人暗中减少了一些，门外岗哨也松懈了不少。”

臣子们到底个个老辣精明，这会儿却有些蒙，什么意思？看管天子人质的质子府，肯定是严而又严，而且近来又面临换人，怎么反倒还放松了？

沂嗣王话音飘来：“正跟皇上和诸位大人所想的一样，臣怀疑质子府内出了问题，请那上都官员在外面探听，结果终是探得了消息……”

“到底什么事！”何元忠一惊，迫不及待。

沂嗣王脸色一转，陡然哀恸不已，起身抱拳，面朝御案跪下：“皇上恕罪！臣等保驾不力，才致使隆昌皇帝夭于异地！”

“什么意思？”

沂嗣王话一出口，殿上大乱。

杨敬本就年纪大，老人病不少，刚又跪了许久，一下子险些喘不过气。

沂嗣王跪在地上，语气黯然：“那名上都官员汇报，在蒙奴提出谈判换人之前，一日，隆昌帝被召进宫面见蒙奴天子，出宫时，趁看守不备，跳进皇宫旁边的暗河，自尽而亡！隆昌帝这是不甘继续被俘，不愿成为蒙奴要挟大宣的砝码，才以身殉国了啊！”

杨敬双眼一黑，差点儿晕厥过去，却撑着一口气，不相信地说道：“不可能——尸体呢，尸体可找着？”

“皇宫外护城的城壕暗河，杨大人应该比本王更清楚，河床深窄，水流急湍，一掉下去，就像石头坠进了古井里，连捞都捞不上来，哪里还有尸体！”沂嗣王眉头紧蹙，眼眶发红，拳头扎紧，几乎声泪俱下，又面朝御案，“蒙奴人当真是奸诈狡猾，只当作没事一般，并不放出任何消息，马上提出交换人质，便是隆昌帝没了，也得捞一票，反正有利无害。若我大宣答应，迎回的许是个打捞上来的遗体，他们却能得四座城池！亏得皇上英明，觉得北人不对劲，提前叫臣暗中打探，不然险些中了蒙奴的奸计啊！”

旧皇党们惊滞半晌，正如皇上刚刚说的，蒙奴几年不提交易，突然这么着急提出换人，原来果真是有诈，全因隆昌帝已经没了！

众臣希望破灭，殿上一片哀号，杨敬受不住打击，身子一颤，瘫在一名臣子怀内，眼斜嘴歪，抽搐起来。

“太傅——”一群人骚乱起来。

夏侯世廷厉声：“还不叫太医来。”

不消一会儿，太医过来，急急给杨敬把了脉，看了舌苔，跪下禀：“杨太傅这是中风了！得赶紧送回府上。”

“备轿，太医随行。”齐怀恩得了皇上的眼色，吩咐下去。

涂继祖和何元忠一看主心骨倒了，慌了手脚，带着人哗啦啦都往外涌。

议政殿内，吵嚷顿弭，齐怀恩舒口气，今儿以后，旧皇党算是彻底消停了，又不禁嘀咕：“这杨太傅也是的，年纪大了就火气小点儿啊，还把自己当毛头小伙子一样精壮呢，现在好了吧，中风了。”

沂嗣王哈哈大笑起来，最后竟笑得弯下腰，再见座上男子沉静不动地盯着自己，再看齐怀恩惊呆了的样子，才捧腹站直了，摆手道：“对不住皇上，臣知道杨太傅也是可怜，可一想他刚才歪了嘴巴的样子，又实在是忍不住。”

又马上摆出哀容，唰的跪下，泪湿衣襟：“隆昌帝一事，还请皇上节哀。”

这个变脸速度，不能再快。齐怀恩不禁咋舌。

夏侯世廷没怪罪他，长年驻外，与士兵和北人混在一起，又不是正规朝臣，也不苛求他有多规矩，在江北城与他共同抗击北人时，也早习惯了，淡道：“隆昌弟的事，确凿了？”

“是。”沂嗣王接过侍从递来的手帕，拭一拭眼角，整理了御前仪容，却仍有哽咽，“没有生还可能。”又低声，“皇上也该放心了。”

话里一语双关，既表明蒙奴阴谋破产，大宣再不用理会，更重要的是，隆昌帝一没，座上这人的新朝，便也彻底坐稳了。

夏侯世廷眼瞳一动，并无感情色彩：“沂嗣王亦是功不可没，记一等功，赐京城王府奴从五百，精卫三百，西域良驹百匹，另配丹书铁券一副。”

京城的溧阳王府自从溧阳王夫妇过世，沂嗣王驻扎江北城以后，早就凋零，从沂嗣王回京拥立新帝那年起，夏侯世廷重新为他开府建邸，修葺了嗣王宅，方便他来京城时居住，不用每次都住驿馆。

这次赏赐不小，不用说，也知道极其得圣上的满意。沂嗣王却并没马上谢恩，目光一转：“臣有一事相求，若皇上能允许，其他赏赐，臣不要也罢。”

夏侯世廷见他难得主动开口，虽有几分猜测，仍目光一晃，慢道：“说吧。”

沂嗣王抱拳再次跪下：“臣有一名娘家表妹，姓唐，闺名无忧，因父母双亡，自幼一直跟在臣身边，这一年来，承蒙皇上在京城赐府，臣心疼表妹跟随臣在北方颠沛，想京城安宁繁华，便送到了京城嗣王府上居住。如今，臣这表妹年纪也已不小，想若是有机会，为她寻个好人家，可这表妹无父无母，家道中落，只怕真正的好人家瞧不起，臣对京城的名门世家子弟又不熟，更怕选错了，便看能不能伺候太皇太后一段日子，再让太皇太后做主帮忙挑选。”

齐怀恩一怔，陪伴太皇太后一段日子？对于未出阁的小姐，算是莫大的荣誉，也是嫁给好人家的一份好履历。可沂嗣王已经是皇上的功臣和红人，若真的想给表妹招婿，直接请皇上指一门好婚事不就行了，一样是无上光耀，到时夫家也不敢瞧不起啊，何必绕个圈子，先送到慈宁宫去呢？

沂嗣王这分明是想将自家表妹送进后宫，只怕皇上以不选六宫的旨意来拒绝，到时没有回旋余地，才说得委婉些罢了。

夏侯世廷淡淡地说道：“沂嗣王对家里表妹也是上心。”

“长兄如父，臣这个当哥哥的自然得操心。”沂嗣王有条不紊恭敬道。

沉吟片刻，夏侯世廷眉微挑，似是闲话家常：“你这样一说，朕倒是记起来了。朕初登基时，你率兵还没离开京城，那年，就将你那表妹带来了京城吧。”

沂嗣王心头一疑：“是，皇上怎么清楚？”

夏侯世廷兀自又道：“你那年进出宫闱领功颇多，应该有几次还带着你表妹一起吧？”

“是，臣也是想让无忧多见识一下，”沂嗣王更有些讶异，“原来，皇上那时早就知道臣有个表妹了？”

“倒不是朕刻意打听，”夏侯世廷凝住他，“倒也算是个巧合吧，那日蜀王在御花园玩耍，却冒出条蛇来，幸亏有惊无险，可朕怕是有人故意加害蜀王，事后特意盘查过当天进出后宫的所有人。你这样一说，朕倒记起来了，当时翻查进出人员时，好像就有沂嗣王家中女眷。今日一听，有印象了，想必那女眷就是你今天提起的表妹，才知道沂嗣王的表妹那年就来了京城。”

沂嗣王心头一动，表妹进宫那天，刚好蜀王遇蛇，皇上特意将这件事拎出来说，难道是怀疑表妹？

镇定了心神，语气仍是平和：“原来如此。”顿了一顿，语气漫不经心，“蜀王那次的事，皇上可查出什么了？”

夏侯世廷目色澄澄，语气自然：“怕只是未曾及时清理的蛇虫鼠蚁吧。回头想想，怕是朕小题大做了，谁敢在宫里谋害朕皇子？一旦查出，朕必叫他全家不得超生。”

沂嗣王脊背有些冷意，点了点头，又道：“那刚才臣的请求……”

夏侯世廷见他仍在孜孜不倦，轻笑：“既然沂嗣王都主动提出来了，朕又怎么好拒绝。小事而已，齐怀恩，到时去安排一下吧。”

“是。”齐怀恩忙应旨。

福清宫，花厅内，云菀沁正和沈子菱倚在临窗的大榻上，围着个小红泥炉，一边品着亲自烹制的玫瑰蜜枣茶，一边侃着近日的琐事。

哪里住久了都闷，后宫也不例外，其实云菀沁倒不觉得什么，只是夏侯世廷怕她原先喜欢跑进跑出的人，受不住这个憋，在宫里又再不能像以前在王府一样，出去频繁，便准许沈子菱偶尔进宫来陪陪云菀沁。

两人聊着聊着，不自觉，一壶玫瑰蜜枣茶见了底，云菀沁又叫晴雪去将风干好的玫瑰拿一些来。

“怎么有这么多西洋品种的玫瑰，还都是新鲜的？”沈子菱拣一块甜饼，塞进嘴。

“沈二姑娘不知道，”初夏在旁边笑着说，“皇上从没叫福清宫这边的西洋玫瑰断过呢。洋人这花儿代表什么天长地久，在西域诸国流行得很，就跟咱们大宣送绣帕啊、香囊啊当定情物一样。”

“就算是定情物，也不至于每天送吧，”沈子菱砸吧了吃得甜腻的嘴，呡了口花茶漱漱口，“要我，宁可要西域的青铜刀和汗血马。”

这丫头完全是没开窍的。云菀沁笑着与初夏对视一眼，正这时，珍珠回来了，脚步匆匆，脸色还有些震惊，走到主子跟前，弯下身，将外面听说到的情况说了一遍。

沈子菱见云菀沁脸色恍惚，匿去笑意，问道：“怎么了？”

云菀沁也不瞒她，定了定神：“沂嗣王刚来京，带了信回宫，隆昌帝在上都投河自尽了。”

这样一字一字说出口，心里还是有些发紧。

前世的夏侯世谆，了无踪迹，生死不明，难道今生也是一样，就这么没了？

“什么？”沈子菱一口甜饼差点掉下来。

隆昌帝被北兵俘了去，虽然不指望能有什么太好的下场，只是没料到竟是这种法子了结。

气氛有些沉闷，云菀沁心头不舒坦，不愿意多想，打破寂静，转移话题：“多亏了沂嗣王及时回来传报，才让那些老臣没有继续迫使皇上用城池换人。”

珍珠撇撇嘴：“沂嗣王倒也很会邀功呢，来回一趟，得了奴从良驹，丹书铁券，还送了人进宫。”

“什么意思？”沈子菱眉一蹙。

珍珠望了一眼主子，一五一十说了。

沈子菱眼睛一沉，呸了一口，义愤填膺：“这个沂嗣王，没事便给人送女人，是前线的仗不够打了吗？”

云菀沁见她比自己还要痛恨的模样，忍俊不禁，只觉她心情似乎真的差了不少。正这时，齐怀恩过来了，在帘子外道：“娘娘，皇上在御书房批折子批得饿了，问您今天的点心怎么还没送过去。”

那次送了一次，他隔几天就要自己亲自送去，雷打不动，不去或者晚去，倒还催起来了。

沈子菱见皇上要召云菀沁，也不多留了，起身离开了福清宫。

走出议政殿，沂嗣王携侍从朝正阳门走去。

正阳门口，一顶华盖葳蕤，两匹高头大马拉的大车泊了多时，等着沂嗣王出来。

见男子身影慢慢走近，马车门帘一飘，打了起来。

沂嗣王经过哨岗，出了宫门，只见马车上一名头戴帷帽的纤细身影下来，他步子一停，脸色暗了几分。

虽看不见容颜，可丝绸荷叶袖露出的一双嫩白酥手，还有窈窕的身段，一看就是十指不沾阳春水、蘸在蜜糖罐子里的千金小姐。

沂嗣王身边的侍从见得那女子，道：“表姑娘。”

唐无忧没顾得上观察沂嗣王的表情，左右一望，见没人，迎上去，迫不及待地试探：“表哥，皇上答应了吗？”

沂嗣王冷声反问：“那次本王带你进宫，你和你的丫鬟是不是去过御花园？”

唐无忧一愣，吞吐起来，“表哥怎么突然问起这个……”

“说！”沂嗣王口吻严峻，不容置喙。

唐无忧再不敢隐瞒，捏住裙侧，支吾道：“我就随便逛了下……这都一年多了……不记得了……好像是去过吧……”

话未落音，面前男子扬起蒲扇大的巴掌，毫不留情地一耳光甩在她脸上！

唐无忧的帷帽险些被打翻，一个趔趄，不敢置信，隔着轻纱，捂住娇容，带着哭音：“怎么了，表哥……”

沂嗣王虎口一开，捏住她娇嫩纤巧的下巴，压低声音，狠道：“皇贵妃和蜀王是他的眼珠子，你这是想让我和整个嗣王府的人为你陪葬吗？”

唐无忧一听“皇贵妃和蜀王是他的眼珠子”这句话，轻纱下神色一紧，哭起来：“表哥，我没有——”

“没有？皇上早就发觉了！要不是看在我的面子上，早便将你找出来，碎尸万段了，只见到蜀王毫发无损，你是嗣王府的家眷，才忍了这一次。刚刚在殿上，皇上已经暗示过，若有下一次，叫我全家不得超生！”沂嗣王瞳仁阴涔涔，盯住表妹，“是还让我重复一遍吗？我给你铺路进宫，不是为了让你争宠，是希望你在后宫能帮我多劝谏，让皇上与蒙奴人打下去，不要议和，就跟我为什么要处处拥护皇上一样，因为我要扶一个主战的人！我驻北就是为了杀净北人，给父王母妃报仇，与蒙奴之战，决不能停！父王若不是中了北人流箭，又怎会死，母妃也不至于悲痛早逝！可现在你在做什么！你自己死了就算了，不要连累了我和我的军队！”

字字冷酷，截然是军人铁血作风，完全没有一丝情面。

“表哥，我若不争得宠爱，又怎能有机会替你劝谏！……那皇贵妃若是后宫一家独大，皇上又怎么会看我一眼？”唐无忧哭得梨花带雨。

“那也无须做这种摸他龙鳞的事！你想进宫，为兄替你铺路，你想博得他注意，为兄也有法子，你要做的只有一件事，就是安分守己，一切听我的。反正你记着，要是再不经允许做些我不喜欢的，别怪我不客气！”沂嗣王说罢，手指一松，不轻不重推开她，“滚回去！进宫前，再不要出现在皇宫附近，给我老实点！”

唐无忧深感他的周身寒气，再不多说，强打精神，回到马车上。

不一会儿，马车转向，驶离了正阳门。

待马车驶远，沂嗣王才整理了一下仪容和服侍，恢复容色，从城门侧墙走出来，两个随从也上前，正要跟着主子一块儿上马车，却听背后传来女声，不大不小，清脆洪亮，含着蔑视：“以前以为沂嗣王年纪轻轻，不要锦绣前程，不恋栈京城繁华，只身去往条件艰苦的江北城抗敌，还当是多了不起的人，原来不过跟其他臣子一样，是个想靠着裙带关系上位的小人而已。”

两个侍从回头一看，只见是个少女，梳着还没出阁的在室双鬟，身穿碧蓝衣衫，脚踏一双羊皮小靴，眉眼英美，身边带着个丫鬟，刚从正阳门出来，看起来不像是宫里的人，不禁大怒：“竟敢辱骂沂嗣王！你是哪家养的丫头？”

“不是小人家养的就行了。”沈子菱头也不回，从沂嗣王三人身边走过，径直朝停在城门那边家中的轿子走去。

京城的小姐们不都是淑女吗，既然能进宫的，不是皇亲国戚，也起码是温婉端庄，知书达理的世家女，怎会有这种刁货？

两人呆住，沂嗣王却大步上前，趁没人，将少女拦腰一抱，扛在肩膀上。

“小姐——”冬儿吓了一跳。

沈子菱悬空而起，被扛在肩膀上，也是一惊，一边奋力往下跳，一边扣紧拳大力捶他脊背：“放我下来！你有毛病啊？”

“本王又没得罪你，更不认识你，你一见本王就乱骂一气，是谁有毛病？”

沂嗣王见少女力气比一般弱质女流要大，察觉得到她是有些武艺的。

难道是什么将门家中的女孩子？

他摁住了她手脚，咻的一下撸起她袖子，掐准手臂上穴位。

沈子菱感觉小臂一冰，浑身窜起一股酸麻，一惊，加重力气，手臂都抬不起来了，骂道：“你当就你会点穴，姑奶奶不会吗？快放姑奶奶下来！”

一个女孩子家，开口闭口姑奶奶。

沂嗣王一张脸绿了：“你是哪家的姑奶奶？”

“你管呢？快，快放我下来！“沈子菱手脚动弹不得，嘴却还能动，狠狠一口咬上沂嗣王的肩头，毫不留情。

好个难驯的野猫，就是北边这样的女子也不多。

沂嗣王疼得冷汗一炸，忍住把肩上少女丢出去的念头，冷笑道：“不想说，是不是？”几步走到马车边，打了帘子，扔进去。

“你想干什么？”沈子菱被丢到毯子上，骨头都快摔散架了。

“告诉本王，你是哪家门户的？”门外男子问第二次。

“关你什么事！”沈子菱哪里知道这男人这么小气，当场就要对自己进行报复打击，今儿这事儿可不能被祖父知道，祖父对自己再宽松，见自己辱骂沂嗣王，也得狠狠责罚自己，当然死活不报家门。

沂嗣王冷哼一声，再不说什么，回过头朝嗣王府的马夫吩咐：“送这位小姐回家，她若不说家中地址，就满京城每家每户地叩门问，直到找到她府上为止！”

好阴毒的男人！沈子菱目瞪口呆，见马夫甩鞭要走，嚷道：“你堂堂沂嗣王就是这样欺负人吗？”

“现在就是堂堂沂嗣王？刚刚不才说是靠裙带关系的小人吗？”沂嗣王挥挥手，示意马夫不用理会。

“是，嗣王！”马夫遵令，驱使着车身一颠，却听厢内传来女子扯着喉咙的尖叫：“来人！沂嗣王拐带良家妇女了！堂堂的沂嗣王是个拐子！尽拐邺京的良家妇女，每次来京时乡亲父老们赶紧把自家妻女收好啊！快来打拐子啊！”

马夫失色，忙将车子刹住，背上冷汗飞流直下。自家嗣王看似温文尔雅，骨子里却狠戾，这些年在北边成日与沙场做伴，与尸骨为伍，跟许多武将一样是杀人不眨眼的，便是刚才连自家表妹，说捆就捆，这小姑娘家，太不知天高地厚了！

“你真打算这么喊下去？”果然，沂嗣王还没遇到过这种悍妇，脸色宛如在冰里滚了一圈。

“你敢满京城敲锣打鼓地送我回家，我就敢沿路糟蹋你名声！咱们来个玉石俱焚，谁的脸都别想要！”沈子菱瞪大一双眸子，就跟竖起爪子的猫儿。

马夫几乎不敢看自己主子，半晌，轻微咯噔一声响，一抬头，只见沂嗣王神色如铁，眸内狠意毕现，手一滑，拔出腰际缀着宝石的佩刀，直指车厢内的女子。

沈子菱白了脸：“你疯了吗，这是在京城，杀人要偿命的，可不是在你前线的沙场上——慢着……你要杀也得解了我的穴，咱们好好较量，这样算什么好汉？”

佩刀的刀鞘却并没松脱，半空中直送前方，不轻不重，代替手指，点了少女手腕一处。

沈子菱闷哼一声，四肢一松，跳了起来，只见车厢外男子对着自己满满鄙夷：“当你多大的胆子，刀还没脱鞘就吓成这样。你这种小悍妇，给你解穴嫌脏了本王的手，回去还得洗刀子。想跟本王较量？别说本王没提醒你，小丫头会些花拳绣腿，被周围人宠着哄着，就自以为牛上了天，真正遇着厉害的，哭都来不及了。你这种人，幸亏是个女人，若是男子，上了战场，还没举刀，恐怕就被蒙奴人给吓尿。”

沈子菱被说得面红耳赤：“胡说！”说罢身子一腾，双臂抵在车厢两侧，绣鞋一抬，伴着一阵香风，一记前踢正朝沂嗣王的额门。

男子身体迅速往后一倾，钢掌一挡，堪堪握住她翡翠绿的鹦哥咀绣靴，捏得沈子菱动不得，见她青了脸，方才一松，借力将她整个人往后一推。

沈子菱喘了几口，狠狠扒开帘子，呸他一口：“不是我打不过你，是位置小，我施展不开！”

说罢，一把推开他，跳下车子。

沂嗣王摸了摸面上的香唾，冷哧一声，却神清气爽，上了车子。

马夫有些担心：“嗣王，能够进出皇宫的恐怕不是一般人家的闺女啊，您这么羞辱这小妮子，怕会不会——”

“本王活了半辈子，还没见过这种无理取闹的女人，正因为看见她是刚从皇宫出来的，才留了点情面。怕什么？不是皇上的女儿，本王都惹得起。”沂嗣王皱眉，下令，“回府。”

却说冬儿刚见小姐被沂嗣王扛大米似的扛走，想要去喊人救，却自知是小姐挑衅在前，生怕闹大了，正在原地急着打转，见沈子菱回来，松了口气，还没来得及问，却见小姐一边走着，一边揉着手腕，鼻头和眼睛都是红的。

哎呀，不会是被沂嗣王打哭了吧？

再怎么说小姐也是个女孩子家，这个沂嗣王也不至于出手伤人啊！

冬儿急了：“小姐，沂嗣王打你了？打哪里了？受伤了吗？给奴婢看看……是不是很疼啊？”

一拳打在了心上！比打在肉上还疼。

沈子菱摇头，将刚才的事儿从头到尾地说了一遍，又愤愤道：“冬儿，我真是个悍妇，是个绣花枕头，遇着厉害人，只有被吓尿的份吗？”

冬儿见小姐没挨揍，悬着的心放下来，赶紧为小姐挽回自尊：“沂嗣王满嘴喷粪的话您也信啊？他说给小姐解穴脏了手，还不是扛了小姐半天！”

这一听，沈子菱脸色更是发紫。

冬儿自知越劝越错，忙噤声，又小声嘀咕：“亏得小姐从小就将那沂嗣王认作楷模，在府上收集的兵器和马匹都与沂嗣王一模一样，凡是沂嗣王在北边的大小战役邸报，还叫奴婢抄回来保存，反复研究……原来这人是这种样子，先是进献表妹，又对着小姐动粗，唉，看来还是不要跟楷模见面得好，距离产生美感。”

也不怪小姐今天一听说沂嗣王的事儿，反应这么过激，要知道自己个儿偶像做的事与想象完全不一样，是个人都会失望。

“够了，别说了！”沈子菱打断，脸又涨得通红，“这事儿从今以后，不要再提了！”

只当自己瞎了眼，从小到大竟将这人当成了楷模。

想他作为溧阳王唯一的儿子，放弃京城富贵安定的生活，宁愿去驻守北方，与蒙奴抗战，一定是个做事光堂，不慑权贵，与其他臣子不一样的铁铮铮男子汉。

近年他常常来京，她还有些惊喜，总想着跟大哥说一声，看能不能寻个机会亲眼看看他。

没想到，今日一见，梦都碎了，完全跟自己想象的不是一个人，做些靠女色求荣华的事，还用尖酸刻薄的话来羞辱自己！

祖父和哥哥从来只会鼓励自己，沁儿对自己的武艺每次也是赞赏，这个男人——眼珠子被鹰叼了！

狂傲自大，没有风度！

讽刺他一句半句，他几倍相还！这还算是男人？

罢了！回去就重新换了坐骑和兵器，连那些摘抄的邸报都一把火统统烧了！

沈子菱火大，朝自家马车走去。

与此同时，御书房内，夏侯世廷左等右等，等不到人来，朱笔一搁：“今天的轿辇怎么这么慢？”

语气虽然平缓，可齐怀恩看得出皇上的火急火燎。这几日因为蒙奴提出交换人质的事，皇上大半时辰都耗在朝上和书房，今天难得事情少些，连晚上都等不到，沂嗣王刚一走，就要召皇贵妃过来，笑道："刚刚奴才过去时，沈将军家的二姑娘在，估计皇贵妃耽搁了些，皇上别急，马上就来了。"

又等了小半时辰，人依旧还没来。

齐怀恩见皇上脸色堪虞，连折子都批得有些心浮气躁了，正要亲自再去催请，殿门一开，黄门一声禀报，这才放下心，笑着对来人道："娘娘怎么才来？"

云菀沁牵着小元宵，小臂上挽着个食盒走进来："刚去皇子所接蜀王了，今天给皇上带的点心也做得繁复，才耽搁了。"

小元宵因大些，近年已住进皇子所。

齐怀恩马上退了出去。

夏侯世廷见她过来，心情立马舒爽。今日天气有些暖，她秀发绾了个半斜的倾髻，全无一点点缀，披着个绣鸾鸟纹小云肩，里头是烟紫色南绸襦裙，浅露半弧胭脂色抹胸，私下打扮哪里像是皇贵妃，明明就是个秀艳绝伦的少女。

浑身香馨极好闻，不知道是调配的什么香。

他推开黄卷，再一看她旁边的小不点："不是叫你一个人来吗，怎么把勋儿也带来了？这个时辰，应该午睡吧。"

难得跟她独处一下，实在不情愿这小子在旁边当灯照着，暗示送回去。

云菀沁将食盒摆放御书案上，并没接受他的暗示，恬笑："这都什么时辰了，还午睡呢，早起来了。三爷这几天辛苦，都没见小元宵了，顺便带来见见。"又摸摸儿子的头："去给父皇问安。"又打开食盒，拿出里面的点心，全是些地方小吃，杭州府的雪媚娘、西湖藕粉、猫耳朵、小笼包；陕西郡的柿子饼、镜糕；云南郡的螺旋团子、核桃丸子、藕脯、牦牛肉蛋卷儿……每样小吃各一小碟，粉粉糯糯，白的黄的，一碟碟堆了满桌。

快满四岁的小元宵生得粉嘟嘟，一身紫金皇子锦袍和虎头靴，神采奕奕，龙行虎步地上去，掀开袍子，跪下来，奶声奶气认真道："给父皇请安，父皇辛苦了。"

夏侯世廷却笑得有些僵硬，悄悄睨一眼儿子身边的人，几天没见的又何止儿子，道：“勋儿起身。”

小元宵闻到香气，小脑袋一抬，随意指了指御书案上的一盘糕点，一双大眼熠熠生辉：“父皇，那是什么？”

嘴馋了还明知故问。

这小子，鬼精得很。夏侯世廷只得将儿子抱起来，夹了一块龙须酥给他。

小元宵坐在父皇的膝盖上，双手捧着糕，小鼹鼠似的放在嘴巴前吃着，吃完一个，又去找自己喜欢的，一会儿工夫，吃得满嘴糖粉，长了白胡子一样。

云菀沁坐在旁边，将食盒里一把壶拎出来，倒了盏花茶，一边品，一边给儿子擦擦嘴，不催也不赶。

夏侯世廷见这么吃下去，也不知耗多久，看小元宵又插了一块蛋卷时，坚决按住：“多吃无益。”

“这个明明才吃两块。”小元宵做了个剪刀手，急着申明。岁数一大，语言增进不少，小嘴伶俐得很，脑子也清楚。

“其他的吃了很多了。快到晚膳时辰了，零食吃多了，正餐吃不下。”他自己还没吃，饿了好几日，也只得狠心掐断儿子的食物，又给身畔女子使了个眼色，示意她将小元宵送到乳娘那儿去。

以前父皇只怕自己挑食厌食，从来不会阻止自己吃东西，要什么也都叫宫里人去准备，大多事儿都顺着自己，今天却好奇怪。小元宵眨巴了一下大眼睛，望向娘求救，知道娘不管说什么，父皇都是答应的。

“前阵子换季，小元宵厌食，几日没好生吃，瘦了很多，难得今天胃口开了，这才吃了一点而已。”云菀沁像是没注意男子的第二次暗示，义不容辞地站在了儿子这一方。

小元宵望向座上的人，父皇今天竟然没有马上附和娘的话，还莫名其妙垮了脸，语气十分专制：“朕说不能吃就不能吃了，要吃回皇子所，重新弄几道，何必在这儿吃。”

小元宵呆住，又明白了，父皇一定是嫌自己抢了他的吃食，父皇真是太小气了。

云菀沁见他不高兴了，掏出帕子倾身过去，给小元宵揩揩小嘴巴："算了，那小元宵就跟乳娘回去吧。"

这一俯身，女子衣襟一陷，抹胸愈发显露人眼，体香幽幽，他情不自禁手一抬，绕过小元宵，滑到她腰下，轻轻一拍，三分撩拨，七分褒奖她终于答应送走这碍事儿的小子。

没料巴掌重了一点，"啪"一声，在安静的御书房清脆悦耳，很清晰。

小元宵耳朵和眼睛都尖，一眼看到父皇的小举动，白玉一般的团子小脸有些惶恐："是不是母妃不听话，父皇才打母妃屁股？"

云菀沁脸色一讪，却见他朗笑起来，语气又未免邪邪："是啊，你母妃不听话，勋儿快回去，父皇要好生教训一下你母妃。"

再说下去，只怕连儿子都教坏了，云菀沁瞪他一眼，抱起儿子，送到门口，正要交给乳娘，小元宵却心有余悸，拽住娘亲的衣领子，忧心忡忡地嘟囔："娘跟勋儿一起走，父皇今天很坏的……"

云菀沁安慰他："父皇那是开玩笑的，不会真的教训娘。"

小元宵半信半疑，可刚刚父皇明明就满脸通红、鼻息很粗地打了娘屁股一下，这不是生气是什么呢？想半天，郑重告诫："那父皇要是又打娘的屁股，娘就赶紧来找我。"

乳娘一听，脸上飞起一片红霞，只当没听见，将大皇子一抱，福了身，匆匆离开。

云菀沁回了书房，只见御书案上男子神情轻松："那小子终于走了。"

"三爷险些吓着小元宵了，都把你当成坏蛋了。"云菀沁有些不满，走到书案前收拾满桌子茶点，又拿出个盛汤的瓷壶，一揭开，热气直冒，舀了一小碗，递给他，刚他只顾着陪小元宵吃，还没机会下筷。

"哪有那么金贵，随便说个话都能吓着，还能成什么气候？"他一点无所谓，接过汤水。

她知道，随着小元宵年龄越大，他越开始十分注意儿子的教育，不再事事宠着溺着，在某些方面甚至糙着养。

夏侯世廷喝了几口汤，放下碗，将她皓腕一拉，拽入怀里，低道："翰林院大学士冯曼殊德才兼备，教过三朝皇子，民间有名望的学子和鸿儒有不少是他门生，可谓难得的人才。朕挑中了他，准备近期就开始让勋儿进内书馆，由冯学士给他正式开蒙，你看怎样？”

既然是他亲自挑选的，肯定是最好的了。云菀沁也听过冯学士的大名，没什么反对意见，只眼波一转：“听说冯大人在学业上非常严格，就怕小元宵这么早开蒙，再加上遇着个严师，会吃不消。”

“再过几月就四岁了，这个年龄开蒙正好，不早。朕的儿子，朕也信得过。”他贴她耳边，“早点做出些成绩，再过两年，便正好册位。”

她明白他说的册位是什么位置：“再过两年，小元宵也不过六七岁，册储君会不会太早？就怕朝上有人说。”

“朕如今就这么一个儿子，就算今后还有弟妹，他也是长子，储位迟早都是他的，谁敢说什么？”他鼻息一烈。

她顺着他的话，眸中清滟一闪：“就因为今后可能还有弟弟，皇上不用选选吗？这么早立下来，可就不能变卦了。”

他听出她话里的意思，手劲一收，捏紧她如柳的软腰：“纵是有弟弟，也都是一个人肚子里出来的。”

她眉睫一闪：“是吗？不过听说后宫马上要进人了啊。”

他本准备今晚过去福清宫跟她说一声，见她已经听到风声了，也不多瞒，勾起她下巴：“吃醋了？那朕找个由头，推了沂嗣王好不好？”

她知道他要么不说，这话一出，若自己点头，他一定会做。

只这一句话，她还有什么不安心？

拿起调羹，舀了一勺汤汁，喂他嘴里：“沂嗣王是一等一的功臣，如今朝政初定，社稷还不稳，怎么好伤了君臣关系。再说了，如今只是把那名女眷送到慈宁宫陪伴太皇太后，又没定名分。”

“那为什么听着有些口是心非？”他喝了一口，轻拨开调羹。

“口是心非怎么了？”云菀沁眼儿一斜，倒也不否认，“朝廷不也是喜欢嘴巴一套，实则又一套么？”

他气笑，目光沉沉敛敛：“你要是个男身，在朝为官，绝对是个刁臣，朕一定得想法子弄死你。”正说着，只觉周身有些热，鼻翼和脊背甚至还渗出些汗，不禁心头一动，目光望向案上的汤，“今天送的什么汤水？”

“怎么了？还不就是福清宫厨房提前熬制的汤水。”云菀沁顺着他奇异的眼神将汤拿过来，用调羹一搅，冒出几个黑乎乎的东西，顿时无奈一笑。这个初夏。

她想着他近来忙不停，叫人去弄了些野生鹿肉，鹿鞭对肾虚劳损，腰膝酸痛有效，便叫人放在御膳房，日后等他来了再熬汤，没想到今天初夏着人熬汤时，将这东西顺便丢进去了。

今儿天气本就有几分燥，加上几口鹿鞭汤下肚，气血早就腾腾升了起来，这会儿见他热得厉害，她忙给他扇风，又给他解了领口："还热不热？"

他将她在膝上抱紧了，低低地说道："光是扇风解不了这热。"

她鼻尖一烫，不知是不是贴得太紧，自己浑身也有些热了。这鹿鞭的厉害，她也不是不知道，原先在娘家，云玄昶便叫莫开来备了些鹿鞭酒窖藏着，她鼻子灵得很，每次一进厨房，便能闻着那味儿。

男人鼻尖上满是汗水，俊腮也涨得一片赤，跟喝过酒一样，身躯朝前，将她如柔韧的芦苇强行压折，迫她靠在背后的书案边。

她虽觉得在御书房有些羞耻，却感受到来自前方的压力，知道回绝不了，映满酡红的雪肤上，眸子盈盈如鹿，有些紧张，忙先推搡了一下他，提醒："那个……戴不戴？"

声音软糯磁滑，让他背后的热汗又滚了不少出来。

“勋儿这么大了，朕前日问过姚院判，说是时日差不多了。”他全无一点犹豫，将她双手一捉，举起来，以便腾出位置，让昂魁身躯与她贴得更近，浓黏滚热的呼吸几乎叫她意识昏迷，化作一滩春潮。

“再给朕生个公主。”

她知道他一直想要个女儿，之前他明知道端姐儿非他所出，却并无不好，除了是因为看在燕王的面子，也是因为对小女孩的喜欢，那日嫉妒燕王有女儿的酸溜溜语气，也还历历在耳。

如今一看，简直是思女成狂。

襦裙下面一件件衣料的剥离，直到最后一件遮羞的撕扯，她惊呼一声，整个人悬空而起，被他托住腰下，抱起来丢在书案上。

玉体横陈在天下大事之间，何等蛊惑人心。

龙袍翻飞，大手将案上的军务、奏折及邸报哗啦啦统统推到一边。

御书房内颠龙倒凤，看上去，实在是昏君做的事……

可他管不得了，有她在，随时随地是他的欢场。

太皇太后今年的寿宴到了，正宴过后，按往日规矩，将在御花园里举办撷乐宴．邀请京中适龄未婚配的世家公子名媛入宫参加。

沂嗣王长年在外戍边，还没娶正室，也顺理成章接受懿旨参加撷乐宴。

这次的寿宴是云菀沁操持，样样精心无比，亲自下到各个准备寿宴的岗位去定时查看食材、用具。

宴前的头两天，她去了慈宁宫，将宴上的安排单子一一给贾太后过目。

贾太后对她放心，只瞥了眼撷乐宴上的宾客安排，见着沂嗣王的名，眼神一动，瞄向她："说起来，唐氏在慈宁宫住了好些日子了。"

云菀沁知道贾太后是怕自己委屈吃醋，只恭声顺口问："不知太皇太后对那女孩儿印象怎样？"

贾太后自然知道沂嗣王送表妹到慈宁宫，并不是只为了给自己进献个侍女，终极目的是将那女子送进后宫，此刻见云菀沁云淡风轻，心里对她更满意了几分，道："这女孩别的倒没什么，就是贵在会不少稀奇玩意儿，可能是在北方那边学来的吧，性子倒也谦逊温顺。"

云菀沁但笑不语，一边听着，一边点头。

话题一转，又跟贾太后聊了些寿宴的事。

贾太后本来对老三即位心里还有些疙瘩，如今看来，一个主外，一个主内，如百姓家中的夫妻一般，前朝振兴，后宫安宁，也没什么不好，便是宁熙帝那会儿的光景都赶不上。那时女眷只将后宫当成战场，压根儿不像面前女子一样，当成家一样去真心实意地打理。

只想着世谆的事，贾太后终归有些叹息。

云菀沁也猜出她心意，安慰了一番，直到夜色降临才告辞。

刚走出太皇太后的寝殿，配殿的廊下，一道身影一闪，好像见人出来了，背过身，朝走廊尽头走去。

虽只一瞬，她却看得清楚。

拐角处，身穿鹅黄色宫裙的纤细身影窈窕，秀腕上的唧当玉镯碰撞清脆凛冽，在夜色中既悦耳，又张扬，好像是一种无形的挑衅。

寿宴当日，和风袅袅，阳光明媚，天空湛蓝，似宝石般澄净。

上午的寿诞正宴完毕后，应邀的人纷纷转去了撷乐宴。

因太皇太后有枯草热，对花草不适，云菀沁将小宴安排在空旷的承天湖水榭边举办，还令人时刻注意风向，经常查验酒水，以免园子附近的浓艳植卉的花粉被风带了过来。

一群贵胄子女在内侍和宫娥的引荐下，隔着猩红地毯，对坐而席。

贾太后在正宴散场后，回慈宁宫小憩了片刻，由云菀沁、马嬷嬷和朱顺等人搀扶来了水榭。

提前到场的臣子们起身，俯身给太皇太后行礼，恭敬道："太皇太后不辞辛苦，寿宴后还要款待臣子，实乃臣等的天大福分。"

贾太后见宴上礼仪充分，想云菀沁初次料理寿宴，能这样稳妥周全，不输老人，很是满意，便也给云菀沁面子："哀家老骨头，身子早就疲懒得不行，今儿从头到尾，全是皇贵妃操劳，你们要谢就谢皇贵妃吧。"

贾太后过来时，众人早就被她身边的丽人吸引目光，只是因为怕失了礼，并不敢多看。

贾太后这么一说，众人朝她身侧的人影望去，只见女子梳宝环髻，乌髻插一柄点翠金步摇，身穿典雅的鸾鸟纹后宫至贵的内命妇衫，腰系玉珰禁步，风仪照人，艳容逼面，这一身打扮，仿若王母身边的仙婢，观音瓶里的梅花，让人只敢远观，近几步上前都不敢。

虽距离远远，众人却觉鼻下飘来隐隐香馨，不是俗气脂粉，不是太皇太后不适应的花香，像是鲜果浸入洁净甘泉内，嗅之让人心旷神怡，通体舒泰，极应眼下场景。

玉容未近，芳香袭人。

“多谢皇贵妃。”众人谢恩。

“众位宴上若能寻得美满良缘，就算是答谢本宫了。”女子状若玩笑，轻启朱唇。

一群人笑着俯身应下。

千金小姐们坐下了以后，目光仍是暗中追随这名皇贵妃，小声议论。

“原来这位就是皇贵妃啊，总算是看到真人了，这样的容姿，难怪就算做过隆昌帝后宫的美人，皇上还念念不忘。”

“可不是，当时听说皇上登位时罢选三宫六院，我还以为开玩笑呢，没料皇上登基已快两年了，后宫真的只有皇贵妃一人，今天一看，倒也不奇怪了，皇上有了这名皇贵妃，还稀罕什么别的女子。”有人羡慕。

有千金小姐不以为然：“皇上罢选六宫，是因为想安抚旧皇党吧？如今隆昌帝殒命北方，会不会又重新选采女？”

“得了吧，你就别做美梦了。依你的资质，就算重新选拔采女，叫你进宫了，你又哪里抵得过皇贵妃的一丝一毫，估计连皇上的靴子都摸不着！”

引起小姐们的一阵善意的哄笑，笑完之后，又有短暂的叹气，何止是那名千金小姐，在场这些名媛，个个也及不上太皇太后身边那一位啊。

说来，宏嘉帝正是年富力强的年纪，生得也英俊伟岸，京里哪个千金不动心能做后宫嫔妃。

若是雨露均沾的皇帝，倒还有希望。

喜欢玩专房之宠的皇帝却靠不住，谁担保自己一定能分一杯羹？

凡是搞专宠的天子，后宫其他女人有几个能善始善终，有好日子过？

随意掐指头一数，那明初的永乐，后期专宠朝鲜来的权贤妃，因权氏被人毒害，一夜杀死后宫几百名宫女妃嫔，不知道冤死了多少人。

后代的成化帝，为讨专房多年的万妃开心，连亲生骨肉都能弄死好几个，待万氏先于自己离世，不到半年也郁郁而终了。

还有天子更是离谱，宠妃过世后，甩开后宫一大群妻妾儿女不顾，落发出家了。

深情的男人，对别人却是最冷血的。

今儿再一见这位皇贵妃的仪态风姿，还有太皇太后都对她这样重视，千金小姐们就更是摇摇头。罢了，京里头贵户多得很，还是一门心思寻个厚禄高官的高门夫婿吧。

不一会儿，话题扯到了别的上面，一片笑声如浪掀开。

唯独席间的沈子菱，跟着千金小姐们笑着笑着，目光一转，无意扫到宴席对面一具身影，笑意却陡然凝住，脸色一点点涨红，继而握紧拳，好容易才安定下来。

是沂嗣王。

想不到他今日也来参加了撷乐宴。

早知道自己就不来了。

沈子菱鼻息抽哼一声。

座席中，沂嗣王并没多注意被人盯着，只暗中审视水榭内的皇贵妃。

他虽没娶妻，却也不是没见过女人。

江北城的府上，有好几名侍妾，也经常有部将与近臣进献美人，窈窕明媚的北方佳丽，热情风骚的边境胡姬，都亲身经历过。

正当血气方刚的年纪，又是武将，精力旺盛，一夜就算连御两三女也不足为奇。他也有过宠爱的女人，但那种宠爱，是当作泄欲暖床的工具而已，玩一阵子，兴趣减了，给了位分的就会养在府里，没有位分便大手一挥，给了部下。

不管怎样，对女人，他发言权还是有的。

座上的女子，确实是个尤物。

她有北女的澄秀，亦有南方的婉媚，更可贵的是，她有一双不沾尘埃，却又能将红尘万丈尽数收于眸内的双目。

这一身裹得紧紧的正统宫装减去了她起码一半的风情，里头，必定是叫人魂牵梦萦的妖娆。

难怪得皇上迷恋。

无忧有得战了。

沂嗣王替表妹观察完敌手，眯了眯眼。

沈子菱见这蛮不讲理的小人盯住上方的沁儿，火气更大，低斥一声：“原来还是个饿中色鬼！”

就是这时，沂嗣王终于感觉有些不对劲。

打仗多年，天生的警觉让他循着火辣辣的目光望过去，才见到席位对面的熟悉面孔。

竟然是那个野丫头。

一双眼睛愤恨得要命，吃人似的瞪着自己，若目光是刀，自己身上已经被戳了几百个孔。

阴魂不散。

沂嗣王眉一皱，当下的感觉，就像品着的美酒里不小心掉进去一只苍蝇，两个字，妈的。

这妞儿果真是个官家千金。

“去打听下，看她是哪家的。”沂嗣王一声暗中吩咐，身边随从忙离开。

不一会儿回来，俯身对着主子道：“是沈老将军家的孙女。”

沂嗣王眼皮一动，京城的沈府人丁不丰，沈老将军年岁太大，早已卸甲，在朝上没什么太大威望了，目前在府里一边颐养天年，一边教习家中后辈骑射武艺。

将军府的沈肇倒是年轻有为，先任京城指挥使同知，如今在大内当差，皇上登基后，升其为侍卫总长。

虽家世不差，兄弟亦混得不差，可在贵人如云的京城，也谈不上顶破天，这小姐是哪里来的胆子和火气，对自己吹胡子瞪眼？

那随从又继续道：“这沈二小姐是皇贵妃还未出阁前的知交闺友，现在也走动频繁。”

难怪，原来是云氏身边的人。

沂嗣王弄清楚缘由，也懒得睬她了，只见时辰差不多，问了问随从：“表小姐那边怎样？”

“备好了。”

沂嗣王嗯一声，起身朝水榭拱手：“舍妹之前备了寿礼，供太皇太后在撷乐宴上赏玩，如今已在后面等着，就等太皇太后开口传召了。”

贾太后一讶，倒也十分赏脸：“哀家还说今儿本来也唤了无忧姑娘来宴上，怎么半天不见人影，原来是给哀家备寿礼去了，好吧，那就传。”

“谢太皇太后。”沂嗣王目光不经意落至云菀沁身上，撩袍坐下。

云菀沁以前都是只闻其人，今天是第一次见到沂嗣王，还真的跟自己印象不一样，并不是个粗陋莽夫。

宴席进口处，伴着一阵轻灵悦耳的环佩玎珰，一名身穿鹅黄齐胸绸裙的少女抱一把古琴进来。

古琴紫栗色，杉木材质，琴身刻小蛇腹断纹，古琴边缘凿了几个小孔，穿着环佩，走动时，环佩撞杉木，响起清脆的清音。

在内侍的引领下，少女走到水榭下，跪了下来，头垂得低低，柔声婉约：“拜见太皇太后，恭祝太皇太后凤体长青，松鹤延绵。”

太皇太后开了口：“你有心了，起身吧。”

少女遵了意思，袅娜起身，一站起来，娥眉轻颦，似是一颤，西子捧心一般楚楚可怜，吸引了在场一片怜香惜玉的公子们的眼光。

初夏看得直皱眉：“真会装。”

太皇太后注意到唐无忧怀里的珍琴，有些惊喜：“这是九霄环佩？你是要用这个给哀家弹曲子？”

九霄环佩是伏羲式的唐琴，在古琴家中有仙品之称，音质出类拔萃，据说，就算五音不全的人，只要用九霄环佩练习一段日子，也能成乐中翘首。

“回太皇太后的话，无忧为太皇太后撰了诗，又谱了曲子，今日特意用九霄环佩弹唱，为太皇太后祝寿。”少女柔声，

想不到沂嗣王的这个唐家表妹，不但生得好，还会作词谱曲，一群世家子弟们都窸窣起来，目光里更是来了兴趣。

“好。”贾太后叫朱顺赐了座。

唐无忧抱琴坐在后方，纤指一拨，弦动，音如珠玉，打破安静，接着，袖口一飞，一连串妙音在指下翻飞而出。

且不说弹琴人技术如何，九霄环佩不是盖的，音色苍松透润，高音如金

石，低音如平湖，为曲子大大增色。

曲音悠扬，在附近的承天湖上方旋绕。

少顷，在场不少世家子弟已抬起手指，在桌案上随着节奏敲击。

音律交换时，唐无忧轻启唇，吟唱歌曲。

“海日初融照仙掌，淮王小队缨铃响。

猎猎东风焰赤旗，画神金甲葱龙网。

钜公步辇迎句芒，复道扫尘燕彗长。

豹尾竿前赵飞燕，柳风吹尽眉间黄。

碧草含情杏花喜，上林莺啭游丝起。

宝马摇环万骑归，恩光暗入帘栊里。”

……

歌声伴着曲子，余韵不觉，比起大宣宫廷乐，虽然不大适合宫廷正统，有些怪异的调调，却也有几分风情，而且这词乍一听，着实叫人惊艳，绝不是出自俗人的手笔。

待曲终，九霄环佩的余音饶在半空，经久不散。

唐无忧离开琴台，跪下：“给太皇太后献丑了。”

“这诗的名字，叫什么？”贾太后听得甚是满意。

明明简单的问题，唐无忧却是脸一红，好半天才低声说：“汉皇迎春词。”

贾太后一顿。

汉皇迎春？这分明是在暗示皇上迎她入宫。

这唐氏，是在自荐枕席。

其实今天叫唐无忧参加撷乐宴，贾太后本想替她在宴上择门亲事，也好应付了沂嗣王，不过她眼下凭这首特别的祝寿曲表明了心意，倒是有些为难了，尤其嗣王也正在下面望等着。

贾太后望一眼身边人，一语双关：“皇贵妃觉得无忧姑娘这阙汉皇迎春词怎样啊？”

云菀沁明白太皇太后是在试探自己对于唐无忧进后宫有何想法，声色轻缓："韵律流畅，词眼华美，无忧姑娘写得极有心。"

唐无忧眼皮子一动，唇角露出一丝窃喜，笑意还没弥漫开去，却听云菀沁继续："只可惜，这诗实在是大逆不道，该当死罪。"

贾太后先前还没仔细听，只觉这文辞华丽动听，一听云菀沁的话，忙再细细琢磨，也嚼出一些她这样说的原因。

"这诗不过描写春光美好，欣欣向荣，无忧不知道自己犯了什么错，还请皇贵妃明示。"唐无忧面露惊惧，趴伏在地，盈盈落泪。

"无忧姑娘可知淮王是谁？"云菀沁目色凝住她。

唐无忧被问得背上流汗，一下子梗住，史上被封为淮王的多得很。

"不知道淮王，有本书叫作淮南子，无忧姑娘应该听过吧？作者淮南王刘安，上古朝代汉高祖的孙子，因妄图中途篡位，最后被汉武帝所擒，自刎朝堂，后世人口里，常称他淮王。"

唐无忧一怔。

第八章

连理同心

美人思无邪 下

“同为汉朝的皇后赵飞燕，专房得宠，杀害皇子，收罗男子进宫，当着皇帝的面通奸。两个朝堂和后宫的大逆不道之人，若是别人写的，无忧姑娘不知，拿来用了，不知者无罪，倒也罢了，可现在却是无忧姑娘原创，既然是你自己写的，那肯定知道这两个人的背景，你这样，会不会有些太过荒唐了？”云菀沁说得下方女子浑身凉了一凉。

“无忧真的没有想这么多……”唐无忧只为诗词好听，韵脚压贴，根本没注意其他，更没料到她会鸡蛋里挑骨头，一时娇容失色。

“诗中加了这两个逆贼，破坏寿宴喜庆先不提，就怕是有什么影射。”云菀沁话音一转。

话一出口，在场的都明白皇贵妃的意思了。

当今皇上也是中途代替隆昌帝即位的，这不是在影射皇上跟淮王一样，是个反贼吗？

皇贵妃如今专房后宫，而且仙居殿韩氏母女的事儿，曾经有流言蜚语说是皇贵妃做的，这难道又不是也在影射皇贵妃与赵飞燕一样，不仅专宠，还荼毒皇子？

贾太后脸色冰了许多。

众人集体不敢作声。

沂嗣王早前知道唐无忧要作诗谱曲给太皇太后祝寿，却没料她诗里会有这两人。

这诗若是没人故意挑刺，倒也没什么，只能说这皇贵妃当真是绵里藏针。

沂嗣王迅速沉眸，望过去一眼。

唐无忧得了沂嗣王的眼色，会意了，为了躲过眼下这一劫，只得含恨道：“这诗并非无忧写的，是无忧叫民间的无名才子帮忙撰写的。”

举座哗然。

原来是找人捉刀的。

“居然骗人。”

“不会连曲子都是找人代谱的吧？这曲子怪模怪样，不像大宣的音律啊。”

“不会就不会，居然冒充才女。”

……

唐无忧在一片低声讽刺和猜疑中，脸色紫得像茄子，再一抬头，连刚才对自己有几分欣赏的太皇太后脸上也添了几分鄙夷。

贾太后被她搅了兴致，虽然不高兴，可见她承认是叫别人写的，就表示根本不懂，又看在沂嗣王的面子上，道：“行了，不知者无罪，给哀家进献寿礼，说明你还是有心的，这事儿罢了，坐下吧。”

唐无忧退到一边的宴席里，脸色比死还难看，本想得个开门红，没料反遭人笑话，还险些被太皇太后问罪，却只得吞下这口气，敛了愠容，默默饮酒。

宴席又恢复了之前的气氛。

沂嗣王举起酒盏，敬了太皇太后一杯，打了个酒嗝，脸颊晕上一片酡红，修俊身子微晃，似是喝得有些微醺，目光又落至云菀沁身上：“刚刚无忧诗中的赵皇后，倒有一点儿与皇贵妃相似，都是倾国倾城的美人。”

贾太后见他出言轻佻，眉一蹙：“沂嗣王喝醉了。”

沂嗣王手臂一摆，挡开内侍的搀扶：“臣没醉，臣不过是夸赞皇上有福气，欣慰大宣后宫有这样个良主。”

贾太后无话好说。

沂嗣王鼻梁赤红，笑道：“说来，歌舞要双全，缺一不可，无忧已经为太皇太后献唱，何不再由皇贵妃跟赵皇后一样，来为太皇太后献舞？”

“沂嗣王还说没喝多，怎么能叫皇贵妃跳舞？”贾太后脸上生了不悦。

沈子菱心头火气更大，死不要脸的，一拳不轻不重砸在案上。

"太皇太后，"沂嗣王目色清朗，似是掏了心窝，语气真情切意，"臣闻皇祖父生前料理国政事时，偶尔会召淑妃娘娘去舞一曲，以此缓解疲劳，有时旁边还有一块儿议事的外臣在。今日不过是皇亲贵胄和世家名媛们的小宴而已，又有何不可？"

淑妃是沂嗣王的亲祖母，本是普通宫女，因舞姿曼妙，得了先皇的欢心，一朝得了恩宠，才有幸诞下沂嗣王的父亲溧阳王。

淑妃性情温顺，知道身份不高，无娘家背景，在后宫生活艰辛，倒也聪明，将当时还是皇后的贾太后作为靠山，一生对其言听计从，马首是瞻，便是能提拔成妃位，还是贾太后劝谏皇帝。

后来，淑妃染病早逝，临终前又告诫儿子溧阳王，要好好辅助皇后亲子——彼时是太子的宁熙帝，当好兄长的左右手。所以，这一对母子，与贾太后母子一生关系甚密。

贾太后提起淑妃的早逝到如今仍有几分感叹，年纪渐大，早年身边的人，不管是敌手，还是友人，都一个个走了，若是那听话又乖顺的淑妃还在，陪着闲话几句当年，倒也不寂寞。

这会儿听了沂嗣王的话，神色渐缓了下来，添了些唏嘘。

初夏见沂嗣王将贾太后说得发了感慨，连话都不多说了，娥眉拧紧。那个淑妃本就是跳舞的宫女出身，被召到殿前跳舞有什么稀奇，怎能拿来跟自家娘娘比？可也不能将这话拿出来反驳，不然就是折辱了淑妃，让沂嗣王再找借口。

正想着，沂嗣王目光悠悠落到云菀沁身上，噙笑道："臣与部属在北方与皇上共事抗敌时，就听说过娘娘的一些逸事，想必定是风仪万方之人，今日一睹芳容，果然闻名不如见面，是不是啊？"

几名陪伴嗣王进宫的随从一呼百应："是啊，今日若能看娘娘舞一曲，死了也值！"

部将们喧哗起来，几个都是武人，声音洪亮，一会儿便吵开了花。

更有甚者拿起象箸朝馔具乱敲打起来，嚷着添气氛："恭请皇贵妃为太皇太后舞一曲，咱们也能饱个眼福啊！"

这行人本就在北方岔惯了性子，连皇上都从不拘束他们，何况本就是在气氛宽松的小宴上。贾太后也不好呵斥，可让皇贵妃起舞，又成何体统，况且从没见过沁儿跳舞。

邺京的官家小姐，讲求的是内秀。文功方面，素来只是在闺中读女论语，外加琴棋书画拣一两样学，跳舞不登大雅之堂，就算千金小姐们喜欢，家主们一般也都不许。

沂嗣王就算终年在北方，又怎么会不知道，难不成就是想故意为他表妹扳回一城？

想着，贾太后眉蹙得更紧。

席间，唐无忧刚刚的羞辱扫清了大半，沂嗣王这一句酒后玩笑建议，云菀沁若直接拒绝，就是不敬太皇太后，那便只能承认一句自己不会，大庭广众下失掉风采，自己今天所受的屈辱，也能和她扯平了。

沂嗣王见皇贵妃不动，心意达成，手一抬，勒令随从停止声潮，终结这话题："臣想着让皇上念念不忘的女子，一定有着过人之处，所以才大胆提出这个建议。若是觉得臣辱没了娘娘，还请娘娘降罪，这事罢了，臣再不多提。"

点到即止，让这皇贵妃知道，不是只有她能挫别人的面子。

水榭内，女子声音侃侃而来："既然是太皇太后的寿诞，孙媳舞一曲，又算得了什么。"

在场人俱是一惊，没料皇贵妃竟答应了，连沂嗣王也出乎意料，眉目一敛，却不动声色。

"皇贵妃……"贾太后刚开口，云菀沁浅笑道："太皇太后放心。"

贾太后见她气态恬然，并不像个生手，放了些心了，却仍是望一眼沂嗣王，语气暗藏不满："沂嗣王不过是宴中玩笑，喝多了些酒，皇贵妃若是不愿意，也可以回绝。"

"寿辰一年一次，为太皇太后助兴行孝，是妾身本分，怎能回绝。"云菀沁笑意莹莹，如湖光散开，声音又如湖面清风，不徐不疾，"淑妃能为先帝解忧，孙媳妇也能为祖母开怀，况且沂嗣王都说了，将士们慕名妾身，妾身身为女子，不能像将士们一样上战场杀敌，如今舞一曲，让将士们满意，也算是为国家分忧。"

贾太后听得心头舒坦，连连点头："说得好。"

沂嗣王僵了一下，也笑道："皇贵妃心胸宽，叫臣心服。"

其他人见沂嗣王都开了口，也都跟着奉承起来。

贾太后考虑片刻，道："跳支简单的即好。"

简单的便不容易出差错，只要中规中矩，稳稳妥妥就行。

云菀沁应下，转过身，目光轻扫席间的唐无忧一眼，下阶与初夏和几个宫人先下去了。

目光清冽，唐无忧被望得沉了脸色，自己已经珠玉在前，她还能跳出什么花样来？无非就是宫廷那些正规舞步。

"还真是有点意思。"沂嗣王回过神，唇角添了抹玩味。这皇贵妃果真还不是个好打发的，正是想着，一双瞪得人头皮发麻的灼辣目光又飘过来，一看，又是那丫头片子，还真是鬼缠身了。

沂嗣王端起酒盏，朝前面故意遥祝一下，温雅眼眸一动，眼梢微挑，颇有些挑衅。

半刻左右，脚步渐近，众人转颈回望。

女子换下了烦琐复杂的正装，仪态大改，一身翡翠色轻丝开襟舞裙，腰封是比舞裙深一号的荷绿束腰，大裙摆，裙下是小灯笼裤，在脚踝处收紧，衬得身姿玲珑，隆胸纤腰，双臂上绕着双层水袖，迤逦于毯上，步步走到宴中间，福身道：

"恭贺太皇太后万福千秋，年年有今日，岁岁有今朝。"

若方才是仪态万千，庄严不可侵犯的皇贵妃，眼下这一身装束，就像是清灵可爱的江南采莲佳人。

贾太后看得清风拂面，欣喜问道："是什么舞？"

初夏丢了个眼色过去，宴席后面的梨园乐官中，鼓笙筝乐落珠般连贯滑出，笑着回答："回太皇太后，舞名绿腰。"

舞名一出，在场不少人倒是有些惊讶，京城官家千金就算会跳舞，不过也是学些华美壮丽的正统宫廷舞，舞步大气缓沉，不失不过，比较稳妥。

绿腰舞却是不折不扣的民间俗乐舞，因是软舞，轻快流利，一开始在南方水乡民女中兴起，后来传到了其他地方，也都是在民女中流行。

来不及多想，已被毯上起舞的玉人吸引住目光。

几个舒缓柔美的开场动作之后，动作渐臻佳境，慢慢变快，女子翩如兰苕，两条水袖骤然朝前甩出，在半空飞舞一道，如雪萦风，舞靴却牢牢钉在红毯上，腰肢旋转，先慢后快，婉若游龙，腰上的饰物跟着清脆摇动，清灵如出谷莺，卷起一阵急急香风。

绿腰舞中的旋舞部分，是最好看的一段，在场众人看得呼吸静止，出神的安静。

随着羯鼓一停，乐声轻缓了一些，女子莲步也跟着慢下，收回水袖，绿色袒摆轻摇，低回处如同破水的莲花。待停稳了，发髻微松，显得婆娑旖旎，可一双美眸又跳得清亮动人，玉颈仰起，双臂如翠鸟羽翅举起，朝后下腰身，完成了最后动作，一舞方算终了。

舞虽停了，御花园中犹自飘荡漾着刚才舞起的香风。

云菀沁站稳，背上热汗直冒，说跳就跳，提前连个准备和热身都没，这会儿也有些脚软，只将过来的初夏扶稳了，低低问道："怎么样？没叫人笑话吧？"

初夏头一次看着娘娘跳整支完整的下来，刚才也是看入了迷，此刻惊喜道："娘娘跳得很好，放心，一个步子都没错，所有人都看的不眨眼。没料产后为了恢复身子练了多时的舞，今儿竟派上用场。"

云菀沁也小小舒了口气。生了小元宵后，为了尽快恢复因剖腹伤了元气的身体，她让初夏去藏书阁找了本舞籍，学着练了几支舞，尤以这只南方的绿腰舞最熟。

两人正是小声窸窣，远处传来拍手声，一下两下，慢悠悠的。

宴席众人循声望去，个个忙从席位上站起来，跪下行礼。

贾太后一看是皇上来了，也站起来，走出了水榭。

夏侯世廷目光穿过层层人头，望向清绿如荷的女子，走到中间停下步子："准备来御花园看看太皇太后的小宴如何，却还以为误入了仙境。"

跪着的人群中，一个纤细身影抬起头，看着御驾亲临的英伟男子，睫一颤，眼神再也离不开。

齐怀恩示意众人不用拘礼，在场的人起了身，见皇上都在鼓掌赞许，再不迟疑，跟着使劲拍巴掌，赞道：“这绿腰舞果真是名不虚传，好生的惊艳！”

“确实如皇上所言，真可谓是仙姿瑰态啊！”

贾太后笑道：“原来皇上在旁边早就盯了半天啊，刚才皇贵妃为哀家祝寿的绿腰舞，皇上有什么评价啊？”

夏侯世廷进了水榭，撩袍坐下，眼眸噙笑：“珠缨旋转星宿摇，花蔓抖擞龙蛇舞，说得是你吗？朕的贵妃。”

这人还从没这么肉麻地夸过自己，还在这么多人面前。

云菀沁也顺他的意思，侧身一福，故意装出娇羞无比：“皇上谬赞了。”

唐无忧看着两人的打情骂俏，眼神痴痴，既是羡慕又是妒忌，又有几分憧憬。

夏侯世廷见她酡红着一张脸，被一身绿衫衬得越发灵动似风吹荷花，唇角笑意更绽了几分，眼一转，再看看周围不乏男子目光炽炽，剑眉微微一挑，站起身，接过水榭内备用的披风，慢踱下台阶，笑意更浓，扬声道：“皇贵妃孝心拳拳，又甘与臣同乐，心中不忘前线将士，愿意为朕分忧，实乃万中表率，加赏福清宫上下人员年俸，赐国库夜明枕三对，玉如意四柄，南海珊瑚一盆。”

“谢皇上恩赏。”初夏一喜，随主子一块儿跪下来谢恩。

“皇贵妃受之无愧。”夏侯世廷走到云菀沁跟前，亲自将她搀扶起来，双臂一挥，将披风披在她身上，围了个紧实，温柔地拭去她额上香汗，“爱妃为太皇太后行孝，为国捐力，辛苦了。”

所有人亦是俯身，飘出恭维之词：“皇贵妃辛苦了。”

今天看来，皇上与皇贵妃活脱脱是一对后宫夫妻。

趁着声音如潮，夏侯世廷俯颈，在她耳边，沉了几分：“再别穿成这么少。”

哪里少了？

该遮的都遮了，比大热天包得还要紧。

她低下头看了看，努努嘴，便是穿个大棉衣跳，他只怕也得嫌少。

人群中，唐无忧将两人小动作看得分明，虽然知道这位云贵妃在后宫专宠，又哪里知道竟是到了这个地步。皇上对她居然这样嘉宠，顿时浑身骨头宛如千万蚂蚁在啃噬。

沂嗣王笑着开口："还当皇上午后公事繁忙，不会过来与臣子同乐了。"

夏侯世廷望住沂嗣王："再忙，有阿钤参加撷乐宴，朕也得过来。"

沂嗣王一顿，笑意有些僵："啊？"

夏侯世廷返身回到水榭坐下，朗笑道："如何，宴上有没合眼缘的啊，你老大不小了，也该稍稍紧张一些。"

沂嗣王一笑："不是人人都有皇上这样的福气，没看见合眼缘的，总不能硬挑一个，"又瞥一眼后面的人，"比起自己，臣倒是对表妹的姻缘更着急。"

夏侯世廷轻笑，反挡了回去："那有何难，今天撷乐宴上，青年俊彦多得很，你表妹看中谁，马上请太皇太后指婚。"

又面朝一群世家子弟："沂嗣王表妹风华正茂，你们若是看中了，也不要矜持。若不好意思，朕就来一个个亲自选。"

若刚才有些世家子弟对做沂嗣王的表妹夫有些兴趣，后来看见唐无忧用歌词表达想要进宫侍圣的心，也早就灭了，看来沂嗣王是下决心要将这表妹送给皇上了，于是一个个只抱拳：

"皇上，臣高攀不上。"

"唐小姐资质优越，臣资质平庸，匹配不上。"

"臣门楣低下…"有一人怕自己万一被皇上选中，得罪了沂嗣王，更是急迫。

一句句坚决地婉拒响起，唐无忧听得脸色涨红。

不要我？谁又愿意被指给你们了？

算你们识相，懂得避开。

初夏见唐无忧被在场的世家子弟们拒绝了个遍，暗下笑得肚子都快疼了。

沂嗣王见众人推辞，也再不犹豫，直接道："皇上为何不问问臣表妹的心意呢？"又丢个眼色给唐无忧。

唐无忧提了裙子，垂头走近皇上身边，膝一曲，柔柔道："拜见圣上。"

夏侯世廷任她上前跪下，淡淡说："沂嗣王说你有心意。"

唐无忧的心都快要蹦出来了，鼻下有皇上袍子的龙涎香飘来，几乎快要按捺不住，红着脸，轻声道："刚刚为太皇太后祝寿的那汉皇迎春词，便是妾身的心意。"

"哦，"男子若有所思，眸中笑意闪烁了一下，"就是唐小姐抄袭的那一首吗？"

场面顿时滞住，也不知道是谁第一个忍不住，发出笑音，其他人就像被传染了似的，继而接二连三地掩嘴笑起来。

天子脚下的女子一颗酝酿着满满柔情的心，如皂泡，啪一声破了。

撷乐宴过后，京城传得沸沸扬扬。

沂嗣王本想在宴上向皇上推举自家表妹的，当天皇上也刚好来了，唐氏都准备好自荐辞了，没想到皇帝一句戏言侃语，引得宴上人发笑，那唐氏就像被雷击了一下，哪里还好意思继续往下说，皇上又以公务未毕为名，施施然牵着皇贵妃离开了撷乐宴。

那天剩下的辰光，众人看见唐氏的脸一直是黑的，若不是因为还住在慈宁宫，恐怕会马上调头回府。

如今皇上的心意很明确，后宫并不是菜市场，不是随便什么鸡鸭牛羊肉都能往里头塞。

到这个份儿上，脸皮薄的女子，就算皇上和太皇太后不说，也应该主动请辞出宫回府了。住在慈宁宫就是为着巴上天子，既然皇上都甩了脸，还有待下去的必要吗？

可那唐氏，还就真是生了根似的，即便没名没分，还是雷打不动，继续留居在慈宁宫。

宫人们背后笑话归笑话，倒也钦佩这唐氏的韧性。

主动提出出宫，那就是竹篮打水，留下来至少还有点儿希望，脸皮厚些又算得了什么。

沂嗣王的意思也很明朗，反正皇上没说赶表妹走，他也不接走表妹，暗示衰妹在撷乐宴上已经以曲子袒露想要侍奉君王的心意，既然如此，京城没哪家门户敢要了，说白了，表妹这辈子生是皇家的人，死是皇家的魂。

若皇上还顾念着沂嗣王的功勋，再怎么也该给表妹个名分。

几方的态度都很明确，揣着明白装糊涂的僵持着，就看哪方先败阵。

福清宫。

悠闲午后，云菀沁与往日一样，在天井内将甑架在水锅上蒸香水，一边与身边的晴雪珍珠等人侃天。

汉人也是有香水的，却多是摘取花瓣挤压出液体，然后配置出来的花露。香味不持久，为了保持时间长，加了杏仁油等其他东西，香味又过于浓腻了。

之前翻了些古香经书后，她尝试用波斯的烧酒蒸馏工艺，如法炮制了几回，调出的香水果然比传统的花露更持久，香味也均匀淡雅多了。如今在宫里，练习得多了，她蒸香的手法就更熟练。因为医术也比往日精进，有时还会调配出一些有养生效果的药露。

宫里贵人的衣裳会用香来熏，一般是龙涎香、沉水香、苏合香、杜衡香等香料，多半浓郁醇厚，那日她照着方剂，将香精减半，加了些柑橘和橙花，蒸出的香水闻着神清气爽，令人浊郁骤消。

她心思一动，用这种低浓度的淡香给三爷熏过一次日常穿的袍子，他说比往常那些香熏提神，办公起来精神都好了，从那日开始，成了专用的熏衣香，又吩咐下去，让尚服局的人每月专门来福清宫，找皇贵妃领香熏衣裳。

蒸香一次，能管大半个月，今儿这一甑，也全是皇上的熏衣香料，晴雪和珍珠一个摇着扇子，一个注意水锅下的火。

初夏从外面回来，一走进庭院，就嗅到甑底孔眼散发出来的淡香，笑着过去道："刚碰见马嬷嬷了，说主子上次给太皇太后送去的霜桑叶露味道很好，香甜又不腻，吃了几个疗程后，脑子清爽，眼睛也不容易像以前那样发涨，似是有些效果，叫主子这边要是有空了，再送几盅过去。"

贾太后样样保养得好，皮肤身材都跟年轻妇人差不多，身子也没什么大病，只年纪大了，避免不了老花眼，尤其近两年，眼神儿越发差得厉害，有时甚至眼前一团糊，还容易眼睛酸痛发涨。

贾太后花粉过敏严重，接触都不行，别说吃了，云菀沁便用疏散风热、清肝明目的霜桑叶调了些药露，送去慈宁宫，没料吃了些下来，果真还有些效果。云菀沁听着也很高兴，放下手头事，进去拿了些霜桑叶的浓缩精华出来，用另一个甑蒸出药露，叫人盛进几个干净瓷盅里，叫初夏送过去。正好这时，熏衣香也制好了，便让她一块儿带着，顺便送去尚服局。

初夏将霜桑叶露放进食篮里，去了慈宁宫。

贾太后午睡刚起来，正在厅内喝茶，叫人将初夏传进厅内。

初夏提着篮子进去，看见一个熟悉身影坐在贾太后的下方，满脸谄媚地对着贾太后，语气尽是讨好。

她不禁轻哧。

都已经死皮赖脸留在慈宁宫了，怎会不使出浑身解数讨好太皇太后呢？

见不到皇上的人，能跟太皇太后混好关系，让太皇太后帮自己引荐也是好的。

如今，除了娘娘来慈宁宫请安时，唐无忧留在配殿回避不见，其他时间，天天围在太皇太后身边，不是陪说话，就是捶肩捶腿，极尽所能地伺候着。

初夏睨了一眼那人，不动声色提篮上前，跪下行礼："奴婢照着主子吩咐，来为太皇太后送霜桑叶露了。"

只可惜，贾太后不是赫连贵嫔，唐无忧也不是韩湘湘。

皇上那边既否决了沂嗣王的表妹，那么，贾太后也知道自己得与皇上站在一条线上。从她一道懿旨扶老三监国，又默认了他登基，皇上的意思，件件也注定都是她的意思。

所以，唐氏伺候得再上天，也是劲儿使错了地方，贾太后再怎么也不会帮她去开金口，劝谏皇上纳了她。

只是，沂嗣王毕竟是有大功的，不管在北边还是朝上都有一定势力，皇上登基尚不久，根底浅，贾太后也不想得罪。沂嗣王既不接表妹走，这女孩子也脸皮不薄，爱留在宫里那就留下吧，等耐性磨完了，仍得不到皇上的回应，迟早得走。每天见她贴过来伺候，贾太后态度也和蔼，与她闲聊笑谈，唐无忧想要听到的却一句也听不到，急个半死。

此刻见初夏来了，贾太后道：“你家主子也是，说送过来还真的马上就送过来了，哀家也没那么急。”说是这样，脸色浮出满意的微笑。

“娘娘说了，太皇太后一放话，就算天大的事也得放一边，先给太皇太后办好。”初夏嘴甜。

唐无忧眉梢一挑，将太皇太后马匹拍得响，就能让太皇太后维护她，阻止自己进宫吗？

也不知道真正拍马屁的是谁，初夏瞥见唐无忧的不屑神色，猜得出她心思。

唐无忧见她双目盛满讥讽，头一转，懒得多看。跟一个奴婢有什么好置气的，争赢了又怎样，她要的可不是这些。

“拿上来，给哀家看看。”贾太后被初夏一席话说得心里舒服，招招手。

初夏跨着食盒上前，掀开盖子，拿出装霜桑叶的瓷盅。

贾太后随意拣出一盅，揭开盖子嗅了嗅芬芳，已觉得目清心明，脑子舒泰，目光一扫，无意间见篮子里还有一瓶什么，问：“怎么还有一瓶？那是什么？”

初夏从食篮里拿出个跟装霜桑叶露的器皿不一样的瓷瓶，笑道：“回太皇太后的话，这是娘娘给皇上蒸的熏衣香水，准备送去尚服局。”

贾太后明白了：“前几天哀家跟皇上见面，隐约是觉着皇上衣袍上的味道好像跟以前不一样了，原来又是你家主子的巧手，是什么，来让哀家看看。”

初夏拧开瓷瓶，捧给太皇太后。

瓶盖一旋，淡香飘出，嗅之让人心旷神怡，毛孔舒张，有种清冽干净的感觉，精神也随之一振。

唐无忧只听是皇上的熏衣香，也趁机多嗅了几下。这香味，既淡雅，又绵长，浑然天成，低调醇雅。

贾太后开口：“这味道好闻，既然是皇上专用的熏衣香料，总得有个名字，不能直接便叫香水吧。”

“皇上问过娘娘，让娘娘取名，娘娘说这熏衣香的主料是花，又是用波斯国的蒸馏工艺做的，波斯语里，‘花’的写法是，”初夏指尖儿浸入自己的茶水里，在红木桌面上写下三个词。

贾太后好奇一看，也不知道是什么，只看见三个像蚯蚓似的字儿，g—o—l。

初夏笑着继续：“波斯语中，花的发音，差不多是汉语的‘古勒’，娘娘说，既是给皇上用的，叫古勒水，不如叫古龙水，发音差不多，还更贴切。”

贾太后笑得细纹舒平了：“古龙水？这名字当真应景。可不就是真龙天子用的水吗。”

贾太后和初夏闲侃起来，唐无忧见两人聊得酣畅，没搭理自己，只觉自己像个局外人，如坐针毡，百般不自在。

贾太后看出唐无忧不自在，也没难为她，让她先回配殿，待她离开，才问初夏：“对了，沈家二小姐跟沂嗣王是熟人吗？”

初夏一愣：“娘娘跟二姑娘交往这么久，还没听说二姑娘跟沂嗣王见过面呢，哪来的熟人。太皇太后为什么会这么问？”

“也没什么，”贾太后语气缓缓，“只是那日撷乐宴皇上与皇贵妃一行人走后，酒过三巡，照往年规矩，一群贵胄子弟和世家名媛们陪着哀家逛承天湖和御花园，哀家瞧见沈二姑娘与沂嗣王私下走在一起，还说了些话，虽两个人脸色都有些不大好看，但看上去还挺熟的。说来老将军家的二姑娘倒也真是个人物，整个京城，连皇上都敬沂嗣王三分，可哀家亲眼看见她瞪着沂嗣王，那厉害劲儿可不小，哀家还当老花眼又厉害，看错了呢……难怪那丫头还没许人家，这个性子又有几个公子能消受得起。”

初夏明白了，沈子菱最是爱打抱不平的，一定是见沂嗣王塞唐氏进宫，看不惯那沂嗣王作为，给云菀沁出头了。这个二姑娘，胆子也是大，竟连沂嗣王都不怕，眼下一听，怕太皇太后迁怒沈子菱，忙道：“二姑娘人虽凶了些，可心却是好的，回头奴婢一定会提醒二姑娘，免得下次又冒犯了沂嗣王。”

“不用，”贾太后立马挥挥手，“提醒个什么？女孩子的性子，就是姹紫嫣红的才好看，全是温良恭顺一个模子倒腾出来的有什么意思。冒犯？”莫名笑了笑，“哀家看沂嗣王也没发脾气，倒是很吃丫头这一套呢。”

那不是没脾气，而是在宫里不好发出来吧，这个二姑娘，太不知天高地厚，万一真惹毛了沂嗣王可怎么办。初夏哭笑不得，却听贾太后开口：“再过几天，便是宫里的马球赛，沈二小姐武门出身，骑术肯定不错，你跟你家娘娘说一声，到时将沈二小姐召进宫，到时一块儿去吧。”

打马球是大宣皇宫长年举行的娱乐，贵胄们当中精通马球的很多，像燕王就是一把好手。

历代皇帝为了让皇子凤孙们不好逸恶劳，不忘马背上创国的祖业，十分重视这项宫廷运动，当天不拘男女，能人者便能上。

久而久之行成惯例，每年都会择天气好的几天，在宫内的尚林苑举行。当天打马球的大半是皇子、郡王等皇室子弟，也有部分马术不错的公主、郡主或者立邀参加的官家千金，后宫妃嫔和应邀的外命妇、臣子家的千金则会在旁边的观景台上欣赏赛事。

初夏领了太皇太后意思，回福清宫了。

人一走，马氏实在忍不住，上前几步：“太皇太后还真想给沂嗣王跟那沈二姑娘牵线？可不是开玩笑吧？太皇太后当天也亲眼看见两人相处的模样了，离得远远都能闻到一股子硝烟味。沂嗣王对着沈二姑娘时，一张脸黑得不行，哪里有半点男子看着心怡女子的情意啊！若不是在宫里顾忌着颜面，只怕得将那沈二姑娘当场扔出去！两个人完全配不拢啊，若真的在一起，掀了房顶还算好的，只怕闹出人命啊。”

这不是乱点鸳鸯谱吗。只是这话不敢说。

贾太后摇头：“哀家还就真瞧上那丫头的烈劲儿了。沂嗣王是头野马，京城里的一个个娇弱千金，有几个能驯服得住他？沂嗣王这些年怎么对待在北边的那些侍妾，哀家也听说过，厌弃了的女人，要么送给部将，要么一个不顺心直接杀了，这么一个男人，寻常女子怎么镇得住？这女孩儿不一样，胆子够大，性子够犟够泼，初生牛犊不怕虎，说不定倒还是沂嗣王的克星！关键是，她是皇贵妃的闺友，也就是说，是皇上这边的人，若能与那沂嗣王结亲，降得住沂嗣王，倒也算是我社稷之福。”

功臣历来都是两面刃，现在有功于皇上，难保日后不会利用功劳胁迫君王，现在不就是有苗头了吗？这才多久，就已经知道进献表妹，皇上暗示拒绝，他却装糊涂，就是不接那唐氏回去，这不是想借着自己的功劳和权势，逼皇上不得不同意吗？

“若是那沈二姑娘降不住呢？”马氏苦笑。

贾太后一笑：“老话说，妻贤夫祸少，反言之，府上要是个成天闹不停的刁泼悍妇，沂嗣王只怕得分一半心思，估计也少些精神去跟皇上对着干。”

马氏嘴角略一搐，一向端庄的太皇太后，这会儿怎么有几分老狐狸的模子了。

马球赛的当日清晨，内侍来福清宫，隔着帘子恭声道：“宫外各府女眷们都到了尚林苑，几位长公主也到了场，娘娘可以移驾过去了”。

唯听影影绰绰的珠帘内，传来女子恬声：“慈宁宫那边呢？”

内侍一顿，知道帘子内人真正想问的是谁，道：“有人已经去请了，太皇太后稍后也会带着马嬷嬷和配殿的唐氏过去观赛。”

“好，下去吧。”女子一声，内侍弯身退下。

帘子内，云莞沁眸子一转，望一眼身边的初夏，见她摸袖子里早就准备好的东西，脸色还有些发白，极其不自在，笑道：“怎么，不怕吧？”

毕竟，大多数女子对这玩意儿都是恶心甚至恐惧的，不是每个人都是唐无忧。

尚林苑内，赛场上分为一红一黑两队，身着软甲，脚踩马靴，个个姿态矫健，拼尽全力，只为将球击进对方门框，每一局得球数量多者，即算赢家。

马蹄翻飞，踏踏碾过草坪，鞍上人每一弯腰挥杆便引起全场注意，夹着看台上的阵阵喝彩，一片热闹景象。

初夏指着赛场笑道：“二姑娘今天玩得多开心，英气十足，人也越发漂亮。”

沈子菱额头系红缨丝带，身着修身软甲，脸庞艳光照人，衬得越发苗条修长，腕子和膝盖上绑着护腕，骑一匹枣红玉花骢，一手拎缰，一手紧握半丈多长的球杆，在一群男子中身形尤其矫捷。闪身，迎球，挥杆，击打，行云流水，一气呵成，却并不是花架子，在此刻的赛场上是抢球最多的能手，每一个动作出来，便引得观众的欢呼，成了今天的风头人物。

云菀沁浮着笑意，头颈一转，目光落到距离沈子菱一箭之遥的男子身上。

沂嗣王头系黑缨带坐在一匹高头骏马上，一双平日温雅的眼因为在赛事中，宛如出闸的兽，添了几许扑杀猎物的执着果断，察觉了沈子菱是红队的主心骨，拎辔疾奔上前中途截杀。

沈子菱却也不弱，在地上硬拼比不上男子的力气大，马鞍上靠的是灵巧和反应，女子却是取胜，沈家又是军营沙场的出身，左突右闪，几个假动作下来，并没想过给沂嗣王半点面子，带球安全避开后，还扭头讥笑一声，映得眉目更加明媚张扬。

赛场上，无大小尊卑，这一笑，红队其他的亲王、郡王以及仕宦子弟们也都跟着主心骨朗声大笑起来。

沂嗣王脸色更黑，夹一记马腹，疾蹄杀气腾腾过去，趁其不备，扬了手上缰绳，一记狠狠甩到沈子菱身下的马腹上。玉花骢受了惊吓，扬起两只前蹄，长鸣起来，沈子菱一腾空，险些摔倒，只顾着拉紧缰绳，放松了杆上的球，沂嗣王一个马背上的倒挂金钩，长杆一捞，迅速夺了她杆上的球。

这一下翻局十分精彩，看台上的观众们都一面倒，又倾向了沂嗣王，鼓掌喝彩："好！"

"沂嗣王厉害！"

"你这是违规！"沈子菱牙痒，小人就是不要脸，握紧缰绳，紧夹马腹，安抚下玉花骢。

"哪里有违规？本王一没用暗器，二没用刀剑。"沂嗣王驱马在女子身边绕了一圈，瑞凤眸子一挑，让沈子菱恨不得一拳揍他脸上，"况且，兵不厌诈。沙场上，管不着过程，只有结果。"又凑近她耳边，低低挑衅，"你能，你上。"

说罢，缰绳一拉，转身朝红队的门框奔去，赶紧去驳回一局。

沈子菱哪里肯罢休，一扬鞭："愣着干吗！抢回来！"

一群队友马上又哗哗跟了上去。

云菀沁看着有些头疼，听闻太皇太后想要将子菱和沂嗣王拉红线，可看这两人的样子，红线怎么牵得起来。

话音刚落，尚林苑的内侍在入口处长声禀："太皇太后驾到。"

一声下来，看台上今日应邀观赛的女眷们忙站起身，面朝来人行礼，赛场上的战事也暂时停下来，红黑两队停下，从鞍上下马，面朝入口处。

太皇太后在宫人的簇拥下走进尚林苑，左边是慈宁宫的老宫人马嬷嬷和朱顺等人，右边是个看起来不到双十的少女，一袭鹅黄宫裙，身姿纤细，脸庞白皙柔嫩，容貌美丽，头颈微垂，说不尽的乖巧恭敬，正搀扶着太皇太后，一步一步走近时，眼眸不经意地扫着前方行礼的臣子和宫人，又有几分气态，似是住在慈宁宫久了，养出了一些气势。

宫外的女眷就算没见过那少女，也知道是谁，这些日子，少女的名声也算传了个遍，不禁低低议论起来。

"这就是唐氏？生得委实不错，袅袅扶风，弱骨不禁，难怪有底气敢跟皇上自荐枕席。"一个官家夫人好奇。

"脸长得美，可皮也着实厚，撷乐宴上那样表态，皇上到现在都没反应，要是我，早就不好意思，主动请辞离宫了。"一个中年贵妇努嘴。

"所以你只是太常寺少卿的夫人啊，"与那中年贵妇相熟的内阁侍读学士夫人打趣儿，"你看别人，舍得一身剐呢。脸皮算什么？虽皇上还没给名分，但也是个迟早的事。"

"倒也是，人家兄长可是皇上的大功臣，前儿还刚赐了丹书铁卷，在前线和朝上的威望不小，皇上对沂嗣王这样赏脸给面子，拉拔一下他妹子又算得了什么。"

"确实，唐氏到现在还住在慈宁宫，太皇太后人前人后都将她带着，礼遇有加，既然这样赏脸，想必早就内定了。"说话的人压低声音，"说个不好听的话，若是没沂嗣王，皇上当年登基只怕也没那么顺利，将沂嗣王这表妹纳进后宫也是常理儿。"

私下议论中，一群女眷们看着唐无忧的眼光越发添了客气和恭敬，虽对方无名无分，在一群人眼里却已晕着满身光环，是默认的后宫妃嫔了。

皇上登基快两年，后宫皇贵妃一人独大的专房宠爱，只怕也快终结了吧。

女眷们的话语，有一阵没一阵飘进黄衫女子耳帘。

宫人来为太皇太后引座位：“请太皇太后上座。”迟疑了一下，想唐氏也是宫中贵人们看重的人，度量着望向唐无忧，“唐小姐，请。”

唐无忧得了恭请，脸色更加畅快，掩着唇角的笑意，裙下的步履也更加轻快盈盈，望一眼看台正中的位置，目光落到被人簇拥着的女子身上，娥眉略是一紧，却又松弛了下来，面上笑意更盛。

不久之后，她现在坐着的位置，保不齐就是自己的了。

让她开心一阵子又算得了什么。

就如那些官家夫人说的，凭着沂嗣王这个兄长，自己还有什么操心？皇上只要不愿意得罪权臣，还想稳住政局，接受自己、给自己名位就是迟早的事。

只要自己的位分定下来了，一切就皆有可能。

未来的后宫，指不定谁大。

那人有什么？父亲本就是个手中无权的后起文臣，如今更是抱病致仕回乡，府上唯一名胞弟，再有才干，皇上再想提拔，也还年少，又怎么能与沂嗣王匹敌。

那屁大点儿小的奶娃倒是她的砝码，听说皇上喜欢透了，这么大的小人儿都封了王爵位，据说还有意册储君位。

唐无忧唇际一丝笑，透出些凉意，回想那次御花园中的事儿，只可惜那小子胆子大，把小皇女吓得魂飞魄散，那小子竟还跟那蛇玩起来了。

若是吓病了吓死了，多好。

想着，唐无忧到现在多少还有些遗憾，不过，那又如何，都是女人，谁不会生？

唐无忧犹自怀抱着遐想，贾太后见她神情忽明忽暗，半笑半紧，在众人尊敬和欣羡的眼光中有些忘了形，不禁眉头一蹙，看了一眼盯着这边的沂嗣王，面上压了不满，仍是温和地说：“无忧随哀家同坐吧。”

这一声恩赏，看台上的夫人和千金们更是都喧哗开来。

沂嗣王笑着说：“早就听表妹说，太皇太后在慈宁宫十分疼爱她，今日一见，果真如此，着实是臣与表妹的荣幸。”

唐无忧柔柔一福身，婉道："多谢太皇太后。"又不经意地悠悠朝云菀沁扫了一眼。

贾太后淡笑着说："沂嗣王为国尽心尽瘁，一力匡扶皇上，哀家对无忧再好，也是应该的。"说罢握住少女的手，一块儿坐在第一排的席座内。

云菀沁倒没什么反应。晴雪和珍珠见着唐氏，心头却大为光火。珍珠忍不住嘟囔："这还没封位分就蹦上了天，待以后真的……"

晴雪生怕云菀沁不高兴，打断："不会有以后，若是皇上愿意，在撷乐宴上就该封了。"

"可你看，太皇太后对她这么好……"

若贾太后对她真心好，也就不会任由她一个没出阁的黄花闺女这么没名没分地住在慈宁宫了，至少也得进谏几句，让皇上早拿主意，不过是将她视作一块不好甩手的烫手山芋罢了。

云菀沁看了一眼初夏。

初夏微微一笑，弯身端了果盘，走到前排，将果盘递给马氏，一福，笑道："娘娘见太阳大，特意叫奴婢给太皇太后准备了西域哈密瓜，免得久了中了暑气。"

"你家主子有心了。"贾太后看了看削成一块块晶莹粉黄的瓜片泡在果盘里镇着，回过头，笑着望了一眼云菀沁，又随意捻起一块放进嘴里，一咬便汁液盈满口腔，清凉爽口，香甜多汁。点点头，又亲自拿起一块，递给旁边的少女，"皇贵妃的一番好意，无忧也来尝尝。"

唐无忧无声轻笑，那人见自己得了太皇太后的盛宠，如今还陪在太皇太后身边坐着，就慌了手脚，也赶紧来讨好谄媚？她睨一眼初夏，面上却浮出一片惶恐神色，提裙跪下："本该无忧伺候太皇太后，怎么反叫太皇太后亲自给无忧递瓜？无忧大罪。"

马氏知道太皇太后不过是个无心举动罢了，道："太皇太后也是疼爱唐小姐，快起来吧。"

唐无忧这才起了身，接过瓜果回座位坐下，不好意思，一派小女儿姿态："多谢太皇太后了。不过，等会儿太皇太后可千万不要这样了，折杀了无忧，就让无忧来伺候太皇太后吧。”说罢，柔柔捧上一张揩嘴的丝帕。

贾太后接过帕子，微笑：“这丫头，哪里来的这么客气？观赛吧。”

看台上女眷们见着太皇太后和唐无忧两人亲密无间，上慈下孝，关系不无不好，越发是暗中不无感慨，看来这唐小姐进宫，真的是板上钉钉的事了。

唐无忧秀眉微挑，瞄了一眼初夏。

初夏望着唐无忧亲昵太皇太后的一番示威举动，非但没什么不甘和生气，还笑道：“知道的明白唐小姐是嗣王表妹，不知道的，还当是亲母女呢。那奴婢就不耽误太皇太后观赛了，等会儿瓜果用完了，太皇太后再叫马嬷嬷去说一声，奴婢再送过来。”又嘱咐尚林苑的宫人，“稍后太阳起来，将篷伞撑开一些，切莫晒着太皇太后了。”

贾太后笑道：“沁儿这丫头，就是心细。”

唐无忧听太皇太后夸赞云菀沁，嘴角不自禁一挑。

初夏送完解暑瓜果，也不多留，告退回去了。

太皇太后一行人坐定后，马球赛事又如火如荼地进行起来。

上半局本是沈子菱的红队占据了全场上风，没料上半场快结束时沂嗣王夺回了球，黑队士气被激发出来，逐渐搬回局势，下半局趁势追击，竟将局势追平了，这一局到了快到尾声，两队打了个平局。

后宫少有娱乐，难得来一场赛事娱乐，两方水准差不多，领头人物各有千秋，角力紧张。日头高升，贾太后看得入迷，眼睛都不转，感觉到有些口干舌燥了，才伸手到旁边，去摸案几上的瓜，这一摸，没摸着瓜，却摸到一手的软乎乎，湿腻腻的东西。贾太后望过去，脸色煞白，一声低叫，瘫坐在椅子上。

众人望过去，只见果盘内不知几时溜进来一条十分纤细的幼蛇，绿油油软趴趴地趴在盘子里，顿时一惊，这尚林苑做纵马之用，广场阔大，旁边还有密林，比御花园更要草长叶茂，看台平日用得也不多，有蛇虫也不奇怪。

看台上都是女眷，有些胆小的缩了身子，有些大胆的连番喊起来：“来人，来人啊，别惊着太皇太后！”

唐无忧心头一震，偏偏是自己陪同伺候太皇太后时发生这事儿，惊吓了太皇太后，身边伴驾的自然也要受责罚！

这难道不是有人害自己吗?

她飞快望一眼看台后的人，只见云菀沁虽也跟着站起来，朝这边望过来，脸上却全无震惊。

刚刚初夏过来送过果盘，一定是趁机丢了这软蛇，蛇最好香气，估计是被那甜瓜的味引来了。

她这是嫉妒上脑，生怕自己进宫与她分宠，昏了头吧?

到头来也不怕偷鸡不成蚀把米，被太皇太后记恨上!

唐无忧眼珠子一转，心头又一喜，她犯了昏，可自己没昏头啊，这不是自己的机会吗!

养过蛇，又用蛇当过害人的东西，她哪里会怕蛇，抢在马氏和朱顺之前，一把扼住蛇下方，不顾安危地用力摔在台阶下面，下去连踩几脚，直到那蛇没有动弹的意思，才上阶跪下:“差点儿惊吓了太皇太后，是无忧伺候不周!”

朱顺和马氏这才反应过来，一人搀起贾太后，一人上前去查看那蛇，与此同时，云菀沁也过来了，搀了太皇太后，关切地问了几句。

“太皇太后没什么事儿吧? 要不要召太医来?”马氏惊魂未定，查看贾太后刚刚摸了一把蛇虫的玉手。

“不用了。”贾太后平定下来，却仍有些喘气。

马氏见太皇太后没事，安心些，却斥了一声:“岂有此理，明知道今儿有马球赛，这尚林苑的看台也没曾提前精心清理一下么!”

尚林苑的掌事宫人带着下属心惊胆战，跪了下来，哭丧着脸:“奴才们都清理过的啊……”

唐无忧看一眼怒气正盛的马氏，开声说道:“马嬷嬷莫急，也不一定是宫人们出了错。”

马氏听她话里藏话，道:“唐小姐何出此言? 座驾有异，险些惊了太皇太后，万一这蛇有毒，就更是万死不辞其咎，不是这些打扫宫人们的错，又是谁的错?”

唐无忧弱弱抬眼，瞥一眼太皇太后身边的女子，“不是无忧胆敢忤逆皇贵妃，只是……初夏姑娘端了果盘来，便出现这蛇……”

此话一出，惹得一阵轩然喧嚷，这话的意思是皇贵妃故意放了害人的蛇吗？可皇贵妃害太皇太后干吗？唐氏今儿一直跟在太皇太后身侧，难不成是皇贵妃心眼窄小，为了整治这名自荐枕席，即将进宫的唐小姐？

一片止不住的猜测中，唐无忧垂下头。

贾太后并不相信云菀沁会害自己，只唐无忧这么一说，仍是犹豫了一下，望一眼身边的云菀沁，却见她风轻云淡，毫无紧张：“那么，唐小姐的意思是，这东西是本宫的婢女留下，故意毒害太皇太后的？”

唐无忧哗地匍匐下来，惶道：“皇贵妃恕罪，无忧并不是说皇贵妃害太皇太后，只是怕那果盘香味太浓，引来了蛇……”

这解释，还不如不解释，更是直指是云菀沁所为，惹得一群人怀疑骤起。

贾太后沉默下来。

气氛一片冰凉。

正这时，朱顺捉着那被踩死的蛇腾腾几步上前。

“朱顺，你还将那蛇拿过来干吗，别惊吓了太皇太后，还不丢了！”马氏啐了一句。

朱顺不但不丢，反将那蛇亮在众人面前，道：“太皇太后别怕，这不是什么蛇，是条粗壮的巨蚯蚓而已！”

“什么，巨蚯蚓？”马氏一怔，女眷们也都窸窣起来，赶紧再仔细望过去。

“可不是！身上的青绿斑驳怕是被草坪里的叶汁不小心浸染过了，加上巨蚯蚓本身就体型大，刚刚又一阵惊惶，才都当成了蛇。太皇太后莫慌张。”朱顺道。

初夏上前几步，指着朱顺指间的东西，对着唐无忧，语气不无奚落好笑：“所以，唐小姐的意思是，奴婢家的主子用蚯蚓——来咬杀太皇太后？”

贾太后松了口气。

唐无忧这才瞄清楚朱顺手里确实是一条足能与幼蛇混淆的巨蚯蚓，只能匍下玉背，“无忧刚刚以为是蛇，担心太皇太后安危，生怕有人陷害，才口不择言，并不是有心质疑皇贵妃，请皇贵妃恕罪——”

此际，赛场上的两队因看台上的小风波也暂停下来，沂嗣王一双目光灼灼望过来。

哪里是真心担忧自己的安危，不过是借机打击皇贵妃吗，这唐氏，一旦进了后宫，成了妃嫔，看来也是个叫人不省心的人。贾太后也没说什么，只缓缓道："你既是维护哀家，又有什么罪？"

云菀沁也顺着贾太后意思，几步上前，亲自扶起唐无忧，笑盈盈地说道："你救驾有功，不但没罪，还得要嘉赏。"又回过头，乖巧道："是不是啊，太皇太后？"

众人见这皇贵妃刚受了唐氏的质疑，却无半点恼怒，也并没打击报复，反倒还主动替这唐氏讨要赏赐，不觉心头折服其人宽宏大度。

贾太后听了，顺口道："那皇贵妃可有什么好建议啊？"

唐无忧心头一喜。机会来了，此刻若是提出要侍圣，太皇太后还能不应承吗?

云菀沁嫣然回答："唐小姐兄长是嗣王，一般的赏赐不过是锦上添花，本来应该赏个好夫婿，可唐小姐在撷乐宴上已表明过暂时不愿意嫁人，不如赏个位分吧。"

此话一出，唐无忧一惊，她会有这么好心?

贾太后也是一怔。

云菀沁微笑："太皇太后慈爱，与唐小姐关系亲密，疼爱有加，太皇太后若是认唐小姐作义女，赐唐小姐一个封号，一来可表彰其功勋，二来也能为嗣王府增添光耀，岂不是两全其美？"

唐无忧瞳仁锁紧，脸色霎时涨红，义女?

"好啊，皇贵妃这提议不错。"马氏笑道，历来太后认义女的实在不少，倒也是个美谈。

贾太后也是心头一动，这般一来，果真是两全其美，既能顺了皇上意思，挡去沂嗣王送女人进宫，又能不拂逆沂嗣王的面子。

被太皇太后认作义女，那自己岂不是成了皇上——姑姑?

唐无忧见贾氏面目松动，似有答应的意思，慌了，忙磕头道："无忧哪里有福气当太皇太后的义女！这嘉赏太厚重了，无忧受不起！请收回成命！"

“虽是条害不了人的蚯蚓而已，可唐小姐之前并不知道，拼着性命去救驾，表示为了太皇太后可以肝脑涂地，这是天大的功劳，怎会受不起？”云菀沁笑盈道，“唐小姐在慈宁宫住了这么久，与太皇太后形影不离，亲如母女，莫非，唐小姐不稀罕当太皇太后的义女？”

唐无忧哑然，怎敢忤逆太皇太后的面子，只这一瞬，贾太后已经开了口，心意已决，哪里容她推拒：“哀家稍后请皇上下旨，赐无忧长公主身份，还是暂且跟随哀家在慈宁宫居住。”

一句话下来，唐无忧瘫在地上，哪里有半点成为太皇太后义女的喜悦，脸色惨白，魂都不见了，半天才在马氏的提醒下，一个字一个字，宛如在寒天腊月里，抖索着挤出口，“多，多谢太皇太后。”然后被婢女搀着，心不在焉地坐到了位置上，动弹不得，再没说一句话。

沂嗣王知道木已成舟，虽不大情愿，可既然太皇太后下了口谕，也没办法，况且表妹赐太皇太后义女，已算是极给面子。

若无忧成为皇室义女，与太皇太后与皇上有这么一层亲缘关系，对自己的进谏主战，也不一定没帮助。想到这里，沂嗣王便翻身下鞍，上前几步，朝着看台处抱拳：“多谢太皇太后赏赐。”

“公主？便宜了。”旁边的玉花骢上，女子声音飘来。

沂嗣王本就心情不大好，回到自己马下，却故意大掌一拍自己的坐骑，坐骑调转马首，丰茂一束马鬃“啪”一下，甩到玉花骢的马首，迷蒙了马的视野。

玉花骢受惊，连退几步，沈子菱险些又被甩下来，刚刚因他使诈落下一局，两件事夹在一起，怒中从来，扬起一鞭，甩向沂嗣王，引起旁边一阵惊呼：“沈将军家的姑娘好生的厉害啊！”

沂嗣王反手借力，拽住马鞭，却还是禁不住虎口被那鞭子摔打得一震，愠了，一用力，握着鞭子将玉花骢上的人扯下来。

沈子菱没来得及松手，顺着他一拉，朝玉花骢的背上摔了下来。这男人太狠了，这样直接一撞地，不伤筋动骨也得鼻青脸肿！

想她一个人丢丑受伤？大家要死一起死。

就算摔马，也得他垫背！

沂嗣王哪里会知道她会不松手，更哪里料到她朝自己扑过来，措手不及，被一股冲力撞得在草坪上滚了几圈，被她趴在自己小腹上，压了个瓷实。

“嗣王——”

“沈二小姐——”

场上一阵惊呼，引得看台上也喧哗起来。

“怎么了？”贾太后一惊。

朱顺打探回来，众目睽睽下，想要给两人留点儿面子，尤其那沂嗣王是皇上功臣，还是皇室人员，总不能说两人看不顺眼打起来了吧，只脸色涨红，说得很委婉：“没事没事，下一局要开赛了，沈二小姐正热身，不小心用力过猛了些，从马上摔下来了。沂嗣王估计为了不让沈二小姐受伤，想要接住，却不小心被带到地上，两人抱在一块儿——摔倒了——”

贾太后一愣，笑起来，望一眼马氏，道：“你还说两人配不拢，这下，不拢也得拢了，那沈二小姐还想找哪家？看来，得多找皇上要一道圣旨了。”

贾太后求旨的意思传到乾德宫，夏侯世廷二话不说，即刻叫齐怀恩拟了赐封公主的圣旨。

沂嗣王表妹唐氏，进慈宁宫伺候多时，素得太皇太后喜爱，马球赛上更是不惧危险，护驾心拳拳，太皇太后心中感念，特收唐氏为义女，封慎仪长公主。

齐怀恩写好了，盖上天子印鉴，递给皇上看，夏侯世廷摆摆手，看着没错就行了。齐怀恩叫下属去发旨，回过头，笑道：“这下，沂嗣王那边也该消停了。”又看了一眼另一道草拟好的旨意，“皇上，沂嗣王和将军府二小姐的这道婚旨……现在颁不颁？”

“两人有什么反应？”夏侯世廷问道。下旨之前，两人应该也听到了风声。

“沂嗣王倒还好，虽脸色就像被雷劈了一样，却并没忤逆太皇太后和皇上的意思。至于那沈二小姐……听说一回将军府，府上就有人传话出来，说是二小姐病了，是重病恶疾，连床都下不来。”

夏侯世廷挥挥手，“一块儿颁下去。让宫里的太医去看看，看沈二小姐好不好得起来。”

齐怀恩掩嘴一笑，应了一声，将那道婚旨也给了下人，一道送出去了。

事刚刚安排下去，门口一名小太监进来，禀道：“皇贵妃去了慈宁宫。”

一惊一乍的。齐怀恩眉一皱：“皇贵妃去慈宁宫，用得着这么惊奇吗？”

那小太监犹豫会儿，开口：“不是，皇贵妃去了慈宁宫，在庭院里跪了下来，求太皇太后原谅。”

“原谅？”齐怀恩一惊，心中也有些猜测，望一眼皇上。

夏侯世廷也知道马球赛上那一出是她安排的，虽那蚯蚓对人并没什么威胁，却也让太皇太后受了惊吓，依太皇太后那般精明的人，事后仔细想想，怎会不知道是她做的。她也不会认为太皇太后那么好糊弄，倒也爽快，不等太皇太后主动提出，竟直接去承认错误了。

依太皇太后对她的喜爱，加上又是自觉投案自首，他还算放心，应该不会受什么责罚，可万一摊上太皇太后心情不好呢？

他起了身：“走，去一趟慈宁宫。”

这是怕皇贵妃被太皇太后责怪，齐怀恩忙跟了上去。

两人到了慈宁宫，庭院内果真是跪着一袭熟悉的身影，面朝太皇太后的寝殿，初夏、珍珠和晴雪等人也都跪在她的身边。

一声通传，云菀沁转过头，行了礼：“皇上来了。”

也不知跪了多久，脸蛋儿都白了，额上也因阳光的炙烤，香汗淋漓。

他神色发沉，伸出手去：“起来吧，朕跟太皇太后去说。”

“太皇太后不开金口，妾身跪到她满意。”她婉拒了好意，这次为了打消沂嗣王和唐无忧的心意，没法子，将太皇太后牵扯进来，只怕她会不高兴，为了消除她心结，这一场跪算得了什么。

夏侯世廷望向寝殿，半晌，袍一撩，与她并排跪了下来。

“皇上——”齐怀恩一惊，初夏几人也上前阻止。

“无妨。”他道，“皇贵妃有错，朕也脱不了责任。”袖下手掌一蜷，握住她手。

有他一起领罚，跪也能跪少些。

几人对视一眼，退到一边。

果然，不一会儿，殿内传来脚步，只见马氏匆匆小跑而出："皇上天子之尊，请快起身。"

"天子之尊也大不过孝，朕跪祖母，天经地义。内子忤逆长辈，丈夫就更有同责。"夏侯世廷道。

马氏叹口气，朝庭院的宫人们啐道："你们这些人是傻了么，也不知道扶一把皇上和皇贵妃！这天热的，还不将皇贵妃请进去，太皇太后正嫌闷得慌，正好跟皇贵妃说会儿话。"

初夏等人松一口气，知道太皇太后已对主子消了气儿。

云菀沁跟着夏侯世廷站起身，正要走，却不知道是不是跪得久了，眼前阵阵发黑，一阵天旋地转，倒在身边男子怀里。

第九章 清理蛇蚁

美人思无邪 下

皇上将人抱进正殿后，慈宁宫乱成了一锅粥，叫太医的叫太医，去打水的打水。

贾太后回头想想尚林苑那事，心里确实有几分介怀，可今日见云菀沁主动过来负荆请罪，气儿也消得差不多，如今一听马氏进来禀她晕了，哪里还顾得上别的："是不是跪久了，中了暑气？还不将皇贵妃搀进来……"

话没落音，只见皇上已经阴着张脸抱人进来，贾氏又忙道："快，搬张软榻，去把哀家的薄荷膏拿来给皇贵妃闻闻。"

一进一出，云菀沁晕眩感退去了大半，人清醒些了，隐约觉得有人在给自己扇风，睁了眼，见自己被安置在一张简榻上，腰后垫着个柔软高耸的迎枕，眼前全是人围着，就像看动物似的，有些尴尬。还没来得及说话，夏侯世廷抬臂往后挥了挥，严肃道："后面去，别挡了新鲜空气。"

宫人急忙退到旁边，唯独初夏疾步过来，递上个小兰花瓷瓶："奴婢来给娘娘擦擦。"

云菀沁嗅到是薄荷膏的味，道："没事，不用擦，我没中暑。"

"怎么会没事，都跪晕了，中暑可大可小啊。"初夏急切。

夏侯世廷只当她生怕在慈宁宫这一晕越发惹得太皇太后不喜欢，接过初夏手里的薄荷膏："这就是太皇太后着人送来的。"

她将薄荷膏一推，环视四周一圈，见黑压压的宫人，也不大好意思大张旗鼓，只小声嘟囔："真的没事，我先去拜见下太皇太后，跟她解释一下尚林苑的事儿，叫她老人家彻底消了气……这事儿回去再说好不好。"

“人都跪晕了，还解释什么？”夏侯世廷见她执拗，气头发在了太医身上，“太医院那群家伙呢？爬都该爬来了吧！”

齐怀恩苦笑，这才多久啊，插个翅膀飞都飞不来啊。

她扯扯他袖子，暗示：“叫姚院判来吧。”

这个时候，偏偏独点了姚院判，齐怀恩和初夏一怔。

姚院判可是娘娘怀蜀王时专门的保胎太医啊。

连夏侯世廷也是眸子一动。

贾太后正过来看看，恰听到这话，一个激灵，几步上前，坐在榻边，欣喜道：“是有了？”

夏侯世廷脸肌一搐。

齐怀恩和初夏等人先不敢随便说，生怕错了，听太皇太后这般一说，都乐滋滋地嚷开了。

云菀沁下了榻，提裙跪下：“前两日觉得身子有些异样，给自己把过脉，应该是的。本来说这几天找个机会先私下跟皇上说，没料这孩子跟太奶奶亲近，今日一来慈宁宫，就急着要给太奶奶打招呼，害得我在太皇太后面前丢丑。”

贾太后被她一张莲花小口说得心肉舒坦，笑得合不拢嘴，亲自搀起她，在自己身边坐下。

马氏知道，太皇太后若之前对皇贵妃的擅自做主有些不快，如今因皇贵妃的孕事，也早就烟消云散，这孩子果真是个福星，笑道：“太皇太后就是心心念着想要个小蜀王。前儿太皇太后还跟奴婢抱怨，蜀王渐大了，总说再不能要人抱，又说自己重了，生怕太奶奶闪腰，弄得太皇太后失落得很。如今可算好了，心想事成，太皇太后又有的忙了。”

贾太后脸一红，一拍马氏的手：“乱说什么。”众人却看得出来，马嬷嬷确实道出了太皇太后的心声。太皇太后膝下不丰，唯宁熙帝一个亲生儿子，极喜欢小孩子承欢的热闹，可昔日宁熙帝后宫女人多，心思纷杂，个个将膝下子女护得紧，除了请安，并不常多走动，贾太后素来寂寞。

云菀沁将太皇太后的手拿住，覆在平坦小腹上，睫微微一闪：“这孩子还没出生就得了太皇太后的喜欢，一定福气不浅，今后唯愿他在太皇太后的培养下德才兼备，做个孝顺子孙，不要像我这样，莽莽撞撞的惹太皇太后不快就好。”

贾太后听得喟然：“你也算是为皇上和哀家解决了一笔棘手麻烦，怎么好怪你。你回头马上来给哀家道歉，可见你对哀家真心，哀家还有什么不相信你？今后，皇贵妃做的事，便是哀家的意思。”

马氏有些感慨，太皇太后一生地位高高在上，无处不美满，得丈夫宠爱，得儿孙尊敬，所以素来厌恶后宫那些使手段相互打击、争风吃醋的女人。

一样都是争宠，一样都是为了赶走狂蜂浪蝶，皇贵妃为了踩灭沂嗣王送表妹进宫的心，更将太皇太后当了刀使，若是别人，早就被太皇太后给记恨上，从此势不两立，暗地施小鞋，可这皇贵妃反倒将太皇太后哄得心花怒放，掏了心窝子。人和人，不能比啊。

云菀沁见太皇太后脸色松缓，唇角浮出笑涡，舒了口气，再一瞥身边男人，众人情绪都挺高涨，他反应倒比她想象中的冷静，从刚才到现在都眉目不惊，好像不关他的事一样。

正此际，太医也过来了，把脉过后，确凿了孕事，慈宁宫内越发是热闹起来，夏侯世廷淡淡给在场众人行了赏，众人光见赏赐，便知道皇上能有多高兴，喜气洋洋地谢了恩，待龙辇备好，又恭送着两人出了慈宁宫。

辇沿着宫墙走稳了，她的腰一紧，被他揉进怀里。男人胸膛里激烈的心跳和手心的濡湿，才让她明白了他的激动。

“我还当你不怎么高兴。”她呢哝着。

他大手抚在她腹上，隔着衣料丝缎小心翼翼地爱抚了几圈：“这孩子是咱们的福星，帮朕挡住那些老家伙的口水，怎么会不高兴？”

她抬眼望一眼他，明白他的意思。

自从唐无忧入驻慈宁宫，在沂嗣王的暗示下，朝上一些臣子推波助澜，劝谏天子为丰子嗣而纳妃，虽没明说，字里行间的意思却是后宫如今只一名皇子，皇贵妃两年没所出。

如今，唐氏被册长公主，而她又有喜，总算能暂时堵住言官的嘴巴。

可也恐怕只是一时而已。

以前他为平定旧皇党人心，只说是为隆昌帝暂代皇位，倒也没什么人劝谏纳女，可现在，隆昌帝殒命北方，他龙椅渐稳，这样的进言，只怕会多起来。

“历来——”

他眼梢微扬，轻俯颈项，用甘醇热气堵住她话音：“不要说什么历来。历来的天子多得很，却没一个形似朕，朕也不屑复制任何一人。朕宫廷出身，民间长大，未受半点皇子正统教育。朕这个在旁人眼里不可能做皇帝的人，偏偏做了皇帝，既然如此，帝嗣出自同一母，也可堪成为夏侯皇室的家风。”

她心头一动，只觉他手掌又滑到肚皮上，仔细研究起来。

她禁不住哂笑：“又不是第一次了。”

可他却觉得是第一次。

她有经验了，他却还是个新手，几乎什么都不知道。怀勋儿时，不在她身边，只觉得眼睛一睁，就多了个儿子，这一刻他才觉得真正做了父亲。

“怎么一点动静都没？”他戳了戳她肚皮的柔软处，语气担忧。

她被他戳到痒穴，咯咯笑起来：“你当是猫啊，这个月怀，下个月就能生了？胎动还早着呢。”

他释然。伸手半掀帘子，朝外吩咐：“把勋儿抱来福清宫。”

既是多个弟妹，合该一家分享。

慈宁宫的振奋气氛散去，配殿内却是小小一阵骚动。

显春从外面跑回来，将慈宁宫内一阵喧闹的缘由告诉了主子。

临窗处，憔悴不少的唐无忧，听了婢女的回报，身子晃了一晃。

显春见到主子的侧影颤抖着。

打从从马球赛场上回来，主子就再没笑过，也没说过什么话，整个人行尸走肉般，待封慎仪长公主的圣旨正式下来了慈宁宫，主子更是不吃不喝。

云贵妃，又有孕了。

仿似一柄穿心箭，唐无忧指尖掐进掌心，说不出的滋味。

既酸，又妒，更是说不出的替自己不甘心。

自怜自伤的晶莹泪珠子顺着欣嫩的脸颊滑下来，她抽泣起来，又尽量稳住心神。

只是，自己已经成了皇姑，能怎样?

沂嗣王那边，只怕再无能为力了。

这个表哥，从答应送自己进宫开始，只不过抱着拿自己当作棋子，想要自己规劝皇上与蒙奴永不休战的目的。

只能靠自己了。

显春是从江北城嗣王府就陪着唐无忧的，从那次御花园利用小彤投蛇，显春就已经知道了主子的心意，此刻见主子泪水不绝，安慰道：

“算了主子，怀了也不一定能生下来，生下来也不一定养得大，再说了，您别看她现在得意，历来宠妃怀孕，便是其他女人的机会，一年大半载，男人哪儿熬得住？皇上在这期间宠幸了别人也说不准，到时就算给她生个金蛋儿出来，也不好受，您到时也舒服了……”

这番恶毒诅咒进了耳朵，唐无忧听得才舒坦多了。

是啊，怀了也不一定能生下来，可那人现在可是皇贵妃，本就里三层外三层，更不提现在怀孕了，皇上只怕更会加派人手保卫，只怕护得滴水不漏。

况且还有沂嗣王压着，哪里敢?

上次不过是好玩儿，在御花园用条没毒的蛇去惊吓一下那蜀王，便让沂嗣王大怒，生怕株连了嗣王府，如今若是她胆敢做，只怕沂嗣王会第一个押自己出来，免得自己祸害了他。

以卵击石，犯不着。

她突然眉头一挑，望住显春：“你刚说什么？”

显春一愣：“奴婢说她就算怀了也不一定生得下来……”

“不，最后一句。”

“……男人哪儿熬得住，皇上在这期间宠幸了别人也说不准……”显春磕磕巴巴，重复了一遍。

“你从今日开始，盯着皇上那边的进出。”唐无忧一字一句。

悠闲午后，气候适宜，细风微微。

小憩起身后，云菀沁叫初夏端了张柔软的藤躺椅在窗边，一边看书，一边与初夏闲侃。

一会儿，初夏抽走她手里的书：“三爷说了，每次看书不能太久了，伤眼睛。”

月份一大，身子渐渐沉了起来，夏侯世廷与之前一样，依旧每天将福清宫当作寝殿，天子寝殿乾德宫那边形同虚设。

他如今日常成了惯例，每天早上上朝，下朝去议政殿或者御书房，傍晚时分，若公务还没办完，会叫人把奏折搬到福清宫，过着民间夫妻一般的生活。

前堂料理得无可指摘，加上天子的本身坚持，朝上以沂嗣王为首劝谏充盈后宫的声音低迷了下去。

想到沂嗣王，云菀沁不禁道：“子菱那边怎样了？”

赐婚开始，沈子菱就在将军府抱病推辞，三爷遣了个太医过去，沈子菱好死赖活再瞒不过了。沈老将军最是忠君的人，不愿意忤逆皇旨，接下了赐婚，以老命相要挟，苦口婆心地劝了一通。

“二姑娘虽倔，却最孝顺沈老将军，听说已经被说通，答应嫁了。”初夏苦道，“只望二姑娘有福气，这婚事没配错吧。”

这婚事若是三爷提出的，云菀沁倒还好劝，如今却是太皇太后主动牵的红线，她也不好说什么了，再见沈子菱跟那沂嗣王接触几次，也没吃过什么亏，倒对她有信心，听了初夏的感叹，正要说话，外面传来一阵脚步和斥责声，还夹杂着宫女的哭声。

初夏过去道：“怎么了？”

晴雪和一名殿内太监拎着一个宫女进来。

那宫女十五六，生得小眉小眼，本就一副畏怯样，此刻被抓进来，看见云菀沁更是如同老鼠见了猫，抖抖索索，扑通一声跪下。

云菀沁只觉得那宫女有几分眼熟，却叫不出名字，问道：“怎么回事？”

晴雪瞪一眼那宫女：“这宫女名唤曼容，是福清宫二道殿门打杂的四等宫女。今儿奴婢在外面无意见着她鬼鬼祟祟的，跟一人在偷偷说话，奴婢奇怪，悄悄过去一看，娘娘猜那人是谁？”

“谁？”初夏忙问。

“慈宁宫配殿的显春，就是唐无忧的贴身丫鬟！”晴雪一叉腰，剜一眼曼容。

初夏眉一蹙，望向曼容：“显春找你问什么？”

曼容颤抖着声音：“没什么。奴婢发誓，就算天打五雷劈，也绝不敢做有损娘娘的事，娘娘明察啊。”

晴雪冷笑：“别听她的，奴婢刚捉了这蹄子的包，又找与她同住的几个宫女问了下，说是这阵子，每天每到这个时辰，曼容就会跑出福清宫，只怕都是跟显春见面，这样一看与显春来往了不止一次！若是没什么阴谋阳谋，你这蹄子同唐氏的婢子频繁见面干吗？”

云菀沁口气清淡：“你若老实承认，知道错了，本宫也不是个一棒子将人打到死的人。”

初夏盯住曼容：“真不愿意说？”

一个红脸一个黑脸，曼容乱了心神，再见初夏跟那太监丢了个狠戾的眼色，冷汗炸了出来，带着哭音终是承认：“奴婢是与那显春见过几次，因为皇上每天都来福清宫歇宿，显春叫奴婢帮忙盯着皇上的进出动静，几时来，几时走，出了福清宫还会去哪里，都跟她说说……奴婢乡下遭了旱灾，家人等着用钱，一时被显春的好处亮花了眼，糊涂了，还望娘娘原谅！除此之外，奴婢再没多说一句啊，更不敢做出什么危害娘娘的事……”

岂有此理，竟敢盯着皇上，都封了长公主，还想打小算盘。

初夏好笑，非得一路作死到底。回过头：“娘娘，奴婢这就去跟皇上禀报唐氏的不雅之举。”

云菀沁凝思未语。

连初夏都说了，唐氏这不过是不雅之举，便是禀上去了，能有什么责罚？

最终不过是早些安排个婚事，将她打发出宫罢了。

只要沂嗣王一日手握权势，她永远有这个表兄当作傍身倚仗。

“来人，把曼容拖下去，掌掴五十，拶指半刻钟。”轻言柔语飘出贝齿。

曼容大惊：“娘娘不是说只要老实交代就能原谅奴婢吗？奴婢真的没对娘

娘不忠啊……奴婢再不会理睬那显春了！奴——”

话还没说完，已被晴雪和那太监一拎，拎出屋。

初夏啐一声：“活该，不打死都算娘娘心善。”

云菀沁望着曼容的背影，若有所思。招了初夏过来，附耳嘱咐了一番。

宫苑，夜色如帷，一降下来，给天地罩上一层密密浓浓的帘幕。

今天朝事散得早，不过尚有部分折子还没阅完，夏侯世廷一如往日，早早就来了福清宫，又提前叫人将小元宵带过来。

与云菀沁聊了几句朝上事，天色已不早，三人一块儿吃过晚膳，夏侯世廷一手抱了儿子，准备进内室前，像平时一样吩咐宫人，将御书房的折子和公文搬过来。

云菀沁说：“三爷成天把福清宫当作办公的地方，明明辛苦得很，不知道的人却还以为你耽于女色，不务正业。”

他无所谓旁人的闲言碎语，就算敢说，也不敢飘进自己的耳朵里：“怎么，想赶我走？”将她腰肢上的手一挪，滑到她腰腹上，慢慢抚了一抚，“你舍得，孩子也舍不得。每晚上都挨着他，今日爹不在，只怕不习惯。”

别说宫里，就算民间，妻妾怀孕后，夫妻两人也会保持距离，尤其头四个月，胎儿还没怀稳，暂时分居的大有人在，就算同房，也不会睡一张床。

他这人却顾不得这些规矩，夜夜缠着她同榻而眠，只每夜睡觉十分精心，生怕不小心碰了她，有时半夜还会醒来两次，给她掖滑开的被毯。

肚子大了，怎么睡都有点儿不舒服，只能一晚上不停地变化姿势，有时睡得横七竖八的，几次早上醒来，她都发现一张宽敞的床被自己占了大半江山，他昂长一个人，被自己委屈地逼得缩在个角落，动都不好动一下，自己的腿脖子还搁在他小腹上。

云菀沁怕影响他睡眠，劝他若是事多，在御书房办完公务，直接就歇在寝殿，他每次都点头答应了，第二天却又默默地摸了过来。

最后，云菀沁无奈，也就随他了。

她任由他抚摸着微微翘起的肚皮，见小元宵的注意力在别处，收细了声音："反正还有半个来月就稳了，过了这段日子，你再过来吧。别人不敢说你，却得说我狐媚惑主，怀孕头几个月还缠着你不放，连皇嗣的安危都不顾，一点分寸都没有，前儿去慈宁宫请安时，太皇太后都暗示了我两句。"

他见她眼波流转，淡笑钩住她微微圆润却更显风情的雪嫩玉腮："狐媚惑主？好，我喜欢这个罪名。"

她嗔了一下，甩开他轻薄的手。

他却认真考虑起她的话。她说的也是，自己无所谓，却不能将口水都往她那里引，况再过些日子，还得为她争取件大事，现在不能折损了她的名声。揽住她腰，手又往下一滑，轻轻一拍，附她耳珠子下："这几天就饶了你，我就在福清宫旁边的文晖斋办公歇息吧。"

虽说不住福清宫，可也不能离得太远。

小元宵脑袋转过来，看到了这个小举动，小脸儿十分郁闷，一叉腰，瓮声瓮气地嘟囔："我真的要生气了！"

亲眼目睹几次下来，小元宵已经模糊地意识到，父皇打母妃屁股，好像并不是惩罚，可是——又不像是什么好事。

那次贪玩，冯先生布置的功课没做，第二天被严厉的冯先生打了一下屁股，疼了好半天呢，小元宵告诉父皇，想要父皇给自己做主，父皇却向着冯先生，说冯先生做得对，越严格越好，连功课都敢忘记，今后做什么恐怕都会怠慢，屁股死肉不怕疼，下次再犯就打手板心！

小元宵哭着再去跟娘告状，娘平时处处都维护自己，父皇对自己说话重点儿，娘都要瞪父皇，这件事上却跟父皇站在同一战线，还告诉他，说是今后他可能要做许多事，而这些事会关系很多人的性命和福祉，如果现在就懒懒散散，以后这些人还怎么依靠他呢？

小元宵挠了半天脑袋也不知道为什么这些人都要依靠自己，他们自己没爹娘么，干吗依靠他啊，不过倒也聪明，再不敢告状了。

总而言之，打屁股肯定不是好事，他不喜欢父皇这样对娘！

云菀沁不满地盯了夏侯世廷一眼。

他有些尴尬，这小子，真是多管闲事。于是敷衍道："好了好了，再不打了。”

小元宵并不相信父皇的话，粉圆小脸蛋气得红通通，逼着父皇下保证：“除了不打屁股，父皇也不能再咬娘的嘴巴了。”

两人一震，脸色涨红，好容易才从惊悚中回过头。

云菀沁有些结巴：“你，你看错了吧。”

“没有，有两次我在外头默书，父皇来了，跟娘进去内殿了，我偷偷扒帘子，都看见了！娘都哭起来，父皇还在咬！”小元宵气呼呼。

小元宵虽有了皇子所，但每天还是会来福清宫，尤其开蒙了，云菀沁偶尔会亲自督促他，小元宵来得更加勤快，有时叫他在内室的书案边临摹默写，自己便在旁边看着，有几次，夏侯世廷一下朝过来，跟她到里面说话，说着说着，免不了做些闺房娱乐，尤其怀孕这几个月，干不了别的，这样的亲昵举动便更多…

哪里知道被这小子看见了。

小元宵正好是满地跑的撒欢儿年纪，没有一刻坐得住，这皇宫角落都摸遍了，别说自家娘的福清宫了。

一个小人儿，人矮脚步轻，又防不胜防，走到哪里更没人敢挡，窜来窜去，撞见些不宜幼儿的东西，也不稀奇。

要不是他，自己哪能在儿子面前丢脸！

云菀沁脸没法儿搁了，一个人先进去了。

夏侯世廷吸了口气，捂住小元宵的嘴巴，搂紧了，跟了上去。

夜色深沉，宫苑宁静。

月光下，两条女子的身影倒映在地面上，沿着碧瓦红墙，谨慎地避开夜巡的侍卫和宫人，走到距离福清宫一墙之隔的文晖斋。

斋内的殿室内，亮着微弱的灯光，显然是有人的。

一棵四五人之围的古柏树后，唐无忧双眸晃动，语气因为激动有些抖：“显春，皇上这几天真的每晚都在福清宫旁边的文晖斋里歇着？”

“嗯，听曼容这么说的，”身边女子道，“这几日皇上没在福清宫过夜，好像是太皇太后提醒过皇贵妃，说要多顾忌一下皇嗣，成日这么腻一块怕对胎儿不好。皇上遵了太皇太后的意思，每日去皇贵妃那儿用完晚膳，在福清宫坐会儿，便去旁边的文晖斋处理公事，然后歇息。”

唐无忧一疑：“曼容主动说的？你不是说她每次都不敢说太多皇上的事，怕得罪了云氏吗？”

“曼容本来是挺犹豫的，前儿奴婢私下见她，见她手肿脸青，一跟奴婢开口就哭诉起来，才知道她那日做错了事儿，被皇贵妃派人掌掴和拶指了，疼得差点儿没曾死掉，最后还被贬到了外门去做杂役，算是没前途了。估计恨透了皇贵妃，干脆破罐子破摔，借咱们报复那皇贵妃。”

唐无忧唇角绽出一抹笑：“这丫头算是聪明，知道良禽择木而栖。明早你去跟太皇太后禀报一声，就说我在慈宁宫住了太久，想念表哥，恳请出宫回一趟嗣王府，与表哥聚一聚。”

“是。”显春道。

唐无忧又转头，凝视了会儿文晖斋，只能靠此一搏了。

只要成功，皇姑什么的都再不是障碍。

沈子菱快要嫁进嗣王府，云菀沁想要到将军府亲自看望一下，顺便也能回云府去看看弟弟。

夏侯世廷见她身怀六甲，本来说召两人进宫就好了，却知道她除了看望两个人，也想出宫放放风，透个气，便叫姚光耀过来问脉，见她身子稳妥，让齐怀恩备齐了仪仗和卤薄，送她出宫下云府和将军府。

虽放她出宫，却怕她身子受不住，夏侯世廷三令五申，只给半天的时辰，正午还没回宫，便要去派人请了。

云菀沁先去家里看了弟弟，又去将军府跟沈子菱说了会儿话。

宫人看着日头渐高，想着皇上的嘱咐，不停在窗外催着，沈子菱知道皇上不放心，叫她回宫，反倒安慰起她，嬉皮笑脸：“不就是嫁个人吗，有什么怕，难道比死还吓人？他敢对我像对他原先的那些女人，我和我沈家一大家子就叫他吃不了兜着走。而且，不是还有皇贵妃娘娘替我撑腰吗！”

云菀沁最钦羡沈子菱的一点就是心大，什么都兵来将挡水来土掩，听她亲口这么一说，放心多了。

从沈子菱的香闺出来，沈家阖府恭送皇贵妃出府。云菀沁一行人上轿，回了皇城，快靠近女眷进出的西南门，仪仗一停。

“怎么了？”初夏掀开帘子。

领队的宫人跑去看了会儿，折身回来，禀道：“回皇贵妃的话，慎仪长公主也出宫了，刚从嗣王府回来，恰巧在咱们前面，在进正阳门，下官去给哨岗守卫打过招呼了，勒令他们先退到一边，由皇贵妃先进。”

初夏嗯了一声，落帘回到轿内。

西南门的守卫见皇贵妃的仪驾也回宫了，一名脸庞晒得黝黑，年纪约莫四十的守兵噔噔过去，走到唐无忧的软轿前，恭敬道：“皇贵妃仪仗回宫，还请慎仪长公主避让下轿，待皇贵妃先行。”

唐无忧也没料着正遇见她，还撞上一块进城门，都已经进了一半，不但得让道儿，还得下轿给她行礼，心头一冷。

可谁又叫她是皇贵妃呢？

长公主与皇贵妃若是碰在一起，按道理来说，应该是长公主大一些，毕竟是长辈，就算避让，也该是皇贵妃避让。

可长公主是什么？是死了的天子的女儿。皇贵妃却是给现任天子生儿育女、打理后宫的，在旁人眼中，谁当红，不言而喻。

更关键的是，自己这长公主还打了个折扣，不过是太皇太后看在功臣的份儿上收养的义女。

什么叫义女？就是人家把你当个人，你就算她家女儿，人家翻脸不认人的话，你屁都不是。这封号，到底是虚的，她那皇贵妃，才是扎扎实实的。

唐无忧忍下心头不甘，袖子不由一滑，捏了捏缝在袖袋内的东西，心情才舒爽了几分，燃起了几分希望，一打帘子，纤声道：“好，让皇贵妃先行！”

下了轿子，她走到旁边过道上，因前儿深夜落了一场小雨，路上湿滑，走了几步，溅起水，脏了裙鞋。

她蛾眉一蹙，低咒了一声，站定后，后方的仪仗慢慢驶来。

风一吹，带起轿子的窗帘，轿内的身影露出来，面庞祥和宁静的玉人坐在柔软的锦垫凳上，肚腹微耸起，一路过来，守卫分别两边散开避让，万千目光集于她一身。

刚才请人下轿的那老守兵见唐无忧的裙角和鞋子被雨水弄脏了，只怕得罪了这太皇太后新收的义女，几步上前，掏出个还算干净的汗巾，恭维着：“给长公主擦擦鞋子。”

唐无忧本来就心情很差，一抬头，见一老兵黝黑脸庞一笑，露出满口黄牙，满脸褶子都开了，再看他手上那张不知道擦过什么的帕子，脸都绿了，斥道：“你那什么帕子，竟也敢擦我的鞋子？”

守城老兵哪知道这看起来娇滴滴的贵女竟这般大的脾气，再不敢拍马屁，欲要退后两步，谁想慌里慌张踏在地上一摊雨水上，踩滑一脚，整个人踉跄一下，不想撞到了唐无忧。

本是小事，可唐无忧见皇贵妃仪轿经过，轿内人悠悠瞟过来一眼，眸内盛满了怜悯，脸色涨红，一巴掌朝那老兵呼过去，借题发挥：“狗奴才！”

老兵惨叫一声，原来是女子指上玉环锐角钩住他半边脸颊的皮肉，连撕开了好几寸，顿时血肉淋漓，惨不忍睹，破了相，老兵却哪敢喊疼，跪下来，连连在雨水里磕头：“长公主，是小的不小心滑了一跤，求长公主恕罪，求长公主恕罪——”

唐无忧怒气难消，哪里肯罢休，在云菀沁那头受的气，这会儿全都爆发出来。皇贵妃动不了，区区一个守门的，她这长公主兼沂嗣王表妹难道还动不了吗？

正要让显春再上前踹两脚，却见轿子一停，初夏一打帘子。

初夏见那守城兵一脸都是血：“怎么这样大意。”

老兵见连皇贵妃都惊动了，越发是慌了手脚，磕头如捣蒜，险些哭出来。“下雨路滑，小的给长公主送方帕子擦鞋，不慎失误了，还请皇贵妃责罚！”

云菀沁端详了一眼那守城的兵将：“这一挠，若是打理不好，便是没事也得破相，你家妻房得嫌弃死你。罢了，赶紧去敷药，便是有错，你伤成这样，也抵过了。”

此话一说，总算活络了气氛，守城的一行守兵都退去了紧张，没料到皇贵妃是个这样通情达理的。

老兵不敢直视轿内艳人儿，磕头道：“多谢皇贵妃体贴，小的家境贫寒，资质浅陋，到现在还没娶妻，好容易混到给皇城看城门，却不想还差点儿侮慢了慎仪长公主，幸亏皇贵妃宽宏大量！”

什么叫多谢皇贵妃宽宏大量？这老货得罪的是自己，是自己吃了一肚子气，她宽宏大量是个什么意思？她倒是懂得借花献佛，利用自己来集聚人心！唐无忧气不打一处来，却听她声音飘来：“长公主是个大人有大量的，一定不会计较。”一偏颈，望一眼唐无忧，“是吗，长公主？”

唐无忧气头活活被她压下来，在胸膛里旋得不舒服，却再不好说什么。

轿帘一落，仪仗大摇大摆地进了宫城，她银牙才咯吱嚼得蹦蹦响。

入了夜，宫苑四方安静下来。

唐无忧带着显春来到了文晖斋，默默眺望墙壁那边隐隐闪动的灯火。

“确定皇上今儿在里面？”她手摸进袖口，一颗心仿似要蹦出来，虽然在问显春，却已经笃定，里头除了皇上又还能有谁。

“嗯，特意问了曼容的，今儿皇上也在。”显春压低声音，“稍后曼容也会过来。”

夜渐深，不知道到了几时几刻，显春困意连连，旁边女子的精神却越来越矍铄，一双眸子熠熠无比。终于，文晖斋内灯烛一闪，慢慢弱下许多。

里头的人，应该是熄灯安歇了。

没一会儿，一条矮小纤瘦的身影猫着腰身从夜色中疾步走来，与显春对望一眼，对着唐无忧低着头：“奴婢福清宫曼容，叩见慎仪长公主。皇上在文晖斋办公，图的就是个清净，庭院平日只一两个宫人陪着，这个时辰，正好换岗，估计才一个人，松散，请随奴婢快些进来。”

借着月色，唐无忧看到那曼容面上犹未全消的掌掴伤痕，心中一舒，叫显春在外面放风，随她一块儿从文晖斋的小角门进去。

天井内，果然只一个宫人。

曼容过去随便说了几句什么，将那宫人引开，然后将唐无忧领到主屋，推开门，示意可以进去。

唐无忧刚要跨进去，却见曼容将自己一拉，低声提醒："皇上既然已睡下了，长公主进去后切勿点灯，不然等会儿宫人看见肯定怀疑，会进去的。"

就算曼容不说，唐无忧也知道，却听她又迟疑一下，唯唯诺诺道："今儿奴婢帮了长公主这一回，若被皇贵妃知道，只怕连命都难保，长公主到时可得帮衬着奴婢。"

唐无忧听她这么一说，知道曼容跟那皇贵妃已经彻底翻了脸，若是这事成了，估计还得靠她做证，轻拍她手："你放心，你这样帮我，我怎能不回馈你？"

曼容嘘一口气："这次若是成事儿，奴婢也算是给长公主立了一记大功吧……"说着，眼珠子咕噜咕噜转，瞟了一眼唐无忧腰上红缨络系着的玉佩。

贪婪无度。这是要打赏呢。出卖主子的人，哪里会不贪？唐无忧急着要进去，生怕宫人回来了，身上又没别，很干脆地取下玉佩塞给她。

曼容喜滋滋地捧着玉佩下去了。

唐无忧轻脚进了半明半暗的厢房。

床榻不远处的一张红木香几上燃着一盏夜明烛。

她一眼扫到室内的香炉，几步上前，蹲下身，将回嗣王府顺便带进宫的药包摸出来，打开，一包倒了进去。

不一会儿，室内温度蓦然涨升许多，让人细汗冒出，还升腾起一股奇特的异香，随意一轻嗅，让人神魂颠簸。

青楼迷惑男子的媚药，到底不是一般货色，她料不到自己有朝一日，竟也使出这种下三烂手段，可如今又能怎办？只好背水一战。

她走近床榻，见着床帘内男子的身影，虽看不大清，却隐约可见体格魁梧高大。

她心头一动。

男子许是因为那香炉中投入的玩意，半睡半醒中燥热不堪，翻了个身，拉了拉衣领，敞开半截劲朗胸肌。

她吹熄那香几上最后一柄烛火，室内坠入一片伸手不见五指的漆黑。

上前掀帘，她坐在床沿边，玉手轻抚男子身上光滑如丝的绸缎。

男子被她一抚，越发的躁动，将她手腕一拉，她身子一倾，呻吟一声，趴在男子的身上。

随着室内异香的越演越烈，男子显然也更焦灼，一手拉掉她腰带，喉间有些形似野兽饿极了似的低吼。

衣裳上的悠香窜进鼻子下。

这气味她在慈宁宫闻过，便是初夏那日带来的。

是云氏给她做的熏衣裳的古龙水。

只有天子才能用。

是他。

果然是他。

没料到自己有朝一日，竟能这样与他亲密相处。

就算是梦，也值了！

云菀沁，他不仅仅只是你的男人呵——

与他越贴越近，他衣裳上的古龙水连绵不绝。女子贝齿一紧，激起什么心念，玉臂一扯，拉下了床帘。

夜深，月移香渐浓，帐内颠倒旖旎，狂风骤雨。

天光快亮时，浑身骨头被男人快拆散了架的唐无忧带着满足的笑悄然下榻，临走前，不忘扯下贴身小衣，塞进床榻与墙壁之间的角落。

日子似水滑过。

这段日子，贾太后耳边清净不少，住在配殿的唐氏好阵子没过来请安了。

自从封了长公主后，唐氏像霜打的茄子，无精打采。可毕竟人仍住在慈宁宫，还是会遵着宫规，隔几日来问个安。

这次，却好多天不见踪影，怪了。

这日，马氏遵太皇太后的意思，跑去配殿打探，半会儿，急匆匆回来。

贾太后正在窗边拿把小银剪亲自修剪盆栽，见马氏额头上还挂着细汗珠，也没曾太多心，随口问道：“慌慌张张作甚。那丫头怎么了？”

马氏屏退室内的宫人，贾太后发觉不一般，放下剪子，望住她。

马氏靠近，压低声音："太皇太后，显春说唐氏这几日下不了床，不大舒服，奴婢想去探望一眼慎仪长公主，显春却一脸慌张，推三阻四，只说长公主不好见人。"

病了为什么不报过来一声，或者去请太医？得病有什么见不得人的？贾太后一听马氏语气，知道话里藏话："你几时说话也变得这样吞吐了，有什么直接说。"

马氏再不迟疑："奴婢起了疑，叫了个配殿的宫女去问长公主是什么病，有哪些症状，那宫女说长公主近些日子吃什么吐什么，老是恶心作呕，似是连……月事带都三四个月没领了。"

"哐啷"一声，剪子掉在案台上，贾太后吃了一惊，"你是说……"

马氏皱眉，点点头。

"那男子是谁？"贾太后脸色一变，唐氏除了那日回嗣王府半天，这些日子都住在宫里，宫里规矩井然，尤其后宫重地，与一群女眷接触的男子，全是阉人，怎会发生珠胎暗结的事。

"奴婢当时就拉了显春暗中质问，谁想显春哭了起来，怎么也不肯说，倒像是……害怕那人。"

那唐氏是沂嗣王的表妹，又刚被册封长公主，还能畏惧谁。

贾太后心中陡然一闪。

正这时，却听一阵嘈杂传进来，有人惊慌跑进来禀报："太皇太后，不好了，慎仪长公主出事了！"

"怎么了？"马氏惊问。

"马嬷嬷走没多久，慎仪长公主……她悬梁了！"

贾太后连忙带着马氏、朱顺去往配殿，刚一进卧室，只见悬梁上挂着个空荡荡的绳子，唐无忧被人抱在了床上，已被抢救下来，虽有些虚弱，却好歹没事，只挣脱显春的手臂，大哭："你拦我做什么，倒不如让我干干净净死了算了……"

"长公主不要啊，太皇太后是个通情达理的，绝不会叫您死得这么冤枉的啊……”显春哭着抱住主子的腰身。

室内衣衫轻薄，加上唐无忧的挣扎，脱落小半，贾太后和马氏看见她原本纤细的少女腰身粗了一围。

贾太后坐实了心头的怀疑，惊愕过后，斥道：“这到底怎么回事！你是不是有了身子？内宫禁地，岂能容你造次，你那相好到底是谁！”

床榻上少女见太皇太后闯入，捂住脸，跪了下来，却依旧披头散发，不发一语。

贾太后气急，上前捏住唐无忧下巴：“沂嗣王养出了你这么个淫乱宫闱、身怀孽种的表妹吗，亏哀家还册封你为长公主，好，你不说那奸夫是谁，哀家便一个个地去查！”

显春却泪涟涟爬过去，抱了太皇太后的腿踝：“太皇太后，长公主这肚子里不是孽种，是贵种啊！太皇太后可要为长公主做主啊！”

贵种？

贾太后与马氏对视一眼，心中隐隐的猜测更明显。

唐无忧哭着捂了婢女的嘴：“够了，你还嫌我不够丢脸吗？别说了，叫我死了算了——”说罢，又以头抢柱，拼死了要自尽，幸亏被显春抱得牢牢。

“车到山前必有路，太皇太后一定会为您做主的，什么事儿都能解决的，主子——”

屋子里一片哭声。

贾太后被吵得心慌意乱，瞥了眼寻死觅活的主仆二人，冷静下来，令朱顺去喊个太医来，斟酌片刻，又道：“去将皇上和沂嗣王请过来。”

慈宁宫，花厅。

夏侯世廷和贾太后坐在上座，沂嗣王坐在左方下首。

被召进宫前，沂嗣王就听说了唐无忧那边的事，没料她当了太皇太后义女，却还是死活不甘心，钻牛角尖要做后宫妃嫔，如今还破釜沉舟，使法子亲近了皇上，怀上龙胎。

也是。

只有这样，方才能毁了那太皇太后义女的身份。

这个表妹，果然是他家的人，倒也挺心狠。

这时，绾好头发的唐无忧披着斗篷由显春搀扶着，走进了花厅，对着上座的人柔柔跪下行礼，眼圈又红了。

贾太后望了一眼皇上，试探："方才哀家叫太医为慎仪长公主把了脉，三个多月的胎了。"

夏侯世廷瞥一眼下方女子被斗篷遮住的小腹，语气悠悠的："慎仪长公主是太皇太后新收养的义女，在宫里犯戒，这事情由太皇太后做主处理，朕十分放心。"

贾太后见皇上好像并不知情，语气也不像是做了不认账，犹豫了起来。

皇帝此话一出，唐无忧哽咽出声，似是受了千般的委屈。

沂嗣王缓缓道："长公主这些年一直跟在臣身边，臣也算是熟悉她脾性，自贞自爱，绝不会做出这种失格的事，长公主也没相好，况且现在在宫里，哪有机会接触到男子？还请皇上和太皇太后多听表妹解释几句。"又扭过头去，"长公主是不是被谁糟蹋了？今日本王在此，又有太皇太后和皇上在场，都是明察秋毫的人，你不可有半句隐瞒，照实说。"

唐无忧余光偷瞟一眼座上的男子，抽泣着开口："五月初六那夜，妾身夜间失眠，睡不安生，见天气好，带着显春在后宫闲晃，无意路过福清宫旁边的文晖斋，得知皇上在里面办公，妾身想要顺便进去请个安，没料……没料皇上早已歇下，正欲退出，皇上却……"再说不下去，羞得泣不成声。

大半夜的自己逛就逛，见着皇上，还特意进去请安，这不是有图谋是什么？齐怀恩眉一皱："皇上那段日子确实是在福清宫旁边的文晖斋办公歇息，可奴才和几个宫人天天伺候着，没有一天见过长公主来探视过。"

唐无忧晶莹泪水潺潺滑下："那夜恰逢宫人换岗，天井没人，才能让妾身不小心冒失误闯进屋，且那夜，妾身遇见福清宫的外殿婢子曼容，就是她告诉妾身皇上在文晖斋里办公，她还亲眼看见妾身进去，可以做证……。"

显春在一边道："还有件事儿长公主不好意思说，那日回去后，长公主的小衣如何都找不到了，只怕是不小心落在了文晖斋那边。太皇太后大可去……

去皇上歇息的床榻边一找，便知道长公主没扯谎了。”

沂嗣王望了一眼皇上。

贾太后脸肌一紧，派人去福清宫将曼容喊来，又令朱顺过去文晖斋翻查，顺带将起居注搬过来。

不一小会儿，朱顺果真烫红着一张老脸，捧回个女子的丝绸肚兜，道：“是在文晖斋床榻缝角下找着的，叫人查过，果真是长公主的私人用物。”

贾太后又翻了翻起居注，唐无忧那晚去文晖斋时，皇上当夜也确实在那儿歇息，那么，基本能坐实这事了。一个血气方刚的男子，因为宠妃有孕，本就空旷了许久，刚巧碰上个半夜三更有心来探的美人，顺便收用了，也不奇怪。

唐氏虽封了长公主，可毕竟只是个皇家认下的义女，若是真的与皇上春风一度，怀了龙嗣，这封号便也只能撤了，毕竟皇嗣为大，怎可由着外流，况且还是沂嗣王家中的女子。

贾太后转向皇上，试探：“皇上打算做何安排？”

夏侯世廷面上古井无波，似在听一桩外人的事，语气略带谑意：“朕与人一夜春风，原来自己还不知道。”

唐无忧见他到现在还不承认，咬了咬唇，泫然欲泣。那媚香虽厉害，却也不至于让人丢失记忆，那日他帐中癫狂勇猛，弄得她回去后好阵子身上都是青一块紫一块，事到如今，竟好像什么事儿都没发生过。

沂嗣王见皇上赖账，语气虽然恭敬，目中却添了三分不悦：“并非臣非要将长公主栽进后宫，只是，若长公主腹中真是皇家血脉，总不能委屈了，得个名分也是天经地义。之前长公主心系皇上，皇上置若罔闻倒也罢了，如今因缘际会，怀有龙子，难道皇上还准备看不见？皇上和太皇太后是不是觉得我夏侯轸家中的女眷，配不起做后宫的妃嫔？若真是的，还请皇上明说，臣以后再不会厚着脸皮了。”

一字一句，虽压抑得紧紧，却又包含了深刻的怨念。

贾太后见沂嗣王不快，只怕坏了君臣关系，想皇上这般赖账，也怪不得功臣不爽，望了一眼唐无忧，轻声劝解：“皇上……”

夏侯世廷知道贾太后要说什么，淡道：“待曼容来了，再说吧。”

贾太后安抚了几句沂嗣王："沂嗣王不要心急，你跟了皇上这么久，皇上也不是个绝情寡义的，必定会给你个交代。"

正在这时，只听花厅外传来禀报："皇贵妃携曼容驾到。"

云菀沁领着曼容和初夏进了花厅，福了福身。

唐无忧已被贾太后免了礼，被显春扶到一边坐下，此刻见云菀沁一袭披风遮不住隆起的尖尖肚皮，目色一黯，手搭在自己小腹上，无形中生了些底气，挺了挺玉背，有些分庭抗礼的意味。

贾太后见云菀沁过来，忙叫人赐椅："哀家叫曼容来，你大腹便便的走路都不方便了，过来干什么？"

云菀沁无视唐无忧摸着肚腹的得意，恭敬道："曼容是福清宫的人，太皇太后既召见妾身的宫人，妾身又怎能不来？"目光落到唐无忧身上，"何况还是关于慎仪长公主的大事。"

贾太后望向曼容："五月的一夜，文晖斋外，你偶遇慎仪长公主，是你告诉长公主皇上在文晖斋办公，然后看着长公主进去请安的？"

曼容跪在地上，怯怯："是的，奴婢那夜是看着长公主进去文晖斋的。"

唐无忧心头一喜，又忍不住瞥一眼对面的云氏，悦意还没散去，曼容瘦巴巴的脸又有些惊慌："不过，奴婢可没跟长公主说皇上那夜在文晖斋啊！"

唐无忧一滞，心头不妙。

贾太后讶然："你什么意思？起居注上分明写着，皇上那夜是在文晖斋歇息的。"

这次轮到初夏开声了："回太皇太后的话，那夜皇上本来确实如起居注所记，在文晖斋办公歇息，可那天晚上娘娘因为有孕脚抽筋，疼得睡不着，奴婢去派人跟皇上说了一声，没料皇上竟偷偷跑来了，这一跑来，再没离开了，直到天亮快上朝了，才回了文晖斋。"

唐无忧脸色煞白。不可能，那文晖斋里的人是谁……

贾太后也惊觉："那夜皇上既然不在文晖斋，那无忧这胎儿是哪里来的？"

沂嗣王亦是双眸发冷，望向妹子。

唐无忧心头冤得要死，匍匐在地："妾身真的是在文晖斋与皇上——文晖斋的卧室除了皇上，又怎会还有其他男人——”

那人衣裳上的古龙水香味……怎会还有别人！

正这时，只听宫人慌里慌张来禀报：“启禀皇上，太皇太后，有名外城门的小将嚷着求见天颜，说是关于慎仪长公主的，沈大人生怕有什么内情，怕他在外面嚷着损了皇家颜面，将他单独带来了。”

唐无忧心头就像百足之虫在乱爬，慌得不行，到底怎么回事？

“长公主怎么会认识区区一个外城门的小将士？还敢求见皇上和太皇太后，活腻了吧！”沂嗣王一斥。

贾太后却面生疑窦：“叫沈大人将他带进来。”

唐无忧的不安上升到极点，半会儿工夫，只听背后脚步逼近。一扭头，看清楚沈肇后面的来人，年纪不轻了，粗武夫的打扮，一看就低阶官员，有几分眼熟，却又死活想不起来。

待那人走近，看清楚他左脸上一道看起来很新鲜的疤痕，唐无忧才猛然记起，是那个被自己甩了一巴掌、当众辱骂过的守城老兵！

显春也惊呆了。

沈肇抱手：“启禀太皇太后，启禀圣上，这宋老旺是西南门的守门兵将，在皇城守门二十年，算是八品官阶。”又勒令那守城老兵跪下，“有什么话，还不跟太皇太后禀报！”

宋老旺扑通一下跪了，黝黑脸上汗如雨下，瞥了一眼唐无忧。

唐无忧被他看得冷汗都出来了，有些预感，却又不敢置信，只听宋老旺黄板牙一咬：“慎仪长公主肚里娃是臣的！”

简直如晴天霹雳，在场的人除了唐无忧险些瘫痪，全都愣住。

云菀沁冷笑一声，开口：“莫不是说笑吧。”

贾太后也是怒容一显：“你小小个守城兵，怎可能有机会与长公主认识？竟敢随便侮蔑长公主的清誉！来人啊——”

“不，臣没侮蔑长公主，”宋老旺急了，“臣跟长公主绝对是认识的，而且还是不打不相识，”说罢，一张褶子黑脸竟是红了，“正阳门的一群同僚都看到了，不信太皇太后和皇上随便找个人出来问！哦对，当时皇贵妃正好进宫门，也在场呢！”

云菀沁面色一怔，望了一眼初夏，初夏面上恍然大悟，提醒了几句。云菀沁这才忽地一拍脑袋，蓦然开声：“本宫记起来了，那日进城门，便是你生怕雨水弄湿了长公主的鞋裙，给长公主递手帕，长公主还与你发了场脾气，也算是说过几句话。”

“是，自那日起，臣与长公主算是不打不相识了。”宋老旺褶子脸一动，黄牙微露，含情脉脉看了眼旁边雪玉一般的少女。

唐无忧哪里受得住这平白掉下的冤枉，这老家伙，黑脸丑貌，只要眼睛没瞎的人都看得出来自己怎么可能瞧得起他，尖叫一声：“你胡说！”

贾太后也不信，唐无忧是个何等心高的，一心只巴着皇上，怎会看上个年纪大、相貌丑的守城老兵。眼眸中更加严厉。

宋老旺知道一行人不信，掏出个玉佩，亮在了众人眼前：“这个是长公主的贴身信物，也是长公主给臣的定情信物。五月初六那日，臣在城门当值，长公主便是叫臣凭着这个进来，在文晖斋附近私会。”

那玉佩是曼容特意要去的打赏！

唐无忧眼瞳睁大，忽地明白，这分明是一场局！

她趴伏下来：“妾身真的没有跟这人有过什么，那玉佩是……”却也总不能说是贿赂曼容替自己找机会勾引皇上的报酬，“妾身早就不见了这个玉佩，谁知道是不是被他捡了！求太皇太后明察啊！”

宋老旺却急了：“长公主胸肋骨下方两寸有一颗痣，左臀有一处鲜红似的火焰的胎记！”虽当天夜里这长公主一进来就将灯给熄了，可这娇娃一夜热情，缠着人没完，让他老房子着了火，一夜几乎就没停下过，她身子从上到下，哪里他都瞧到了。

女子贴身信物都给了这宋老旺，且身上私密处宋老旺也一清二楚，还能说两个人没见不得的关系？

众人震惊，就算不信也得信了。

唐无忧就像被雷劈了一道，那晚上与自己缠绵数度的人，竟是这守城门的被自己虐打辱骂过的低阶老官。镇定下来后，整个人发麻，继而全身发冷，自知证据齐了，不好辩解，眼珠儿一转，珠泪洒下，不住地磕头：“就算那晚真是这人，妾身也一定被人下了套子，被人陷害了，妾身怎可能与他相好？是被他糟蹋了啊！皇上，太皇太后，你们将这人好生地严刑拷打，背后一定有人指使他玷污妾身——”悔不当初，怒极攻心，双眸一移，正落在上方皇贵妃的身上。

宋老旺眼圈红了，朝向唐无忧：“臣知道自己高攀不上长公主，长公主也瞧不起臣，与臣只是露水情缘，没曾想过与臣天长地久，臣本来不敢也从没想过将这事儿揭开……”

“滚滚！谁跟你露水情缘了！闭嘴！”唐无忧扑上去，一巴掌甩向宋老旺的脸，因为惯性连退几步，差点儿摔倒，幸亏被显春扶住。

啪一声，极响亮，宋老旺挨了一耳光，整个魁厚的人朝后倾倒几步，却不顾脸上疼痛，一颗心只悬在她肚子上：“公主别动气！别误了娃。”

活脱脱就是个紧张儿子的准父亲。

这话一出，唐无忧更是脸色都紫了，喘了几口气，瘫软在显春怀里。

贾太后头都疼了，心却还是冷静的，对着宋老旺道：“你既不敢。也没想过将你跟公主的私情公开，那为什么独独现在又要抖出来？莫不是真如长公主说的，是受了谁的指示吧？”

宋老旺朝向贾太后磕了几个头：“说来也是块心病，贵人们听了别笑话。臣几代单传，人长得粗丑，家境一般，当完兵回来都三十多了，现在年近不惑，没哪家姑娘瞧得起臣，到现在还没娶妻，家里七十的老父母都快急死了，眼看就得断在臣这一代，得知长公主有孕了，臣一下子既惊又喜，生怕她受罚，一时情急，才忍不住以性命来承认，只求不要伤害长公主和这孩子！”

唐无忧快晕厥了，这摆明了就是有人唆使他的，不然他怎会有这么大的胆子！

还有这一套又一套的漂亮话，他自己能说得出来吗？

这话实在太露骨，令在座的贵人们都喧哗起来。

贾太后面红耳赤，张口结舌，好半天才一甩袖，再管不得这事儿了：“皇上来拿主意吧！”

沂嗣王冰了一张脸，狠狠盯住表妹，给皇上下套子不成，反掉到别人陷阱，简直是将自己的颜面都丢了。

夏侯世廷从头至尾只当是看好戏，听太皇太后发话，方才活络了一下双臂，支了身子，玩味道："若是旁人，将后宫殿室当作偷情地，总逃不过个死罪，可长公主与宋守将也算是两情相悦，连孩子都有了，刚刚这宋守将不是说还没娶亲吗，且看在阿轸的面上，便撤了长公主的封号，再将这守将低降一级，小惩大诫，赐两人结缡吧。"

"皇上，就算无忧撤了长公主的封号，也不至于嫁这么个粗丑之人，且两人年纪也匹配不起啊。"沂嗣王制止。

"阿轸这话，说得实在不像你的豁达性情了，"夏侯世廷打断他，"就算是名正言顺的公主，也并不是配的个个都是华庭贵邸，何况唐氏不过你一远亲表妹罢了。大宣开国初期，为巩固河山，与各方小国和亲，多少天子的亲生女儿都下嫁到各地偏僻的蛮夷之地，怎么轮到你一个表妹，就金贵了？唐氏无亲无故，不过是你娘家一名家业凋零的表妹，说个难听话，能有什么家世？若不是你这当远房亲戚的收留，还不知道流落到哪里去了。这位宋将士为皇城守门数十年，还算是个本地京官，至少比远嫁到那些偏地好吧！虽年纪成熟了些，可年纪大会疼人，怎么匹配不起了？况且唐氏已经怀了人家的子嗣，这事闹出去，还有哪个正经门户敢要她做妻？"

沂嗣王心头郁卒，正要再说话，却见皇上压沉了俊眉，倾身几寸，声音低敛："将表妹下嫁京中士兵，也能给你在军中树立平易近人、不嫌贫爱富的名声。沂嗣王，这买卖，有什么不划算吗？"

沂嗣王见皇上直呼自己封号，知道他的耐性到了顶，话语卡在喉咙里。

唐无忧见表哥都不说话了，脑壳儿一炸，瞟向那相貌丑黑的粗老汉，登时眼前黑掉，如何也没想到自己最后落个这样的归宿，一瞬间，这阵子的夙愿、奢望、期盼就像泡沫，一个个碎光，实在受不住打击，身子频频打晃。

宋老旺那头大喜过望，没料天上掉这么个馅饼下来，今后这娇娇贵女真成了自己媳妇，自己指东，她还敢朝西？

老男人咧开黄牙，笑得合不拢嘴，咚咚咚，快把额头磕破了："皇上圣明啊，多谢皇上，多谢太皇太后！"

啪一声肉撞地的声音，伴着显春一阵惊叫：“主子晕了！”

贾太后眉一皱：“先送回配殿！”

显春忙和另个嬷嬷抱住昏死过去的唐无忧匆匆离开。

贾太后经此风波，叹气道：“这事要办就快点办了，丑事一桩，也别声张了。”

夏侯世廷见她脸色不好，起身道：“一切遵太皇太后的意思。”说着，先搀了皇祖母回殿去休息。

云菀沁和沂嗣王分别跟在后面出了花厅。

经过庭院，沂嗣王见皇上扶着太皇太后走进寝殿，仍是不甘，这会儿再不说再没机会了，几步上前，还没喊出口，却听身后传来轻盈脚步，回头望过去，只见云菀沁在宫人的搀扶下，走过来，笑窝乍现地微微一福身：“沂嗣王有礼。”

无忧这事，不用说，全是眼前女子铺排的。

福清宫的曼容当反间谍，守城门的宋老旺，甚至皇上突然不去福清宫夜宿，开始在文晖斋歇息，半夜托辞又将皇上从文晖斋喊回去，再将这宋老旺安排进云……一切的一切，只怕都是她掌控调度。

沂嗣王望住面前的女子，看着妹子还没摸着龙袍就被她毁了，心头不窝火是不可能的。良久以后，才闷闷回应：“皇贵妃。”

“沂嗣王是要找皇上？”云菀沁依旧盈盈而笑。

沂嗣王没说话。

云菀沁慢慢经过他身边，檀口字句飘出，提醒道：“如果我是沂嗣王，就会到此为止。”

沂嗣王喉结一动，沉默下来，眼神明显涣散了几分。

这妹子的下场，早在进慈宁宫时，其实已经注定下来。

“唐氏为求上位不择手段，可沂嗣王却不需要为她葬送和皇上的良好关系。一个表妹而已，能抵得过沂嗣王与皇上的君臣关系吗？”女子言语宛如和煦春风。

沂嗣王捏紧的拳慢慢松弛下来，这女人，到底是天子身畔的人，今天又亲眼目睹其人心思绝不浅薄。

与她破坏关系，极不合算。

今天与自己一番话下来，看得出来，她分明是皇上的代言人。

她的话，也就是皇上的意思。

皇上大可直接拒绝自己，今天只将唐氏下嫁于一个守城老兵来暗示自己，证明待自己不薄，那他又何必喋喋不休，非要去搔皇上的不快?

如她所说的，一个妹妹而已，当舍则舍。

夜降临，苍穹巍峨，月光清辉洒在慈宁宫寝殿前的庭院前，沂嗣王脸色已经恢复平静："皇贵妃提点得对，本王受教。先行告辞了。"

这世上，到底还是聪明人多。

云菀沁看着沂嗣王离开慈宁宫的背影，心胸一畅，舒了口气。

唐氏一事安排得很迅速，毕竟是皇宫里发生的丑事，没对外声张，不到半个月，以侮慢太皇太后为借口，撤销了慎仪长公主的封号，恢复白身，送出宫去，连嗣王府都没回，直接便抬去了宋家在京城西南城角的小宅子。

前段日子才被太皇太后收为义女的唐氏，不消几个月又被撤了身份，还下嫁给个四十多岁的八品守城小将士，虽没明着说，但京人们心里哪里会不清楚，只怕是这唐氏与那老兵有染，瞒不住，曝了光。

云菀沁那日去了慈宁宫后，因为肚子渐大，走路不方便，加上这几天天气不大好，阴雨路滑，也没怎么出福清宫，更没管这事儿了，只听说那唐无忧昏厥醒来后，数次要自尽，次次被人拦下来了。

到后来贾太后怕她死在慈宁宫不吉利，让沂嗣王也不高兴，干脆让两个五大三粗的嬷嬷日夜不分地守在她身边，方才守到了她出嫁的那日。

慈宁宫送人出宫当日，又下起了淅淅沥沥的雨，珍珠和晴雪举着伞，偷偷去宫门外看了看，回来后，初夏将两人叫到里面问了几句。

云菀沁正坐在床榻边亲手缝制婴儿的虎头帽，有一搭没一搭地听着，只听唐无忧是被绑着上了轿子。

"从角门出去的，宋老旺老树开花，高兴得不得了，休沐一天，来接新媳妇儿，"珍珠啧啧感叹，"别说，那老家伙还挺厉害，见那唐氏不依不饶，被塞住口绑了手脚还挣扎个没完，趁人不注意，两巴掌甩过去将唐氏甩得晕头转向，又将她扛起来，丢进了轿子，粗鲁得很。若不是见她怀孕，只怕连脚都踹上去了，吓得唐氏连声儿都不敢出了……还没拜堂就使起夫纲，今后日子长了怎么得了。唐氏素来是心比天高，粉砌玉雕的人儿，还不知受不受得起折腾。”

珍珠不以为然：“男人吗，不都是这样？像奴婢原先家乡乡下的男人，新娶的老婆一进门，不管三七二十一，先打三天，打得女人怕了，以后就听话了。”

云菀沁开口，打趣道：“你放心，你到时嫁人，我一定给你挑个不打你的。”

珍珠脸一红，几人咯咯笑起来。

正在说笑间，窗外雷声轰隆一声，天际划过银白闪电，雨水更大。

晴雪怕风刮进来，跑去关紧窗户，不经意地嘟囔：“都几天了，还下个没完。”

云菀沁听到心里去了，针活一停，脱口而出：“这雨水，都只怕下了上十来天了吧。”

“是啊，那天从慈宁宫回来后，就差不多开始下了，日日不停。”初夏接口。

她心中咯噔一下，站起身。

“娘娘怎么了？”初夏和珍珠问，却见她脸色还算平缓，“没事，你们都下去吧，我有些困，先打个小盹。”

三人拉好帘子，退下去了。

室内安静下来，云菀沁也陷入沉思。

犹记前世，夏侯世廷初登基的某一年，也经历过一场雨灾。

因为云玄昶是朝臣，那段日子经常回家与管家和下人提起来，所以她也记得清楚。

江南清河流过的沿河地带，也是今生这个月份，因暴雨连绵不断地侵袭近二十日，一夜起了飓风，夹带着雨水，将某处年久失修的河堤冲垮。

江南是富饶地带，尤其清河沿岸是鱼米之乡，群居此处的百姓几十万，一夜之间，数十万百姓受灾，死伤人数巨大，丧失家园亲人的更是无数。素来天灾过后免不了人祸，最后跟当初的晏阳一样，引起江南民变和暴动。

不过……

依稀记得前世那场天灾是皇上登基第三年的事，今年才是宏嘉二年。

不过，这一世多加了夏侯世谆短暂的一年短寿朝代，年份刚好是吻合的。

也就是说，今年的这场暴雨，其实就是前世第三年那场殃及百姓和朝廷的灾祸。

江南水乡多，河堤素来是重中之重，修缮得十分完善，官府也十分重视防范水灾事务，所以江南一带，几十年都没发生过这种险情，就算遇到更大的雨季，也从没出过差错，正因为如此，才掉以轻心了，这一次就算连番下暴雨，当地官府也不过循着河堤公事性地巡视一番。

朝廷亦如此，注意力都集中在最爱发水发灾的一些地方，哪知一向可靠的江南地带会遭此劫数。

这场天灾害得江南生灵涂炭，前世的三爷下了罪己诏，耗了一两年的工夫，直到她过世之前，听说江南一带的民生还未完全修复。

今生既然已经提前知道，绝不能再让这件事情重演了。

她平心静气，努力回忆起爹提过的那处破损河堤的名称，喊道："皇上在哪？"

"下了朝，应该在御书房内。"初夏进来道。

"更衣，去御书房。"

御书房。

几个臣子正与皇上商议近日的地方大事，其中不乏国内雨水过旺的事。

夏侯世廷着重交代了几个水灾频繁的地方，点了几个折子，正这时，齐怀恩进来，附耳说道："皇贵妃来了，有事求见皇上，说在廊下等着皇上办完公务再进来。"

这个时候来了？

办公务时，她可从没来找过自己，夏侯世廷朱笔一搁，抬头看一眼窗外的天气，环视一下下方几个臣子：“谈了半天，几位卿家也该累了吧？”

几人面面相觑，不累啊，可皇上都这么说了，不累也得累，抱袖道：“劳烦皇上关怀，是有些了。”

夏侯世廷道：“先去配殿歇个刻余钟头吧。朕先看看折子，再叫你们进来。”

几个臣子退了下去，半会儿，云菀沁进来了书房。齐怀恩和初夏都退下去了，夏侯世廷将她牵到身边，噙着笑：“下这么大的雨过来干什么，今天等不及朕过去？”

以为他当了皇帝，应该越来越正经了，私下却比以前还要没正形了。她睨他一眼，环视一道御案上的折子，状似漫不经心：“这段日子各地禀报雨情天气的折子，应该很多吧。”

他从来不避讳跟她说朝事，之前他每夜叫齐怀恩将批阅不完的折子搬去福清宫，也是正对着她的床帐。有时累了，不时与她说两句，有时她一两句话，能让他能转变思路，茅塞顿开。

“嗯，雨水少了忧心，雨水多了也忧心。”他毫无遮掩，“几个水灾频繁的地方，已叫人严加防范，只望能度过这场雨水。”

她眼皮一跳：“提醒江南巡抚好生查看河堤大坝没？”

夏侯世廷不知她为什么独独把江南提出来，眉动了一动：“江南防汛一向稳妥，近几十年，从没发过天灾。”

“近几十年没有发，不代表今时今日不会发，今年这雨水来得妖异，防备最重的地方，却也是最容易掉以轻心的地方，三爷还是得提点一声江南官员，万一没事先检查好，等天灾发生可就晚了。”

夏侯世廷拉了她坐在跟前的雕花圈椅上：“最近雨大，全国各地的地方官都会照例检查河坝，放心。”

看他这轻松样子，估计只是敷衍罢了，哪里听到心里去了。

不过也不能怪他，这是国家大事，自己一句话他怎么可能信。

她想了一想，道：“三爷想想，长川郡那些水灾易发的灾区，官员们遇到这种时候，肯定异常精心，恐怕一天十二个时辰都有人盯着，就算遇到了，抢险经验也很丰富，应该没问题。而江南那些素来安宁的丰饶地方，几十年都没遇着天灾，恐怕不会重视，万一真的摊上了，应急能耐还没灾区丰富，那可不得了了。”

夏侯世廷斟酌半晌：“你说得不无道理，江南那边，朕会另加提点。”

云菀沁想着离泄洪没多少天了，就算三爷真的派人去着重检查江南河堤，谁担保一定在灾情发生前，能够找到那处失修的堤坝隐患？

她凝住他：“江南的大小河堤星罗密布，太多了，三爷打算派人从哪里查起？”

夏侯世廷并没考虑多久：“江南地带，位于清河沿岸的重镇有三座，护卫三座重镇的河堤统共有四处，据朕所知，四座河堤在皇祖父时候的开泰年间就修建了，迄今为止，还没翻新过，朕会着重查那四处。”

没错，决堤河堤，就是那四处中的一个！

她没料到他一下子就点到了那里，心里吁了口气，大喜过望，这可为自己省了不少工夫，真是一点就通！

她一时高兴，抱住他颈子就香了一口：“真聪明！”

他措手不及，鼻梁忽地一下子烫起来，刚准备伸出手去揽住她腰，却扑了空。

云菀沁扫了眼御案，拿起他笔砚边搁着的朱笔，抽了一张宣纸，在纸上随意写着什么。

他刚被她突然一袭击，又见她不理睬自己了，整个人都有些不好了，凑过去，却哪有心思真的看她写的字，只附到她颈窝内，轻轻嗅着，心湖荡漾，声音也跟着发了低哑，呢喃：“写什么？”

她并不敢直接写那座决堤坝的名字，匆匆写完，放下笔，将宣纸捧给他，嫣然一笑：“三爷刚刚提起江南三大重镇，我突然想起江南几个地方，你看看，是不是？”

他暂时压熄了心火，拿过来看了一眼，却顿了一顿。纸上是她秀丽的簪花小楷，是几处城镇的名字，看似没有联系，却都是由一处名为萧公堤的河堤保护，这萧公堤，恰好就是那四处河堤中的其中一个。

他目光离开纸张，凝住她，她杏核儿眸弯弯，可那目光里面，又有着说不出的感觉，像是期盼着什么。

从不打扰自己公务的人，今日却挺着肚子冒雨来御书房，一来就劝谏注意江南河堤，饶了几个弯，难道最终目的就是想要自己多检查萧公堤？

他将宣纸放下来，点头："没错。这几个城镇不算出名，你不提，朕可能还疏忽了，不过再一想，连着旁边的大城，一旦天灾失守，确实牵连甚广，朕会叫人重点盘查附近的那道河堤。"

云菀沁竖着耳朵听下来，总管舒了口气，这才发觉手心都湿了，他将她手拿起来，捏了一捏，眸内盛着笑意："好了，回去歇着，等会儿雨还要大。"

她知道他还有公务没完，嗯了一声，离开了。

见皇贵妃身影离开，齐怀恩去配殿将几个臣子唤了过来。

几位大臣进了御书房，刚站定，只听御案后皇上沉默片刻，下了旨意："传朕旨意，近日雨势缠绵，特令江南巡抚庞知允带领官员速速盘查当地河堤，尤以萧公堤为重中之重，且在雨势停下来之前，夜夜派人在堤坝上防守，有任何险情立刻汇报，不得怠慢。"

大雨瓢盆，一日大过一日，下得天地变色，雾蒙蒙。

月底，江南巡抚庞知允奏报朝廷，前日夜间，萧公堤沿岸的城镇发了飓风，夹杂着大雨，敲锣打鼓一样震天响，活活将黑夜下成了白昼，吵醒了河岸两边的百姓。

亏得江南早收到朝廷的旨意，堤坝上有夜间巡守的官员，一见这情况，当即报上。

在庞巡抚的引领下，将靠近河岸的农户渔户转移到其他安全地带，又叫官兵将准备好的泥沙包拿去萧公堤，以备不时之需。

一夜过去，萧公堤沿岸有惊无险，庞知允又收到附近城镇的消息，邻镇因为昨夜受了飓风的影响，许多河堤都被冲垮，所幸附近大多是不毛之地，受灾情况并不算严重。

一收到这信儿，庞知允惊出一身冷汗。

前几日，皇上提前下令严加检查萧公堤，果真查出一处有巨大的隐患，当即便及时修补加固，若是没多检查，遇上昨夜的风雨，绝对抵不过昨晚上的飓风大雨，一定会决堤泛滥，跟附近的城镇一样，且萧公堤下都是重镇，后果更严重，成了天大的灾情！

庞知允后怕之下，又无比庆幸，星夜急奏来京，大赞皇上有先见之明，免去江南一场灾祸。

朝上，传信官念完江南庞巡抚的奏折，一片欢欣鼓舞。

第十章 国祚绵长

美人思无邪 下

福清宫，齐怀恩得了皇上的意思，特意先来给云菀沁报个喜信。

云菀沁听了，心里大大轻松了一截，总算避开这一场劫。听说萧公堤附近有地方受灾，又秀眉微蹙，只可惜不能尽善尽美，不过再一想，也不能太贪心了，最大的天灾避过去了，已经不错了，只对齐怀恩一笑："大宣有老天庇佑，能避过了这一劫，也是意料之中。"

"这一次，哪里是老天庇佑，分明是娘娘的提点。"齐怀恩笑眯眯，那日娘娘去御书房跟皇上的一番话，皇上后来也告诉他了。

云菀沁不知道是不是因为紧张，肚子一阵阵的突突痉挛，敷衍："我哪里能有什么提点，只是随口一说罢了，没想到还刚撞上了。"

齐怀恩笑嘻嘻："反正皇上说了，这次是娘娘救了江南萧公堤下的几十万百姓，这不是大功劳，是天大的功劳啊，一定要好好嘉赏娘娘。"

她怕说多了被瞧出什么端倪，忍着肚腹的不适，转移了话题："那萧公堤附近受灾的城镇没什么吧？"

齐怀恩摇头："比起萧公堤下的重镇，那几处受灾地儿人烟稀少，抢救也容易得多……"话没说完，却见娘娘不对劲儿，脸色一阵阵发白，一惊："娘娘怎么了？"

初夏、晴雪和珍珠忙上前搀住，几个早就被遣到福清宫住下陪产的嬷嬷因为娘娘在待产期间，这几日本就随时戒备，这会儿一见，围拢上来一看，马上老到熟练地说："只怕要生了，快，扶进里间，备产具。"

初夏忙吩咐："快！去太医院喊姚院判，再把杜诺马大夫叫来！"

娘娘第一次是剖腹生子，照那西洋大夫的意思，胞宫开过刀，属于瘢痕性子宫，起码得隔三年才能第二次生产，三爷谨遵大夫的意思，待小元宵四岁，娘娘才怀孕。

剖腹生子之后，为了免得胞宫受不住压力，对母体有危险，一般来说，本该次次生产都剖，可三爷那边实在禁不起她生产时又挨一刀的风险，将为她主刀的杜诺马西洋大夫召进宫，商量别的对策。

从此，杜诺马留在皇宫，与太医院的太医为娘娘调养产前身体，又极尽四方各国精华，研制出恢复瘢痕的调养用药，一直让娘娘服用到生产前一刻。

经过无数生产前的检查，由皇宫太医和西方医者会诊，确定胞宫能承受得起自然顺产，才让她免去又开一刀的痛苦。

听了初夏的吩咐，一个腿脚利索的小太监拔腿跑去了。

齐怀恩哪料到传个话正赶上皇贵妃发作了，配备齐全，人这么多，自己也掐不进去手，见初夏跟着进去，忙一喊："喂，我干些什么啊？"

初夏一跺脚，啐了一声："你说呢？去跟皇上说一声啊！"

齐怀恩呆了一下，拔腿朝金銮殿上跑去。

晴雪和珍珠带着福清宫的一行人在庭院等了没多久，见皇上赶来了。

夏侯世廷连肩舆都没乘，两条长腿总比轿子快，一踏进宫院，福清宫的人乌泱泱跪下行礼："皇上。"

他盯着嬷嬷们进出的产房，连平身都顾不得说。晴雪主动起身，上前禀道："初夏姑娘出来过，说娘娘一切安好，放心。"

放心，他怎么能放心，上次生产他虽然不在她身边，却也听姚光耀说过是怎么的九死一生，虽这次他召集了皇宫最好的人员来接生，让她有最好的生产环境，可仍是忐忑得很。

窗棂内，她很争气，并没因为疼痛而喊叫，却更叫他揪心。

纵是杏林好手确保了安全，此刻真的见她进了产房，他却没了信心。

早知道就不要她生了。反正已经有了小元宵！她受折腾，自己也煎熬得很！

他径直朝产房走去，齐怀恩急忙抱住他腿："皇上不能啊，产房血污之地怎么能随便进啊，冲撞了龙体不得了啊！这不生得挺好吗，又没事，您就安心等着吧。”

福清宫的宫人也赶紧过来劝。

“朕就看看！”夏侯世廷涨红了脸，语气添了几分愤怒，“还不撒手！”

齐怀恩只能换个角度：“皇上进去是小，万一娘娘见着您分了心，喊岔了气儿怎么办？生孩子是正用力气的时候啊！”

夏侯世廷一听，这才松了手，再见一个嬷嬷出来，得知一切顺利，方才安心多了。

忽然，宫门传出一个小小的声音：“父皇。”

皇贵妃发作的信儿传到了皇子所，小元宵听说娘要生弟弟了，缠着闹着非要来。

夏侯世廷见到儿子，心安了点儿，弯下腰，一把从地上将儿子抱起来。

小元宵蹲在父皇怀里，好奇地看着窗子里，比亲爹还迫不及待：“小宝儿时才能生下来啊，什么时候才能看到啊？”

齐怀恩笑道：“小孩儿说话很灵的，皇上何不问问？”

夏侯世廷逗弄儿子：“勋儿说是弟弟还是妹妹？”

其实怀胎末期，御医能够把得出来是男是女，只云菀沁并没叫御医去特别查看性别，他也无所谓。

小元宵眼珠子一亮，马上道：“弟弟。”

夏侯世廷诱导儿子：“妹妹好不好？”

小元宵看都不看父皇的脸色，嘟嘟嘴，对了一下胖乎乎的手指，很犟：“不要妹妹，要弟弟。”

“为什么？”夏侯世廷不大满意儿子。

小元宵玩弄自己的手指头：“妹妹就是不好，很娇气的，就跟定宜堂姐一样，老是哭。勋儿要弟弟。”

“父皇说要妹妹就妹妹。”夏侯世廷有些愠意了。

齐怀恩看得哭笑不得，皇上还真是想女儿想疯了，不过你们父子都说了不算啊。

父子两人打嘴仗，倒也能让夏侯世廷分分心，少点儿紧张。终于，只听门内一声婴儿啼哭，一名嬷嬷出来报喜儿：“恭喜皇上，添了名小皇子！”

福清宫一行人喜不自禁，齐声恭喜起皇上，齐怀恩也喜道：“恭喜皇上！”

小元宵反应快，小脸儿立马显出一副胜利者的姿态，在父皇怀里站起来欢呼一声：“小皇子，那是弟弟！”

夏侯世廷一怔，果然是被臭小子说中了，有几分没得女儿的失落感，心里记挂着的人却比生男生女更重要，当即问道：“皇贵妃人呢？”

“皇上放心，皇贵妃这次生产很快很顺，现在正在床上歇着。”

夏侯世廷把小元宵往乳娘怀里送去，提袍进了产房。

二皇子降世，取大名为禛，上玉牒，因是皇贵妃所诞，又正遇江南重镇避开天灾这件不幸中的大幸之事，龙心甚悦，一诞生，即赐亲王爵，封地为辽。

宏嘉帝登基三年不到，膝下两子承欢，皇贵妃青春正盛，再添子嗣也是迟早的事，也不愁皇嗣了，朝上一些人就算对于后宫空虚有些异议，也再不能用帝嗣单薄做借口。

想皇上幼年时是在相国寺长大，本就有些和尚般的禁欲寡淡性子，后来身子不好，大龄还不娶妻，恐怕更是养成了不重女色的习惯吧……这样一来，朝上算是没了声音，暂时让人耳朵根子宁静。

生禛儿时顺利，云菀沁比上次恢复得快多了，调养得也好，刚一满月没多久，身姿体态也都如初，只跟上次生小元宵一样，放在手边养育一段日子，又停掉了麦芽水，亲自哺乳。

老二性子比小元宵静多了，一点儿不像婴儿那般闹人，天一亮，乌溜溜睁了眼睛，天一黑，就闭了眼睛，乖巧地睡觉，完全不叫人操心。

小元宵偶尔过来逗弟弟，禛儿也十分买哥哥的账，尽量配合，小元宵毕竟也是个小孩子，正好又是顽皮的年纪，有时手重了些，禛儿也只不过哼唧两声，眨眨睫，从不哭闹。

小元宵得意又庆幸，幸亏没听父皇的话要妹妹，要是妹妹，能有这么听话？

连初夏都笑着说两个兄弟掉了个儿，小元宵是越大反倒越活泼，大情大性的，估计因为是皇上和娘娘的头胎，又被太皇太后宠溺得不行，养得天不怕地不怕的，倒是二皇子禛儿却十分稳重乖巧，才是个小婴儿就有些大人样子。

这日晚间，刚将禛儿哄睡了，云菀沁一转身，看见夏侯世廷不知道几时下了朝，过来了，正背着手，站在帘子下看着自己和禛儿半天。

她拉他进来，嗔怪："怎么过来了也不说一声。"

他目光往下滑，因在内室哄着孩子，她只着一身轻纱寝衫，开襟纱衫里露出的肚兜儿沾湿了一些，似是溢出来的奶渍，心下一热，好容易才压了下去。随她进了屋子，一边脱下大氅，一边跟她坐在临窗的圈椅内："你在哄老二，我哪里敢上来，上次我半夜过来吵醒了禛儿，你可没给我好脸色。"

她见他脸色不一般，不禁道："有什么喜事吗？"

他修长手指轻轻点击桌面，意味深长："上次江南那件事的嘉赏，真的不要了？"

云菀沁笑起来："无非就是赏金银赐珠宝，还能有什么惊喜。"

夏侯世廷就不信她真的不高兴："江南的苏州有皇家别馆，向来用作避暑，要不要跟我同去小住几天？"

云菀沁一阵惊喜："出宫避暑？可宫里丢得下吗？"

这不像他的个性啊，懂得丢下公事，跑出去享受了？

果然不出她所料，他眼皮一动："其实也不是光去避暑，江南几处被波及的受灾地区正好就在苏州附近，虽然不重，迄今却还在修复，避暑时，正好也能去看看民生。"

就说嘛，这公事狂哪里是一心一意要去避暑，出去玩都得带着任务，不过总算有些进步了。

她望了一眼摇篮里的禛儿："禛儿倒还好，小元宵不是个省心的，从小到大跟我跟习惯了，一日见不到我，准得哭死。"

"老二还小，禁不起路途奔波，只能留在宫里，至于勋儿，随咱们一道去。"

他就知道她想出去撒野，又舍不得儿子。

话一出口，面前人笑靥绽开："真的？小元宵真的能跟咱们一块去？"

他噙着笑，看来带她出去放风，还真是个大礼物，今后每年带着她出外一趟，恐怕得成惯例了。

一月后，仪仗启程，景阳王、燕王在京监国，帝妃启程，乘车去往江南。

到达苏州避暑行馆时，庞知允带着江南一带的地方高官等了多时，一行人驻跸下来。

江南气候湿润怡人，景色纷繁，云菀沁乐不思蜀，每天逛避暑行馆附近景点，时而在施遥安等暗卫保护下，跟三爷带着小元宵微服出外，到瓦舍去看民间艺人的表演，说唱、曲意、杂技、傀儡戏、口技、相扑、耍猴……每天应接不暇。小元宵兴奋极了，像出了笼子的鸟儿，兴高采烈，合不拢小嘴，早忘记了家还在京城。

每隔一两天，三爷会亲自带着施遥安微服出去大半天。

云菀沁估计他是去私下查看民生，有时也想一块去，他却说去的地方都是些龙蛇混杂的市井地，不大方便。

快乐不知时日过，眼看光阴一闪，离回宫日子将近。

这日清晨，云菀沁早早起来，一推开窗户，满庭院的阳光洒金，又是明媚的一天。

夏侯世廷驻跸在外，不用上朝，身体也早就好了，可还是延续以前的习惯，早起练习气功，这会儿刚从庭院进来，见她穿戴好，倚在窗棂前看朝阳，知道她是真心喜欢江南，淡笑："准备好了？走吧，等那小子醒了，又多个跟班。"

他开始有些后悔答应她带那小子出来了，路上的时光大半都被儿子占满了。那小子简直像是甩不开的泥巴，明明都四五岁了，还黏娘黏得要死，有时晚上都缠着不放，弄得他几次想下手却没机会，难得，这小子玩了好些天，终于辛苦了，今早睡得像头小猪，总算能跟她单独出去。

昨晚说好了，今天陪她去隔壁的扬州城逛有名的瘦西湖，还是跟之前一样，两人微服同去。

出来十来天，苏州都逛遍了，没料到回京前还能去一趟扬州，云菀沁哪能不高兴。天还没亮就睁了眼，生怕他忘记，连推带扯地把他摇醒了，弄得他笑话她没出息，有点玩的忘了形。

不到正午，两人已到了扬州的西北城。

垂杨不断接残芜，雁齿虹桥俨画图，蜿蜒的瘦西湖如窈窕楚腰，盘桓在园林、桥梁间，两人登船赏湖景，半天下来，登了岸玩兴还没消，携手顺着五亭桥走了些路，还没来得及回到车子上，只听前方传来嘈杂声音，一群百姓打扮的人，手里捏着粗瓦缸，在一座寺庙大门前排成一条歪歪扭扭的队。

寺庙门口放着一条木头桌子，摆着大缸和米袋，缸里汩汩冒着热气，盛着热食，旁边搁着挖大米和舀热食的勺子。

分发粮食的两名官员一过来，队伍急切地嚷起来。

这些百姓应该就是萧公堤附近城镇的灾民，看样子是因为家园被毁，无立足地，暂时迁到了扬州，每日便由扬州官府派粮。

估计是为了精简集中，灾民全都聚在这处。队伍很长，两个分发粮食的官员忙不过来，突然一个饿慌了的人插队，夺走了本该是前面人的馒头，队伍一下子乱了阵仗。

“插什么队啊！赶着去投胎啊！你娘的！”

“快点啊官老爷，家里还有八十岁老母等着吃呢！”

“官老爷，草民举报！我前面的王二领了三次了！现在又在排队！草民一次还没领到呢！”

……

吵着吵着，几个灾民也不知怎的打了起来。

两个官员扯着嗓子半天，又让衙役上前劝架，勉强才让灾民消停，队伍却仍是有些骚乱。

夏侯世廷刚要揽她离开，云菀沁将他袖子一拉：“走，过去看看。”

夏侯世廷并没阻止她凑热闹的心，只任由她拉了过去。

两个官员气喘吁吁压制好了一群灾民，只听一个清甜客气女声传来：“大人何不将领好粮食的灾民衣衫上用官府印泥画个印记，也免得有人鱼目混珠，占了其他灾民的资源？”

两人见眼前是个年轻女子，绾着出阁妇人的发髻，星眸樱唇，嘴角噙着一丝笑意，穿柳绿襦裙，芙蓉丝绣鸾带束一具纤纤软腰，妆容素净透净，却有艳光叫人不可直视，身后两步之遥，男子玉立长身，沉腰阔肩，简单一袭锦袍，不像女子那样笑容可掬，仪态不怒自威。

一对精雕璧人从天而降，两人一怔，连队伍也安静了几分。良久，一个官员才吞吐问道：“你，你是什么人？这是教官府做事？岂有此理！”

“叫人浑水摸鱼，多拿了米粮，便是对其他人不公平，到时灾民和物资不符，怕你们担不起这个责任，提醒一下官老爷罢了。”

一个官员哪容被女子指出失误，涨红了脸：“咱们扬州物阜民丰，官府也大方！就算叫人多混走一点儿物资，还不至于扛不起来！咱们怕什么责任！笑话！”

队伍中有多拿米粮的人，生怕再讨不到便宜，也嚷起来：“是啊，官老爷，快点儿发吧，别磨叽了！”

施遥安在后方见那官员对云菀沁不敬，正要上前，却见三爷暗中挥挥手，示意不用。

夏侯世廷扫一眼桌子上的米粮：“赈灾物资都是有计划的，收到物资的灾民和物资数量不符合，你们官府不在乎那么一点儿粮食，能够填补，可没得到物资的人愤愤不平，状告上去，朝廷只会觉得扬州知府和江南巡抚庞知允贪了赈灾物资，两位大人官威受损，雷霆大怒，悉数追查下来，这个责任你们能背得起？”

两人面面相觑，脸色一变，若是一般人口中直呼巡抚老爷的名字，早就叫人上前呵斥了，可面前男子说起那庞巡抚的名字，面不改色的，似是在他们眼里大如天的庞知允就是他家的管家奴才似的，若是一般人，敢吗？

两人拿着勺子的手一滞，揣摩这人的身份，半晌，两人对看一眼，一人朝衙役嘀咕：“照这位夫人说的做。”

衙役们赶紧照办，领一个，便将画押的官府印泥抹在灾民袖口，队伍里有心发国难财的投机者再没法子讨便宜，其他老实的灾民也松了口气，朝旁边男女望去，脸上全是感恩戴德的神色。

秩序好起来，放粮速度也快多了。日头渐高，寺庙前物资分发完毕，官员们收起家伙离开。

庙前的灾民们喜气洋洋也各自散去，只隐约听见有人说道：“好嘞，吃饱了肚子，再去看免费戏，受了灾，倒比咱们在老家更滋润，现今的朝廷就是好啊！”

“可不是，打从宏嘉帝登基，受灾都比往日风调雨顺时过得好！”一群人乐呵呵笑着前后朝东大街走去。

云菀沁跟夏侯世廷对视一眼，有些奇怪。

云菀沁将一个老人一拉：“老人家，扬州的官府还免费请灾民们看戏？”

老人牵着个五六岁男孩儿的手，一老一幼，要不是这对玉人开腔，祖孙二人哪里抢得到米粮，都被别人占了去。心中对他们怀着些感激，于是笑眯眯地答道：“娘子有所不知，这戏不是官府请咱们看的，是北方来的一个流动戏班子，那背后的老板是个长年经商的，估计不差钱，正巧经过江南，得知萧公堤附近遭了难，大方得很，将东大街扬州最宽敞的云来茶楼包下来足足一个月，每日叫戏班子去唱戏和小曲儿，咱们这些灾民可以免费入场，还无限量供应小点心和茶水，想坐多久坐多久，也不赶人……您说说，这么大的好事，咱们哪里能不去呢。每次咱们领了官府的救济，便去抢位置了。”

云菀沁见那老人也是急着要去抢位置，也不好多留，让他离开了，看着一群人的背影，望一眼身畔男子，果然，他也是面上若有所思。

“江南出了这么一位爱民爱国、为社稷分忧的豪气商人，朝廷不知道，实在失职。”女子唇角轻挑。

他见她与自己想到一处去了，笑了一笑，握紧她手：“走，去看看。”民间有这等豪商，更难得还心系天下，朝廷就算不嘉奖，也得知道出自何处。

到云来茶楼门口时，门内门外人满为患，里面不时传来曲声，还伴着看客的阵阵喝彩。

两人走近茶楼，守门的两名戏班帮佣看面前一双男女虽穿戴低调，但明显是上好的锦绣绸缎，怎么可能是灾民，便伸手拦住：“这儿只容灾民百姓进来。”

云菀沁道：“两位小哥，咱们想见见你家老板。”

两名帮佣一愣，一人飞快转颈望茶楼里瞥了一眼，回过头来，上下端详面前男女：“不好意思，我家老板一般不见人的。”

云菀沁看这人的举动，应该老板此刻就在茶楼里，仰起颈子一望，密密麻麻一堆人，哪里看得清楚，又哪知道谁是老板，回头望了一眼三爷。

夏侯世廷淡道："好，那咱们就不见了。只听戏曲动人，内子喜欢，不知道能不能进去借一角，满足内子心愿？"

云菀沁频频点头。

两个帮佣为难，老板说了只提供灾民，一人道："两位稍等，我进去问问吧。"

说罢，转身进去。

两人等了半会儿，只见那传话的帮佣跑回来，明明刚才还算通融，现在却一口回绝："抱歉，我家老板说了不行。"

云菀沁心头莫名起疑，望向三爷，他脸上并无表情："那就罢了，走吧。"

云菀沁被他牵着转身。人家既然不欢迎，也没办法，天色不早，车子还在瘦西湖那边，夏侯世廷去让施遥安将车子驱过来回苏州。刚离开，茶楼里刚刚的小曲儿换了一阕，伴着歌女的俏皮歌喉，旧曲新编，音律抑扬顿挫地飘出。

"人世繁华扫地空，尘中似转蓬，春过夏来秋又冬。听一声报晓鸡，听一声定夜钟，断送的，世间人犹未懂……"

她登时一呆滞。

不同原创者做的词曲，各有风格，闺阁少女爱听柳三变，出嫁妇人爱听温飞卿，就是这个理。

这韵律，她记得犹深——

是听过类似的曲子。

几只曲子都不一样，可风格一致，是出自一人之手。

她转身重新回到茶楼门口，朝里面望去，恳求帮佣："劳烦再去问问你们老板，我真的有事……"

一人见她又回来了，无奈："这位夫人，刚不说了吗，咱们老板不见人！而且这会儿想见也见不到了，咱们老板刚走了，不好意思。"

她一惊，心中猜测更甚，扒开两个帮佣，只见茶楼内，一袭并不陌生的身影一晃，素色白袍一飞，似是从茶楼的侧门出去了。

她心中一动，沿着茶楼外的人墙壁朝侧门跑去，不断有进进出出听戏的灾民挡住去路。她有阻碍，跑不快，想要叫一声，却也不能叫出什么。

赶到侧门，那袭白袍人影刚好踏上一辆马车，落下半边清瘦的轮廓。

她喉头似是有什么跳出来，上前伸出手，正要去拦，身后有人轻声一喊。

“夫人！”

她回头，看见施遥安和三爷找来了，再去看马车，已奔驰起来，渐渐匿于视线中，不禁脸色一动，有些恍惚。

夏侯世廷默默走近：“沁儿，不早了，回去吧。”

她本想问他有没有看见那个熟悉的身影，话到喉边，却又说不出，终究舒了口气，由他握着手，朝马车走去。

扬州一行，玩了个够本，一行人回了苏州的避暑别馆后，天都黑了。

云菀沁本想回了别馆就跟三爷说在茶楼看到熟悉身影的事，刚一进厢房，施遥安后脚回来，将三爷喊了出去，然后来了个别馆的下人，只说皇上和施大人出去了，叫娘娘先与大皇子用膳，不用等了。

云菀沁一疑：“这么晚了，皇上又去哪里了？”

“回娘娘的话，皇上带着施大人单独出去的，庞巡抚他们想要陪驾，皇上都没要，不知道去哪里了。”

云菀沁也没多问了，待下人离开，又心神不定起来，回想今天茶楼里看到的那个身影到底是不是那人。直到小元宵噔噔挣脱乳娘的手臂跑进房间，她才回过神。

小元宵全天被撇在别馆里，到现在还有些气鼓鼓的，用惯常的小奶声说道：“坏蛋，娘是坏蛋！”

因为在外巡游，出宫前云菀沁就训练小元宵在外面不要喊父皇，要喊爹，此刻见儿子不高兴了，忙抱了起来亲了口，将责任全都推在三爷身上：“是你爹非要拉娘一个人出去的。”

小元宵小嘴巴都能挂个铜壶了，抱住娘的脖子：“那娘不是坏蛋，爹才是坏蛋！”

云菀沁点头："嗯，等爹爹回来了说他好不好？"

小元宵上下晃着脑袋："嗯！"

乳娘哭笑不得，不过，也不怪大皇子不怕人，实在是被宠上了天。走过去将大皇子的手一牵："娘娘在外面奔波了一天，很辛苦的，大皇子先睡觉，让娘娘也休息好不好？"

小元宵乖乖点头，可今天被撇下的气还没完全消，抱着娘挨了挨脸："勋儿今天要跟娘睡。"

乳娘忙道："那可不行，皇上回来怎么办？大皇子都这么大了，一个人睡好不好，有乳娘陪着呢。"

小元宵嘴巴又挂油壶了，耷拉着脑袋，颓丧着道："娘现在只挨着禛儿睡了。"

云菀沁被他说得心软，不忍心伤了儿子的心，于是叫乳娘在自己床旁边搭了张小床。

小元宵这才笑开了花，躺进被窝。云菀沁将儿子轻拍着睡着了，再一抬眼望向窗外，夜深了。

伴着庭院虫鸣，烛影火光，她心不在焉地看了会儿书，不知道什么时辰，许是到了下半夜，终于，困意袭来，她手不小心一松，书本落下去，顺便打翻了烛火，屋子黑了。

她正要弯身去捡蜡烛，只听传来熟悉的脚步声，知道是三爷回来了。她走到门前，正要开门轻喊，却见他背影肃静，立于庭院中，背对着自己，施遥安站在他面前。

她看不清他的神色，却清晰无误能听到他的声音飘来："……这段日子，你亲自领着禁卫在扬州秘密盯着他……"

语气一如平时的稳，又多加了几分肃冷。

"他"？是谁……

施遥安义不容辞，道："是，三爷。"

庭院内长影拔步上廊，进了屋内。一进门，月光下，她微微失神的雪白脸正出现在他视野内。

夏侯世廷看见她，也是一惊，只当都下半夜了，屋子内又全无光亮，她应该早就睡下了，哪知道她一直在等自己，却马上知道，她都听到了，将她纤腕一捉，拉到了屋子内，绕过小元宵的小童床，坐到床榻沿边。

亮起一盏幽幽烛灯，云菀沁平静下来："……他是不是没死，出现了？"

原来，今日茶楼外面，三爷也看到了那个身影。

这名字仿似是个禁忌，令她不敢轻易说出口。

举国上下都以为他死在了北方，朝上维护三爷的臣子更是巴不得，却也有旧皇党派仍是苦苦盼着他的回归。

夏侯世廷沉默须臾，点点头。

她忽地心中一动："三爷是不是早就发觉他人在江南这边？"

他爱极她的蕙质兰心，有时却对她的敏察也会有些无奈，并不是不愿意与她分享这些事，只他宁愿她活得平静无忧，可她这会儿都察觉了，也不多瞒了，眸子在烛光下显得幽暗绵长："他在北方自尽的信传到京城后，我就在派人暗中调查，我始终相信，死要见尸。"

说着，目光落她脸上："江南灾情之前，密探就传了密信回京，说在北方看到他的踪迹，他跟着一只商队，沿路南下，最近，便是在江南一带。"

云菀沁明白了，他这次来扬州，除了陪自己跟勋儿巡游避暑，查看民生，最大目的，便是暗中调查隆昌帝夏侯世谆的生死之谜，前阵子每日带着禁卫出去，是密探隆昌帝下落。

那人，果然没死。

既然没死，应该赶紧托人通知朝廷，可京中已经有了新帝，一个旧帝王回来会是怎样的下场？

龙椅上的那人怎会甘心让出帝位？

万一新帝毒辣，指不定在接他回京的路上，便会对他不利。

于是，隆昌帝夏侯世谆才秘密潜入回国，先观看情势。

她脑子一闪："他在蒙奴是假投河自尽？是怎么避过盘查，混出蒙奴？"

夏侯世廷轻声说："他在蒙奴重金收买了个低阶官员，投河后，由那官员接应，从河道中逃脱上岸，并没死，在蒙奴偏郊躲了一两个月后，由那本国官员偷龙转凤，将他带出了蒙奴。他回大宣后投靠了一只商队，一路随行，慢慢上京。”

“今晚上三爷跟他见过面？”她问。

他蓦然摇头：“只查到了他的一些情况。他虽与商队在一起，却自有栖息地，估计是怕人出卖。我让人转过话，我不会害他，让他安心回京。”

“若是隆昌帝真的回京，那你……”她不怕丢弃自己眼下的地位，更不在乎他有没权势，只要跟他还有两个孩子一块儿，什么皇帝和皇贵妃都算不得什么，可隆昌帝一在京城出现，朝上又势必掀起两派口水和对决，就连贾太后只怕也会动摇……

毕竟，当初让三爷即位，是迫不得已，就算三爷治理河山比旧帝更出色，可在贾太后和很多臣子的眼里，三爷始终只是暂时代替隆昌帝，隆昌帝若是回了，龙椅便该归还。

三爷若是让了位，下场会是如何，还会有好日子吗？

他知道她担心什么，手指轻轻摁住她朱唇：“有我在，一切安心。”

只这一句话，她再不想要多问什么，一展手臂，圈住他腰。

当初隆昌帝被俘后，他突然从陕西郡回来，连贾太后都猜疑其中有诡，她怎么会想不到？

为何沂嗣王这样帮衬三爷，他又这样重视沂嗣王？

北方和京城两地建府，加官进爵，容忍沂嗣王的手伸到后宫，宁可绕圈子也不直接拒绝。

若无一般的功劳，一个帝王绝不会这样抬爱一个功臣。

兴许两人早在北边就已暗中达成了协议。

跌落雪莲山谷，应该便是三爷谋算回京拿权的第一步。

在隆昌帝卸去心头大患后，沂嗣王数次请求御驾亲征，最终隆昌帝欣然前往。

隆昌帝的被俘，只怕也跟沂嗣王脱不了关系。

虽也是因为隆昌帝轻敌和蒙奴人的偷袭所致，可依沂嗣王在前线的经验，迅速反应赶上来救下皇帝，有什么不可以？偏拖到皇帝被掳走。

只怕沂嗣王是被人授意，故意为之。

然后，三爷便能堂堂正正回京。

所以，从三爷回来的第一天到现在，这些年，她从不问他当年在陕西郡的事儿，连他跌落山谷后的事也不多问。

纵是他做的这些事涉及灰色地带，甚至在隆昌帝那派人来看，十分阴狠。可又有什么法子?

这辈子，仿佛就是还他上一世临终前的债，她爱他，倚重他，他要是在旁人眼中是个狠辣之人，那她便也一起随他堕入万劫之地，被后世人一块唾骂好了。

至多今后竭尽全力，他在前朝，她在后宫，将这一朝的江山点缀如画罢。

夏侯世廷轻揉她秀发，察觉她一双纤臂将自己腰身缠得紧紧，心中越发安定。有她在，前面有再大的难处也算不得什么。感受到她此刻若有似无的慌乱，他钩起她下巴，目中充满着叫人镇定的光泽："因为你们娘仨，这个皇位，我让不得。我既抢了他的皇位，也不在乎他回京，他想回京，就让他回。只他若是回来，京城恐怕又会有些轩然大波。"

她五指扣进他指缝，握紧他的手，目中含笑："怕什么！"

他读懂她的意思，不管如何，她始终会与自己并肩而立。

夜已深，说了几句话，他手一抬，扯下床头雕花金钩上的帐幔，她将他一推，嗔怪道："别，小元宵在，那小子很精的。"

苏州避暑别馆一行，白天他就算陪她出去玩得再辛苦，回到别馆，仍是少不了一顿折腾，她简直不知道他成天埋在公务里之余，还怎能有这么充沛的精力。

他了听她的话，干脆直接起身，将童床连人带床一块儿抱起来，搬到外间。

春闺情暖之后，已近破晓，天将发白，有人叩了两声门，只听施遥安声音传进来："三爷。"

他披上长外衫："进来。"拉紧了帐帘。

施遥安走到帘后，瞥一眼仍在外间的大皇子，隐约嗅到帘内一阵靡靡情香，脸色一红。

他打帘走出去，听施遥安禀报了几句，幽眸凝滞，末了，点点头："嗯，下去吧。”

云菀沁被吵醒，理好了散乱的衣钗，见他进来，问：“怎么了？”

“准备回京了。”大事可能近在咫尺，犹动不了他怜惜佳人的心，走到跟前挑起她下颌，“旧皇党已得知隆昌帝还活着的信了，正秘密派人来江南迎旧皇。”

大殿内，气氛僵持。

丹陛上，蟠龙金丝龙椅内，夏侯世廷眸如寒星。刚从江南回来，甫换朝服就上了朝，玄色纱袍上似是还染着风尘仆仆，绣龙敝膝直落于靴尖之上，玉革带中间的佩玉闪烁冷冽的光，却仍是轮廓舒俊，神情无波。

旧皇党那边的杨太傅杨敬打从中风后，一直在府上疗养，今天，却坐在一张特赐进殿的肩舆上进了宫，虽斜着半边脸，嘴角留着涎，却掩饰不住喜气，嘴巴里咿咿呀呀地说着。

燕王听得皱眉：“杨太傅，说不清楚就别说，你说得难受，咱们听得也难受！这么大把年纪，回去歇着不好吗？瞎掺和什么，想再中风一次吗？”

杨敬嘴巴更歪，不易察觉瞪一眼燕王。

何元忠忙替杨太傅翻译：“皇上，杨太傅的意思是，隆昌帝已经在归京途中，正午就该抵达城门了。”

齐怀恩脸色不悦：“隆昌帝还在人世，确是喜事，可得知踪迹，不应该马上上报皇上吗？杨太傅，何大人，涂大人私自将人接应回京，连个招呼都不打，是不是太不将皇上看在眼里了？”

能打招呼吗？何元忠和涂继祖撇撇嘴。这龙椅坐上去了，屁股还能拔得下来？

提前说了，由皇上派人去接，隆昌帝能不能顺利回京都是个问题。

隆昌帝在江南一带现身，皇上这次又刚好亲下江南，难道不是为了比他们早一步，将隆昌帝弄到手么吗？到时隆昌帝还有活路吗？

幸亏被他们抢先找着隆昌帝了。

涂继祖不阴不阳：“臣等是有些草率了，可皇上即位时，不是也曾说过希望隆昌帝早些回来吗，还用罢选六宫来安臣等的心。臣们心急，想要将隆昌帝尽快接回来，一时情急了，也是情理之中。”

“涂大人说得对，”何元忠道，“隆昌帝在北方吃了那么多苦，咱们亲自去接，也能够好生照顾，免得夜长梦多，半路遇着什么波折。”

这明显就是在当着臣子们的面，说皇上会拦阻旧帝回来。齐怀恩脸色铁青，见身畔男子并无异样，只得心静下来。

景阳王是个有一说一的直肠子，听了旧皇党的唇枪舌剑，眉毛一皱，陡然开口：“何大人这话过分了，你们接隆昌帝进京就能精心照顾，皇上去接，难道就不用心？这是质疑皇上不愿意让隆昌帝进京，甚至想在半路上对隆昌帝不利？”

何元忠俯身：“臣可不敢这么说，景阳王切勿乱误解读臣的话，这话，可是景阳王您说的。”

朝上一片簌簌议论起来。

沂嗣王站在王公一列，只默默看着局势的变化，不发一言。

景阳王听了何元忠的话，忍不住冷笑一声：“好，那本王便告诉你们，皇上这次去江南，早就得知隆昌帝人还活着的信，甚至还碰到了带隆昌帝回大宣的商队，比你们还要在前面，若是真想对隆昌帝不利，何不抢在你们前面找出隆昌帝，任由你们后来者居上，迎回隆昌帝？皇上甚至在还没回京的路上，就提前通知了本王，告诉本王隆昌帝的音讯，让本王在京城准备迎接旧帝回京！皇上初心不改，一直都秉持当初的信念，代替旧帝行政，有些人，却以小人之心度君子之腹，实在是叫人气恨！”

旧皇党一怔。景阳王素来中立，决不徇私，说话叫人信赖，其他臣子听闻此话，都知道误解了皇上。

旧皇党霎时明白了，皇上根本不怕隆昌帝回京，甚至还故意提前告诉景阳王，就是想要借着景阳王这硬骨头、直性子在朝上拉结阵营，让臣子都站在他那一边。

不然，监国的有景阳王和燕王，皇上为何不通知燕王关于隆昌帝的事，偏偏只告诉景阳王？

燕王与皇上关系亲密，一直都是皇上的人，由他帮皇上说话，少了点儿威慑力，由景阳王说，就叫人信服多了！

龙椅上人已经当了两年多的帝王，比隆昌帝还要多一年，在政期间，海晏河清，物阜民丰，再若是提前收买了人心，就算隆昌帝回来了，只怕也难得争过他。

当真居心深得很！

一群人一甩袖，全都退到一边。怕什么，反正待隆昌帝回来，他们的希望就又回来了，这龙椅，最后鹿死谁手还说不准！

日头渐高，阳光从金銮殿藻井的天窗射进来，殿内燥热起来，不时有传信兵飞奔进殿，报告送隆昌帝回京的马车到了哪里。

臣子们等着隆昌帝进城门，有些躁动起来。

杨敬、涂继祖、何元忠等人就更是心急火燎，又是喜又是焦，都快等不及了。

唯独丹陛上的人，仍是双瞳晏然，俊毅脸庞一丝汗水都不见。

终于，传信兵又一次跑到了大殿门口："马车靠近邺京城门了，这会儿正在过城门！"

"哗——"一声，旧皇党们喜不自禁，喧哗起来。

"快，快，过了城门，好生将隆昌帝请进皇宫！"何元忠吩咐。

齐怀恩哧了一声，却见另一个传信兵后脚跑上来，竟是一脸惊慌，抖索着跪下来："启，启禀皇上……"

"怎么了？"齐怀恩上前两步，朗声问道。

那传信兵支吾着："马车中是空的——"

"什么？"涂继祖最先一震，杨敬也是老脸煞白，其他臣子也稀里哗啦开了锅。

"人呢？隆昌帝呢？"何元忠上前一把拎起传信兵的衣领。

传信兵哭丧着脸："不知道。据护送的卫兵说，临近邺京城门时隆昌帝还下车净过一次手，可进了城门，也不知道怎的，马车内空空如也！"顿了一顿，又捧上一封信函，亮在众人面前，"马车坐垫上，仅留下这封信，让皇上亲启。"

齐怀恩匆匆下阶，接过信函，举起来，一扬声："是隆昌帝的字迹。"

旧皇党臣子们也瞧得清楚，字迹后方还有天子携身的印鉴，顿时希望全部破碎。

隆昌帝竟走了！

竟连邺京都懒得进，走了！

杨敬本就是中风的人，一下子从大喜坠到失望，喘不上来气。

齐怀恩将那信函交给了皇上。

夏侯世廷接了过来，纸上字迹龙舞蛇走，潇洒自若，十二个字。

前面八个字写得鲜明，赠尔江山，余入红尘。

好大的口气，这是说他不稀罕江山，宁可逍遥尘世。

这江山是他送的？自己何曾稀罕他赠？早就在金銮殿上静待他来。

龙椅上，气势修俊凛冽的男子蓦然唇角一动，不知是笑是怒。

后面四个字小一些，他微不可查地一动，只用拇指轻微遮住，将信函收入袖子中。

朝下的旧皇党见隆昌帝离开，一个个跌落谷底，早就乱成一团。

其他臣子也在惊讶过后，垂下首再不多说，今后这朝上，便只有一个皇帝了，就是座上的宏嘉帝夏侯世廷，再不作他想。

沂嗣王注意着皇上看信的表情，沉默许久后，终是开了声，试探道："皇上，隆昌帝信上是有什么事吗？"

夏侯世廷神情如一潭无波澜的湖："隆昌帝已离开了京城，信上做了告别辞。"

旧皇党一听，更是掩着袖，低头哀号起来，却明白大局已定，这天下，再无二主，不消再抱什么迎回旧帝的奢念。

从此只能一心一意，好生辅助龙椅上的人。

涂继祖和何元忠瞬间老了十岁，见杨太傅身子快撑不住，三人万念俱灰地告退下去。

朝上其他臣子也纷纷告退，夏侯世廷露出几分疲态，却只轻揉几下太阳穴，"燕王和景阳王留下吧，阐述监国期间的事务。"

燕王和景阳王应声“是”。

沂嗣王不易察觉望了一眼座上的皇上，拱手：“那臣就先退下了。”

说罢转身，余光射出几许说不出的意味。

座上人，一双浓敛深眸，将沂嗣王形态尽收眼底。

福清宫，云菀沁正看着乳娘给禛儿喂奶。这几日一回来，每天就抱着禛儿不撒手，小元宵这小醋坛子看着都有些吃醋了。

喂完奶，禛儿咂咂嘴，很满足地打了个呵欠，又想睡觉了。

云菀沁让乳娘抱回去睡觉，刚一走，初夏就跑进来，将今天朝上的事前后说了。

他走了？云菀沁心里嗡嗡响。

“听说还没进京就离开了，还留了封告辞信函给皇上。”初夏道。

这是云菀沁没算计到的事，可，又完全符合他的脾性。

天高任鸟飞，这不就是那人向往的日子吗？

储君的担子压着他不得不朝前走，登基前夜，他甚至还像个措手不及的孩子一般，跑去找自己倾诉心声……

“娘娘，姚院判来了，在宴客厅。”晴雪进来禀道。

云菀沁有些奇怪，姚院判偶尔会给自己请平安脉，今天却没提前说过啊。心思一动，带了初夏匆匆过去。

花厅内，姚光耀见着她来了，站起身，旁边还有个熟悉的身影。

她走前几步，脱口而出：“年公公？”

三爷登基后，年公公便告老归田了，据说在京郊置了一处宅子颐养天年。

她心中隐隐猜得出来年公公今天来的目的。

年公公穿着百姓服装，万般感慨，撩袍俯身：“拜见皇贵妃。”

云菀沁忙搀住他：“请坐吧。”又屏退了厅内的宫人。

厅内安静下来，云菀沁才开口：“他真的就这么离开了？”

年公公眼眶又红了一红，点头。

云菀沁深吸口气：“他真甘愿舍弃？”

"他早知娘娘有疑问，方叫草民进宫，转告娘娘，若要说得荡气回肠，慷慨大义一些，天下数度易主，不是好事，好不容易安定，他的回京，只会让京城又掀起一番风波，内斗不断，北方有蒙奴的觊觎，对社稷有害无益，既有可能致使天下不安，生灵涂炭，又何必回来自寻烦恼，与人麻烦。"顿了一顿，年公公压低声音，"若是以私心出发，娘娘知道他想要过的是什么日子，如今，也算是遂了他的心愿，何乐不为。"

她怔然，又见年公公声音更低："另有一句话，他叫我私下跟娘娘说。"

她抬眼。

"他说，既然他从未对皇上做过夺爱之事，那么就继续给皇上几分面子，好人做到底。"

昔日不夺他所爱，今日也不夺他江山。

这个人，撂下江山，轻轻松松走了，还不忘记耍嘴皮子上的轻佻。

她心里又有些涩，良久才道："那他今后打算怎么过日子？靠什么生活？"

他若是回京，便是放弃帝位，也能封个王侯公卿，至少衣食无忧。可如今就这么只身离开，遁入民间，十指不沾阳春水的金枝玉叶，怎么过？

年公公道："娘娘别操心，扬州云来茶楼，你不是看得清楚那戏班子有多受欢迎吗？简直是一票难求。再过数十年，商人留下的是铜臭，王侯将相留下的是枯骨，他，却说不定能万古流芳。"

果然，那戏台子不是他铺排的，还能是谁。

对他来说，下半生终是能畅快地与最钟爱的戏曲诗词为伍，或许真的是偿了他的夙愿。

上辈子，他无影无踪，下落不明，莫不是也是因为弑母后被贬去了储位，然后浪迹天涯，以戏为伴？

这样说来，大有可能。原来他今生还是逃不了前世的命运，虽过程有出入，可结局到底是一样。

云菀沁沉默半会："你若再碰见他，只转告一声，就说我会叫人照料好孝儿和定宜。"

若说他在深宫有什么牵挂，恐怕也只有这一对儿女了。

她不知如何还他对自己的宽纵，更不知道如何弥补他眼下受的委屈，也许对他来说根本不算委屈，所以，只能在今后的日子，保他一双儿女平安康泰了。

就如她听到他的最后一阕曲，人世繁华扫地空，他尘中却似转蓬，他断送的，世间人都觉得可惜，说不定却没人懂他的欢畅。

隆昌帝回京半路留信不告而别，杳无音信后，朝上再无旧皇党，万心归一，只安心效劳于在位天子。贾太后听说隆昌帝失而复得，被迎回途中又杳然离去，叹息垂泪了几日，却也知道对于政局并不是不好。

现任天子朝政坐稳，彻底取代昙花一现的短暂前代隆昌朝。

朝堂上的气象一新中，却又凝着一股积压的动静。

半月后，下朝后，御书房内。

夏侯世廷照例与几名左右手皇亲和内阁重臣商议国事，黄门急匆匆来报：“魏王在宫外求见。”

这一声传报叫臣子们都一讶。皇上登基后，魏王便被卸了实权，半软禁在宅子里，韦家也逐渐破落，魏王一直也有自知之明，安安心心地领着俸禄，保着爵位过活儿，今天怎么会来求见？

臣子们窸窣起来，沂嗣王眸仁一动，悄然注意着皇上的神色。

夏侯世廷并没犹豫多久，道：“传。”

半刻左右，宫廷侍卫领着魏王进来。

魏王进殿，掀袍跪下：“拜见皇上。”

目光落到上座，压抑着苦涩和愤愤不平。龙椅上的人，当初无论是身份地位，还是父皇的宠信，哪里抵得过自己一分半毫？可今天却坐在上面，由着自己跪拜。

夏侯世廷淡道：“魏王此番进宫，是府中俸禄不够，还是想要讨要官职？”

魏王面色一讪，涨红了几分：“臣哪敢厚着脸皮找皇上讨钱要官？”

“那魏王进宫是有什么事？”一名内阁老臣开声问道。

魏王见夏侯世廷安然自得的模样，横下心，头一转，目光落到人群中的景阳王身上：“先帝爷临终前，拟了一道密旨，封存在太庙的高祖宝相后面，因信任景阳王忠心耿耿，不偏私，故让景阳王督管。这件事，景阳王可没忘记吧？”

景阳王一愣，道：“确有此事。”

“那道密旨，父皇是说什么情况取出来宣念？”魏王循循善诱。

景阳王照直道：“先帝爷说，若是待他驾崩后，皇位有异样或者变数，便可取出来当众宣念。”

“现在难道不是该将密旨公诸于众的时候吗？”魏王反问。

众人一怔。隆昌帝方是钦定的储君，半途却由皇上继位，确实算是皇位有异样或者变数。

燕王皱眉：“先帝爷那是怕江山不稳，才备了这后招，如今国泰民安，有必要吗？”

魏王懒得理两人，趴在地上：“臣只是不愿意违逆先帝爷的意思。”

景阳王没说话，望了一眼皇上。

夏侯世廷合了军机黄卷，语气如水：“既是父皇的意思，那就宣吧。只是，既然是密旨，除了景阳王和几位皇亲，便请各位卿家，暂时先在外面等候。”

臣子们遵旨，鱼贯退出了议政殿。

魏王一喜，又道：“不过，还请皇上召个人进宫，这道旨，怕是与他有关系。”

夏侯世廷眉一抬，只听他道：“便是皇贵妃的胞弟，云锦重。”

景阳王只负责监督密旨的公正，却不知道内容，如今听魏王一说，分明清楚那密旨，正要说话，却见皇上一抬手：“宣。”

齐怀恩忙出去派人出宫召云锦重，景阳王亦是带着人去太庙取密旨了。

半个时辰之后，人陆续汇集到了议政殿。

云国舅从府上被召来，跟在齐怀恩的后面进了殿。

十五岁的云锦重已经是翩翩少年，一袭素面绿锦袍，衬得唇红齿白，面庞如逐渐开凿出彩的璞玉，一举一动，俊雅有致，拢袖：“拜见皇上。”

夏侯世廷俊威面容上露出难得的微笑：“锦重，你又长高了些，稍后事完了，去福清宫一趟，让你姐姐看看，勋儿也挺想你这舅舅。”

云锦重恭恭敬敬：“多谢皇上厚爱，臣也很想念皇贵妃和大皇子。还有二皇子，臣还没见过呢。”

魏王见姐夫小舅子二人倒是亲近，心头却是不禁哧笑一声，稍后事完了？现在笑嘻嘻，马上你们俩只怕就要剑拔弩张了。

这样一想，魏王心中被夏侯世廷占尽了风头的气儿也消了大半。

正这时，景阳王已掏出尘封多年的轴卷，站在中间，开始宣念宁熙帝的密旨：

“人终难辞一死，朕亦不例外，惟望身后社稷安宁，族内平顺，奈何皇家纷争太盛，大宣亦是终不能免俗。待朕宾天后，若皇位有异数，储君有变，为免江山风雨飘扬，尔等可择皇子中的一人，为新帝——”

念到此处，景阳王脸上一变，不敢置信，抬起头，目光环视一群，最后落到云锦重身上，似是不知道该不该念下去。

夏侯世廷舒展修指，轻敲案面，声音蓦然加重：“念。”

云锦重也像是没看到景阳王的目光，仍一手背在腰后，站立挺挺。

燕王身边，沂嗣王眸子一动。

景阳王见皇上发了旨，喉咙一动：

“任新帝者，为云氏锦重。云氏乃朕亲子，生母许氏青瑶，为朕一生倾心红颜。一旦可行，景阳王代朕公布云氏皇子身份于天下，务必倾力辅助云氏——”

魏王唇角一勾，景阳王也是愣住，措手不及，不单惊讶这云锦重竟是先帝爷的私生皇子，更料不到这密旨竟是先帝爷将皇位交由云锦重的旨意。

云锦重却莫名笑了起来。

少年笑声清朗而脆亮，将几人笑得晕头转向。就在众人措手不及，云里雾里，还没反应过来时，只见云锦重一把抢过密旨，扯下头冠上的一柄笄，用尖利的钩头“嘶”一声，钩住云绸圣旨，瞬间就将其撕成了几条。末了还将余下的残骸放到附近的牛油高烛上，霎时，云绸被火苗吞噬，熊熊燃烧起来，哪里抢救得了。

“大胆！”魏王气急，赶紧去踩熄火，靴子底儿都快烧穿了，却已经无力回天了，气得甩袖指着云锦重，“你竟敢摧毁先帝爷的遗旨！”

“先帝爷的遗旨是防止有人乱朝，现在风调雨顺，天下无须更换君主，有人却拿着这密旨兴风作浪，与先帝的意思背道而驰！先帝爷若有在天之灵，一定会准许我这么做。”云锦重振振有词。

“你——！”魏王凭自己比云锦重虚长几岁，扬起手就要去打。

“你敢！我也是先帝爷的皇子，你有什么资格！”少年朗声掷地。

魏王没想到反倒给这小子长了能耐，气道：“本王是亲王！你是什么？私生子！”

“亲王？无权无势无官无职的亲王。”少年一笑。

夏侯世廷哈哈大笑起来。

魏王再不跟云锦重争说，只气汹汹地面朝景阳王：“景阳王是督管这密旨的，如今被这小子毁了，你看着办吧！”

这小子？这小子可是先帝爷的龙子。

难道将他绑了杀了？

何况还是皇上的小舅子，皇贵妃的手足。

景阳王就算再大公无私，铁面无情，这点儿人情世故还是知道通融的。再说了，这云少爷说得也对，难道还真将这密旨公布出去？

政事成熟的皇上下台，一个没有当过一天皇子，没有任何背景基础的少年上位，对于朝廷是好是坏，不言而喻。

隆昌帝一事刚尘埃落定，就不能消停一下吗？

景阳王瞥了一眼魏王，并没作声。

魏王见景阳王不搭理，气急败坏，却也知道没戏唱了。只听上座声音传来，马上又挺直身子。

“那密旨，放了这么多年，咱们都忘记了，唯独魏王心心念着，今日还特意进宫提醒朕和各位卿家，足可见魏王对先帝实在是孝感动天，也难怪先帝爷在诸多儿子中最是疼爱你。”夏侯世廷不紧不慢。

魏王松了一口气，本来还怕他的打击报复，只嘟囔了几句，想尽快告退：“谢皇上夸赞。”

“既如此，齐怀恩，替朕拟旨，酌令魏王阖府去万寿山献陵，终生为先帝爷守陵，也算是满足你跟父皇两人父子情深，每日相对的心愿。”男子声若洪钟，袖子一挥。

魏王一惊，燕王已吩咐下去：“来人，请魏王出宫，择日出京，去往献陵。”

魏王还未求情，已经被两名禁卫进来，强行搀了出去，在燕王的眼色暗示下，还往魏王嘴巴里塞了个布条。

在外面等候的臣子听闻里头的动静，纷纷进来：“怎么了皇上？”

“先帝爷那密旨可曾宣念了？”

“是啊，是什么旨意？”

景阳王看一眼皇上，正欲随便找个由头，却听夏侯世廷起了身，亲自下阶几步，拉起云锦重的手，道：“先帝密旨，提及云家嫡子为遗流在外面的骨肉。”

此话一出，举座哗然，却听皇上继续：“意即是说，云锦重虽出身臣宦，却是不折不扣的先帝爷的皇子。今日，朕顺先帝的意思，将锦重身份公告于外，”顿了一顿，道，“赐封郡王爵，诸位卿家有什么异议么？”

惊讶过后，臣子们倒也不稀奇了，先帝爷本就是个风流的，在外面留下一点儿半点血脉算得了什么，只没料到原来是皇贵妃的娘家弟弟。

这般一说，最后得益的还是皇贵妃。

皇贵妃就不算世家出身，云玄昶又致仕回乡，京城门户都空了，这会儿娘家一下子多了个郡王，势头瞬间壮大，且这郡王还是当今皇上的异母兄弟！

云锦重并不稀罕爵位，就算前日皇上和姐姐召自己偷偷进宫，知道了自己身世后，虽然一惊，却也并没想得到什么。

当皇上？

开玩笑。

他没这本事，也不想，只说若是有人拿这密旨危害帝位，到时自己会随机应变，此刻听了皇上的宣布，一时也没料到。可他也知道，皇上是为了让姐姐在后宫底气足，而自己若是成了郡王，便能替姐姐撑腰。

姐姐保护了他这么久，现在，轮到他保护姐姐了。

想着，云锦重撩了袍子，跪下来领旨。

沂嗣王面色一黯。

景阳王心内一轻松，这样也算是完成了那密旨交托的任务，并没忤逆先帝爷，于是第一个附议："臣没任何意见，既密旨上先帝爷已经承认了云少爷是落在外面的皇子，那么封郡王爵位，也是应该！"

臣子们见监管密旨的景阳王都开口，也都拱手："一切听从皇上安排。"

事情落定，臣子们都告辞离开，殿内，只留齐怀恩一人伴着。夏侯世廷望着一人的背影，却开口道："沂嗣王留下。"

沂嗣王停住步子，转过身，待门扇嘎吱关上，拱手："不知皇上留臣下来，还有什么差遣？"

夏侯世廷并未与他多绕圈子，声音清冷："沂嗣王与朕的交易，完了。从此，无军令，不得入京城，回你的江北。"

沂嗣王沉默良久，骤然笑了起来："早知道皇上是个爽快的，没料果真是不拐弯。如今皇上这可算是卸磨杀驴？"

御案后，男子声音噙了笑："你若非要当那头被杀的驴，朕也能成全你。"

沂嗣王笑意顿弭，心头一冷："臣在京城，可帮皇上巩固皇位，维护皇权，皇上赶臣走并没好处。"

"哦，阿轸原来这般维护朕？"夏侯世廷恢复亲昵旧称，令人听得反倒脊骨发凉，"你早就知道了密旨的内容，故意派人放话给魏王，利用他进宫闹着宣念密旨。这样，也叫维护朕？"

沂嗣王不语。

夏侯世廷见他默认，倒也不怒，"说吧，朕想知道你是怎么知道那密旨内容的。”

半晌，沂嗣王道：“打从先帝驾崩后，姚福寿被遣返回乡，不巧，姚公公的祖籍恰在江北附近城郡。曾是天子身边的红人，臣自然将他迎到府上，好生的款待。原先是皇帝近侍，一下子成了平头百姓，姚公公也吃了不少苦，臣将他当亲老子一般的养着。人心都是肉作的，时日长了，姚公公告诉臣一些宫闱秘事，也不出奇。”

齐怀恩心道，果然，那密旨除了宁熙帝，也就只有姚福寿看过了。不是姚福寿，又还有谁。

“朕知道了。”夏侯世廷似是并不意外，“出去吧。”

沂嗣王见夏侯世廷仍执意驱逐自己，腮一紧，道：“臣此次的举动，并非针对皇上。臣与皇上一块征战多时，怎会不清楚皇上的能耐，区区一道密旨，就凭魏王进宫吵两句，怎可能对皇位有影响，臣要是真的有心忤逆皇上，压根儿不会用这种伤不到皇上的小手段。”

齐怀恩一愣，那是为什么？

夏侯世廷眼眸渐深，微抬起轮廓分明的下颌，凝住沂嗣王：“你若针对朕，倒是好办。正是因为你想害的是朕身边的人，你才不得不走。”

齐怀恩一听皇上这话，却豁然开朗。

魏王利用密旨来找皇上的碴儿，是不服气皇上坐上了龙椅。

而沂嗣王利用魏王，却是为了给皇贵妃还一击。

皇贵妃毁了唐氏，也相当于是挑战了沂嗣王的尊严。

沂嗣王是伐北多年的沙场上勇将，怎能吞下一个女人的气？

密旨上，先帝让云锦重继任天子，这就是损害了皇上的权利，皇上为保权位，不管于公于私，都有可能会对云锦重下狠手，皇贵妃又能逃得了什么好下场？

就算皇上不让皇贵妃牵连在内，皇上若真杀害了她唯一的胞弟，这事也成了横亘在两人中间的结，怎可能还能相见欢？

沂嗣王见皇上一语点破自己的目的，噤了声。

夏侯世廷不欲多说：“朕不想再看到你，成了婚，就出京吧。”

"皇上为了个女人要赶走功臣？就算是惹了皇上的一时不快，臣这么多功劳，还抵不过一个后宫妃嫔？"沂嗣王冷了声。

请旨隆昌帝御驾亲征，隆昌帝前线征战中埋伏，他故意拖延解救时间，令其人被俘，带兵进京助阵劝谏他登基……面前男子能登皇位，他居功甚伟。

夏侯世廷眼皮一动，眸子中两束濯濯幽光有些好笑的意味："功臣，朕若是想扶植，可以扶大把。阿轸，你不应该自傲你是朕的功臣，而是应该庆幸朕当初挑了你。"

沂嗣王温雅的脸庞一黑，只听高座之上的人喝一声："进来。"

殿门开启，一具高大身影跨门进来。

沂嗣王循着一看，竟是宫中的侍卫总长沈肇。

沈肇看了一眼沂嗣王，拱手："臣愿携沈家军与沂嗣王共赴北方城池，从此与沂嗣王共同对抗蒙奴！"

沂嗣王牙关一紧，皇上这是要这沈肇分自己在北方的权，这还算说得好听些，再说难听点儿，就是要沈肇监管自己，压制自己，从此边境不再是自己一家独大！

夏侯世廷瞳仁微浓："沈大人将门虎子，原就有镇压内乱的经验，又当过指挥使同知，更在宫里做过大内官员，有你压境，朕十分放心。今后，江北城邻近的玉龙城地界，交由你看管。"

一转颈，目光飘至沂嗣王身上："阿轸，是你主动提出离京，还是朕下旨，你自己拿主意。"

语气玩味，又充满着告诫。

沂嗣王喉结一紧，若自己赖着不走，沈肇独自去往北地，岂不是由着他无拘无束的坐大，占了自己的资源？

心不甘情不愿，他拱手，垂下头颈："是，皇上。"

待沂嗣王离开，夏侯世廷方才道："沈大人真的决定好了？"

弄个人过去掣肘沂嗣王，让他产生压力，他才能乖乖离开。这个人选，夏侯世廷一开始并没考虑到沈肇的头上，毕竟沈家兄妹与云菀沁的关系他也知道，只没料到沈肇听说了这事儿，昨天竟来毛遂自荐了。

沈肇道：“臣自小到大的心愿本就是上阵杀敌，保我国土，去北方能建功立业，更能平衡北方权力。沂嗣王自恃功勋，不将皇贵妃放眼里，便是将皇上也不看在眼里，这个气焰，需要打下来。”

夏侯世廷道：“就怕沁儿会怨朕将你派去那么远的北地。”

沈肇难得一笑，露出雪白整齐的牙齿，衬得脸庞愈发飒爽：“臣视娘娘如妹妹，既是兄妹，心意亦是相通，娘娘一定明白臣想要建功立业的心意。”

是为了建功立业，还是为了谁，夏侯世廷还能真不知道吗。暗中唇角一动，却笑道：“那卿家先下去吧。”

人散净，殿内一空。

夏侯世廷拿起压在卷宗下的隆昌帝的告别函。

最后四个字：“防沂嗣王”，虽然小，却鲜明。

那日在殿上看到这四个字，让他警觉，开始盘查沂嗣王的私下举动。

这才让他知道，沂嗣王早期将姚福寿收养在江北的嗣王府，还派人暗地联系魏王。

顺藤摸瓜，方知他提前知道密旨，还故意透露给魏王。

夏侯世廷估计魏王迟早一日会借机进宫，提出宣布先帝密旨，便让云菀沁召云锦重进宫，提前说了这事，又秘密安排遣返沂嗣王返回江北的事务。

齐怀恩好奇：“隆昌帝怎么会知道要提防沂嗣王，又怎么会好心提醒皇上？”

“沂嗣王害得他丢了皇位，你说他恨不恨沂嗣王？”夏侯世廷神色微动，“他是做过皇帝的人，该知道，普天之下天子的共同特性，多疑。不过四个字，就能让朕对沂嗣王起疑心，若调查出什么沂嗣王的不轨，他即便走了，也能借用朕的手报复一把沂嗣王，何乐而不为。”

齐怀恩听得愣住，半晌才道：“皇上英明。”

又吁了口气，幸亏隆昌帝离开了邺京，若执着回来，新旧二帝，京城只怕又是不平静。

三日后，沂嗣王主动请旨离开邺京，奏请上表明，北方战情紧急，若无皇上特旨，再不返京，天子准奏，继而另两道旨意也一块下发，赐沈肇为镇北将军，戍守玉龙城，另依照先帝爷宁熙帝的托孤遗愿，赐云府少爷云锦重为郡王爵，封号淳，另赐郡王府邸和奴从、外宅、田地等。

沂嗣王和沈子菱的婚礼因为男方提前突然离开，提前进行。

婚后七日，沂嗣王夫妇北上，去了江北城，沈肇在府上做准备，随时携沈家军后继跟上，去往玉龙。

临走前日，夏侯世廷来福清宫，正抱着禛儿逗玩，云菀沁坐在旁边，不时也笑着逗逗老二，只想起沈肇马上也要走，有些不舍得，千算万算也没料到，今生沈肇居然还是去了北方，而且也是同沈子菱一起。

沈子菱是随夫同去，倒是情理之中。

可沈肇离开，却又是因为自己，他是怕沂嗣王在京城会继续为祸自己。

唯一不同的是，今生去往北方，毕竟是堂堂正正，光耀门楣的事。

“沂嗣王是沈大人的妹夫，由沈大人在北方监管沂嗣王，合适吗？”她蓦然开声。

“两人是亲戚关系，监管人未免旁人说三道四，反而会更加公正严明，不会徇私，”夏侯世廷目一闪，望向她，意味深长，“何况，妹夫算得了什么。爱妃在沈卿家心目中，绝对是比一个妹夫要强得多。”

“说什么呢。”她打开他伸过来的手。

他知道她心意，揽住她腰肢，贴近她耳下：“放心，玉龙是个好地方，沈肇年纪轻轻就能掌管北方一座城池，还有什么委屈？只要他肯为朝廷忠心实干，朕大把机会给他，绝不会叫你这大哥受委屈。”

季节一变，花开富饶，草生葱郁。

后宫议论，皇上在朝上宣布了立后之事。

眼看福清宫的皇贵妃，便要正式成为后宫之主了。

对于皇贵妃被册立皇后的事儿，朝上大半臣子并无异议，只小半卫道士臣子仍是嘴巴免不了多叨叨两句。

深得帝宠，育有两子，娘家同母弟为当朝郡王，这三点，已经是后宫女子最能傍身的砝码，还能有什么好说，无非便还是将皇贵妃在隆昌朝当过美人的事儿，翻来覆去地说。

不过，胳膊拧不过大腿，寡不能敌众，说归说，满朝的赞同附议浪潮中，该办的仍是有条不紊地进行着。

午后阳光暖暖，许是天气渐热的缘故，云菀沁最近困乏，午饭后小憩会儿才起身，刚翻看了会儿内书馆送来的小元宵近日的课业，又叫人抱了禛儿来。

初夏几人从外面走来，嘴巴里犹自叽叽喳喳，云菀沁只当三人又在说朝堂上那几个劝谏皇上对立后事再考虑的言官，笑笑问道："又怎么了？"

今儿几人却不像平时噘嘴骂那几个陈腐老臣，初夏与晴雪和珍珠对望一眼，几步上前，轻声道："娘娘，听齐怀恩说，皇上将翰林院的严大人、甄大人、罗大人他们几个叫去了御书房。"

乍一听没什么，一琢磨，云菀沁嚼出味了，这几人不是编撰天子实录和录史的吗。

晚间，夏侯世廷来了福清宫，进了内室，神色有些疲倦，可双目却灼灼，很有精神。云菀沁过去给他褪下外面的披风，开口问道："三爷今天召过史官？"

他点点头，沉吟须臾："隆昌一朝，短如流星，还未来得及施展就终结，无须供后世观摩。"顿了一顿，又道："若无隆昌朝，便无云美人。我不会让你背上这个二嫁的名声，再给后人埋汰。"

她心头一动，虽然差不多能肯定了，可亲耳听到还是讶异。

他令史官篡改了朝代史，抹杀了隆昌朝的存在。

历史本就是个任人打扮的小姑娘，胜者为王，谁当家，这一段历史就是由谁说了算。

前世并没太子夏侯世谆的隆昌朝，这一世，果然也是一样，至少在后世人眼里。

男子环住她腰，沉声从耳边传来，语气包含着柔情的憧憬，又有几分调笑："准备好受册大典了吗，朕的皇后。"

一声皇后，将她心绪拉回来，只觉男子大手裹住自己手，心头暖意洋洋。

受册当日，天清气朗，风和日丽。

奉天殿内，红毯几丈，从殿外的丹墀下，一直延绵至殿内的玉阶上。

乐鼓三响，云菀沁在宫人的搀扶下，站在大殿中心。

比起当初册封皇贵妃，今日观礼的人数多了几倍不止。

身边两侧和奉天殿外，聚集了执事官员和百官，一片人潮，目光统统聚焦在中间那一袭正红宛如彤云的女子身上。

有了册皇贵妃的经验，册立皇后大典，云菀沁应该算是驾轻就熟了，只是没料到人这么多，都快有些透不过气儿来，比初次册封皇贵妃倒还要紧张。

承制官传制皇后受册开始，内史令端着宝册走过来，向云菀沁跪拜，然后开始大声宣读册封诏书。

丹陛上，身着衮冕的帝王幽眸修唇，长眉入鬓，风华威姿，令人不可直视，双目中的柔和与鼓励，却只朝着下方一人。

宣读完毕，云菀沁从内史令手里接过了皇后册宝和诏书，行过跪拜礼，正副使朗声："皇后受册礼毕。"

音乐奏起，礼部官员立刻派人到正阳门外，去宣读诏书，向天下公告新后册立的事。

她吁了口气，总算完了。

他见她额前香汗淋漓，从宫人手里接过她的手，帝后二人站起来，接受皇亲国戚和百官恭贺。

百官一个个鱼贯经过拜贺，恭祝声潮阵阵。

"喜欢这件礼吗？"男子低语。

登上至高凤位，却抵不过身边有他。

朝贺时辰不短，他察觉她百无聊赖，还不时轻蹙秀眉，知道站长了辛苦，为分散她注意力，悄悄与她说话："还能坚持吗？"

说着，趁人不注意手一滑，扣住她的手，在喧哗声中，双目仍旧直视下方。

"不是已经坚持到这一步了吗。"她微微一侧脸，朱唇轻启，头上凤冠如欲火，衬得肌肤赛雪，天下无双的国色名香，袖子下反手一钩，紧紧环扣住他手。

十指紧扣，两心归一。

他感到她手心出了汗，将蒲扇般大掌抵住她后腰，当她的天然靠背：“上次册封皇贵妃时都不紧张，怎么这次还差劲了。”

正巧恭贺步骤结束，礼官一声下，群臣齐齐跪下为帝后行礼。她再不迟疑，趁一片乌泱泱的人头朝下，踮起脚儿，附他颈边，吐出几个字。

想来想去，他还求什么？这份礼，才最符合这思女成狂的男人的心意。

夏侯世廷却并没她预料中的高兴，目光瞟向她层叠朱红绸缎后的小腹，眉宇一紧，连平身都顾不得说，低道：“不是用……”

生了禛儿以后，他再不愿意她受生育之苦，又开始采取之前的措施。

那玩意儿居然这样不保险？岂有此理！制作匠人简直是诛九族的罪！

皇上没有叫人平身，所有人只能跪着，连头都不敢抬，也不知出了什么事。

齐怀恩望向帝后二人，也不知道该不该提醒。

殿中气氛紧绷绷的。

她脸色一红，声音似蚊子一般，很不好意思，纤声道：“不是有针吗……”

偷偷扎破，也不是什么难事。

他眉头终是舒展开来，握紧她手，示意齐怀恩过来。

齐怀恩附耳听了天子一番话，大喜，面朝诸臣：

“皇后娘娘有喜，皇上大赦天下！”

她还没来得及后悔现在就跟他说了，已被丹墀下的恭贺声淹没。

殿内喜气洋洋，妙音缭绕，殿外阳光灿烂，国祚绵长。

美人思无邪

上

中国出版集团 现代出版社

图书在版编目（CIP）数据

美人思无邪：全2册 / 悠然世著. —北京：现代出版社，2017.1

ISBN 978-7-5143-5603-8

Ⅰ. ①美… Ⅱ. ①悠… Ⅲ. ①长篇小说－中国－当代 Ⅳ. ①I247.5

中国版本图书馆CIP数据核字（2016）第314208号

著　　者　悠然世
责任编辑　杨学庆
出版发行　现代出版社
通讯地址　北京市安定门外安华里504号
邮政编码　100011
电　　话　010-64267325　64245264（传真）
网　　址　www.1980xd.com
电子邮箱　xiandai@cnpitc.com.cn
印　　刷　三河市金泰源印务有限公司
开　　本　710mm×1000mm　1/16
印　　张　38
版次印次　2017年4月第1版　2021年1月第2次印刷
标准书号　ISBN 978-7-5143-5603-8
定　　价　93.00元（全二册）

美人思无邪

目录

第一章 闺阁雏凤

美人思无邪 上

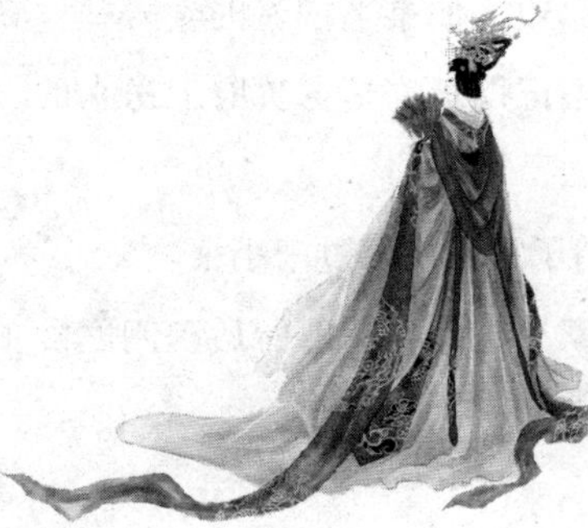

大宣朝，宁熙年间，邺京。

阳光照在闺阁的窗棂上，影影绰绰。

“小姐，你醒了。”年轻丫鬟见床榻上的少女长睫一眨，有醒来的兆头，从旁边的脚凳上一跃而起，试了试床榻上人的额头温度，见退下了不少，赶紧去打水。

榻上少女年龄不到及笄，乌黑丰沛的秀发没有束起，瀑布般流淌下来，五官虽还有点稚嫩，但掩不住隐约可见的国色，虽脸庞消瘦，却弧度纤巧而娇美。只是，此时的她神情有些错愕。

芙蓉花四角架子床的床柱上绑着轻软淡雅的丝绸，不远处临窗下的梳妆铜镜，一切的一切都是那样的陌生又熟悉，这——是她的闺房。而此时正在梳妆台边忙乎的身影，也正是从侍郎府陪她到归德侯府的陪嫁婢子初夏，只是此刻的初夏，脸上的婴儿肥还没有褪完，脸蛋仍然稚嫩。

云菀沁震惊地看着眼前的一切，良久都没有反应过来。震惊过后，她下意识地摸了摸自己的腿脚——细嫩而丰润，并不是即将凋谢之际的枯涩和瘦弱。

她环顾四周，看到了在床榻边八仙桌上摆着的贺寿礼，其中一个已经拆开了，是一樽翡翠观音。云菀沁记得，这是舅舅府上送来的。是她十四岁生辰时收到的礼物。

生辰小宴上，父亲云玄昶请了不少同僚过来小聚。

她和妹妹云菀霏同一群官家小姐们在侍郎府后院闲庭漫步，不小心掉进荷花池里，染了风寒，卧病在床好几天。

想到这里，她的鼻子有些酸涩，眼眶处有一股酸酸的液体在滚动。

那么，她，是回到了十四岁时吗？

如今的她，还是大宣朝兵部左侍郎云玄昶府上的嫡长女，是个未来有无限可能的千金小姐。

十四岁……很多事都还能改变。

云菀沁攥紧了绵软光滑的锦被。白雪惠、云菀霏、慕容泰……前世那些伤她、害她、负她之人，今生休想再伤她分毫。既然老天爷给了她一次重新来过的机会，她定然不会再任人欺凌。

白雪惠是她的继母，也是娘亲许氏的远房表妹。当年白氏的家乡遭受天灾，无奈之下投奔京城的表姐家。娘亲许氏好心收留了她，却没想到她最后竟勾上了姐夫，成了云府的妾室。

娘亲临终前，白氏信誓旦旦会照顾好她的一双儿女，但事实上却暗藏歹心。

前世，云菀沁事事听从继母白氏的安排，却不知道继母早为亲生女儿觊觎上她未来夫婿的门第，在她出嫁前期，便开始在她食物中投放慢性毒药。

另外，白雪惠表面对她的弟弟云锦重无微不至，暗中却疏于管教，处处纵容，将云锦重教成了个不折不扣的纨绔子弟。

云菀沁出嫁后，云锦重更是没人庇护。

白雪惠陷害云锦重与云玄昶对立的官员私交，云玄昶大怒之下，将长子逐出家门，云锦重从此成了无人管教、无家可归的赌徒，下场凄凉。

之后，白雪惠又安排亲生女儿云菀霏私通她云菀沁的丈夫，归德侯府慕容老侯爷膝下的二房嫡孙慕容泰，方便在她毒发身死后，云菀霏能随时补上侯府少夫人的位置。

在病入膏肓之际，云菀霏随白氏来云府做客，与慕容泰后花园调情私语时，她才清楚了一切！

拼着最后一口气，云菀沁与初夏在府上搜集齐全了慕容泰违法乱纪的证据。

这些年为了讨祖父欢心，争取侯府爵位，慕容泰急功近利，走了不少捷径。

尔后，云菀沁将罪证交给唯一的亲舅舅，让其托人将罪证交给慕容泰的堂兄——一直与其争夺侯府世子位置的侯府长房慕容安手上。

敌人的敌人，即是朋友。

罪证最后被秘呈至天颜面前，因为正赶上新帝刚即位，施法铁腕，慕容泰便被押下天牢大狱，再行查证和定罪。

慕容老夫人为了救出慕容泰，想尽一切办法。在得知皇上去上香的消息之后，便携阖府女眷，去相国寺跪求天颜，为孙儿求情。

那日情景，纵使再活一世，云菀沁仍铭记于心。

她随女眷们趴在地上。眼前的明黄色锦绣龙袍，蟠龙纹金丝龙靴若隐若现。

云菀沁屏住怦怦跳的心脏，身子朝前慢慢倾了几寸。

男子目光如炬，看出了女眷中有人在盯着自己，问了身边太监几句，然后直直盯住她，面上若有所思。

匆匆抬头，虽只是一瞬间，云菀沁却捕捉到天下最尊贵的男人脸上的神色。

好奇，玩味，还带着几分欣赏。

“臣妇有话说。”女子声音不卑不亢。

慕容老夫人没想到云菀沁胆子这样大，狠狠剜过去一眼，正要暗示家奴把她拉下去，天子已然饶有兴趣地摩挲着拇指上的扳指说道：“少夫人请上前。”

声音磁性而淳厚，就如酝酿多年的好酒，又如调得最完美最流畅的弦音。

客气，又饱含着高高在上的尊贵和距离。

云菀沁被初夏扶着出列，对着神祇一般叫人睁不开眼的英伟男子行跪拜大礼。

男子的声音又从远方飘来：“少夫人要为你夫君求情？”

云菀沁屏住喘息，出门之前服的几颗续命丸，能让她有足够的精力讲述慕容泰的罪证。

“臣妇并不是为夫君求情。”

她一句句有条不紊地诉述着丈夫的罪状。每说一条，慕容老夫人的脸色就白一分。天子的脸色却更沉一分，边听，边踱步。

最终，慕容老夫人一声“贱妇”打断了云菀沁，此时她真是悔得快要呕出一口血来。要知道，由枕边人亲口揭发，更胜敌手举报。本是带着她来求情，哪想到她今日竟敢来告御状。

骂完之后，又是一巴掌呼啸而来！

云菀沁阖上双眼，挺直早就不成人形的瘦削玉背，凤凰展翅一般，并不躲闪。

然而，耳光并未如预期中到来。待云菀沁再一睁眼时，才发现慕容老夫人枯槁的手臂，竟被一身明黄龙袍的男子在半空抓住。

“将侯爷夫人扶到边上去休息。”声如洪钟，仿似从厚云深处沉沉递送出来。

慕容老夫人不甘心，却还是被随行出宫的宫妇半搀半拖了下去。

云菀沁仍是不敢正眼瞧那个男人，总之心愿已达成，心胸一舒，无比痛快。

天子将女子脸上的神色都看在眼底，面上却不动声色：“慕容泰是你夫君，你大义灭亲揭发他，自己也落不到好处。”

“慕容泰为谋权位，不择手段，违反法制，与妾身父亲私下也有结党之事。妾身虽是女子，却深知食君之禄，担君之忧，这些年看在眼里，深感夫君和父亲实在对不住先帝和陛下抬爱。日后若是成了重臣，实在难说是社稷之福，不堪成为皇上肱骨，妾身为人妇，不会包庇，慕容泰近年犯下的罪过，的确属实。如今人证物证都有，还请陛下量刑以正国法，为社稷除害！”

云家也别想独善其身！

同胞弟弟已经被父亲赶出了家门，连下落都不知道！

这是云菀沁另一桩恨悔之事。

天子眉头一皱，今日随行的伴驾御史也都竖起耳朵。臣子之间结党营私，这可是重罪。

男人打量面前看似纤细娇弱却眉眼凛然、身姿傲骨的女人，似乎在琢磨这女人究竟抱着什么心思，竟将娘家也拉下水。

“你一名闺中妇人，从哪里得知丈夫与娘家父亲有勾结？朕从没听说过云侍郎与慕容泰有何私下来往。”

朝廷里暗查官员私相授受的御史和眼线众多，对于云玄昶和慕容泰翁婿之间的勾结，天子腹中早有些数，却还是饶有兴致地反问。

仿佛只想看这个女子到底心狠到哪一步，到底想如何扳倒她的亲爹和丈夫。

云菀沁匍匐于青石地面：“臣妇自打嫁入侯府，继母白氏经常携女儿来探视臣妇，这事京城无人不晓，都夸赞白氏这名继室夫人贤德，怜爱大房留下来的女儿，妹妹心疼姐姐，也是善良乖巧……其实不过是打的旗子，每次来侯府，母女都是替家父云侍郎给慕容泰递信函，商议不法事。每次白氏将臣妇耗在闺房内，臣妇妹妹云菀霏便去找慕容泰……此事，侯府后院几个心腹下人都看在眼里，全是人证。”

这样一说，朝廷铁定会在侯府进行调查。

就算查不到云玄昶和慕容泰结党之事，也能查出云菀霏私通姐夫的丑事！

云家和云菀霏注定丢尽脸面！

话音一落，云菀沁浑身气力已殆尽，喉咙一甜，有什么冲出来。

乌黑发红的心头血呕出来，唇边却添上一抹舒畅的笑意。

天子正听得入神，下意识地伸出矫健手臂，顾不得旁边的内侍和御史们惊呼，竟将云菀沁细得不盈一握的腰身圈住，牢牢抱在怀里。

“夫人！夫人！”

初夏见到云菀沁消耗完体力后滑倒，恸哭起来，却因为人被挡在后面，前面又有侍卫围着，没法过来。

如柳絮一般滑下的一瞬间，云菀沁感觉一双铁铸的手臂将她的腰身一搂，下一秒已经投入了一方宽阔而厚实的怀抱之中，而面前的绵软细腻的绸缎衣料上，正隐隐散发着独特的龙涎香。

气息虽微弱，她却清晰无误地听见有声音在耳边道：“有仇必报？朕喜欢跟自己一样的人。”

这语气，竟有股同类之间惺惺相惜的感觉，是她的错觉吗？恍惚间，她想起，大宣这一代的帝王，普通皇子出身，母妃赫连氏乃北方异国送来和亲的帝姬。

因为这个尴尬而敏感的出身，就算他天资优越，这辈子都不可能荣登大宝。

不但不能当天子，更有可能成为朝中和后宫有心人的靶子、跳板甚至猎物。

可他杀出重围，终是坐上了这把由黄金和鲜血堆砌的天下第一交椅。

哦，这样一个男人，自然也是个有仇必报之人。

登基后，他的龙椅下，布满了当初阻碍他上位、伤害过他母子的人的尸首。

白骨森森，衬得他的金丝龙椅越发的璀璨耀目。

云菀沁眸里盈满笑光，三步不出闺门的人，这辈子竟能与这名传奇天子有相通之处？

她不自觉地用力弯起了嘴角：“臣妇只报复害自己的人，陛下比我厉害得多。”

她语气随意轻柔，少了些恭敬的距离感，这令男子心头跳了一下。

讽刺他不择手段吗？

将他堂堂帝王作为报复手段，纵然油灯将尽，亦是平和镇静，没有一丝扭曲和挣扎。

云玄昶竟有这么一个女儿？他没有半点生气，反而兴趣更加浓厚。

“可为政之道，即该如此，所以陛下，合该是赢家。”云菀沁气息渐弭，每个音节都是耗了全身气力从牙缝中挤出。

感觉到怀里女子生命力一点点地流离，他忽地语气遗憾：“这样的奇女子，死早了当真可惜。若早认识你，朕必不会叫你活得如此凄惨。”

……

正在回忆，初夏拿来毛巾，给她擦汗：“总算退了热，奴婢这就去叫大夫来。”

她收回遐思，道：“不用喊大夫了，你给我拿一面镜子来。”

初夏递过一面莲叶翡翠柄的花纹镜。

云菀沁看见镜子里的自己，消瘦憔悴，头发蓬乱。想了想，于是下床打开衣柜。

这一看，云菀沁又是叹了口气。

清一色的素净服饰。哪像是十几岁少女该有的打扮，还不如地方官家的小姐呢。

自己好歹也是侍郎家嫡长女。前世却活得谨小慎微，寡淡素净。

继母总笑着说云菀沁适合素雅的，她倒也真听进去了，专门穿些月白、灰青、藕白这些不衬人的颜色。

想到白氏，云菀沁心中添了几许凉意，转头朝初夏道："病了好几天，你给我打水，我想打扮一下。"

藤蔓镂空的酸枝木镜台前，整装完毕的云菀沁秀发光可鉴人，绾成未出阁千金流行的凤仙髻。

髻上斜插一把青雀花枝钗，小巧白嫩的耳垂上吊着两颗翡翠珰。

云菀沁在一堆素净的衣裳中挑了件月白齐胸丝绸襦裙，腰间用朱红色的流云纹饰当吊坠，系了一块鸳鸯唧当环佩，顿给看似寡淡的衣裳增色不少。

站起身来，走两步，窈窕多姿，婀娜万状，既素净纯美，又流淌出几分闺阁女儿没有的风韵和妩媚。

眉黛弯弯，唇朱如冻，肤色凝脂碧玉一样，光滑雪白，一颦一笑尽是动人，生来就是一幅画中人的美态。

初夏就知道，自己服侍的大小姐，一直都是侍郎府最美的女儿，比二小姐云菀霏漂亮得多。

只大小姐自从母亲病亡后，就恹恹不乐，又不大爱在装扮上下心思，成日垮着一张脸，垂着一个脑袋，不爱讲话，再美的外貌也打了几分折扣，弄得老爷也不大喜欢了。

初夏语气颇骄傲："可惜小姐养在闺阁没人知道，再长两年，只怕不知道要迷死多少群下臣呢！不进皇宫当皇后都是糟蹋了！"

云菀沁笑着轻敲初夏的额头一下，却有些感叹，想当年刚进侯府，慕容泰也赞许过自己。

洞房花烛夜，烛影摇红，龙章凤姿的男人情意绵绵地承诺，一生一世，永不续新人。

后来，白氏给她暗施的毒药开始发挥效力，她身子一日日衰败，更谈不上怀孕。

在慕容老夫人的操持下，慕容泰的通房和侍妾，一房又一房地纳进来，她的心慢慢灰了，对于打扮并不经心了。

她不是个会利用美貌换取宠爱的人，更比不上云菀霏会撒娇邀宠。

这辈子，望着镜子里的自己，若美貌真的能当作砝码，为自己换取这一生的幸福，那也要找个匹配的人，来达成这笔交易。

心意定下之后，下一件事，就是关于自己落水。

云菀沁犹记那会儿身边有好几个官家小姐和丫鬟，并不知道是谁将自己推下去的，前世也不过自我安慰，估摸着是人太多，有些碰撞，没有放在心上。

此事就这样不了了之。

现在琢磨起来，蹊跷重重。

提议去荷花池边的正是云菀霏。

云菀霏既能在她病榻边做些勾引姐夫的恶心事，推自己下水又有什么稀奇？

只没料到这个妹妹早在侍郎府开始，对自己就已经存了恶毒心，想叫自己不得好死。云菀沁唇角噙起一抹冷，又如一粒雪粒子瞬间消融，被恬淡平和的笑意所掩盖。

考虑片刻，娥眉一挑：“初夏，那日官家小姐中离我最近的，该是翰林院祭酒之女曹小姐和工部侍郎家的陆小姐吧。”

“是。曹小姐、陆小姐与小姐、二小姐年龄相近，那日一直一左一右伴在小姐与二小姐身边说笑。”

云菀沁琢磨，那日人多，云菀霏倘若真的推她入水，距离最近的曹凝儿和陆清芙极有可能看到，只是这是人家府上姐妹的家事，曹凝儿不傻，又不是同自己关系顶好，又何必掺一脚，自然不会主动提起。

初夏也不笨，立刻猜出云菀沁的心意，是想借曹凝儿揭发真凶，只是跟云菀沁想到了一块儿：“若真是二小姐使坏，也是云府内宅事，曹小姐是个外人，揭发二小姐对她没好处，说不定还添个碎嘴多事的名声，她不一定愿意帮忙。”

云菀沁心思转动。

曹凝儿是曹家的嫡长女，母亲是曹祭酒的正室夫人，也是书香门第出身的大家千金，偏偏曹祭酒如今宠爱的却是一房小妾柳氏，据说是从教坊中赎买出来的烟花女子，生得妖媚动人，极会蛊惑男子，刚入门不到一年便霸占了曹祭酒的床帏，叫曹大人将发妻置之不理。

小妾柳氏恃宠而骄，仗着老爷偏帮自己，不将曹凝儿的母亲放在眼里，连日常请安都不去了，还在曹祭酒耳边扇枕边风，叫曹祭酒越发疏离妻子。

为这事，曹夫人不知道怄了多少气，可惜她是个正统的官家千金，为人清高不会争宠，更不屑耍手段，只得眼睁睁看着那柳氏在眼皮下面跳脚。

曹凝儿为母亲抱不平，与柳氏在家中吵过几次架，气到极致，曾在官家小姐的圈子里发泄抱怨过，这事云菀沁自然也听说过。

曹凝儿不好意思与柳氏闹得太大，可恨不得将柳氏扒皮的心情，谁都看得出来。

柳氏是曹凝儿的一块心病。

想着，云菀沁主意已定，梨涡若隐若现："恐怕要请舅舅帮忙了。"

初夏一怔。

许家舅老爷许泽韬是大宣朝红顶皇商，主营胭脂水粉行业，贯通南北，驻扎京城邺京。许家客人多是官夫人、千金小姐，长年为皇宫供货，与皇亲国戚有不少来往。

"舅舅能够劝服曹小姐和陆小姐？"初夏好奇。

云菀沁但笑不语。

舅舅有着商人逐利的天性，又交友广阔，长袖善舞，上一世，跟太子夏侯世惇门客走得颇近。

她研墨落笔，写下心意，将信函卷起来，让初夏出宅子办事时送给舅家。

云府，主院，厢房内室。

紫鹤香炉袅袅吐着幽香，绣榻上的少妇明紫色绫罗对襟勾金长衫，乌发珠翠缭绕，脸色却不太好。

“娘！”白雪惠面前的少女蹙眉不已，“您到底还要气到什么时候啊，我说了，我也是一时冲动了。”

少女玲珑美丽，就跟自己当年一样，甚至青出于蓝，只是性子还需要磨炼一下，实在是没有耐性。

白雪惠纤细的柳眉一动：“冲动？你还好意思说！”

云菀霏一听还要罚站，眼眶红了，哽咽道：“娘，您怎么还为她罚我啊。霏儿才是娘的亲骨肉！”

白雪惠轻摆袖口：“娘亲罚你不是为了你姐姐，而是气你沉不住气，再不喜欢那人，怎能光天化日下害她？蠢！闹到你爹那里，可知道你会被罚？”

“怕什么？爹爹平日就袒护霏儿。”

白雪惠美目一敛：“你爹爹虽袒护我们娘儿俩，可毕竟是有身份有地位的人，最爱的还是面子，若别人告诉他二女儿虐杀长女，他就算再维护你，也得叫你好看！能叫一个人消失的法子多得很，你偏偏选了个最白痴的！你叫娘说你什么好，那天荷花池边那么多官家小姐，总会有人瞧见。”

云菀霏嘴角一撇：“娘别担心，那日只有曹凝儿和陆清芙看见，两人是聪明人，不会管闲事，更不会为了个没亲娘、在家中没地位的闲散长女，得罪我这个有爹娘疼爱的二小姐！女儿叫翡翠给她俩送了些小珍品，她们到现在都没吭声。”

白雪惠见女儿都考虑周全了，这才放下心来：“倒是还有点儿小聪明，不过日后再不可这么莽撞，做事之前，切记要跟娘先商量。”

云菀霏拉着娘亲的玉手撒娇：“她因为是嫡妻的长女，所有事都能占着好，家中最好的盈福院是她的，最丰厚的嫁妆也是她的，连……连侯府慕容二少都是她的未婚夫——女儿想想真是一千一万个不甘心！”说到此处，红了眼眶，汲了汲粉嫩的鼻子，语气发了狠，“情急之下，女儿才做了错事。其实，娘也不必紧张！娘受爹爹宠爱，姨妈还是皇后娘娘身边得宠的女官呢，就算我犯了错，爹爹不看娘的面子，也要看姨妈的几分面子！”

白雪惠经爱女一说，心思更稳当了一些。

当年家乡一场水灾，白家全家流离失所，她投奔到了远房表姐家，占了表姐夫云玄昶的床。

亲妹妹白秀惠想法子贿赂了得势的大太监，进宫当了宫女，后来有幸分到了当今宁熙帝皇后蒋沛菡的凤仪宫当差，慢慢地，竟混成了蒋皇后的贴身女官。

妾侍抬成妻室，在大宣朝其实极少有，律法上并不成规矩，但白秀惠成了蒋皇后身边的红人，替姐姐求了两句情，才令白雪惠在许氏逝世后，顺利成了侍郎夫人。

白雪惠抚了抚爱女的秀发："娘知道你惦记着侯府慕容家的寿宴。"

见娘亲猜透了自己的心思，云菀霏红了脸。

慕容老夫人是二品国夫人，寿宴广邀王侯臣宦，自然也包括有亲事的云家。

她不愿姐姐参加寿宴，想趁这机会单独与未来姐夫慕容泰见面，所以才急切了些。

见女儿不说话，白雪惠知道猜中了她的心思，于是道："不就是抢男人吗？你喜欢的男子，娘必定帮你夺到手。"

正此时，门外传来禀报："夫人，大小姐来了。"

豆蔻少女进了门，一身素雅襦裙，绾着低髻，比白雪惠身边穿金戴银的云菀霏，朴素得多。

这个时辰，白雪惠跟平时一样，正在为快散衙的老爷亲自烹茶。

红泥小炉上热气汩汩沸腾，白雾弥漫，映衬着一张保养适宜的娇媚少妇脸庞。

云菀沁不动声色，施了个礼。

这女人，上辈子佛口蛇心，害得自己不能生育。

那摧残身体和致人不孕的药物，是在她嫁入侯府前一个月的时候，白雪惠施在她身上的，此刻的她仍是一具健康的身子。但看见白雪惠的一瞬间，云菀沁还是心生恶寒。

还没到完全翻脸的时候。最好玩的，莫过于敌明我暗。

掩住情绪，云菀沁朝云菀霏打了个招呼："二妹也在。"

云菀霏哼了一声，真是命大，那样深的池子都没淹死，发了足足一天多的热这么快就能下床起身，看样子几天后的寿宴免不了会出席！

将女儿的手暗中一抓，白雪惠露出个“不要心急”的表情，瞄向云菀沁。

还是跟以往一样低眉顺眼。白雪惠嘴角情不自禁浮上一丝轻蔑，慈爱道：“没料你这么快就能过来请安了，还准备说叫你多休息几天。”

云菀沁浅浅一笑：“有劳母亲关怀，几天后是慕容老夫人的寿诞，就算再大的病，女儿也得去参加。”

云菀霏阴阳怪气：“姐姐若没好就不要勉强，小心将病气过给了别人。”

“霏儿说得对。沁儿抱病参加，你爹会心疼，况且，到时参宴的都是达官贵人，听闻皇家也会来人，万一失礼了不好。”白雪惠婉转劝说。

母女二人拼命不让自己参加寿宴的模样，云菀沁觉得真是讽刺。

原来，十四岁这年落水，全因慕容老夫人的寿宴而起。

她记得，十四岁之前，与慕容泰只是订下口头亲事，这次老夫人寿宴，才会换庚帖，成为正式的未婚夫妻。

她也不愿意再见慕容泰那男人。

可她要借这次寿宴，彻底断了与慕容泰的关系。

所以，慕容老夫人的寿宴，她去定了。

云菀沁笑盈盈盯着白雪惠：“不妨，沁儿身子尚好，不但能参加，而且也不会给侍郎府丢脸。”

云菀霏气结。

白雪惠有些意外，往日自己说什么这丫头都会应承，今天怎么了？可瞧她态度，还是很恭敬，跟平时也没不一样。

她知道女儿早就相中了慕容泰，也偷偷地私下与慕容泰见过几面，只要云菀沁不去，这次寿宴就是爱女的大好时机，这次说什么也得将云菀沁留在家中。

白雪惠脸色肃静，柔声道：“沁儿，你这次生辰小宴上失足落水，全无闺秀仪态，惊了贵宾，你爹爹不大高兴，还说等你病好要责罚你，只是我在老爷面前劝说了一通，才压了下来。这次你听母亲的，在家乖乖待几天，不要出门了，免得再生枝节。”

依云菀沁平日的性子，早就感激不尽，一切听从继母安排了。此刻，白雪惠话音一落，云菀沁却故意恍然大悟："母亲一说，我才记起，荷花池边上，我并不是自己失足，像是被谁推了一把。"

云菀霏脸上划过一丝惊惶。

云菀沁惶惶地说道："我本来不想多提，但是既然爹爹认为是我失了礼仪，我受不得这个冤枉，不如这就报给爹爹，叫爹爹好好查查去，您说好不好，母亲？"

白雪惠盯住这个继女，拿不准她已经猜到是女儿，还是真的不知道。

这个女孩似是变了，可又说不上哪里变了。

门口传来家奴通传，云玄昶回了府，跟平时一样过来主院这边。

云菀沁来之前就算准了，掐好父亲散衙的时辰来主院，刚刚好。

她佯装乖巧："正好父亲来了，母亲看——我现在说不说？"

白雪惠脸色一变，罢了，先把这丫头拦下来再说，免得在老爷面前胡说，温和道："被人推下水？怕是你们玩得太疯了吧。你爹爹刚散衙回来，不要又拿这些事叫他操心。你既想参加宴会就参加吧，这几天好好养好身子。"

云菀沁轻笑一福："女儿一定养好身子，到时风光参加宴会。"

正说话，云玄昶进了主院厢房。

几名女眷行过礼后，白雪惠服侍云玄昶坐在喜鹊登梅大圈椅内，将茶捧过去，柔媚道："老爷辛苦了，先喝茶驱驱暑气。"又拿来纱扇，亲自为云玄昶扇风。

女人的脂粉夹杂着内室的迷境香，再品着好茶，云玄昶十分满意。

云菀沁立在下首，静静地看着父亲。

云玄昶年轻时是个美男子，如今年过三旬，外表还是保养得很好，再加上他本就高大英挺，怎能不叫女人动心？

只是云菀沁对这男人的敬爱，早就没了。

伪君子。

云玄昶布衣出身，若不是妻子许氏家中产业资助他考功名和游走官场，哪里又能当上三品京官？

他倒好，宠妾灭妻。白雪惠扶上位后，一味偏袒继室，因为白雪惠的枕边风，不惜赶长子云锦重出府，为了稳固权势，不顾膝下女儿共事一夫，不顾长女脸面，硬是将二女儿往大女婿床上送。

随便挑一件事，都足够云菀沁憎恶他到骨子里。

“沁儿病刚好，”云玄昶呷口热茶，“坐着说话，别累着了。”

落水到现在，已两天多，这是父亲第一次关切询问，之前没来看望她一眼。

无事献殷勤，非奸即盗。

云菀沁见父亲目光停在自己身上，记起上辈子落水不久后的一件事，猜到了父亲在打什么算盘。

一股恶心冲上胸膛，云菀沁忍住对着云玄昶呕吐，面对面坐下来。

“你们娘三个刚刚在房间说什么呢？”云玄昶漫不经心问道。

白雪惠笑语：“聊天品茶罢了，是不是啊，沁儿？”

“是啊。”云菀沁极给面子地捧起一盏茶，温婉道：“母亲正教女儿和妹妹茶道．女儿刚照着母亲的教导，烹了一壶茶，刚准备给母亲品，正巧父亲回来了。”

白雪惠对于云菀沁的配合很满意，并不防范，主动伸手去接。

荼盅从指间一滑，落了个空，茶水一滴不浪费地洒到身上。

“啊——”茶还是滚烫的，夏季衣裳单薄，白雪惠花容失色，眼泪都快飙出来了，恨不得一巴掌呼过去，无奈老爷在场，贤惠大度的继母样子还是要做做，哼了两声，只好咬着下唇，委屈地望向老爷。

云菀霏暗中偷笑，这回姐姐肯定是要受爹责骂了，却见云菀沁还不等父亲责怪，杏仁大眼盈盈一闪，身子一歪，认错道：“是女儿失手。”

初夏从门口冲来搀住云菀沁，苦口婆心道：“早就劝小姐不要这么早下床，刚好就来给夫人请安，怎么受得了？是不是又头晕了！”

云玄昶本要责骂云菀沁，听了初夏和女儿一唱一和，一时不好说什么，只得皱眉道：“怎么能这么不小心！”又问白雪惠：“烫了没？要不要叫大夫？”

白雪惠只觉快烫破皮，对云菀沁是否故意心存怀疑，可再一想，若是想害自己，何不直接在老爷面前揭穿霏儿，刚刚又何必顺着自己哄骗老爷？再见云菀沁弱不禁风似的，恐怕真的是病刚好，手足无力，只能暗中呸一声晦气，自认倒霉。

云菀沁泫然，朝父亲颤声道："女儿还有点儿头重脚轻，都怪前日那场落水……"

一提到落水，云菀霏笑不出来了。

白雪惠生怕这丫头将话题又引到被人推下池子，只好先压下心火，反正是个装大度的机会，温婉道："算了，沁儿也是不小心。"

云玄昶正着急想跟长女商量要事，也就挥了挥手，支开白雪惠和云菀霏："霏儿，你陪你娘下去换一身干净衣裳。"

母女俩一出门，云菀霏便跺脚发起脾气："娘怎么能让姐姐参加寿宴呢！您随便想个理由不准她去不行吗？"

白雪惠回头望了一眼主院，面上浮出些若有所思的神色，又将女儿的鼻头一点，安慰道："我早就同你父亲提过，说你与慕容泰更匹配。你父亲其实也考虑过，只是没找着机会。你看老爷什么时候跟你姐姐单独说过话？我瞧，这次，怕是要跟那丫头摊牌了。"

屋内，云菀沁虽早有心理准备，但听完父亲一番话，还是心中凉意弥漫。

云玄昶想叫长女与自己的直接上级——兵部最大的长官，二品尚书秦立川结亲。

秦立川今年六十有九，身体不大好，随时会致仕，要是临告老前递折子举荐一下云玄昶，尚书之位十有八九能由他接任。

秦立川正室夫人早两年过世了，正想找个可心的续弦。

有什么比结姻亲更能亲近？

云玄昶动了心思。膝下就两个女儿，若推荐一个当秦立川的填房，自己就是尚书的丈人，到时秦立川还能不帮自己？

次女云菀霏自然是舍不得的，便是舍得，白氏也不依。便只有长女云菀沁最合适不过了。

云菀沁犹记得，生辰小宴秦立川也参加了，之前秦立川得到云玄昶想送女儿的暗示，苍老而色眯眯的眼光瞄了她半天，混浊的眼球里，充满了恨不得扒掉少女衣裳的兴奋。

六七十的老头儿，十四岁的如花少女，现在想来，简直快要反胃。

前世，舅舅不知道哪里听说云玄昶有这个意思，跑来府上，跟父亲私下吵了一通，以许氏留下的一笔嫁妆威胁，好像还给了父亲一笔财物当好处，才叫父亲打消了念头。

这事因舅舅的阻止而胎死腹中，云菀沁逃过一劫。

如今再活一世，父亲更是将这个想法赤裸裸地亲口提出来了！

为了仕途卖女求荣，竟叫青春年华的女儿嫁给一个比祖父年龄还大的老家伙。

云菀沁凝住父亲，不怒不悲："爹忘了吗，女儿与侯府的慕容二少有婚约，女儿给秦尚书当填房，侯府那边，您怎么交代？"

云玄昶以为女儿会哭闹不愿意，毕竟那秦立川快七十的人，又老又丑，身子骨也不好，哪个闺女瞎了眼愿意当老头子的枕边人？

见女儿异常平静，他放心下来，立刻道："这个为父考虑过。云家和慕容家的二少订的是娃娃亲，当初并没指明嫁哪个女儿，只是你们年纪大了，两边都一直默认是你这个嫡长女与慕容泰配，你与慕容泰连庚帖还未换的。为父到时与慕容家商议一下，将……"说到这里，话音一顿。

云菀沁明白了，父亲是想将云菀霏换上自己，嫁给慕容泰。

云菀霏也是嫡女，慕容府不会觉得没面子，而自己这个嫡长女转手给云玄昶上司当填房，秦立川更会满意。

两边都不得罪，还能得两名佳婿。

见女儿不说话，云玄昶眼一眯："秦尚书虽年龄大了些，可也算是成熟稳重，受皇上重用，比没有功名的慕容二少不知道强到哪里。你若成了尚书夫人，必定享不尽的荣华，为父这也是为你好。"

成熟稳重？七十岁的人，果真是成熟稳重啊！都快熟得烂掉了。

云菀沁眼珠子一转："父命不可违，女儿一切听从父亲安排。"

云玄昶大喜过望，想不到这么顺利，又犹豫了一下："就怕你舅舅不了解我的苦心，认为我亏待了你。你舅舅那人的脾气，你是知道的，就怕他知道以后闹起来……"

云菀沁柔声说："父亲要是放心，就由女儿亲自与舅舅说吧，舅舅疼爱女儿，一定会依女儿。”

云玄昶见女儿这样贴心，笑得合不拢嘴：“好，你随时想见你舅舅，便叫下人备马车出府，出外需要什么银两物耗，尽管找莫开来去家中账房拿！真是我的孝顺女儿！”

云菀沁却眼色一暗：“女儿不孝。”

“怎么了？”云玄昶心情好，假模假样地关怀起来。

云菀沁捻袖擦了擦眼角：“前日生辰小宴，女儿叫父亲在宾客面前丢了脸，还叫那些官宦千金们受了惊吓……”

长女生辰宴会本是喜事，后院一场落水弄得鸡飞狗跳，贵客们没尽兴就不欢而散、打道回府，云玄昶确实很不高兴，此刻一听，脸色也不大好看。

云菀沁趁热打铁，补道：“女儿思前想后，何不将那日的宾客及女眷们重新请来一次，就当是道歉，到时女儿给他们敬个茶，想必各位都会满意。都是朝中显贵，得罪了不好。”

这女儿，平日看似不作声，竟能有这个心思？

这建议正中云玄昶心思，加上女儿答应了与秦立川的事，什么都愿意尽量满足她，满意道：“好，为父这就去操持。”

身边千金略一颔首，嘴角含着云玄昶看不见的笑。

天刚亮，迎春教坊的后门哐啷一声，开了。

迎春教坊是邺京最出名的寻欢所和销金库，迎来送往的恩客也是身份不凡。

一个身着粗布衣的教坊佣工打了个呵欠，睡眼惺忪，抱着扫帚出来打扫台阶和庭院。

昨晚客人太多，下半夜才能回房睡觉，睡不到两个时辰，又得起身干活。

“有钱有势的逍遥快活，咱们这些命苦的只能卖命哎喂！”汉子将地上的灰尘扬得满天飞。

不远处老槐下的双辔马车内，许泽韬问：“打听准了？这个就是曹家柳姨娘原先在教坊的相好？”

“是的，”随从回应道，“是迎春教坊的龟公，名唤乔大山。那柳姨娘还在教坊时就同这小子关系不浅，被曹祭酒纳到了府上才断了来往！”

许泽韬下马车，走过去，停定在汉子面前，上下端详了一番：“命苦只怨你傻。”

乔大山抱着扫帚一愣。

眼前大爷虽然年龄不算轻，但神清气朗，声如洪钟，满身的富贵，却又不像是来寻花问柳的恩客，乔大山吞吐着问道：“您是——对小的说话？”

“有个金山还不知道去挖掘，难怪受穷！”

正戳到了乔大山的痛处，不耐烦了：“小的哪有什么金山？”

“你不是有个相好嫁到了翰林院祭酒的府上吗？她为了荣华富贵抛弃你，亏你当初还对她那么好，更为她攒赎身钱！你去找她随便要些，也不至于还在教坊吃苦！至少，能娶个漂亮媳妇儿！”许泽韬摇头。

且不管这大爷从何得知柳氏与自己的私情，也不知道为何要帮自己，却真是说动了乔大山的心。

当他没想过蹭油吗？可那祭酒府深宅大院，他怎么能进去？

柳氏刚嫁入曹府时，他也做过这美梦，可那女人忘恩负义，不顾旧情，躲着自己还来不及！

乔大山想着就气，哼道：“说得容易，曹府可不是菜园子，只怕还没进去就被人轰出来了！”

许泽韬身边的随从笑道：“我家主人日行一善，是邺京有名的大好人，今日便给你个好机会，想法子让你与你发了财的旧情人见一面！见了面，她若能给你好处，算你本事，若是不肯给，我家少爷事后也会给你一笔银子！”

天上掉馅饼了！

乔大山大喜地连连点头。

三日后，翰林院祭酒曹大人的府上传出大新闻。

曹大人的爱妾，出身迎春教坊的柳姨娘趁家主不在，竟在府上后门口与教坊的老相好私会，正抱成一团，被下人亲眼撞见。

乔大山当场溜了。

柳姨娘却被捉到老爷面前，曹大人气得亲执家法，狠打了柳姨娘一顿。

柳姨娘被打得奄奄一息，哭说是乔大山自己溜进府的，将自己勾引到后门处，找自己索要银子，她不给，准备喊人，却有个随从模样的人进来，把道路死死拦住，又塞住自己嘴巴，还叫乔大山抱住自己……拉扯之时才被人误会。

可众目睽睽，曹府下人都看在眼里，不容柳姨娘狡辩，而且事情不到几个时辰竟传遍了半个京城。

这倒用不着许泽韬特意做，而是曹凝儿趁柳姨娘势败，棒打落水狗，故意放出风声的。

曹祭酒颜面无存，再留不得这红杏出墙的妾侍，命人将柳姨娘送去了庄子，再不准回府。

曹夫人和曹凝儿母女俩心中大石放下，在柳姨娘离开前，委托马夫在路上好生将那柳氏折磨了一番，泻足了心头恨。

再过一日，曹凝儿收到许府下人的信函，知道了柳氏之事的内情，也明白了云菀沁的意思，悄悄回信给许府，除了道谢，倒也爽快，表明云小姐既帮自己和母亲出了一口恶气，定会还她一笔，让许泽韬放心，到时定会倾力相助云菀沁。

曹府柳姨娘的丑事一传出来，云菀沁叫家奴备马，去了舅舅府上。

因为有了云玄昶的允许，云菀沁暂且出入自由，白雪惠不敢说不，安排好车马后，让管家将她送出府。

车上，初夏打了帘子，回头一望，笑道："小姐，瞧夫人那个样子，像是吃了个苍蝇又吐不出来。"

吃苍蝇算什么？今后可不单只是吃苍蝇的难受。

白雪惠，还是云府当家主母的日子，你就且行且珍惜吧。

云菀沁扯下帘子。

商户家规矩少，云菀沁与舅家感情好，一到许家，径直进了花厅。

许泽韬正看账本，看到云菀沁过来笑道："沁儿是来问舅舅关于曹家的事？"

云菀沁莞尔："舅舅办事，沁儿从不怀疑。曹凝儿的事情，沁儿不担心，不过陆清芙呢？”

许泽韬双臂抱了后脑勺：“昨日太子微服去铭恩寺拜祭生母，我从东宫门客口里得知后已通知陆清芙，她想必已是跟太子见过了。”

陆清芙，出名的心眼大，拒绝了好几门提亲，全是因为瞧不起一般的达官贵人，想要做皇家的儿媳妇。

太子妃是日后的国母，当然是她的最大目标。可惜太子夏侯世惇平时居住在高墙红瓦的东宫，不轻易出宫。陆清芙能见太子一面，就是毛遂自荐、展露风姿的大好机会，自然感激云菀沁到骨头里了。

两个重要人物都摆平了，剩下的，便是几日后云府的好戏了。

云菀沁舒了口气，又盈盈目光盯住舅舅，笃定道：“与太子结交，对舅舅的生意并无太大帮助，舅舅换个人吧！”

许泽韬只当她是随口一说，笑着反问：“换谁？”

云菀沁秀眉一挑：“舅舅看三王爷怎样？”

三王爷？许泽滔奇异地端详面前的外甥女。

皇子党派分为两股力量：一个是太子；另一个是宁熙帝如今最宠爱的韦贵妃之子——魏王夏侯世渊。

而赫连贵嫔诞下的三皇子——秦王夏侯世廷，在僻静北城一隅，造府独居，很少与皇亲国戚们来往。

这外甥女谁都不提，竟将这个看似最没前途的皇子拉出来。

许泽韬疑窦渐生：“你认识秦王？”

前世相国寺男子的轮廓莫名浮现在云菀沁脑子里。

一面之缘，他的声音，他说话的语气，动作，甚至一个小眼神，她还记得清楚。

天龙威仪，无可取代。

那个男子——这辈子，真的会登基为帝吗？

有朝一日，她还会跟他见面吗？就算见了，这辈子也是素不相识。

云菀沁没回答，只吐吐舌：“不早了，舅舅仔细琢磨。沁儿先回去了。”

许泽韬见她要回云家，也没多盘问，只拦住她，笑意退散，神情肃然了起来，风雨欲来。“对了，沁儿，你爹爹有意给你和秦立川保媒拉纤，你知道吗？”

自从妹妹过世，许泽韬恨透了妹夫。

许云两家来往并不勤，但为了两个外甥，许泽韬还是盯着云府，生怕妹夫和妾侍上位的白氏亏待了云菀沁姐弟。

云菀沁颔首：“爹爹前日跟我提过这事，我也答应了。”

“岂有此理！那狼心狗肺的，要不是我许家帮他上位，他哪来的京官当！气死了我妹妹就算了，还逼迫你嫁给一个七十岁老头！”许泽韬拍案而起，“别怕！我这就去你家，跟他闹个天翻地覆！”

“舅舅，”云菀沁安抚，“若不是先答应下来，父亲哪会准许我轻易出府，又哪会顺从我的意思？权宜之计而已。至于那秦立川，舅舅放心，沁儿叫他想娶都不敢娶。”

许泽韬一滞：“沁儿有什么打算？”

云菀沁笑道：“舅舅可以将我与秦立川的生辰八字交给城郊慈航寺的戒嗔大师。”

戒嗔大师的师祖曾经是前朝国师。大户人家若有婚娶之事，会提前将男女双方八字送去给戒嗔批一批，看合不合。

出家人也是要吃饭的，只要有银两孝敬，合不合适都是自己说了算。

许泽韬懂了外甥女的意思，紧绷的脸庞舒展开来。

邺京北城，秦王府。

阶下双狮坐兽，朱门绿梁，森严肃静。

越过冰冷高墙，院中坐落一间红瓦飞檐书房。

虽是王府，摆设却处处简洁，并不奢华。

窗扇微敞。

房内青竹帘后，一抹颀长人影坐于长案后，手持书卷，静默无声。

“三爷，遥安昨日暗中跟了太子一天，太子全天待在铭恩寺内拜祭亡母，并没特殊举动，只是……”侍卫打扮的青年男子正站在帘外汇报。

帘内人波澜不惊：“说。”

施遥安回应：“晌午时，陆侍郎家的二小姐陆清芙带着丫鬟偷偷进了寺庙，跑去了太子待的正殿，与太子搭讪了几句。”

太子是未来圣上，还没立太子妃，是抢手货。如今邺京的贵女，哪个不想套近乎？不稀奇。

夏侯世廷漫不经心，沉沉目色仍凝聚在书卷上：“这陆家小姐还有些本事，能知道太子的行踪。”

施遥安却摇头：“遥安事后叫人贿赂陆小姐的丫鬟，才知道陆清芙能见太子，全靠许泽韬指引。”

许泽韬？夏侯世廷放下书卷。

也是，据闻，许泽韬与东宫之人走得颇近。若能拉拢许泽韬，招在麾下，必定事半功倍。

施遥安又道：“许泽韬的外甥女，是兵部左侍郎云玄昶的嫡长女。”

云玄昶的嫡长女？

瞳如点墨，忽地一敛。

夏侯世廷突然觉得，这个女子，或许是他攻破障碍的突破口。

白皙清瘦的修长手指握住瓷球，夏侯世廷把玩着，仿似自言自语：“本王若是与那位云小姐碰个面，她该不会误会本王有什么额外想法吧。”

施遥安无语……王爷你这么傲娇皇上知道吗？

两日后，侍郎府举办私人小宴，重新请了云家长女生辰宴上的几名贵客。

后院假山峭石，绿渠浓荫，赏心悦目，中央搭着两套红木桌椅，摆放饼果酒肴。

前面是男客席位，后面则是女客席位，因为是私下聚会，都比较随意。

云菀沁过去时，曹凝儿和陆清芙望过来，不约而同地朝她点头示意。

云菀沁在宴中也见到了前世与自己关系较好的沈氏兄妹。

沈氏兄妹出自京城将军府，墨染剑眉的男子正是老将军的孙子沈肇，英眉星目的那名女子，则是沈肇的同胞妹子沈子菱。

云菀沁前世倾羡沈子菱身为女子却不拘泥陈规，为人英气似男儿，与沈子菱走得近，算是手帕交，也约莫了解她兄长沈肇，其人沉默低调，可资质上佳。论武艺，在沈家子孙中与沈子菱并列优秀，若是留在京城，封王拜相不在话下，至少也能袭沈老将军的官位。但不知为什么，沈肇却与沈子菱一道去了前线，从此驻扎边境，与北方宿敌蒙奴国赫连族长年作战，极少再回邺京。

再见故人，云菀沁感慨无比。

那日荷花池落水时，沈子菱被叫到前面宴席去了，现在想想，定是云菀霏知道她和沈子菱关系亲近，故意让下人将沈子菱喊走，免得她阻止或揭露自己的丑事。

她与沈子菱私下说了些闺房话，沈子菱一向只当她内敛安静，难得见她热情，笑说："不知道还以为咱们许久没见了。"

可不是许久？都一世了。

云菀沁浅笑，握了握沈子菱的手："那今后咱们要多见见。"

沈子菱觉察她手有些冰凉，眉微微一拧："你落水后身子好些没？是不是还不舒服？"

初夏低道："身子好了，只小姐的心里不舒服。"

沈子菱变了脸，领会初夏话里内涵："落水之事，是不是有内情？"她早就疑惑，沁儿怎会无缘无故落水，只那日一出事，云家骚乱，她就被家中长辈带走，也来不及多问。

云菀沁轻声道："子菱，稍后还请你帮忙。"

开宴时辰一到，云菀沁回到父亲身边，朝席间几名位高权重的宾客款款一拜，启唇道："上次宴会菀沁叫贵客扫兴，心中有愧，这次重新有幸请来各位贵客，薄酒几杯，还望各位贵客千万不要怪责，今日一定要尽未完之兴。"

大宣国是马上得天下，民风开放，男尊女贵，盛世还出过不少威震八方的女将军。只是近几代，风气奢靡，官宦千金才矜持优雅了起来，平时并不轻易见人。

如今这云家大小姐立于面前，风仪重现大宣盛世风范，叫客宾们一震。

少女肤白如玉，身量窈窕，眉目娟丽，初透国色妖娆。

上次来云府，大家并没瞧清这个云家大小姐的样子，想不到近距一见，是这么个出众人。

只是……

一袭莲青齐胸襦裙，坠马髻斜绾，没有任何饰品点缀。太过朴素了，不像一些官家千金镶金嵌银、姹紫嫣红。甚至还比不上大户人家的一等丫鬟。

可即便这么一身简朴的衣裳也衬得人空灵娇美，足见得云家大小姐资质不凡。

有人穿上龙袍也不像太子，有人穿纸裁的衣服却是尽显风姿。

云玄昶平时不关心女儿，可此刻从客人的目光中，也意识到女儿这一身有些不像官宦小姐，眉头一皱。后院女眷的生活用度都是白雪惠安排的，这也太不知分寸了！再如何，也不能叫云家大小姐穿戴饰品还不如丫鬟！

白雪惠收到老爷的眼色，也是怄气。她再怎么打压云菀沁，为了不叫人说闲话，也给她准备了几件能见人的宴会衣衫。可今天，云菀沁特意挑拣了一套最简朴的。

几名客人举杯客气回应："大小姐哪里的话！那天只是意外罢了，跟失礼扯不上关系！"

席间，尚书秦立川也在场，云玄昶荐女时，他还有些犹豫，一来，云家和慕容家是订过娃娃亲的，二来云菀沁才十四，可云玄昶说他自会安排，加上云菀沁青春年华又是嫡出千金，秦立川仍是动了色心，当下一看，果然气度典雅，美貌不凡，遥遥一扫，给云玄昶露出满意的眼色。

女儿替自己长脸，云玄昶正在得意，女客席那边有人开了声，似是接着客人的话："是啊，谁又知道好好的会掉下了池子？沁儿你也是不小心，切勿自责了！"

说话的人，正是沈子菱。

沈子菱的话刚一出，云菀沁笑意便隐去，眼神垂黯。

在座的个个眼力一流，哪会看不出，落水那事怕是有内情的。还是说不出口的内情，不然云家大小姐哪会突然变了脸？

"沁儿，怎么了？"沈子菱声音越发大。

"可是落水那事有蹊跷？"有人终是接口。

云玄昶心思一动，看云菀沁欲言又止，突然想到二女儿身上，正要打圆场，女席间有人开口："大小姐心胸太宽了，时至今日还在瞒着。"

曹祭酒见是自己女儿出声，摆了摆袖子："凝儿，别乱说话。"

曹凝儿温声道："女儿没有乱说。云大小姐落水不是意外，是人为。"

"凝儿——"

曹祭酒正要阻止女儿，曹凝儿身边的陆清芙也淡淡出声："我也瞧见了，是有人将云大小姐推下水的。"

"清芙，"陆大人使了个眼色，暗示女儿别管闲事，"谁会推云小姐下水？是不是看错了啊？"

"是啊，凝儿，别瞎说。"曹祭酒也跟着训斥女儿。

曹凝儿恭敬回道："爹看女儿撒过谎吗？"

"我曹家女儿岂会撒谎？"曹祭酒自然是维护女儿声誉。

"那就是了。"陆清芙轻笑，"我一个人看错了，难道凝儿也看错了吗？咱们两双眼四个眼珠儿，瞄得清楚，千真万确。"

客人们大概已经猜到是谁了，只是毕竟是云侍郎的家宅丑事，不好说出口。

负责推波助澜的沈子菱又扬声道："沁儿，你还在遮掩什么，到底是谁把你推下去的！"

唰地一下，男女两席的目光，统统朝向中央的少女。

云菀沁不负众望，看住父亲。

众目睽睽下，若自己不追问，岂不是表示自己偏心？云玄昶只好问道："沁儿，是谁推你？爹爹替你做主。"说这话时，朝女儿猛使眼色，暗示她随便说个人，不要将妹妹供出来。

云菀沁装作没看见，咬唇颤道："是二妹。"

举座哗然。

目光聚在云玄昶身上。云玄昶只觉浑身如火炭一般，家中女儿教成这样，对外还能树什么官威？他吭哧着："是不是不小心？"

曹凝儿见云侍郎这样维护二女儿，心生厌恶："云大人莫不是说我在撒谎，陷害云家二小姐？"

陆清芙也附和。

女儿既然已经出声，陆大人只能帮腔道："我家清芙家教极好。再则这是云家后宅家事，我家女儿若不是看不下去，又何必帮云大小姐说话。”

秦立川已将云菀沁当成了未来的填房，更是维护云菀沁的，重重咳了两声：“玄昶向来公正廉明，一视同仁，从未有过偏袒之举。”

临门一脚，让席位沸腾起来。

同僚十来双眼睛盯着云玄昶。

若是云菀沁私下找他告状，他还能维护二女儿，现在在这么多外人面前闹开，他不但不能维护，还得严惩。

云玄昶牙一咬：“将那不孝女带过来！”

宅内的教女事，本来不该在众人面前展示，但这事在几个小姐的吵嚷之下，与杀人害命挂在了一起，云玄昶为了挽回颜面，证明自己公正严明，只能在同僚面前拿出架子。

不到一会儿，云菀霏被两个婆子架过来，一路上已经知道发生了什么，一来就狠狠朝曹凝儿、陆清芙瞪过去。送的东西都喂了狗，白糟蹋了！

曹凝儿、陆清芙装作没看到，齐刷刷扭过颈子。

云家二小姐长得虽算不错，但浑身裹金套银的，丝绸绫罗，再看这专横的表情，一看在家中就是个跋扈的，贵客们心中已经全部偏向了云菀沁。

云玄昶见众人都等着自己开声，吼了一声“跪下”，云菀霏见满座都是贵客，不好意思跪，哭道：“女儿玩闹间才不慎挤姐姐下去的，并不是有心！”

云玄昶本想将她叫过来，责骂几句之后再丢下去关禁闭，挽回一下家主尊严就得了，没料这女儿娇宠惯了，竟敢不听自己的话。

见客人交头接耳，云玄昶为保尊严，一巴掌扇了过去。

半边娇美的脸蛋马上映出个五指印，五官扭曲成一团。

云菀霏尖叫一声，疼得弯腰，跪了下去。

“家丑本不该叫各位看笑话，可绝对不会姑息养奸，几位千金既然当场指认小女犯错，云某便以理服人，之后定会好生教训小女！”云玄昶义正词严道。二女儿的名声恐怕不好听了，可他的名声却得保住！

名声对于官员何等重要不言而喻！不能被人说他教女不当、后宅紊乱，眼看着得宠的女儿肆意戕害亡妻的女儿都置之不理！

云菀霏从小娇生惯养，没出过这么大的丑，今天这事传出去，肯定会落个嫉妒狠辣的名声。

在娘家就能残害异母姐姐，有哪个婆家还敢要？

叫父亲打骂是小，叫自己彻底丢了名声，才是云菀沁的目的吧！

云菀霏又气又疼，失了心智，朝云菀沁咆哮："你跟我玩阴的！"

狗急跳墙，就算丢脸也大家一起丢，又朝曹凝儿和陆清芙撕破了脸皮："亏你们还收了我的礼，说为我隐瞒！有本事别收啊！有本事将我的东西吐出来啊！不要脸！"

这是不打自招吗？千金小姐谋害嫡姐，事后还贿赂旁人！席间贵客瞪大了眼。

都是家里捧着的金枝玉叶，父亲们的官衔又差不多，谁怕谁？

曹凝儿大怒，反讽道："谁收你的礼？江南柳氏的墨宝，我早就看腻了。要不是你那丫鬟好话说尽，非要塞给我，你以为我会收下？她口口声声说是云家二小姐的一片心意，我不好意思拂你的意思，不过一收下，我便送给了下人！"

陆清芙也补了一枪："当我们都是没见过世面的愚妇？我收你的东西才不是为了帮你做坏事，全因为你那丫鬟来我府上时哭着说若我不收，回去就得挨打，我心存善念罢了。你那礼物，劳烦随时派人拿回去吧！"

曹凝儿和陆清芙本来打算帮云菀沁揭发了，这事就完了，但云菀霏撕破脸皮，将两人都惹火了，不甘示弱，将脏水都反泼在她身上。

云菀霏若闭嘴，倒还能少丢一点面子，可她受宠惯了，吃不下这个冤枉亏，被两个千金小姐群起而攻之，气得要发狂了，一下子拽起身边姐姐的手腕，狠狠道："肯定是你搞的鬼！你跟曹凝儿她们说了什么！亏你在我母亲面前装乖巧，还会借刀杀人！"

这样子跟集市的泼妇差不多，哪里像是官宦千金。客人们惊讶地望着斗狠撒泼的云菀霏。

云菀沁比云菀霏大两岁，力气和身高都占优势，这些天身子也养好了些，手腕一用力便能挣脱出来，却故意由她拽着，只当挣扎不开。"二妹这话说得怪，你母亲难道不是我的母亲？为何我要装乖巧？这话说的，外人听了，还以为母亲待我不好。事情都到这个地步了，二妹还要强词夺理？"

语气微颤，好像拼命压抑着疼痛。

一个大度温婉，一个尖酸恶毒。同是云家女儿，谁高谁低，立分高下。

客人们明白了，京城素有贤名的继室白氏，在家中并不一定善待继女，光看两个女儿一素一艳、迥然不同的打扮，再看二女儿有胆子迫害前房女儿，这白氏母女在府上还不知道怎么无法无天！

手腕一股刺痛，云菀霏抬头，沈肇不知什么时候跨步上前，捏住了她拧住云菀沁的手，一把扯下来，眼神沉得似暴雨前夕。

大掌像铁打的钳子，因为练武的原因，指腹净是厚茧，磨得云菀霏的皮肤火烧一样疼，骨头隐隐发出咔咔声！

男人一双吃人的目光叫人胆战心寒，就算当着众人的面撕碎自己，云菀霏也绝对相信。她想大喊，但手腕被男子拇指暗中一掐，整个身子都骤然定住，就像被点穴一样，喉咙也塞住了，吐不出半个音！

一声严厉的斥责传来：“阿肇！”

是沈老将军一声喝斥。

席中都是文臣，只看见沈肇为了救云家大小姐，将云菀霏拽开，最多是失礼而已。可他却看得清楚，这小子将点穴功夫用到了云家二小姐身上。

虽说这二小姐确实招人厌恶，但孙子大庭广众之下对侍郎家千金暗中施暴，也不像个话。

沈肇听了爷爷的话，这才松开手，退后两步。

大庭广众下被个男子制服，丢人丢到家。云菀霏从头到尾被点了暗穴，连反抗都无能，尖叫一声，握着不见半点伤却酸痛入骨的手腕，滑了下来。

云玄昶回神，这就是自己宠出来的好女儿啊，恨不得找个地洞钻进去，嗓音气哑了：“将二小姐带到南院的小屋子里禁足！”

聚会之后，客人散去。

云菀霏被押到府上祠堂，按家法，鞭责二十下。

白雪惠抹泪装晕也拦不住老爷，眼看女儿娇嫩的玉背上皮开肉绽，梨花带雨地哀哀哭：“老爷，霏儿身子弱，禁不起啊！”

要是平时，稍微一柔情蜜语，云玄昶肯定禁受不住，但这事不一般。不仅是谋害长女，还是在同僚面前揭穿，云玄昶面子和里子都丢干净了，到这会儿还感觉背后有人在嘲笑自己。

恼火！云玄昶手臂一挥，将白氏推到在地："就是你教的好女儿！亏你总说她乖巧，我被你骗了！小小年纪这样毒辣！还害我没了面子！看我不打死她！你也别以为没你的事！如何对待沁儿，你自己明白，今天被外人看在眼里了，万一传出去，你的贤德名声也保不住！"

白雪惠再不敢劝，惊呆住。

家法过后，云菀霏惨叫着趴在担架上，被送进闺房，哼哼叽叽地上完膏药，趴在床上哀号起来："肯定是那贱人使了什么手段，叫曹凝儿和陆清芙反口来咬我！娘，我以后还怎么出门啊，还怎么嫁人啊？"

白雪惠也是心疼得不得了，心疼爱女的身子和脸面。

那云菀沁真的已经变了！

白雪惠脸上下起浓浓冷雾："放心，她怎么让你我丢了名声，娘让她加倍还回来。"

第二章 施计退婚

美人思无邪 上

慕容老夫人的寿宴，转瞬即到。

天光一亮，还在禁足的云菀霏听说爹娘和云菀沁带着寿礼，一早就乘马车走了，恨得双泪直流。

本来想阻止姐姐去参加寿宴，不料弄巧成拙，不但阻止不了姐姐，自己也去不成了。

这个时候，归德侯府正在扫阶迎客，一派热闹。

云家跟慕容家订娃娃亲，还是在云玄昶刚当上侍郎之时。

兵部左侍郎虽然只是三品，但在大宣是个很有实权的部门，负责兵将分派，而归德侯府刚好就是军功起家，每一代，几乎都是与兵权官员结亲。

刚巧那时，云玄昶参加了与蒙奴国的一场酣战，在幕后督促，慕容老侯爷也挂帅参加了，一场突围战中被北人狙击，差点就要全军覆没，幸亏云玄昶及时调兵前来，击溃敌人，救出了老侯爷。

这场战争以后，云玄昶名声外扬，受了朝廷表彰，在兵部的地位开始屹立不倒。

慕容老侯爷一来感激云玄昶的救命恩，二来看中云家如日中天的地位，庆功宴上，说二孙子慕容泰还未定亲，干脆与云玄昶的女儿结个娃娃亲，云家当时只有云菀沁一个女儿，自然默认的就是长女。

云玄昶巴不得，赶忙应下。

当时两人只做了口头承诺，约定等两个孩子长大一些再订纸契，交换庚帖。

慕容老侯爷世袭爵位，年轻时军功卓著，膝下两名嫡亲儿子也曾叱咤沙场，可惜天不假年。宁熙五年，蒙奴人在边境互市挑衅，南北开战，两个儿子被封大将军，前往前线压阵，不慎中了埋伏，双双命殒北方。

慕容老侯爷夫妇二人白发人送黑发人，悲痛欲绝，从此一心养育两个儿子留下的遗孤，一个是长子的儿子慕容安，一个则是幼子留下的儿子慕容泰。

老侯爷两个儿子都命丧沙场，百年后，爵位自然就落在慕容安与慕容泰其中一人身上。

按照长幼之分，世子位毫无疑问应该是长孙慕容安，可慕容泰却不是个安分的人，又极会讨祖母的欢心，还有一点很关键，慕容泰的母亲是慕容老夫人的娘家外甥女，关系亲密，慕容老夫人更加偏向小孙子，在老侯爷耳边吹了不少风，看能不能面圣通融，找个机会，让慕容泰袭世子位。

老侯爷知道以幼代长不妥，并没上报皇上，却也没有反驳夫人，只是想法子，将世子位的承袭事拖了下来。

这些年，堂兄弟二人表面和气，暗中争得头破血流。

老侯爷之所以尊重夫人的意思，全因为慕容老夫人也不是普通官宦夫人。她出身高门，父亲为前朝国公，而她自己在年轻时曾当过一段时间先皇后的贴身女官，后成为宁熙帝的奶娘，与皇家关系很是亲密。最后被指婚，嫁给了如今的慕容老侯爷，封了二品国夫人。每年老夫人的生辰，宁熙帝都会下旨一定要办得妥当风光，还会派个皇亲代表自己祝寿。

今年来的是韦贵妃的儿子，魏王夏侯世渊。

正午，侯府聚集满达官贵人。

主宴还没正式开锣，宾客们分散在花厅和后园子，或闲逛，或聊天。

云玄昶与其他重臣高官套近乎去了，叫白雪惠领着云菀沁一起。

白雪惠与太尉夫人闲聊了几句，无比慈爱地看了云菀沁一眼，眼色不易察觉的一阴，面上却笑道："沁儿半天不讲话，是不是闷了？你与太尉家的小姐同龄，应该有话聊，两人去玩玩吧。"

云菀沁抬起芙蓉脸，在官夫人们的注视下，娇憨地"哦"了一声，上前跟太尉小姐去聊天了。

白雪惠趁室内人不注意，将手放进袖子，悄悄摸出一点儿粉末状的东西，捏在指腹，端起杯盏，宽袖遮住大半，飞快洒进了白菊茶的紫砂壶里。

等云菀沁回来，白雪惠已倒好了茶，眼神温婉而体贴：“瞧沁儿，满头大汗，快喝点菊花茶降降温。”

云菀沁端起茶杯，移到唇边。

一股气味冲鼻过来。手指一动，停住。

不知道是不是老天赐给重生的人一份机遇，云菀沁明显感觉，她的嗅觉灵敏了很多，尤其对于草药和植物之类的，特别敏感。还能凭借前世的常识，知道所闻香薰药草的品种。

生母还在时，偶尔带她回舅家去玩，那会儿，她总在许家翻制作花粉香露的书籍，还总跑去舅舅的工坊观看许家下人炼香，还有一次跟着母亲去了许家乡下的花圃。

许氏的嫁妆，有十几爿花田和好儿座大花圃，还有好儿家旺地的胭脂铺，都在附近庄子上，地契锁在府里的库房。

想来，云菀沁不禁暗了暗眼神。上辈子，白雪惠好说歹说，说替她保管生母遗物，怕她打理不好。她心软，竟将那些嫁妆交给继母，结果出嫁时，白氏苛刻拖延，死活不还，父亲也不理不睬，她不好意思全部要回来，重病卧床后，更是全部落到白氏母女口袋里。

如今，娘亲留下的这些财产都还是她的，白氏休想再从她身上拔下一根毛！

“怎么了，沁儿？”白雪惠见她沉思，端详继女。

淫羊藿，肉豆蔻，秋百合……全都是催情花草，是大多春药的成分。

饮下后，酷热难当，欲念浓重，神智晕沉，叫人做些啼笑皆非的举动而不自知。

已经磨成很细腻的齑粉……若是常人来闻，闻破了鼻子也闻不出味道，奈何她现在的嗅觉却是超乎常人的。

云菀沁浮上甜笑：“没什么，还有点儿烫。”仰起脖子，幅度很大，却只呡了一小口。

白雪惠舒了口气，又温柔地劝道：“多喝点，侯府的白菊可是贡品，圣上钦赐的。”

云菀沁甜兮兮道：“这白菊确实甘甜解渴。母亲，女儿想跟太尉小姐去天井逛逛，不如叫初夏拎着茶壶一起去？”

太尉小姐一听能出去玩，也扯着太尉夫人的袖子，恳求起来。

白雪惠只得答应了，叮嘱初夏：“太阳大，记得给大小姐喝水，免得中暑了。”

天井内，云菀沁甩开太尉小姐，跟初夏偷溜了。

刚刚进侯府时，没见到慕容泰。

前世的寿宴，慕容泰也没出现，老侯爷只说二少感染风寒，不宜见客。

现在首先得确定，慕容泰这会儿在哪里。

侯府是她前世的夫家，她对地形再熟悉不过。不一会儿，两人就穿到了西院，这里是慕容泰成婚前住的院子。

正巧，院子内出来两名丫鬟，抱着毛巾和铜盆，边走边说话。

云菀沁拉了初夏，偎在院子外的假山下，眯眼看去。

其中一名丫鬟，青衫碧裙，身段苗条。

煞是眼熟！

云菀沁情不自禁拉住初夏的胳膊，颤抖了一下。

“小姐，怎么了？”初夏小声问。

这个丫鬟叫画扇，是慕容泰前世的通房之一。

前世，云菀沁生不了孩子，慕容老夫人开始放纵甚至鼓励丫鬟们接近孙子。第一个爬了慕容泰床的，就是画扇。画扇是慕容泰的贴身丫鬟，从小服侍少爷到大。

当了姨娘的画扇平时话不多，但云菀沁知道，她不是个善茬儿。后来慕容泰新纳的一房妾侍怀孕，四个月不到，突然大出血，滑了胎，让她明白画扇心机之深之险，因得知那日，画扇身边的丫鬟曾经在厨房靠近过怀孕妾侍的安胎药。

可那时，她已经对慕容泰厌恶至极，并不想多管，此事最后不了了之。

而今，这个未来要当姨娘的画扇，还只是个丫鬟。

这时，假山外的对话声传来：“……二少骑术一向精湛，怎时运不好堕了马？幸好吉人自有天相，磕着脑袋流了那么多血也没事儿。”这是画扇身边的小丫鬟在讲话。

云菀沁一动，难怪慕容泰没有陪祖父一起出来见客，原来不是染了风寒，而是摔了脑袋。

画扇语气淡淡，却有种不容置喙的严厉："二少摔了脑袋的事，今后不得再提！如今全家都以为二少染了风寒，不能吹风见人，你是想嚷给侯爷知道吗？大公子若是知道了，更不知道在侯爷面前说什么风凉话！"

小丫鬟连忙消音。

两人脚步渐远。

原来如此。

慕容泰还是老样子，太看重仕途和名誉，容不得升迁路上的一点阻碍。

他一向自恃各项全能，骑射马术样样精通，比堂兄强几个等级，这是他争夺世子位的最大砝码之一，如今跟堂兄争宠争得正凶，怎么会让人知道自己从马上掉下来摔得脑袋都破了？

正是想着，假山外又传来脚步，这次显然是一个人。

步伐轻盈、急促，是个女子。

云菀霏猫着腰朝慕容泰的院子走来，见四下无人，偷偷窜进了慕容泰的院子。

驾轻就熟，显然不是第一次来慕容泰的居所。

云菀沁毫不意外二妹会想办法溜出家门，跑来侯府。

今天她跟慕容泰兴许就要正式订婚，云菀霏怎么能在家坐得住？誓死也得拦住！

她本来还在头疼，怎么把云菀霏和慕容泰弄到一起，现在可好，这个二妹，自己送上门，迫不及待地找来了情郎的院子。

脚步声起，一名丫鬟端着茶往这边走来。

是慕容泰院子里的一名端水丫头，手上提着茶壶和杯盏。

茶具胎质润泽饱满，是贵重货，一看就是端给里面的主子享用。

云菀沁与初夏耳语一番。初夏会意，几步上前，挡住那丫鬟的路，慌张道："这位姐姐，我是云侍郎府上的丫鬟，今天陪我家主子一起来给侯夫人做寿，刚刚陪我家小姐逛后院，我怕小姐中暑，去厨房要了壶水，一下子工夫，我家小姐就没了影！侯府太大了，我不熟悉地形，怕闯到主子的院子了，姐姐能不能帮我在四处看看？我家小姐刚刚就是在这边跟我分开的，估摸着就在附近！”

丫鬟一听是云家的小姐，指不定是未来少夫人，不敢怠慢，将茶具放在手边的棋盘石桌上，点头：“我这就去看看！”

初夏见丫鬟跑开，将桌上茶壶的水倒干净，然后将自己紫砂壶的白菊茶尽数倒了进去。

那丫鬟找了半天没找到，初夏见她回来，十分不好意思地说：“小姐方才说想去水榭，我再去那儿看看，瞧姐姐还有事忙，就不劳烦姐姐了！”说着一溜烟儿地跑了。

云菀沁边走边拍拍初夏脑袋瓜子：“孺子可教也。”她本来没想过加这个下三流的小手段，可这是白雪惠赠的，当顺手还给她吧。

初夏明白云菀沁想做什么，小姐想退婚，可退婚的女子名誉多少都有损，若是男方犯错就不一样了，自家小姐成了受害者的地位，并不会影响以后嫁娶，只是二小姐可真是倒霉了，不过也活该，谁叫她宵想未来姐夫！

初夏心里一舒，又问道：“小姐，那怎么将客人引到慕容二少的院子里去？”

这个，恐怕就要依靠画扇了。

云菀沁嘴角一扬，道：“咱们去找找画扇。”

归德侯府为敕造御赐府邸，宽大广深，能够抵四五个侍郎府。

日头渐渐高了，云菀沁越走心跳越快，身子也燥热，心里呸了一声。白氏的那个药粉，比自己想象中还要厉害，吞了一小口就心神不宁，全身躁动，要是真的一杯灌下去了，还不知怎么出糗！

已经走到了侯府的水榭边，旁边是碧波荡漾着的湖水，云菀沁打算先消一消药性：“先停下来，凉快一下。”

正在这时，精雕玉造的水榭内飘来声音。

一名珠冠华带的男子身着紫袍，背着手，身边跟着几名锦衣随从，朝着对面的一行人，挑着眉，面带挑衅：“本王的玉佩掉下湖去了，几名侍从都不会游泳，你跳下去给本王捡一捡，难道还委屈了你吗？”

紫色，大宣皇室才能穿戴的颜色。

男子是魏王夏侯世渊，因为母亲韦贵妃宠冠后宫，魏王生性跋扈刁钻，连太子夏侯世惇，也要卖这皇弟两分面子。

魏王对面的男子之一，竟然是沈子菱的兄长，今天的宾客之一沈肇。

可是魏王这番话，并不是对着沈肇说的，而是朝沈肇身边的一个人。

那人身穿侍从的服饰，比本来就腿脚修长的魏王还要高出大半个头，侧脸鼻梁高耸，浓眉墨染，冰雕钢凿一般的丰神俊朗，只是肤色有些黑，且黑得不自然，将俊美压下去了七八分。

虽然一般人看不出来，但云菀沁熟悉妆容，还是一眼看出来了。

这人易了容。

只是，这个妆容太用力过猛了。

改变肤色，固然能改变相貌，但五官若是不变，眼尖的还是能看得出来。

沈肇开了口："魏王殿下，不如由我去捡。"

"你一个将军府的公子，本王怎能叫你去做这种下人做的事？"魏王不依不饶，好像就是认定沈肇那个侍从了，"本王瞧你身子健朗，长得也高大，就算淹也淹不死，不如就你吧。"

那人并没立刻答应，却不经意一抬袖口。修长的手指露出一截，一抹碧绿在阳光的照耀下，氤氲出一圈缭乱而叫人迷惑的光晕，正好落在云菀沁的眸子里。

是个玉扳指。

扳指除了是装饰品，也是一种护手工具，用于武人勾弦，世家公子身边的侍从戴扳指，并不奇怪。且，在众人眼中，那扳指也不算很名贵。可是，云菀沁却眼皮一跳，吸了一口气。

她见过那玉扳指。

相国寺。

那貌不惊人的玉扳指，如今，戴在一个未来可能君临天下的人手上。而这个男子，貌似遇到了点小麻烦。

要不要帮一把？云菀沁唇角勾起一抹浅笑。

施遥安打听到云家大小姐今天要参加侯府老夫人的寿宴，夏侯世廷叫贴身丫鬟蕊枝给自己装扮了一下，易了容。施遥安从小伴在秦王身边，两人几乎是一起长大，有秦王的地方，必定有施遥安，所以，施遥安也装扮了一下，修了些容貌。

随后，夏侯世廷叫人给沈肇递了信。

既然不以自己的名义去侯府，就得打别人的名义。

沈老将军一家在侯府宾客的名单中。施遥安跟沈肇打了声招呼，只是三王爷想微服逛逛。

沈肇跟夏侯世廷曾在营地一起督过兵，有些交情，碍于面子，答应了。只没料到，中途碰上了魏王，而且对方好像看出了夏侯世廷王爷的身份。

魏王撞上沈肇一行人，一眼就看出沈肇身边那个侍卫，是三皇兄秦王。

他顿时就稀奇了，秦王一向足不出户，窝在北城区的王府里不知道捣鼓什么，今儿怎么会跑来侯府，还打扮成侍卫的模样？

韦贵妃这些年一直压制着赫连嫔，总找她的碴儿，有时还凭着高位，将赫连氏叫到面前来立规矩，明责暗罚。

韦贵妃是亲娘，魏王自然随她的喜恶，平时难得见到秦王，今天一见，大好的机会，自然是能整就整了。

所以，即使早就已经看出了秦王的真实身份，他也没有戳穿，戳穿了就没好戏了。因此他只说玉佩掉下湖了，叫沈肇身边的下人帮忙捡一下。

这三皇兄对外号称身子孱弱，不见人，读书理事都在王府，魏王其实有点怀疑，今儿就看看是不是真的！

若真是弱不禁风，肯定是不能下水的。

若是不愿意暴露身份，强行下了水，也能叫他受点苦。这天气，虽然入了夏，但湖水冰凉，身体不好的人可禁不起泡澡！

施遥安见魏王挑衅上瘾了，挡在前面：“魏王殿下，小的是个粗人，由小的为您捞玉佩吧！”

魏王折扇往桌上一拍，犀利的目光落在夏侯世廷身上：“叫你们帮本王捡个玉佩，推三阻四的！本王不是明白说了吗？就要他！”

施遥安被逼急了，正要开口，夏侯世廷漾如水纹的眸子一眨，似笑非笑地开口道：“还请殿下说一下掉的是什么玉佩，方便按图索骥地打捞。”

魏王将自己平日的佩饰样子比画了一下，敷衍道：“茄紫镶边，蟠龙纹，赤色流苏带。”

夏侯世廷语气玩味：“蟠龙纹？皇家专用玉佩，贵重得很吧？”

魏王身边的贴身随扈不耐烦了：“皇子饰物，皇上亲自赏赐，你说贵重不贵重——”

话还没说完，夏侯世廷弯眸稍沉，声音仿若掺着冰窖里的凉气：“再嚷大点声。”

面前男子一身侍卫装扮，却气势夺人，叫随扈莫名遍体生寒，还真的吞了声音。

魏王却不干了：“竟敢恐吓本王侍从！什么意思！”

夏侯世廷淡悠悠道：“字面上的意思。皇子信物，轻则能随意进出宫门要岗，重则能调兵遣将，何况还是皇上的御赐之物。这么珍贵的物事掉进了几丈深的湖水里，殿下着实是不小心了点。”

魏王青了脸色。

三皇兄后半句话没说，还算留了他一点面子。

遗失皇上御赐信物，就算不受罚，也得叫皇上恼怒，竟还敢到处喊，嫌日子太快活，想找点儿麻烦？

魏王陷进自己的套里，想发作都发作不起来。

沈肇不禁生出几分钦佩，这个秦王还真是个厉害角儿，却更疑惑，秦王今天扮成这样来侯府，被魏王刁难还不肯亮明身份，到底是有什么重要事？

正是剑拔弩张的时刻，水榭台阶边，传来脆生生的一道女声：“打扰各位贵人和公子了。我家小姐有点儿事，不知沈公子能否帮个忙？”

一个青衫的圆脸丫鬟跑过来，在阶下扬起脸蛋，语气紧张，可又好像不得不请求。

沈肇一看，竟是云菀沁的贴身丫鬟，马上问：“云小姐怎么了？”

夏侯世廷俊眉一扬，望了过去。

今天的目标人物——出现了？

初夏照着云菀沁吩咐的，道：“奴婢陪小姐在侯府后院闲逛，一阵风刮过来，将小姐的手绢吹到了树枝上，钩住了，奴婢正想找个家丁来帮忙，可好，正巧碰着沈公子！不知道沈公子可否借个人过去，帮我家小姐爬树取手绢？”

说着，眼光一扫，看似不经心地落在了夏侯世廷身上，又朝沈肇眨了一下眼。

沈肇一怔，莫非云菀沁这是在帮秦王解围?

不可能啊，云菀沁怎么会认识秦王。

正是犹豫，身边男子轻咳了两声。

夏侯世廷眉目不惊，语气淡然：“爬树？我最在行了。”

既然秦王主动开了口，沈肇也就吩咐：“那你帮帮云侍郎的千金。”又拱手朝魏王道：“不知殿下能否通融？玉佩我叫旁人为殿下打捞。”

话都说到份上，魏王只得冷道：“本王一向怜香惜玉。”

夏侯世廷跟在初夏身后，到了天井，空旷无人。

初夏停下来，眼光一闪：“奴婢家小姐的手绢儿该是有人帮她取下了，麻烦公子了，还请公子离开吧。”

夏侯世廷豁然开朗，云家小姐并不是请人帮忙，而是派丫鬟来帮自己的忙。

看丫鬟的恭敬态度，想必云菀沁也知道自己的真实身份了。

夏侯世廷眼眸一沉：“你家小姐认识我？”

小姐提醒过，帮秦王解了围就走，不准多说一个字，初夏当作没听见，溜之大吉，回去给自家大小姐复命了。

夏侯世廷望着初夏缩成一个小黑点的背影，杵在原地，眉头皱起。

什么主子才能养出这种丫鬟?

想要认识云菀沁，本来只是为了拉拢许泽韬，可是现在看来，这个云菀沁，好像比她舅舅有趣得多。

第一次见面便被她晾在原地……可他偏偏欠她个人情。

云菀沁帮夏侯世廷，不过是举手之劳。有可能是未来帝王的男子，帮一把，她不吃亏。

等初夏回来，她继续找画扇，走到前厅，终于看到了熟悉的身影。

今天侯府忙，几乎各房各院的丫鬟都被调去伺候客人了，画扇也不例外，正在给几个世家公子端茶送水，还指挥几个三等小丫鬟给客人们扇风。

那几名世家公子云菀沁依稀记得，都是与慕容泰平日关系好的，正因为如此，几人也都认识画扇。

肥肠满脑的那个是御前侍卫统领家的贾公子，擦擦汗：“今天老夫人做寿，二少怎么伤风了呢？”

“可不是？我还正想等老夫人寿宴完了，约二少一起出去喝酒呢！二少身体一向好，这次怎么病得这么重？”另一人接口。

画扇一边斟茶，一边支吾着，敷衍几位公子：“好多了，就是怕将病气过给了客人，才不出房间。有劳各位少爷们关心了。”

“前几天见二少还好好的，怎么突然就染了风寒？要不，我们去看看他吧？”有个公子提议。

“是啊，你引我们去西院，咱们人来都来了，不去看望一下，说不过去啊！”有人站了起来。

画扇一下子慌了，却灵机一动：“不用不用！奴婢家少爷刚刚服了药，这会儿该睡下了！有劳公子关心了！”

几个公子这才消停下来，画扇也吁了一口气。

云菀沁在走廊梁柱后听完里面对话，对初夏交代了几句。

初夏演戏现在也熟了，进了厅内，走近画扇身边：“是二少院子里的画扇姐姐吗？”

画扇见来者是个陌生丫头，将初夏拉到一边，疑问：“你是谁？”

初夏满脸的难言之隐：“我是云侍郎家大小姐的贴身丫鬟，刚刚与小姐在满府的找你呢！见到画扇姐姐在这儿，太好了。”又望外一瞄，轻声道，“我家小姐在那儿。”

画扇一听更加疑惑，云家大小姐？那个与少爷有指腹婚约的云菀沁？找自己干吗？顺着初夏的目光，画扇看到天井处的参天老槐下站着个娉婷丽人。

身着烟霞银罗花绫子如意襦裙，绾着一具婉约而流畅的乐游髻，浅施薄妆，多一点嫌厚，少一点儿又嫌太素，雅净中透着无形的明艳。

在今天赴宴的所有女眷中，女子的美貌和气态，也数一数二。

画扇微微一怔，虽第一次见到云菀沁，却早就将这个女子当成了假想敌。

她是侯府的家生子，又是一等丫鬟，心眼并不小，七岁就跟在慕容泰身边，可自己的出身没法当慕容泰的正室夫人。面前这少女，却能与她倾慕的主子白首偕老，画扇心中多少有些嫉恨。过去福了一礼，淡道："云小姐找奴婢什么事？"

话音一落，手被面前女子抓起来，画扇一讶，只见云菀沁大大的美目盈满泪水，失魂落魄道："你就是画扇？我知道，你是二少身边最得力最受信赖的丫鬟，今天就只有靠你来帮这个忙了！"

白菊茶害得云菀沁到现在热气还没散，脸色红得厉害，样子当然装得也像。

画扇听得糊涂："到底什么事？"

云菀沁将画扇拉到一边隐蔽处，泪珠子断了线一样滚下来："我二妹这几天因为犯了错，在家中被爹爹禁足，可我刚才无意看见……她偷偷跑来找二少，还进了二少的房间……"

"什么？"画扇惊叫起来。

这云菀霏没脸没皮，今天这么多人，还敢上门勾引自家的少爷？

画扇身为近婢，怎会不知道慕容泰和云菀霏的私情，甚至有几次还帮少爷打过掩饰。

相对于云菀沁来讲，她更讨厌这云家二小姐。

云菀沁起码是长辈们承认的未来正统妻房，可那云菀霏却是个狐媚子，也不知道云家怎么管教的！

画扇回想起那次，云菀霏到了侯府后门，命她去叫少爷出来，她推脱少爷这段日子学业繁忙，云菀霏竟指着她的鼻子冷冷讽道："别以为是泰哥的贴身大丫鬟就了不起，我迟早是你的主子。"

要不是云菀霏与少爷有染，又怕少爷责骂，画扇真恨不得把这个云家二小姐与男子无媒苟合的丑事抖出去。

云菀霏虽然出身比自己好，可跟自己一样，与少爷也是没名没分的，凭什么羞辱自己。她真想让世人都瞧瞧，官宦小姐又怎么样，还不是与男子厮混的倒贴贱人，还不如丫鬟。

这样一想，再听云菀沁拜托，画扇心中一喜，这可是个好机会，面上却平静地说："奴婢只是个下人而已，大小姐说这些，奴婢能帮什么忙？"

这个画扇，前世今生，果然都是那样喜怒不言于表。云菀沁唇角不易察觉地一勾，却用手绢掖掖眼角："我妹妹和二少的私情，其实我早就知道了，她听说家父与侯爷今儿可能要为我与二少正式订下婚事，商量成亲日子，估计来找二少哭诉，我其实并不气她，说到底，我才是二少未来的正室夫人。但今天这么多人，我怕他们被人撞见，叫咱们云家丢了面子，所以烦请你去将我二妹暗中请走，千万不要被人发现。"

画扇不动声色："好，云小姐先离开，奴婢这就想法子。"

云菀沁擦干泪道了谢，与初夏走了。

走到一半，初夏压低声音："小姐，那个画扇真会按照你说的做吗？这事……会闹大吗？"

"你看到画扇脸上的神色吗？"云菀沁一笑。

"嗯？"

"嫉妒。她有多嫉妒，今天的事，就得闹多大。"云菀沁慢慢道。

画扇回了厅内，拿定了主意，换了一副笑意，朝几个世家少爷道："各位公子不是想要去看望奴婢家少爷吗？"

贾公子嚷起来："你不是说二少歇下了吗！"

"估摸该起身了，若各位公子想去，奴婢不敢违逆。"画扇脸上写满了无可奈何，可人已经走到门口去，摆出一副领路的姿态了。

几个公子"哗啦"跟着画扇朝西院走去。

画扇的恭敬神色瞬时消失，取而代之的是一片阴凉之色。

西院。

慕容泰房间。

云菀霏心疼地趴在床榻边，想摸又不敢摸："泰哥哥怎么摔伤了呢？还疼不疼？"

榻上男子被她嘀咕了半天，不耐烦了，翻身而坐："你不是被你爹关禁闭了吗，怎么跑到我这儿来了？没被人发现吧？"

云菀霏还是第一次听他口气这么凶，很是委屈，对着家中下人和姐姐那股戾气消失殆尽，全是柔情："没被人看到。你我的名声，我还是知道顾忌的。今天来，就是为了咱们俩的事。不如趁今天是个喜庆日子，泰哥哥，你与我就去老侯爷面前摊牌吧。”

“你还知道今天是个喜庆日子？这么多人，我们一摊牌，你不顾及你姐姐面子就算了，是想要我祖母寿宴变丧宴吗？”慕容泰脸一青，甩开她的拉扯，走到桌边，将丫鬟刚送进来的茶水倒了一杯，咕咚咕咚灌进口里。

云菀霏心里一急，轻拥住他：“今天要是不说，霏儿怕你跟我姐姐的庚帖就王式换下了！到时想要退亲都难了，你要霏儿怎么办？你，你别忘了，霏儿已经……已经是你的人了！”

慕容泰眼色一阴，抿了一口凉茶：“你这是在逼我？”

云菀霏梨花带雨：“霏儿只是想叫你给个答复，难道泰哥哥不愿意跟霏儿光明正大，结成正式夫妻吗？”

慕容泰喝了那添了料的茶，早就逐渐发热，现在被她一抱，更是燥热难堪，敷衍道：“等你姐姐过了门，我再找个机会纳了你。”

那不就是妾？岂不是重蹈娘亲的覆辙？

云菀霏不甘心，纤手在他胸口抚着，哽咽起来。

下了药的白菊茶在体内沸腾起来，加上女子的刻意逢迎，慕容泰身子不受意志力的控制，将云菀霏一把抱起来。

这时，画扇领着几个公子，来了西院。

“各位公子劳烦先在院子里等等，奴婢先去看看二少醒了没。”将客人带来西院，画扇还是有风险的，为免少爷到时会骂自己，先看看形势，要是云菀霏走了，算她好运。

刚走到少爷的门口，画扇听见房间里“哐啷”一声，伴着衣料的摩擦声，圆桌上的茶壶摔在了地上。

画扇贴着门缝望进去，顿时羞臊得脸皮滴血，天井外的几个公子被清脆一声惊动，提步进来了，嘴上问道：“画扇，二少醒了没……”

画扇眼珠溜溜一转，换了一副脸色，朝门里惊惶喊道：“少爷怎么了，是不是有事——”

几个世家公子想着刚才瓷器撞地的声音，只当慕容泰出了什么事。

贾公子性子大大咧咧，手脚也快，上前一把推开门，身后的几个公子也哗啦啦跟了过去。

慕容泰和云菀霏衣衫凌乱地在桌边正抱成一团，哪儿来得及躲?

云菀霏死都想不到会有一群男子将自己堵在门口，更料不到有朝一日自己的身子被一群男子看光了，仓皇从圆桌上滚了下来，尖叫一声，打破了西院的安宁。

这个时候，云菀沁正在前院，被几个官宦小姐缠着聊天。

跟画扇分开后，云菀沁胸口有些憋闷，白菊茶药性又在体内蹿起来，看来白氏下手还真不轻，含了那么一点都够呛。

这档口没法子去找什么解毒的玩意，云菀沁想这季节，厨房都备着绿豆，搭配大量清水，或许能清热排毒，正想跟初夏找个灶房去拿点儿应个急需，却被迎面来的一群官宦千金缠住。

太尉家的小姐刚被云菀沁甩了，带着另外几位千金小姐来找她。

太尉小姐得意地朝几个小姐妹说："云小姐好厉害，刚跟我闲话家常，时下流行的梅花妆、飞燕眉都会化，如今京城几家水粉铺，哪家的妆粉好一些，哪家的妆粉劣一些，她也分析得头头是道，你们啊，有什么赶紧的讨教。"

云菀沁摇摇手："那是信口胡诌的。"

殿阁大学士家的小姐笑语："云小姐别谦虚，你舅家可是邺京有名老字号皇商，制出来的香，调出来的粉，连宫里的娘娘都爱不释手，还被皇上选定为贡品赐予异邦。云小姐肤色这么好，肯定深谙此道，怎么可能是胡诌！"

其他小姐望向云菀沁，晶莹剔透的肌肤毫无纹理，罩着一层柔腻的自然红晕，根本就是个活生生的招牌，顿时都心动了，将她推到遮阴大槐树下，你一句我一句地问起些妆容常识。

云菀沁暗中苦笑，幸亏重生后叫妙儿去许家带回不少书籍，比起上辈子的基础入门书籍，这次研读的是进阶一些的书，例如《香谱》《花卉录》《名妆册》《药香大典》。

有时，还叫初夏去家里灶房拿些芝麻油、葵花子油或者乳油，将花瓣磨成粉，尝试炼制。

如今的本事，尚能应付官家千金们。

槐树下，小姐们麻雀似的说着话，殊不知隔着一堵粉墙背后，伫立着一抹英俊挺拔的人影，也停了许久。

夏侯世廷凝视中间的女孩。

不到及笄的年龄，一笑一颦，却拥有着强烈的光芒和自信，乌黑丰厚的秀发在金黄色的阳光下，反射出迷人的光晕，雪腻肌肤透着活力的酡红，让人看得不能挪眼。

樱桃红唇中吐出的一字一句，如落玉滴盘，银铛清脆，叫身边的人不愿漏一个字。

听说她跟慕容二少订过娃娃亲？

夏侯世廷英眉一耸，习惯性地摸了摸玉扳指，不知道为何，心坎儿就像被人拨了一下。

云菀沁正跟几名小姐们侃着，粉墙那边传来侯府下人的说话，越来越嘈杂，压住了几人的聊天。

知道出事了，几位小姐匆忙去往前厅，云菀沁也一起过去了。

天井内，侯府大管家对着老侯爷附耳说话，老侯爷脸慢慢发紫，额上的青筋都快冒出来了。半天，才朝众人拱手："老夫有点事情，劳烦各位先进厅坐一坐，由安儿代替老夫接待！"说着瞪向云玄昶，鼻子哼了一声。

云玄昶意识到不妙，赶紧跟老侯爷一起下阶离开。

老侯爷一走，议论声更大了，慕容安根本就管不住。

"真的假的？云家二小姐跟慕容二少……"有人瞪大眼。

"我儿子刚过来跟我说了，都脱光抱作一团了呢！一群公子哥儿进去看个正好！"贾公子他爹，御前侍卫统领贾大人压低声音。

"天啊，这太伤风败俗了！"

隔着屏风的女客那边，白雪惠也听到风声，惊得手足无措，料不到女儿会来，更不知道女儿怎么会在这种场合与慕容泰做出这种事，想要过去看一眼，却被座位上的慕容老夫人冷言喝住：

"云夫人！"

慕容老夫人听说这事，也差点气得吐了血，现在只恨不得当场将教女不善的白氏大棍子四仰八叉给架出去。

官眷们目光鄙夷地望过来，白雪惠只觉身上被凿了洞一般，千疮百孔，快晕过去了。完了……这次女儿完蛋了。

初夏在门口看着好戏，转过头却见云菀沁表情不对劲儿，脸上浮了两抹酡红，身子还有些打晃，心知不妙，赶忙一搀："小姐，你怎么了？"

云菀沁满府找画扇时这药发作，刚刚给几个官宦小姐讲解脂粉，耗了力气，药性又翻动起来，看来，这药禁不起运动。

她屏住呼吸："白氏在我茶水里下过一些狼虎药，我低估她的狠毒了，想不到这药这么厉害，你把我扶到侯府的西南小院，那儿有个长年废弃的小厢房，然后你去厨房提一大桶水，再舀些绿豆粉来。"

这样子若被人瞧见，一问一查，就知道是自己调包了药茶，安排了今儿的丑闻。况且，前厅人多，等会儿万一神志不清，怕会像慕容泰和云菀霏一样做出失仪的举止。

初夏这才知道今天侯府的丑闻，全是小姐安排的，虽然奇怪小姐怎么会如此清楚侯府房间，还是赶紧先把她扶了过去。

西南小院，厢房，初夏把云菀沁搀到一张罗汉榻上，去厨房搜罗解毒物事了。

室内安静，云菀沁身子温度不减反增，头也晕。

初夏却迟迟没回。

火烫感加剧，热，好热，云菀沁呼出几口气，意识迷茫间，扯松了衣襟。

正在这时，厢房外传来脚步声，却显然不是女子轻盈的步伐。

几个偷懒的侯府家丁趁西院那边闹腾，找个没人的地儿摸鱼，刚巧也来了这边。

"好家伙！你刚去西院二少爷那儿看了没有？"

"哪能看得到啊，这么丢人的事！侯爷叫人将西院都封死了，不让人进，这会儿只怕连客人们都快送走了！你刚在那边干活不是看到了吗，说说，到底怎么样？"

另一个家丁语气多了些猥琐，"那云家二小姐的光屁股蛋儿都被几个官宦公子看到了！被人堵个正着——"

“云家二小姐这名声，算是毁完了！还有谁敢要？只有嫁二少了！可婚前败坏名节，大庭广众被这么多男子看了身子，只怕连侯爷都不会承认她吧？咱们老侯爷可最重家声了！”

“可不是！侯爷当场就将二少抓到西院书房去教训。云侍郎那张脸都快垮到脚脖子了！二小姐哭岔了气，还没来得及求情就被云侍郎扇了一个耳刮子，坐在地上半天起不来！我呀，瞧这情形，两个人绝对不是第一次，怕早就私通了，可怜了云家大小姐，本来是正宗的未来慕容家夫人呢，这下难嫁进侯府当少奶奶了，云家二小姐除了二少，没人再会要，云侍郎肯定会想法子将二女儿嫁给咱们二少。”

“可怜什么？我看那云家大小姐真是走运！众目睽睽下闹得这么大，云大小姐就算与二少退了亲，也摊不上半点不是，总比婚后与自家妹妹娥皇女英共侍一夫要好。”

云菀沁听两人声音渐近，警惕绷直了脊背。

衣冠不整，发髻凌乱，香汗沾额……这副样子被侯府下人看到，比云菀霏好不到哪里去！

她想找个地方避一避，可别说没力气走动，就算有，小小一间房子，哪有地方躲。

门咯吱一声。她放弃了，正想着找什么托词堵了侯府家丁的嘴，脚步声停住了——

门开了一小半，虚掩着的缝隙处传来对话声，夹杂着家丁的喏喏声。

来人声音低敛，她听不清楚。

步履响起，两个家丁乖乖离开了。

云菀沁并没放松，这表示——又来了个人。

门这次全开了，脚步深重而有力，有人进来。

在紧张和压力下，她连抬头的力气都没了，只看见门槛前一双青乌金线靴。

……刚刚在哪里见过？

云菀沁燥热感复卷而来，头一沉，支撑不住，从罗汉榻上倒了下去。

没有预料中撞击地面的疼痛。

来人及时伸出手来，将她手臂拉住。

晃荡了两下，云菀沁稳住，迷糊之间，一张轮廓英朗的面孔在视线内浮现，却看不清。

这一摔，云菀沁本就扯开的衣襟又散开了许多，玉肩大裸，翡翠色肚兜露出一角。

目色墨染，蒙着一层雾霭，打量着自己。

手臂被他抓着不放。

云菀沁试图挣扎了两下，他仍旧捉得牢牢，没有一点儿放开的意思。

唰的一声，云菀沁抽出另一只手臂，虽被药缠身，但为了自保还是能发挥潜能的，一巴掌扇过去："淫贼！"

男子头一偏，避开了这一耳光，却也不生气，反倒用指腹在女子的小腕上揉了两下，又将她另一只手往自己肩膀上一扔，霸道地命令："钩住我脖子。"

凭什么要她钩住他脖子！好不要脸！云菀沁正要再斥，男子的手从她手腕上松开，往下滑，覆在她后腰上，蛮横一压。

云菀沁还没反应过来，便被他挤进了怀里。

一股独特的龙涎香飘入鼻腔。

男子的气息内敛而深沉，附在她耳边："那不叫淫贼，这样或许沾点边。"

云菀沁好气又好笑，却感觉身体好像轻松了不少，视线也清明了，能看得清周遭了。

男子将她一松，转身，朝大门走去。

云菀沁明白了，他不是调戏自己，他将手搭在自己手腕上，估计是看出自己异样，在给自己诊脉，后来在自己腰身上弄了两下……难道是帮自己通什么穴位？

"你——站住，等一下。"云菀沁虽清醒了，但还是力气欠缺，压根儿站不起来。这人不会害自己，眼下，只能要他帮忙。

男子缓缓转过身。

侍卫打扮，故意涂黑的俊颜，修长而略显薄凉的眸，手指上那个熟悉的玉扳指。

竟是夏侯世廷。

他怎么会知道自己在这儿？

他不是身体不大好，连北城的王府都少出吗，为何他会诊脉舒筋的本事？

云菀沁也不懂武艺，可沈子菱是行家里手，闲聊时，跟她说过一些基本常识。

察看身体状况，解除身体隐忧，天下除了医者，便是身怀武技的人。

她果然知道自己的身份。夏侯世廷无视她复杂的表情，淡道："刚刚就当是回报云小姐在水榭维护本王的举动。"

夏侯世廷一直跟着她，盯着她的所有举止，看见她虚晃着单独来了西南小院，他就觉得不对劲，打发了两个欲闯入的家丁。

进来看到她的样子，再联想之前她遣丫鬟调换茶水一事，这才明白了。

今天侯府内爆发的丑闻，是她主谋策划的。

他眸光一烁，看来，她不想嫁进侯府当夫人。

云菀沁只道："小女子与沈公子的妹妹交情好，怕魏王刁难沈公子，才想法子劝个合，事后才知道——竟是三殿下微服来了侯府。"

夏侯世廷也不戳穿她，唇角显出淡淡笑意："哦，原来是为了沈家公子才出手，不是为了本王啊。"

这话怎么听得怪怪的？云菀沁见他似是有转身离开的迹象，还是没忘记刚才喊他留下的初衷，喊了一声："三殿下，留步。"

夏侯世廷驻足。

云菀沁望着他，也就大言不惭了："劳烦秦王帮小女子一个小忙再走。"

夏侯世廷一挑眉。

"麻烦帮我把衣服穿好。"云菀沁不知道为何放心这种时候跟他共处一室，也许，他算是前世的熟人？她自己没力气，反正这副样子已经被他看到了，也不在乎再被他多看一眼，但她却再不能被多一个人看到！

夏侯世廷眉宇夹着讶异："这是小忙？"

难道不是吗？云菀沁盯着他。

夏侯世廷被少女望得有些心虚："本王没给女子穿过衣服，不会。"

随便套一下不行吗？又没叫你穿出个花儿来！云菀沁肩膀凉飕飕的，简直想一个粉拳揍他俊脸上了。

夏侯世廷看到云菀沁脸上欲扁难扁的神色，这才极不心甘情愿地默默开口："试试吧。"

他的手指触碰到云菀沁雪白的裸露肩胛上，戳了半天，没有找到衣领子。

咦？云菀沁望过去，他居然歪着脑袋，没有看自己。

费了半天劲才终于穿好，云菀沁舒了一口气，抬头看他，居然也面肌一松。

"然后，请三殿下帮我去屋外，瞧瞧有没有一种尖头椭瓣的绿色叶子，叶多，气味浓重而刺激，若有，请多摘几片进来。"云菀沁吩咐。

这个丫头还真是上瘾了！就算帮了自己一次，也不至于把自己堂堂个秦王拿下人使唤吧？穿衣服，摘叶子，哪里像是王爷干的事。夏侯世廷眉眼一厉，拂了拂袖子——还是出去了。

片刻之后，他捧了一堆叶子回来，放到罗汉榻上。

倒还挺聪明，一说就摘对了。云菀沁将叶子放到鼻下，使劲儿闻起来，清凉干爽的气味断续流进鼻腔、肺腑，浸入丹田，热气盖下去许多，力气回来了大半。

薄荷叶是花谱中重要的一味植物，有修复灼伤晒伤皮肤的功效，也能疏风散热，清头目。云菀沁记得侯府的一些小院子种过，刚才突然想起来，也许能应个急，便叫夏侯世廷去看有没有，不料果然有效。

闻得差不多了，云菀沁将薄荷叶撕碎了，裹在肚兜里，头一低便能吸到薄荷香气，万一等会儿出去药性又犯了，也好随时提神。

夏侯世廷眼睁睁看着云菀沁从萎靡不振到活了起来，道："你的自控能力很强，能撑到这里，还能忍住反应，一般人根本看不出你是服了那种下九流乱气血的药。"

云菀沁马上道："今天这事，还请三殿下不要到处说。"

夏侯世廷脸色不快。自己长得像三姑六婆？

云菀沁转移话题，打趣道："三殿下慧眼，连什么药都一清二楚，莫不是经常用药？"

夏侯世廷拔凉地盯住云菀沁。

这人实在有点儿不知风情啊，缓和一些气氛嘛。云菀沁努努嘴，正要开口，夏侯世廷淡淡道："本王的母嫔，也曾中过毒。本王从此对一些基本毒物，都放在了心上。"

微微一怔，云菀沁不知道该说什么。

北方蒙奴国的和亲帝姬赫连氏，虽是贵嫔位，可后宫倾轧，人心险恶，加上身份缘故，是后宫众人的靶子，有中毒的经历，也不算稀奇。

这么一想，她记起前世在闺阁中，听说赫连氏遭遇过一些磨难。

有次十分重大，赫连氏被宁熙帝活活从耳朵内灌了水银，流遍了七窍，虽然后来保住一条命，却成了盲哑之人，终生受苦。

她想了想，暗示他：“小女子年幼丧母，想尽孝都无能为力，可三殿下却还有生母在堂，若我是三殿下，一定会多留心母亲，安排眼线贴身保护，免得母亲遭了旁人加害。”

夏侯世廷凝注面前这个聪慧的女孩：“你在提醒我？”

她到底是什么人？为什么既愿意维护自己，又不愿跟自己扯上关系？又为什么好像在提醒他多照料母嫔赫连氏？

云菀沁应道：“三殿下多心了。小女子不过是有感而发。今儿到此为止，小女子先走了。”今天除了完美地推掉与慕容泰的婚事，还有件事，是关于秦立川的。

妙儿从舅舅府上拿回来的批命签，正在云菀沁的袖口里。

就让那妄想老牛吃嫩草的老家伙看看，一个与他命格相悖，成婚便能克死他在洞房的女子，敢不敢娶。

今天的寿宴，秦立川也参加了，只是男女宾客不方便在一起，云菀沁一直没机会接近，现在侯府一乱，正好能趁机将那批命签塞给秦立川。

刚刚家丁在外面说，因慕容泰和云菀霏丑剧，宾客大多都被侯爷请走了，她怕秦立川也离开了，脚步加快，没闲工夫跟夏侯世廷多说了。

‘云小姐是想找秦尚书？”身后男子语气淡淡，挡住她的脚步，闲问一般，然，慑人无比。

他怎么知道？云菀沁手心有些汗。

夏侯世廷脚步一转，踱到她前方，高大的身影挡住她的去路，落下一片阴翳。

男子浓郁而茂密的长睫精致得惊人，扑在下眼睑，定望着女子：“云小姐托人找过戒嗔大师，要过一张合男女八字的批命签，签上的文字，出自云小姐自己之手，将自己的命格八字与秦尚书的匹合度批得不堪入目，简直是——克夫命中的克夫命。”

“三殿下这是在跟踪小女子？”云菀沁目光冰冷下来。

“戒嗔的住持师父乃前朝国师。”

“没错，那又怎样？”

“不巧，”夏侯世廷眉眼略弯，“老国师是本王年少时其中一名授业恩师，虽已隐退市井，却与本王偶尔下棋品茗。一般人私下找戒嗔批八字，都是将自己的八字批得福分冲天，或许云小姐的举动太特别，前日国师对我私下提过这事。”

这个戒嗔，收了银子还大嘴巴，居然告诉师父。

这老国师也是，还特意转给王爷听，是退出官场后闲得发霉了吗？

云菀沁蹙起眉，却脑子一闪，福至心灵，沉思片刻，脸上浮出浅笑，掏出那张已捏得发皱的批命签，双手奉上，递给秦王。

夏侯世廷是在委婉地提醒自己，纸包不住火。

她若亲手将这批命签交给秦立川，迟早得被人知道。

若是云玄昶知道，定会勃然大怒！

若是流传给外人知道，克夫命岂能叫她日后有好姻缘？

总之，这个举动，纯粹是饮鸩止渴，拒了秦老头儿，却后患无穷！她不是没有考虑过这个问题，还想过让别人代自己与秦立川接触和沟通，可秦立川贵为尚书，已是百官之上，谁说的话，他会信服？

眼前这个男子，不正是合适人选吗？

云菀沁不知道他为何会帮自己，估计还是为了还水榭的那份恩情？毕竟，通过前世他登基后的行为，她也算清楚他的个性，恩怨分明，滴水之恩，涌泉相报，片毫之仇，万箭穿你的心！

夏侯世廷见她递来签纸，眉眼一动，这女孩果真聪慧，稍一提点，就能猜到他的意思。

云菀沁嫣然一笑：“小女子知道三殿下有解决办法，小女子的事，不知道能否托付三殿下？”夏侯世廷既然会提醒自己，她便有信心他不会拒绝。

果然，他并没迟疑许久，瞥一眼那张签纸：“云小姐信任本王？”

云菀沁不语，将那张签纸放入了他宽大的掌心，将他修长的手指一推，助他手掌蜷起。

悄悄离开西南小院，云菀沁迎面碰上初夏。

初夏提着一大桶水，腋下夹着一篓绿豆粉，气喘吁吁地朝这儿跑，见到小姐神清气爽地出来了，吃了一惊："小姐你没事了？怎么不等奴婢——"

云菀沁轻拍初夏脑袋："等你早就死了！没事了，将东西放下吧！"

初夏无奈："小姐别怪奴婢，别看这一桶绿豆粉，可不好找！侯府乱成了一团，侯爷叫下人到处守着，哪里都不方便进出。"

云菀沁想寿宴难得继续了，宾客知道侯府出了丑事，这会儿恐怕陆续都在打道回府，领着初夏就朝前厅走去。

拐了弯儿，刚过月洞门，一个身影站在门口，昂躯长臂，煞是眼熟。

是沈肇。

沈肇见四周无人，大步跨过来，距离云菀沁半丈之遥，又驻足下来，脸色紧张："秦王刚跟你在一起？"

上次他在云府帮过自己，云菀沁对他是有好感的，此刻并不隐瞒，默认了："看在子菱的份上，今日之事，请沈公子当没看见。"

何须看在妹妹的面子？她一开口，他一定倾力相助。

可沈肇终究没说出口，见云菀沁衣着齐整，谈吐自然，想必秦王应该没为难她，放了些心，却听她问："沁儿记得，沈公子与秦王曾经一起在京郊的营地督过军。所以才会认识吧？"

沈肇见她听说，也并不瞒，嗯了一声。

不得不说，秦王刚才在厢房的表现，云菀沁多少还是好奇的，试探着问道：'哦，那么秦王一定是武艺超群吧？"

大宣重武，皇子到了一定年龄，都会被安排去京城军营随军几日，一来叫皇子熟悉军务，二来能够提高士气，一般会有武将家中的子弟随行。

那一次，便是沈肇陪同秦王。

沈肇见她眼神期盼，道："皇子督军只是惯例，去了不一定非要亲自操练骑射，何况秦王身子一向不是太好，王府的长史时时提醒我们不要叫王爷受累，故此，那次秦王大半时辰都在营帐中，并未有何武艺上的展示。且，我没听说秦王自幼到大有过武学上的老师。”

云菀沁顿了一顿：“总听说秦王身子不大好，到底是什么病？”

沈肇疑惑地看她一眼：“不清楚。但我听说，赫连嫔在生产前，曾动过胎气，秦王是不足月的早产儿，七月便落了地。秦王三岁时，被圣上送出宫，当时浑身乌紫，进气多，出气少，被寄在皇家寺庙相国寺养育了一阵子，方才好起来，后来赫连贵嫔痛诉陈情，说秦王与皇宫风水不合，老国师顾天修也批了八字，呈给皇上看，证明秦王的命格确实跟皇宫相冲，在龙地怕是养不大，皇上这才将秦王迁往宫外居住，从此，秦王不像其他皇子在皇宫内长大。要说秦王身子，兴许早产加上幼年那场病留下了什么后遗症，造成身子先天不足，比常人孱弱一些吧。”

孱弱？没跟夏侯世廷见面前，云菀沁或许信，现在，算了吧。

前国师顾天修原来帮过夏侯世廷的大忙，难怪夏侯世廷后来要拜他为师，也或许……根本是赫连氏为了让儿子出宫，私下求过顾国师，以皇子给他为弟子来换取信任吧？云菀沁正在思忖，见沈肇怀疑的脸色，岔开话题：“上回家中宴请外客上的事，沁儿还没谢过沈公子，今天当面谢过，沈公子可别嫌晚——”

话没说完，初夏跑过来道：“小姐，莫管家在侯府找您呢，说是该回去了。”

云菀沁再不多说，告别了沈肇。

二人刚一转身，只听身后男子声音平静：“叫沈公子太见外，今后，你私下可随子菱一起叫我一声大哥。八岁那年的事，你虽忘了，我却还记得，绝不会变。”话音一落，大步离开。

云菀沁刹住了步子。

记忆翻腾起来。

八岁那一年，娘亲过世。阖府挂起丧幡和白灯笼。

还是妾侍的白雪惠牵着宝贝女儿的手，趴在表姐灵柩前，当着拜祭的客人，假模假样地捏着手绢儿干号：“妾的好姐姐，好夫人——你怎么走了呢，您可得叫老爷伤心死啊，这么大的家，今后叫谁来当啊，姐姐——”

云锦重才不到四岁，并不太能体会丧母的悲痛，披麻戴孝随着云菀沁跪在灵堂，拉了一下姐姐的手，童言无忌，奇怪地问：“姐姐，为什么白姨娘哭起来的时候没有眼泪呢？”

若能回到当时，云菀沁真想告诉弟弟，没眼泪？是为了叫白氏攒着以后流个够的！可那会儿懦弱又隐忍，她眼泪吞到肚子里，捂住弟弟的口。

当天，白雪惠回了院子，又将老爷拉进了自己屋子，人前一套，背后一套，完全不避讳表姐尸骨未寒。

云菀沁看尽了娘在过世前所受的精神折磨，见父亲与姨娘在丧期寻欢，丧母痛双倍增加，正好这时，沈子菱来看望失母的小姐妹。与奶娘一起将弟弟哄睡后，云菀沁跑到后院，终于在好友面前号啕大哭，宣泄悲伤。

哭着哭着，只觉一只大手覆在自己肩上，轻轻拍着，让她慢慢镇静下来。

一个浓眉大眼的英挺少年站在面前，是陪沈子菱一起来的沈肇。

泪眼蒙眬中，云菀沁听见沈肇说："没了娘，今后你多个哥哥，我如何保护子菱，今后便如何保护你。"

夕阳中，余晖融融，灵堂的凄冷，父亲的薄幸，姨娘的黑心，在这一刻的温暖下，暂时化为乌有。

今后，你多个哥哥。这话，她哭完就忘记了，后来发生了太多事，更是将年少时的这份记忆冲淡了。

原来，沈肇一直还记得，真的在履行兄长的责任。

回忆至此，云菀沁眼眶蓦然湿润。

与此同时，夏侯世廷从小厢房里出来。

院子外，施遥安早就在毗邻的古柏下守候，见王爷出来，试探道："看来那位云小姐已经与三爷熟了？这可好，便能与许泽韬搭上关系了。"

"倒也算不上熟。"语气淡如水。那女孩，并不容易轻信人。

"啊？我看三爷与那云小姐在里头待了半天……云小姐出来时，还一脸的轻松呢。"

夏侯世廷唇角一勾，借助自己来帮她完成难题，她当然轻松了。这女子，碰到个能用的人都不放过，当真圆滑得很。

这女子，是他收获的意外之宝。

背手走了两步，在弯曲游廊上，夏侯世廷停下来。

跟在身后的施遥安听主子若有所思地开声："遥安，想法子买通宫中太监总管，换掉母嫔身边原来的那一批侍婢，再叫蕊枝选几个心腹丫鬟，老练聪明一点的，送到宫中贴身伺候母嫔。”

施遥安明白了夏侯世廷的意思：“是，三爷。”

夏侯世廷胸口一块石头豁然落地，又生了些莫名自嘲意，居然把那初次见面的丫头的话听进去了，还真是活见鬼了。

云府翻天覆地。

云菀沁那天回来后就再没见过云菀霏，妙儿打听后，过来偷偷传信儿，说是老爷黑着脸把她拎了回府，直接塞进闺房里，这次可不是单纯锁门，直接钉死了门窗，又叫两个壮汉护院在门口守着，每日叫下人去送一餐饭，任云菀霏哭嘶了喉咙也不去看一眼。

白雪惠知道事儿太大了，这次别说梨花带雨地求情了，抹脖子上吊都没用，当天一回府，蔫条儿一般，被下人扶进了院子。要是说上次女儿被家法处置，白雪惠是故意装病博老爷怜悯，这次便是真的气急攻心，加上暑热一袭，一病不起了。

女儿虽然被宠得刁蛮任性，但也不至于这般沉不住气啊！寿宴那天她明明被锁在家里，怎么会跑出来？

白雪惠越想胸口越是憋闷，女儿惹出这么大的祸事，她身边也没个贴心人儿安慰，更是一蹶不振，爬不起来。

云菀沁倒是安生些了日子，也暂没了管束。这日，叫初夏拿出早备好的男装，再将锦重屋里的男子发冠和发箍拿来了几个，又找几个布块塞靴子里垫了，最后对镜描眉弄唇，易了个男妆，由初夏把风，偷偷从后宅角门，离了家。

秦立川那件事，三殿下那边一直没了音讯，也不知道怎么样了，她实在坐不住，想来想去，关系终身大事，马虎不得，万一人家贵人事忙忘了，或者根本只是口头说说，岂不是误了自己。

不行，要去问问。

第三章

宅内风采

美人思无邪

上

早知夏侯世廷当王爷时低调，可没想到秦王府真这么简朴幽静。

云菀沁敲开了王府的朱红大门，不禁朝里望去，暗中啧啧。小斯看着面前的公子哥儿，怔愣半晌。

自家三王爷的相貌就是京城拔尖儿的，可这少年却是别具一格的美貌，看起来十五六，一身冰蓝丝绸长袍，发束羊脂玉冠，红唇齿白，眼神灵动婉转，浑身流淌着一股倜傥风流，就是声线有点细嫩，不像男子那般低沉，很像京城那位走红的伶人。

虽然赏心悦目，小斯却没忘记职守，美滋滋欣赏了半会儿，仍问："这位公子姓甚名谁？我家三爷从来不接受外客拜访的！"

"你只须转告你家三王爷，说是寿宴那日的水榭熟人，他自然会见我。"云菀沁恨不得马上见到夏侯世廷问个清楚，如今隔着一道门槛跨不进去，真有点儿挠心。

三爷连女子都不近，怎会跟美男子是熟人？见小斯一脸怀疑，云菀沁急了："你将这个拿给你家王爷看便知道了！"

小斯手心被塞进一团东西，一看，是几片绿油油的叶子，拿近一闻，清凉刺鼻。

跟王爷单独在一间房相处过？再加上这美少年的相貌，小斯不由得多想些七七八八，三王爷正是血气方刚的年纪，在府中没有姬妾，本就有些奇怪，这么大年纪的男子，总得有个宣泄的地儿啊，不然肯定会憋出病来！这位若是王爷在外面包养的娈童，那就合理了！说起来，京城里好男风、养小倌儿的皇宫贵族还是挺多的，不算什么！

看这个美少年不见王爷誓不罢休的样子，一颦一嗔透着找情郎的神色，肯定就是了！想到这儿，小斯几乎喜极而泣了，主子可算有个相好了，不容易啊，就算是男的也难得啊。笑道：“咳咳，这位公子莫非与我家王爷……”两只大拇指竖起来，对着揉了两下。

云菀沁见小厮的猥琐神情就明白他在想什么，眉一蹙，正想敲他两记，眼珠一转，也好，将错就错，从袖袋里掏出碎银子塞进他手中，嘟嘟红唇，一派委屈的模样：“可不是，小哥帮帮忙，放我进去见王爷一面，我，我怪想王爷的。”

小厮见云菀沁手笔不小，动了心。

正在这时，门内传来脚步声。

一名赤衣的白须老者走过来，斥了小厮一声，小厮飞快将银子往袖子里一滑，道：“高长史。”

原来是王府的大管家，早来个能说得上话的人嘛！云菀沁正准备开口，高长史却直接下了逐客令：“我家王爷从不见外客，这是全京城皆知的事，老夫跟随王爷多年，也没见过这位公子是王爷哪个熟人，请回！”

“慢着！”云菀沁脱口而出，“谁说你家王爷从不见外客？老国师不是经常上门与你家王爷下棋品茗吗？”幸亏脑子快，记起那天夏侯世廷一句话。

高长史脚步一停，这名少年难不成还真是王爷的友人，不然怎么会知道这么私密的事？语气好了些：“若是平时，老夫倒能去传报一声，可这几天不行，我家王爷身子染恙，公子白跑一趟了，还是请回吧！阿虎，关门！”说着扬长离开。

那名叫阿虎的小厮吐了吐舌：“别说我没提醒你，后门等会儿会有农户送柴火去后院的小厨房……看你自己的本事吧。”

铜环朱门哐啷一声，毫无预警地闭上。

云菀沁碰了一鼻子灰，却振作精神，转到后门。正巧见着两名农人打扮的男子抗着两担柴过来，她迅速过去，将两人拉到了巷子角落。

银子极少有解决不了的问题，若是解决不了，只证明你花的银子不够。

一炷香的功夫，云菀沁就套上了其中一名农户的外袍，跟着另一名汉子一起混入了王府后院。

进了厨房，见没人了，云菀沁放下柴火，撇下那汉子，溜出去了。

秦王府外表看上去不算奢华，可麻雀虽小五脏俱全，里头还是挺大的！

云菀沁摸瞎似的摸到了最大一座院子，也不知道是不是夏侯世廷住的地方，只能先进去看看了。

奇怪，一般的贵族府邸，处处都有下人守着，逛了半天秦王府，竟没遇着几个家奴，难道夏侯世廷真的贪图清静，讨厌被人打扰？这是有多孤僻不合群啊！

天井中，太湖石砌成的假山，清澈见底的溪流，朱红瓦盖的飞檐凉亭，显示了此间院子的主人必定是王府第一人。

云菀沁迅速扫了几间房一眼，伫立中央的一间庄严肃穆，应该是主人房间。她两步上了台阶，正想先从窗棂里看看夏侯世廷在不在，背后传来脚步声。

高长史和另一名陌生男子从院子里的书房走出来，准备出去。

云菀沁连忙躲到走廊的梁柱后，将脑袋探出一点，只见高长史表情严肃，另一名中年男子身着青色袍，头戴四方医者帽，儒雅温文，看样子像是王府大夫，语气宽慰："高长史请放心，三爷的药备好了，水也备好了，已叫人送进了房间内，稍后三爷进去便能使用了。"

高长史脸上忧容更深，叹了口气："怎么能放心，每个月这几天三爷就得受苦，不用那药便压不下病痛，也不知道何年何月是个尽头！"

……

难道冤枉他了，真的病了？不过，每个月都要受苦几天？这夏侯世廷怎么跟每个月来癸水时一样？云菀沁差点笑出声，却也知道这儿就是夏侯世廷等会儿要来的地方。

待两人离开，她悄悄上阶进屋。

房间内，装饰简洁明朗，空气中飘着一股熟悉的淡雅香味。

云菀沁深呼吸一口，能清晰地分辨出有几样《药香大典》里提过的植物：大味牛黄、野生洋甘菊、积雪草、五倍子，竟还有一味千年蛤蜊。

全都是解毒清热的东西，可这些花草正因为效果太狠，一般人根本受不了，若是下重了，会虚不受补，起反作用，除非使用者体内热毒相当严重！

这就是刚才高长史和王府大夫在外面说的，给夏侯世廷准备好的药吗？

云菀沁只闻到气味，没见到药在哪里，循着气味走到里间，一个半人高的柚木浴桶，里面盛满了热水，汩汩地冒着白色雾气。

再往里面，立着一张六折千里骏马的素色屏风，一张宽大的青榻，四根柱子系着纱幔，榻上铺着几层锦缎绫罗，应该是沐浴完毕后在上面休息的。

云菀沁坐在了青榻上，松软厚实，还挺舒服！

原来还是挺会享受的嘛！

正在这时，门扇“嘎吱”一声，有脚步声进来，伴随着貌似婢女的声音：“三爷，水与药都备好了，可要蕊枝伺候您？”

“不用了，下去吧。”是夏侯世廷久违了的声音，听上去略疲惫。

门扇合上。

隔着半透明的屏风，云菀沁见到颀长峻拔的身影朝这里走过来，行动轻缓，貌似有些虚弱，一边走，还在一边褪衣服，还没走几步，长臂一挥，外袍便扔搭在了屏风上，上半具躯体全部露在外面，隐约可见线条分明，轮廓英朗。

等一下，他不是要先洗澡吧！要不要脱那么快啊，打声招呼的机会都没有！都脱了一半了，这会儿跳出去，时机不对吧……

男子手腕下移，放在清瘦峻峭的窄腰上，好像在解裤带，云菀沁吸了口冷气，条件反射地掀下纱幔，翻身上了榻。

夏侯世廷已经径直朝里面的竹榻走了过来。

还有两尺的距离，人停了下来，声音戏谑飘来：“是要本王亲自请你出来？”

她一惊，这才知道早被发现了，拉开帐幔，“呼啦”一声坐起来，站起行了个礼：“小女子今天冒昧上门，是找秦王有事——”一抬头，声音戛然而止。

男子脸庞褪去了上次在侯府的装扮，现出俊逸非凡的真容，深邃透亮的眸，刀刻斧凿的高挺鼻梁，轻抿着的薄唇似笑非笑，发冠未束起，披在肩头，有如世外天人，此刻光裸着上身，宽肩窄腰，修腿矫臂，肌肉结实而微贲，张力十足，典型的穿衣显瘦、脱衣见肉的那种身材，可是——

胸膛上方沿着脊背布满了层层叠叠的疤痕！

疤痕有的新，有的旧，呈孔眼状，如同咬噬过的痕迹，伤口周遭泛着轻微紫色。

刚从书房回主屋，夏侯世廷便看见门子探头探脑。

原来阿虎不大放心，想看看云菀沁进来没，没想到被三王爷抓个正着，只将一名美少年来过的事汇报了，还递上了云菀沁给的薄荷叶。

夏侯世廷马上知道是谁了，却没料到她早就藏在了自己房间里。

她比上次高了许多，估计垫了什么，乌发用男子玉冠绾束起来，鼻子两侧修了很浓的鼻影，还在眉骨上点了白色银粉提亮，眼眉一派英气飒爽。要不是提前知道她来了，他险些认不出眼前的绝色少年是那日的云家小姐！

他也猜到她找自己有什么事，可体内的不适告诉自己不能多拖，低声道：“本王今天有事，云小姐下次再来。”

好不容易出来一趟，为进王府银子都花了不少，怎么能挪到下次？

云菀沁忙说：“不行，今天这事，我必须找秦王问个明白。”

话音刚落，她察觉到他身子微微倾了一倾，下意识将他小臂一搀，扶稳了。

再仔细看，才发觉他脸色苍白。

他的病，真是很严重？

罢了罢了，看他现在这样子，还没问个什么只怕就歇菜了，自己还脱不了干系！

她蹙了蹙眉，暂且道：“三殿下的药在哪里？我去拿——”

女子温润细滑的小手紧紧贴着自己的腰，夏侯世廷浑身陡的滚热，每次犯病，骨头像锯子一般，嘎吱嘎吱，痛得不能安生，今天除了锯疼，还像是爬进了蚂蚁一样，痒咝咝的。

他沉着嗓子：“手拿开。”

他脸色本来惨白惨白，这会儿居然红了！云菀沁有些疑惑，这是什么毒，变化太快了，这一放，倒下去可不得了，非但不放手，反倒掐紧了几分：“别磨叽了，药在哪里？万一出事可别赖我头上。”

她不是没出阁的官宦千金吗？为什么堪比出嫁了的妇人？夏侯世廷目光复杂地端详她，终究瞟向那张竹榻。

云菀沁顺着他目光望过去：“药在榻上？”

夏侯世廷将她当作拐棍儿似的，撑着身子走到竹榻边，掀开榻上的几层绫罗。

“本王的药被你坐死了。”

几条银花小蛇盘旋在上面，却不动弹，显然已经没了气！

死蛇！

云菀沁吓了一跳，她胆子也不小，可对于这种软体无骨冷血动物还是有抵触心理，想着刚坐下与它们亲密接触了半天，更一阵恶寒，心思却一动，这些是药？都是活蛇，肯定不是用来吃进肚子的，他身上那些圆形伤口……

她脱口而出："秦王不是病，是中毒，并且靠这些蛇来吸体内的毒？"而且看样子，还是长年靠蛇来吸毒，云菀沁好奇心起，忍着厌恶抓起一条死蛇，压了压蛇腹，鼓鼓囊囊，再用手撑开蛇嘴，凑近鼻下闻了闻，牛黄五倍子那些草药味道浓得熏鼻！难怪这儿的药味最浓却死活找不到，原来被填在蛇的腹中，再来给他吸取体内毒素，效果自然呈双倍大增。

剧痛与燥热让他有些难以支撑，不知道是不是经了刚才一番波动，比往常更加强烈，每个月的这几天最是难熬，所以关在主屋，连外院的家丁都不让随便进来。

他喉头突的一甜，有什么往上涌，踉跄走到木桶跟前，翻进水里，水花溅起，打湿了跟上来的云菀沁的衣衫。

一浸入热水，紧绷的身子松散下来，他再也忍不住，头一低，水面立刻飘上了一抹红。

吐血了。

云菀沁一惊，正要喊人，却被男子捉住腕子。

他嘴角还流着一丝红色血线，噙着若有似无的笑："你乔装打扮来我府上，不就是为了不让人发现吗？"

云菀沁一怔，还未反应，夏侯世廷反手将她纤腕扭过来，用尽气力把她拉到面庞前："帮我吸。"声音喑哑虚弱。

云菀沁瞟了一下他满身的细小伤口，想也没想，要甩开他手，他声音又压低几分："对你我都好。"

云菀沁蹙眉，现在还忌讳什么男女之别，比较下来，还是给他吸毒吃亏小些。罢了，自己不小心弄死了他的药引子，就当是还他一笔，加上还得问他秦立川的事，不能撕破脸皮，终于默认："好。"

话没说完，他不知从哪里捞来一颗红色圆丸，趁机塞进她嘴里，料到她会吐，固定住她玉腮："是压制毒素的千金丸，防止吸时误吞毒液。"

云菀沁将红丸压在舌下。

她没做过吸毒的事，不过应该跟婴儿吃奶差不多？

她凑近他宽大的胸膛，先伸出丁香舌尖，试探了一下。

他的胸口被一点软绵湿滑触碰了一下，如被雷电贯穿，俊挺的长躯一直，浑身疼痛居然短暂地压下去一小下，另一处尴尬地方的疼痛却升了上来。

喉头一动，他双臂展开，紧抓住木桶边缘。

云菀沁只感觉他身体颤抖得厉害，却没工夫察觉他的反应，含住一处伤疤，轻轻吮起来，半会儿，又加大了力气。

"龇……"他倒吸冷气，"轻一点。"这丫头不仅嘴巴厉害，吸毒液的力气也不小。

云菀沁抬起头，含着红丸，含含糊糊说道："我又不是专门给秦王吸毒的蛇，有这水平就不错了。"说完，埋头下去继续啃啄。

一小口一小口的污血吐出来，一处伤口又一处伤口的转移，云菀沁在木桶外手脚不便，需要变换各种姿势，累得快虚脱了，半途休息时，忍不住问道："秦王每次都是泡在水里用药？"

夏侯世廷淡道："蛇咬噬身体时，痛楚太大，泡在热水里可以减轻痛苦，对身子也没害处。"

看他金尊玉贵的，原来这样自持冷静。云菀沁沉默了一下，继续苦干。

室内蒸汽绵绵，不一会儿，云菀沁脱掉外袍，可汗水又浸湿了冰蓝色绸袍。治伤的法子是靠长年累月用药蛇来咬噬自己，他是怎么忍下去的？那些密密麻麻的小伤口，真的让人触目惊心。

夏侯世廷见她曲线毕现，除了被束胸带绑得严实的上围看不出女子形态，腰身玲珑，玉颈纤滑，俯在自己身上起起伏伏，想起侯府那日她衣衫凌乱的样子，眉一挑，指尖掐得掌心肉红赤赤。她是未出阁的大家闺秀，行事大胆就算了，为什么与男子接触也这么大方，全没害羞？难不成她早就有了相好的男子？

"秦王您肌肉怎么突然绷这么紧？放轻松点儿，不然我很难吸啊。"木桶外的女子抱怨。

夏侯世廷腮一松，松弛了下来。

“秦王这一身的伤毒怎么来的？”云菀沁实在忍不住，吸了一半，抬起头。

夏侯世廷眼睫一动，没说话。

沈肇说他三岁那年出宫浑身青紫，莫不是就是这场中毒的起始？云菀沁生起疑窦。

他很不想提这个问题，身上力气既然已经恢复了许多，便将她后颈从身上一捞：“到此为止。”

云菀沁擦把汗，被自己不小心压死的蛇死得不冤枉，因为这活儿真不轻松，那几条蛇死了倒能免去这累死人的事儿！

见他面色红润了许多，云菀沁正要起来，门口传来女声：“三爷，奴婢给您送干浴帕。”

碎步临近，云菀沁躲无可躲，还没来得及站起来，生生被她撞了个正着。

蕊枝捧着棉帕绕过屏风，被面前情景惊得失声：“你是何人——”

一名明眸皓齿、纤雅风流的绝色少年趴在浴桶边，衣襟微开，颈子上晶莹沁凉，渗着细汗，三爷裸着均匀英挺的上躯，坐在木桶里，俊脸微微发红，发着喘息，双臂搭在桶沿边，就像正环抱住那名美少年。

两人虽然没什么出格的动作，但略保持一点儿距离反倒更叫人遐想，白雾蒸腾中，说不尽的暧昧，又各有美态，缠绕之间，亲密之态，堪比绝世名画。

蕊枝压住心头震惊，醒悟过来，柳眉倒竖，冲过来便怒道：“你是谁！竟敢闯进秦王卧室，来人啊——”

“住嘴，放了帕子，退下。”夏侯世廷喝了一声，这一动气，毒性又翻腾了两下，却仍青着脸，“不得对人提起。”

蕊枝盯着云菀沁，欲言又止，却还是遵从了命令，退到屋外，心情还未平静下来。

三爷已经到了婚龄，迟迟未娶正妃，还曾拒过皇上的赐婚意思，更没续何姬妾，就是因为这个伤患有个难言之隐……王府里，这件事除了三爷的贴身护卫施遥安、高长史、应大夫和自己，谁都不知道，只以为三爷是普通身子弱而已。

想到这里，蕊枝坐立难安，紧紧贴住门板，若是两人真的有什么不雅举动，她便是拼了命也得进去阻止！

房间里，云菀沁呼了口气，再转个头，夏侯世廷从水里“哗啦”一声站了起来。云菀沁虽然前世是嫁过人的，但迎面一阵男子阳刚气扑来，仍是脸一红，瞬时转过去。

夏侯世廷用棉帕净了身，套上了宽大的白色寝衣，默默道：“桌上有清水，自己去漱口。”自顾自走到一面墙边，腰一沉，双手撑地，唰的一声，一个倒立靠在了墙上。

“秦王这是干什么？”云菀沁咕噜咕噜漱着口，目瞪口呆，没给他吸好，毒素上头了？

头下脚上的夏侯世廷扫她一眼：“大夫说过，每次用药后，要倒立防止邪气上脑。”

云菀沁无语，开口说道：“秦王既然舒坦了，该能回答小女子的问题了吧？”看他精神挺好，倒立都能做了，再不能找借口了吧。

夏侯世廷慢悠悠道：“是来催促关于秦尚书的事？怕本王食言，害你嫁给那老头子？”

室内静若无人，热水渐凉，白雾散去。

云菀沁点点头。

夏侯世廷手肘一弯，站立回来，拂了拂袖子，回到竹榻上坐下，经过她身边，陡然一驻，俯颈：“若然你真的不幸嫁给那老儿，本王便是抢，也将你抢出来，可行了？”

她脸一热，抖了一抖。

他眸子一弯，透出晶璨光芒，似是极满意她此刻的样子。

她得到了肯定的答复，心中安定不少，知道他没曾忘了这件事，行了礼：“既有秦王这句话，小女子便吃得下睡得着了。今日搅扰秦王了。”

夏侯世廷抚着指腹上光润的玉扳指：“秦王长秦王短的，听得耳朵生茧。”

云菀沁怔了一下。

夏侯世廷见她卡了壳儿，莫名胸中有些闷，声一扬，语气不耐：“蕊枝。”

蕊枝迫不及待进来了，见两人衣衫齐整，舒了一口长气。

“将公子送出王府，不要被人发现。”夏侯世廷吩咐着，起身朝里间走去。

云菀沁见他背影微微偻曲，似又有些疲乏，脑子里浮现出他身躯上的疤痕，脱声而出：“小女子闲来喜欢折腾花草，用来炼制脂膏，前日正学做了个紫草药泥，专门消疤的，若是三爷看得起，倒是能拿来给你用用。”天赐一副俊朗好身形，满身的疤痕，实在有点可惜。

“三爷”两个字一出，夏侯世廷停了步子。

身边亲密的人，方能喊他一声三爷。不知道为何，他心情好了许多，调侃道：“果然有一半皇上的血脉。”脑子还算灵光，一说她就明白了。

后门处，云菀沁正要出去，蕊枝见四周无人，眉一皱，忽然开声，挡住她的脚步，出声道：“请留步。”

云菀沁见她有话要说，也客气驻足。

“既然公子与三爷关系亲密，奴婢不得不提醒公子一声，三爷身上有重伤，平日看上去跟健康人没两样，可每月都会发作几天，发作起来，痛不欲生，只能关在家中歇养，不能动气，不能操心。”蕊枝提醒。

云菀沁明白她误会了，心内苦笑，解释道：“我知道了，今后若与秦王见面，必定会留意。”

“奴婢看公子不知道吧。”蕊枝一听这名美少年竟还要与秦王见面，口气又冷几分，“这伤病除了月月忍受几天的苦楚，还有，二十五岁之前不能动欲念，耗精气，说白了，无法行人伦之乐！这便是为何三爷已至婚龄，却还没娶正妃，还望公子不要害了三爷！”

未来的皇帝原来还是个童子鸡，并且……在二十五之前都是童男？

云菀沁回忆起夏侯世廷接触自己时的反应，终于明白了。

她见蕊枝一脸担忧，笑了笑：“放心吧，你家三爷今后必定是左拥右抱，儿孙满堂，一大堆美人围绕，享不完的艳福！”笑话，那可是未来要当皇帝的人啊，身边怎么可能没有如花美眷。

蕊枝虽担忧三爷被男色引诱，怕三爷害了身子，可听云菀沁这么说，勉强轻松了。

云府内，近来除云菀沁自在，其他主子都忧心得很。

云玄昶为二女儿的丑事耗透了心血，而今二女儿的归宿除却侯府，再无好去处，偏偏慕容老侯爷并不回应。

慕容老侯爷不是个吃素的。

当初在庆功酒宴上酒酣耳热，加上大内总管姚福寿也在场，推波助澜了几句，笑言侯爷何不与云家订个娃娃亲来回报恩德，他才一时口快，为慕容泰与云家女儿订了个儿女亲。

夫人邢氏事后还极不愿意，说云家根基不深，与孙儿并不大配。在她心目中，自家的孙儿，就算配个皇室宗亲的女儿都是有资格的，长孙慕容安的妻室便是长阳王的女儿康宁郡主，最疼爱的小孙子只配个侍郎府的小姐，太过委屈了。

可酒宴上那么多达官贵胄，更有姚福寿从旁做证，慕容老侯爷话已出口，哪能收得回？加上云玄昶调兵解围，对自己有恩，在兵部也很有几分威望，想来想去，倒也不算太亏，所以便执意要结这门亲事。邢氏拗不过丈夫，这些年却免不了在丈夫耳边嘀咕。

寿宴丑事一爆发，邢氏平日的不满跟着爆发了，嚷着丈夫要退了与云家的亲事。

慕容老侯爷那日亲眼见着孙子与那云家二小姐衣冠不整地被其他公子堵在房间里，也是气得要吐血，怎么肯答应云玄昶让云菀霏嫁进侯府当夫人！

这日云玄昶上门时，又絮叨了半天。

厅内，慕容老侯爷平静听完，这次没打断，也没装作没听见。

云玄昶暗喜，莫不是终于被说动了。慕容老侯爷待他说完，直接从圈椅内站起身，甩了话：“两家经此一闹，脸面都不好看，强行结亲，惹人笑话，与云家指腹为婚的那件事，就这么算了。阿泰与二姑娘私通，要是再找大姑娘提亲，也太没脸没皮了，从此阿泰与云大小姐，婚娶互不干涉，各自恢复自由之身。你家的二姑娘还请另择下家吧，我归德侯府迎不起这样的孙媳妇。”

云玄昶当场快要从喜鹊登梅圈椅里跳起来。什么叫算了？这是侯府公子玩完自家女儿，拍拍屁股走人的意思？

他就算再沉得住气也不依了，跟过去：“侯爷何必做得这样决绝？这些年，咱们两家互相提携，彼此照料，方能在官场顺风顺水，难不成为了这些小矛盾便生了间隙？”

“笑话。”慕容老侯爷本来口气还算温和，毕竟是同僚，给云玄昶留几分面子，如今却蔑道：“你的意思是我侯府还得仰仗你云家？若不是靠你云家，我侯府便不能顺风顺水了？”

云玄昶眼色一阴：“前年，侯爷的部下兵队在宁川闹事，是我想法子压下去；去年，侯爷的内侄私造兵器，被兵部巡检时查出，私人铸兵器不是砍头也是流放，也是被我隐瞒，未报上去。”

慕容老侯爷笑开了：“那云侍郎去告诉圣上吧，看我这不知情的人罪过大，还是你这包庇的长官罪大。哦，忘记说了，圣上不喜欢臣子间交往太亲密，这些年与你私下商议事时，老夫从没亲自出过面，可云侍郎的书函，老夫却都还保存着。”

“你——”

这老家伙！云玄昶眼珠子瞪成铜铃，自己虽在官场上是个狐狸，可抵不过还有更奸险的老狐狸。

眼看着自己与二女儿像两只破鞋被一脚甩开，他又慌了神，上前抓住老侯爷的膀子：“侯爷等一下，咱们今儿可得将话说明白，先别走！”

慕容老侯爷也算是金尊玉贵的人，见云玄昶动手动脚，脸色一变，丢了个眼色给门口的侯府管家。

侯府管家指示两名护院上前，将云玄昶领子一拎，往外拖：“侯爷有公务，就不多留侍郎大人了！今后若没事，云侍郎也请少上门！”

云玄昶气急败坏：“岂有此理！我乃朝廷臣子，小心我告你们殴打命官——”

一直被拖到门外，管家才叫护院扔下云玄昶，讥讽道：“那就请侍郎快点回去！”

云玄昶差点儿摔倒。好歹也是三品京官，光鲜地来，丧门狗似的被赶出去，如何也不顺气，刚下阶没走几步，兵部的一个下人迎面走来：“云侍郎，秦尚书在天兴楼的天字号雅座，请您过去！”

云玄昶满腹焦急顿时消失，唇角微翘。没了侯府当亲家，好歹还有个秦立川。

顿时心情大好，提袍上轿，朝天兴楼而去。

天兴楼，天字号雅座。

云玄昶推门而进，秦立川坐在圆形宴桌后，冷冷望过来。

云玄昶恭敬拢袖："不知大人找下官有何事？"

"谈你那长女的亲事。"秦立川开口。

云玄昶见他主动挑明了，也不客气了："下官也正好想与大人谈谈这事儿，没料大人先开口了，果真是心有灵犀！下官看得出来，几面下来，大人对小女很是垂怜，实不相瞒，小女对大人也仰慕至极，总说若能嫁给大人这种男子，死而无憾，若大人愿意，可订庚书下聘，小女便马上是大人的娇妻——"

"噗"一声，秦立川手里的酒杯一仰，泼了云玄昶一脸："你是想叫我死而无憾才对吧！"

云玄昶呆住，任酒水在脸上滴答往下落："大人什么意思？"

"哼！"秦立川脸色发青，"前日我碰上顾国师，与他小酌，席间，国师说到云小姐去相国寺游玩时，找他徒弟批过八字。我好奇，顺口问了一下，又叫他帮忙算了一下合不合，这一问，方知道你家女儿与我竟是个水火龙虎相克之命，我若娶了你家女儿，只怕连洞房夜都过不了！"

顾天修乃前朝国师，观天相和堪虞算命的能力很是出众，曾算出好几次大宣天灾，连皇上都奉为金科玉律，当年秦王出宫居住，便是他三言两句解决。云玄昶傻眼了，再看秦立川的恼火样子，急了："这可是天大的冤枉啊，下官也不知道小女与大人的八字不合啊！"

"知不知道，你自己心里清楚。亏我一直想要栽培你，考虑致仕前举荐一下你，如今看，你这种居心叵测的，怎能担当得起重责？枉费我一番心思。"秦立川手一挥，厌恶喝道："滚。"

官大一级压死人，云玄昶忍气吞声，也不能回嘴，一颗心重重摔落地。本想着借亲事与秦立川拉近关系，不料还被猜忌，结下了梁子，只得跌跌撞撞地下了天兴楼。

云府，盈福院。

弟弟云锦重还有几天就要从胤州回来了，云菀沁正试着做个新玩意儿。

小孩子不爱喝茶，这大热天的也容易厌食，她将芙蓉花瓣捣碎混合在西瓜汁里，再用食用明胶溶在一块儿，加两勺蜂蜜，冷却后，搁在冰块里镇上一天。

今儿刚拿出，芙蓉凝固成了豆腐块儿似的模样，软糯可口，晶莹剔透。

云菀沁用勺子挑了一小口，含嘴里凉丝丝的，很是爽口。既有花朵的清香，也有水果的甜味，应该适合小孩口味。芙蓉花能解除疲劳，西瓜利尿消除浮肿，也正适合一路风尘的弟弟。这吃食是被冻出来的，干脆就叫芙蓉果冻算了，咀嚼了几次这个名字，还挺合适，唇角一弯。

正在这时，初夏进来，神秘兮兮凑耳低语：“小姐，有人找。在后角门。”

云菀沁见她脸色颇惊惶又不敢多问的模样，心中咯噔，猜到几分，却又不敢置信那人竟会这么大胆。

她领着初夏悄悄走出闺院，绕过影壁，只听家中两个婆子正好经过，一边走一边低语：“老爷今儿脾气真大，脸色也不好看，一回家就摔了杯子，怕是遇到烦心事，等会儿做事可得小心些，切莫惹了老爷的怒。”

云菀沁来不及思考她爹在外面遇到了什么烦心事，便已经走到了后院角门。令初夏在附近放风，她自己则嘎吱一声，推门出去。

侧门外，一条窄巷，寂静冷清，通常没人，只偶尔供给送柴送米的外人进出。

气氛静谧，树梢上的知了嗡嗡作鸣，一株伞盖老槐树挡去了热辣阳光，树身后一袭人影，影影绰绰。

一片墨蓝缂丝锦袍被风吹起，露出一角。

云菀沁眸内波光一闪：“三殿下好大的胆子。”

夏侯世廷背着手踱过去。

透过树叶间隙的金色阳光，照在他身上，一身深色便袍，腰窄肩宽，腿修臂矫，濯濯如春日柳。

两种极端的矛盾在这男人身上，竟十分的和谐，明明五官比女子还要精致，却全无阴柔娘气。

窄巷内，光阴宛如静止一般，只余两人呼吸。

夏侯世廷凝住她，今日一身的闺房打扮，一袭轻柔的浅紫色挑线绉纱裙，外面披着个荷叶边小罩衫，松髻上斜插着一柄简单的蝴蝶钗，没有寿宴那日的正式和华美，没有女扮男装那日的俊秀活泼，却有股子透入骨髓的剔透与脱俗，一如她衣饰上的花纹，荷叶清新，蝴蝶灵动，更符合她十四五岁的少女年龄。

云菀沁虽猜到来找自己的就是他，可亲眼见他出现在自家侧门的小巷子里，仍是有些局促。

上次她偷偷从王府后门混进去找他，所以他这次也要来一次吗？

“说好的不叫秦王呢？”纤薄唇角微挑，好像不大爽。

没料到他还记到心里去了。云菀沁倒也反应利落，福了一下身：“三爷。”又打趣，“……不知三爷今日私闯……莅临鄙府后门，有何指教？”

“秦立川那件事，已妥。”他淡淡，“秦立川已晓得你刑克他，估摸着，已将你爹臭骂一顿过了。你这笔婚事，黄了。”

她一愣，这才知道爹今日回家为什么大发雷霆，顿笑逐颜开：“多谢三爷。”

自幼到大，他没帮过谁，也没人对自己道过谢，这种赠她恩惠，让她记住自己的感觉，倒是不错。夏侯世廷眼睑一动，问：“酬劳呢？”

酬劳？云菀沁一怔。

夏侯世廷俊眉一挑，对于她的坏记性显然十分不满：“紫草膏。”

他居然还记得？云菀沁那日提起紫草膏见他没什么反应，只当他压根儿瞧不起，回家后哪还真的去做。

夏侯世廷明白了，那天她估计只是随口一说。

他觉得受了很严重的欺骗，目色渐渐凉了。

云菀沁见他脸色发青，忙补救道：“王府名医名药那么多，我还以为三爷根本就没放在心……”

后半截儿还没说出口，他眉峰一紧，手臂一滑，将她腰一掐，几乎半抱着离开侧门，朝巷子边一处破损的残墙后走去。

“三爷这是干什么——唔——”话没说完，云菀沁的嘴被他手掌一把捂住。

这个秦王，又是耍的哪门子专横，就算没给他紫草膏，也不至于当场变脸吧。

身形的优势让他轻而易举将她反搂在怀里，贴住墙身："嘘，别出声。"

脚步声从墙那边传来，夹杂着云府仆役的说话声。

几个家丁出门办差，险些要撞见侧门的男女。

"唔……"她吁了口气，没有挣扎了，却嗅到他掌心的气息，龙涎香混合着淡淡草药香。日头虽烈，他的手掌却干燥无汗，宽大得罩住她整张脸还有多余，却岔开细缝，让她露出鼻唇能够呼吸。

他将她从背后环抱住，牢牢锁在胸膛里。

他身材高大，她才十五不到，身量娇小玲珑，还没长齐，就算踮起脚尖，也不过才到他的颈项。

两人无距离地紧贴着，只听得见对方心脏勃动。

夏侯世廷略弯下腰，俊毅的下颌正抵在她头顶。

这么些年，身边的女婢只有蕊枝一名。

原来女子的身子软软温温，就像没有骨头的小动物，好闻，抱着也舒服。

少女纯净自然而略甜的香味，在鼻下，宛如跃动着的诱人精灵，让他浑身肌肉一偾一紧，不能安生下来。

他不喜欢女子浓妆艳抹，王府中的奴婢晓得他常年服药，怕与他的用药相冲，也不敢涂脂抹粉，偶尔与母嫔见面，母嫔身上的脂粉香华贵而浓郁，而她的香味却宛如天成。

脚步声渐行渐远，她将他胳膊一推，小声说："人走了。"

男子毫无放手的意思。

她的耳珠下，沉沉声音义正词严飘来："万一掉头怎么办，再等等。"

云菀沁："……"

夏侯世廷手臂一收，将她一具纤腰揽得更紧，下方淡淡幽幽的香味持续飘进鼻腔内，忽然，头颈一俯，双手依旧圈着她的纤腰，脸庞埋在她的发间，末了，修长指尖挑起一束丝缎般的秀发，在鼻下轻嗅。

云菀沁头顶痒滋滋，虽然背对着他，也能猜到他此刻的动作是多么暧昧。上次在侯府西北小屋，还能说他是为了帮自己解燃眉之急，今天……还能有什么理由？

想他既然有能耐当天子，必定与其他贵胄男子有什么不一样，没想到还是一个路数，想来跟慕容泰差不离儿，一样的轻薄之徒。

她黛眉一拧，手肘弯起来，正要抵开身后高挺的肉墙，他却默默开声：“这是什么香，闻着很独特。”

原来只是为了闻香？云菀沁一怔，道：“茉莉花做的发露。”

“只听说头油头膏，发露倒少听说。”他目一敛。

“头油头膏过于油腻，秋冬尚可，夏季天热，花露为露水与花瓣提炼出的精油混匀，清透一些。”云菀沁加了把力，将他推开。

他能感受到她力气的加大，这次再没有强硬，两袖一摆，退后了几步，给她让出空间。

她退后几步：“时辰不早，该回了。紫草膏我改日调好，便叫奴婢送去北城秦王府。”

夏侯世廷不善猜女子心思却也看得出她态度冷了，知道自己刚才的举止或许莽撞了些，缓了一缓：“下旬是本王母嫔寿诞，你这发露味道独特，母嫔应该会喜欢。”

云菀沁有些迟疑，皇宫的娘娘什么没见过，小小的秘制花露当寿礼，会不会太寒碜了。得了，反正又不是自己寒碜，是他这当儿子的寒碜。一抬头，见他眼神灼灼，道：“那我到时叫人一起送去王府。”说完福了个礼，转身进宅子。

关上门，她便靠在门扇上，舒了口气，袖口仿佛还沾染着他遗留下来的气味，呼呼两下扑散，又拍拍自己的脸。

自古伴君如伴虎，她才不要惹这头未来的大老虎。

后门外，夏侯世廷站了良久，直到门内轻盈脚步声彻底消弭，方朝巷口走去。

银顶红帷的马车泊在街角处，已等了许久。

施遥安见秦王出来，掀了车帘，放好车墩，他抬步上了车。

几日后。

初夏出宅办差事时，特意暗中转到北城的秦王府，送来紫草膏和茉莉发露。

两样物事盛在瓷盒里，凑近鼻下，有淡淡的香薰味。

夏侯世廷戴着玉扳指的指腹轻轻摩挲瓷盖，指尖仿似还有多日前柔腻的茉莉甜香。心思一动，浑身骨痛竟有些发作之兆，以前不觉得什么，这会儿却对这病有点懊恼。

与此同时，王府门外。

噔噔噔——

一匹枣红高头大马在秦王府门口停下。

男子拉紧缰绳，翻身下马。

门子一见来人，问都没有多问，拉开铁环朱门，直接迎那男子进王府。

其人生得细皮嫩肉，面白无须，腰佩紫金鱼袋，是萃茗殿的主事太监章德海，也是赫连氏身边伺候的人。

艳阳下，章德海额头汗丝点点，却步履如风，直奔主院。

院子门口的奴从一见其人，纷纷推开两边，自动让出道路。

天井内，章德海面朝安静的主屋，抹了一把汗，语气颤抖：“三爷，赫连贵嫔出事了！”

流璃瓦朱红宫墙，森森屹立。

萃茗殿。

年约三十许的美妇人，身型苗条高挑，比起中原女子温润的五官，轮廓浓艳深邃，身着暗天青色蹙金银丝暗花宫装，发髻宛如瀑布流水一般流淌于白皙的颈项边，正端坐于一张花梨木书桌前，抄写女戒。

“娘娘，要不先休息一下，吃两口粥再抄吧。”四名贴身宫女苦苦哀求。

手边已经抄好了一沓，起码有七八本，垒得像小山丘，美妇依旧笔下如飞，没有停下来休息的意思。

宫装美人，窗前练字，本来该是一幅极美的画卷，然而，这位美妇人却面容憔悴疲惫，左颊上更有一条两寸来长的指甲伤痕，还未收口，看起来触目惊心，而那美妇人时不时还会咳两声。

身边的茶几上放着红木食盘，上面摆着白细嫩滑的粥食和一碟精致的开胃菜，都没了热气。

珠帘外。

章德海跨步进了殿，拱手道："娘娘，三爷来看您了，您已经抄了三天，一颗米都没下肚子，再这么下去，体力透支，人会受不了的。求娘娘先歇息歇息，看在三爷难得进一次宫的份儿上，吃一口吧。"

赫连氏一听秦王进宫，手中羊毫一松，纤秀的眉毛一蹙，忽地发起怒来："谁叫你通知秦王？你又自作主张！"

"母嫔。"帘外夏侯世廷步伐响起，"是皇儿的主意。"

赫连氏叹了口气："皇儿回去吧，宫中的事你不便插手，母嫔没什么事。皇子无旨不得随意进宫，若是被有心人在圣上面前告一状，你又得麻烦去解释。"儿子因为自己的身份已够被拖累，怎能再叫他受苦。

怎么会没事？夏侯世廷一路上已从章德海口里知道得一清二楚。

几天前，赫连氏与韦贵妃照例去凤藻宫，向皇后蒋沛菡请安。

因赫连氏过几日是寿辰，谈笑间，蒋皇后顺手将自己收藏的一柄九环金步摇恩赐给她，只当是个贺礼。

若别的东西也就罢了，偏偏那九环金步摇是大食国进贡大宣的一件宝贝，一直在蒋皇后那儿放着，韦贵妃眼馋却一直求不得，曾经旁敲侧击暗示了许久，蒋皇后都没说给她，如今竟是给了赫连氏。

请完安，回去的路上，韦贵妃不顺气，寻着个机会对赫连氏发难。幸亏赫连氏身边最近换了几个新宫婢，恰是夏侯世廷叫蕊枝重新挑拣进来的，个个忠心为主，拦了下来。

韦贵妃没得到好处，干脆抓散了头发，去找宁熙帝告状，说赫连氏不敬自己，仗着得了皇后的一柄步摇，横了起来。

韦贵妃是现如今的第一宠妃，宁熙帝哪里会不向着她，给了赫连氏一耳光，手指甲不慎勾到了她皮肤，弄伤了。

韦贵妃心头嫉恨消了，又装大度，叫赫连氏焚香沐浴，五天之内戒吃荤油，将女戒抄个七八十本就好了。

赫连氏回了萃茗殿便开始埋头抄书，连饭都来不及吃几口。这几天体力不济，消瘦了不少，萃茗殿的宫人们都急坏了，劝说又不听，没办法只好叫来了秦王。

韦贵妃仗着宠爱和娘家的军功，一向刁钻跋扈，针对赫连氏倒不奇怪，可夏侯世廷知道，这件事情，最大的幕后挑起者，却是看似温良忠厚的蒋皇后。

韦贵妃和赫连贵嫔相斗，输了的那个不用说，赢了的那个也会被记恨上。

唯蒋皇后一人，坐收渔人之利。

无奈再如何心思深沉，也总有缺憾，蒋皇后至今没有亲生孩子，年轻时怀过一次孕，可不慎流产了，此后再没怀过孩子，只能将其他嫔妃生下的孩子抱过来寄在自己名下养育，那孩子便是当今的太子夏侯世谆。

只是可怜了母亲，因为北人的关系，每次总只能隐忍着。

沉默半晌，夏侯世廷道："被人告状就告吧，我倒是想看看，儿子孝顺母亲有没有错。"

"你……"赫连氏无奈。

夏侯世廷几步上前："父皇只是叫母嫔这五天戒吃荤油，又没说不准吃素。"

赫连氏磨不过皇儿，叹息一口，终是拿起勺子吃了几口，又记起一件事儿，捻起丝帕拭了拭嘴："世廷，你前阵子为我换了一批侍婢，这是为何？"

"母嫔用得可顺手？"

"确实比以前的好多了。"赫连氏真心道。

皇儿暗中送进来的那四名贴身新婢名叫青婵、蓝亭、紫霜、赤霞，确实有胆识又灵活，这次若不是她们四人想法子挡了，只怕还得多吃韦贵妃的苦头。

以前几名贴身宫女总没法儿当成自己人，这几名新进宫的，是儿子王府的蕊枝丫头亲自调教出来的，个个忠诚护主，又各有本事。

"那就好。"夏侯世廷再不多说了，若不是那丫头的提醒，自己恐怕还真想不到这么细腻，原来母嫔一直也是想换人，只是并不想麻烦自己。

顿了顿，他盯着赫连氏颊上的指痕，目色浓深："父皇那边——"

赫连氏强颜欢笑："皇上也是一时气急，他的脾气，你还不晓得吗。你放心，过几天便会好了。"

这话，也不过是说给皇儿安心罢了。

刚进宫那几年，宁熙帝新鲜她北方美人的姿色，沉迷过一阵子，每日下朝便钻进萃茗殿，雨露频施，晨昏颠倒的好不恩爱，甚至还被臣子劝谏过“不可专宠北女”。

那是赫连氏最风光的几年。可男子的爱，总归是有期限的，尤其是一国之君。

这几年，有了韦贵妃，有了其他更年轻的妃嫔们，宁熙帝眼里渐渐也没了自己，红颜未老恩先断。

眼下为了安抚皇儿，赫连氏也只能往好里说。

夏侯世廷知道赫连氏的心思，久不出声，半会儿，喊人将今儿带进宫的茉莉发露拿了进来，递给赫连氏：“母亲不日寿诞，今儿既提前进宫，便将这个先送给母嫔。”

赫连氏知道皇儿是讨自己开心，打开一闻，熟悉的天然花香溢满半个殿室，一讶：“这是……”

竟是鸽子花的香味。

鸽子花是蒙奴国独有的花儿，大宣的京城少有。

多年不曾闻到家乡的味道，赫连氏想起少女时在草原上的岁月，愁颜一纾，欣喜不已，红了眼眶：“是鸽子花。”

自从离乡背井，进宫为嫔妃，赫连氏早就失去了自由和欢乐，如今见到家乡特产，好似身临其境，重回故土，甚至闻到草原的气息，竟是满腔的感怀，拿着那蓝瓷瓶，就像捧着稀世珍宝，怎么会不欢喜和感怀？

夏侯世廷嗅到鸽子花的香味，再看到母嫔脸上的神色，也是微微一怔。

他并不知道发露里竟添加了这个花，云菀沁并没提前告诉他……那丫头，竟还很有些细腻和体贴。

自己说了半天才能博母亲欢颜，她区区一瓶发露，马上叫母亲微笑。

这发露既然是送进宫，云菀沁到底还是多花了一些心思，单单一瓶茉莉发露，实在有些单调，拿不出手。考虑到赫连氏是北方人，便找了舅舅，请他去佑贤山庄时，顺便拿了一些温室栽培的鸽子花来，研粉后，加在茉莉发露里。

夏侯世廷望着心情好了许多的母嫔：“母嫔马上要过生辰，这个是皇儿在民间寻高人做的秘制发露。”

赫连氏笑意一止，皇儿是个男子，身边也没几个女人，更不可能会在意这些女儿家物事，怎会结识懂得做闺房用品的，还这般细心，懂得添加鸽子花？

她笑道：“高人？”

夏侯世廷被母嫔笑得莫名有些心虚，惯性摩挲着玉扳指：“嗯，高人。”

赫连氏但笑不语，那玉扳指是皇儿自幼到大的随身饰物，每次皇儿紧张的时候，便会情不自禁地触摸。

陪母嫔说了几句话，又伺候她就着开胃小酸菜吃下整碗粥，夏侯世廷在赫连氏的催赶下，趁着天黑出了萃茗殿。

跨出门槛前夕，夏侯世廷回眸一望。

珠帘内，母嫔又埋下秀丽的头颅，开始继续抄书。

这一抄，只怕又是昼夜不分。

眼眉一敛，目中下了凉气。夏侯世廷忽然觉得，罩在母嫔头上的，不是富丽堂皇的宫殿，而是个杀人不见血的牢笼。眼睫一垂，迈过了殿门。

赫连氏见着秦王离开，短暂地停下羊毫，眼光又落在那瓶发露上，缓道：“章德海。”

“在，娘娘。”

“叫人去查一查，那‘高人’到底是男是女，又是哪位。”

云府这边。

近日叫云菀沁欢喜的是，胞弟锦重回来了。

大宣官家子弟七岁左右会入国子监，除了学堂上的正式教育，官宦人家也会将孩子送去一些学士的学馆里受熏陶，称之为“游学”。

去年，有位大宣很有名气的大鸿儒在胤州建了学馆。云玄昶借官场的人脉关系，将儿子云锦重送去住读一段日子，如今算起来，已近三个月的光阴。

云锦重回来，不仅云菀沁高兴，对于白雪惠来讲，也是巴巴地望着的。

老爷最近因霏儿的事，迁怒自己，到现在还没消火，连她院子都不来了。

云锦重一回来，指不定能借着嫡子，拉拢一下老爷。

云锦重抵京是日，白雪惠撑着还没痊愈的病体，洗漱完毕，打扮得整洁干净，叫人把送给继子的礼物拿出来，是个绿毛鹦鹉，挂在梁柱下，一看就讨小孩的喜欢，又叫婢子阿桃去打探少爷进城门了没，到家门口了没。

按规矩，云锦重回来拜见老爷后，肯定要先给自己这个做继母的请安，老爷说不定也会跟着一起来。

日上三竿，门帘外终于传来脚步。

白雪惠酝酿半会儿的表情也都快叫脸抽筋了，一听脚步声，哗啦一下走到门前，谁知一抬头，打帘进来的是阿桃。

“……少爷呢？还有老爷呢？”白雪惠左右望着，急了。

“老爷说怕少爷被夫人过了病气，这几天先不过来了，等夫人好些再说，夫人也不用去见少爷了，少爷的日常会由大小姐这个长姐暂时照料，您养病重要。”阿桃无奈地回禀。

这哪里是老爷的想法，分明是云菀沁的主意！

白雪惠手一颤，榻边小几上的茶具砰的一声摔在地上。

天井，凉风送爽，花赠香。

石桌圆墩，假山粉墙，花圃草坪，处处别致精巧，一看便是有心布置。

长得摇摇欲坠的绿油酴醾架下，云菀沁坐了会儿，见云锦重过来。

不满十岁的小少年脸上还有些稚气，五官已有来日的英扬璀璨。

她目上不自觉罩了一层雾气：“锦重。”

与弟弟最后一面，还是前世出嫁前。

那时的云锦重，性子已被白雪惠养得很刁钻了，整个儿就是一膏粱子弟，认识一大堆酒肉朋友，找家里拿银子花天酒地，每隔几日便要与父亲吵一架，每次都激得云玄昶大发脾气。白雪惠则从旁当老好人，说些不阴不阳的话，让云玄昶更加偏袒白氏，更加厌恶儿子。偏偏姐弟二人还懵然不察，只当继母是维护着他们。

出嫁前一天，姐弟私下相处时，云菀沁托着弟弟的手：“姐姐唯一放心不下的便是你，你要收拾心思，好好读书，不要再跟那些狐朋狗友胡混，更不许跟爹爹对着干。”

云锦重却打了个呵欠，本是如日中天的年纪，脸上透着几分日薄西山的憔悴青色，不耐烦地挪开手：“姐，我什么时候没好好读书了，什么时候胡混了！

母亲从来只会夸我，你就只会埋汰我的不是，难不成我这当弟弟的在你心中，就那么不堪？”

当时的云菀沁还不知道，这个时候，云锦重已在酒肉朋友的勾引下，染上了五石散的毒瘾。

而白雪惠正是弟弟堕落的始作俑者。

云锦重后来知道继母的真实用心，自己的堕落全是拜继母所赐，也曾振作过，可已在父亲面前败坏的印象，再难挽回。

白雪惠那时已经为云玄昶又生了个儿子，为了争产，手段更加狠辣，又利用一桩家中失窃事诬陷云锦重，叫云玄昶将他在家谱中除了名，净身赶出了家门，从此彻底拔除了这根眼中钉。

上一世，云菀沁最后一次听到弟弟的消息时，只听说有人曾在一条乞丐群居的陋巷里见到过云锦重，官家少爷，胡子拉碴，连冬日避寒的厚袄都没有，拢着手蹲在角落，睁着一双失神的眼睛。

明明光明正大的正统嫡子，却下场如此。

云锦重的一声回应将云菀沁从记忆中拉回来。

她的脸色温下来，弟弟如今还是纯白一张纸，还没染上各种致命的恶习，还没那些催他堕落的友人，她不会再叫白氏接近他，荼毒他。

这一世，弟弟的前途，她拼了命也不会叫人毁了。

“一路辛不辛苦？先坐下吃吃糕点，喝点茶，”云菀沁叫云锦重坐到酴醾架下的石桌边，“这碟是云片糕，那是杏仁露。”

云锦重虽年纪不大，已有了官宦公子的气派，掀袍坐下来，瞟了一眼餐盘，都是些寻常吃食，并没拿筷子：“不是云来楼的糕点？”

云来楼的糕点出了名的贵，白雪惠从来不吝啬给继子买，就是为了各方面养刁他，为培养出一个娇生惯养的纨绔子弟打基础。

当初认为继母大方溺爱，心善温柔，谁知道竟是佛口蛇心，软刀子杀人不见血。

云菀沁温婉挥手：“来人，将东西拿下去，换一碟儿来。”

婢子将东西端下去，重新端了一个缠枝大花珐琅圆盘过来。

云锦重以为姐姐会责怪自己挑剔浪费，不料居然改了性子，正是惊讶，又眼前一亮，盘中是一块宛似豆腐的粉红色东西，晶莹剔透，中间嵌着花瓣儿。

“这是什么？”到底是小孩子，云锦重好奇。

“是芙蓉和西瓜做成的果冻，你尝尝。”云菀沁笑道。

“果冻？有意思！”云锦重兴趣盎然地插了一小块晶莹豆腐块儿，放进嘴里，沁凉爽口，是从没试过的，喜道：“这个好吃，改日姐姐多做点儿，我给李元衡、杜庆他们看看，哼！准保叫他们肯定羡慕我！”

李元衡、杜庆是云锦重国子监的同窗，都是官宦人家的少爷。

小小年纪便开始与人攀比。云菀沁眉目一动，却并不责怪：“这个有什么好耀武扬威，改日姐姐再做些更特别的东西，叫你带去国子监。”

云锦重有些惊讶。

姐姐往日沉默寡言，很少跟自己说话，一说话便是苦口婆心地讲那些大道理，每次见自己犯错也很严厉，不像继母那样对自己事事纵容，可这次一回家，怎么像是变了个人？想着，他不自觉地端起凳子靠近姐姐：“嗯。”

云菀沁见弟弟对自己亲近了许多，不动声色：“那你看看，姐姐给你布置的庭院如何？房间还是按照你原先的摆设，外面的天井，姐姐加了个小花圃，还凿了个人工渠，你读书读累了，便能在旁边欣赏风景，吹吹风。”

“姐，”云锦重一听读书就开始皱眉，“弟弟才从学馆回来，爹爹刚询过我学业，你又提读书，是不是嫌弟弟还没被夫子烦死啊。母亲就从不逼着我读书，都由着我。”

她只恨不得你落魄，哪容忍你能有半点出息？

白雪惠对弟弟的捧杀，比云菀沁想象中还要厉害，短短几年而已，云锦重就有散漫不羁的苗头了，若再久一些还得了？

父亲长年忙于官场，后院教育的事儿都丢在夫子和白氏手上，每次见儿子功课退步了，也只会骂儿子，哪会想到是白氏给儿子无形中灌输了读书无用的思想。

云菀沁正在沉吟，云锦重语气急促：“姐姐若无事，弟弟先去母亲那儿一趟，母亲说过我回来要送我只鹦鹉呢。”

鹦鹉？云菀沁记得，白雪惠对弟弟经常施恩降惠，凭借小利益来笼络小孩子的心，这只鹦鹉也是其中一件礼物，会说人话，逗得弟弟爱不释手，放在书桌前挂着，哪里还谈得上安心读书。小孩子的自控能力本就薄弱，可白雪惠就是这么一点点不着痕迹地叫弟弟玩物丧志。

“鹦鹉很好玩吗？”云菀沁故意。

“那当然。”云锦重见姐姐与自己聊起玩乐事，也不急着走了。

云菀沁笑道：“区区一只鹦鹉，能比姐姐带你去佑贤山庄住一段日子还好玩吗？”

佑贤山庄在京城郊区的龙鼎山半腰，是娘亲给姐姐留下的陪嫁。云锦重瞪大眼睛，若是能去那儿，当然比鹦鹉要好玩得多。

云锦重兴奋之后，又涌起失望：“爹怎么会让姐姐带着我去佑贤山庄。”

“听姐姐的话，一准能行。”云菀沁勾勾手指，示意他近前。

半刻之后，云锦重先回自己院子了。

云菀沁抚了抚花茶的杯盖，望着弟弟的背影，唇角浮上一抹笑。

初夏走过来：“少爷以前总不听小姐的话，说两句顶十句，今儿跟你相处，难得的乖巧。”

这个年龄的孩子，与其强迫，不如顺毛抚，利用他的兴趣来教导。

上辈子云菀沁不懂这道理，只会严厉训斥，生生便宜了白雪惠，今生不会再犯。

去佑贤山庄，一来是不让继母再有可乘之机与弟弟亲近，在两人疏离的时候，重新塑造弟弟的脾性。

二来，云菀沁也想查看一下庄子上的花田花圃及附近铺子的生意。

云菀沁呷了一口花茶，凉风拂面，夹着花香，叫人无限惬意。

当日午后，云锦重单独去给白雪惠请了个安。

次日傍晚，西院下人惊惶过来，说是少爷起不来身了。

云玄昶一听儿子刚回没多久便病了，赶紧叫下人请大夫。

云锦重乖乖躺在床上，趁大夫来之前，从枕头底下掏出早备好的辣椒，狠咬下一口，压在舌头下。

辣味儿一点点从牙齿缝里渗透到味蕊，可真叫一个刺激。

姐姐也不知道哪里知道的这种法子，可为了出府，云锦重什么都忍了。

大夫来了，在床帐边把脉问诊后，只说云少爷洪脉气促，心速亦快，有盗汗热燥之症，却也说不出个所以然。听说家中已经有个病人，云少爷与病人亲近过，想必是小孩子年纪不大，身子骨弱，染了病气，并无太大问题，便先开了几剂大众保健方子，先调着。

云玄昶只当儿子没什么事儿，没料两天一晃，云锦重仍是难得下床出门，虽又请了大夫，依旧摸不出病脉，却总喊着不舒坦。

白雪惠一听说云锦重来了自己这儿一趟便卧床不起，吓了一跳，生怕老爷怪罪，为了补救，托阿桃过去说要去看望一下继子。

云玄昶因为儿子刚回府便生病正心烦，一听说白雪惠要去看儿子，冷声斥道："就是你过的病气，还看什么看，嫌不够乱吗！"

生生将白雪惠吼得回了自己屋子。

云锦重这一躺平，云菀沁顺势将带胞弟去佑贤山庄调养的想法对爹说了。

大热天里，官宦人家的去庄子上避暑，也不是个什么大事儿，只是叫女儿带着幼子去，云玄昶终究不大放心。

云菀沁劝着，加之云锦重又哼叽了两声，云玄昶总算答应下来，开始安排随行的人手，又提前通知庄子那边的人准备。

第四章

御驾秋狩

美人思无邪 上

得知老爷安排姐弟两人去庄子休养的事，白雪惠有种大势将去的感觉。

如今，竟连云家嫡子这王牌都被那小丫头片子夺了去。

她支起身子，扶在阿桃手臂内，去了女儿的院子里。

云菀霏的院子，荒凉寂清，早没了往日的花团锦簇。

连天井的杂草都没怎么修剪，杂七杂八地长得凌乱不堪，与入伏的夏季艳阳形成鲜明的对比。

门窗被老爷下令，钉得死死，钥匙攥在他自己手里。

好容易在一闪小窗找着一条缝儿，白雪惠扒着一看，当场心酸得又流出眼泪。

黑黢黢的屋子内，宝贝女儿瘦得不成人形，憔悴不堪，浑身脏兮兮的，穿着的衣裳都变了颜色，竟还是寿宴那日的同一套，缩在墙角，弓着双膝坐在地面，目光痴呆，脚踝上银光一闪，竟拷着好几斤重的脚链，与旁边的床柱子栓在一块儿。

门口地面上放着几个盘子碟子，盛着吃剩下的残羹冷饭。

窗外的呜咽声惊醒了云菀霏，眼光循着望过来，对上娘的脸庞，目光仍是涣散的，像是不认识。

“霏儿，你可别吓娘啊。”白雪惠的心都要跳出来，女儿不会是关傻了，不认得自己了吧？

良久，云菀霏才带着那铁链，哐啷地从地上跃起来，想要到窗户边却又被脚链牵制，够不着，哭道：“娘，爹要把我关到死不成？你快救我啊！你快叫爹放我出去，我快死了——”

“别怕，”白雪惠急忙安抚，“虎毒不食子，你爹气头消了便会放你，别怕。”

云菀霏听了，却止住哭泣，目色一怔，一屁股坐在冰凉的地面：“……就算放我出去了又怎样，我还能做人吗，泰哥哥还会要我吗？若是我一辈子再嫁不了人，侯府也不要我，我出去了，跟关在这里，又有什么分别……”说着，竟惨兮兮地笑了两声。

白雪惠心惊肉跳，顿了顿，眼色宛如下了浓雾：“你是为娘肚子里出来的，我怎会叫你这辈子就这么毁了，你若不好，为娘的又怎么能好得了？我一定想法子叫那归德侯府光明正大地要了你。”

“你说真的吗？”泪眼婆娑中，绝望的云菀霏看到一线希望，可马上又拼命摇头，“归德侯府怎会要我？别说老侯爷了，连泰哥哥……我关了这么久，也没说上们找爹要我吧？呜呜呜，娘……”

“为娘的自有门道。”白雪惠咬了咬牙，“你再忍些日子，将容貌养起来，看你，现在都成什么样儿了，到时还怎么光鲜亮丽地嫁入侯府？”

云菀霏终是被说得有了希望，连连点头。

不方便逗留久了，白雪惠狠下心，离开了女儿闺院。

回了主院，阿桃将夫人搀到榻上，还未转身，只听夫人平素柔腻的娇声，此刻宛如从深谷中传来，嘶哑而沉郁：“给我拿笔拿纸来。”

“夫人要做什么？”阿桃惊讶地问道。

“写信。”白雪惠眼神厉得如刀。

“夫人这是要……写给谁？”

白雪惠拽着枕巾，指尖掐进去：“写给我宫中的亲妹妹！就说我们母女两个被人欺负得活不了啦！”

几日一晃即过。

云菀沁得偿所愿，带着弟弟去往京郊的佑贤山庄。

随行的除了马夫和家丁，还有初夏与云锦重身边一个小书童。

佑贤山庄里迎接姐弟的是管理庄子的一对卫姓老夫妇，也是母亲许氏的娘家用人。那卫婆子更是看着许氏长到出阁的人，见着云氏姐弟更是感慨万千，一见面仿佛看见昔日的小姐，一把鼻涕一把泪地唤云菀沁作小小姐。

云菀沁姐弟住在庄子上的时日，卫婆子也把两人伺候得无不妥当。

山庄上种植不少药草名花，在庄子上休养的一段光景，云菀沁也顺便研习药性，钻读药书，此中技巧更突飞猛进，精巧愈深。

转眼，无忧的时光匆匆过，到了回京日。

天光一亮，云菀沁交代了卫氏夫妻几句，在锦重的留恋不舍中，上了马车。

皇城，金銮殿外。

正午，下朝后。

慕容老侯爷刚要下白玉阶，斜后方传来太监的声音："侯爷，请留步，宫中有人想与您见一面。"

慕容老侯爷脚步一停。

太监是凤藻宫的人。

太监看出老侯爷脸上的疑窦，笑道："随奴才来即可。"

御花园，九香亭内。

一道倩影安静坐在亭内。

不是皇后蒋氏，是她身边最得力最受信赖的二品令人——女官白秀惠。

白秀惠二十三四的年龄，发髻上插一柄流云璎珞点翠钗，身着暗绿雨丝锦对襟女官服饰，显得纤秀婀娜，气势却异常沉稳，一看便是在贵人身边当差了许久。

"白令人？"慕容老侯爷一疑，她是后宫的人，与自己八竿子扯不到，找自己干什么？

白秀惠声音从容："侯爷请坐。"

二人面对面坐下后，宫女来斟了茶水，是名贵稀少的大红袍。

慕容老侯爷扫一眼案上的精美糕点，再看凤藻宫的太监与宫女伺候得这么周全，花白的眉毛一扬，早听说白令人受宠，却没料到果真是蒋皇后眼皮下的第一红人，道："白令人有什么事，直接说吧。"

白秀惠嘴角弯起："老侯爷果然是军功起家的老英雄，快人快语。那我就不绕弯子了，我在宫外有个同胞亲姐，嫁给了兵部左侍郎云玄昶，正是侍郎府的填房妻室，二人膝下现如今只有一个女儿，就是我的外甥女儿，名唤菀霏。"

慕容老侯爷明白她与自己见面的意思了。

“霏儿年少痴情，与侯爷家的二少是一对，可惜年轻人，总会不小心犯些错，那日寿宴，叫侯府失了面子，可老侯爷不能因此就拆散一对鸳鸯。我那外甥女心心念着二少，更因为二少，被我姐夫关在府上，看老侯爷能否卖我一个人情，两人既然情投意合，便尽快成亲算了。”白秀惠缓缓道。

慕容老侯爷放下杯子，想不到那云家竟搬出了皇后身边的人，笑中掺着冷意，直话直说：“令甥婚前私定终身也就算了，还闹得人尽皆知，在拙荆寿宴当日，与阿泰……行苟且之事，叫那么多公子哥儿看到，实在大失妇德。老夫若是同意她当孙媳妇儿，日后怎么抬得起头？侯府岂不是被天下人嗤笑！”

白秀惠一抬眸：“老侯爷的意思是，侯府没法娶霏儿了？”

“这种女子，绝对不能进归德侯府当少夫人！”

白秀惠语气温和：“老侯爷连失两子，如今只有两名孙儿，是慕容家唯一的香火，看得珍贵无比吧？”

“白令人这是什么意思？”慕容老侯爷一惊，砰的一声，磕下茶盅。

“侯府是军功起家，就跟老侯爷一样，两位少爷也是在军营里就职，听闻大少爷慕容安已经有了军职，作为副都统，刚奉了皇上的命，随部队在北方互市，处理蒙奴国最近侵扰我朝互市的事儿。”白秀惠轻抚杯盖。

慕容老侯爷眼神一冽，心头突突一蹦。

白秀惠的手从袖子里出来，多了个小小的香囊。

打开，指间夹着一颗泛着珍珠白的小东西，像个小石子儿似的，亮在老侯爷眼前。

慕容老侯爷眼球瞪大，是一颗圆乎乎的后槽齿，人牙！白森森的人牙，还沾着一两点斑驳的干涸血迹！

牙齿没有特殊标记，可他却清楚预感，这是他长孙阿安的牙齿！

“呼啦”一声站起来，慕容老侯爷手脚颤抖，低叱：“白令人，你这是什么意思！”

白秀惠淡笑，笑意在这颗可怖人牙的映衬下危险十足：“老侯爷，前线和沙场上，有多危险，您比我更清楚，大少爷受伤甚至殒命，再正常不过了，值得这么惊奇吗？哦，对，听说侯爷还在极力培养二少，二少经常去军营操练，也快有官职了。二兄弟随时能上阵立功，赚取功名了。可老侯爷最清楚了，阵上的事，真的说不准，一只冷箭不小心飞过来，一把刀冷不丁砍过来，可能随时没命，就算两人一天内同时遭难，呵呵，应该也不会有任何人怀疑，更不可能有人去细查，到底是遭了敌手，还是——有心人所为。”

“我家阿安到底怎么样了？”若不是森严深宫，慕容老侯爷几乎咆哮出来。

白秀惠将牙齿磕在案上：“侯爷放心，这次只是慕容大少爷在营帐里练习搏斗时，不小心被人打落了牙齿，没什么大事，可下次……呵，就不知道了。”

慕容老侯爷被人威胁迎娶云菀霏，仍是不甘愿，死死不松口：“我乃堂堂的归德侯爷，你算什么？再得宠，无非也就是宫中的一个奴才！我就不信皇后真的那般宠你，容你为非作歹。哼，老夫这就去凤藻宫，亲自拜见皇后，红口白牙说个清楚！若不行，老夫直接找皇上！”

“老侯爷，”三个字从银牙中迸出，如刀刃扑来，寒风阵阵，白秀惠美目一眯，双袖一摆，脊背挺得极直，“奴才也是分等级的，我在天下最大的女人身边当奴才，也算是天下最大的奴才，我既混到了皇后身边，受皇后信任，你认为，皇后会不会帮我达成这个心愿？侯爷确定要去试一试，看皇后到底帮谁？”阴沉沉地一笑，她语气一转：“还有，别怪我没提醒侯爷，一旦捅到皇上那头，归德侯府，很难再有安宁的一日。侯爷的一双儿子已死在了前线，可不要做一些叫自己后悔的事，让剩下的两个命根子继续断送性命！自己好生考虑吧！”

袖子一甩，白秀慧冷笑，那笑容却如同沾了毒的刀口。

白秀惠年纪轻轻，从一个与姐姐一起从乡下逃难来京城的小姑娘，到如今能够当上蒋皇后身边最受信赖的女官，必定为皇后做过不少见不得人的事，今天既然能与他面对面谈这一盘交易，必定也是蒋皇后纵容的。

他若真的闹去蒋皇后那里，蒋皇后一句旨下来，他反倒没了退路，不能跟白秀惠谈条件了。

若闹到了皇上那儿，更是后果不堪设想。

宁熙帝定不会为了慕容家这么点儿破事惩罚皇后，等这事一过，蒋皇后肯定会打击报复，就如同白秀惠说的，归德侯府，再没宁日了。

这般一想，慕容老侯爷只觉脖子被掐住了：“等老夫考虑几天。”

白秀惠咯咯一笑：“考虑不要太久，最多三天。侯爷不要拿两个宝贝孙子的性命当赌注，我这人性子急，我那外甥女也还等着进你们家的门呢。”

抛下一句，在宫女与太监的陪伴下，扬长而去。

慕容老侯爷脸色发青，半天走不动路。

归德侯府每一代的妻房，都是清清白白的女子。

自己的夫人邢氏是国公女儿，两个儿媳妇都是正经嫡妻所出的官家千金，慕容安的妻子是郡主，现在，难不成真的要那个被男人看了身子，在京城贵圈里已成了破鞋的女子，当少奶奶？对于一个名声胜过生命的人来说，真是比死还要痛苦。

三天后，慕容老侯爷传信宫中。要云家二姑娘做慕容泰的正室绝不可能，侯府名声贵重，家大业大，只能将二姑娘迎进归德侯府为贵妾。

最后又说，已经退让到这一步，若是白令人再强人所难，那他也只有鱼死网破了！

白秀惠听了回信，虽然气慕容老侯爷给自己的要求打了个折扣，却又冷静思量了一下。

与归德侯府硬拼起来，也得不到好处。况且，侯府老夫人邢氏当过宁熙帝的奶娘，万一那老家伙杀到宫中对皇上告状，麻烦。

这般一想，白秀惠就替姐姐与外甥女答应了，让归德侯府尽快迎娶云菀霏进侯府。

萃茗殿，入夜。

在太监的陪同下，身着象征天子身份金黄盘龙纹锦袍的男子走进殿内。

男子轮廓俊朗，身形高大，虽然已过黄金盛年，鬓发微微掺杂了些银丝，浑身上下仍充满尊贵的王者风范，正是当今的大宣天子宁熙帝。

“皇上金安。”赫连氏领着宫女身子齐齐一矮，行了见面礼。

“起身吧。”宁熙帝坐在红木大圈椅内，“贵嫔一病就是大半个月，现下可好了些？”

近年，他虽然宠韦贵妃多些，可对于赫连氏，始终还是有几分感情。上个月，因为韦贵妃告状时哭闹得厉害，他一时手快，不小心伤了她，如今见她颊上还有一道浅浅的痕迹，倒是有点儿愧疚。

今晚的赫连贵嫔兴许是大病初愈，有些虚弱，看起来楚楚动人，宁熙帝的语气和态度也更是怜惜和温柔。

赫连氏今晚面圣的着装打扮，是由四名婢子安排的。

褪去严谨乏味的宫装，换了一身天蓝色纱衣，纤细玉颈、修长手臂、玲珑腰肢的肉色光泽，隐隐透出来，胸脯处露出一小截儿烟霞色肚兜，显得整个人俏丽无匹，多了几分少女的风味。

今晚一见赫连氏，宁熙帝依稀又见到了多年前那个草原上的少女，心中泛起一股许久没有的柔情。

“回皇上的话，”赫连氏轻轻福身，“嫔妾身子已是好了，太医瞧过，没什么事儿，劳烦皇上日理万机，还亲自过来看望嫔妾，这个蓝亭，真是找打。”

“不妨。”宁熙帝心情好。

赫连氏见他脸色很好，端茶过去。

一袭幽幽香味儿窜进男人的鼻腔内。

不是茶，好像是香薰味……

似曾相识的味道。

宁熙帝呷一口茶，心中一动：“鸽子花？”

赫连氏回答：“是嫔妾发上擦的发露，是不是冲撞了皇上？”

当年在蒙奴国的草原上，第一次遇见赫连氏，吸引宁熙帝的除了她的容貌，也有她身上的香味。那时，她正在采鸽子花，浑身盘绕着鸽子花的幽香。后来，赫连氏被指定为和亲的人后，也随太子兄长伺过几次宴。宴上，头插过雪白的鸽子花，仍是幽香满绕身，也让年轻的宁熙帝着迷。

如今重新嗅到这花儿的味道，已过中年的宁熙帝竟然勾起了青年情怀，将茶盅一放，微微一笑：“怎么会冲撞？”话音一顿，起了变化，眼神微微发赤，有些动情，声音也浓沉起来，“玉烟，朕今晚上瞧你，竟像十几年前那个小姑娘一样。那日，你就这么像草原上的兔子一般，跑到了朕的眼里。”

“皇上居然还记得。”多少年了，宁熙帝都没喊过自己的闺名了，赫连氏红了眼圈。

除了感怀宁熙帝还记得旧情，她更是舒了一口气，这场灾劫过去了，只要自己好，世廷也会好。

没料到，最关键时候，竟是皇儿送来的发露发挥了作用……赫连氏心中暗中一动，已叫章德海去查过了，做这发露的是兵部左侍郎云玄昶家的嫡长女，世廷一向深居简出，就是有女子贴上来，一副脸也能将人家给冷死，怎会与那位云小妲相识？连人家的私制小物都收了，两人关系肯定不浅。

赫连氏正在沉吟，宁熙帝眼神更是浓敛，笑意蔓延：“玉烟在想什么？晾着朕不管了？”

赫连氏这才强颜一笑，迎了上去。

这次若重获圣宠，幕后功臣，便是云侍郎的女儿。

帘子外的总领大太监姚福寿一看，知道了，今儿晚上，皇上不走了。

这赫连贵嫔，经过今夜之后，恐怕翻身了。

侯府上门提亲，想纳云家二小姐为贵妾的信儿传到后院，白雪惠虽愤愤不甘，却也知道，宫中的妹子已经竭尽所能，若拒绝，霏儿怕是连个归宿都没了，与老爷商议下，只得咬牙同意。

纳妾不如娶妻烦琐，不到半月，云菀霏就这么委委屈屈嫁了过去。

出阁当日，破晓时分，侯府派人来迎亲，还未起的云家下人只听见窗外一阵窸窸窣窣的声音，再接着又恢复安静，知道是二小姐被接走了。

女儿委屈一嫁，白雪惠也像是被抽走了一大半力气，颜面无光，萎靡了下来，久不出屋。

不过，云玄昶倒是来了一桩喜事，升任了尚书，据说还是圣上亲自提起。

因为得罪了秦立川，他本来已经放弃了升迁的事儿，没料到，到最后还是捡了个肥缺。接旨当日回府，喜不自禁，在宅子里连呼万岁明察。

云菀沁听闻此事，倒有些奇异皇帝对父亲的重视。当今圣上一向求贤若渴，不拘人才出身，否则爹也不至于从一介寒儒步步蹿升至此，但朝廷的人才也绝对不少，皇上唯独这般提拔爹、青睐爹，实在有些不寻常，也只能感叹云玄昶官运实在好。

除了家主升迁这一桩事，另一桩喜事也接踵而来。

皇家秋狩在即，云玄昶作为新上任臣子，将随御驾前往祜龙围场。历年秋狩队列庞大，人员众多，除帝后及得宠妃嫔，更有伴驾臣子，宗室子弟乃至臣子眷属。云菀沁作为伴驾臣子的长女，这次也被选在伴驾的臣子眷属中，上了秋狩名单，将一同前去围场。

对于云家来说，这简直是皇恩浩荡，双喜临门。府上开始准备起老爷与小姐伴驾的行装。

云菀沁倒没家人那般高兴，反倒自从圣旨下了后，就有些狐疑。

爹随君伴驾不稀奇，自己一个未出阁的女儿却也被招去侍驾，倒有些过于抬举了。

她听说过，秋狩中有资格伴驾的臣子眷属，多半也是与皇家关系紧密，有了封号与册封的女眷，极少有自己这种籍籍无名的在室女。

秋狩当天，万里无云，天气清爽。

内务府来了人，将云玄昶和云菀沁分别接去了衙署，上了马车，在皇城外，与秋狩仪仗队卫队会合。

云菀沁被一名内务府的公公领去了皇城外一辆黄盖云纹帐的大马车上，与两名官家千金同坐一车。

倒是巧合，一名正是曹凝儿，恰曹凝儿的一名表姑姑去岁进宫得了皇宠，封了昭仪，曹凝儿作为曹家女眷，得了这次恩宠。另一名则是大内侍卫韩氏府中的嫡亲女儿，唤作韩湘湘，生得娇弱可人。

一个是熟人，一人好说话，云菀沁甚是满意。

三人由一名宫内的郑姓姑姑负责一路起居饮食。

出了京城，温度一路骤降。第一夜，秋狩队伍宿在了京郊开外的驿馆。

云菀沁与两位官家千金说说笑笑，本是开怀，直到被宫人送去今晚歇息的房间，三人却笑不出来了。

房间窄小不说，尘埃也未曾清扫，一进去便一股子灰尘味儿，再待下人端上晚膳，三人更是变了脸色，两素一汤，连油星子都见不着，未免太寒酸了些，哪里像是伴驾的待遇。

三人也不好多问，待下人离开，曹凝儿将筷子一搁，她本就有些傲性子，眼看被下人这样对待，更是羞恼："这些奴才，实在欺人太甚！"

韩湘湘未曾随爹出入宫里，但也曾听过些宫里规矩，低声道："这些都是内务府的人打理，内务府的人最是贪钱，我们是不是要塞些银子？"

云菀沁怀疑，便是没塞银子，宫人们也不敢如此薄待三人，倒是像有人指使。

她没说什么，只劝了两句，三人草草吃着简单的晚膳，忽地有人叩起门。

三人一奇，曹凝儿搁了碗筷去开门，只见门槛外站着一名妙龄女子，作侍女装扮，提着一个竹篾编的三层食盒，不禁一讶：“你是……”

云菀沁听到动静，也走了出来，一看来人，顿时也一惊。

竟是秦王身边的侍女蕊枝。

蕊枝既来了，那么……秦王也定是御驾随行了。

蕊枝看到云菀沁，一笑：“怕三位小姐吃不惯路上饮食，奴婢给三位小姐送些吃食。”说罢，揭开食盒，香气顿溢满屋内，比三人桌子上的菜不知丰盛多少。

曹凝儿和韩湘湘大喜，只当是宫人，赶紧将蕊枝迎进来。

蕊枝将几道宫廷美食分别装盘，退至一边，三人用膳时，也没曾闲着，帮着打扫起屋子，尤其云菀沁的床铺，收拾得干净妥帖，与三人刚进屋时相比，焕然一新。

加了菜，曹凝儿和韩湘湘也不抱怨了，你一筷子我一筷子吃得酣畅，云菀沁吃得却不专心，不时瞥一眼蕊枝。晚膳结束，见蕊枝收拾了盘子要告退，才赶紧道：“我送你出去。”

两人跨出屋子，云菀沁合上门，才深吸口气：“你家主人也来了？”

蕊枝早知面前千金便是前阵子私闯王府的绝色少年，只没料到自家主人结识的，居然是云府的小姐。此刻廊下借着夜色看她，一副女装，更添娇美，连自己身为女子都为之动容，点点头：“是。云小姐请随奴婢来。”

云菀沁不自禁跟着蕊枝，沿着走廊走去。过了一道月门，绕过几次回廊，停定在一间木亭外。

月光下，一个熟悉的身影影影绰绰，立在阶上。

蕊枝轻声唤道：“三爷，云小姐来了。”

云菀沁心里一个咯噔，只见夏侯世廷转过身，面朝自己，俊朗无匹的脸庞笼罩着清辉，愈添风华，眉眼虽一如既往的淡泊，却又噙着若有似无的笑意，竟一时忘了要说的话。

夏侯世廷广袖一挥，蕊枝退了下去，见云菀沁半晌没动，背手主动下阶，深眸微眯：“不认识本王了？”

云菀沁醒悟过来，福了一下：“多谢三爷派蕊枝姑娘来给我们加菜。”

“吃饱了？”夏侯世廷淡淡问道。

她忙回答：“吃饱了。”又不禁抬起螓首，“以为三爷身子不好，不会御驾随行，没料能在御驾遇见三爷。”

夏侯世廷凝住她，久没言语。

她又是一个咯噔，不会是因为自己来了，他才来的吧？得得得，在想什么呢，别自作多情了！

她压下了思绪，竟是不敢抬眼与他对视。

他看到她的表情，似猜出她在想什么，答得坦荡：“你猜得没错。”

她一惊，脸颊唰的烧红。

月朗星稀，郊外的夜幕格外深远辽阔。亭子不远处，亮着斑驳灯火，是驿馆值夜的宫人。

两人之间的气氛，却静默了下来。

夏侯世廷见她尴尬得厉害，方才主动开口：“本王倒是也没料到你这次会上了伴驾名单。”

别说夏侯世廷怀疑，云菀沁自己早就有些疑惑，禁不住问：“伴驾名单是谁定的？”

“内务府会草拟一份大概的出行名单，给父皇过目，最后由父皇增减钦定。”

那就是说，伴驾人选，最终还是由宁熙帝定夺。

可这更说不过去，宁熙帝怎会钦点默默无闻的一个官家小姐？云菀沁更是疑窦加深。

夏侯世廷将她的疑惑神色尽收眼底，心思亦转动了一下，却并未多言语：“天不早了，蕊枝，送云小姐回屋。”

云菀沁本来还想多问些事，想来想去，也不知该问些什么，见蕊枝上前，便暂且跟着蕊枝离开了。

两人离开后，夏侯世廷双手立在腰后，久没出声。

守在亭边放风的施遥安过来，拱手：“三爷，要不要回房？”

夏侯世廷若有所思中，蓦然开口：“伴驾人员一路饮食起居，是内务府全权负责吧？”

施遥安一愣：“是。”

夏侯世廷蓦地眼眸一动：“遥安，可记得内务府大总管郁成刚是如何当上的？”

施遥安想了一想，答：“据说是蒋家提拔推举。”

“也就是说，郁成刚是皇后的人，对皇后该是言听计从。”夏侯世廷低声默念。

施遥安心思一动：“三爷的意思是，云小姐此行被内务府那些奴才薄待，是受了娘娘的指示？”

夏侯世廷本已经有些猜疑，刚刚听云菀沁一问，确定了大半。

蒋氏人在深宫，从未与云菀沁见过面，并无仇怨，却唆使人暗处给她穿小鞋，原因只有一个。云菀沁的猜测是对的，她能够御驾伴行，正是父皇亲赐，蒋皇后不喜，才暗中折腾她。

念及此，夏侯世廷唇边浮出玩味。若真是如此，其间事情倒是复杂了。

父皇为何会独独青睐云菀沁，又为何惹得蒋氏如此不悦？

静默俄顷，他轻抚扳指，眼眸深邃开去。

天色一亮，銮驾继续前行。

数日后，帝驾人马抵达祐龙围场，帝后入住围场御帐，其余人等则入住附近的行帐。

宫人的伺候依旧不紧不慢，饭菜亦是不好不坏，所幸蕊枝依旧会常来给云菀沁三人加菜，倒也不难过。

夜色一降，行宫边上的伴驾帐里外纷纷掌起了灯火，山峦在夜幕中森严而伟骏，轮廓鬼影憧憧，深山传来狼嚎枭啼，还夹杂着一些不知名野兽的呜咽。

明日围猎，郁成刚作为大总管，按规矩提前一天要亲自去围场附近查看一下，吃过饭就出了帐子，提着灯要赶去围场。

还没走出帐子几步，前方有个人影。

内务府下属见有人挡道，吼道：“谁啊？挡着路干吗，大总管出行，没看见吗？”

对方并没回应，也没让路。

郁成刚素来骄纵，眉一皱，拇指摁上了腰上的佩剑，起了狠意：“该死！”

却见面前人慢慢从夜色中踱步过来，身姿、容貌一点点地显现在光亮中。

男子一身深紫薰貂裘袍，金色丝绦玉佩挂在腰际，头束东珠玉冠，鬓发如裁，高鼻雕唇，眼眸乌黢深邃，肤色如罩薄霜，身后跟着一对侍卫模样的男女，此刻双手背在窄腰后，停住脚步，轻缓回应：“夜路难走，当真没注意到挡了总管的去路。”

郁成刚揉了揉眼，大惊失色，扭头一个巴掌“啪”一声甩到下属的脸上：“瞎了你的狗眼！连秦王也不认得了吗？”

下属也吓得连忙伏在地上，磕头：“黑灯瞎火的，小的没看清楚！”

郁成刚打了个长躬，耷拉着腰板子，伸手：“秦王先走。”

磷火般跳跃的灯火中，夏侯世廷轻道：“郁总管要去围场忙公务，先行。”广袖一拂，领着随扈慢悠悠走到一边。

郁成刚本以为他会恼怒自己不够尊敬，此刻见他脸色宽和，还屈尊降贵，主动让行，落下一颗心，竟还真的率先走了过去，心里不免对自己方才的畏惧感到好笑。

无非是个无权无势的闲散王爷！有什么好怕！

第二天，晨晞初露没一会儿，祐龙围场的太阳就爬了上来。

阳光铺满了整个围场里外周遭，镀上一层金子般的光芒，衬得视野开阔而明亮，是阳光明媚，风轻无雾的一天，正好适宜狩猎骑射。

天光渐醒后，云菀沁几人刚洗漱完毕，换了一身骑服，用过早点，来了名太监。

三人正准备在太监和郑姑姑的陪伴下去围场，帐子外传来一阵骚动。

“劳烦姑姑去看看。”云菀沁一疑。

郑华秋几步过去，掀开帘子，只见一个从围场那边跑来的将官正与公公说着什么，公公本就细白的脸更是白得没有血色了。

“怎么了，出了什么事了吗？”郑华秋上前低声问。

公公吞了口唾液，与那将官对望一眼，缓了缓气，掩着嘴，小声说：“内务府大总管郁大人昨儿晚上去围场查看环境，一夜未回，今儿破晓前，内务府去派人去找人——”

“怎么了？”郑华秋心生不好预感。

“发现围场有一处栅栏损了，郁成刚的尸体在栅栏外的半里开外，开膛破肚，死得惨不忍睹！估摸着是郁成刚昨晚巡查围场时，有野兽钻了进来。正撞上了……”

御帐外，本朝第一位被野兽挠死的内务府总管尸体盖着白布，放在地上。

宁熙帝拔出卫士的宝剑，用剑鞘将白布挑开。这一看，睁大了眼睛，胃一阵发紧，早上的御粥都快吐了出来。

郁成刚半张着嘴巴，仰面朝天，脸色乌青，死不瞑目，尸体像一坨碎掉的泥巴，稀巴烂。

两条腿被啃得差不多了，露出了白森森的小腿骨，一条胳膊勉强完好，却也被咬得快要断掉，几乎剥离了上身，浑身上下的衣服更是七零八碎，几近赤身裸体。就连本就残缺了最重要部件的两腿之间的物事，此刻也鸡飞蛋打，只剩下两个血窟窿。

宁熙帝手中的剑哐啷一声落地，退后两步，姚福寿连忙将皇帝搀住。而其他人看到这样的一幕，也纷纷一阵恶寒。

一旁的燕王年少，胆子大，却忍不住低笑：“这野兽也太重口味了，将人撕了吃就算了，还吃男子的那地方，也不知道是不是什么成了精的母兽，正在发情期，只不过怕是失望了，碰着的不是个完整男人。哈哈……”说着还是忍不住笑起来，又若有所思地瞥了一眼对面静立着像一堵墙似的三哥。

夏侯世廷一直面无表情，此刻斜睨一眼八弟。

燕王吐舌，闭上嘴。

宁熙帝一听燕王的话，却想到了什么：“调查清楚没？被什么野兽咬的？”

将尸体抬回来的内务府官员跪在地上，哭着说：“根据郁总管身上的咬痕，还有脚印和一些零碎的野兽毛发，很有可能是饿了几天的黑瞎子闯了进来，正好山林里近来有一头身形特别高大的黑熊出没，身高近一丈，体重八百多斤。据围场官员说，这头黑瞎子昔日就不时出没咬死野兔野鸡。只怕这次咬死郁主管的，就是那祸害。”

宁熙帝倒吸一口凉气，山林中最厉害的动物不是老虎不是狼豹，一是豪猪，二就是黑熊，这两种动物发起疯来都是不要命的。

那家伙是兽类动物中力气最大的，一脚跺地，地动山摇，皮糙肉厚很难打死，被连射十几箭还能跟人拼命，连几头膘肥体壮、训练有素的狼狗都打不过它。

郁成刚若是跟饿着肚子的黑瞎子面对面撞上了，就算长了八只手，也是没生还希望的。

宁熙帝手一挥，侍卫连忙将郁成刚的尸体抬了下去，又背着手，眉头皱了起来：“为什么好端端的栅栏会有缺口，叫猛兽钻了空子？照道理，黑瞎子生活在深林，怎会朝围场这边来寻食？”

“回皇上的话，”内务府官员禀道，“祜龙围场宽大，有些栅栏确实年久失修，一时没法全都清查出来，前几日下了几场雨，估计那一处的木头腐了，彻底坍了，这会儿正在修葺和加固，再不会出差错了！围场官员说，黑瞎子饿得不行了会到处找吃的，围场这边怕是有吃食香气传出去，将那孽畜给惊动了，顺着摸了过来，结果进了破栅栏，跟郁总管遇上了……”

宁熙帝眉皱得更紧：“罢了罢了，天灾人祸，难得挡住，也怪这郁成刚运气不好。只接下来的日子，万万不可再出这种纰漏！”

龙颜一怒，众人生怕引火烧身，谁都不敢吱声，唯听夏侯世廷平静开口：“不如由儿臣先去围场事发那边，看看破损的栅栏修得怎么样。”

宁熙帝倒是有些意外，老三一向是个闲散人，从不过问外事，这次主动伴驾秋狩就罢了，居然还提出督工，不过想他性子沉稳，也放心：“好，那就由世廷去督工。”

夏侯世廷到了围场，到了破损口的栅栏，工匠们敲敲打打，已经将大半坍塌的栅栏竖了起来，正在加固。

地上泼了几道水，血迹却还没有完全干涸，很是触目惊心。

见三皇子过来，众人纷纷停下手里的活儿，俯身行礼。

夏侯世廷只淡道：“继续赶工，皇上稍后要狩猎，切勿再出半分差错。”

众人不敢怠慢，连忙又低头忙活起来。

吩咐妥，夏侯世廷领着施遥安从还没修好的一处小破口踱了出去。

“三王爷，最好不要出去，才刚刚出事。”有官员阻道。

夏侯世廷道：“黑瞎子刚吃饱，大白天的不会再出来。”

官员正欲再劝，却见秦王与施遥安已经走远了。

夏侯世廷踱步到不远处的一片林子，走到一棵树下，随手捡起一根长树干当做手杖，举起来，轻轻挑开茂密的林叶，几个饱满的蜂巢挂在树上，犹散发着蜂蜜的清甜香味。

黑瞎子最嗜好吃蜂蜜，嗅觉也在巨型野兽中数一数二。饿得快疯的熊晚间出来觅食，一嗅到这个味儿，哪里会不找过来？

夏侯世廷悠悠看了一眼施遥安。

不用多说，施遥安也知道要干什么，袖口卷了上去，蒙上头面罩，抱住树干几下蹭蹭上去，小心翼翼地摘下蜂巢，走到旁边的断崖边，举起来，一个个丢了出去，毁尸灭迹，干干净净，一个不剩，又行至夏侯世廷身边，低声：“弄坏的栅栏附近奴才也看过，并没留下半点踪迹。郁成刚的死，所有人，都只会认为是一场意外。”

夏侯世廷并未应答，眸色淡淡，凝视前方，看不出一丝波澜。

女眷帐那边，云菀沁、曹凝儿、韩湘湘、郑华秋等人惊魂未定，正在等候消息，只见一名公公来通报，说是因郁总管一事，为安全起见，狩猎一事暂时押后，待栅栏修葺好再说。

郑华秋不禁吸口冷气：“到底是什么野兽这么凶狠不怕人？”

“听内务府的人说，是山林里的野熊。”

韩湘湘和曹凝儿脸色煞白。云菀沁稍一沉吟，好奇道：“一般野兽再是凶残，也会远离人气，不敢朝有人的地方闯，何况围场这边灯火通明，野兽最怕火光，怎么会闯到这里？”

公公道：“云小姐果真心细如发，那边的官员们也都是奇怪，不过估摸着是那孽畜饿忘了形，又嗅到围场这边的香气，才敢在旁边逗留，正巧碰上巡夜的郁总管。”

曹凝儿摇头：“这郁大人运气也是忒不好。”韩湘湘依旧苍白着脸道：“公公，那野熊能抓到吗？”

公公见她模样儿怯弱，知道是吓坏了，道：“皇上已下了旨，将那野熊作为今年秋狩的目标，伴行的所有皇亲贵胄和侍卫臣将，无论是谁能将那走兽猎获，就能得到圣上的嘉赏。大伙儿都踊跃得很，据说有人都已经迫不及待进山去了。士气这般高涨，想必那孽畜一定逃不过！”

曹凝儿不禁道：“这可是丢命的事，还有这么多人为了奖赏愿意去……送死？”

公公低笑，道：“曹小姐有所不知，所谓重金之下必有勇夫，皇上格外重视每年狩猎的赏赐，几乎是有求必应！大前年，鸢郡王与其长子率众抓到了一头百岁白毛老狐狸，皇上将国库里收藏了三代的夜光珊瑚树赐给了鸢郡王父子。前年，二皇子一箭射中了围场内有名的花斑豹，皇上将通州四郡给了二皇子分管。去年是贾太后的侄子贾侯爷，花了大半天的的工夫，擒住了一头狼王，赏赐时，因侯爷有个情同手足的属下犯了杀头的罪，当时没领赏，只求皇上赦了砍头的罪，皇上也都答应了！”

几人这才释然，原来赏金这么丰厚，难怪个个不怕死，不过曹凝儿还是摇头：“今年不一样，听公公这么一说，那孽畜比往年的狐狸啊狼豹什么的，该是更凶残厉害。我也在书上看过，说是深山野熊精明得跟人一样，昼伏夜出，白天压根儿找不着，还很会使障眼法避人，恐怕不是一天两天能抓得到的。”

“可别说，就在半刻前，擒黑瞎子的旨意刚一出，有人第一个接下来了！”

云菀沁只觉有些预感，果然，公公脱口而出：“三皇子秦王！”

云菀沁眼皮子一跳，蓦然出声：“秦王身子不大好，一直久居王府，皇上也答应他了？”

万一发病或者体力不济，这不是送死吗！

“若是私下提出，皇上兴许还劝几句，可秦王在众人面前主动领下这任务，皇上一劝阻，还显得自个儿的皇子没能耐，灭自己威风，怎会不答应？”公公道，“不仅答应了，还亲自给秦王配马搭鞍，配备擒熊的将官。”

皇亲帐内。

夏侯世廷披着一件紫貂披风，小臂戴着护腕，胸前的护心盔已经戴好了，乌发束紧，坐在长案后，飒爽沉稳，俊如天人，正在亲自用锦帕擦拭一把等会儿要用来打猎的刀具，身边趴着一同进山的狼犬，刚喂饱了水粮，正养精蓄锐，等着随主人一同最后征服猎物。

刀锋磨得很尖利，刀背银光森森如雪，俊朗遒劲的轮廓倒映在刀光中，透出几许冰凉，衬得脸色越发的青白，却又是神色笃笃。

还刀入鞘，男子唇角浮出一线弧度。

施遥安站在门帘子处望着，三爷利用那黑瞎子，杀了郁成刚，只为了给云小姐出一口恶气。如今，三爷准备去把幕后功臣的黑瞎子干掉，还是为了云小姐。

想着，施遥安一口气提了上来，颇有些担心："三爷，真的决定——"

"遥安，一块进山的马和狗的干粮和水都带足了吗？"夏侯世廷打断他。蕊枝刚劝阻完，又轮到这小子，耳朵都快生茧了。

施遥安只得吞下话："奴才都已经安排过了，再去瞧瞧。"转身打帘，离开了帐子。

帐子内余下一人，一片安静，偶尔，帐子外传来出猎前夕歃血饮酒的声音，还伴随着擂鼓奏乐声。

夏侯世廷有条不紊地擦拭弓弩，又将箭袋拿出来，查看箭矢有没有问题，头颅一低，却见帘子下方出现一双脚，是双女人的绣靴，欲进不进的犹豫样子。

他眉眸一动，了然于心："要本王亲自去门口远迎？"

帘下绣靴一滞，来人终是拨帘进来，正是淡妆素服，头戴帷帽的云菀沁。

狼犬见有生人进来，一跃而起，朝着云菀沁叫起来。夏侯世廷将锁链一拽，生生扯回狼犬，厉声一呵："狼王，回来！"，狼犬立刻臣服退后，呜咽两声，重新趴下来。

云菀沁这才松了口气。环顾帐内，见除了他和一只狼狗再无别人，脸色也好了些。自己身为伴驾臣子女眷，私下跑来皇子行帐里，终归不妥。

夏侯世廷知道她是偷偷摸摸跑来，轻道："放心，没本王的允许，没人敢随便进来。"

她脸颊蓦然一热，仿佛被他撞到什么不可告人的心事，一时说不出话了。

"是来劝阻本王？"夏侯世廷放下箭矢。

云菀沁根本就没想过自己能劝得动他，平静道："不是。我来为三爷送行，恭祝三爷一路平安，满载凯旋。”

夏侯世廷怔了一下，继而轻笑：“幸亏你不是来劝本王别去的，省了本王的力气。”

云菀沁侃侃而道：“三爷准备充足，有精兵，有良弓，有利器，有忠犬，我实在想不出灭秦王威风的话。”

夏侯世廷双目灼然：“得了云小姐这句吉言，本王一定尽早回来。”

临行之际，他要的不是担心挽留，不是苦苦劝说，而是神清气爽的一声祝福。

她是懂自己的人，如此也不枉他进山一趟。

正在这时，奏乐声停了下来，气氛顿时一静。

夏侯世廷拍拍盘坐在自己长靴边的狼王，示意要出征了。

狼犬站起来，有半个人那么高，抖了抖毛，更是威风凛凛。

云菀沁知道他要进山了，有些说不出的滋味，身子禁不住一倾，还想把握时辰多说些话，又不知说些什么。

夏侯世廷只当她怕狼犬，攥紧手中锁链，勒令狼犬伏低头颅：“它不会伤你。”

云菀沁心中蓦然有种从未有过的安全和宁静，又露出笑靥，望了一眼他身边的狼犬：“三爷以为我怕狗？”

他饶有兴趣地盯着她，难道不是？女子哪有不怕凶犬的。

云菀沁眸中莹光一烁，手轻轻一搓，蹲下身，朝狼犬伸出纤纤双臂，摊开双掌，饱满红唇小丘一般耸起：“来。”

夏侯世廷免得她难堪，本想暗中示意狼犬过去，却觉手掌中的绳索柄头一松动，狼犬伸着红艳艳的舌头，呆呆地看了云菀沁一小会儿，竟是挣脱了主人的束缚，朝前试探地走了两步。

云菀沁双手越发倾前几寸，笑得亦是动人：“乖。”喊得像弟弟一样亲热。

狼犬呜呜一声，受着煎熬，矛盾到底去不去。

夏侯世廷不易察觉地松脱掌心绳柄，狼犬精通人意，感受到主人的纵容，再禁不起对面人的诱惑，撒开蹄子就欢快地跑了过去，凑到摊开两臂的云菀沁身边。

云菀沁不避开，任由狼犬亲热地舔着自己的手心，末了，又摸摸大狗的脑袋。

夏侯世廷这才说道："回来。"

狼狗与云菀沁亲热了会儿，见好就收，翘着尾巴乐呵呵地回到了主人身边。

纵是回来了，还不忘依依不舍地望一眼云菀沁，就像是又多了个主子一样。

帐内骤然清空，气氛沉下来许多。

夏侯世廷步步走近："本王的狗，你随随便便一勾，就给勾了过去，能耐。"

"狗最通人意了，"云菀沁正色，"谁是老实人，谁该亲近，狗看得出来，尤其又是这种最聪明的猎犬。"话未说完，阴影降临，男子已走到距离不过一根手指的距离，低着脸庞，用戏谑的眼神盯着她。

还没等她反应过来，夏侯世廷一把将她的腕子拎起来，强制掰开她的手掌，拽到鼻子下一嗅。呵，果然，他还在奇怪他的狼王跟她头一次见面，怎么会服了她的软。将她的素腕摇了一摇，轻笑："老实人？"

云菀沁面色一讪，又毫无羞意地撇撇嘴，刚看见食案上的茶点中有一盘切得油光水滑的熏肉，偷偷抹了一把。

再厉害的狗，还能有不馋肉的？

就算是二郎神身边的哮天犬，也免不了。

狼犬闻到香气，肯定会蠢蠢欲动。

夏侯世廷松开她的手，眸子朝不远处一瞥。

云菀沁也不客气，走到铜盆架子边用胰子洗了把手，用绣帕揩干净："出猎时不要意气用事，实在捉不到便回来吧。"

帐外，鼓乐声哗然奏起，祭天地山神的吉时快到。

排山倒海的喧嚷震天响着，在空旷深阔的围场中回音连连，几乎淹没了她的声音，可他却听得很清楚，朝她走了过去，双臂一开，从背后将她环抱住。

他箍得很紧，云菀沁转不过身，却也是奇了，这一次，也并不大想挣脱，只觉有沉嘎的气息逼近，刺激着自己的耳珠："等我回来。"

往日他一遍又一遍的暗示，她每次都当作听不到或是插科打诨，只因为心里有一堵墙。

那堵墙随时随刻提醒着她，这个男人是未来的帝王，是三宫六院，倚红偎翠的男人，就这种男人，有可能只有一个女人吗？

那是话本传奇小说里才有的吧。

而她重活一世的最大训诫之一是什么？

再不能重蹈覆辙，再不要与人分享后院和夫婿。

此刻，那堵墙还在，可她竟是想要跨过去。

“等我回来”这四个字，叫她失神了片刻。

男子的阳热气息呼得她的耳垂湿漉漉。

她偏过头去：“想得美。等人最辛苦了。”

夏侯世廷心中一动，从没有过的欢欣如涨潮的湖水，弥漫了整个胸腔，想也不想，将她调转过来，拉了她的手便往盔袍里面放，贴住绵绸中衣，一处处地挪动。

她一讶，这是什么登徒子啊。

一抬头，却正对上他一双眸清朗而笃定：“这样都死不了，我的命硬得很。”

他知道，她在担心。

她的手被他捏住，在他胸膛前的疤痕处徘徊着，一股热流在心尖儿流窜，忽地踮起脚。

他还没反应过来，只觉嘴上被什么软软的东西覆盖住，接着，一排小小的尖利的细碎贝齿嵌进他唇肉里，飞快咬了一下，微微刺痛，还不轻。

他蒙住，这到底是怎样？

“疼吗？”云菀沁仰头，巧笑倩兮，伸出手指，轻轻抹去他唇角一丝血痂印。

“你觉得呢？”他冷冷道。

“疼就好，记得只有我叫你疼。”这次是义正词严的语气。

这是在他身上打个印记的意思？虽然知道这妮子压根儿就不是那些个保守迂腐、胆小怯弱的传统闺秀，可眼下这举动也着实太出挑了。

夏侯世廷眸子一眯，狠狠笑着："妖精。"

帐子外，施遥安的催促打破了室内旖旎。

夏侯世廷应了一声，放开云菀沁，将她歪掉的头饰理好，去屏风上拿披风，施遥安拨帘进来，看到云菀沁，一惊，却听夏侯世廷吩咐："你先送云小姐回女帐，再过来。"

施遥安回过神："是！"

夏侯世廷侧脸如雕凿过的轮廓又恢复了平日的冷清，气宇轩昂，龙章凤姿，望一眼云菀沁，大步离了帐篷。

女眷帐。

今夜有好几只部队去了山里围猎，围场清静了不少。

吃过晚膳，曹凝儿几人叽叽喳喳闲话家常。

云菀沁没心思闲聊，坐到榻边，安静不语，明明送行时不觉得紧张，现在却有些不安定。

看外头的夜色，山里肯定更是黑咕隆咚，危机重重。

他不会有危险吧？

正是这时，郑华秋过来福了一礼："云小姐，皇上赐凝水浴池，衣物都收拾好了，请随奴婢去吧。"

赐浴？云菀沁回神："我一人？还有别家吗？"

郑华秋道："前来通知的公公倒没说，不过，按往年规矩，该是女眷帐好几名女眷都受了赏赐吧。既是赐浴，就是好事。"

云菀沁这才释然，起身跟着郑华秋离了帐篷。

凝水浴池的水引自行宫背后山间的温泉，经工匠开凿，引到了行宫这边，又挖了几个大池子，是活水，长年不断水流，温度适宜。

一路宫灯照路，旁边有内侍领队提灯，不到半炷香的功夫，云菀沁随着郑华秋到了行宫旁边的凝水浴池。

浴池分为好几格，中间由紫绡帐隔开。

工匠们在每一格的地上凿出河床形状，直接将山中的温泉通过管道引到每一格里面，看起来就像在露天洗浴，四周并没有门窗遮挡，只有宫女或者太监的伺候。

郑华秋一掀帘，白雾腾腾，流水咕噜流动声响起，味道中有明显的硫黄味，却无其他人，云菀沁不禁一愣：“郑姑姑，怎么没其他家女眷？”

“许是还没到吧。这个时辰，有些人晚膳还没用完呢。这样也好，免得太过拥挤，清静。”郑华秋道。

云菀沁也没多说什么。

郑华秋拣了个环境清幽的空池，池子形状宛如一朵莲花，池子两边的龙脑嘴里吐出汩汩泉水，蒸汽弥漫四周，宛似仙境。

池子边放着一扇四折屏风，是供人挂衣裳的。

然后方才说：“可要奴婢伺候云小姐？”

云菀沁不大习惯，客气道：“不用麻烦郑姑姑了。”

郑姑姑便也不强求，暂且退了出去。

云菀沁褪了外衫，只余下一件小衫，光是伸了个懒腰已经觉得神清气爽。下了池子，被热蒸汽包围住，一天的困乏都消了。再抬头眺望，半露天式的浴池，建在地势较高的山坡上，后面是萤火虫一般的零星帐子，倚着在夜色中迭起的峰峦，简直是殿堂级享受。

池子下汩汩震动的活泉水，就像是按摩棒在掐捏着身体的各个穴位，没一会儿，她倦意袭来，趴在池子边缘的大理石边，阖上双目，养起神。

正在这时，不远处，依稀传来轻微的脚步声。

云菀沁只当是郑华秋过来了，并没在意，却一个激灵，闻到一股子独特的味道。

是酒味。

虽距离有点儿远，酒气也淡淡的，似只是浅酌，却刺激了她重生后异常敏感的嗅觉。

云菀沁警醒过来，趁那人还远，想也不想便喊了一声：“郑姑姑！”

意料之中，没有人回应。

“哗啦”一声，她湿淋淋地飞快上岸，将屏风上的衣裳套上，又将外袍扯下来，七手八脚胡乱披在身上，再一抬头，半透明的白纱屏风那边，已经显出个影影绰绰的人影。

身型明显不是女子，头上高冠竖立，明显不是太监。

若不是重生后的出众嗅觉，这会儿只怕是光了身子，出了大糗！

云菀沁将腰带紧紧一系，绕过了屏风，跟前方一名男子正面撞上。

白茫茫的蒸汽阻了些视线，她却能够看到，男子人过中年，五官尊贵，身着镶金龙纹便袍，盯住自己，脸色是喝过酒后的醉酡。

这样的打扮还会是谁？云菀沁一讶，见了鬼！

没料到在这么个场合撞到了当今圣上！

难不成这些宫人不知道提前清场子？

若自己迟钝半拍，会有什么后果谁都不能预料！就算没有什么，也成了有什么！

她心中怦怦直跳，趴伏在地："臣女冲撞了圣上，不知道圣上要用这池子。"

沉默会儿，宁熙帝开口："你抬起头来。"

云菀沁只得先抬了头。

宁熙帝眼神凝定在她脸上，再没移开，一寸寸端详着，热度升腾，仿似不愿遗漏一点，眸底甚至透出光彩。

云菀沁被看得冷汗直冒，圣上看着自己的目光……

分明是看熟人的目光。

还有圣上看到自己在浴池的反应……

难道……

难道是皇上的安排？

皇上故意在浴池与她见面？

她攥了攥手心，忍住猜疑："臣女衣冠不整，还望先行告退，免得侮慢了圣目。"

宁熙帝似没听见她的话，目光不动。

云家两个女儿，唯独只有这个长女，才是那人的亲生骨肉。

一直没见过这个孩子，他却时刻放在心上，告诫自己，这孩子是她留在世上的骨肉，他要替她珍惜。

当年慕容老侯爷主动与侍郎府提出指腹为婚，也有他的推力。

他猜想，若她泉下有知，得知女儿能嫁入侯府当少奶奶，一定是高兴的，所以当老侯爷犹豫侍郎家的女儿配不配得起自家孙子时，一句漫不经心的“云卿家前途无量，今后该不止三品侍郎之职”，让慕容老侯爷终于越过侯府与侍郎府的悬殊，下定了决心，与云家结了亲事。

今生已得不到那个人，就这么照顾她遗留在世上的一双儿女也好！

若是等他有朝一日先驾崩了，他也会交代给下一任帝王，让他的儿子，孙子接替自己的任务，善待她的后世子孙，若有人敢欺辱她一双儿女，定当几倍奉还！

只是这份呵护，却是见不得光，也不一定能够在细节处处到位。

如今一见，这女孩儿已经长大了。

想不到的是，还跟她长得那么像……某些角度，简直是一个模子刻出来的。

云菀沁见宁熙帝痴痴懵懵，只当是喝高了，酒劲儿又上脑了，想来想去，又不能喊，万一被人看到自己在浴池跟皇帝在一块儿，就算穿得齐齐整整，只怕不到明天，整个秋狩队伍里就得传出自己勾搭天子的不堪流言，只得小心翼翼地先慢慢往旁边移：“皇上，臣女喊人进来伺候……”

不光相貌，连声音也是越听越像，果然是女肖其母。

方才一想到要见她的女儿，他心绪激动，在行宫喝了点酒。

佛手露的后劲强，再加上浴池边的蒸汽，宁熙帝脑子发热，醉意上脑，再听说她要走，蓦地一阵失落。

“不要走！”

莲花池边环绕起回音，不是命令，竟是哀求。

第一次放她走，是因为觉得跟她还有下一次邂逅。

第二次放她走，是因为看见她已经嫁为人妇，不愿用天子之尊去打扰她的生活。

第三次放她走，是因为——天人永诀！

这一次，……还要放她走？

宁熙帝伸手将她一拉，拽到跟前，他想再看她一眼，可是光看又不够，抬起醉得已颤颤巍巍的手，触碰着她的五官、轮廓，仿佛如此才能确定真的是她。

“上天待朕不薄！终于将你还回来了！青瑶……这次，朕绝对不会再让你走了。”

云菀沁惊恐中一怔。

青瑶——

是青瑶。

没错。

正这时，只见宁熙帝不知是情绪过激还是酒劲上头，轰然倒地。

有人冲进来，正是皇上身边的近侍姚福寿。

姚福寿头也不回：“还不出去。”

云菀沁醒悟，来不及多说什么，冲出池子，刚出去，正见着郑华秋。

郑华秋没说什么，只带她去一边换好衣服，带着她回女帐。

半路，云菀沁恢复了些情绪，方才开口：“郑姑姑早就知道皇上有心单独见我。”

郑华秋沉吟片刻，道：“是姚公公暗中吩咐的，奴婢也不能违逆。请云小姐不要责怪奴婢。”又顿了一顿，试探，“皇上找云小姐……”

云菀沁赫然打断：“皇上与我什么事都没有。今晚的事儿，还望姑姑不要到处说。”

郑华秋自然不敢乱说，垂下头：“是。”

回到帐中，一整夜，云菀沁辗转反侧，彻夜难眠。

青瑶。

许青瑶……

是娘亲许氏的闺名。

一个婚前大门不出二门不迈，婚后更是足不出户的商户小姐、官宦妻房的名字，竟然从当朝圣上的嘴里听到了。

是该喜，还是该哭？

娘与皇上竟是旧相识。

她脑子一清，终于明白自己有幸参加这次秋狩的缘由了。

是皇上的刻意安排。皇上想见自己。

脑子里全是皇上看着自己的复杂眼神和触碰自己眉眼的举止。

那种神色，分明……

她心中有种隐隐的猜测，却又不敢多想，直到想得精疲力竭，沉沉睡去。

次日，云菀沁晨起，依旧心烦意乱，走出行帐想要散散心，刚走几步，迎面正碰见熟悉的身影，不禁脚步一止。

姚福寿勒令两名下属留在原地，几步上去。

云菀沁忙行礼："姚公公。"

"皇上知道昨夜云小姐许是受了惊，差杂家来瞧瞧。"姚福寿微微笑道。

云菀沁心中一动："有劳皇上牵挂。昨夜，只是一场误会，是小女子冒犯了圣上。"

姚福寿并没说什么："既然云小姐没事，那就好，杂家就不打扰云小姐了。"

云菀沁见他要走，鼓足勇气："姚公公。"

姚福寿停下脚步，望住她。

他是皇上身边最亲近的人，一定知道关于宁熙帝很多私事。云菀沁壮了胆子："许青瑶。公公记得这个名字吗？"

已逝多年的亡者名字，就像破坟而出的幽灵，萦绕盘旋着。

姚福寿没料到她会主动提起，也从没见过一个未及笄的少女能有这种沉着的眼神。

云菀沁见他迟疑，心中的猜疑更加清晰："莫非小女子的娘亲与圣上真的是认识的？"

姚福寿深吸口气。

云菀沁心脏抖得厉害："我娘与圣上有过男女之情？"

姚福寿望着她，没有回答，却已说出了答案。

云菀沁心头赫然一清，难怪爹一介寒儒在官场顺风顺水，最近还升任了尚书。都是因为娘的缘故，半晌才出声："我娘怎么会与皇上结交？"

姚福寿沉默须臾，也不曾瞒她："你娘出嫁前，一日去相国寺上香，与微服的皇上巧遇。"

这样说，娘认识皇上早在爹之前。云菀沁唇一动，姚福寿似明白她想说什么，轻叹："无奈你娘并不想进宫与三宫六院争雨露，不惜以死相逼。圣上也是着实怜爱她，后宫佳丽万千，杂家从未见过天子如此顺一个女人的意思，偏偏，就有这么一个女人，便是你娘。皇上并没强求她，其后，你娘嫁给了云大人。”

若两人早就心平气和分开，再未接触，为何皇上昨夜看起来还是心结难解，怨念深重，对娘思念颇深？云菀沁不禁生疑：“我娘成婚后，再未与皇上见面了？”

姚福寿迟疑了一下，俄顷，只道：“杂家今日与云小姐谈这番话，已经算是先斩后奏，未经圣意了。余下的，再不好多说。”

云菀沁也不好强求，只得眼睁睁看着姚福寿离去。

第五章 天赐佳缘

美人思无邪 上

行宫。

蒋皇后黄昏时去享用了温泉，此刻正倚在榻上，婢子给她剥橙子。

剥开后，婢子又用小果刀切成一瓣瓣金黄饱满的果肉，放在黄泥小炉子上稍微烤一下，烘得温一些，才递给娘娘，免得凉了胃口。

北地特产的贡橙三分酸七分甜，汁多肉厚，甜人心肺。只不过，此刻蒋皇后的心情却不是那么好，并没有什么心情来品尝这一美味。

刚刚内务府宫人来秘禀的事，让她一颗心沉了下去，吃了一小瓣橙肉，便食不下咽："皇上真的在浴池与云家小姐见上了？"

白秀惠道："是。"

蒋皇后眉眼不自觉地一跳，果然，皇上安排云家长女这次伴驾，是因为想见那女人的女儿。

虽还未与云菀沁正式碰面，却对这女孩生了刺。出发前，便嘱咐郁成刚，对她一路上多加"照顾"。

只没料郁成刚那运道不好的，刚到围场便发生了祸事。

母女相似。

许青瑶已过世，再看不见了，皇上这是想看看她女儿，在流着同一血脉的女儿身上找找慰藉。

男人，得不到的总是念念不忘。

终究还是忘不了当年那个许青瑶啊。

白秀惠见皇后脸上半明半暗，深知她心情，安抚："娘娘宽心，皇上无非就是心血来潮。人年纪大了，容易忆当年，那许氏不过是过眼云烟，不足挂齿。”

蒋皇后叹气：“倒不见得。若当年不是本宫当机立断，阻止了许氏进宫，只怕许氏已是宠冠后宫，早没了本宫的地位。”

白秀惠默然。

当年娘娘得知皇上在外留情，且有意接人进宫，于是便暗地里用许家的脂粉家业威胁那许氏，又派人绑了许氏的亲大哥许泽韬，用她唯一亲人的性命要挟，如此才能让许氏斩断姻缘，以死威胁与皇上断了，然后匆匆嫁人，打消皇上的盼望。

若非如此，怕那许氏早已又是娘娘在宫中的一个劲敌。

许青瑶之后，皇上这么些年面上风流，宫中宠妃宠嫔不少，可心底念念不忘的，只有许氏。

韦贵妃、赫连贵嫔，为什么得宠？

外人不晓得，她却明白一二。

韦贵妃身形背影肖似许青瑶，赫连贵嫔说话语气肖似许青瑶。

还有满后宫那些梅花林子，哪一处不是因为缅怀纪念那许氏而设？

白秀惠瞧过许氏真人，与云菀沁几乎一个模子刻出来的。心头一动，昨儿凝水浴池一见，若皇上只是想缅怀旧人就算了，怕就怕，会对那云小姐动了心思，想将对许青瑶的记挂移情到了其女身上。

再看蒋皇后，脸上也有同样的忌惮。

蒋皇后脸色平静，心内却如海潮翻涌。

当年既然逼得那许青瑶斩断与皇帝的情缘，这一次，也绝不会放任。

那韦贵妃，赫连贵嫔，再得宠，皇上也还是有理智。

而那许青瑶……才是真正的心头朱砂痣。

后宫，有她在一日，就容不得独占天子心的女人。

转眼又是一日过去。

日落后，围场天光暗淡下来。

云菀沁因为还没从皇上和娘亲的事里回过神，一整天都是神魂不定。及晚膳时辰，也没胃口，干脆穿了身披风，跟郑华秋打了声招呼，独自去帐篷外散散心。

自昨晚圣上单独召见云菀沁，郑华秋看她的眼光便更是恭顺几分，深知皇上与面前女孩之间定有些渊源，所以也没反对。

云菀沁提灯漫步在帐外小径，不知不觉天色渐晚。正想返回，却见不远处的皇子帐有灯光闪烁，不时更有马蹄喧嚣声传来，不禁心头一动，下意识跑过去拽住一个内侍问："那边怎么了？"

"说是三皇子的人回来了。"

云菀沁心内一喜，又觉得不对劲："什么叫三皇子的人回来了？三皇子没回？"

"嗯，三皇子还没到。"

云菀沁莫名不安，待内侍离开，深吸口气，罩上披风帽，提灯绕路朝皇子帐那边走去。

因去过一次，这一次驾轻就熟，摸到了帐子外，只见一个熟悉身影刚刚下马，眼睛一亮，轻声喊："施大人！"

施遥安看清是云菀沁，一讶，忙将旁边人打发下去，迎过去："云小姐。"

云菀沁开门见山："怎么样？"

"云小姐放心，那黑瞎子已被擒住了。"

云菀沁松了口气，又蹙眉："怎么只有你一个人回？"

施遥安犹豫了一下，示意云菀沁走到安静处，压低声音："三爷受了点伤，不宜奔波，所以奴才提前先骑马回来，喊王府随行的大夫过去接应一下。"

队伍正在凯旋路上，若只是一点儿小伤，为什么不回了围场再治，还得提前喊大夫过去救急？而且似是并不愿意被人发现。

肯定伤势不轻！

云菀沁心头一紧。

施遥安拱了拱拳，事不宜迟，正欲告退，却听女子断然道："我能一起过去吗？"

施遥安一怔，正撞上渐迟的夜色下，她一双笃定清澈的眸子，顿了顿，终道："请云小姐跟奴才来。"

施遥安带着云菀沁，叫上秦王府此次一起同行的医官应大夫，三人借由围场侧后方的小径，远离了行帐。

云菀沁与施遥安共骑一匹，应大夫一人一骑，三人趁夜色策马朝山里的方向绝尘而去。

山路崎岖，小路更是陡峭，越跑到深处，夜雾越是浓厚。马匹奔跑起来，夜风呼呼，跟刀子一样擦过云菀沁的脸颊，这才真切感受到，这次他们进山狩猎，比她想象中的还要艰辛。

两匹良驹在电掣风驰之下，绕过几个弯，慢了下来。

这时传来辕轮滚动的声音，有队伍正迎面走来。

前方不到五六丈的地方，几点融融火光。

众人簇拥着一辆马车慢慢地朝前行着。

最前方是一辆押送猎物的押车，囚笼里趴着一头迷昏了的大家伙。

云菀沁定睛一看，勒绳跟近了几步，看清了，笼子里是一头身高近丈的黑熊，心口下方插着一把金黄色鞘身的匕首，还没拔出，匕首尾端系着长长的龙纹金羽，是夏侯皇室的象征，血迹已经干涸了。

黑熊不省人事，正呼呼大睡，睡相都十分可怖，獠牙外露，铜铃大的眼眯着一条缝，渗出几许凶光，血红大口微微张着，伸出一小截舌头，如山中其他很多野兽一样，舌苔上布满密集的细小芒刺，稍一舔，就能舔去一块完好的皮肉，熊掌上尖利的爪子长约三四寸，一挠便能叫人皮开肉绽，破腹穿肠！

昏迷的样子都凶悍得很，想象得出清醒的时候该有多难应付！

将官看到了施遥安，手一挥："停！"

队伍在山峦叠嶂的中途停了下来。

云菀沁在施遥安的搀扶下踩环下马，借着兵士们让的道路走了过去。

将官们见除了施大人和应医官，还多了个人，那人穿着披风，戴着帷帽，虽看不清容貌，但其身姿略娇小，明显不是男子，皆是一惊。

云菀沁跟着两人走到一辆马车边，应大夫背着医箱，先行一掀帘子，上去了。

因为应大夫为秦王瞧看伤势，小蛇般蜿蜒的队伍在空旷冷清的山谷中，暂时停了下来，随行狩猎的兵士们手持火把，照亮了夜幕下的山间空地。

两名将官在四周放哨巡守，防止夜晚有野兽胡乱窜出来。

云菀沁低声问施遥安："施大人，三爷伤在哪里，是怎么伤的？"

施遥安叹了口气："咱们找到那凶兽的老巢，守了一天，布好了陷阱，万事俱备，只等黑瞎子进洞了，可那家伙精明得很，嗅到人气儿，在洞穴外徘徊了半天，到了黄昏都不进去……三爷叫咱们在洞里拦截，亲自带着几名精干的侍卫去引那黑熊，引进洞穴后，那黑熊知道中了埋伏，发了狂躁，果真是力大无穷，挣断了一根绳索，侍卫们怕那畜生狗急跳墙，要护卫三爷先出来再说，三爷怕失去了这一次机会，会打草惊蛇，那黑瞎子再难中计，于是便带人追上去强行捆绑那畜生，却被黑熊挣扎中用爪子挠了一下左腿。"

云菀沁心脏收缩了一下。

"……亏三爷早有准备，忍着伤抽出靴袋里涂了迷药的匕首，直刺野熊的心脏下方，才叫那畜生麻痹。"

云菀沁眉一颦，这人，心急什么？那黑瞎子再精，能比人还精明吗？

既然连老巢都找到了，连陷阱都布好了，迟早要进网的，多等半天甚至一晚上又有什么关系？

他这人静起来，比千百年的深潭还要不动声色，怎么临门一脚，这么急躁？

正在这时，马车里传来应大夫的厉声："施大人，劳烦拿棉布来，不够用。"

施遥安将随行的救急箱抱过去，送到车厢里。

云菀沁忍不住跟过去，隔着一道帘子，一股子新鲜血腥的味道直飘出来，窜进了鼻子里。

车厢内，传出阵阵窸窣声，有搅拌盐水的声，又有"刺啦"的尖厉撕扯声，应该正在给伤口消毒，然后在包扎。

光听声音就令外面的众人很紧张。

里面的人，却是半点不叫疼。

施遥安本以为那伤口包扎一下就可以，没想到时间这么久，有些急了："老应，到底怎么样？"

帘子掀开，应大夫探出头来，满脸大汗：“创面有点大，还是得快点启程，回去围场，那边有工具好止血。”

施遥安二话不说，赶紧去调度队伍，云菀沁刚刚已经看清了四周的环境，此刻出声：“稍等，施大人。”

声音如冰玉坠银盘，又恬和得让人安心。

车厢里的人本是昏眩中，干脆闭着眼睛养精蓄锐，这会儿却是一动，呼吸凝住，因失血而略显虚弱的俊朗脸孔一牵动。

是她？

她怎么会来？

不是失血造成幻觉了吧。

却听帐子外女子的声音如清泉流淌而来，快速而清晰：“……劳烦你派人上树，摘一盆花下来，另外不知道有没有香油和石灰，请拿些过来。”

施遥安听得一愣一愣，顺着她指的方向一看，是长在山间的一株石榴树，两个成年男子叠起来那么高，石榴树的花季一般是五六月，这会儿是秋冬交接，已是结果的季节了，却仍是夹杂着一些残花。

虽不知这云小姐要做什么，可施遥安马上差人去办。

不到三两下工夫，全办齐活了，放在篓子里端到了云菀沁面前。

云菀沁抱住篓子，抓了车门，上了车。

施遥安这才扬声：“启程，回围场！”

帘子一打，血腥味更浓。

云菀沁看清面前一幕，短暂的一怔。

因清洗伤口和包扎的缘故，俊美男子的外衣和下裳都除去了，肌肉匀称的身体上只余下一件暗五龙花纹月白里缎中衣，伤处正好是左腿的大腿表面，线条紧绷而流畅的大腿轮廓裸了出来，此刻正靠车壁上，发冠松散，乌黑长发跌落在宽肩两侧，胸廓一起一伏，眼睛半眯，双睫轻颤。

腿上的白纱布上仍有血迹断续渗出来，只能靠应大夫用手摁住，方能让血流得慢一点儿。

两人眼神交汇一瞬，车内氛围静滞下沉许多。

他脸庞虽然苍白无血色，薄唇却勾起一抹弧度，语气虚弱且玩味：“你来了。”

云菀沁见他眸子盛着戏谑，脸颊微热，来不及多说，面朝应大夫：“请应大夫先解开纱布，臣女来帮秦王止血。”

应大夫迟疑：“解开？刚刚包好，再打开，恐怕出血会更厉害。”

“这样已经出血出得够厉害了，还能厉害到哪里？”

应大夫眉一皱，仍是没动作。

夏侯世廷纤薄嘴唇一动：“应大夫，照做。”

应大夫只得拆开秦王腿上的白纱布。

云菀沁用盐水洗干净手，迅速将石榴花清洗消毒，再撕碎揉搓成细末，与石灰以三比一的比例调和在消毒后的瓷碗里，再用香油搅匀，见秦王的纱布已经拆开了，倾身凑上去。

腿上是茶盅大小的一个窟窿血洞，流血难止，应大夫正牢牢摁在旁边的经络穴位处，尽量让血流得缓慢一些。

云菀沁将石榴花调匀的香油石灰挖了一掌心，靠近他：“不怕疼是吗？”

夏侯世廷正要答话，她趁他注意力分散，一个巴掌将刚调制好的止血药敷盖在那处伤口上！

他呻吟一声，冷汗冒了一头。

云菀沁顾不得手上血污，立刻抬头：“请应大夫包扎伤口。”

应大夫赶紧重新换了新纱，将伤口缠起来。

夏侯世廷只觉得每个月被药蛇吸身都没此时一小半疼，好歹，这痛楚来得迅猛，退得却也快，一阵剧痛过后，散去了。

第一次包扎完毕后，血丝还在不停地往外渗，不一会儿纱布就被血打得透湿，这一次敷了药包扎后，那纱布表面竟是洁白如新。应大夫惊喜，放下了一颗心，却一时技痒又好奇，忍不住询问起来：“这是哪儿找来的灵芝仙草？”

“不是灵芝仙草，”云菀沁慢条斯理洗着手，“漫山遍野、寻常宅院中都有，最普通不过的石榴花罢了。”

“石榴花？”应大夫惊诧。

云菀沁掏出帕子，揩干净一双纤笋般的手，又恢复光洁玉白，莞尔：

“《本草纲目》记载，石榴，阴干为末，干叶治心热吐血，又研末塞鼻止衄血，亦傅金疮出血，《海上集验方》亦有相关记录，榴花研末配香油石灰，能快速治金疮刀斧抓破之流血。正巧，路边恰恰就有大好的止血药。”

说到这儿，瞥了一眼秦王：“流血一直流到围场呢，虽死不了，这条腿万一废了，成日走路一瘸一拐的，也不像个样子。”

夏侯世廷面肌轻微一搐。

应大夫笑道：“没料云小姐还是同道中人，而且比我细心得多，哎，真是有志不在年高！方才我还不信任云小姐，这就给云小姐赔罪了——”

话没说完，却听半天没开口的秦王发了话：“老应，你先下去净手。”

应大夫忙勒令马车停下，先下去了。

打发了车上的第三者，夏侯世廷端详眼前的人，打量到一半，眼睛却火星子一黯，身子一直，伤口跟着他坐起来而一扯，脸色骤然微变：“你会骑马？”

云菀沁怕他刚敷好的药又毁了，将他胸膛轻轻一推，压了下去：“不会啊。”

夏侯世廷被她一只软绵绵的手推得身体舒坦，伤口的疼痛都盖下去大半，却又蹙眉：“那你是怎么进山的？”

“施大人骑马带我来的啊。”云菀沁随口答道，话音刚落，却见他脸色霎时冷下来，还未等她反应，腰身被他握住，往前一倾，投入了他温厚宽大的怀里。

须臾，两人唇鼻相抵，几乎没了距离。

“本王在山里拼命，施遥安这家伙倒提前做了本王想做的事，本王得扒了他的皮！”

语气里，有浓浓的酸妒。

她心脏蹦得快要跳出胸腔。

龙涎香的甘醇清朗和她天生纯美的体香混在一起，马车腾腾在不平山路上的慢行，肌肤间歇摩擦着。

星夜下，车内缱绻绮色一片。

脑子闪过无数绮念，他努力克制住上涌的热血。

她推开他胸膛，尚有点儿后怕："谁叫你拼命了？"

"怎能不拼命。"他语气散漫慵懒，拇指轻挲她披风腰际处璎珞流苏。

她并没多想这话的深层含义，拍下他的手，又朝后退了几寸，脸颊上的热却退不下去，嘀咕："即便拼命，也不用非要那么赶，还当三爷性子多稳呢……"

话音甫落，心头蓦然如琴弦一动。

依他的性子，如此心急的确不合常理。

既已经在凶兽老巢布好了陷阱，守了一天，又何惧再多守些时辰？

现在想来，倒像是有什么急事赶着回去。

她瞳仁一紧："你是不是……听说了什么？"

他眸中柔意潮汐般褪去，取而代之的是一层凉薄的雾："嗯。"

一个"嗯"，让她顿时明白，昨夜凝水浴池一事，他都知道了。

一路上，他既然能在暗中照顾她的日常起居，这次他出行，也定会派人在暗中护着自己进出。

怕宁熙帝对她有了男女心，届时再难挽回，方才不顾以身犯险，尽快擒拿猎物，星夜赶回。

她马上申辩："皇上与我并无……"

他目光如刃，平缓地打断："本王自然知道。"

看他平静得近乎冷冽的容色，她骤然醒悟："三爷是不是早知道皇上与我娘……"

夏侯世廷唇边一动："嗯。"

云菀沁脸色微微一变，咬唇支起身："那你不早跟我说？"

见佳人生气，他才松弛了脸色："倒也不是很早就知道了，只是在内务府给你一路穿小鞋后，有些怀疑，着遥安去调查，才知道。"

她怔然半晌，旋即道："三爷这话是什么意思？"

"你这般聪明，猜不到是什么意思？"他侃道。

她释然，的确早就怀疑自己一路被宫人薄待不会没原因，如今看来，原来是因为皇上厚待自己，而有人则因为皇上青睐自己而不悦，才唆使宫人对自己穿小鞋，曹韩两人也不过是受了自己的牵连。

那人……

能使唤内务府的，能有几个人？

皇后……蒋氏？

倒也是，蒋皇后若知道皇上对一个臣子妻迄今难忘，甚至还厚待对方女儿，又怎么高兴得起来。

她唇一动，夏侯世廷知道她肚内已明，抬起修长食指轻摁她唇瓣，点头。

车驾内，氛围顿时静默下来。

云菀沁久久没出声，许久才觉他身形靠近，垂下头颅：“有本王在，谁都伤不得沁儿一根汗毛。”

当夜，秦王车驾临近行帐，夏侯世廷令施遥安送云菀沁借围场后门进去，然后才勒令侍卫前去围场报信。

云菀沁刚悄悄回了行帐，脱下披风，便听到外面传来喜气连天的声音，秦王凯旋了。

凯旋喜庆声让她也与有荣焉，唇边不禁浮起浅笑，只见那边韩湘湘白玉小脸充满憧憬：“不知道皇上这次会给秦王什么赏赐呢？”

无论什么赏赐，他这次的凯旋，已让他在皇上心目中建立了一定的地位。

在群臣眼里，他将再不是那个籍籍无名隐居于北城秦王府的闲散皇子。

天生帝王，风采注定隐不住。

三日后。

围场，御帐外。

黑熊蹄子朝天，四肢朝上被绑在空地上。

野宴设在露天。

中间为首的红木雕金御案是宁熙帝的主位，旁边的梨木小案是蒋皇后位置。

其他皇亲臣子及女眷则分布在四周。

侍卫将烤全野羊、烤全鹿，烤野猪等野味架了上来，放在中间空地的柴火上，烤得嗞嗞作响。

御厨在旁边用油刷蘸油，刷着火架子上的野味，刷得油光水滑，金黄腻亮，皮脆肉嫩，然后用小刀一片片地削下来，放进宫女们递来的珐琅大盘中，再配上各类甜辣酱料，现场送去给在场的皇帝和各位贵人们享用。

气氛和乐中，姚福寿下阶几步："秦王立下功劳，擒回山中猛兽，免了生灵受荼，英勇可嘉，圣上功过分明，既有功，也向来不吝赏赐，这回与往年一样，必定不会轻慢。"

三名黄衣禁卫，每人抱着一樽盖着金色布条的东西走过来，三样东西有高有宽，统一都是沉甸甸的。

众人屏住呼吸，只见姚福寿用拂尘柄陆续将三个布条掀开。

黄金林，翡翠海，红晶塔，三樽奇珍展现在众人面前。

大伙儿吸口气，交头接耳起来，是大名鼎鼎的"金翡晶"！

这是一套价值连城的宝物，一套三件，历史悠久得很。据说是上古朝代流传下来的，匠师是上古名匠。宝物辗转流传了千余年，从民间到宫廷，为争夺这三件宝物，还引起过小规模战争，后世许多皇朝的帝王就算得到，也难以同时聚齐三件。到了高祖晚年，朝廷总算将三件一块儿找到，从此收纳进了国库。

顾名思义，黄金林是用纯金打造的仿树林饰品，每棵树的叶子都是金叶所制，乍一看，简直叫人眼花缭乱。

翡翠海比那黄金林还大一倍，用翡翠雕成浪花海洋的模样，活灵活现。

红晶塔则是用名贵红宝石雕琢成的宝塔，有半个三岁孩童那么高，细腻到宝塔顶端的风铃也是红宝雕的，风一吹过，匡啷清脆作响，赏心悦目又动听，更是叫人咋舌。

这三样宝物不但价格能抵城池，价值更是难以估计，正是因为太过珍贵，大宣历代帝王是有默契的，因怕这宝贝再次流失，默认相传，从高祖开始，对后代帝王一个接一个下了密令，要么珍藏在国库，若是封赏，也只能赐予皇子，绝不可能外赐。

夏侯世廷腿上伤势歇了几日，已是活动自若，此刻出列接赏谢恩："此等厚礼，儿臣受之有愧，平时在王府，并没有收藏珍玩的习惯，怕是会暴殄天物，愧对了珍品。"

众人只当秦王是客套话，却见秦王脸庞一转，遥遥看向下方的席位，目光落在一人身上，口吻闲适：“……故此，本王决意将这刚得的宝物，交由云尚书打理。”

众人一愣。

云玄昶在宴中傻眼。

云菀沁亦是望向席间男子，身边韩湘湘和曹凝儿二人此时正低声讨论那三件宝物，所以对秦王所说的话，一时也没听进去。

宁熙帝脸色一变：“交云尚书打理？”

夏侯世廷淡道：“听说云尚书好古玩，是懂货之人，放在他那里替儿臣打理保养，也不糟蹋。”

众人哗然起来，朝中那么多懂古玩的臣子，怎会独独点了云玄昶？

这不是明摆着送给云家千金吗？

眼光全都聚在女眷宴桌那边，统统落在云家小姐的身上。

宁熙帝皱纹拧紧，却没理由发作。

蒋皇后心中一动，秦王这么一番举动可谓雪中送炭，替自己消除了潜在的危机。

她唇角一扬，趁热打铁，玩笑一般朝向云玄昶：“礼尚往来，秦王将这样珍贵的宝物赠予云大人看管，云大人若是没回报，也着实说不过去了吧。”

云玄昶还是蒙的，吭吭哧哧：“回娘娘，臣，臣……”

“本宫倒有个建议，秦王与云家小姐正值婚龄，皆无亲事在身，秦王既宝物赠识货人，云大人何不也娇女赠佳婿？”

这话引起席间一片哗然，赞同者居多。

云菀沁自然明白蒋氏帮秦王说亲的原因，蒋氏生怕皇上移情自己，当然希望自己快些找个下家。

也明白了夏侯世廷这次请缨猎兽的原因。

原是为了——眼下这一幕。

他早拿定主意，想迎娶自己。

她望向席间的男子，正撞上他澄明执着的目光，心，顿时安定了大半。

宁熙帝却没说话，脸色似明似暗。

蒋皇后望向宁熙帝，笑道：“宫中应该是几年都没办正经喜事了吧？何不正好借着此次机会，让太后高兴高兴？”

几名老言官对觑，心中谋算开来。

秦王早就到了婚龄，确实早该择亲了，只一直长年在王府托病不出，拖迟了婚事。秦王一半的蒙奴血脉，高不成低不就，也不大好寻亲事，若是寻个势大根深的妻门，是社稷的隐患，一般的门户，又匹配不起皇家。

云家是草根出身，就算云玄昶如今慢慢爬成高官，也翻不起什么大波浪。

秦王若与云家联姻，从姻亲那边是捞不到什么太大好处的，这自然让老臣们放心多了。

现在秦王既借机表达了心意，连皇后都开口了，几个老臣也再不犹豫，齐声推波助澜：“皇上，皇后说得对，天赐良缘啊。”

“皇上，三皇子年纪已长，再不立妃，恐引外人说道！”

“皇上，三皇子身子不好，唯恐女色误体，已是拖了几年，今年秋狩生擒凶兽，该已无大碍，怕也是天意示警，老天爷都催促三皇子立室啊！”

谏词波浪一滚滚打过来，宁熙帝不说话都不行了。目光落到下首坐在红木宽椅上的老三身上，一袭紫貂氅，风华万状，无波无澜，五官俊美犹赛过自己年轻时，稳重更胜一筹，这会儿见众人七嘴八舌的进谏，他不动声色，不喜不动，就像是早就知道会发生一样。

从主动提出秋狩，到承担擒熊任务，到索要金翡晶为奖赏，再到转赠给云菀沁，就像是他一步步思虑过的。

宁熙帝呼吸蓦地加重，这个儿子，像是第一次见到，恁般陌生。

几方的劝谏声中，沉默良久，终是开口：“秦王与云氏珠璧之相，确实堪称良配，云氏为清白官宦良家女，若为新媳，朕也颇为欣喜。”

皇上说的是“新媳”，那就是说，许云菀沁的是秦王正妃位。

姚福寿心中喟叹一声，云玄昶如今虽贵为尚书，毕竟是新晋，且无爵位，云氏嫁入王府做正妃，始终还是有些高攀，看来，皇上始终还是忘不了那许氏，也不愿意让许氏后人受委屈。

蒋皇后这边只觉得胸口一颗大石放了下来。

秋狩接近尾声，仪仗队得皇命返程。

云府得知大小姐秋狩一行，被赐婚秦王，阖府大喜。

云玄昶因前阵子二女儿嫁侯府为妾的憋屈也终是一扫而净，勒令白氏好好料理长女婚事。

白雪惠看着云菀沁即将为皇子正妃，再想想自家霏儿嫁得那般委屈，在夫家没地位，与娘家人想走动都难得，恨得牙齿发痒，却也无奈，生怕再讨夫君不喜，只得尽心安排。

同时，宫里也派了嬷嬷来云府教导云菀沁婚礼事宜，日子紧凑而忙碌地流逝。

大婚之日来临。

早起，几名妇人各自抱着一沓衣裳和头冠、饰物进来，放在闺房中间的梨木小几上。

领头的一名宫中嬷嬷约莫四十上下，面容干净，举止不无贵气，一看就是个地位不低的奴婢，一眼落到初夏身边的少女身上。刚起身只穿着件玉兰色绵绸袍，双颊微微透出粉扑扑，娇美似出水芙蓉，虽年纪看起来不大，一双眼眸却又从容。青丝如瀑布，还没绾起来，直直过臀，还没走近就嗅到一丝天然体香，虽半点脂粉未施，也没来得及装扮，俨然是绝代佳人的胚子。

嬷嬷知道这少女是云家大小姐，上前福身："恭贺小姐与秦王百年好合，举案齐眉！奴婢姓尤，在凤藻宫当差，今儿也会一路伴行，送小姐进秦王府，明儿一同陪秦王夫妇进宫。皇后嘱咐过，叫奴婢好生伺候大姑娘，千万不能怠慢。云小姐是新人，婚礼全程若有什么不懂的，大可吩咐奴婢去做，别客气了。"

云菀沁敛衽还礼："皇后亲自操心妾身婚礼，还委派尤嬷嬷下府，着实叫妾身惶恐。"

"云小姐这是哪里的话，皇后是云小姐的婆婆，婆婆操心儿子与儿媳的婚事，岂不是天经地义？"尤嬷嬷笑道。

初夏掏出早就准备好封了银子的红包，当作喜钱，一一打赏给了众人。

尤嬷嬷只听皇后说这秦王妃八岁丧母，并没亲娘教导，继母又并没怎么管她，本想今儿指不定会有些慌张，估计是自己一手操办，没料到她居然通晓婚礼人情，举手投足俱是沉稳淡定，倒像个老练的，有些诧异。领着众人接下后，将新王妃请到玉色纱屏风后面换上喜服，戴上头冠。

几个婢子牵着长长的曳地喜服裙袂，搀着新嫁娘从屏风后面出来，初夏看见云菀沁的第一眼，目中一亮。其他嬷嬷和丫鬟也都面露惊艳。

少女如云乌发尽数被卷起，头戴九翚翡翠四凤衔珠冠，发冠边缘坠着一圈饰着鸾凤的金口宝钿垂珠，若隐若现遮住玉容，身穿皇子妃婚礼时的织金云凤翟衣，外披赤如彤云的霞帔，人还未上妆，脸蛋已经透出自然绯红，浑身艳光逼人。

尤嬷嬷是皇后身边的人，后宫什么佳丽不曾见过，一双眼睛毒辣得很，此刻却跟其他人一样，怔忪半会儿。这副好胚子，绝对有后宫皇妃的仪态，当太子妃都是绰绰有余，当个闲散皇子的王妃，倒有些委屈了，咋舌道："云小姐当真是绝色姿容，再过几年只怕更是不得了。"

几人七手八脚将新人搀到红木镜台前坐下，上完了妆，天光已经亮了起来。

见打扮妥当了，尤嬷嬷带着几个婢子出去等待人传报吉时，云菀沁坐在镜前，望着金黄铜镜倒映出的娉婷人影。镜中的人，明明是自己，却又有些新鲜，像是个崭新的陌生人。

女子一身火红正统婚服，全身上下皆打上了皇家儿媳的印迹，头冠珠帘下遮掩着娇容，唇色朱红两瓣如玫瑰盛开，眉黛如峰峦绵长入鬓，飘逸宽大的霞帔内的新娘喜服十分修身，显得纤腰窈窕，胸脯挺翘，微裸出的颈圈白净无暇，宛如羊脂牛乳，恨不能叫人咬一口。

备嫁期间，她悉心保养着，如今无论体态还是肌肤，都处于最好的状态。

这副身体还是最完美纯净的时候，还没嫁给负心的人渣，没有受过任何世事的荼毒，没有被人伤害过。

晨晞霞光照进雕花窗棂，是温暖而明媚的一天，也是云菀沁新生活开始的第一天。

礼炮喧哗中，云菀沁在尤嬷嬷和初夏的搀扶下，上了皇家的八抬朱红大轿。

夜幕降临。

婚房。

云菀沁坐了一整天，听见门声响动，接着，熟悉的脚步声由远而近。

“王爷王妃行合卺礼——”尤嬷嬷扬起声音。

云菀沁揪住霞帔一角。

夏侯世廷用秤杆挑起榻上人的盖头，扒开珠帘，花烛融融火光中，娇颜宛如天人，肌肤吹弹可破，一双美眸集聚山水风情一般，正好仰面看着面前的男子。

他心坎一动，从此他便与她是夫妻了。

她亦仰视他，眸中动容，只觉他手滑下来，悄然握住自己的手掌，心头方定下来。

交杯之后，下人退去。

帘幕深闺烛影红，房间内只余呼吸。

夏侯世廷莫名紧张，陡然开口：“饿不饿？”

云菀沁摇头，轻轻踢了一下他的长靴，努努嘴：“帮我把凤冠霞帔都取下来啊，好累。”

都快被这一身婚服压垮了。

夏侯世廷终于找到个事儿干了，转过身子就帮她摘头冠，卸掉了珠帘，解了霞帔和外面一大堆饰物，末了：“鞋子——要脱吗？榻下有卧室里穿的软靴。’

这一抬头，却一震，视野之间，除了她，再看不见别的。

除掉了宽大的外衫，里面的石榴红喜服极束身，衬得她腰身玲珑毕现，略深的开襟让雪白脖子露了出来，一直延绵到脖子下面的鼓翘的山丘。

云菀沁伸展了一下手臂，笑着摇头：“这样就可以了，轻松多了，剩下的，我自己来。”

他看她婚服太紧弯腰很是吃力，便俯下身，将她纤巧的脚踝一捉。

云菀沁一惊，他已拔掉了她一只金丝朱红凤咀绣鞋，手起鞋落，又麻溜地抓起另一只脚，脱去了另一只。然后，放下她两只仅套着鸳鸯绣棉袜的脚丫子，起身走到卧室的另一处。

云菀沁撑着床沿，见他从一座紫纱插屏后拿了两只靴过来，重新弯下腰，为自己套了上去。

接着，他去屏风上取下自己宴客时穿的熏貂紫金大氅，将她团团裹住，又将她的手握住，拉到房间朝北的大窗边，手一推，半丈宽的雕花缠枝窗扇敞开。

天井静寂，前厅宴席已散，只余下冬季漫漫长夜的细微风声和冰霜气儿，一轮银白色的月悬在苍穹，今夜无云，月显得格外恢弘壮丽，发散的银白光辉却也衬得天幕更加寂寥。

他在身后环抱住她的腰，附耳轻语，声音宛如泉水一点点淌到她心谷中："这间婚房是本王一个人的寝卧改建的。往日，本王夜间每逢旧患难忍，就一个人站在这扇大窗前看月，天上独月，地上单影，可从今天起，天上再大的广寒宫也比不过本王的王府。"

他说话时吐出的甘醇气息，因为窗外的寒凉，沾了冷气，可她却觉得心底有暖意在弥漫着，耳根子也逐渐发了烫。

忽地，她听到细小的动静，好像是人趴在墙角下贴着墙壁的摩擦声，心中明白是谁，只掉了个面，靠在窗台前，飞快钩住夏侯世廷的脖子，玉手抵着他胸膛，划开他的衣襟，钻了进去，抚着他的胸腹。

他见她倚在窗棂边，臂如藤蔓钩住自己，姿态如妖似仙，喉结一动："沁儿，你…干什么？"

纤指仍在他胸前划来划去，夏侯世廷心肉痒痒的，为了镇住情绪，呼吸异常急促，喘息飘到了窗外，一双深邃的眸子却已经赤得变了颜色。这小妖精，难道变卦了？想今晚就圆房？

嗯，就是这样！喘声越大越好啊三爷。

听墙角的应该已经得偿所愿，能够跟主子交代了吧？

再给加一把火吧！

云菀沁回应："妾身看看给三爷之前用的紫草膏有没有效果。"

夏侯世廷觉察出有问题，却见她手一紧，已经扑了上来，忙顺势将她腰一箍，抱到怀里，只听她附在自己耳畔，小声道："有人在外面听着呢。"

怪不得。

夏侯世廷目色一凉，便也干脆一把将她横抱住，朝里头走去，朗声笑道：

“看本王怎么收拾你！”

临走前一手甩过去，“啪”一声，牢牢关上了窗户。

云菀沁看了一眼紧闭的窗户，故意尖着嗓子叫了一声：“哎呀！三爷把妾身弄疼了！”

墙角下，尤嬷嬷听窗内飘出的打情骂俏，不由老脸红了。

没料到那秦王私下还挺狂浪。

两人跟一般的新婚夫妇也没两样。

任务完成，回去也能够交代，尤嬷嬷安心离开。

室内，夏侯世廷将云菀沁放了下来，只觉外面动静没了，才唇角一扬，捏了一捏她尖尖的下巴：“不但鼻子灵，耳朵也是尖，果然是个妖精。”

云菀沁原先只当皇后亲自派人来，只是做个善待皇子的样子给人看，没想到盯得这么紧。看来这蒋氏当真是将宁熙帝的几个成年儿子全捏在掌心，个个不放，而秦王看上去也是司空见惯了，并没什么出奇。

见他去洗沐换衫了，云菀沁卸好了妆，去屏风后换了寝衫。

换了衣裳回来，云菀沁困得眼皮子打架，今儿一天着实辛苦，等不了他了，不知不觉卷了被子睡着了。

夜色越坠越深，夏侯世廷回了卧室，发冠除了，身穿一袭素银寝袍，看见榻上人已睡得香甜，过去给她掖好了被子，又走到烛台前，拿起银剪灭了花烛，只留下一盏长明烛夜间照亮，然后将剪刀尖对准指腹，划破。

指腹绽出一朵血色花。

他走到红木八仙桌前，拿起明天要给尤嬷嬷转给宫中的纯白喜帕，将血滴在了上面，待血晾干了些，折叠起来，回了床榻上。

次日晨曦甫落，云菀沁睡眼蒙眬间，只觉得有阴影在面前晃动。

睁开眼，一张俊朗的脸庞在枕边托颐，眸如晨光，悠悠凝视她从睡眠中醒转。

她脸色一红，唰的坐起来，退到榻柱一角，尚有些不习惯这一世又成了小妇人：“三爷……这么早就起身了。”

他眸子盈光微烁：“从今往后，有劳娘子给为夫打理内宅。”

云菀沁怔然，心头仿有温泉注入，还未想及什么，只见他身躯前倾，附在自己耳珠边低喃："只委屈了娘子，本王还未行使为夫职责。"

她稍一回味便明白了他话中含义，脸颊热得更厉害，却也知道他的伤势，怕是在有药方子控制之前，不便敦伦，强抑心跳，低声回道："沁儿不急。"

话一出口，恨不能把自个儿舌头咬掉！

不急？什么不急啊！

他却浅浅勾唇："沁儿不急，为夫的急。"

她五指勾起，掐入锦丝棉被，身子越发滚烫。明明前世已成过婚，为什么此刻倒像个初嫁小妇人，乱了心智？

他再不撩她，笑意堆砌唇边，将她睡得凌乱的青丝捧起捋顺，拉着她的手下榻。

大婚毕，宫中传来消息，宁熙帝染恙，休朝了好几日。

其实从秋狩回来后，皇上便有些不适，怕是路上染了风寒，虽并未严重，却迟迟缠绵未愈。

归宁一过，转眼，便是蒋皇后的寿诞。

蒋皇后因皇上身子欠佳，本不欲操办，宁熙帝却为冲喜气，安排宫中操办，还要办得喜庆一些。

云菀沁还未将秦王府的内务摸得通透，一旨圣意来了府上。

秦王妃以皇室命妇身份，被召进宫与其他宫人和命妇一同准备寿诞。

宫中贵人们寿诞，宗室命妇被召入宫帮手，是大宣皇族常有的事，尤其云菀沁这样的新妇，上面为了考验其妇德，越发是选定进宫的对象。

接旨当日，夏侯世廷的脸色有些难看，云菀沁悄悄扯了他袍角，他才接旨谢恩。

软轿送云菀沁进宫当日，夏侯世廷犹是沉默不语。

门槛内，云菀沁背了人踮脚逗他："前后至多十来天半月而已。"

他表情仍旧肃然，却终是将她皓腕一捉，扯到颌下，低道："进宫后事事小心。"

她这才会意，他不仅是舍不得新婚小别，还担心自己在宫里会步步危机。

倒也是，宫里规矩多，她从未进过宫，何况，蒋皇后对她一直视若眼中钉。

她强颜欢笑："知道。"

他身形一偏，挡住朱门方向，手肘一折，将她压入怀抱，朗朗青天下，头一俯，欺上她额。

看着云菀沁上轿远离府邸，夏侯世廷赫然吩咐："遥安，让母妃身边的四婢暗中护好王妃。"

进宫后，云菀沁被安排在了宗亲女眷入宫住的西所，每日便是在宫女和太监的引领下，与其他几名宗亲女眷和嬷嬷去内务府料理寿诞清单。

几日一过，也上手了。

这日，云菀沁与几名嬷嬷被召到东宫后院的天井。

太子为蒋皇后准备的寿礼是沉香救母的一台戏，旧事新编，又是太子自己抚琴，重新编曲，戏中加了一些祝寿的桥段，也算是颇有新意。

太子是储君，更是皇后的养子，自然更加经心。

今日便是负责整理寿宴戏台上需要用到的道具。

云菀沁不用亲自动手，只在两名嬷嬷的带领下，盘查着道具是否有缺漏。

正走到一处，只听太监尖厉的声音响起来。

"悠着点儿，仔细别磕着了，这王母娘娘的寿桃讲求的就是圆圆满满，别说碰缺个角，便是连桃叶子都不能掉一片！到时候可是要献给娘娘的！"

云菀沁循声望过去，只见一个太监指挥着两名小太监搬着一个大托盘过来。

托盘上铺着红布，有个四四方方的透明琉璃罩，里面有个硕大的寿桃，足足有一个半的手掌那么高。

太监让下属将寿桃小心翼翼交给一名年长宫女："洗的时候小心些，可别摔了。"

云菀沁随口问旁边的嬷嬷："这桃子不是演戏的道具桃吗，怎么还要供给娘娘享用呢？"

嬷嬷回道："太子爷说了，祝寿戏里的桃可是祥瑞之桃，寿星一般会吃两口，图个延年益寿的喜气。"

云菀沁心思一动，只淡淡地道："沉香救母里添了这么个寿桃献母的桥段，倒是有趣多了，又正合寿宴的意图。”

几人连连点头，只见她朝那蟠桃走过去，便也赶紧跟上去。

清理寿桃的宫女见秦王妃盯着那桃儿，只当她是新奇：“王妃娘娘可是想看看？”

云菀沁点头：“我来清洗吧。”

宫女忙说：“这些活儿哪能由王妃娘娘动手。”

“我既是进宫为母后寿宴帮衬的，什么活儿干不得？只是为母后尽孝罢了。”云菀沁浅笑。

宫女再不好说什么，将蟠桃递给她。

她小心地接过来，搁在膝上，双手掬了一把清水，一边清洗桃子，一边细细端详着寿桃的每一处。

温棚里培育出来的品种，粉而大，色泽鲜嫩，看不出什么异样。

桃叶扒开，却敏感地觉察指腹有些不平滑。

她拿近寿桃，细细查看，寿桃的下缘，绿叶的遮挡下，竟有极小的孔眼，随意一数，密密麻麻竟有十几个，却显然不是虫蛀孔。

虫蛀孔眼多半不规则，还会影响周围桃肉变色，这些小孔眼是透明无色的，若不拿近细瞧，根本看不出来，而这些孔眼聚集的地方，桃肉有些微微鼓起，就像——发胀一样。

云菀沁屏住呼吸，将寿桃那些小孔眼处凑近鼻下，深深一嗅，呼吸骤然一止，继而，站了起来。

宫女和几个嬷嬷察觉她异样，望过来：“怎么了？”

云菀沁手一松，寿桃“啪”一声坠在地上，摔得四分五裂，汁液乱飞。

众人吓了一跳，哗啦一声走过来，叫起来：“寿桃被王妃给打破了！”

管事太监也一惊，匆匆过来一看这情形，想骂偏又不敢，瓮声道：“这可是祝寿戏的重头道具，是太子亲自为皇后挑选的，秦王妃也太粗心大意了吧！”

云菀沁垂下头：“是我手一滑——”

管事太监哼了一声，也懒得与她说多，先去禀报太子了。

一群做事儿的女眷立刻喧哗起来。

不一会儿，只见管事太监青着脸回来了：“太子有请，秦王妃请过去一趟。”

云菀沁深吸了口气，跟在太监后面，离开了天井。

绕过几道游廊，穿过月门，两人在幽静书房门口停定。

管事太监推开门，伸手做了个引路的动作：“秦王妃请。”

云菀沁跨过门槛，进了书房。

书房内，窗户紧闭，帘幕拉紧。

走近最里间，太子夏侯世谆一袭淡金便袍，背着手，正面朝她。

与三爷虽是同父所出，年龄也相当，但眼前的男子却与三爷容貌气质截然不一样。

清风明月不沾尘，淡然得叫人发冷。

男子好像并没因为寿桃被毁而生气，可是，正因为如此，才让人觉得恐怖。

“妾身不慎失手打烂了太子的寿桃，请太子惩处。”云菀沁弯身行礼。

沉默片刻，太子唇际泛起一抹凉意：“难道秦王妃不是故意打碎寿桃的吗？”

室内空气流通得极其缓沉。

云菀沁的心肉却重重一跳，猛地抬起头，正看到太子与气质不符的明锐眼眸。

他竟猜到了？

这名储君，并不如传闻中那般温雅随性，心性烂漫，只喜好戏文，城府心机并不浅。

她知道无法回避和敷衍，心意一决，脱口而出：“妾身打碎寿桃，只是免得太子做下不可挽回的大错。”

蒋氏的寿宴若是出了问题，她这个进宫帮手的人，也逃避不了责任！

太子倒没料她承认了，忽地笑了起来，一边笑，一边慢慢走出书案，踱近女子。

云菀沁只觉红织地毯上一双金黄靴子就在眼前，刚一抬头，只觉得袖风一振，一只手掌迎面过来，正钳住自己脖子，力道极大，生生让她几乎双脚悬空于地面。

喉间传来骨骼摩擦的声音。空气好似阻断了一截儿，怎么也呼吸不进来。云菀沁睁大眼，盯着眼前的男子。

他早已经收敛了笑意，双目盈着血丝，不复平素的贵雅，全是嗜血之前的暴戾，眼睫震颤，英俊的眉眼充满着挣扎，凝视自己。

直到指节一松弛，她觉得有新鲜空气流了进来，身子也落了地。

整个人瘫软在地，她大喘了几口。

他宽袖一挥，声音恢复自若："走吧。"

云菀沁惊恐散去，恢复情绪，双脚却如铁钉钉在地毯上，大口喘息着，动弹不得。

曾在医经笔记中看过，有西洋医者在大宣本地行医时，会用纤竹削成极细的一条，再将内核凿空，两头打洞，灌入药液，然后用工具导入患者体内，称作针药。

刚才那寿桃上的细小孔眼，全是注入药液的痕迹。拿近一闻，确实有轻微的毒液气味。

在祝寿戏上特意加了一出借桃献母的桥段，再让蒋皇后享用有毒的寿桃……

没料太子此次不是为蒋皇后祝寿，而为谋害。

太子对蒋氏有这般深的仇恨？

云菀沁忽然想起前世东宫被废后昭告天下的圣旨。

"不孝母，不尊父，忤逆孽子"。

若是毒杀皇后的事东窗事发，是绝对够得上这道圣旨描述的重罪的。

而杀害养母，是为皇室丑闻，也许宁熙帝顾忌颜面，不愿意大肆渲染，才笼统下了这么一道旨，并没详说。

她撞破了太子这么大一件事，太子真的会放过自己？

太子便是想灭口，也不会在自己的东宫地盘留人话柄。

她还要在宫里待大半月，太子想要害自己性命，有太多机会。

现在能活着出去有什么用？她不要不明不白地死在宫里。

故此，她非但没走，更鼓足胆量：“太子爷不怕妾身告发？”

太子越发新奇起面前女子的勇气，无声笑起来，反问：“你会告发吗？”

云菀沁笃定地回道：“不会。”

太子轻笑：“孤也信你不会。”

云菀沁好奇，竟是忘了恐惧：“太子爷为何信赖妾身？”

太子唇角勾起：“因为秦王妃与皇后也是敌人，与孤是同舟之人。”

同舟人。云菀沁怔然，立刻明白太子也清楚许氏与宁熙帝的事，更知道蒋皇后给自己穿小鞋，讨厌自己的事情。

太子见她凝定，又道：“除了秦王妃，便是秦王与皇后怕是也有些过往。

云菀沁一诧。

“秦王自幼因中毒被送出宫外，秦王妃觉着在宫中何人有这么大的胆子与权势？”

云菀沁呼吸一滞，太子莫不是暗示当年害三爷中毒，让三爷至今仍未伤愈的罪魁祸首是蒋氏？

若是如此，蒋皇后在一日，她与三爷又岂会有安宁日子。

顿了一顿，低声说：“今日寿桃这件事，妾身从不知情，出了东宫便什么不记得了。然，妾身也想多说一句，太子此举，无疑是玉石俱焚，更有可能竹篮打水，不管殿下有何原因痛恨对方，但打击敌人的法子，还有很多，并不一定非要如此。”

太子沉吟许久，目光凝在她身上，久久没动，动了几分趣味。

半晌，才衣袖一挥：“走吧。”

云菀沁再不多逗留，转身离开书房，合上门扇，沿着游廊朝天井那边走去。刚走几步，前方出现一抹丽人身影。

女子身穿缃色宫装，身边有侍女陪同，看起来该是东宫的主子。

再听侍女嘴里喊着“良娣”，云菀沁顿时明白，面前女子便是太子夏侯世谆的良娣蒋妤，也是蒋皇后的侄女儿。

见她打扮光鲜，前呼后拥，在东宫定是个一等一得宠的。

倒也是，皇后可是她姑姑，太子怎会不高看一眼。

云菀沁眼睫一动，上前福了一福：“良娣。”

蒋妤在旁边人的提示下，知道了面前人的身份，不禁脸色一动："秦王妃怎的来了太子书房？"

云菀沁眉目不惊，不徐不疾："今日来东宫料理皇后寿戏事宜，不慎打烂祝寿道具，刚刚来给太子告了个罪。"

蒋妤释然，正准备给太子送些小食，也顾不得与她多攀谈，微微一颔首，错身朝前走去。

寿宴如期而至。

寿宴上，会来不少待字闺中的名门闺秀。

金华殿内，男子席位在外面，中间隔着一层薄帘，里面是女席。

殿外的宽阔天井铺着猩红地毯，中央搭着一个四方戏台，是给皇后庆寿表演的地方。

正宴还有将近一个多时辰，蒋皇后还没来，这会儿工夫，正是最轻松的时候，宫人们上了些宫中的佳茗，臣子们坐在席位上，一边吃茶一边说笑。

也有一些随着父兄进宫的闺秀在各自婢女的陪伴下，得了允许，在金华殿附近逛着，打发时辰。

云菀沁先到了金华殿旁边的小耳殿，整理了一下道具，刚走出来，目光落到一名蓝衫妙龄女子身上，竟是进宫赴宴的故人陆清芙。

自从婚前家中小宴那次之后，再未见面。

陆清芙携婢上前，给云菀沁请了个礼，眸光不无艳羡："久未与秦王妃见面，还未恭喜王妃。"

云菀沁含笑与她寒暄了几句，陆清芙听闻她正在宫里帮衬寿诞事宜，眼中一亮："秦王妃这阵子既住在宫里，该能与太子碰面吧？"

云菀沁轻声说："皇宫深阔，没什么机会碰面。"

陆清芙面露遗憾，却又不甘，细声道："今儿既然遇着了秦王妃，也是天意，不知道能不能再帮我引荐一下？"

云菀沁将她的情状尽收眼底，猜到她的心意，蓦然脑海里蹦出另一张脸。

蒋良娣。

心中一动，蓦然笑："今日既是皇后娘娘的寿宴，陆小姐与其在太子眼皮底下晃悠，还不如多给皇后留点儿印象。”

陆清芙豁然开朗。

是啊，怎么没想到啊，一心光顾着去吸引太子注意了，皇后蒋氏是太子的养母，又是后宫之主，太子的婚姻大事，她是做主的。

皇后说好，太子还能说不？

每逢宫中大宴，也是宫里的贵人们在赴宴闺秀中给皇子们挑妻妾的时候。

一旦错失，又得等到明年宫里摆宴了。

陆清芙脸红心跳，却又为难：“皇后哪瞧得到我。”

云菀沁笑了一笑：“听说陆小姐编发绾髻的技巧不错，皇后正在凤藻宫梳妆，太子为讨娘娘欢心，正在宫里搜些会编发的宫人，我倒是能把你荐给东宫那边，你待会儿若能见着皇后，便拿出你的看家本事。”

陆清芙大喜过望：“多谢秦王妃处处提点，清芙若真能得皇后欢心，定会好生回馈秦王妃。”

云菀沁柔声：“客气什么。你跟我彼此照应，也不是头一次了。”

东宫，蒋妤着下人抱着寿礼，朝凤藻宫走去。

跨进殿门，还没等人通传，只听里面传来欢声笑语，夹杂着年轻女子的奉承声。

蒋妤停住脚步，问宫人：“谁在里头？”

“工部陆侍郎家中的千金陆清芙陆小姐，今日进宫饮宴，陆小姐巧手灵活，盘发盘得好，东宫那边特意请过来，为娘娘盘发髻。”

蒋妤脸色微变。

陆清芙正好这会儿出来拿头饰，两人正碰了个面对面。

蒋妤见她生得袅娜多姿，粉颊朱唇，比自己更年轻个几岁，脸色更是好看不到哪里去。

陆清芙明白了蒋妤的身份，倒也恭敬，立刻福身：“良娣。”

只听皇后在唤，又赶紧进去了。

蒋妤偷偷瞄进去，见那陆清芙握着姑姑的一缕乌发，嘴中不住地说些甜话儿，玉镜台前的蒋皇后也露出笑意，不无满意。

若是个一般的宫女就算了，可正在给蒋皇后梳发的，是朝臣家的千金，这就由不得蒋妤多想了。

蒋妤默不作声地退出殿室，旁边的贴身婢子满怀担忧，把蒋妤糟心的说了出来："良娣说皇后会不会是看中了这陆小姐，有意让她……"

"怎么可能！"蒋妤喝斥一声，"今天姑姑寿宴，太子不过是送个人来给她绾发罢了，还能有什么别的意思！"

这话说得她自己都觉得毫无底气。

婢女撇嘴："宫里会梳头发的巧手儿宫人多得很，怎么偏要个外人来？还独独是个未出嫁的臣子家小姐呢。良娣知道，但凡这种宫宴，也是上头给皇子们挑选哪家小姐合适的时候呢，东宫的太子妃之位早该选了，指不定就是这次。奴婢说，恐怕皇后还真是……"

"不可能，"蒋妤嘴巴犟着，"我才是蒋家的侄女儿，太子妃的位置，姑姑怎会便宜别人！"

婢女嘀咕："话是如此，可到现在也没给您……"

蒋妤心惊肉跳，语气添了几许恨意："先回去。"

"不去给皇后提前送寿礼了吗？"婢女问道。

"这会儿还送什么送？跟白令人说一声，我头痛。今儿皇后的寿宴，怕是参加不了了，若是强行参加，只怕在宴会上失了礼，丢了皇后的脸，让她替我这个侄女儿脸红！"蒋妤这话说得有几分赌气。

自己这旧人混了好些年，有身为皇后的亲姑姑，都始终爬不上太子妃的位置，那新人不过是来梳了梳头，说了几句奉承话，就很可能坐上自己梦寐以求的位置。怎么能甘心？

那边，白秀惠将蒋妤托病的事儿跟蒋皇后禀报了一遍。

这侄女儿虽不成器，大事上却一向顺从自己，不敢对自己有什么违逆和触怒，今日寿宴大事却缺席。蒋皇后抬手兜了一兜刚刚绾好的华髻，将象齿梳搁在妆台上："寿宴都不参加，越来越不知道体统了，也不知道闹的哪门子小姐脾气。"

"可要奴婢找个太医去瞧瞧？"白秀惠道，良娣放在东宫还是有用的，平日暗中打压着，也得给些甜头，不能让她生了异心。

“本宫大寿的日子，她不来，本宫还得去慰问她？不用了，脾气不能惯着。就她那样子，还能闹腾出来个什么，无非又是跟谁争风吃醋，想要本宫给她出头，才故意摆出这个样子！”蒋皇后嗤了一声。

吉时到了，金华殿太监来请，蒋皇后站起身。

陆清芙反应快，连忙上前。

白秀惠眉一拧：“陆小姐伺候皇后绾发已毕，且先退下吧。”

蒋皇后却道：“不妨，既良娣生病，就由清芙陪本宫入席吧。”

既是东宫推荐来梳头的，她便在众人面前做出个满意皇子的慈母模样。

她对陆家小姐越是和善，在臣子们和宫人眼中，也就证明她跟太子的母子关系越亲热。

陆清芙受宠若惊，赶紧迎过去，将皇后簇拥出去，朝金华殿走去。

金华殿外，红墙角处，云菀沁默默看着陆清芙陪同皇后一行人离开，正欲转身，却被人一拉，还未惊叫出声，被扯到了墙后回廊之后的一道空殿阶前。

定睛一看，竟是太子。

她定了神儿，忙福身：“太子怎么在这里？”

太子温润眼眸此刻却似刀：“听说秦王妃让东宫下人推陆家千金去为母后梳头？”

云菀沁不语。

“秦王妃究竟有何意图？”太子眯着眼。

云菀沁深吸口气，轻声道：“打击敌手，不一定要以自身肉搏。”

太子笑起来，不可思议地端详着面前的女子，却终究还是敛了笑意：“比如？”

“比如，让敌人窝里斗。”

太子面色一凌：“你指的是……”

“太子身边，不是有一名蒋氏女吗？”

太子轻笑：“你是想让皇后与良娣窝里斗？不可能。”两人是姑侄，且良娣还是皇后安排进宫。”

“看似平静缓和的关系，其实不一定如表面，说不定其中已是内患重生。”

太子全然明白了她的意思，这便是她安排陆清芙去伺候皇后的用意。

是想借陆清芙挑起蒋妤对皇后的怨怼。

云菀沁垂首："妾身还有事，先行告退。"

"慢着，"太子喝住。

云菀沁止步，只听他声音淡淡传来："你为何帮孤？"

云菀沁轻勾起唇："妾身并非帮太子。"

太子眼眸一动，释然。她哪里是帮自己，明明是帮老三。

她与秦王跟蒋氏皆有芒刺，尤其秦王，当年只怕差点儿险些死在蒋氏手上。

若蒋氏安然于位，对秦王有害无益，既害过一次，再害一次，也难免。

为了提防早年之事重复，为夫泄恨报仇，她方才会如此。

遽然，他竟是羡慕起秦王，只看着云菀沁离开视线，仍旧久久驻足。

第六章

深宫阴云

美人思无邪

上

蒋好回东宫后，听见婢女传信回来，说蒋皇后竟是让陆清芙陪伴在旁，一起去了金华殿。

入座后，蒋皇后更当众赞了陆侍郎两句，说生了个能干千金。

蒋好不敢置信，越发憋闷。

第一次与那陆家小姐见面，竟就让她享受如此高的待遇。

怕是只有看作儿媳的人，才能有这个荣耀吧！

这姑姑，从头到尾，真的没打算让自己当太子妃。

日头高升，婢女又回来报，金华殿的正宴已经结束了，蒋皇后已回了凤藻宫，群臣留在殿内继续饮宴。一群千金小姐则被安排在御花园赏花品梅子酒。

蒋好再也坐不住了，去了御花园。

御花园内，陆清芙刚在一群千金的艳羡中抽身出来，尚有些飘飘然。

难得进一次宫，御花园风景正好，于是便独自逛了起来。

不觉走到小镜湖边，只见蒋好携带侍女走过来。她不禁一愣，提裙行了个礼："蒋良娣。"

蒋好见她面若桃花，愠怒呈双倍增，冷哼："听说你把皇后伺候得很好啊，怎么，几时准备进东宫啊？"

陆清芙料不到她竟会这般直白刁难："良娣误会了。"

蒋好冷笑："误会？"说罢，使了个眼色，叫婢女拦住去路，一下子揪住陆清芙的发髻，将对姑姑的埋怨全部泄在她身上，"我叫你谄媚皇后！我叫你觊觎太子妃的位置！"不知道是气，还是愤，骂声中带着抽泣，手下拉扯更重。

陆清芙从来不知道宫里居然还有这么泼狠跋扈的，头发被她拉得生疼，忍不住呼了一声疼。毕竟也是家里宠大的千金闺秀，加上今儿得了皇后隆宠，一时之间，心下一横，反手抓住蒋妤的手，用力一推！

蒋妤个头比陆清芙矮些，根本没想到陆清芙会反抗，一下子措手不及，退后好几步，摇头晃脑的，一头栽下了旁边的小湖！

“扑通”一声！水花溅起。

婢女尖叫：“良娣——”

陆清芙也吓得呆住。

婢女赶紧叫来太监救起蒋妤，又对陆清芙警告：“若不想这事儿闹大，陆小姐现在回去，只当什么事儿没发生过。”

陆清芙知道这事儿不好闹大，跌撞离开。

太监将良娣送回东宫寝殿，婢女提点太监不要乱说，再看看脸色苍白的良娣，让他偷偷去唤个太医来。

太监刚跑出东宫外，正见太子回来，被撞个正着，一时面皮发白。

太子见这太监不是东宫的人，再见他是从良娣所跑出来，脸色一变。

身边近侍会意，立刻将太监衣领一揪：“竟敢乱闯东宫！”

太监哪敢隐瞒，将蒋妤落水的前后事儿禀明：“良娣呛了水不舒服，叫奴才去找个太医……”

太子眸中半明半暗，忽地一定，唇牵扯了开去：“既如此，就不要耽搁了。去将太医院的方太医叫来。”

太监见太子不再怪罪，喘着气点头跑开。

近侍却是一诧，方太医与太子的私交颇好，算是太子养在太医院的棋子一枚，诸多太医偏要他来看，定是有需要他的地方了。

床畔边，方太医把完脉，蒋妤收回纤腕。

婢女立刻问：“良娣没事吧？”

“无大碍，只天气寒凉了些，你去煮些姜茶给良娣服下，以免染了风寒。”方太医吩咐。

婢女马上应声退下。

蒋妤觉得这会儿已舒服了些，却见方太医迟迟还站在帐外未走，有几分察觉，道："方太医，可是还有什么事？"

方太医稍一迟疑，终是抱拳："良娣呛水倒没什么事。只刚才下官替良娣把脉时，发觉良娣脉迟，一息不足四至，且有虚寒紊乱之迹。"

蒋妤坐直身子："这是什么意思？可是有什么病？"

"倒算不得病，只良娣这样的身子，怕是……"

"怕是什么？"

"无望生育。"

四个字，平地惊雷一般，蒋妤神魂快被震出来。

太子的三名妾室，两个都为太子诞过儿女，她陪伴太子的时间虽不是最长，但承的恩露应该只会比另两位多，可却一直没有子嗣，从来只当是机缘未到，却没料竟是根本生不了！

半晌，才喃喃："不会，我身子一向好，连病都少得，怎会不能生……"

方太医本是默然不语，此刻抬头望她一眼，却又垂下头。

虽只短暂一刻，蒋妤看在眼里，心头蓦然一跳，掀帘："方太医可是有什么想说的？"

方太医皱眉拢袖："只是下官猜疑而已，不敢随意断诊。"

蒋妤颤抖着："你说，这里只你我而已！"

方太医终道："良娣这脉象的确不像天生不足，倒像是……后天服用过什么对女子妇科生育有干扰的虎狼药……恕下官多问一句，良娣可是有长期服用什么补品？"

蒋妤心中轰然一响，已清明了大半，打从进了东宫，姑姑倒是常派白令人送她一些燕窝鹿茸等补品，只说是宫中女子惯常吃的，可以调经养颜。

莫非便是那些补品……

一定是。

除了姑姑送的那些补品，哪里还有别的？

其中原因，她岂能不知？

她被姑姑安排进宫，只是帮姑姑盯着太子，若与东宫有了孩子，牵扯更深，姑姑怕她心思转移到太子身上，彻底帮她断了这念头！

亏每次她求姑姑举荐太子妃一事，姑姑却搪塞说她膝下无子，不好举荐，其实全是拜她所赐！

“良娣？”方太医试探。

蒋妤脸色苍白，终于手一挥，示意他退下。

方太医退了下去。

合上门，沿着走廊走到尽头，见一袭人影正在前面等候，方太医疾步过去，低语：“已照太子爷的吩咐同良娣说了。”

太子眉目未动，只轻轻嗯一声：“有劳方太医了。”

方太医迟疑片刻，道：“良娣的身子确实有长期服药的迹象，莫非真是……”

太子幽幽看他一眼，方太医心中一动，赫然明白。

那药，是太子下的。

看来，是蒋良娣一进东宫就开始服用的。

太子从未想过让皇后的侄女儿替自己生养子嗣。

只太子将这事儿借机赖在了另一个人身上，让良娣误会生根。

思及此，方太医只觉冷汗微迸，不敢再多说什么，便先行离开。

太子看一眼走廊那边蒋妤紧闭的门扇，眸中光芒闪动。

蒋氏姑侄的利益牵绊太深，不能保证蒋妤一定会反戈，可也不得不试一试。

若不是秦王妃，他许是还想不到这一点。

脑子里一个娉婷倩影浮现出来，太子了然于心。

皇后寿宴甫完，云菀沁回了秦王府，又赶上新年。

按往年夏侯皇室规矩，皇室的小年夜会举行家宴，届时宴请皇亲国戚。宁熙帝身子好转了些，加上旁边人照顾精心，这次会出席主持。

故此，云菀沁回府还没休息两天，又开始与夏侯世廷进宫赴小年夜家宴的事。

小年夜转瞬即到。

家宴在嘉禧殿举行。

殿内红绸席案上摆放着佳酿玉果，席案后是梨园乐伎，手抚筝，怀抱琴，宫乐弥漫殿室。

皇室宗亲大半提前到了场，分男女席位，相隔坐下。

蒋皇后身边正是蒋妤，今天收拾得体面光鲜，脸上带着一丝恬淡的笑容。

蒋妤头颈一转，目光正落在一对父子身上，笑意却又一凝，会聚着说不出的凉意。

正是蒋妤的亲爹，蒋皇后的弟弟，在鸿胪寺混着个闲差的蒋平。

蒋平身边是蒋妤的嫡兄，宠上天的宝贝儿子蒋弘济。

今日家宴，作为外戚的蒋皇后兄侄，自然也来参加了。

对着父兄，蒋妤可没什么好脸色，更谈不上有深厚的感情。

她的亲娘只是蒋平的妾，从小到大，母女俩没少受蒋平正妻和这个嫡兄的侮辱。

往日娘得宠时，蒋平还偶尔帮着一些，后来娘年老色衰，蒋平压根儿就不理睬了，任蒋弘济捉弄甚至打骂蒋妤母女。再后来，娘得了病，蒋平畏妻，便干脆放任不管，这嫡兄更是可恶，故意拖延下人去找大夫，害娘病拖重了，不治身亡。

想到这里，蒋妤最后一丝顾忌也没了，决意坚定起来，转头，柔声朝向姑姑说道："妤儿许久没见爹与兄长了，怪是想念，不知能不能趁开宴前去说两句话。"

蒋皇后淡道："倒也是你孝顺，快去快回。"

蒋妤谢恩，下阶走到爹和哥哥的身边。

蒋平挤出慈爱的笑容："妤儿。"

蒋妤见两人不起身，冷冷地说道："宫中没有父子兄妹。我是东宫良娣，蒋大人和蒋少爷不该喊一声尊称，行个礼吗？"

蒋平父子一讶，继而气得不轻。蒋弘济愤愤："良娣特意过来，就是为了叫咱们给你行礼？"

蒋妤倾身一步，冷笑："自然还有别的事。"

"你什么意思？"蒋平只觉这女儿脸色冷狠，莫名紧张。

蒋妤凑近爹耳边，低声："爹当年被姑姑差使做过的事儿，今天正好，皇上、太后在上，说得上话的皇亲国戚们也全在，您就老实全招了吧，主动说出口，指不定还能免个死。这也是我唯一能报答爹生养过我的恩德了。”

一字一顿，目中狠意乍现。

蒋平心中一惊，一听就明白了，那种天大的事，自己一辈子还能做几件，不就是十几年前那桩事？

女儿今日竟趁着皇室齐聚一堂，想揭发皇后的罪过？

这是发的哪门子疯？

蒋平冷汗直冒：“她是你姑姑，你这样，对你有什么好处？她一完蛋，你能有什么好处？你疯了吗？”

蒋妤脸色一厉：“她若是在，我迟早得完，她一完蛋，我说不定还能活得滋润！反正今儿你不做也得做！唯一的区别是，你们是主动承认，还是被人掀出来。”

又望向蒋弘济：“若你们能办得好，哥哥的好官位，绝对不是问题。”

说罢，转身离开。

蒋弘济眼珠子一亮。

蒋平已是急得如热锅上的蚂蚁，不知如何是好，却听蒋弘济掩嘴小声说：“爹，你看妹子这样子，势必要跟皇后拼了，咱们不做，她也得把这事儿宣出来，到时你连将功赎罪的机会都没了，还有，妹子说要给我官呢……”

“官你个头，你就只知道荣华富贵，那可是你姑姑！”蒋平气不打一处。

“什么姑姑，她要是真拿咱们当家人，这些年我还能缺官，你还能在鸿胪寺当个连朝都上不了的官？”蒋弘济振振有词。

蒋平哑口无言，本来就是个优柔寡断没什么主意的人，犹豫之下，被儿子拉着坐下来。

家宴开始，宁熙帝和贾太后、蒋皇后举盏，先与皇亲们共同执杯以庆新年。

这是云菀沁头一回参加皇族之内的家宴，场面比想象中轻松很多，跟民间那些大家族欢聚一堂的团圆饭差不多。

云菀沁进殿后和夏侯世廷分席而坐，在女眷席这边，身边是几名宗妇，阶上不远则是太皇太后贾氏与蒋皇后。

宴至尾声，殿内没什么君臣之分，气氛轻松许多。

贾太后还未曾见过新孙媳妇儿，于是将云菀沁叫到跟前，拉住她手，细细打量。云菀沁也说老人家爱听的贴心话，让贾太后喜欢得紧，不觉拍着云菀沁的手："难怪老三开口求娶，原来是这么个玉人儿。"

陡响起蒋皇后的温声："母后说得是，秦王妃处事娴雅得体，是个当家主母的模子，只是到底年轻了些，一个人担当起王府后宅事务，辛苦了。"

此话一出，女眷皆察觉皇后话里有话。

贾太后疑问："皇后是有什么打算？"

"妾身早就与皇上商议过，秦王府后院空虚，只得云氏一个，秦王已成家，是大人了，绝不能叫外臣瞧着咱们亏待了他，后院多安置些人，说出去也是好听的。"蒋皇后头一转，望了眼云菀沁，"秦王妃年纪不大，初次一个人掌管偌大的王府，没经验，以后再遇着事儿，若是有个姐妹在旁边帮衬着，提醒着，不单对王府有好处，对她自己也是有益的。"

贾太后没料到蒋皇后提议给秦王纳新人，一怔。

云菀沁脸色亦是一动，不由攥紧了袖子。

对面，夏侯世廷虽与几名皇亲低语，目光却一直未离云菀沁，此刻见她神情有变，鼻上浮起浅浅酡红，仿若饮过酒，也蓦然轻蹙起浓眉，坐直了身子。

贾太后开口："听皇后这么说，已经看中哪家丫头了？"

蒋皇后道："妾身与皇上看中的是协理事务侍卫领班韩通家中的嫡亲女儿韩氏，知书达理，乖巧温顺，更巧的是，与秦王妃认识。本宫听说两人在秋狩路上彼此照应过，想必今后相处起来也不会太难。而且母后不知道，更难得的是，韩氏一直久仰秦王名声，心系秦王，秋狩一面之缘后，回了京城还大病一场，立了誓，此生唯秦王不嫁。世间难得有这种痴情的儿女，可谓感天动地，夏侯家的皇子若能得个这样的倾心红颜，也算是传奇美谈啊。"

韩湘湘——

云菀沁没料帝后两人安排的竟是秋狩路上的韩小姐。

更没料到，韩湘湘居然对三爷一见钟情。

蒋皇后已是笑着朝向宁熙帝："皇上，择日不如撞日，今日倒是个好时机。

不如定了此事？”

宁熙帝正喝得微醺，略一顿，念起皇后前段日子与自己提过的事。

不过是为秦王府添个新人，也不愿拂了皇后的意愿，便道：“姚福寿。”

姚福寿应了一声，跨前两步，走下丹墀，头颈一转，在席间搜索秦王的身影，目光刚一落定，正准备吐出的宣旨声生生吞下。

秦王饮得脸庞微赤，额头渗着汗丝，大氅早被宫人服侍着脱下，此刻双臂大敞，架在椅臂两侧，呈着仰靠姿态，睫眸半阖不闭，一派醉态。

姚福寿见男子醉态迷离，烂泥一般，跟平时大相径庭，估计扶都扶不起来，话恐怕也没法子说清楚，若是强行去御前听旨，只怕还闹出笑话，几步回到丹墀上，小声禀：“皇上，秦王他喝醉了，怕是一下子难得听旨领旨。”

宁熙帝正要示意宫人将秦王扶到偏殿去歇息，却听蒋皇后开口：“醉了？叫宫人与膳房端几碗醒酒汤，给秦王灌下，这大好的日子，怎么说醉就醉了呢？”

姚福寿会意，忙吩咐下去：“来人，去膳房为秦王煮醒酒汤！”

蒋皇后瞧着朱红长案后的酒醺男子，冷笑一声。

云菀沁见夏侯世廷的醉态，明白他也知道了赐侧妃一事，借酒避旨，心中一触，暖暖的，却又有些酸涩，眼眶内仿似有什么想冲出来，起身忙托净手离了殿。

贾太后想她身为妻室，眼看丈夫接旨纳妾，心中不舒坦也是正常，倒也体谅，准了。

云菀沁出了嘉禧殿。

殿外，月色如霜，满地爆竹和烟火红彤彤的碎屑还没清扫。

她闲逛了会儿，心情方才镇定了些许，再一看，不知不觉，已离嘉禧殿恁远。

正这时，只见一名宫人找了过来，顿时止步。

宫人走近：“王妃，秦王捎话给您。”

她一怔，只见那宫人向前一步，将她的手托起，在她掌心描绘出一个“心”字，然后离去。

她眼眶渐热，明白他的意思。

他已将心给了她，尽数攥在了她掌心，岂能再分给别人。

她吞下眼泪，深吸口气，心情亮了大半，正要转身回殿，却听墙壁那边传来压得低低的女声，有些气急："怎么，兰昭训还是不愿意来？她是不想她儿子活了吧？"

声音那般熟悉，竟是——蒋妤？

云菀沁脚步一滞。

"兰昭训哭着坚持先要看看小皇孙，良娣知道，您那天抱走时，小皇孙本就有些风寒，当时就咳得不轻，这么多天下来，兰昭训没见着小皇孙，担心也是正常。可小皇孙这会儿不能给她看啊，要看见……看见小皇孙快不行了，兰昭训只怕得发疯，怎么还会帮良娣检举皇后啊！"婢女愁道。

那婴儿在蒋妤殿内后院的小黑屋藏了几天，因怕惊动别人，门窗闭得紧紧的，空气不流通，只叫心腹婢子捎点儿羊奶进去吃喝，怎会不拖严重？蒋妤只想用那婴儿来胁迫兰氏，却没想到婴儿连几天都撑不下去，现在又哪里敢请太医去看。一时不知道怎么办，又气又急。

墙另一边，云菀沁心惊肉跳，蒋妤将同为东宫侍妾的兰昭训的儿子抱走了？

那小皇孙听似染了重病，快不行了？

检举皇后？

她听出了眉目，蒋妤大概是想用兰昭训来打击皇后。来不及多想，她从门背后走进去。

蒋妤和婢子吓了一跳，却听她道："小皇孙在哪儿，带我去。"

蒋妤瞪大眼睛："你都听到了？你——"

云菀沁掷地有声："等小皇孙没了，你也竹篮打水，白忙一场！"

蒋妤还是惊魂未定。

云菀沁二话不说，上前扬起手臂两巴掌"啪啪"甩她脸上，呸一口："只会放线，不会收网的东西！还不带我去！"

蒋妤被打得眼冒金星，耳边嗡鸣，跌跌撞撞朝东宫走去。

云菀沁疾步跟上，夜色中，去了东宫，来到蒋妤的寝殿，绕到后面院子的一所小杂物房。

婢女哆哆嗦嗦拿出锁匙，打开厚重的门。

杂物房间很大，蒋妤喘着气说道：“就在里面。”

房间黑黢黢，连灯都没点。

一进来就是一股阴湿寒冷的霉味，别说一个生病的小婴儿在里面关几天，就算是个成年人也受不了。

云菀沁进来半天，连婴儿的哭声都没听到，预感不大秒，等走到最里面一间，只见蒋妤掌了一盏煤油灯，才听蒋妤对着一张破旧的藤编摇篮，低低尖叫一声：“啊——他死了——死了！”

这一喊，门口一道黑影扑进来，号啕起来，“孝儿——孝儿！”

蒋妤一震，竟是兰昭训不知道什么时候偷偷溜进自己这里，还跟了进来！

兰昭训今晚非要先看儿子一眼，见婢子支支吾吾，怎么会放心，再顾不上别的，一直偷偷躲在良娣寝殿外面。

此刻见良娣与秦王妃回来，兰昭训尾随进来，结果一进来，竟看见儿子死了，顿时就崩溃了，要去跟良娣拼命：“你还我孝儿——”

蒋妤被兰昭训生生挠了几爪子，颈子上全是血印，喘气道：“死了也好，你难道不知道皇后要拿你儿子代替太子吗？”

正是混乱，却听一阵喝斥：“都闭嘴！”

两个女人刹那停住啼哭，只见云菀沁已站在摇篮边，将小皇孙抱了起来，一张素洁脸颊在室内的灯火下，凉得发青。

云菀沁怀里的小皇孙面孔青紫，眼睛嘴巴闭得紧紧，嘴角处更有一丝乌红血渍。

兰昭训一看，心死了，再不抱儿子生还的希望，也不再和蒋妤撕打，哭道：“把孩子给我！”

云菀沁使了个眼色给蒋妤。

蒋妤怕兰氏真去抱着死婴告状，将兰昭训从背后拦腰一抱，捂住她鼻口。

云菀沁抚摸婴儿，体温冰冷，却还是有些地方是温热的，可是脸颊贴在他鼻下，连进出气都没了，也摸不到脉。

她将婴儿的襁褓稍微打开一点儿，耳朵紧贴婴儿的胸腔。

“他怎么了？是不是死了？”蒋妤颤着声。

云菀沁清冷着脸不语，将婴儿平卧着放在旁边的炕上，将他衣领和腰带一一解松，把摇篮里的小枕头拿过来，垫在他头下，便于他呼吸，又俯身下去，贴住小皇孙冰冷的唇。

兰昭训一怔，见云菀沁弯着腰，正悬空在婴儿的身上，不轻不重地吮吸着儿子的唇，震悚地冲过去，“你在干吗？孝儿到底死了没？”

云菀沁并没理会，打了个手势勒令蒋妤主仆拦住兰氏，继续努力吸吮。只觉嘴里吸到一股脓腥冰凉的液体，转过身吐在地上。

蒋妤一看，竟是一口婴儿的痰液，颇是恶心，却见云菀沁只端起手边一盏茶壶，抿了几口水，清了清口腔，吐出来。

云菀沁又对着小皇孙的嘴吮了会儿，接连吸了几口浓痰吐出，直到干净，才放下了心。半晌，再摸他的脉搏已经有动静了。

忽地，婴儿的小指头正碰到自己，一动。

云菀沁马上又含了一小口水，嘴对嘴，一点一点喂到他口中。

慢慢地，小皇孙嘴唇会自主蠕动了，眼皮一眨，脸上的青紫竟退了几分。

兰昭训不敢相信地看着云菀沁，惊喜得无以复加：“孝儿是不是活了？”

气息虽微弱，但到底已经有了呼吸，云菀沁点头，将小皇孙交给兰氏抱着，问婢女：“小皇孙这几天有什么症状？”

婢女惊魂未定，犹不敢相信小皇孙已是起死回生：“咳得很厉害，声音都哑了……但从昨儿晚上开始就没咳了……”

兰昭训狠狠瞪一眼蒋妤，抱紧了儿子，又哭起来：“前些日子变天，孝儿吹了点风。”

云菀沁明白了，十有八九小皇孙风寒严重，感染了肺部，咳狠了，又没人随时照料，痰倒流喉间，导致休克。

刚刚将浓痰吸了出来，自然让小皇孙捡回一条命。

正想着，云菀沁见蒋妤暗中示意让婢女又要去抢婴儿，斥了一声：“让他们母子走。”

兰昭训回过神，惊骇得抱住儿子，躲到角落，宁死再不分离。

蒋妤冷笑：“她走了，我怎么办？我岂不是白费了这么多天的工夫？”

云菀沁漠然看着她：“白费？你差点儿把她的儿子给折腾死了。”

兰昭训跪下来朝蒋妤磕头："良娣，这次的事我绝不对外乱说。你再不要加害我孩儿了，求求你了！皇后那边……我，我一个小小东宫侍妾，哪里敢与皇后抗衡啊！我不管良娣与皇后有什么恩怨，就放了我们母子，让咱们安生过活儿吧！"

"不用你抗衡！你只需将皇后日日派人来看你和孝儿，对你们娘儿俩无比照顾的事情说出来就行了！"蒋妤咬牙。

兰昭训依旧怯弱流泪，摇头不语。

蒋妤见云菀沁在场，也不能强行，只能等她离开再做打算。狠狠一拂袖，怒道："没用的，滚！"

兰昭训知道蒋妤放过自己，对着秦王妃磕了几个头："多谢秦王妃救了孝儿，多谢！"

云菀沁朝她道："昭训起来，带着小皇孙走吧。只是有些话，不得不提醒你。"

兰昭训一滞，只听女子声音飘忽却又凌厉："今天你虽然带着小皇孙保全一命，却并不一定能如你所愿，安生过活。"

兰昭训仿似被敲中了心事，刚才以为儿子死了的惊恐神色，一瞬间复卷而来。

‘皇后日日派人来东宫慰问小皇孙，关爱无比，兰昭训真的不知道是什么原因？刚才良娣说的话，你也听到了，并没否认，应该心里还是有数的。若皇后真的有意黜储君，扶小皇孙，你觉得你这个新储君的亲娘，能活吗？"云菀沁望着她。

兰昭训毛骨悚然。

蒋妤没料云菀沁竟是用这般办法劝兰氏，一听，忙也道："太子生母袁妃都死得不明不白，更何况你这位份低贱的太子妾侍！若你儿子真被皇后看中，扶为新储君，皇后必定要一人掌控孝儿，哪里会允许储君的亲娘留在世上？"

此话一出，云菀沁心头一动，终于明白太子缘何如此仇恨皇后了。

蒋皇后一生无子，为有个依仗，竟暗中害了太子的生母，方能将尚在襁褓中的太子接来养在膝下。

蒋妤继续："或许你不怕死，只要小皇孙前途光明就好了，可皇后既能扶太子，就能灭太子，既能扶小皇孙，也能灭了小皇孙。到头来，你们娘儿俩，连保命都不成，谈什么安生过活？你现在大可抱着小皇孙回去，自欺欺人地过一段安静日子，可你和小皇孙最终的下场是不是袁妃和太子，你心里明白。"

兰昭训周身力气抽干，唯独一双手臂抱得儿子紧紧的。

既蒋皇后看中自己孩儿，那么他们娘儿俩注定是没法子抽身事外，若想母子安宁，除非皇后不在位。

兰昭训低头看了一眼小皇孙，抬起手，擦干眼泪，深呼吸道："妾身明白了。"又牙关一咬，"一切就听良娣的。"

嘉禧殿。

夏侯世廷被宫人灌了两碗醒酒汤，此刻仰于镂孔椅背，长腿微曲，衣领微松，醉眼惺忪，心中却明得跟镜子一般。

她怎么还没回？

真的生气了？不是派人去带话了吗。

莫不是要他对着皇天后土发毒誓，他心中再装不下别人，她才舒坦？

望眼欲穿，才看见一抹秀美的熟悉身影悄然进殿，却脚步匆匆，气息也急促得很，坐定后，仍是轻微喘气。

他眼眸一沉。

正这时，殿外传来脚步声。

不止一人。

轻盈脚步，伴着裙角迤逦着摩擦大理石地面的跫跫声。是女子。

殿内宗亲们望去，只见方才伴在皇后身边的东宫蒋良娣跨进大殿门槛，身后还有个宫装丰盈少妇，脸上泪痕未干，怀抱着个襁褓，跟随进来。

姚福寿一惊，蒋良娣身后不是东宫的昭训兰氏吗？

宁熙帝瞄向太子。

平日笑眉喜眸，一派悠闲的皇子眼下神情陌生，双眸一眯，面色发沉，却并没半点阻止。

蒋皇后看见蒋妤领着兰昭训进来，心头却是预感不妙，斥道："良娣将兰昭训带来干什么？"

侄女此刻的神情，她从来没有见过。只见她站在大殿中间仰起一张漂亮却略显俗气的脸。

那张脸，平日谦卑，尖酸，刻薄，对自己察言观色，无处不讨好，每次看到自己脸色不好就唯唯诺诺。现在，眸子中却划过一丝冷意，嘴角一翘，露出一丝诡谲的笑容。

蒋皇后还未等到蒋妤的答复，兰昭训已抱着婴儿，一脸惊魂失措地几步走到御前丹墀下。

蒋皇后脸一青："这大半晚上，风冷露重，你疯疯癫癫的将孝儿抱到这里来干什么，你身边那些狗奴才呢？还不滚回去！等宴会散了，自觉来凤藻宫领罚！"

宁熙帝听了皇后的话，亦是眉头一皱，看兰氏披头散发，魂游天外的样子，只怕她伤了皇嗣，道："来人啊，把小皇孙抱过来——"

还不等姚福寿上前，兰昭训却抱着孩子，面朝蒋皇后跪下来："求皇后放过妾身母子！妾身与孝儿自知地位低贱，只求在宫里平静过完一生！求皇后不要找妾身母子，另选他人吧！"

举座一震，哗然散开，如波涛翻过，一浪盖过一浪。

殿内，唯二安静的地方，只有太子和不远处的秦王。

夏侯世廷周身仍显醉态，两臂垮在椅侧，眼色却微微发沉，头颈朝太子那边偏过去，心中略是了然。

蒋皇后脸色发白："你这疯妇，乱嚷嚷个什么？扰乱家宴，该当何罪！来人啊，将她与小皇孙分开，拖下去，拉到宗人府的大狱！"

兰昭训抱着襁褓，好像被拉去宗人府的可怕抵不过座上的皇后，仍旧痛哭流涕："求皇后放过妾身母子，另择他人吧——"

宁熙帝心里一动，若兰氏不是逼不得已，怎么会冒死前来说这话？若蒋皇后真的没做亏心事，凭她的性子应该会叫兰氏当众解释清楚，怎么让人拉走兰氏？

殿门口的侍卫挎刀进来，还没近身，却听坚决的女声从丹墀上飘下来：

“慢着。”

宁熙帝见母后拦了下来，便没作声，只听贾太后道：“皇后名誉重大，不能由着这么个贱妾随便闹一场就完了。这么多宗亲在场，要是没说清楚，还不知道传出去是个什么话。”

蒋皇后咬牙：“母后说的是。”

刚刚猛然一见兰昭训抱着孩子紧跟着蒋妤进殿，气糊涂了。其实倒也没什么，就看她能说出个什么。又冷冷瞟一眼蒋妤，眼色里盛满了秋后算账的意思。

原先留着这侄女，是想她虽然脑子蠢，却还算忠心。

没料到竟是个反咬自己一口的家犬！

贾太后朝兰昭训道：“皇后素来疼爱孝儿，皇孙这么多，只有孝儿，皇后最是经心，几乎每天去派人看，天下几个祖母能当成这样？你这话，实在是太伤皇后的名声，是指责皇后道貌岸然，苛待你们母子吗？”

“启禀太后，”兰昭训眼泪哗哗直淌，“不是不好，正是因为太好了，好得叫咱们母子惊心。那些泼天的富贵，人上人的尊荣，孝儿身份低微，消受不起啊！”

“你给哀家将话说清楚！”贾太后越听越是糊涂。

兰昭训气息哽咽，望向蒋皇后，目光中充满着惊惧：“皇后每日会派中宫的一名贴身嬷嬷来看望孝儿，有时白令人也会跟来。嬷嬷看望孝儿的时候，白令人就会将我拉到婴儿厢房外面的廊下，叮嘱妾身，说孝儿是东宫现下唯一的子嗣，什么都比不上孝儿金贵，叫妾身对孝儿经心养育，千万不要有半点闪失，若孩儿有任何病痛，便拿妾身是问……”

“这也是因为皇后宝贝小皇孙，虽言辞严厉了些，却也算正常，有什么问题？”贾太后皱眉。

兰昭训含泪：“妾身听着这前半句，也觉得没什么，还客气回应，小皇孙被妾身这个身份不高的生母拖累了，一个昭训之子，竟劳烦皇后这么牵挂，实在是几辈子修来的福气……白令人却叫妾身不要妄自菲薄，小皇孙身份现在是不高，日后说不定……”

“说不定什么？”

“说不定……万人之上。”

天下还能有谁是万人之上？

不就是皇帝或者要当皇帝的人！

皇后这是暗示孝儿今后会是储君？

贾太后望向蒋皇后，连宁熙帝亦是身子一弹，盯住蒋氏。

兰昭训继续道：“…妾身回应，太子日后的子嗣肯定不止孝儿一个人，万人之上的皇太孙，就算不是出自太子妃的膝下，也绝不会出自妾身这低贱昭训的腹中，万人之上又怎么能轮得上孝儿。白令人却笑了一笑，说妾身的野心也未免太小了，皇太孙算得了什么，直接即储位还差不多。”

此话一出，殿内又是一片轩然大波。

太子还在，小小婴儿怎么可能即储位？

这难不成——是在说太子活不到登基？

就算太子不在，皇上膝下还有一堆皇子，按照父传子的常理，也轮不着皇孙来即储位！

皇后的意思，似是想要扶上这小婴儿……

可太子好端端的，年轻力壮，无病无灾，储位又怎么会落到小皇孙头上？

众人揣测着兰昭训的话，想到深一层的涵义，皆是背上一寒，却哪里敢说出来。

蒋皇后亦是冷汗直冒，却定神道：“本宫倒不知道白令人说过这种话，就算说了这话又能如何？这话能定本宫什么罪？”

白秀惠亦道：“奴婢奉娘娘的命去东宫时，确实跟昭训叮嘱过类似的话，可昭训许是听岔了，会错意了吧。奴婢的意思，只是想说小皇孙贵重，叫昭训精心罢了，昭训想到哪里去了？”

贾太后蹙眉又瞄向兰昭训。

兰昭训哀怨又惶恐地看一眼白秀惠，“那么，后来白令人为什么又叮嘱太子每次来妾身这里时，”说着，腾出一只手，从袖口里抽出一小包牛皮纸包裹的东西，夹在手指间，亮于众人眼前，“将这个加进太子的酒菜里呢？”

蒋皇后脸色一变，自己根本没交代白令人这么做过！

白秀惠也想不到这兰氏睁眼说瞎话，急了：“奴婢从没这么交代过！兰昭训手里拿的是什么奴婢都不知道！昭训这是乱冤枉奴婢和娘娘！”

“白令人只说是补身子的东西，每次加一点就行。可妾身胆小，加上听了白令人那话，知道了皇后的心意，自知地位低下，无法满足皇后的心愿，每次都将这药粉给偷扔了。”兰昭训身子一软，泣不成声，紧紧抱住小皇孙。

蒋妤唇角勾起一抹得意的笑。姑姑，你这辈子高高在上，该是还没尝过被人诬陷的滋味吧！

这包砒霜是知道自己身子被毒得不能生育后准备的，是宫里厨房用来药杀耗子的，叫婢女去偷了一些，现在，就拿来为你送行吧。

贾太后叫来的太医已经到了嘉禧殿内。

太医将那纸包接过来，一闻一看就知道是什么，照实禀报：“皇上，太后……是砒霜。全部吃下，暴毙后马上就能查到死因，可每次服用一点，会使人逐渐体弱、萎靡不振，导致衰亡，就很难查出缘由了。”

贾太后与宁熙帝双双一震。

殿内人纷纷议论起来。

“笑话，太子乃本宫养大，本宫为何要毒害他另择新储？”蒋皇后攥紧绣帕，唇齿叩动。

蒋妤冷声：“当年，皇后无生养，一直想抱养合适的子嗣，只皇子们大多都大了，养不贴心，唯太子当时尚在襁褓，最合皇后心意。之后，袁妃一夕间，死得不明不白。过世之后，其子便被皇后抱走抚育，满宫虽不敢说，却皆传袁妃之死与皇后不无关系。太子虽也听过此等流言，却从没当真，谁知皇后却怕太子心存报复，才立定心思，赶尽杀绝！”

席间又是一片喧哗。

云菀沁看着对面的太子，只见他悄然无声，眸子无波澜。

蒋皇后冷笑起来：“你倒是会编排。本宫懒得多辩解。运毒投毒的小人，沿着线索一查，就知道是谁了。”

宁熙帝心中电闪雷鸣，一时之间却不愿相信：“皇后从嫁与朕，到现在，一直谨守礼仪，贤惠不争，淡泊无欲，朕不信她会做出这种恶事。”

“运毒投毒的事，皇后也不是第一次做，何必装得高洁如月中仙，惺惺作态？”事至此，蒋妤终于开了口。

蒋皇后见她挑明了反戈，笑得叫人触目惊心：“本宫见与良娣有血缘，待你为至亲。良娣庶女出身，秉性粗陋，膝下无子女，没资格当正位，本宫秉持公正心，无法昧着良心捧你做太子妃，却没料你气急败坏，狗急跳墙，平白冤枉本宫。”

“妾身无法诞下子女，便是因为长年服食你添了虎狼药的补品，才坏了身子！”蒋妤情绪略微激动，目泛水光，再次掀起众人的惊讶议论。

蒋皇后怔住，自己何曾毒害过蒋妤？可蒋妤为何这般说？

莫非——

她望向太子，忽地明白了。定是太子使计挑拨离间，让这个蠢货误会了自己，才会一怒之下反击自己！

蒋妤继续冷笑：“……皇后用毒害人，前科累累，毒害妾身不能生育，十多年前，更是毒得皇子被逼出宫，多年不愈，避居偏僻北城，迟迟不敢返朝！现在用小皇孙当储君来诱惑兰昭训毒害太子，算得了什么？”

这话一出，举座皆大惊。

宁熙帝面肌一颤，贾太后更是脸色发白。

“大胆！你这是决意要将脏水统统泼本宫身上！”砒霜的事儿是被冤枉的，蒋皇后一点不担心，由着查就是了！却没想到蒋妤是用砒霜的事牵出另两件事，开始有些心绪不稳了。

蒋妤扭过头，望向蒋平：“十多年前的一天，妾身年幼不懂事，一日与婢女捉迷藏，藏到了主房箱柜里，后来蒋大人夫妇进了房间，妾身无意中看见蒋大人好似给了蒋夫人什么，说是皇后暗中托人要的，叫夫人请安时顺便夹带进宫，偷偷给皇后。妾身当时还挺好奇，皇宫里什么东西没有，皇后还有东西需要从宫外带吗？第二天，蒋夫人进宫给皇后问安，接着没几天，秦王便中了毒。后来，妾身才知道，皇宫里什么都有，唯一很难得到的，就是那些五花八门，让人轻易查不出的毒药！蒋大人，你说当年，你叫蒋夫人给皇后带的是不是就是这个东西呢？”

蒋平早就被这架势吓得腿软，要不是儿子死死牵住自己衣裳，只恨不得生了翅膀飞出宫，这会儿也说不清楚话，迟迟不作声。

蒋弘济见爹爹又在犹犹豫豫的，坐不住了，低低道：“爹，这丫头都做到这份儿上，不说也得说了。”

蒋平无可奈何，顶着蒋皇后如锯子一般的目光，出列，跪在了大殿中央。

宁熙帝听蒋妤说到此处，早就惊诧不堪。

若蒋氏真的做过，那么，这么多年的不争、不抢、淡然、高洁，就全部是装出来的。

那时，赫连氏正当得宠，宫里想要害赫连氏的人并不少，只没料到老三被毒一事，竟是她主谋。

顿时气促起来："还不老实交代！"

蒋平被雷霆大怒当头一炮轰，魂儿都没了，哭丧着脸："当年皇后召微臣妻子进宫，前两天的晚上，微臣收到皇后派人的密传，说要准备……些无色无味，让人察验不出的毒药进宫。微臣真的不知道皇后要这个干吗，便找了个巡游方士要了些——皇后交代的，微臣不敢不遵从啊，皇上请饶了微臣啊——"

蒋皇后身子瘫软，却仍是脸色不动，斩钉截铁地否认："秦王不是本宫毒害。"

贾太后声音颤抖："蒋平都已经说了，难不成皇后的侄女和你的兄弟，都在冤枉你？"

蒋皇后看了一眼站在殿中摇摇欲坠的弟弟："本宫承认，当年确实叫蒋平带过违禁毒药进宫，可却没毒杀过秦王。"

"还在狡辩！"宁熙帝声音如冰淬过一样，一脸的痛心疾首。最大的悲哀不是别的，而是自己这几十年认人不清，到头来看错了她，"当年朕叫人查秦王中毒一事，那乳娘身上就是无色无味的透明毒药。"

蒋皇后缓缓地说道："乳娘身上的毒和蒋平给本宫的毒，到底是不是同样的毒，隔了这么多年，也查不清楚了。本宫最后申明一遍，本宫承认叫蒋平带违禁毒药进过宫，可叫蒋平运毒进宫，不代表本宫毒了秦王，乳娘身上的毒并不是本宫施的。"

蒋妤气得脸红脖子粗，都这样了还在强辩！

"将皇后先带进思罚殿。"宁熙帝再也忍耐不了，极力压抑着心绪，口气却让殿内的皇室宗亲们，感受到天子之怒。

蒋皇后脸上没有惧怕，也没有愤慨，只余下莫名的虚空。进殿时的荣耀，刚才皇上的偏袒，这一瞬，全都没了。

可更让她从头凉到脚的是，面前的男人此刻看着自己的眼神。

以前至少是敬重、宽容、礼让、温和，现在，只有陌生和厌恶！

她身子打着晃儿中，被宫人强行搀出嘉禧殿。

身边，白秀惠亦是意识到靠山将坍，自己下场也堪忧，身子软了一软，被人推着出去。

姚福寿忙宣："今儿宴散，请各位贵人们出宫！"

团圆安宁小年夜的皇室家宴，一声传唱中，在潦草而叫人震动中收场。

皇亲国戚们纷纷出宫。

云菀沁跟着夏侯世廷走出正阳门。马车已在等候两人，正要上前，却觉手被人一握，牵了回去，差点抵上他胸口，一抬头，撞上他一双灼灼双眸。

她唇角一扬："怎么，三爷是想与妾身商议纳侧妃一事？"

红墙下，他发狠地掐住她纤腰，借着夜色和侍从遮挡，将她嵌入怀里，沉沉呼吸侵袭到她面颊上："本王还没审你，竟反过来质问起本王。"

语气冷狠，又不乏宠溺。

她被揉入怀里，蜷得像只猫儿，装傻："三爷在说什么啊？"

"东宫合力绊倒皇后一事，你早知道。"他掰起她下颌，不许她躲避自己的眼神。

她犟嘴："什么啊……"

他俯下头颈，俊脸霎时逼近她鼻尖和唇瓣，冬夜冷空气伴着热气扑到她面上："爱妃有心欺瞒，就不怕为夫罚你？"

她被夜风吹得红扑扑的脸蛋越发滚烫，只得蚊子似的呐了一声。

夏侯世廷见她承认，眸中深意越发浓，语气仿似在老坛子里泡过一般，散发着浓浓酸味："就知道你跟太子私下见面不简单。"

云菀沁急了，正要辩解，又脑子一醒，瞪住："你……你……盯着我？"

她住在宫里准备寿宴时，他竟派人盯她的梢！

他耸肩，毫不觉得有什么不对，更是拧住她下巴，轻托起："爱妃生得一副招蜂引蝶的模子，为夫岂敢不盯着。"

夸自己就想算了？想得美！她咬了咬唇瓣，将脑袋偏到一边儿，被他再次硬生生掰了回来。见他俯脸，生怕他大庭广众下有什么放浪之举，忙抵住他胸口，“罢了，我大人有大量，不怪三爷。上车吧，不早了。”

越来越放纵了。夏侯世廷唇一勾，已被她拉上马车。

车驾起伏中，帘子摇摇晃晃，隐约露出京都夜景。

云菀沁将前些日子因洗桃与太子见面，借陆清芙挑起蒋良娣与皇后间隙以及今晚误打误撞救了小皇孙的事，一一跟夏侯世廷说了。

夏侯世廷久未言语，心内撼然。虽早猜到她与今晚这事有些牵扯，却料不到她竟是这般大胆。

虽她并没直接干预，但若然东宫事败，中途有一丝差池，她怕是也会受牵连！

陡的，他捉住她的手，将她狠狠拉入怀里：“下次再敢这样，本王定将你关在府里，休想再跨出门槛一步！”却又没来由的抱得松软了些，仿若对待稀释珍宝，生怕碎了。

口里虽是责骂，心里却清楚，她是因为他，方才以身冒险，暗中帮衬太子。

云菀沁见他沉默，知道他不再怪自己，支身凑近他耳边，轻声说道：“蒋氏当年既害你不成，将来亦不会休止，我绝不会看见我的夫君被人再害一遭。今夜知道她连抚养长大的太子都能狠心弃掉，另扶新储，对你许是更不会留情。我毫不后悔自己做的。”

他凝视她玉净冰清的坚定脸蛋，抬起手指在粉颊上细细摩挲划过，若有所思：“你觉得当年真是蒋氏下毒？”

云菀沁见他似有怀疑：“不然呢？蒋平都出来证明了，当年的确给皇后运过毒进宫。毒杀皇子是大罪，她自然不会承认。”

夏侯世廷再没多说什么。此刻不宜再提烦心事，附她耳珠边，肃然说道：“总之，从今往后，这种事你不得再插手，更不许再同外男私下见面，不管对方是谁。外面的事，交给为夫就行了。如若再犯，休怪为夫不客气。”

她靠在他怀里，翘起粉唇：“三爷这是把我当金丝雀养着？”

“是。”他毫不拐弯。

她还未说话，他已手肘略弯，用大氅将她裹得更深一寸。

蒋氏进思罚殿的五天，宫内鸦雀无声，暗下却是一片感慨。

证据确凿，无从抵赖。

除了蒋氏暂时在思罚殿等待发落，其他一干近旁侍从，全都锒铛下狱。

太子怎么会让蒋皇后有一线喘气的机会？趁热打铁，将袁妃生前被蒋皇后暗中加害后夺子，又被风水阵葬在皇家陵园一事，禀报给皇上，控诉皇后心思歹毒。

宁熙帝派人去妃陵开棺，棺木中的白骨，面朝下，后脑勺朝天，披头散发，嘴里还含着大米，模样骇人，叫派去的宫人惊悚无比。

袁妃之死，时隔多年，已经无从考证被蒋氏如何残害，可光看对待袁妃尸体的手法，也能叫开棺的人猜到，一定是惨不忍睹、灭绝人性的办法！

否则，蒋皇后绝不会镇住袁妃，害怕袁妃鬼魂回来或者投胎报复！

宁熙帝得知此事，大受打击，半天醒不过神。

宫人们听说，皇上已经下了旨，两天后就将皇后送往宗人府，由大理寺官员配合堂审。光是联系东宫侍妾有私心易储，以及多年前运毒进宫杀害秦王之事，就已猜到皇后这次定然是凤冠难保。

而那日皇上要给秦王赐亲事的事，因为宴会上闹出这么一出更大的事，便被暂时搁浅了下来。

皇宫小年夜家宴之后，日子流水划过。

家宴那夜，云菀沁意外得了贾太后的欢心。贾太后晓得她娘家背景，又在言谈中得知她精通药妆，在京城千金圈子名声都不小，还曾为赫连贵嫔制过发露，来了兴趣，三两日便召她进宫一次，让她帮自己敷面匀妆。

这日，云菀沁与平时一样，进宫为贾太后梳妆，刚出慈宁宫，只见一个面熟的公公走来，对她恭敬地说道：“秦王妃。”

云菀沁想起来，来人是太子身边的年公公，福了一福：“年公公找妾身？”

年公公是太子心腹，这些日子看得出太子爷对云氏态度客气尊敬，此刻语气也十分恭敬，轻道：“再过两日，皇后便要去宗人府，早上托人求见皇上。皇上同意了。太子怕最后关头出什么事，想过去瞧瞧。太子知道秦王妃这会儿正在太后这边，问您可否愿意一同过去。”

云菀沁顿了一顿。

三爷的毒，至今没有解除的对症方子，但是下毒的人，兴许有。

等蒋皇后被送去宗人府，不管是进冷宫还是罚下狱，再没什么机会见面。

倒是能趁最后的机会探听一下。

她没犹豫多久：“请公公带妾身过去。”

思罚殿。

宁熙帝坐于上座，看见蒋氏被人押请出来，眉一皱。

短短几天，蒋皇后消瘦了不少，摘去了珠钗首饰和华丽大衫，穿一身深色素服。

可一张脸，却仍是静默淡泊，连一滴泪都没有。

本来以为自己一来，她就算不痛哭流涕，也应该匍匐悔过，没料竟是如此死性不改！

宁熙帝最后一丝留恋烟消云散，好些的身子又觉不适，咳了两声，面上有些不耐烦：“皇后叫朕来不会就是为了让朕看着你这副模样吧？事到如今，你还觉得自己委屈了？”

蒋皇后木木地反问：“妾身做错什么了？”

宁熙帝勃然大怒：“运毒进宫，心思恶毒，暗杀皇子，残害袁妃，你居然还问朕你做错什么了？亏朕这么多年，只当你心思不俗，雅人一个，原来，你如此阴险歹毒！皇后，你瞒得朕好苦啊。”

斥责一波波传到殿外，太子与云菀沁等人听得一清二楚。

宫人小声地询问身边的太子：“殿下，可要小的通知皇上，说您来了？”

“先不急。”太子摆摆手。皇帝正骂得欢，何必打扰他兴致。

殿内，蒋皇后冷意和苦涩交织，垂下头，冰凉泪液沿着凹陷的面颊滑下去。

他以为给自己的最高荣誉，却是她这辈子最厌恶的事。

她才不愿意当什么心思不俗的雅人——

她宁可在他心中与别的女人一样！

可是这辈子，她已经败了。

在他眼里，自己并不是个有血有肉的女人，注定只是个端庄贤惠的完美模板。一旦这份完美染上了污点，不再端庄，不再贤惠，自己在他心里，就一文不值！

蒋皇后压住心头的真实情绪，今天请他过来，不是为了在他面前告饶求情讨可怜。

她抬起头，脸上的哀苦陡然退去，目色变得幽冷："本宫从来不觉得自己错了，不过是一些争宠的狐媚子和小杂种。帝后齐体，阿睿是皇帝，能宠他们，本宫是皇后，也能诛了他们。"

宁熙帝心内一震，没料她竟是冥顽不灵。

这么多年了，还是第一次听她唤自己名讳。犹记她喊自己名讳，还是初婚时，如今一听，觉得莫名怪异，眼皮弹跳不停。

若她今日哭着哀恳几句，指不定他还会动容，便是顶着压力，也想为她减免一些刑责。

可是现在看来，她根本不需要。

不仅不知悔改，还处处挑衅！

他呼吸沉重起来："姚福寿，回养心殿！"

蒋皇后见他要走，露出一丝诡异的笑："皇上说我瞒得你好苦，那我也不怕多说一件。许青瑶当年与皇上两情相悦，无端拒了皇上，全是因为我将他大哥暗中绑了，叫人打了个半死，才叫她拒绝了皇上，以死相逼不进宫。为了绝皇上的心意，挑都没挑，就火速嫁到云家……"

欣赏着宁熙帝脸色发白，又笑道："……谁想到皇上死心不改，隔了几年还是忘不掉，许氏就算成亲了，您还……"

云菀沁的心猛地一跳，还怎样？

莫非娘亲婚后，真的还与皇上有过款曲？

她屏住呼吸，正要继续听下去，却听宁熙帝已经一声吼，打断蒋皇后："住口！你这贱人！断送青瑶一生幸福！"

殿内，宁熙帝一提起许青瑶，情绪再难控制，一巴掌甩到蒋氏脸上。

蒋皇后闷哼一声，倒了下去。

宫人吓了一跳，却无人敢扶。

蒋皇后神色却是更加开怀，趴在地上，反手抹了一把嘴角的血渍，大笑起来。

宁熙帝见她张狂至此，气得猛咳几声，肺腑一阵针扎的痛，身体一仰，倒在了圈椅内。

姚福寿大惊："皇上没事吧？"正想叫太医，却被宁熙帝制止住。

太子见皇帝被气成这样，也再不好继续在外面站着，掀开帘子，跟云菀沁前后进去，先冲到皇上身边，询问道："父皇没事吧？"

宁熙帝又咳着摆摆手："没事。"自知体力不支，也无心与蒋皇后纠缠，扶在太子手臂，打算离开，看了一眼地上的皇后，语气已变得冷绝，"明日一早，即将蒋氏送去宗人府过审！朕再不愿意见到这个妇人！"

蒋皇后像没听见，只头一转，眼光落在云菀沁身上，唇弯到了极处。她知道她是为什么而来。

云菀沁见蒋氏神情怪异，心中一动。

蒋皇后趴在地上挥了挥手，语气诡谲，笑道："你过来，秦王中毒的事，我告诉你到底是谁做的。"

殿内众人动作停滞下来，目光投到蒋皇后身上。

云菀沁并没犹豫多久，走了过去，望住这个不久前还高高在上的女子。

她的脸孔依旧是淡泊如水，不食人间烟火的俯瞰众生，对万物都不挂在心上。

然，核子里的好胜要强，对皇帝的执着和占有欲，却比后宫平日争风吃醋的妃嫔更丰盛。

为人妻房，再如何看得开，怎么可能真的对夫君左拥右抱，与其他女人不断生儿育女没半毫感觉？

皇帝宠过爱过的女子，全被她盯得紧紧，玩弄鼓掌间，包括宫外的娘亲许氏。

皇后的身份羁绊住她。皇帝和众人眼前，她必须是个母仪天下，温良大度的人。这么些年，只能将嫉妒和怨恨埋在心底，越演越烈。

天子身侧的凤椅，是至高的荣誉，却也是桎梏她的枷锁。

云菀沁凝视她："都到这个境地了，皇后还不肯认下当年那笔罪过？"

蒋皇后仰起纤颈："你说得对，都到这个境地了，我为什么还不认罪？你过来，我告诉你……"

手一撑，腰肢跟着弧度一转，抬起纤瘦的白玉手腕，朝着云菀沁招了一招。

刹那风情无限。

笑意宛似罂粟，绽放得异常璀璨，与蒋氏平时的凝重沉稳完全不一样，此时的她好似变了个人，多了魅惑和妩媚。

好似浴火凤凰，投火之前，将一辈子的辉煌耗了干净。

宁熙帝在一旁轻微一滞。

一直都知道她是美人，却少了些女子的柔媚。

平日的蒋氏，庄重得近乎木头桩子，在闺阁只与他单独相处时也是摆着一副肃然的仪态。

眼下的眉眼，气态，却跟往日大相径庭，这果真是自己的结发妻子？

云菀沁不自禁蹲下去，靠近，只觉耳际感受到她的热度。

"我告诉你……"

话音暂停，云菀沁只觉腰上被什么硬邦邦的尖利物事给抵住。

蒋皇后见她不敢动弹，反手将她一箍，匕首一抬，搁到她颈子上，面庞瞬间一片阴瘆。

宫人惊哗起来，没料到蒋氏竟做出这种自取灭亡的事。

宁熙帝亦是震住。回过神来，震怒得连话都快说不出来了："到现在你还执迷不悟！放下刀！"

却见蒋皇后狂性大发，匕首一横，轻轻一挪，云菀沁的雪白肌肤上，立刻开了一条纤细的血印。

室内再次喧哗起来。

"贱妇！朕不该心软。家宴那夜，直接就该将你送进宗人府的大狱！朕却还迟迟犹豫，总怕你是冤枉，想先查清楚再说！朕真是瞎了眼！"宁熙帝气血上涌，手足无力，捂着胸腔。

太子语气平静，一双目看不出情："母后放下刀再说。"

蒋皇后的眼睛一直盯着宁熙帝，欣赏着他对自己的滔天暴怒。

怒？那也是好的，证明这个男人对自己有反应。

两人的相敬如宾，客客气气，她这辈子已经受够了。

再不迟疑，她手中利刃尖一转，抵到了皮肉上。众人还未惊呼出声，只听被自己禁锢着的女子轻声说道："……这就是你的目的吧。"

蒋氏一滞，迟疑了一下，暂时停住割喉举止，沉着声音："你说什么？"

只见女子侧面上乌瞳一闪，朝宁熙帝瞥了一眼，声如寂月清风："如此，才能叫夫婿永志不忘。"

蒋皇后心中訇然一响，最说不得的心事，竟被这个年轻毛丫头猜中，瞬间晃了一下神。只这么短短的一瞬，前面一道高大的阴影袭来，手上匕首已被太子夺去！

刀尖一翻转，朝太子掌心顺着小臂滑去。

太子脸色一变，吃痛一声！

众人一惊，只见太子一条手臂已皮开肉绽，血坠了一地毯。

太子却蹙眉忍痛，用力抢过来，将那刀子摔在地，然后将云菀沁一把拉过来，护于身后！

蒋皇后顿失人质，反应倒也快，竟不怕死的再次匆匆捡起地上的匕首！

宁熙帝看着她失魂落魄一般，不知是震怒还是心疼她变成这样，想也不想，竟顾不得危险和身边人的惊呼，冲过去，将她手中的刀子夺了过来。

出乎意料，蒋氏握刀的手竟一点儿力气都没用，宁熙帝轻而易举就拿了过来。心中一讶，生了不好的预感，还没回神，只见眼前的女子扑向自己！

宁熙帝手中正举着刚抢过来的刀，刀尖自然是朝外的，只听利刃入肉的钝声传来，女子已经扑进了自己怀里，与那匕首连为一体，嘴角噙着一丝笑，然后倒了下去。

宁熙帝震悚无比，料不到她故意让自己手刃。撑了半天的病患终于再支持不了，退后几步，一口乌血喷了出来。

姚福寿从震惊中回神，一把搀住摇摇欲坠的皇帝，太子当即吩咐："扶皇上回养心殿！"

几名宫人回了神，将惊悚中的皇上搀出了思罚殿。

匕首正中蒋皇后的胸脯，她头发披散，绕是一身深色素服，也被血水浸得变了色。

蒋皇后躺在地上，求仁得仁，唇角含笑，像并不知道疼痛。

云菀沁站起身，朝蒋氏走过去。刀尖正中蒋氏的左胸房，心脏只怕已是破裂了。

蒋氏笑意慢慢散去，气息奄奄，眼睫合上。

云菀沁半跪地上，俯下身，贴在她的脸颊边：“你刚才是为了骗我，才说毒害秦王的另有其人。其实，秦王根本就是你毒杀的，你叫蒋平帮你递毒进宫，怎么可能不用。”

蒋皇后只觉手腕两处被她紧揉，脸上露出回光返照的光泽，缓缓睁开眼：“当年我有过那心思，谁叫他有北人血脉，生母彼时又深受皇宠。他若留在皇宫，势大起来，我大宣社稷岂不是有可能被北人操纵？咳咳……”说着，吐出一滩乌血。

云菀沁冷笑：“那皇后还说不是自己做的？”

蒋皇后苍白的唇启合着：“……偏我那弟弟老实懦弱，生怕出事，受了牵连，送进宫的毒药被他兑淡了，提前试毒时，连动物都毒不死……怎么能毒死人。若一次毒不死，反倒还会叫人防范，得不偿失……我并没用那毒。还没等我另外找到法子，那小子已被人害了…”

头颈一仰，口中又吐出几口血，污了胸前衣襟。

“到底是谁害的秦王？”云菀沁心中猛跳，盯住她。

蒋皇后拼尽了全身气力，将她衣领扯住，重重喘气，眸中阴冷：“别说我不知道那人是谁，就算知道，我也不会告诉你，不但不告诉你，我还巴不得那人活得好好，替我好生活……活下去……”

云菀沁眼色加深，若害秦王的另有其人，那人既然害了一次，就可能还有下次……

这人若存在，甚至比蒋皇后更要可怕，因为在暗处。

她再没有紧逼蒋氏：“你何必非要走到这一步，就算摘了凤冠，没了后位，依你的地位，你这条命还是能保住。”

蒋皇后意识迷糊，眼泪顺着面颊流下来：“……这地位，你当我稀罕么……在他心里，我连最后一点贤妻的好印象都没了，活着做什么？我是大宣皇后，绝不会进宗人府受那些臣子的审问，更不会在冷宫遭他的厌恶，过完下半辈子……”

云菀沁明白了她今日请皇帝来的目的，是为了求死。

自己来了，蒋氏又转变了想法，与其在皇帝面前自尽，不如让皇帝亲手杀死自己，给皇帝留下震撼印象。于是挟持了她，既能顺便铲除个不喜欢的，更能逼得皇帝彻底暴怒。

对于皇上来说，亲毙妻子，就算不愧疚，也会毕生难忘。

蒋皇后呕出几口血沫子：“……我也与那许青瑶一样……一样了……他……”

话没说完，胸脯猛烈起伏，笑意骤止，瞳仁涣散，然后凝住不动，拽在云菀沁衣襟上的手抽搐了一下，滑了下来。

“皇后——”宫人们叫起来。

云菀沁将她蜷曲着的手放下去，站起身：“去了。”

宫人喧哗起来。

正这时，姚福寿表情严肃地进来，似是宁熙帝那边派来收拾局面的。一进来，满殿的血腥味迎面扑来，一眼看见蒋氏还未阖上眼的尸体。虽有震惊，却也是意料之中的事。

姚福寿平静下来，一挥袖，对殿中的众人说道：“将皇后抬回刑拘房。”

又补了一句：“今天思罚殿的事情，从头到尾，不得对外说一句，否则立斩不赦！”

宫人们喏喏应下来，将蒋皇后的遗体抬了出去。

云菀沁看着蒋氏被一张白布从头到尾地盖上，被人移出了大厅。

皇帝手刃皇后，亲手叫皇后血溅当下，几朝几代也难得出一个，说出去，不光彩。

今天看到了这一幕的所有人，只怕都会被嘴巴上贴封条。

蒋皇后之死的真相，不会公告天下。

云菀沁接过宫人递来的帕子，揩干净沾满了污血的手。

姚福寿看着她：“今天的事，请秦王妃烂在肚里。”

云菀沁点点头，再一看，太子手心正汩汩流血，忙走过去：“太子……”

姚福寿刚只顾着皇帝，见太子一条手臂依旧血流如注，一惊，疾步走向太子：“来人，送太子回东宫，召御医！”

太子道：“别嚷嚷吓着秦王妃，还死不了。”

云菀沁见他创口虽不大，但血流得汹涌，又是为了自己受伤，不免内疚：“太子别开玩笑了，快回去，万一破伤风了不得了。”

太子因失血，脸色尚有些苍白，唇角却扬起一抹笑意，临行前望一眼云菀沁，才在宫人陪伴下离开。

第七章 皇室秘辛

美人思无邪 上

天光未醒，晨鸡甫啼。

思罚殿宫人疾步穿梭宫墙下，去养心殿急奏。

蒋氏在思罚殿因着风凉，染了风寒恶疾，加上近日所犯错事，心情不佳，内外积累下来，昨日夜里溘然长辞。

消息不到半个时辰，就传遍了整个皇宫。

朝臣们站在金銮殿上，没见着皇上上朝，却听姚福寿过来，传禀了皇后陡然驾薨的事。皇上好容易身子好了些，因为这件事大受打击，身子又有些不适，免了朝事。

震惊之下，众人免不了流言满溢。

皇室家宴那夜，蒋皇后被亲侄女带头揭发了戕害储君的恶事，群臣都有所耳闻，只听说皇后暂被拘禁在宫里，还没押送宗人府正式定罪。

也就不到十来天的工夫，蒋皇后千秋正盛，身子骨一向康健，就算染了风寒，也不至于一晚上都撑不过去。

蒋皇后的娘家这几年因为少了蒋胤，已经式微，上朝的两名兄弟估摸着蒋氏之死不一般。不过想着蒋氏这一薨，至少尚能保留个皇后称号，曾经罪责也就一了百了，不至于连累娘家，心中反倒释然，于是并没深究，只抹了几把眼泪。

夏侯世廷默默出列，撩起袍子跪下："皇后驾鹤西去，请皇上节哀！"

这一打断，才叫朝臣们停住议论，接二连三地跪下，大呼："皇上节哀！"

姚福寿清清嗓子道："皇上病刚好些，经此哀恸，太后怕误了皇上的龙体，劝皇上多歇几日，本该是太子代替理政，无奈太子前日因练马，受了些小伤，恐怕需要休养几天，”说罢，头一转，望向郁文平，“所以，近些日子，朝上有什么事，只能靠郁丞相、景阳王照应着了。”

郁文平与景阳王乃朝中一文一武两大梁柱，此刻忙拱手：“臣定当尽心协力，在太子康复之前，打理好朝政，有什么事务，一定即刻报去东宫。”

传完话，姚福寿回了养心殿。

榻上躺着的宁熙帝刚服过药，脸色却比昨天更差，床脚边的金丝小痰盂内的呕物隐隐夹杂着血丝，姚福寿暗中叹了口气。

宁熙帝见姚福寿回来，声音虚弱问道：“没人说什么吧？”

姚福寿照直禀报：“臣子们得知皇后乍然过世，颇是震惊，许多人更是猜疑纷纷，亏得秦王出面压阵，免去了风波。”

一顿，又低道：“近来朝上空虚，太子也因手受伤，御医说失血过多，需好好将养着，暂没法儿理事，全靠郁相和景阳王打理也不成，皇上昨儿不是还说，想再安排个皇子帮忙料理朝务吗？秦王倒算得上个好人选。”

宁熙帝思虑半刻，叹气：“老三确实是个好苗子。”

姚福寿知道皇上这口叹气是什么意思，虽然是个好苗子，却有一半北人血脉，不好拔得太高，让他负责监国理政，怕有些不妥，想了一想，道：“皇上别怪老奴说些逾矩的话。这会儿朝政空虚，是特殊时刻，叫秦王帮忙打理，也没什么。皇上素来压制着秦王，不过就是因为他一半北人的异族血统，比起其他皇子，与皇上疏远一些。可再怎么疏远，他也是皇上的儿子，总比郁文平这外人和景阳王这侄子要亲吧。如今朝上只有这两人说话，总有些不大安心，时间久了，怕起了什么祸事，这两个人到底不是皇上的至亲。三角关系才最平稳，将秦王加进去，倒是能制衡。”

一阵沉默，宁熙帝终于下定了决心：“就依你说的办，等会儿你给朕拟个旨，叫老三这阵子代行朝务，行摄政之职。”

姚福寿道：“是。”

忙完朝上的事，宁熙帝又想到什么，好像一瞬力气被抽干，眼一暗：“……她那边怎么样？”

姚福寿沉了须臾，道：“皇上宽心，奴才叫昨儿在场的人都闭了嘴，绝不会乱说。皇后的遗体被送回刑拘房后，奴才叫人给皇后清洗过，胸前的伤口也掩饰住了，换了一身新衣裳，今早遗体入了殓，目前停灵在凤藻宫的正殿，就等出宫发葬了。”

两日下来，宁熙帝每一想到蒋氏死在自己面前，还是自己亲手毙杀她，心中就有如毛刺浸肉。如今一听，只觉心思一紧，头一低，忙用手掌接住，一抬头，又是一手的污红。

蒋氏病逝于宫中的圣旨，正式颁下来。

云菀沁听到圣旨颁布的信儿，思绪纷纷而出，在脑海盘桓了会儿。

蒋皇后跟前世一样，公告天下的死因，也是病逝。

这样一想，或许前世情况是太子在寿宴上准备蟠桃毒杀皇后，蒋皇后中毒，没有熬过去而夭亡。

子杀母，实乃伦理败亡，天下丑闻。

依皇家素来喜欢将丑闻捂得严实的性子，宁熙帝不将真相放出去也是大有可能，于是，公告天下，皇后病逝。

而东窗事发的太子也被安了放荡不羁，不敬父不孝母的罪名，废了储君位。

两败俱伤，成全了另一个人的拔起。

今生，却变了个结局，只蒋氏一人坍塌，太子却保全了下来。

局面，或许成了兄弟内斗。

除此之外，也从施遥安口里得知了三爷暂时总领朝务，行亲王摄政之职，景阳王和郁文平协办的消息。

云菀沁并没有太惊讶。

要是没记错的话，前世也是差不多。

蒋皇后和太子前后落马后，皇上大受打击，龙体染恙，好久一段日子没有上朝。

朝臣为天子祈福，禁了府上玩乐，一日三餐食素，云府自然也不例外，所以就算她上一世不关心外界政事，也有留心过。那段时期，朝事交给了郁文平和景阳王打理，后来不知怎的，秦王也加进去了，令其督管军事与政务，权势凌驾于郁文平和景阳王之上，这也是他总揽大权的开端。

她记得爹在家中提起这事时，自己还私下好奇过，一个名不见经传，沉寂了这么多年的皇子，生母还是北方和亲的人，竟是冒到了众人眼中，还当了摄政王爷。

现在想来，上一世，他必定是使过什么手腕，才能让皇帝准允他摄政。

而且，可以肯定的是，一定比今生艰辛。他上一世，并没有军功和威望，这样的情形下，这么多的皇子，皇帝唯独让他摄政，他肯定是下过工夫。

云菀沁不禁问施遥安：“皇上为什么独独挑了三爷？虽说太子因伤不能理事，但还有那么多皇子。摄政毕竟不是小事。”

施遥安压低声音：“姚公公在皇上耳边劝谏了一番，才叫皇上动了心意。

姚福寿？

对。

这么个皇上身边的权势人物，她怎么没想到呢？

姚福寿跟了皇上几十年，说什么话，皇上只怕都得放在心里。

姚福寿无端端怎么会帮秦王游说？

原来，他早早拉拢过姚福寿。

这么说来，上辈子，恐怕也是姚福寿的私下劝谏起了作用。

施遥安见她不语，道：“秦王摄政，是秦王府的好日子，王妃怎么像是不大高兴？”

云菀沁沉而未语。

好日子？不见得。

眼下他能摄政，姚福寿的劝谏是一方面，更重要的原因，是朝上空虚，正是用人之际，估计皇帝也不大放心将大权旁落在外人手，才叫秦王得了机会。

等太子的伤一好，或者等皇上挑选了其他更合心意的皇子，秦王的作用也就没了，摄政职权注定要交卸出来。

那个时候，他会甘心交权吗？

尝惯了权力的滋味，有几个人还愿意重新坐冷板凳？

夜色降临，进宫的夏侯世廷迟迟未回。

直至夜色又深沉了几分，浓黑如墨，云菀沁在窗边看书看得眼皮子发沉，盹着了，卧房外才传来脚步声。

夏侯世廷进了内室，见她趴在床边睡着了，走过去弯下腰，将她打横抱起，沿路腾手灭了灯烛，将她放在了宽大的拔步床上。

云菀沁睡得不沉，一下子惊醒。惺忪睡眼中，见他回了，揉揉眼睛坐起来："三爷回来了。"

他见她娇憨的模样，心中一热，抬起手解衣襟上的玉扣，外袍滑下。

轻薄的月白色中衣缚在他修长峻拔的身体上，臂膀和胸膛的肌肉线条遒劲有力，幽幽的龙涎香传来。

她见他朝前一步，跨上了榻前的脚凳，眼光往下一滑，情不自禁吞了一下口水，连耳根都滚热了起来。

这衣裳也太修身了，将他身体的每个部位都凸显的尤其……雄伟。

"看什么看得出神？"他深眸噙着笑意。

她忙收回眼光，否认："我才没看。"

他见她不认，也不紧逼，手一挥，榻边的最后一盏照明烛灭了，又顺势将床柱两侧金玉钩一扯，朱红帷幔泼下来，将里外隔成了两个天地。

床帐内，呼吸灼灼。她忙调了个面，裹紧了被子："睡吧。"

他知道她是怕自己发病，不语，只倾身贴上去，长臂从背后绕过去，牢牢抱住她的纤腰，低声："委屈了娘子。"

"说什么啊。"

"为夫失职了。"薄唇欺近她耳珠，沉沉吐息。

婚后迟迟未敦伦，让她守活寡，是他身为丈夫的失职。

她脸颊一红，继而覆上他的手背，慢慢，插入他的五指："摄政累吗？什么时候开始？"

他知道她已是听施遥安说了，嗯一声："今日刚领了旨，明天便开始处理部分朝务。"顿了一顿，"只要沁儿陪着为夫，为夫就不累。"

她没料到竟然会这么快，不禁出声问道："这么快啊？"

夏侯世廷猜到她在隐隐担忧，手臂握紧了她绵绵软腰，脸庞搁在她耳边："不管我做什么，走到哪一步，沁儿都在为夫身边。"

云菀沁心头一动，他竟看透了自己的心意。

转了个身，笋臂箍上他的窄腰，埋在他胸前，闭上眼，心态一片恬静。

呼吸慢慢下沉，坠入黑甜乡。

夏侯世廷领了摄政职衔后，一日忙过一日。

接连几日住在宫里，未回秦王府也是常有的事。

连初夏都摇头感叹，三爷和小姐新婚不久，事情就接二连三，先是小姐被召进宫帮衬寿宴，而后又是三爷被调去摄政，只差埋怨宫里贵人们太不体察了。

云菀沁每次听着只是笑而不语，继续看着手头书或是捣鼓研制些医妆小物，偶尔也会邀请舅舅上门，谈论一下心得。

这日黄昏时分，夏侯世廷从宫里回来。

三爷前日去宫里，又是三天没着家，初夏一听，忙欢欣地进来禀报。

云菀沁出府去迎，刚出门槛，只见夏侯世廷的车驾，正泊在大门口。

金辂馀饰，红髹四柱，抹金铜宝珠顶，气派尊严贵重。

车驾前后四周，守有层叠亲卫，远远看过去，密不透风。因职衔吃重，进出的保卫也跟着加重了不少。

绣五彩龙纹的红幔风中起伏，飘扬之间，露出人影轮廓。

施遥安一打帘，青地雕木五彩云文的车厢内，夏侯世廷端坐红锦褥席上，头颅微微向后仰靠，双目阖着，在闭目养神。

俊颜上有掩不住的倦意。

在宫里连轴转，一看便是没睡个好觉。

听施遥安喊了一声，他睁开眼，眼眶内布满红血丝。

云菀沁心中蓦然一动，未等他下车，提裙上前，上了车。

夏侯世廷看见她出来迎自己，精神都好了一大半，含笑将她的手一拉，将她扯到身边坐下："娘子怎么这么心急？"

云菀沁盈盈一笑，朝外面道："施大人，去京郊。"

京郊？

施遥安一讶："京郊？去京郊哪里？"

"猫眼温泉。"

施遥安知道，那猫眼温泉是王妃舅家的产业，原是做疗养之用。此刻一听，知道王妃的用意，马上勒令车夫前去。

猫眼温泉。

规格不同的泉池，四周以红松木封闭，头顶呈开放式，既能像普通澡堂一样隐蔽，不至于让泡泉的人春光外泄，又能接近天然环境。

大大小小的泉池，岸边绿苔清幽，水上白雾蒸腾，镶嵌在周围的峰峦叠翠之中，宛临仙境。

下车后，两人撇下侍卫和马车，走到泉池边。

硫黄气息伴着热雾蒸腾，夹杂着周围的植物芬芳和泥土清新，熏得人百骸俱舒，什么疲倦都尽数消散。

下人早已清过场子，除却侍卫在四周护卫，其余人等都已退散。

“三爷，除衣吧。”云菀沁示意。

夏侯世廷挑一挑眉，松了衣襟上的扣子，中衣滑落地上，胸膛轮廓与腰腹线条，尽现于外，唯上面深深浅浅的疤仍是残留。

用她的紫草膏久了，倒有些用，原先几处狰狞的旧印浅了不少。

毒伤一日不除，每个月就得用无牙药蛇汲取毒液，那些疤痕便是春风吹又生，好了这个，又来一个，消不完。

他走下池，水花轻微一溅，大半身躯淹没在泉水中。

泉水滑润，宛如少女肌肤，热度也恰好，唯独不满，便是只有自己一人独享。

他余光瞥一眼岸上伊人，突觉香气飘进鼻下，一双手落在他肩颈上。

被温泉蒸得本就炙热的身体，更是如沾火星，他欲要回头，肩膀被人摁压住，只听耳后声音轻绵：“不要乱动。”

仿似魂魄脱壳，任由她一双酥手在他头颈和脊背上作威作福。

她指法正宗，力道均匀协调，时而柔和，时而深透。

他过于紧绷的肌肉在松骨之中，渐而放松下来，疲劳尽散。

“这是什么香？”投入池中的东西，扩散开去，气味嗅之怡人通窍，也让人毛孔大开，更是炽热。

她靠近他耳下：“大食的蔷薇水，不过经我与舅舅商议下，改良过，既能保持香气，也有养生之效。”

大食产的蔷薇水有百来年的历史了，十分有名，流通各国。在大宣，多是各家女眷梳妆台上的美容之物，夏侯世廷自然知道，但还是问道：“如何养生？”

“将蔷薇与几位药草植物用水浸泡后，放在密封器皿中加热，花中香精释放到水中，过程称作‘蒸香’，香精和水的混合成果，便是花的汗液，投于泉中，活血通脉，排除浊气，消疲解乏。”

“花汗？”他偏过头去，“花流汗与否本王不知，本王倒是汗流浃背了。”

这一偏头，却让他笑意顿凝。

进了温泉地，四处湿润，怕打湿了衣裳，她换了一套纱衣。

蒸热之下，衣裳早就半干不湿，紧贴在胸腰上，衬得身子玲珑有致，加上按摩了会儿，她香汗淋漓，脸儿红扑扑的。

下意识举手擦汗的动作，也是风情撩人。

他如平时一样，想要调匀气息，镇定心思，却陡然意外发觉，并不如平时那般，看着她时就气血乱套，气脉也是稳当如常。

再不迟疑，试探着将她纤腕一拽，反手朝池子里一拉。

云菀沁身子一倾，朝泉池里栽去，溅得水乱跳，还未在池子里落地，被他拦腰一搂，踉跄几步，站稳了。

秀发连着纱衣全都湿透了，她气急：“这是干吗！”

他手劲愈大，箍得纤软棉腰不放，嘴上却说道：“爱妃替本王松骨辛苦了，来陪本王一起泡。”

纱衣藏不住下面的冰肌雪骨，她的浑身早就被蒸汽烤得粉粉红红，艳丽多娇，看得他心跳急遽，次次只能迅猛运气压下。

“别乱来，仔细发了病。”嗔声宛如枝头黄莺娇啼。

他将她抱得紧紧，仿若猎鹰撩拨一只刚捕获的小鸟儿。

果然没有平日那种血气难抑的发病兆头！

若是平常这般，早就身子不适，有病发之征了。

她也觉察到他今天好像不大一般，讶异道：“三爷，你……”

他点头：“嗯，觉得没任何反应。”

她更是惊讶，莫不是因为泡在温泉里的缘故？

难不成，这温泉能暂时克他体内的伤热之毒？

那日两人从温泉起身，已经是日西斜。

解了乏气，一路上，夏侯世廷精神比先前好多了。

云菀沁一路也是振奋不已，没料到那温泉倒对他病情有些帮助。

国子监。

早过了散学时辰。

云锦重走出学堂，只见门外有一顶软轿等候。

轿身帷幔轻晃，轿门前站着一名皮肤白净无须的男子，身穿普通便袍，怀揣一束白麈尾，气势尊贵。

国子监的曹祭酒见云锦重出来，对着男子拱手，恭敬地说道："那位便是国子监监生云锦重。"

男子回应："有劳曹祭酒。"又朝云锦重客气道："云少爷，请上轿，奴家主人有请。"

连曹祭酒都这么恭敬，这人是……？

云锦重听他声音纤细，试探问道："请问这位公公，是哪位大人要找学生，又有什么事情？"

那公公笑起来，"一猜就猜出老奴身份，心清眼厉，倒是与你姐姐相似。"

云锦重听他提起姐姐不用敬称，更是稀奇。

"锦重还不上轿。"曹祭酒见他质问，有些怪责，"切勿耽误了时辰。"

公公麈尾一扬，态度很和气，阻止曹祭酒不要责怪云锦重。

云锦重初生牛犊不怕虎，终是揣着好奇上了轿子。

他也不敢多往外面望，只觉得拐来绕去，好似过了几道门槛，才停了下来。

下了轿，是个园林，修葺得精致无比，雕镂镌刻巧夺天工。

古松苍柏之间是一座伞盖玉亭，梁柱之间有挡风的薄帘遮挡，里面坐着个人，透过薄纱帘，身影轮廓瘦削，风一吹即倒。

云锦重被带着朝前走去，到了亭阶外停下，只听那公公道："主子，来了。"

亭内人道："叫云少爷进来。"

话音虚弱，微微夹杂着喘息，也不知道是激动还是因为身子不佳的缘故。

云锦重有些紧张，却好似被无形的力量吸附着，进了亭子。

亭子里，一张铺着兽毯的榻上，一名男子倚靠上面。人过中年，脸色苍白得吓人，一身缁色袍，虽然面料是绝顶的奢华，却看不出身份。

与自家父亲应该差不多的年纪，却又有着父亲没有的气势。

男子目光挪到云锦重脸庞上，端详着这男孩的五官，眉、眼、鼻、唇，眸中一闪，险些克制不住心绪。用了极大的忍耐才压下来，出声问道："你是锦重？"

云锦重没有回答他的话，而是问道："这位大人是哪位贵人，不知找学生来有什么吩咐？"

男子道："坐吧。"

云锦重掀袍坐下，暗中打量他。虽然重病缠身，可也挡不住眉目的俊挺高贵，半晌，听他道："向来听曹祭酒说你在国子监同龄人中，学业当属第一。"

"大人笑话了，天下才子簸箕扫，学生不过是一粟。"

男子见他谦虚，心怀欣慰，目光更是专注，暗藏着不动声色的怜爱："你同胞姐姐已是出嫁了，如今你一人住在家里，可是习惯，下人们照顾得你可周道？"

云锦重虽不知道这个人是谁，可光嗅苗头，也感觉这人地位不容小觑。

"那是学生的家，自然习惯。姐姐虽已出嫁，但还是经常差人来关照学生生活，家里下人不敢怠慢。"

男子似宽慰了些许："那就好。"又仍旧眼皮一颤，"没娘的孩子最难熬，你姐姐算是享了几年的福，可你还没懂事就没了亲娘，你自小像个孤儿，一定是受了不少苦吧。"

云锦重见他就像长辈关心小辈，拉家常一样，连爹都没对自己说过这种亲热的叮咛，虽更是怀疑，却又有暖意流动："学生谢谢大人的关心。"到底还是个半大的孩子，别人对自己好一点，自己也会对别人真心实意，"学生瞧大人身子不怎么好，也该多保重才是。"

男子憔悴的容颜上浮出喜爱。这孩子，既生得好，学业超群，心窍又似大人。

强支精神，终是开口，说出今天唤他来的意图："过几天，你就不要再去国子监了。"

云锦重一惊："啊？"

"今后你去内书馆上学，内书馆一切资源都比国子监好，对你备考大有裨益。至于你家中那边，我会通知一声。"

内书馆？

那可是皇亲国戚们读书的地方，师长也全是杨太傅之流的内阁重臣。

云锦重脑子一闪，好像明白了眼前人的身份，却又不敢相信，只怔然道："大人不是开玩笑吧，学生有什么资格能进内书馆？"

男子面上划过一丝不易察觉的黯然，笑意却更浓："以陪读身份进去，无碍。"

"能给皇子陪读的，大多也是郡王和世子们，锦重何德何能……"

"我说你够格，你就够格。"男子蜷拳，咳了几声，平息下来，才又缓缓说道："你资质优越，便是在皇子里也没人能及得上你，况且你爹已经升了尚书，无论天资，亦或父家，并不比其他人差多少。今后进去了，与人交往时，不用觉得自己比别人低微，听见没有？"

云锦重见他给自己打信心，蠕了一蠕唇，吸了口气，忽地站起来，又弯腰跪在地上："多谢皇上。"

宁熙帝见他识破自己身份，也没怎么诧异。依他的聪慧，瞒也难得瞒住，静了片刻，手一扬，说道："起身吧，坐下来。"

原来真是当朝皇上。

云锦重脑子有些嗡鸣，回过神之后，心中更加疑惑："优秀学子多不胜数，皇上为什么独独对锦重这么好？"

宁熙帝没想过能敷衍得了这个少年，喟叹一声："朕与你娘年轻时有些渊源，你姐姐也是知道的。朕不过是照拂一下故人之子。"

娘与皇上是故交？

云锦重讶异。能让自己进内书馆陪皇子读书，这份交情，肯定不浅。

宁熙帝交托完毕，扬起声："姚福寿，送云少爷回国子监去。"

姚福寿领着云家少爷步出园林，安排上了轿子，转身回了亭子里，正见宁熙帝疲惫地仰于卧榻上，轻阖双目。

自打皇后没了，皇上病情又加重了，今天还是强撑出来的。

姚福寿忙上前：“奴才去安排皇辇。”

“朕没事，还觉得通体舒泰，许多时没有过的舒坦。”宁熙帝眼皮一动，沉思了起来。

姚福寿光看皇上的神色，就知道，虽然今天第一次见云锦重，却已经是喜爱到了骨子里。不管怎样，见他脸色红润，精神也好多了，也就舒了口气。

却见宁熙帝考虑片刻，道：“备文房四宝。”

姚福寿忙去准备，待皇上在纸上写完，落下印鉴，他在旁边也看得一清二楚，不禁脸色一变，胸中如雷击掠过，半天说不出话。

“将这道遗旨交于景阳王保管，令他封存太庙高祖帝王的宝相后，由专人看守。”宁熙帝咳了几声，声音加重，“必要时，再拿出来。”

景阳王权高势重，素来忠心耿耿，为人中立，刚正不阿，又与皇位无关。

有他看管秘旨，也放心。

两日后，宫内传旨，尚书府嫡子云锦重资质厚重，在臣宦子弟中出类拔萃，特选为内书馆侍读。一来能勉励宗亲，二来亦可为臣家子弟楷模，即日开始，即赐每日进宫，随诸位皇子读书。

云菀沁没想到皇上竟会私下召见弟弟，更没想到弟弟会被赐内书馆读书。

回娘家将弟弟拉过来，听说当日的事，她便沉默下来。

云锦重忍不住好奇：“姐，皇上真与娘是故交友人吗？怎么从没听说过？”

云菀沁回过神，点点头：“很久以前的事了。”想了想，提醒道，“锦重，皇上召你进内书馆的原因，你自己清楚就行了，不要到处说。皇上是男子，娘是有夫之妇，男女有别，外人若是知道，怕会引起流言蜚语。你也这么大了，该懂了。”

“锦重明白。”云锦重一听跟娘的声誉有关，答应下来。

云菀沁嗯了一声，点头离开了。

初夏早看出娘娘的脸色，见少爷走了，低声询问道：“那内书馆，除了皇子，伴读的都是皇室宗亲，还不是每个宗亲子弟都有这资格，除了各府的继业嫡子，还得学业卓著，能力显赫，才会被皇上青睐。本朝还没有无爵臣家的子弟能进去，少爷这一次，实在是天大的福祉。”

一句“天大的福祉”，让云菀沁思虑加重。

虽宁熙帝与娘年轻时确有一段渊源，爱屋及乌，却何需对云家子弟这般厚爱？

云锦重进宫上了几天的学后，一切渐渐上了轨道。

内书馆内一群天潢贵胄的学子们初见云家的子弟进来，都有些惊诧。

云锦重却将姐姐的嘱咐听进去了，低调谨慎，不跟人争，即便遇到有人言辞挑衅，也只当没看见、没听见，挑衅的人也只能落个没趣。时日一久，大部分人觉得没意思，也就消停了。

这日早晨，内书馆内，授课夫子未到，学子们已经到齐。

三名皇子并排坐在前排位置，小太监侍立左右，伴读的子弟坐在皇子们的后方。

夫子还没到的时辰，永远都是内书馆最放松的时刻。十五皇子汾王是宁熙帝的末尾子，自然是疼到手心。生母是丽嫔，丽嫔的位份比不上书馆在读的景王生母贤妃和厉王生母惠妃，却胜在为皇帝生了一个最幼的老来子。

最小的汾王年纪刚满七岁，仗着天子尾儿的特殊宠爱，所以不到七岁就赐了亲王爵位，足可见天子对这老来子的厚爱，汾王向来也是内书馆里众家子弟最捧的一个。

夫子还没到，照理，学子们各自温习静待。

待小太监研好墨，摊开卷，汾王瞄了几眼，坐不住了，展臂伸了个懒腰，打趣道：“刘夫子今日是起晚了吗，怎么还没过来？”

一名平时就巴结汾王的世家子弟从书卷中抬起头，顺着汾王的话，笑道：“可不是，都日上三竿了。”

汾王趴在圈椅上，乌黑的眼睛在教室内滴溜溜一转，来了兴趣：“刘夫子还没到，那由本王上讲台来当一回夫子怎样？”

陪读学子们俱是一愣，这显然于理不合，甚至有些侮蔑师道。可谁又敢主动说不好？

景王皱眉：“十五弟，不要造次。”

汾王却眨眨眼，毫无退让的意思：“皇兄，好玩而已。上次父皇还说我念书时形似夫子，颇有鸿儒之气。”

景王见这家伙又将父皇托出来，暗中翻个白眼，跟旁边的历王对视一眼，懒得说什么。爱怎么闹怎么闹去。

几名陪读子弟见景王和历王都没说什么，全都使劲儿奉承起来：“那就请汾王赐教了，咱们洗耳恭听！”

汾王推开椅子，上了讲台，拿起尺长教鞭，朝案上使劲儿敲了两下，咳道：“本王来上课，说什么你们都得照着做！不然，本王就像夫子一样，用这教鞭行师长之责了！”

伴读学子跟着起哄：“是！”

‘翻到昨日刘夫子讲习的，跟着本王诵读。”汾王越玩越起兴，“本王巡视！看你们念错了或者没开口的，小心本王的戒尺。”

历王一向厌烦这小皇弟仗着幺儿的宠爱，在后宫横行霸道的小霸王模样。此刻脸色难看，却也知道父皇喜爱汾王，自己若是教训，到时他双腿一撒，哭闹起来，还成了自己的不是。

想着，历王掸掸袍子，眼不见为净，暂时离开了教室。

景王倒是没离场，可自恃生母比丽嫔高好几个位份，怎甘心听汾王的话？自顾自做自己的事，也没理睬。

除了两个皇子，其他伴读学子不管是有心巴结的，还是不愿得罪的，个个都照着汾王的意思端起书。

云锦重本想找个借口出去等刘夫子来，想起姐姐的叮咛，终究还是将书翻开，晾在眼下。

一群人逢迎汾王，汾王读一句，伴读子弟们应一声，读得摇头晃脑，声音洪亮，兴致盎然，便是汾王读错的地方，也跟着歪曲。

云锦重不觉微微皱了皱眉。

汾王一边领读，一边走到后排课桌之间，目光一顿，停在一条书案背后，声音一上，声音陡然尖厉起来：“你！站起来！到后面去罚立！”

景王回头一看，只见汾王点中的是刚刚进内书馆的云少爷。摇了摇头，真不走运，被汾王缠上。

云锦重并没起身，而是反问道："我犯了什么错需要罚站？"

汾王见云锦重不照做，怒不可遏，教鞭砰的一声摔在他的课桌上，发出无比刺耳的声音。教鞭的铁质头柄在桌面上呲一声摩擦而过，显出一道划痕，惊得室内其他子弟不敢作声。

"别人都在跟着本王念书，个个声音洪亮，唯独你，懒懒散散，声如蚊呐，本王站在你身边都听不到你的声音！你说，当不当罚！"汾王训诫。

"这本书我已倒背如流，要义考点，在国子监都学习过，不需要用大声朗读来加强记忆，默诵也无不可。"云锦重到底年少，也是有几分锐气，"若汾王不信，大可随便挑一段考察。"

汾王越发恼怒："云锦重，你对着夫子难道也这样恃才傲物？那你何必进内书馆！叫你爹找个博学名士在府上单独为你授课啊！"

妒忌云锦重的伴读子弟煽风点火地插嘴提示："云少爷如今可是秦王的内弟，秦王现今不是闲散王爷，正摄政呢！"

汾王冷笑："原来是仗着秦王内弟的身份，才敢跟本王叫嚣！你那姐姐不知道怎么教你的！进内书馆之前，也没教一下宫内的礼节吗？亏这秦王妃是怎么当的！"

云锦重怕汾王几人乱嚷坏了姐姐声誉，蹙眉站起身："不就是罚站吗？罚就罚。"

汾王见他服软，得意起来，再见他转身要去后面，却喝住："站着！"

现在想罚站？晚了！

汾王余怒未消，刚驳了自己面子，这口气还没完呢。这个罚，不能不加重！

再一听周围伴读的怂恿，汾王怨气都涌了出来，今儿就给贵妃和魏王报仇，冷哼一声："罚站只是惩处你不尊师重道，你对本王不敬又是另一码事！本王听说你很小就死了娘，没娘管教，教养差了点，本王也不怪你，可你父亲还在啊！不是还有个当了王妃的姐姐吗？你父亲和姐姐教不了你，本王来教！"

云锦重捏紧拳："殿下不要将我娘和姐姐扯进去。"

"怎么扯不得？你就是有娘生，没娘教的。你娘死得早，就是因为被你气死的吧！你爹也是，本王就怪了，朝廷那么多世家大族，一个寒门出身的兵部小官儿，是怎么能一路爬上左侍郎，又爬上尚书的？怕并没什么能耐，只是会谄媚吧！还有你姐姐，也不知道怎么将父皇蒙混了，那么多资质不凡的千金小姐，唯独她能进王府，是使了妖法吗？”汾王见他生气，越说越得劲儿。

云锦重指甲嵌入掌心，脸色一点点，越涨越红。

景王被汾王吵得头都是大的，打圆场：“够了，刘夫子快来了。”

就是因为快来了，才不能放过大好的机会。汾王将教鞭啪的一声，摔向课桌，气鼓鼓地道：“不行！他侮辱本王！”

“他怎么侮辱你了？不就是没逗得你开心吗？行了，你在内书馆扮夫子的事也是于理不合的，传到父皇那边也不好听。”景王语气开始有些不耐烦了。

汾王虽向来只听父皇的话，但对于几个母家地位比丽嫔高的皇兄，也不是完全不忌惮的，又被小太监拉扯了几下，虽然心不甘情不愿，最后还是退回座位。

临近晌午，上午课业结束，伴读子弟们前后出了内书馆。

云锦重收拾了书袋，一个人默默走了出去。

汾王前呼后拥，在一群私交不错的伴读子弟和太监的伴随下走出学堂，看见前面的云锦重，脸色又垮了。

涂世子扭过头出声询问道：“怎么了，殿下？”

“那小子，看得真是叫人不顺气。”汾王揉揉胸口。

尹国公家的长孙少爷在内书馆中学业优秀，素来很受夫子们的夸赞，连皇上抽查内书馆学子们的功课时，都表彰过他。一行人中，尹少爷最嫉恨云锦重一来就夺了自己的光彩，一听汾王的话，愤道：“他本就仗着学业不凡，是皇上亲自挑选进来的，再仗着他那姐夫在朝，这才进内书馆几天就不将殿下放在眼里，日后还得了啊？这个气焰一定要打下来！”

一番添油加醋下来，汾王按捺不住，勾勾手，叫过来一个跟在身边的小太监，对他低语了几句。

云锦重正欲出内书馆的正门，只见汾王身边的小太监跑过来，拱手道：“云少爷，奴才家主子请您去内书馆的后院一聚。”

“早课完了，殿下有什么吩咐明日上课时再说。”云锦重道。

小太监声音更低一分：“云少爷，汾王今儿一时冲动，回头想想也有些不好，只是到底是皇子，当着众人的面，不好明说，所以才想与您找个清净地儿和解，您不是这点儿面子都不给吧？若是秦王妃知道您来几天就跟汾王闹成这样，不知道多伤心，多难做人啊。”

云锦重一听姐姐的名字，喉头一动，犹豫了一下，还是跟了过去。

内书馆的后院，一株老柏树屹立，树下是几面青石墩子，供学子们课余读书，因为已经散学，此刻十分宁静，只有风吹树叶沙沙作响。

云锦重见天井内没人，有些疑惑地望向小太监。

小太监指着柏树下的一面墩子，好声好气道：“云少请坐着等，奴才去请殿下来。”

云锦重只得坐了过去。小太监离开后，庭院内空无人声，静得出奇，云锦重等了小会儿，也不见小太监回来，心里有些诡异，正想走，却听头顶传来一声簌簌乱响，还没来得及躲闪，哗啦啦一阵响动，水从天而降，宛如瀑布一般下来，他从头到尾被淋了个遍。

一个看上去足有五六斤重的厚重木桶也“咣当”一声掉了下来，幸亏云锦重避得及，才没被砸到头上。

伴着一声大笑，有人从树上跳下来，竟是汾王身边的一名太监，一见任务完成，匆匆跑到主子身后。

汾王领着几个伴读子弟从灌木丛里走出来，看见成了落汤鸡的云锦重，心头的气彻底消了。但口中还是奚落道：“哎呀，这不是皇上钦点进内书馆的优秀学子吗，怎么成了这个样子？比街上的乞丐还不如！对得起皇上的青睐吗？”

“殿下也别这样嘲笑人家，仔细云少爷哭哭啼啼回去找家人告状呢！”涂世子顺应着笑道。

“告状？他敢！他爹食君之禄，吃的是我夏侯皇室的饭！”汾王哼一声，话音未落，却觉眼前一道黑影扑来。

众人没料云锦重竟有这个胆子，眼睁睁见着云锦重将汾王扑倒在地。

汾王当他根本不敢怎样，一张嘴仍是不依不饶，愤怒至极地吼道：“竟敢跟本王动手，果真是个没家教的！亏得你娘死得早，不然真得被你活活气死——本王要告诉父皇，要他摘了你爹的帽子，还要休了你姐姐——”

云锦重脸色一赤，举起拳头就朝下面人砸去：“闭嘴！你才没娘没家教！”

一拳头下去，汾王一只眼疼得睁不开。长这么大，还从没这样被人对待过。另一只眼睁着，隐约见面前的人俊脸扭曲，十分可怖，口中遂尖叫一声，恐吓起来道：“云锦重，你完了！父皇肯定会杀了你的头！来啊，你打啊，有本事再打啊——”

云锦重忍无可忍：“这可是殿下说的！”说罢，又一拳头狠狠砸了下去。

第二拳砸下去时，汾王吃痛，终于忍不住大哭出声。

周围的学生和太监醒悟过来，赶忙围上去，将云锦重从汾王身上拉起来。

“岂有此理！竟敢跟殿下动手，你是不知道死活了吧？”涂世子见汾王鼻青脸肿，惊叫起来。

“来人去告诉夫子，就说云家少爷打人，打的还是汾王殿下！”尹少爷唯恐天下不乱。

云锦重被汾王身边的太监拽起来，拖到一边，汾王也被几个伴读子弟搀扶起来。

一时之间，众星捧月，将汾王围得紧紧。有人帮他拍衣裳上的灰尘，有人关切询问伤了哪里。

小太监正要将云家少爷架去夫子那里，却听汾王喘着粗气，吼了一嗓子：“慢着！”

“殿下可别跟他客气，这事儿一定得要报给皇上。”涂世子生怕汾王心软。

“是啊，咱们可都看在眼里，是云锦重先跟殿下动手的，到时咱们都可以为殿下做证！”其他几人帮腔道。

“云少爷实在是大逆不道，不能饶恕啊！”尹少爷痛心疾首。

汾王从没受过这样的屈辱，双臂一展，挣扎出来。大声说道：“把他送去夫子那边，本王要这小子磕头认错！不然本王这口气消不了。”

两名小太监见殿下生气，知道是想先私罚，于是暗中用力将云锦重往下压去，偏偏这云少爷骨头硬得很，整个人压弯了，膝盖也不曲一分。

尹少爷看得大怒：“好你个云锦重，殿下给你机会你不要！这会儿好好道歉，指不定殿下说几句好话，叫你罚得轻一些！”

云锦重一个人抵不过两个太监的力气，被桎梏得不能动弹，却抬起头：

"我道歉，你过来。"

尹少爷见他双手被困，玩不出什么花样，哼一声，走过去几步，轻蔑道："说啊——"

话未落音，一口沫吐过来，伴着一声唾骂："趋炎附势的狗东西！"

尹少爷抹一抹脸，气得脸通红，管他三七二十一，一个脚蹬子蹬下去，正中云锦重的膝盖："不跪是不是？今儿小爷叫你不跪也跪！你这小子，还真是活腻了！还当自己有个王爷做姐夫就横上天了，连殿下都不怕了？"

"扑通"一声，云锦重双膝被踢得一弯，趴在地上。

汾王一听尹府少爷的话，更是骄气腾腾，再见云锦重毫无愧疚之色，瞬间忘了脸上的疼痛，叫嚷："来人啊！将这姓云的小子压下来，朝本王磕头认罪！"

小太监得令，将云锦重后衣领子一拎，提起来，正准备压下去，却听见脚步踏踏而来。

恰好刘夫子到了后院，一看汾王鼻青脸肿，再看云锦重浑身湿透，一张俊秀的白净脸上开了小花。

刘夫子是大内的老学究，素来最重学堂的清静，一看这场景，气得胡子直竖，话都快说不清了："岂有此理，岂有此理！你们这是做什么？这可是大内书塾！不是撒野的地方！是都不怕皇命，不怕宫规了吗！"

汾王一屁股坐在地上，号哭着恶人先告状："这胆大包天的伴读打我！本王的眼睛都看不见了！"

养心殿。

宁熙帝在莫贵人和姚福寿的搀扶下，披了个斗篷，移到了外殿室。

殿内，早已经乌泱泱跪了一地。

丽嫔一看皇上来了，抹着眼泪就迎过来了，哭着说道："求皇上做主啊，您看看汾王都成什么样子了。"

上过药的汾王眼睛眯成了两条缝，跪着呜咽："父皇，云锦重打孩儿，好疼啊。"

宁熙帝今日出乎众人意料，并未动怒，而是沉声询问道："谁先动手的？"

“启禀皇上，是那云锦重先动手，二话不说就扑在汾王身上，压着不放，左右开弓地暴揍汾王。”涂世子义愤填膺，声情并茂。

宁熙帝目光飘到汾王身边的云锦重身上，见他袍子半干不湿，发冠松散，额头有血印，却并没流一滴泪，也没哭吵喊冤枉，只不知是因为湿身而发冷，还是忍着心气，一双拳头在宽袖下面攥得紧紧。

丽嫔更是哭得汹涌：“皇上您听听，还不将那尚书家的儿子拖出去惩治！”

宁熙帝凝视住云锦重：“真是你先动手殴打汾王？是不是有什么原因？”

小少年面庞倔强，面色涨红，继而又泛白，一双拳头越捏越紧。就算解释了，怕是还免不了被罚，皇上怎么会不护着他自己亲儿子？还有这么多人上赶着巴结那汾王，自己辩解有用吗？

何必自取其辱。

故此，一字不吐。

“皇上，汾王的伤是明摆着的事实啊，今天打皇子，明天难保忤逆圣上了。”丽嫔哭泣着说道。

宁熙帝却朝汾王道：“朕看云少爷的头上也有伤，膝盖上还有泥印，看上去，倒像是被人强行摁下去磕头所致。是不是你逼云少爷下跪磕头，云少爷被逼无奈，才反抗？”

“才不是！”汾王急着解释，“是他打了我以后，我叫他下跪磕头道歉，他死活不愿意，我才叫太监摁他下去！”

此话一出，丽嫔脸色一白，将儿子暗中一拉。

宫人私下一阵轻微哗然，这汾王，算是承认有多霸道了。

宁熙帝手击几案，看着下面的众人，开口问道：“你们是下定决心要袒护汾王，欺瞒朕吗？还不老实交代！”

这话自然是对一群伴读子弟说的。

几个人惊骇不已，趴伏下来。

涂世子被皇上厉眸看得一个哆嗦，忙哭丧道：“皇上恕罪！汾王散了学后，本来说请云锦重到后院聚聚，云锦重自从进了内书馆，素来不怎么合群，十分狂傲，三催四请才过去，汾王有些不高兴，说了几句玩笑话，云锦重听了当真，一语不合就上前动手打人。”

"胡说！"宁熙帝震怒，指着云锦重的袍子下摆，"衣裳还在滴水，天清气朗又没下雨，怎么会淋湿？汾王只是说了几句玩笑话吗？还敢狡辩砌词！"

涂世子险些失禁，吞吐道："……汾王是叫小太监泼过水，可那也是开玩笑……"

丽嫔插嘴："便是皇儿捉弄，也是孩子之间嬉戏打闹而已，不至于被打成这样，云少爷的反应也太过分了。"

宁熙帝不理睬丽嫔，望着云锦重："你亲口说，是不是因为汾王开玩笑，你才动手打人？"

云锦重听到这里已有些讶异，皇上竟不如自己想象中那么偏私，再见他目光夹杂信任，终是开了口："汾王侮辱学生的家母和姐姐，学生实在听不下去……"眼圈一红，哽了喉咙，垂下头去。

宁熙帝脸色一动。

姚福寿见皇上有意偏帮云锦重，便劝道："云少爷幼年失恃，同胞姐姐是最亲的人，这两人都是他提不得的软肋，被人糟践自然听不得，还望皇上念他年少意气，孝敬母姐，免了这次的责罚。"

宁熙帝牙关一咬："来人，将厉王和景王带上来！"

两名皇子进了养心殿。

见父皇严厉质问，厉王和景王一五一十将教课室里发生的事全都说了一遍。

"儿臣见着云家少爷几次都忍住，倒是个好涵养，"景王末了，补一枪，"只是没想到十五弟到了最后还是将云少爷逼得发急了。"

丽嫔脸一变，只见皇帝越听越是面色阴沉，终于怒吼道："来人，将汾王拎到思罚殿，抽十鞭！"

姚福寿一讶，料不到皇上对汾王处罚这么重，却还是挥手，令两名太监上前。

汾王不敢相信父皇为了个官家子弟要打自己，别是病糊涂了吧，哭喊："父皇——"

丽嫔也慌了："皇上，明明是皇儿被人打了，怎么不罚犯错的人，反倒罚皇儿。这是什么道理……"

"道理？"宁熙帝一瞬精神暴涨，盯住汾王，"小小年纪，尖酸刻薄，此乃丢皇室脸！内书馆乃高祖皇帝修筑钦题，是招揽皇族子弟读书的地方，却被他为了满足一己好玩，纳为己用，当作游戏地方，此乃玩物丧志，不敬先人！这就是罚他的道理！"

丽嫔花容失色，眼睁睁看着皇儿被太监架去了思罚殿，眼前一黑，犯了厥，还好身边的侍女反应快，急忙拖住她倒下去的身子，这才免于摔到地上，最后只得由贴身侍女搀扶回去。

一群伴读学生见汾王自身难保，筛糠似的抖着，只听皇帝的声音传来："你们几个，赐内书馆读书，不勤恪学问，只钻研如何奉承，纵是你们日后为官，也不过是朝廷的蛀虫！这次煽风点火，推波助澜，罪不可恕！汾王就是被你们带坏了。来人，将几个人带下去，在正阳门前，各赐刑棍三十。通知内书馆的学子全部过去观刑，叫他们看看，今后内书馆内，还敢不敢结党营私，搞歪风邪气！刑毕了以后，通报各府，叫他们的爷父叔伯，将这群好儿孙领回去！"

涂世子、尹少爷和其他几个世家公子瘫软在地，这分明是让家中长辈过来丢面子啊，气怒之下，回去了还不继续又是一顿打？

惊恐的几人被宫人架出养心殿。

殿内嘈杂过后，荡然一静。

宁熙帝眼光瞟向云锦重，方才凌厉暴躁的目色转瞬全消，取而代之的竟是一片柔和："这事怪不得你，你没有错，不要害怕。"

云锦重衣服湿湿答答，站久了，身体已经瑟瑟发抖。

这个天气乍暖还寒，被人活生生淋了一身的水，自是发冷。

忍住将他牵来嘘寒问暖的心念，宁熙帝平静道："姚福寿，将这孩子领去包扎一下头上的伤，再去拿一套衣裳，给他里外都换上。"

姚福寿躬身应道："是。"将云锦重牵着朝殿外走去。

宁熙帝起身，正要进内殿休息，却听宫人传："太后到。"

马氏搀了贾太后进来，宁熙帝上前行礼，询问道："母后怎么过来了？"

贾太后端详皇帝，口中说道："刚听说汾王被拉去思罚殿抽鞭子了？涂郡王、尹国公还有好几家的子弟，都被皇上赐到正阳门杖责？"

“是。”

贾太后蹙眉：“小孩子间嬉闹而已，何必罚得这么大？”

“不大，”宁熙帝道，“老十五那孩子素来顽劣，打一顿也好，叫他收收性子。”

“可也不至于抽鞭子那样严重，几岁的孩子而已，又是皇子。”

宁熙帝口气坚决：“那孩子平日霸道惯了，打在身上，才能叫他记清楚今天的事情，以后不敢再犯。”

贾太后半天不语，许久，才道：“皇上教儿子，哀家本来不好过问，可是哀家还是有话想要说。”

“母后请说。”

“汾王平时在宫里横行霸道，皇上其实一向都清楚，每次都是听之任之，从不怪罪。为什么偏偏是这次，”贾太后语气略有转变，“……偏偏是跟个臣子家的儿子打架，让皇上发了心怒。外人知道得夸一声皇上大公无私，可是叫哀家看来，皇上这做法，对汾王和几个世家子弟是不公平的。一个巴掌拍不响，就算汾王一行人有错，那云家少爷也不能说一点儿责任都没有，到头来，竟什么罚都没有。”

宁熙帝胸中有说不出的气，只听他说道：“云锦重不过是看不惯老十五在内书馆的做派，又被人点着名侮辱母姐才反抗，何错之有？朕倒是觉得这孩子年纪小小就不畏强权，不跟风悦人，是个可造之材！朝廷多些这样的新鲜血液，是大宣之福！”

贾太后见皇帝似是容不得别人说一点儿云锦重的不是，脸微微一动。

一阵沉默，养心殿针落可闻。半会儿，才响起贾太后的声音：“皇上对云家少爷当真是厚爱。”

语气并无感情色彩，却明显是有试探的意思。

宁熙帝平静道：“宫里碎嘴巴的多，母后也该耳闻过朕与云锦重的亲娘许氏有过一段渊源。朕承认，这次多少也是看在青瑶的面子上，有些私心。”

贾太后自然记得那许青瑶，面上淡淡然地说道：“为了云锦重，皇上连平日疼爱的幺儿和一群家世厚重的贵胄子弟都不看在眼里……只是因为你与许青瑶之间的渊源？云锦重是许青瑶的儿子，又不是皇上的儿子，竟能比汾王还重要？”

宁熙帝静道：“太后是不是有什么误会？朕与青瑶相处时光并不长就分开了，她匆匆嫁人之后，朕再没跟她见过一面。”

贾太后盯住他神情，一时也不好分辨到底是不是自己心里猜的那样。

正在这时，宁熙帝皱眉，托住额，脸上已显露出疲惫之态。

贾太后想他今天耗了体力，怕影响他身子，再不多质问了，叫了一声：“来人，将皇上扶进内殿去休息。”

皇城外，秦王府马车泊了多时。

云菀沁得知云锦重在宫里出事后，焦急地赶到了皇宫门口，刚派高长史去打探，此刻正等着音讯。

正阳门铜环哐啷一声，紧接着又是嘎吱一响，高大的铜门对外大开。

传来噼里啪啦的脚步声，还隐约夹杂着哭声。

云菀沁将窗帘掀得大开，支起身子。

一群学子打扮的少年被一群大内太监押送出来，门口又摆放上几张条凳。

几个学子被架在条凳上，被绑好了手脚防止乱动，一个个摁下来，背天腹地。

有高大健壮的太监手持长棍出来，立在几人旁边。

城门后又有纷沓脚步响起，一个公公领着另一群世家子弟模样的年轻人出来，围在几个学子身边，好像准备观刑。

一群世家子弟见着绑在条凳上的人，个个胆战心惊，私下不免窃窃私语。

她悬着心在一群人中巡视一圈，没见着弟弟的影子。

正这时，偏门那边有人疾步朝马车过来，是个青袍宫装的年轻太监。

高长史知道来人是在宫里伺候三爷的太监齐怀恩，忙将他引到马车边。

齐怀恩靠近车窗，将养心殿那边的事对着云菀沁从头到尾说了一遍。

云菀沁一怔，弟弟一点儿事情都没有，反倒是汾王一众遭了责罚。

心里虽是轻松了一大截，前些日子的疑虑却也增了不少。

与此同时，正阳门口那边棍子齐下，啪啪作响，几个娇生惯养的世家公子被打得叫苦连天，一片哭海。

旁边观刑的内书馆学子更是脸色惊慌。

御街上，传来车轮滚滚的声音。

齐怀恩眺目一看，口中说道："是各府来接犯错学生的人来了。王妃放心，云少爷淋湿了衣裳，姚公公领去换衫了，稍后应该就能回云府了。"

云菀沁回过神："有劳齐公公。"

齐怀恩躬身还礼，却又轻凑上前，神色有些严肃："三爷还有话要带给娘娘。"

"什么事？"云菀沁又坐直，不是还有什么纰漏吧。

"三爷今明两天公务繁忙，只怕回不了府。"

还以为什么事呢，云菀沁早习惯了："知道了。"

自从摄政以来，在宫里歇脚是常态，便是回来，也是大半夜，天一亮，就又不见了。

齐怀恩见她清清淡淡三个字，不免道："王妃这样……就完了？"

云菀沁奇怪："那要怎样？"

齐怀恩努嘴："三爷说过，跟娘娘禀完了以后，要奴才将娘娘的反应都报过去。娘娘这样，三爷该是失望了。"

云菀沁哑然失笑，他要自己什么反应？哭哭啼啼叫他快点回去，他才暗爽吗？

罢了，云菀沁就满足宫内那人一下："国事重要，可身子也要紧，齐公公请带话进去，让三爷悠着点儿，省着点精力。"

齐怀恩这才喜滋滋抱袖离去。

几日后，晨光一升，云菀沁奉懿旨，进宫陪侍贾太后。

因蒋皇后一事，贾太后已是许久未召她进宫了。

云菀沁站在玉镜台前，替贾太后用发露匀发，见太后短短日子多了白发，不禁道："太后近日操心了。"

贾太后叹了口气："能不操心吗？皇后的事刚过去，皇上身子也不虞。前日汾王那事又弄得宫里乱作一团，没一个省心。"

贾太后本是随口一说，云菀沁马上跪下，认错道："是妾身未曾管教好胞弟，胞弟年幼莽撞，冒犯了汾王，请太后娘娘恕罪。"

贾太后忙令马嬷嬷将她扶起来："不关你的事，"顿了一顿，"也不关你弟弟的事，皇上不都说了吗，全是汾王咎由自取。"

云菀沁一时辨不清太后话里是讽刺还是真心，垂头继续说道："是圣上宽宏海量，才没追责舍弟的责任。"

贾太后望着她，仿似拨动了心弦，微微唏嘘："再宽宏海量也不至于为了袒护臣子家儿子，棒打自家皇子。你们两姐弟，也别太自责。"

云菀沁心头一动，太后这话将她近日的疑虑也催发到了制高点。

从慈宁宫出来，日头正高。

云菀沁揣着心事，在宫人的引领下朝宫门走去，准备出宫。

经过凤藻宫，前庭隐约有斋醮之乐飘出。

经过一上午的开坛、取水、荡秽和祀灶，此刻法事已经过半，道人们上完了平安表，正在集体诵经，是为亡者祈福颂德的时刻。

她蓦然停住脚步，抬头看向凤藻宫的侧门。

不到一月，整个宫殿仿佛蒙上了一层灰，死寂一般。

叹息一声，正要离开，正好见姚福寿从凤藻宫走出来。

今天宫里在为蒋氏做科仪，宁熙帝特命姚福寿来打点一下，毕竟不想蒋氏走得太过凄冷。

姚福寿刹住脚步，上前行了个礼："秦王妃今儿也进宫了。"

"嗯，太后召妾身进宫。经过这边，听见凤藻宫这边的动静，忍不住驻足默哀。"云菀沁凝视一眼凤藻宫的红墙。

姚福寿感叹："秦王妃倒是大度。明知道皇后与你娘生前有些间隙，又曾对秦王……却毫无记恨。"

云菀沁凝视姚福寿："其实妾身倒是感谢皇后曾经阻挠娘进宫。"

"那倒是，王妃的娘若进了宫，又怎会有王妃？"姚福寿打趣。

"若皇后当年不阻拦，如今宫里，也许不过多个怨妇罢了。妾身以前觉得，娘与爹感情不睦，一生可悲，可仔细想想，即便当年能够进宫，果真又比在云家好吗？倒也不一定。"

姚福寿见她想得太过通透，安抚道："不必太过悲观，想必王妃的娘也不是没有过好日子。"

云菀沁目中光泽一闪："好日子？最开始，妾身以为娘身子不好，纯粹是因为爹宠妾冷妻，被气的，后来得知娘和皇上的事，妾身又猜测，不能和喜欢的人厮守才是她郁郁寡欢的原因。可现在，妾身突然发现，真正让娘郁郁而终的缘故，并不是妾身之前想的两种。"

姚福寿眸一动："秦王妃莫不是有话想说？"

斋醮乐中，云菀沁鼓了鼓勇气，一字一顿地说道："娘与皇上，果真从头到尾没有过……逾礼事？

上次在行宫问过姚福寿，却没得到答案。

今日，势必要问个明白。

姚福寿喉咙一个咯噔，只平静道："你娘跟皇上虽婚前认识，有过几面之缘，两情相悦，却一直谨守礼仪，并没逾越男女之制。"

有些话虽然难以启齿，可云菀沁却不得不问："婚后呢？"

姚福寿面色一僵。

云菀沁见他停顿，心中跳如擂鼓，攥紧手指，已猜到了八九分。

沉默许久，最终，姚福寿开口："秦王妃何必自讨苦恼，胡乱猜测。"

云菀沁胸内仿似有什么重重撞击，纤指越发钩紧掌心："皇上不遗余力地以拔苗之势提拔舍弟，前几日，更为舍弟不惜责罚汾王和内书馆众学子，回头想想，朝廷人才千万计，家世显赫又能力卓越的不乏少数，妾身父亲这一路在官场好运，从兵部五六品的小官到侍郎，再到如今的大员，像是被人在背后格外提点，……这些，都由不得我不——胡乱猜测。"

姚福寿见她心眼通透，不自禁瞠目结舌，无言以对。半晌，才道："秦王妃，这事你自己清楚就行了，不仅不要说，更要烂在肚子里。"

说罢，拱袖转身离开。

唯留云菀沁木然在原地，许久未动。

姚福寿的反应，证明了她的猜测，全是真的。

云家的儿子，她一母同胞的弟弟……锦重。

竟大有可能，是皇上和娘亲许氏的婚后私生子。

娘婚后诞下自己后，爹移情，心情烦闷下，机缘巧合，怕是与皇上再次碰面，旧情复炽……

更与皇上珠胎暗结。

皇上是为了这一对养在臣子家的母子，才暗中照拂了云家多年。

爹会有可能不知道吗？

不，一定知道。

甚至……

甚至还有可能是默认的。

为了晋升，为了荣华，爹默认着皇帝对宫外的娘的垂怜。

娘最后几年心病难医，郁郁寡欢而终，到了这一刻有了解释。

生下一个随时提醒自己有失妇道的孩子，心结难解。

又担忧锦重身世败露，母子两人都名声尽丧——长此以往，拖垮了身体。

便是后来那几年，对白氏没什么正室威严，任由白氏独霸后院，只怕也是因为娘底气不足吧。

冷汗从掌心沁出，寒意又从背后蹿起，直至不远处的宫人催促了几声，她方才定了定神，背离凤藻宫而去。

第八章 危机乍起

养心殿。

宁熙帝见姚福寿回来了，将珐琅药勺丢进碗里："凤藻宫那边办得如何？"

"回皇上的话，娘娘的身后事已打点妥当，一路该不会受苦。"

宁熙帝长叹一声，一想起蒋氏，便心潮难平："不知是不是年纪大了，身子也不好了，近日老是梦见皇后年轻初嫁给朕的样子……想来，朕实在对她不住啊。"

姚福寿心惊胆战，只觉是不祥兆，忙安慰道："皇上别乱想了，娘娘若是瞧见皇上这样，也不会安心。"

宁熙帝再不说话，却没心情吃药，让伺药的宫人将碗端了下去。

姚福寿见他气色好了些，低声道："奴才刚刚遇到了秦王妃。"

说罢，将秦王妃与自己的对话，禀给了皇帝。

宁熙帝怔然，没料云菀沁竟早有了怀疑："你都同她说了？"

"便是奴才不说，依秦王妃的性子跟能耐，哪又猜不出来。不过放心，秦王妃是个稳妥人，知道轻重，这种大事，不会乱说，怕是对秦王也不会多提。"

宁熙帝虽宽慰了些，却沉默起来。

姚福寿抚慰："皇上自从与云少爷见面后，气色倒是好了些。"

自己身体怎样，宁熙帝最清楚不过，这个病只会每况愈下，怎么会越来越好？

或许只是因为心情不错，看上去不如之前那么憔悴，可核子里，早就是腐了。

想着，不禁叹息一声。

姚福寿低声道：“其实，皇上这会儿就算将云少爷正名，也不无不可。若是往日，怕云少爷在后宫生存艰难，得不到好对待，还怕遭了人荼毒……可如今，皇后没了，太后就算有异议，叫人去劝劝，也就好了。两个主位若都无反对之音，其他人更是不敢说什么……眼下，倒是个好机会。如此一来，倒也能名正言顺，不用这般私下……”

“不。”宁熙帝摇手，“姚福寿，你一向灵光，怎么如今痴了起来？”

姚福寿脑子一闪，顿明帝意。

后宫倒是没什么阻碍，可前朝呢？

后宫女人间的互相戕害都这样触目惊心，前朝更是肃杀无情。

一旦将那孩子正名，便是将他设在一个风刀霜剑的境地。

皇上御体日渐堪忧，这把椅子，多少人盯得紧。

其他皇子，再不济，或是有母家的倚靠，或身边有养了多年的近臣良将，或有多年做皇子的经验懂得怎么应对人事，待新君上任起码能够自保。

而那孩子，除了突然从天而降的名分地位，什么都没有，年纪又小，跟裸身奔于刀雨中没差别。

宁熙帝觉得疲了，挥手示意姚福寿退下，倚在榻上。

自己在世，能保那流落宫外的骨肉周全。

可一旦不在了，谁又能保证那孩子不受人嫉恨？

更重要的是，还有她临终前的苦苦哀求和嘱咐。

那年她病体难愈，他以帝王之尊，冒着雪夜风寒去云府看她，她便对他恳求过，不要接锦重进宫，不要让锦重犯险。

宁熙帝手一滑，将枕边一方秀气的绣帕拿起来。

帕子有些年岁了，却保养良好，上绣一对戏水鸳鸯。

是青瑶婚前与他的定情信物。

在他身边贴身放了十多年。

他将帕子贴在鼻下，轻轻呢喃：“朕一定依你的意思，护好他。”

养心殿。

秦王、景阳王及郁文平顺次坐着，朝宁熙帝汇报近日朝上近况。

郁文平刚念完几份奏折，听帘子内传来声音：“这些琐事有你们操持，朕足可放心。朕如今只对北边一事放不下。互市那事，如何了？”

景阳王回：“回皇上的话，经秦王提议，臣与郁相共同分析协商之下，此次互市一事，只怕是蒙奴故意使诈挑衅，就算是打，这次也不是个好机会。”

宁熙帝沉思过后，点头：“伺机而动，总好过冲动行事。便是要打，也不能让他们占主动地位，这次不可轻举妄动。只是，江北互市被蒙奴侵扰，若就这么完了，显得我大宣软弱。”

夏侯世廷道：“蒙奴朝廷已经派人去沂嗣王营帐携带厚礼致歉。”

沂嗣王正是大宣镇守江北的主帅。

郁文平不以为然：“光是携礼道歉，能抵得上互市被烧掠的耻辱吗？沂嗣王虽是边城首领，可能代表朝廷吗？他蒙奴人名不正言不顺，私下去找沂嗣王赔个罪，就当这事儿完了？别国的人又不知道，还是当咱们好欺负啊！”

宁熙帝亦是皱眉：“老三，蒙奴总得给个明确的交代，这事不可轻易罢休。”

夏侯世廷抱拳说道：“光是找沂嗣王赔个罪，儿臣自然不会依蒙奴朝廷。”

郁文平和景阳王目光投向他，宁熙帝也撑起身子，看着他问道：“你已经有了什么应对之策？”

“儿臣差人星夜赶赴江北，让沂嗣王转告蒙奴朝廷，此次互市被烧杀，事关国耻，务必要让蒙奴朝廷派要人来邺京，亲自道歉。蒙奴朝朝廷也已经同意了，几日后，派人去沂嗣王那边回了话，储君赫连允，会亲自携礼来邺京为此事告罪。眼下应该启程了，儿臣准备待赫连允一行人进关后，再通报父皇，既今天已经谈到了，也就先禀给父皇听了。”

景阳王一喜：“如此，真是太好不过！”

宁熙帝龙心大悦，却又疑惑：“蒙奴怎么会这么好说话？你是怎么与他们谈判的？”

夏侯世廷目色未改：“只告诉蒙奴，若是拒绝，一概停掉大宣与蒙奴附属小国的贸易，又叫我大宣贸易官员和商人放了风声出去，几天下来，那些小国的君主和首脑接连去找蒙奴朝廷抗议，蒙奴朝廷受不了群国相迫的势头，便也答应了。”

蒙奴边境的附属小国不少营生都是跟大宣对口，例如牛羊肉、乳制品、毛毡等物，大半流入中原换取银子和物资，与汉人的贸易，在本国百姓收入中占不小的地位，一旦断掉，对于有些国家来说，简直是灭顶之灾。

这些附属小国虽不起眼，但一块儿跑到蒙奴去阻拦吵闹，还是足够让蒙奴头疼的。

“秦王好计。”景阳王笑起来。郁文平终于再没说什么。

几人商议了一下蒙奴太子来京后的安排，日头已近西斜，宁熙帝咳声又起。

三人再不多留，告退各自先下去了，宁熙帝却单独留下了夏侯世廷。

夏侯世廷只当父皇还有公务未了：“父皇是不是还有朝事交代。”

宁熙帝看着他，目光复杂：“不是朝事，是你的私事。”

夏侯世廷心意一动，猜到了是什么事。

“朕与皇后曾商议过，将韩家的女儿指给你做侧妃，因为近日事多，耽搁了，待皇后丧期一过，你且准备准备，随时迎韩氏入门吧。”

夏侯世廷眉峰一紧，只当这件事随着蒋氏之死也就不了了之，没料又旧事重提，陡地掀袍跪下：“儿臣近日事务纷杂，为国捐力且不能，无暇考虑其他事情，还望父皇收回成命！”

宁熙帝哪能猜不到他的心思：“你不是忙着为国捐力，是怕秦王妃不喜吧。”

夏侯世廷也就坦然：“是，儿臣与云氏情意甚笃，中间再容不下第三人，韩氏女可另谋高就。”

宁熙帝没料他心意这般坚决，倒是惊异，却毫无退让：“你是皇子，后院终究不可能只有云氏一人，即便今日韩氏不进门，明日也有别人。莫说第三人，第四人第五人都有。”

夏侯世廷坚决：“以后的事，以后说。”

宁熙帝震怒：“这事朕已定下，圣旨已颁下给了韩家，容不得你反驳。”

夏侯世廷脸肌一搐，正要再说，只见宁熙帝咳得厉害，姚福寿已经上前，示意他先退下。

夏侯世廷刚出殿门，只见不远处，赫连氏在章德海的陪伴下，等了多时。

母子二人并排沿着红墙走着，赫连氏一路心不在焉，快到宫门，方仰头看向皇儿，试探问道："听说蒙奴要派人来邺京？"

早在大宣落地生根，可母嫔的北人身份终归脱不去。夏侯世廷照直答道："是。"

赫连氏眸光一动："是谁来？"

"蒙奴储君，赫连允。"

赫连允与赫连氏是同父异母的兄妹。

蒙奴与大宣汉人有些差异。蒙奴是一夫多妻多妾制，以族丰人旺为宗旨，不限制纳妾数量，国君设左右皇后，下面妃嫔姬妾更是多不胜数，以至于儿女的数目很是惊人，同一代有的皇子皇女之间甚至一辈子都见不到一次面。

赫连允贵为太子，为皇后所生养。

赫连玉烟虽是国君之女，却是嫔妾所生，与太子云泥之别，只当年被宁熙帝看中后，才被临时册封了个公主封号，进献给大宣。

赫连氏听闻是赫连允亲自来，绣帕一紧，"嗯"了一声。

夏侯世廷宽慰："朝廷与北边虽世代不安，但目前倒算祥和，母嫔也无须担心。就算有朝一日真有战祸，母嫔是大宣嫔妃，平日也是循规蹈矩，不会受牵连。"

赫连氏点点头，用笑意掩饰心绪不宁："母嫔知道。"又顿了一顿，拉开话题，"倒是你，最近朝事这么多，可得注意身子，马上就要纳侧妃了。"

夏侯世廷见母亲也知道了，怕是宁熙帝早对她提过，驻足沉默。

赫连氏知道儿子不愿意，轻叹一声："世廷，不管你愿意不愿意，韩氏进门，怕是板上钉钉的事了。"

"这笔婚事是蒋氏提议的，而今蒋氏已殁，算不得数了。我会再找机会与父皇说。"他语气坚决。

赫连氏蹙眉："你还没搞清楚，世廷，若是皇后尚在，指不定还有回旋余地，正因为皇后已不在了，皇上才定会满足皇后的遗愿。"

夏侯世廷蓦然一动，母亲一番话犹如醍醐灌顶，让他顿时明白。

蒋氏之死，他自然清楚是怎么回事。

父皇与蒋氏终归有结发之情，对蒋氏到底还是心存愧疚。

与韩氏女的婚事，是蒋皇后最后的请求和提议，父皇怎会不满足发妻心意?

思及此，夏侯世廷神色冷凉下来。

傍晚时分，夏侯世廷提早完成公务，回了王府。

三爷这两日泡在宫里，难得回来得早，高长史、蕊枝在门阶外相迎。

人群中唯独不见云菀沁。

施遥安张望了一下，代三爷问道：“王妃呢？”

几人面面相觑，犹豫了一下。

夏侯世廷脸色微动：“说。”

高长史不得不禀：“王妃前日从慈宁宫回了府上后，便有些心神不宁，最后命令老奴备车马，带着初夏姑娘去了泰州。”

“娘娘独自去了泰州？”施遥安一讶，那是王妃娘家的祖籍地。

“是。王妃说至多两日便回来，说三爷公务繁忙，也没准咱们通知三爷。想必今日也该是回来了。”蕊枝道。

夏侯世廷蹙眉，沉默着大步进屋。

夜色一点点降下，他坐在正厅主座上，也没心情吃晚膳，不时来回徘徊。

直到门口传来高长史的声音：“娘娘回了！”

夏侯世廷唰地站起身，朝门前走过去。只见初夏提着一盏灯，伴着熟悉的纤秀人影走过来。

云菀沁披着一件斗篷，娇容有些疲惫，走了一半，只见前方有一袭昂长人影被下人簇拥着。灯火之下，男人一语不发。

初夏赶紧拉了拉主子袖角，唤道：“三爷。”

云菀沁没料他今天刚好回来了，再见他脸色极黑，估摸着是生气自己不打招呼外出，脚步一虚浮，驻足下来，竟不知道说什么。

夏侯世廷神情愈暗，大步跨过来，抑着语气的不悦：“去泰州那么远的地方，也不打声招呼，你可记得自己的身份？”

初夏从没见过三爷用这种语气训斥王妃，忙说：“王妃出门前跟府上人交代过，不是没打招呼。”

“没跟本王打招呼！”他才是一家之主，跟别人交代有什么用，又添了几分愠怒，“本王是问你主子，不是问你，下去！”

云菀沁亦察觉他心情极坏，示意初夏下去。

问都不多问两句便劈头盖脸一番责骂，当上摄政王就把所有人当成下属了吗?

她也不免有些委屈，半赌气道：“是妾身的错。王爷想罚就罚。”

夏侯世廷一整日的事情搅在胸腔，蓦然积蓄成了火气，语气越发凌厉：“还委屈上了？一个人去泰州干什么？”

云菀沁不想回答，转身要走，他勃然一怒，顺势将她皓腕一抓，正想扯回来，却觉她身子似是受不住力道，一软，朝下滑，竟是昏厥过去！

他眉目一跳，一颗心差点儿蹦出来，所有愠怒消得一干二净，将玉人搂入怀里，这才察觉她手冰凉，再一摸她额头，烫得吓人，即刻抱起来，扬声大喊：“叫大夫过来！”

云菀沁苏醒时，感觉自己被裹在温软的锦丝被里，还有一双长臂紧紧从背后搂着自己。

耳边，夏侯世廷的声音低低的：“还有没有不舒服？”

王府医官看过了，怕是在路上染了风寒，饮了一剂药汤后，热已退下来了。

她睫毛一拍，从他怀中蠕动了一下，想要抽离。

他知道她还在生气，非但不让她逃，更抱紧了：“为夫不该朝你发火，是为夫晕了头，为夫的错。你想怎么罚为夫都行。”

刚才那般凌厉霸道的“本王”，又成了“为夫”。

云菀沁噘唇，控诉道：“刚刚不是要罚我吗？怎的自罚起来了？”

他气得发笑，将她纤腰摁压在怀：“有力气讽刺本王，应该没事了。”

说罢，支身将床榻边小几上缉熬好的药端来：“吃了药再睡。”

“不吃。”她舍不得动一下。

他也不强迫，呡了一小口药汁，欺上她唇。

“唔……”她突然得了他的袭击，轻声一喃，却也被他强行撑开唇瓣，只觉得苦涩的药汁流了进来，灌满口腔，一点点地滑进。

他将药汁一点点送进她的檀香小口内，又忍不住用舌头去搅动，帮助她吞咽，免得她呛到了。

除了药汁的涩味，又添了男子淳厚的龙涎香味，融合在一起，莫名有甜丝丝的味，就连药都不那么难喝了。

“风寒最容易传染了。”她软兮兮趴在他胸前。

他将碗勺放在旁边：“那更好，传给为夫，你就康复了。”

她心头一热，顿了顿，才道：“我回泰州是去拜祭娘了。我这几天很想娘，还梦到了娘，实在忍不住，带着初夏回了泰州，想看看我娘。”

夏侯世廷也约莫猜到了，揉揉她脑瓜子：“听高长史说，你前日从宫里回来后就心神不宁。是不是出什么事了？”

锦重身世一事，姚福寿已表明了，宁熙帝并不愿意这事曝光。

若让三爷知道，对他怕是也没什么益处。

那么，就当作尘封的秘密，让锦重当个无忧无虑的官家子弟吧。

云菀沁心意一定，朝他怀里钻了钻，抱住他窄腰，说道：“只瞧着凤藻宫给旦后做科仪，想起了我娘，心生感触，不管是在宫里还是在外头，都落得这样的下场。可能是想多了，心情乱了。”

他感觉她还藏着什么心事，不过她不肯说，他也不想逼她，只欺上她额，沉声说道：“你只记得，你不会是皇后，也不会是你娘。”

她仰起脸：“那你呢？”

“嗯？”

“是不是宫里事务太棘手？”今日难得脾气暴躁，定是也有心事。

他没说话。

她察觉到气氛不对，马上挺了挺身子板：“三爷说吧。”

他本不欲在她尚在生病时说，但这事，迟早要说。

终道：“还记得小年夜那晚，皇后曾提过的韩氏女一事吗？”

云菀沁心中清明了，不自觉揪住被子一角。

原来，这桩赐婚，还未了结。

他今晚也是因为这件事，才心神不定。

她轻声：“父皇又提过这件事了，是吗？”

夏侯世廷没说话，只将她腰身搂紧，轻昵：“跟你说这件事，只是让你做好准备。”

共同进退，一起打仗的准备。

只这一句话，云菀沁再无怨尤。

他的怀抱依旧那么暖，可她的心却像是退潮后的礁石，清晰敏锐了起来。

皇上与蒋氏结发之情深厚，如今手刃蒋氏，心内有愧，赐婚一事是蒋氏生前最后一件恳求，皇上定会满足，以祭慰其在天之灵。

由不得三爷不愿意。

况且，对于皇家来说，为皇子添一名妻妾，又何足挂齿。

这场“仗”，打不得。

他刚被皇上青睐，身负摄政之职，渐施抱负，决不能因为这件事又被皇上记恨。

她制住心湖波动：“不。”

他不意外她的反应，轻嗅她颈窝馨香，安抚她的慌乱：“别怕。有为夫顶在前头，不用你动嘴。”

她箍紧了他脖子，身子使力朝上一踮，挤进他怀里：“若真不想让我怕，就不要忤逆圣颜。”

他沉了声音，咬牙切齿搂紧她腰，愤恨地说道：“你就这么大度？一点不吃醋拈酸？”

“若你真的喜新厌旧，我就算日日抱着醋缸喝也没用。”她嬉皮笑脸，咬他耳。

他眸底一烁，明了她的心意，大手一紧，嵌她入怀，只恨不能将她融入自己的血肉之躯。

转眼，皇后丧期过去，纳侧之日渐近。

下人们将西北院子的棠居拨作侧妃居所。

只因国丧刚毕，嫁娶事宜还是不宜大肆张扬操办，加上王府的下人有心偏袒奉承王妃，一个个的敷衍行事。

侧妃廊院装点得堪称惨淡。

倒是云菀沁不愿意让外人说闲话，叫初夏去时刻盯着安排，不可太怠慢。

迎亲日，按大宣礼制，侧妃由偏门入府。

偏偏府上的正主儿，宴席都开了，还没影子。

眼看着客人纷纷入席，高长史没法子，跑去主院，找云菀沁求救：“三爷还没回府怎么是好？”

蒙奴太子马上要抵达邺京了，事情多，三爷一早说得好好，去宫里处理些事情就回来，没料这会儿开宴了还不见人！

窗前，云菀沁医书一放，说道：“高长史派人再去宫里催一下。燕王不是也来了吗，不行的话，叫燕王代替三爷，帮衬一下。”

燕王与三爷在一行兄弟中，感情最是亲热。这阵子三爷摄政，燕王也多有帮忙。

三爷纳妃，叫燕王在宴席帮衬？

说出去，还不知谁当新郎呢！

不过如今也只好如此了。

高长史转身去办了。

新人屋内，烛火高烧。

韩湘湘听陪嫁婢子小彤说，秦王到这会儿还没回来，婚宴都没出席。

等了一整晚，始终等不来秦王，更是心慌意乱。

夜深了。

终于，听到脚步声朝新房走来。

她攥紧了裙角，失落的心绪一瞬死灰复燃，激动了起来。

来了。

他来了。

那脚步声在门口却停住，并未再踏进来，只听在她梦里盘旋了多月，令她魂系梦萦的男子声音响起，似在对门口的喜娘和嬷嬷吩咐：“服侍侧妃歇息。”

然后是嬷嬷们有些诧异和惶惑的声音。

接着，那脚步再次响起，却是渐渐走远，直至消失。

韩湘湘顿时如坠入冰窟，浑身冰凉，唰地掀起头上珠帘。

他走了。

新婚夜，他连看都不看她一眼便走了。

她知道他与沁儿姐姐情投意合，心里只有沁儿姐姐，早做足了嫁入王府会受冷待的准备，却也没料他连一线机会都不给自己。

门开了，嬷嬷们进来："韩侧妃，奴婢们为您洗漱吧。"

韩湘湘脸色苍白，陡然呵斥出声："下去，都给我下去！"

嬷嬷们自然知道新人此刻心中的苦楚，面面相觑，退了下去。

韩湘湘泪珠子断线般滚落下来，趴在榻上哭了起来。

小彤悄然进来，见状忙过来安抚："小姐，王爷兴许只是有事……"

这安慰让韩湘湘更是悲从中来，踉跄奔到圆桌前，端起合卺酒便灌了起来。

不知不觉，一杯饮尽，喝道："小彤，再去给我拿酒！"

小彤晓得小姐心情难受想要借酒浇愁，只得出去拿酒了。

婚宴将尽，夜幕低垂。

燕王令秦王府下人去陆续送客，看着渐渐冷清的庭院，长舒一口气儿。

三哥啊三哥，您可算交了个好差事给我啊。

听王府下人说三哥回了，燕王好气又好笑，见前面有人打理，拎了盏灯，朝后院走去，准备找三哥邀个功。

正路过一处，却听隐约传来低低啜泣。

他脚步一顿，循声望去。

不远处，庭院内的屋子廊下贴着红纸，是新人房间。

可整座棠居没半点喜气，而且黑黢黢的，也没灯光和下人在外面伺候。

燕王下意识抬脚走过去，上阶轻叩了一下门："三哥。"

却无人响应，哭泣反倒更大，在夜色中显得格外凄凉。

燕王生怕出了什么事，将灯具搁在台阶上，推门进去。

他摸着朝内卧走去，那哭声陡然停下来，再无声息，走到最里间，扒开帘子，只见穿着新嫁娘喜衫的女子手脚摊开，横陈地上，像是昏了过去，满屋子全是酒气。

三哥并不在新人这儿！

只有韩氏侧妃一人。

燕王吓了一跳，顾不得什么礼数，进去抬起云龙绣靴，轻轻踢了她手臂两下。

石头似的，一点反应都没有。

燕王正想出去叫人，正这时，地上的人一动，双臂一伸，将他小腿抱住。

燕王吁了一口气，弯下身子，闻到一股酒气，再看桌上有几个东倒西歪的酒瓶，这才明白！

这韩侧妃竟在借酒浇愁，喝得酩酊大醉！

浇的什么愁，估摸着三哥没进她房间？

他早知三哥对这桩婚事不情愿，一心只系在秦王妃身上，却没料到纳侧妃的新婚夜也对韩氏置之不理。

窗外射进的依稀月光中，女子双眼迷蒙，含糊不清地呢哝醉语，因为酒热，衣领大敞，露出雪白的胸颈。

燕王在宴上喝过几盅，也酝酿着一身酒气，此刻莫名喉头发干，转过视线："本王去喊人来。"

女子一听到"本王"二字，双手藤蔓般将他小腿死死缠着："你连大喜的日子都不陪陪我吗？你当可怜也好，施舍也罢，偿偿我心愿好不好？今天过后，我再不肖想你半分了，你只留下一夜也不行吗——"

燕王见她把自己认成三哥，于心不忍，蹲下身。

韩湘湘咯咯醉笑着，抓起旁边的酒瓶递过去："你也喝——"

"到底也是个官家小姐，为个男人这样作践自己，值得吗？"燕王看不下去，将酒坛丢到一边。

韩湘湘将酒坛夺过来："你不喝我喝！"

燕王怕她喝死，赶紧抢过来，将余下的酒都灌进肚子，又掉了个面，示意光了："行了，没喝的了。"

韩湘湘见他要走，用尽全身力气将他袍角一拽，柔软躯体紧贴在他背后，因为哭泣上下抽搐。

燕王是初尝男女事的年纪，宫里已经有年长的宫女被派来殿里，为他启蒙过性事，正是一知半解的新鲜时候，此刻，浑身一下子砰的似点燃了火！

刚才喝的酒也开始上头了。

浑身燥热，晕晕乎乎。不行！酒后会乱性的！

他转身，还没站定，一团软肉已栽入怀里。

他凭着最后一丝意志力，将她搀到床边，刚一转身，却被她拉住手。

一个重心不稳，他抬起手想要捉住帐帘，却捞了个空！

伴着帐帘一飘，两人齐刷刷倒进了软绸高褥堆里。

主院。

一整夜，云菀沁坐在窗棂下读着医书。

虽想求个心静，却压根儿静不下来。

毕竟，是他纳侧的日子。

即便早已有了心理准备，临到这一日，心情又怎会真的平静如水？

初夏掀帘进来，见云菀沁在窗下神思恍恍，走过去低声说："奴婢刚听说三爷回府了，不过去了棠居一趟跟下人打了声招呼，连新房都没进便走了。"

她手缝间书卷滑下来半寸，没进新房？走了？

那去哪了？

正在这时，屋外传来人声，初夏出去了，不一会儿，又疾步进来。

"谁？"云菀沁打起精神。

初夏脸上神秘兮兮的，还有几分暗藏的悦意："是施大人，接娘娘出府，说是三爷的意思。"

这个时候接自己出府？云菀沁怔然："三爷人呢？"

"在外面等着您过去呢。"初夏迫不及待催促起来。

"去哪里？"

"猫眼温泉。"

马车踏过官道上的青石板，赶着宵禁闭门之前，出了城。

还未走远，只听城门闭合的声音，云菀沁回头看，犹怀疑夏侯世廷接自己去温泉的意图。

问施遥安又不说。

正猜疑，马车到了温泉地。

夜色中的温泉地，环境清幽，伴着天然汩汩流水声，宛如世外。

云菀沁下车沿着湿滑小径，按照初夏的指示，走到前面的池子。

这人，究竟搞什么鬼？

站定，是那日与他一起来过的莲瓣池子，四周被拉上了层层叠叠的镂雪纱。

热浪迎面袭来。

云菀沁手一举，扒开最后一道帘子，跨进去的一瞬，一呆，欣喜一点点地溢满胸腔。

火般的艳红铺了温泉一池，厚厚如茵毯，朵朵饱满大颗，花瓣鲜嫩到还凝固着采摘下来的露水。

她被夜风吹拂过的红扑扑的脸颊，刚好与映得苍穹都烧红几分的花瓣相配。

池中花魂，岸边花仙。

一具修长人影在她身后早等候了多时，眼中炽热渐起。

她未回神，只觉身后炙热靠近，一双矫臂将自己围住。

耳珠下，嗓音沉抑：“喜不喜欢？”

“晾了新人空守新房，一整夜，三爷在准备这个？”云菀沁蓦然一动。

“虽迟了一点，却不晚。”他环住她的腰，头颈顺着她颈窝轻嗅着滑下去，薄唇有意无意碰起她周身一片火星子，嗓音压得更低沉，“今晚，为夫势必不会放过爱妻了。”

她脸发烫，忽地明白了。那日温泉一行，他也意识到，这温泉水可以暂时抑制体内毒性。

在温泉里合卺交欢，对他身体无害。

她受了惊吓，在他双臂里挣扎了一下：“你……你怎么不提前说一声啊……而且，今天……今天不好吧……”

这事要他怎么说？

至于为何偏偏是今天——

他唇边浮起淡淡光泽。

今日纳侧，就算她嘴上不在意，必定是她难熬的一天。

那就安排在今天，让她忘了难熬的这天的不快。

他膂力一重，将她身子调转过来，抱在臂上，抵着娇躯，朝池子走去。

她这才看清他，早换上了一套轻薄绸衫，看得见他身躯的轮廓与肌理，甚至偾张的肌肉，胸膛上的浅疤深痕在月色下因为炽欲高涨而有些赤红，神情如天上月辉，淡然得几乎禁欲，可眸子里却积满了毫不掩饰的火星。

她突然认命了一般，不再挣扎，箍紧了他脖子，却还是掩饰不住紧张。

虽前世已是人妇，但这一世，毕竟还没开封。

他感受到她的紧张，凑近她耳下，打气道："为夫之前看了不少图册。"

她忍俊不禁，紧张消失一空，蜷缩在他怀里，宛如猫儿慵懒娇媚地箍住他脖颈，唇瓣如熟透樱果，身子上下轻微起伏着。

一直走到岸边，在他的大手一番忙碌下，身上的红色大衫与中衣已丢了一地。

两人间隙无缝，相依偎着沿白玉阶梯下去。水花阵阵，瑰丽花朵掩住水乳交融。

韩湘湘进府后不到十来日，赫连允临近京城，夏侯世廷又是忙得几日不见人影。

这日正午，云菀沁正在窗下看书，只听初夏掀帘，端了几盘精致小点心进来，说是三爷让人从宫里送回来的御点。

云菀沁翻了一页，顺口道："送两碟去棠居吧。"

韩湘湘到底是秦王府的侧妃，不想叫下人认为自己亏待了她。

初夏却嘟着唇，不大情愿地道："王妃管她作甚。打从进了王府，那韩氏除了第一日来跟您请过安，一直借身子不适窝在棠居足不出户，正好，您也干脆将她当成空气罢了。"

"她那边的下人叫医官去看过了吗？"云菀沁听说韩湘湘一直没出房间，不禁放下手上书。

"放心吧，她哪有什么病，即便有，也是见三爷新婚夜到现在都没去过棠居，抑郁而成的心病，活该。"

云菀沁沉默下来，正这时，院子外传来人声和动静，是夏侯世廷回了。

得知他还没用膳，云菀沁忙差人将午膳热好端到外面的小厅，出去时，八仙桌上已上了几样菜和汤。

夏侯世廷换下了朝上穿戴的衣冠，俊颜略带倦意，眸下还挂着浅浅的青影。见她来了，唇际浮出笑意，站起身绕过圆桌，将她的手牵住，拉坐在旁边。

云菀沁吃过了，用公筷为他夹菜，一边随口问道：“北边储君来邺京的事，安排得怎么样了？”

“已经到了京城郊外的县驿馆。三天后抵埠，届时本王与燕王一并去城门郊迎，赫连允先进宫面圣。”

面圣？云菀沁想起宁熙帝的病，不禁道：“皇上病好些了没？这会儿能见客吗？”

若按前世，算算日子，宁熙帝已近大限了。

宁熙帝若真的如前世一般，快要晏驾，接下去的局势会怎样，会与前世一样吗？近日她心中一直发紧，有种对前路的不安感越来越重。

他脸色也沉了几分：“父皇这几天正在择些会医术的宫女，作为近侍医女，召进养心殿，贴身侍疾。”

云菀沁明白了他的意思，皇上的病，果真是越来越严重了。

也是。若皇上病体稍微好些，三爷又怎会还在代帝摄政。

许是因公务太重，夏侯世廷胃口也不是很好，扒了几筷子就净手漱口，叫人收了。

云菀沁看他吃得少，不免道：“这就不吃了？还没吃多少呢……”

话没说完，他跨过来，将她横抱在手里，朝内室走去。

云菀沁一惊，圈住他脖子，忙问道：“去哪里……”

“换衣裳，去温泉。”

王府里负责伺候云菀沁的婢女晴雪和珍珠听到王爷的话，大红了脸，捧着碗碟疾步出去，正碰上初夏进来，见她们急匆匆的样子，奇怪：“怎么了？不正吃饭呢吗？”

“是，正吃呢……”晴雪红着脸，初夏朝帘子里看一眼，会意。

三人掩笑离开。

萃茗殿。

随着蒙奴储君抵达京城的日子越近，赫连氏这几日越是魂不守舍。

今日练起小楷，也不如往日得心应手，只觉心里乱得很。

章德海在旁边劝道："三爷已安排好一切接迎事务。"

赫连氏转移心思，问起："王府办了喜事后，这些日子如何？"

章德海知道她问的是新侧妃的事，犹豫了下，道："还算平静。"

平静？这话是说，儿子并不满意韩氏？

"怎么，世廷不喜欢韩氏？"赫连氏心中一动，本来她也不该插手儿子后院事，可那韩氏不一般，是御赐婚姻，又是蒋皇后给秦王府看中的人，在皇上心中不一般，若世廷薄待了韩氏，便也是打了帝后的脸，恐怕引皇上不满。

章德海苦笑，终是说："哪谈得上喜欢不喜欢……"

"怎么回事？"

"三爷纳侧那日起，便没进过棠居。"

赫连氏眼皮一跳，手一松，不由将笔搁在岸上。

比自己想的还要严重，世廷竟是连碰都没碰过韩氏？

"那……那夜他在主院过的？"她不禁问。

章德海也不好瞒着主子："那晚三爷不在府上……"

"什么？"

章德海垂下头："那晚，三爷与王妃去京郊的温泉过了一夜，天亮前才回了王府，王妃的衣衫似是都换过了，三爷将娘娘一路裹在毯子里，抱进去的。"

说话间，脸皮子微红。

赫连氏半天没说话，许久才叹了口气："侧妃的喜庆日子，倒成了他们两个的大喜日。她在王府老将世廷霸着，世廷又怎么进得了别人的院子。"

正是感慨，侍女蓝亭从外头回来。

皇上这阵子病情反复，不怎么见人，赫连氏每日让蓝亭去养心殿外找姚福寿问问情况。

赫连氏见她进来，问："今天皇上可好一些了？"

蓝亭回："姚公公今日没空闲应付奴婢，见都没见到人。"

"没空？姚公公忙什么？"赫连氏疑问。

"近日姚公公在给皇上选近侍医女，奴婢去时，天井领了不少宫人过来，姚公公正在偏殿一个个地看着。”

赫连氏心中一动，吩咐蓝亭道：“你陪我去养心殿一趟吧。”

蓝亭应了，上前搀着主子到了养心殿。

朱门天井内，站成一列的十来名女子正在接受挑拣。

有宫女，亦有面生的，应该是从宫外选进来的。

姚福寿看贵嫔来了，暂撇下公务，过来说道：“贵嫔怎么来了？皇上的病还算稳当，贵嫔暂不用操心。”

赫连氏望一眼门内的宫女，轻道：“听说养心殿在挑医女，想着既是为天子侍疾的贴身人，必须万分经心，特意来看看。”

姚福寿拱手：“贵嫔有心了。可不是，奴才这几日就在忙乎这事了。”

赫连氏眸子一抬：“看姚公公的样子，还没挑出什么合适的人选？”

“是啊，哪有这么好挑。”姚福寿摇头，近侍医女，既需通晓基本医术，又需要口风严密，毕竟皇上的病不能随便乱外传，尽量少人知道。

赫连氏点头，眸中一闪，似不经意般：“倒也是，既给皇上侍疾，不是一般人能做的，光晓得些黄岐术不够，还得忠心牢靠。说起来，秦王妃总拿着医书看，倒是晓得些医理，伺候病人也应该无碍，也是自家人，性子也懂事聪明，若能寻得像秦王妃这样的人就好了。”

蓝亭也明白主子的意思，王妃若不在府上，三爷也能雨露均沾，垂怜一下韩侧妃。

姚福寿一愣，却见贵嫔已一躬身：“姚公公在忙，也不多打扰了。”说罢与蓝亭转身离开。

姚福寿原地思量了半会儿，疾步进了正殿。

殿内飘着浓浓药味，宁熙帝刚服完药，随口问道：“医女挑得如何了？”

姚福寿沉思片刻，开口回答：“皇上，老奴觉着倒有一人合适医女一职。”

宁熙帝抬头看他，问：“谁？”

“秦王妃。”

宁熙帝一讶：“秦王妃？”

姚福寿将赫连氏那番话变了变，说给了皇上听，又道：“秦王妃心细如发，懂医理，且又是皇家儿媳，进宫侍疾合情合理。”

宁熙帝眉宇一拧："两人刚成婚频频分开，心里定会不满。"

姚福寿声音压得愈发细："老奴看得出来，皇上如今抬爱秦王，在给秦王机会，此次王妃侍疾，贤孝之名必当誉满京师，也能够为夫婿增添光耀，树立人心。这是给秦王机会的好事啊，怎会不满？再说了，此次召医女侍疾，不过是为了应对北人来朝，待赫连允一走，王妃便能回府了。夫妻间，分离个几天都禁不起，还谈什么情比金坚？"

宁熙帝斟酌半晌，拟定注意："那你下去办吧。"

两天后，姚福寿带着拟好的圣旨，亲下了秦王府，宣念了皇上旨意。

天子近日病疾难愈，又因北储君造访，需招揽精通医术的宫人为近侍医女料理事务。

秦王妃云氏旁通医术，纤毫娴敏，又为宗亲贵妇，特赐召侍疾，翌日派车进宫，北储君离京后，再行放还。

云菀沁叩首谢恩。

姚福寿柔声说道："成为天子的近侍医女，今后再无宗亲女眷胆敢小觑王妃。凭着这容光，谁都得卖您三分面子，连带着秦王府也跟着沾光，这机会万中无一，王妃可要好生珍惜。"

云菀沁正要接过云绸圣旨，却听身边三爷阴涔涔地说道："通晓医术的宫人不在少数。云氏半吊子水平，半路出家，叫她侍疾，只怕画虎不成反类犬，贻误了父皇的病情，到时万死难辞其咎。"

姚福寿见他一张俊脸不见半点喜悦，冷若冰霜，笑道："秦王放心，真正开方断症的有院判大人，秦王妃不过是与其他几个医女一块儿，打些下手罢了，通晓小小医理足可，没那么大的责任，哪里谈得上贻误病情那么严重。"

云菀沁主动接过圣旨："有劳姚公公了。"

待姚福寿被高长史领着离开正厅，夏侯世廷拂袖朝内室走去。

云菀沁将圣旨交到初夏怀里，追上前去，到了转角的无人廊下，好容易赶上，将他袖子一拉："不是说了吗，蒙奴太子一走，就能回来。至多几日而已。"

他深靴一顿，轮廓紧绷，长臂一挥，将她卷入怀里，口中却是含着怨怪与不满："而已？"

正是如胶似漆，浓得化不开的时候，一天都难熬。

说罢，手已揉进她小衣内狠捏一把，听她娇喘一声，他心热如火，将她打横抱起，朝院子外走去：“备马！”

说罢，贴近她耳下沉声道：“那今天得将这几天的，都给本王补了。”

翌日早上，天色一直亮不起来，阴沉沉的。云际深处不时传来闷雷声，有落雨的征兆。

季节一转，快进夏了，一天比一天暖。

与前世一样，每到这个季节，京城的雨水也跟着多了。

今天是进宫的日子。云菀沁早早起了身，身边一如既往是个空的，人已去朝上了。一坐起来，全身上下酸痛无比。昨天在温泉被他折腾半日，不要命了一样，夜深了才回府，现在一下榻，腿儿都在打颤。

初夏端了热水进来，见她露出的雪白肌肤上沾了一坨坨的潮红，忍不住红了脸，又玩笑地啐道：“赫连允倒也真是害人，早不来，晚不来，偏偏这个光景来，不然皇上也不会召医女侍疾，挑到了娘娘的头上。贵嫔也是，怎么不帮三爷说几句？”

云菀沁用薄荷杨梅青盐粉沾了贝齿，一点点地轻拭着，牙粉的清凉让脑子精神起来，听初夏说起赫连允，又提起赫连贵嫔，没来由脑子一闪，有什么事情关联到了一起。

上辈子，宁熙末年，北人也来过邺京。

似乎没什么特别。

但——

如今想来，非得说有什么特别，就是蒙奴人走后，宫里发生了震悚人心的事。赫连贵嫔被皇上灌了水银，终身残疾，她在闺阁中也隐约听闻了。

当时没流传出赫连氏到底是有什么过错，众说纷纭传来传去，只说赫连氏触怒了皇上。

这一世，赫连氏因鸽子花发露复了宠爱，重新得了皇帝的重视，再后来，蒋皇后殁了，云菀沁就以为那件事兴许就没了，差点儿都把这事给淡忘了。

初夏今天这么一提，她才猛然醒了神。

若赫连氏的这一劫，还没过去呢？

赫连氏要是有了那么严重的下场，秦王府也很难不受牵连。

便是秦王府幸运免遭牵连，三爷这些日子在皇上心里建立的形象分数也全都得扣光，连从头再来的机会都没了。

因为皇上的日子或许不多了。

正这时，初夏递上清水。

她收回心思，漱了口。

洗漱完毕，云菀沁坐到镜台前。窗外雷声轰隆一响，闪电划过，豆大雨珠噼里啪啦地从天而降，转眼之间，将天地之间下成一片雾蒙蒙。

她只觉心头发紧，有些患得患失。明明是顶着荣耀进宫侍疾，也不算太久，不知道怎么，却好像比上次进宫还要不安。

除了云菀沁，另外从宫里各个殿内精挑细选出来的五名宫女，全部以近身医女的身份，居住在养心殿旁边的紫光阁。五人合居住一间大院内，每人一间厢房。

因云菀沁位份不一般，为几人中的管事。

第一天，六人进了紫光阁，各自安妥下来。

太医院院判姚光耀是宁熙帝的主治御医，午后，过来交代和提点了几名医女的每日事务。

几个人花了半日的辰光，厘清了皇上的用药和禁忌事宜。

因为云菀沁的身份，姚光耀又将她拉到一边，特别交代了一些事项，才离开紫光阁。

是日起，云菀沁便开始了侍疾的医女生活。

几日下来，几名医女按着吩咐，各司其职。

虽说是近侍医女，除了端日常用药和药膳进殿，云菀沁也没什么跟皇帝接触的机会。每次都是到了养心殿，由姚福寿或其他宫人端进去，但通过药量的日趋加重，云菀沁还是清楚，皇帝已经病入膏肓，不过是靠名贵药材在维系着。

这日早上，晨晞初露。

姚光耀派人送来紫光阁的药剂分量又加重了几味，全是提神强心的药，这些药材虽能短时间内振奋心脉，对于沉疴之人却有些猛，一般来说不会用。

几个医女迟疑了一下，一人忍不住问道："皇上这两天的病情还算稳，怎么需得用到这些药？"

医官道："上午蒙奴储君赫连允到了京城，中午以前就要进宫，在金华殿面圣。你们也别问了，快些煎药，给养心殿那边端去。"

难怪需要用药提精神，原来赫连允进宫了。

云菀沁开口："赶紧做事吧。"

五人见秦王妃发话，各自忙去了。

云菀沁正要跟去药膳房，却被那医官一拉："北人面圣，需要半天工夫，姚院判怕皇上撑不住，他一个御医跟在旁边，只怕引北人怀疑，所以请秦王妃带两个医女过去，在金华殿后面照顾，万一中途皇上身子不适，几位也能应付一下。"

云菀沁点头，等医官离开紫晶阁，叫了两个医女过来。

两名女孩父辈俱是行医的，后来进宫当了宫女，一个名琴钗，一个名听弦，几天相处下来，也是云菀沁觉得最沉稳的两个医女。

日头渐升，金华殿来了传召，三人过去了。

三人提前到了正殿的背后，与丹墀上的龙椅只隔着一层厚厚的金丝帘和一面扇屏。

到了以后，三人将备用的汤丸和三棱针放好，伫立在帘子后面，以备不时之需。

正宴开始。

传来太监的传唱，随着鱼贯而入的步履，人影在纱帘后密集起来。

最后，前面的龙椅上，有人坐了下来。三人知道皇上已是到了场，收起了笑语。

说话之间，有个陌生男子声音响起，语气恭敬，可汉话明显生疏。

琴钗胆大些，掀了帘子一小角儿，回过头悄悄说："是蒙奴的储君。"

又一边看一边介绍："……看上去比皇上年轻一些，外貌跟咱们汉人差不多，就是个子高大些，倒是与秦王有些形似……"说着，自知失口，忙闭上嘴，望了一眼云菀沁，似是为了弥补，又低声笑道："秦王也在外面陪宴呢。"

云菀沁笑了一笑，示意没事，顺着琴钗掀开的帘子缝隙，往外看去。

赫连允坐在皇上的左下方第一排，比起皇上高瘦清雅的身型魁梧昂长一些，眉眼之间乍一看，确实与夏侯世廷有四五分相似，只口气虽然恭敬，可一双眼中沉积于内的野心宣发于外。

赫连允令随从官员当着宁熙帝，诵读蒙奴皇帝对于互市一事的致歉辞，又令扈从将从北地带来的礼物搬到金华殿外空旷的宫院中。

“这些都是一路从北方带来的蒙奴特产，全当为互市一事谢罪，还请贵朝勿为互市耿耿于怀，误了两国友好。”赫连允面朝宁熙帝。

宁熙帝心中甚悦，望向夏侯世廷，目光中更添了几分赞许。见时辰不早了，便又叫宫人照着北人的饮食习惯，上了精美的御膳。

宫人端了长案进殿，架起火堆，又将剥了皮的全羊悬吊在火上炙烤起来。

赫连允瞥一眼与北方一样的饮食，施礼道：“皇上迁就敝邦饮食来款待咱们，实在不好意思。”

宁熙帝笑着说：“北方和中原差异大，朕怕太子不大习惯，起居饮食，统统按北地准备。无碍，你们北地没有的，咱们中原大把，你们北地有的，咱们中原也有的是。太子且放心住下吧。”

赫连允笑意一敛，却还是客气着说：“多谢陛下。”说着，拍拍手。

殿外搬礼物的脚步深重起来，还伴着铁链哐啷的声音。

几名北人武将推着一辆板车到了殿外，车上有个巨大的四方东西，被红布盖着的。

红布之内，传来嗡嗡低沉的声音，引得殿内人交头接耳地猜测起来。

赫连允道：“是敝国本地的珍玩异兽，也是进献友邦的礼物之一，供陛下笑纳赏玩。”

说罢，示意随从将红布拉开。

红布一开，众人轻讶出声。

车上是一个半丈长宽的硕大铁牢笼，里面坐卧着一只大兽，头颈和四肢被五条铁链锁着，身体明明是老虎，有一圈圈的虎皮纹路，可脑袋上滚着一圈金色鬃毛，又形似狮子，一只尖利的爪子钩在牢笼底部，嵌入好几寸，另一只抓着栅栏，棕色眼瞳凶光四溢，警惕盯着殿内的人，喉咙里发出闷吼，好像随时要冲破桎梏。

“这——”在座的大宣臣子一惊，“到底是狮子，还是老虎？”

这怪物虽像狮子，又像老虎，可个头又比狮子老虎大一两倍。

姚福寿眉头也是一皱，别国贡礼中也不乏珍奇异兽，却都是赏心悦目的温顺动物，北狄真是天生野蛮。

赫连允见区区一个面相凶恶的玩兽就将一群汉人弄得不安，眼眸中轻蔑顿起，笑道：“姚公公，若是惊到了诸位大臣，我让部下再锁紧一些。”说着，打了个手势。

一名蒙奴武士会意，将戴了铁皮护腕和铁制手套的手朝铁笼里伸去，抓住那凶兽身上的链子，也不知道是无心还是故意，一条铁链锒铛一声，松落在地。

凶兽本来离栅栏还有些距离，此刻少了一条铁链的束缚，身体往前一扑，整个贴住了牢笼，爪子也伸出栅栏几寸，与最近的一名黄门官只差不到一根手指的距离。

黄门官尖叫一声，大失仪态，吓得朝旁边躲去。

几名蒙奴武士哈哈大笑起来。

赫连允脸一沉，呵斥住几人：“不得无礼。”

武士这才将那铁链重新栓上，锁紧了凶兽。

赫连允抱手：“没惊了皇上吧？这家伙天生强悍，在蒙奴草原上素有战兽之名，所以才用五条铁链绑着，没想到还是不小心吓到了贵国大臣。”

宁熙帝见区区个畜生竟把臣子吓成这样，脸上挂不住，黑了几分，再听他说这畜生的秉性，完全就是将它比作蒙奴，胸膈一闷，咳了几声。

赫连允眼色一动：“皇上恕罪！”正要下令将猛兽运下去，却听右列飘来声音，“可惜性情再强悍，也厉害不过十来个春秋。”

赫连允望过去，对座年轻男子丰华俊采，即使不看一身云龙锦袍，光看一双大宣极少汉人有的幽深眸子与挺拔身躯也知是谁，不免笑道：“秦王何出此言？”

夏侯世廷望一眼铁笼中的猛兽：“这禽兽肖似狮子，身上又有老虎斑纹，本王猜，应该是贵国用雌虎与雄狮交配产下的狮虎兽。狮虎兽的确是珍贵，可惜狮与虎毕竟异类，上百年才能孕育出一只，生下后能活下来且顺利成年的，十只中还没两三只，就算这两三只，精心培育照顾，寿命最长的，也不会超过十一二年。”顿了一顿，缓缓摇头，“说起来，这么用心培育出来的品种，无论寿命，还是体质，还抵不上看门护院的家犬。”

赫连允一怔，笑意继而更盛：“秦王将上百年才能出一只的狮虎兽，跟随处可见的狗相提并论？狮虎兽是万兽之尊，无可匹敌，什么都不怕，狗能比吗？再凶猛的狗，见到狮虎兽，吓得连爪子都伸不开。”

却见夏侯世廷背手走到中间，倒挂着的炙烤全羊已烧得半黄半焦，下面的柴火稍小了一些，却仍是烧得嗞嗞作响。

长躯一弯，信手拾起一支烧得通红到快断掉的干柴，轻踱步子，手臂一挥。

那一截带着火星子，烧得嘎吱响的干柴唰地一下，被掷进铁笼里。

狮虎兽见到红通通的烈火，受了惊吓，后退一步，竟缩到牢笼，刚才喉咙里的凶狠闷哼，也成了呜咽。

动物素来惧火，狮虎兽也不例外。

刚刚在蒙奴人口里天下无敌的狮虎兽，如今看见火就败了下风。

一群蒙奴官员和随从脸色涨红，不无尴尬。

宁熙帝心情大好："去年秋狩秦王才猎下凶猛的人熊。没料今天光是一截柴火就叫蒙奴的国兽吓成了猫儿，看来老三当真是猛兽的克星，不管哪里的凶兽都能震慑住！"

姚福寿也顺着天子心意："有其父必有其子，大宣的皇子怎会不勇猛英武？"

赫连允面色讪讪，再听姚福寿的夸赞，望一眼秦王，脸上却又添了笑意："看见秦王成了大宣的肱骨，也是贵嫔的福气，我更十分欣慰，不枉当年亲自请上，为玉烟送嫁一场。"

宁熙帝见他提起赫连氏，便也当着众人的面顺水推舟，大方道："贵嫔打从嫁入大宣，还没跟娘家亲人见过面，赫连太子既是贵嫔的兄长，也算是朕与贵嫔的媒人，今日宴后，赐贵嫔在明光阁与太子兄妹相见，叙叙亲情吧。"

散宴之后，众人恭送皇帝离场。

待殿内人一一散去，云菀沁和琴钗、听弦从扇屏后出来，离开金华殿。

刚到紫光阁的大门口，还未跨进大门，一道熟悉身影在视野前划过。

云菀沁觉得眼熟，再仔细一看，竟是齐怀恩。

齐怀恩走的方向，正是刚才皇上赐贵嫔与赫连允见面的明光阁。

看他举止神秘，东张西望，似是不想被人发现。

莫非是三爷令他去盯着赫连允？

倒也是，赫连允的言行皆会对赫连贵嫔和三爷有影响。

云菀沁望向两个医女，开口道："我去药膳房看看干贝梨罐好了没，你们先进去吧。”

待琴钗二人进了阁所，云菀沁转进药膳房，随手拎了一壶茶放在托盘里，闲庭漫步一样，朝明光阁那边走去。

离明光阁越近，只听门口传来声音。

“皇上赐赫连太子与贵嫔在明光阁内见面，闲杂人等无事不得乱闯。”是守卫的声音。

云菀沁见齐怀恩被拦在门口，几步轻盈上前解围：“齐公公怎么走得这么快？茶水刚刚烹好，转个身子，您就不见了。”

齐怀恩一看竟是秦王妃，脑瓜子立刻转过来，接过她手上的托盘，弯下腰道：“是奴才走快了。”

守卫知道秦王妃这阵子在宫里伺候皇上，误会是皇上赏茶，一指云菀沁：“行，就请秦王妃一个人进去吧。”

齐怀恩无奈，看一眼云菀沁。

云菀沁本想帮齐怀恩一把，没料自己却掺和了进去。没法推脱，只得端了托盘，进了明光阁。

同时，茗萃殿内。

赫连氏收到金华殿传来的兄妹相聚旨意后，章德海叫紫霜和青婵为贵嫔梳妆绾发，准备去明光阁。

赫连氏坐在镜台前，心神不宁：“要不你们去找个由头，就说我病了，见不得人。”

章德海苦笑：“这是皇上的赏赐，怎么能推却？叫您跟北储君见面，说是怜惜您与娘家亲人重聚天伦，其实也是国与国的礼仪啊。”

赫连氏心情复杂，叹了口气。

不多时，带着章德海和四名贴身婢子来了明光阁。

正巧，云菀沁将茶壶放下，走出大厅，准备出去，经过一处墙边，透过半敞的窗棂，正见到里面的情景。

赫连氏和赫连允在厅内一左一右，相对而坐。

透过窗格，赫连氏的正面，云菀沁看得一清二楚。

今日见的既是娘家兄长，也是外来使者，为了不失国体，赫连氏妆容华丽，可浓脂艳粉下面，掩盖不住一双飘忽不定的眉眼。她的脸上毫无见到亲人的喜悦，只有忐忑不安，甚至紧张避忌，好像只等着这场会面快点结束。

云菀沁脚步一驻，赫连允与贵嫔是同父异母的兄妹，蒙奴这一代天子膝下子女统共百来名，除了皇后生的几个皇子皇女受重视，其他的子女，基本是放养在各个生母身边。

赫连氏对兄长没什么感情也不奇怪，可这般紧张却有些不一般了。

“当初送嫁时，我还担心贵嫔不习惯中原生活。今见贵嫔风仪更胜从前，精神也不错，就放心了。”赫连允率先开口，抚盏道。

赫连氏醒过神，客气回应：“多谢皇兄关心。妾身自从来了大宣，便以此为家，以皇上为夫婿，从不敢怠慢，才换了皇上的一丝怜爱。”

赫连允良久不语，骤然开口：“你们都退下，我与贵嫔有些家常私话。”

云菀沁看见赫连氏脸色一紧，似是极不情愿与赫连允单独相处，最终却还是迫不得已地吩咐：“你们先退到门口。”

云菀沁心意一动，知道自己该离开，双腿却钉在了地上，竟被好奇驱使而留下。

待宫人退下，赫连允喟叹了一声：“你这些年不大容易，我也听说过。刚来大宣时被人嫉恨，几次都差点被人暗害。等终于诞下皇子，安定了，又轮到秦王被人加害，好容易才将秦王送出宫去，保全了唯一血脉……熬到现在，你们母子两人可谓是步步艰辛。不过，总算是守得云开见月明。”

赫连氏见他将自己母子这些年在大宣的举止调查得清楚，眉一蹙，匆匆打断他的话：“皇兄这样关注妾身，有心了。”

赫连允笑道：“你是我蒙奴出去的皇女，又是维系两国安宁的人，我身为储君，怎么会不关注你在大宣的动态？”

赫连氏眉眼掩不住不耐与厌恶，终是开口说道：“那么从今以后，请皇兄收起关注妾身的心，妾身没什么值得担心的。”

“你现在当然是底气足了。大宣皇后没了，现如今你还有儿子撑腰，”赫连允玩味，“我来之前听说郧京目前由秦王摄政，还不大相信，今日在殿上看见皇帝对秦王十分满意，才知道皇帝果真对他器重得很。”一顿，声音压低，“贵嫔觉得，秦王有没有可能取代储君之位？”

云菀沁料不到赫连允想要插手干涉别国立储的大事。

不过倒也不奇怪，有一半北人血脉的秦王成了中原之主，肯定会偏向蒙奴让北边受益，赫连允怎会不关心。

赫连氏担忧了多时的阴影落下，脸色发白，努力镇住心神：“大宣已有储君，只近来身子不适，世廷不过行摄政之职而已。”

赫连允半开玩笑半认真地说：“若是你们的现任储君没了，秦王的可能性就应该大多了吧？”

赫连氏一震，唰地站起来：“皇兄要做什么？”

赫连允笑起来：“开个玩笑，贵嫔无须激动。”

再不多说，寒暄了两句，起身告辞。

赫连氏见他要走，仍是对他刚才的话觉得后怕，拉住他，低声道：“世廷绝不能当大宣的储君！皇兄请念兄妹一场，不要横生枝节，放过我们母子，让咱们过过安宁日子！”

语气恳切的近似求情。

“求求你”三个字，更是没有半点嫔妃的尊贵，跟哀求一样。

赫连允头颅靠近，声音一点点让妹妹脸色发白，也让窗外的云菀沁听得心头震撼：“玉烟，你这儿子的势头挡不住，你看看，他从襁褓到现在……你这样挡他的路，他还不是慢慢窜到皇上眼皮子底下了？你不愿他上位，可他偏偏有老天爷的照拂。能不能当上储君，还是靠他自己的能耐。我这个当舅舅的，不过只是推一把罢了。”说罢退后一步，伸手朝前，道：“来人，送贵嫔。”

赫连氏身子有些发软。

正好，蓝亭进来了，眼疾手快，上前把她搀住。

赫连氏推开蓝亭，又望了一眼兄长，眼中盛满了恳求，见他并不理会自己，终是失望，强打起精神，朝门口走去。

赫连允带着随从跟在贵嫔一行人的后面。

云菀沁心头跳得厉害，悄悄尾随后面，快出明光阁时，只见赫连允几步上前，有意无意碰了一下落在最后的一个婢女的袖口。

那婢女正是赫连氏身边四婢之一的青婢，也是应大夫的妹妹。

青婢有些惊讶，抬头看了一眼赫连允，赫连允却已经拉开距离。

云菀沁亲眼看见青婵手掌一收，左右看了一下，把什么匆匆收进了袖袋里。

等两行人出了明光阁，云菀沁才后脚出来。

齐怀恩在一边墙角等着秦王妃，一见她出来了，立马迎上去。

云菀沁与齐怀恩背离明光阁而去，边走边问："是三爷叫你过来的？"

"是。"齐怀恩也不瞒着，小声禀道："蒙奴人来京毕竟不是小事，不管有什么举动，都会直接影响贵嫔和三爷。所以赫连允来京之前，三爷就提前吩咐过，叫奴才在宫里暗中盯着他的动静，宫外由施侍卫盯着。"

云菀沁再不迟疑，找了个僻静地方，将刚刚听到的对话简单转述了一遍。

齐怀恩得知赫连允可能想要害太子，一讶："若蒙奴人来京害了太子，三爷怎么可能不被怀疑？也得被连累的！不行，这事儿得提前跟皇上说一声，免得叫三爷蹚进了这摊浑水！"

"赫连允不过随口一说，说得也是含糊，如今只是我们的猜测，他也没一点动作，就算皇上将赫连允押到跟前，他会承认他要害大宣太子、助秦王上位吗？"

齐怀恩皱眉："可总得阻止那赫连允啊。"

确实要阻止赫连允加害太子。

在赫连允眼里，三爷不过是个棋子。

若太子没了，有北人血缘的皇子能够即位，对于蒙奴是个好事。

若太子被害查出是蒙奴人干的，三爷被人当作串通一气，跟着完蛋，对于蒙奴来说也没什么影响。

沉吟片刻，云菀沁道："你这几日注意萃茗殿的宫人，尤其贵嫔身边的贴身婢女，进进出出有什么特别的动静，马上通知我。"

太子的伤势刚愈，深居简出于东宫，若真想要害太子，赫连允只能是在东宫下手。

可东宫守卫重重，他怎可能害得了太子？

他将什么东西塞给青婵的那一幕，浮现在云菀沁的脑海，心中有了几分猜测。

第九章

陈年秘密

美人恩无邪 上

两日后。

晌午时光，刚与几个医女从药膳房回来，云菀沁看见齐怀恩在小天井的侧门等着自己。

一见王妃回来，齐怀恩将她拉到角落："奴才刚看见贵嫔身边的青婵一个人去了东宫。"

云菀沁示意知道了，叫他先回去。平定了一下心绪，匆匆朝东宫方向去了。

东宫今天比往日热闹，再过几天是孝儿的百日之喜。

最近宫里不顺，太子令东宫下人好好操持，冲冲喜。

御膳房和内务府将提前备好的酒水食材以及簇新的宴席用具送来东宫。

东宫运输物资的角门开着，两名东宫太监守在门口，每送来一批都会进行查看。

云菀沁赶过去时，御膳房刚好送来一批酒水和饮宴杯盏进东宫。

青婵在侧门边，正与其中一名太监说笑。

那个太监好像跟她认识，一边闲聊，一边查验着送进东宫的杯盏。

云菀沁退在墙后，盯住青婵的动作。若真是赫连允嘱咐她加害太子，她会怎么下手？当着这么多人的面，总不可能投毒进酒水。就算投得进去，谁又知道太子会喝哪一坛酒？若是其他人喝了，先中毒了，岂不是打草惊蛇，将事情闹大了？

过了会儿，青婵转身离开侧门，离开了东宫。

待青婵离开，云菀沁缓步走到角门。

与青婵闲聊的那名太监一见她来了，忙停下验货，行了礼：“秦王妃怎么过来了？”

云菀沁匆匆扫了一眼车子上的东西，笑道：“紫光阁近日做药酒做得勤，我刚刚去御膳房，本想请人搬几坛过去，可御膳房的人说最近东宫有喜事，今儿大半都搬过来了，现在若是要，还得去国库搬。国库有些远，我急着想做，便厚着脸皮过来蹭蹭，看能不能先给我拿去用用。”

太监忙说：“紫光阁的医女是给皇上伺疾的，药酒也定是给皇上做的，自然最重要，秦王妃随意。”

又吩咐下属推着这一批酒水杯盏跟着云菀沁走。

云菀沁福了一福身：“多谢两位公公。”

两人见她走远了，也没多想什么，却听背后传来脚步声，回头一看，是年公公陪着太子过来了，忙跪下请安：“太子爷。”

太子手臂伤势已无大碍，东宫内摆宴，过来瞧瞧准备得怎么样了，正看见云菀沁过来索要酒水。

太子饶有趣味：“要酒水却亲自要到了东宫，你说，奇怪不奇怪？”

年公公一愣：“好像还真……真的有些稀奇。”

太子敛住笑，目色渐沉。

紫光阁。

太监照着云菀沁的意思，将一车子酒水送进药膳房内，退了下去。

云菀沁将门关上，撕开酒坛上的密封纸，用银针一坛坛地试了个遍。

没有一坛有毒。

如她所想，青婵就算再大的能耐，也没法子光天化日下投毒进酒或调包。

她目光一动，移至旁边的台子上，是与酒水一块儿配套送进东宫的酒盏，此刻放在花梨木托盘上，由红色绸布盖着，以防止沾尘。太监们将一车子酒坛送来，那些酒盏也一并带来了。

她掀开防尘绸布，镂雕精美无匹的几个翡翠樽齐整地出现在眼前，杯身上的花纹各不一样。

皇宫里头的用具讲究多，尤其入口的东西。

身份不同，用具也是不一样，决不可混用。

其中几个，光看质感，就知道是给宴会上最尊贵的人使用的。

东宫小孩子的百日宴，最尊贵的出席者，不就是太子吗？

云菀沁眼光落在最中间唯一一个杯身上刻有镂金腾云龙的翡翠樽。

是储君用盏。

她套上药膳房自制的蚕丝手套，拿起杯盏，顺着需要与嘴唇接触的杯沿摸了一圈。

指腹摩挲之间，没什么特别。

用银针试探，也没什么毒性反应。

想了一想，拿起已经开封的酒坛，倒酒进去。

将杯盏晃荡了一下，屏息捏住银针，试探下去，不消须臾，针尖到柄端，瞬时转黑。

这毒，竟是抹在杯沿，逢液体，毒性才会挥发。

天下毒物林林总总，什么类型的都不乏，医毒本就一家，这些日子她也翻看了好些毒经，见识了不少毒物，再刁钻的毒，总能叫出个名字，至少也能猜些成分出来。

可青婵抹在杯沿上的毒，绝对是不常见的，至少，在中原并不多。

逢液体毒性才会挥发……

她脑子莫名一闪，想到了什么。

门外传来叩门声，伴着齐怀恩的声音："是奴才。"

云菀沁放下杯子，打开门。

齐怀恩望了一眼膳房内的那些酒水，脸色一紧："怎么样……"

她示意已经没事儿了，齐怀恩吁了口气，却又皱眉："奴才将青婵单独叫出来了，娘娘随奴才过去问问那蹄子吧。"

云菀沁将那套杯盏和酒水都收好，锁好门，与齐怀恩一道出去。

离紫光阁不远的竹苑，平日清净无人，此时只有青婵一个人站在林子间。昨晚下过暴雨，竹枝上汲着雨露，禁不住压弯，滴滴答答地落下来，淋湿了青婵的宫袍和靴面，她却浑然不察，一副心神不定的样子。

见云菀沁和齐怀恩过来，她脸色苍白："秦王妃……"

刚刚齐怀恩私下将她拎出来时，她已经知道，王妃清楚了她去东宫投毒一事。

齐怀恩压低嗓门，训斥道：“亏你一声秦王妃还叫得出口。你是秦王送进宫伺候贵嫔的，居然帮着赫连允做这种事！你可知万一太子真毒发身亡，被查出是蒙奴人和你合伙做的，贵嫔和秦王也完了！”

青婵扑通一声跪在地上：“是奴婢愚笨，听信了赫连允的挑唆和花言巧语，求秦王妃赐死奴婢！”

云菀沁叫齐怀恩到旁边去放风，免得有人过来，然后将青婵扶起来：“你自幼在王府跟着你哥哥习医，后来又进宫贴身伺候贵嫔，外人都没见过几个，怎么玩得过赫连允的心眼。他是怎么对你花言巧语的？”

青婵见她并没一点责怪自己，再没有隐瞒，哽咽道：“那日出了明光阁，赫连允偷偷交给奴婢纸条，叫奴婢事后与他私下会面。在宫里找了僻静地儿见面后，赫连允将一包药粉交给奴婢，让奴婢不管用什么法子让太子服下去。奴婢说要回去先跟贵嫔讲一声，赫连允却拦阻。说贵嫔是蒙奴皇女，绝不会忤逆他这个兄长，又暗示说，贵嫔性懦胆小，绝不会允许谋杀太子这种事发生，若奴婢告诉贵嫔他要投毒，贵嫔为了保证两国安宁，绝对不会揭发他这个兄长，却会将唯一知道的奴婢灭口！奴婢当时吓住了，赫连允又说秦王如今风头正猛，太子若夭亡，秦王就有希望上位，到时也算是奴婢的功绩，连奴婢的哥哥也能跟着水涨船高，加官进爵。反之，一旦太子上位，争储的秦王哪里能落到好下场，奴婢的哥哥…恐怕也……”

说到这里，青婵袖子掩住半张脸，忍不住哭出声来：“秦王妃，是奴婢的错！险些害了整个秦王府！”

云菀沁吸了口气。这个老狐狸，难怪将青婵吓得去投毒！

赫连允既然那么关注赫连氏那个妹妹在大宣的动向，一定也知道青婵的哥哥是秦王贴身的近臣，与秦王一损俱损，方才能拿住她的软肋。

她扶起哭得摇摇欲坠的青婵，方才在药膳房的疑窦浮出来，稳定了心神之后，开口问道：“青婵，赫连允给你的毒药，是他从蒙奴带来的吗？”

青婵抽泣点头：“赫连允将毒药交给奴婢时，为了让奴婢放心，曾说过这毒药是他从北地带来的，用银针都试不出来，药粉浸了液体才会发挥药效，让人毒发。又说这毒药在中原极稀少，就算是宫廷御医也不一定查得出是什么毒，纵是查出来了，也很难配置出解药。”

果然……

云菀沁心里的那个谜底越来越明显，声音也有些颤抖：“赫连允告诉你这毒药的名字了？”

青婵自幼研习各类草药，自然将那名字记得清楚，回答：“傀儡散。”

三个字如穿堂劲风。

三爷幼年是吃过母乳后中毒，毒当时抹在奶娘的乳头上。

母乳是液状，经婴孩吮吸入口，能引出毒性，便刚好与傀儡散的毒性不谋而合。

三爷中的毒若真的是傀儡散，这毒，便是蒙奴人独有。

蒋皇后临死前说不是她加害三爷，云菀沁一直半信半疑，事到如今，那个真正毒杀皇子的人已渐近了，她却不敢多想。

怎么可能？

云菀沁想不到任何理由，毒杀三爷的到头来是那人。

可事实告诉自己，绝对与那人脱不了干系。

赫连允前日对着赫连氏的低语犹飘耳边，“……从襁褓到现在，你这样挡他的路……”

云菀沁此刻才明白是什么意思。

一个母亲狠心毒杀亲子的原因能够有多少？

后宫的女人，哪个不是盼子嗣盼到疯魔，全靠子嗣来固宠？从怀孕到生子十个月，战战兢兢，生怕着了别人的道儿，生下来后也是盯着养育，生怕孩子有一点闪失。

皇子非但是亲骨肉，更是她们安身立命的保证，尤其对于赫连氏这种和亲大宣，无外戚倚仗的嫔妃。

可她宁愿不要这个保证，宁愿手刃亲子？

青婵见她的螓首浮出晶莹的汗丝子，不禁道：“王妃，那药有什么问题？”

云菀沁镇了心绪：“那日见了赫连太子后，贵嫔回了茗萃殿后，这几天有什么反应？”

青婵吞了吞唾液，回道：“贵嫔素来与蓝亭最亲近，便是有什么私话，也极少同咱们三个说。不过那日之后，贵嫔确实有些反常，每天心不在焉。一日奴婢进内室送茶，只听见她对着蓝亭叨念着什么‘来了，该来的终于还是来了’……见到奴婢进去了，马上不说了……”

云菀沁心中似暗又明，将青婵的手一拉：“赫连允明日进宫，肯定会问你事情办得如何。”

青婵咬紧牙：“奴婢决不会再听他的教唆了。”

“这次没成功，他不会死心。不用你，他也会再挑其他人帮他，防不胜防。”

“那怎么阻止他？”青婵急了。

云菀沁吩咐下去：“你今天回萃茗殿后，将赫连允让你毒杀太子的事告诉贵嫔，就说为了不被人知道，已将那药给扔进湖里了。如今能阻止赫连允的，只有贵嫔。”

一年一度的雨季，一旦拉开序幕，再也停不下来。

入夜之后，闪电宛如饿极了的凶兽撕破天际，伴随着一连串滚雷，豪雨如注。豆大的雨珠落地后跌碎成几瓣，在地势稍凹的地方会聚成沟。

今年的雨比往年更烈，往年入夏前的雨虽然也多，却连绵细碎，今年每下一场，有翻天覆地的气势，简直要撕破苍穹四方，就像是什么大变前的征兆。

崇文殿位于皇宫的西北所，是夏侯世廷平日在宫内摄政办公起居的寓所。

身着云龙腾海袍的男子站在殿门的长廊下，披着挡雨的斗笠蓑衣，窄袖下手心蜷握，玉扳指在掌心之间泛着凉光。

齐怀恩刚走不久，此刻施遥安正站在主子后面。

王妃让齐怀恩将这几天在宫里发现的事尽数转告给了三爷。

齐怀恩离开后，三爷一直站在廊下，久不言语。

施遥安见他脸色似铁，宛如眼下压抑的天际，知道他心中百味杂陈。

傀儡散，三爷中的毒，原来是蒙奴人持有的毒。

当年下毒的，竟是……

贵嫔？

“三爷，可能是当年害您的那个凶手无意得到了傀儡散……也说不定。”施遥安忍不住。

这话虽然是安慰，自己却都底气不足。傀儡散在中原稀有，在宫中就更难得到。

除了身为蒙奴人的赫连贵嫔，又还有什么人有？

可怎么会？

贵嫔——怎么会谋害亲子？

施遥安便是想破了脑袋，也是想不通的。

难道是为了争宠？故意坑杀自己的亲骨肉，来诬害其他嫔妃？

再仔细想想，不可能。损失一个皇子就为了诬陷其他女人？这买卖，得不偿失！对于没有倚仗的贵嫔来说，不划算。对于当时正是得宠的贵嫔来讲，也是不可能的。

瓢泼大雨中，闷雷响动，夏侯世廷目光晃动。

雷声历历，轰隆滚过耳畔，垂下头颅，略微粗粝的手指摩挲过指腹上光润的扳指。

太小离开宫闱，对于皇宫的记忆并不清晰，与母嫔分开的那一场画面却历历在目。

眉眼哀愁的美丽少妇在宫女的陪伴下，站在角门，看着宫人们将皇子抱上了肩舆送往相国寺。

“娘。你为什么不跟我一起，我好疼，肚子疼，骨头好像被虫虫在咬……”冰雕玉琢一般的三四岁小儿坐在肩舆上，虚弱地哭着，却连哭出声的力气都没有，在肩舆上无力地流泪。浑身中了毒的青紫还未完全褪去，过早的磨难，让他一夕长大，明白自己再不能像其他皇子一样生活在宫里，有亲娘陪伴。

三岁的幼儿独自离宫，前程无果，生死难定，从此，人生路上只有一人做伴，就是自己。

少妇泪水紧含着不落，极力压抑着，最终忍不住，撇开宫女，几步跑上云半跪下来，掏出怀里的一枚玉扳指，用红绳套在幼儿的颈子上：“世廷，娘对不起你……你出宫才有活路。你若想娘，就看看这扳指，随时随地带着它，就像娘在跟前——”

侍卫扛起肩舆，小男孩仍旧没有放弃，努力往后望着。忍着全身的剧痛，手臂拼命朝娘亲挥舞：“娘再多陪孩儿走一段路好不好……”

少妇退后几步，泪眼直直盯住前方，咬牙凄厉：“走吧，——走！”

那句对不起，他一直以为是母亲跟儿子分离时的不舍。

至如今，他才明白，那是愧疚。

原来母嫔并不愿自己活着。

他如野草，好不容易活下来，她却还要将自己送出宫。

她并不想自己留在她眼皮子底下。

不管是什么原因，夏侯世廷只觉凉意渐生，钩住扳指，松脱下来，掷于天井冰冷的地上。

随时随地戴着它。

戴在身边这么多年，没有一日离开，到头来的真相是自己一人自作多情，生母的嫌恶。

玉扳指滑进水凼，翻滚了一下，停住了，一会儿便被猛烈的雨水浇得更加光洁透亮。

“三爷。”施遥安见他面色不改，心里不忍，却也不知说什么。半晌，见他挺直身躯，已从往事中脱身而出，恢复了冷静自持，语气在大雨中也格外清晰：“蒙奴人果然是不甘心白白来一趟大宣。”

施遥安知道他指的是谋害太子一事。蒙奴人确实野心不浅，打着扶三爷上位的名义去谋害太子，难道那赫连允还以为三爷会欣然接受，与北人一起兴高采烈地去谋算太子？

三爷就算是想登高，也自有铺排，又哪里用一群外敌来扶？

笑话。

蒙奴人是想在大宣造出一个傀儡君主吗？

施遥安道：“亏得这一次有王妃阻止。齐怀恩刚也说了，王妃吩咐过青婵，叫她跟贵嫔坦白赫连允的事，贵嫔得知，一定会想法子阻止赫连允。”

光是母嫔一个人阻止，只怕不够。

夏侯世廷道："拨一千亲兵，即刻去往京郊处蒙奴士兵驿馆周围驻扎下来，让高长史请几名蒙奴长官入王府做客。"

施遥安明白主子的意思："是。"

等夏侯世廷转身进了殿，施遥安瞥一眼水凼子里的那枚扳指，叹了口气，快步跑出去捡了起来，收在了袖口中。

下了一夜的雨，终于歇了下来。

此行北人来大宣，赫连允白日进宫面圣，与皇帝以及大宣内阁重臣商谈两国外交，傍晚在明光阁由一名内臣伴随用膳后出宫，歇在京郊驿馆。

明光阁内，今天是姚福寿陪伴用膳。

赫连允用到一半，说吃得饱胀，想要出去消食，领了随从出去了。

几个大宣的宫人按着规矩，跟在蒙奴储君后面。

刚出明光阁，赫连允斜睨一眼身后，吩咐道："我在附近逛逛，走两圈便好了，你们先进去吧。"

几个宫人对望一眼，不敢离开。

正这时，身后传来姚福寿的声音："赫连太子都亲自开口了，你们便退下吧。难道叫外人说大宣小家子气儿，请个客人来家里都不放心，像防贼似的，处处盯着不成？"

宫人们忙垂下头，退回了明光阁内。

赫连允施了个礼，姚福寿也不阻挡他的路，让出条小径："请。"

赫连允恭敬道："有劳了。"说罢撇下众人，带着随从背离着明光阁，慢慢走远。

姚福寿目送着北储君离开的背影，眼珠悄然一动，抬起手，对着身边侍从做了个示意。

几名宫人明白，悄然跟在了赫连允后面。

赫连允到了那日跟青婵见面的一处僻静宫苑，站在一处假山旁边等着。

日头渐暗，掌灯时辰，四周幽暗起来，有脚步声传来，轻盈细碎，一听就是女子。

赫连允探出身子，迎面而来却不是妹妹身边那名婢女，眼一沉。

竟是赫连氏。

顿时脸色一冰："贵嫔怎么来了？"

赫连氏疾步走上前，声音又怒又冷："皇兄是怕我过来质问吗？"

赫连允明白了，估计那婢子跟主子说了，投毒一事恐怕是泡汤了。腮帮一紧，说道："你来了也好。秦王昨夜派了千余亲兵到京郊，驻扎在蒙奴队伍旁边，说是最近风大雨猛，防止驿舍坍塌，却个个执刀仗枪，盔甲护身，还将我朝几名随行的高官请到了秦王府。怎么，这是要威胁我？"

赫连氏一怔，又冷笑道："那么，皇兄清楚了，世廷也并不愿意跟你一块儿做那种事情，你还不住手！皇兄，我与世廷的日子好容易安宁下来，你就放过我们吧！"

赫连允眼一厉，拎住她腕子，将她拉至脸庞边："让你为国和亲，到头来是为了让你过安宁日子吗？你来的那一天，就该知道迟早有这么一天！"

这话仿似雷击，让赫连氏回不过神，半晌颤抖着道："皇兄若坚持如此，就莫怪我不顾族人亲情了！我只有把你的狼子野心告诉皇上，免得你在大宣做出什么祸事，害了我与世廷！"

赫连允见她反咬一口，手劲儿一重，掐得紧紧，脸上露出阴涔涔的笑意："好啊，去。皇帝问你为什么我这样匡扶秦王，你就将真实的原因告诉皇帝吧。"

赫连氏脸色苍白如纸，手心冷却，额头却有热汗滚下来，只听这兄长犹不罢休，凑到自己耳畔，继续未完的威胁："——告诉你们皇帝，秦王并不是只有一半北人血统，他从头到尾，就是如假包换的纯正北人。到时妹子猜，你和秦王的下场会怎样？"

赫连氏一把将他的嘴捂住："不要胡说！"

赫连允甩开她的手，退后了几步，冷笑一声，拂拂袖子，带着随从，轻快离开。

天际响雷滚过，眼看又是一场入夜后的暴雨。

蓝亭在入口迟迟等不到主子，慌慌张张地进去找，只见贵嫔整个人好像被抽走了骨头一般，撑在旁边的假山上。

蓝亭忙过去，搀起贵嫔。

赫连氏强撑在婢女臂上，正要回去，周围一片光芒闪烁，由暗到明，越来越亮，渐而包围了两人。

几名太监提着宫灯，从四周涌上来，挡住了两人去路，全是养心殿内皇帝近旁伺候的心腹。

宫灯的苍黄，映得赫连氏脸色惨白，只觉身子如被抽走骨头，再无力气。

赫连氏被拘延寿殿的事虽密不透风，当天夜晚还是传到了云菀沁这边。

延寿殿是后宫一隅，是关押失宠或者获罪嫔妃出了名的冷宫。

齐怀恩过来传信时，说赫连贵嫔与赫连允宫闱内私下见面，暗中被姚福寿盯了梢。

事后，赫连贵嫔被请到了养心殿，半个时辰不到，养心殿内下了旨，将赫连氏押往延寿宫拘禁。

没有皇旨，两人私见，赫连氏确实是违反了宫规，但也不至于被打入冷宫。

“是不是赫连允伙同萃茗殿宫人陷害太子的事，被皇上知道了？”云菀沁低问。

“这倒没有。若真是因为这件事，青婵早就被抓起来了，赫连允岂不是也脱不了关系？可如今只有贵嫔一个人受罚。”齐怀恩道。

虽然不是太子被投毒一事，可下意识里，云菀沁觉得比那件事更严重，提了灯笼，一边朝外走，一边道：“通知三爷了没？”

“三爷得知贵嫔出事，应该已经来宫里了。”齐怀恩点头。

两人到了养心殿外，只见姚院判带着下属医官疾步出来，朝太医院赶去。

虽擦肩而过，没空说话，云菀沁却从姚院判脸上看到了，皇上刚又发过病，只怕还很严重。

一名当值的黄门官拦住两人：“姚公公吩咐过，今天不需医女进出侍疾，请回。”

里面又传来脚步声。

云菀沁看见姚福寿的身影，下意识地喊：“姚公公！”

姚福寿见秦王妃来了，只得挥挥袖，令黄门放行，让云菀沁进来。

云菀沁喘匀了气息，再顾不得别的，直接询问道：“姚公公，皇上为什么罚贵嫔进冷宫？”

姚福寿眉虬紧，到现在还没缓过神儿：“这次事情不小，秦王妃且先回去。”

云菀沁心中咚咚直跳，顿知事态不一般，倏地跪下：“求公公告知。”

姚福寿一惊，忙扶起她：“秦王妃何必……”

“便是死，也求让妾身死个明白。”

姚福寿无奈叹气，终究皱眉：“贵嫔与赫连允私下见面时，提及过秦王的身世，宫人们听得一清二楚……”

秦王的身世？

云菀沁有些蒙，却见他眼色黯然地说道：“赫连允说，秦王是如假包换的纯正北人。”

云菀沁心头一紧，怎么可能？

这何止不是小事，简直是泼天的大事！

难怪赫连氏虽罚进冷宫，可并没宣布罪名，原来是见不得人的宫闱丑事？

云菀沁立刻道：“简直是胡说八道！赫连允一句随口的话，皇上就信了吗？贵嫔没辩解吗？”

姚福寿望住她，说道：“秦王当年本就是早产，如今皇上一想，哪里会不猜疑？贵嫔自然是不承认……不管怎么样，皇上现在正是震怒，今晚上这么一气，又呕了血，秦王妃暂时不要去找皇上。好在皇上怒气再大，却将这事压得紧紧，不许人宣扬，还是留着些余地的。”

怎可能宣扬？

宁熙帝惯会给臣子戴绿帽子，又哪会想到自己有一天可能被人戴绿帽？

云菀沁只眼睁睁看着姚福寿进去，才呆呆出了殿。

齐怀恩之前嘱托的小内侍刚从延寿殿那边打探了消息回来，他亦是清楚了贵嫔受罚的缘由，此刻一脸震惊，也伫在殿外。见王妃出来，忙冲过去，“王妃——”

别的疑思又在云菀沁脑海里浮现出来。

姚福寿为何会偏偏今日盯梢赫连允?

今儿摆明了就像是早有人通风报信，提前跟姚福寿说过两个人要见面，叫他盯着。

云菀沁默喃：“为什么姚福寿今天会盯着赫连允他们？”

齐怀恩低声回答：“今儿早上，东宫的年公公来过养心殿，私下拉姚福寿说过话。”

太子——

云菀沁吸口气。

那日她去东宫的目的，太子恐怕知道了。

那么，赫连允利用青婵意图谋害他的事，他估计也清楚了。

他没有揭发赫连允，甚至当作没事发生，因为口说无凭，就连有毒的酒盏都被她带走了。

干脆让皇帝来个瓮中捉鳖，当场逮住赫连允与赫连贵嫔。

如此，除了赫连允，贵嫔和秦王也能跟着垮台。

没料，两人见面时却抖出了另一件更大的秘辛，更加足可帮他毁掉眼中钉的秘辛。

潜在角落那个玩世不恭的储君，其实也藏着不甘示弱之心。

这些日子，三爷在朝堂日趋坐大，又得了皇上的欢心，渐渐触及他的权位，太子怎么会真的当作看不见?

雷声从天际滚过来，酝酿了一夜的雨，终于噼啪落了下来。

这场雨，很难停下来了。

延寿殿，几柄烛火凄惶地洒在逼仄的殿室内。

摘去发饰，脱去华服的妇人坐在一张粗椅内。一晚上的时光，仿佛苍老许多。她的面上没有什么表情，一双眼睛直直的，直到这一刻好像还没醒神。

蓝亭与主子是一同被押过来的，此刻亦是木然站在角落。

门咯吱一声，开了。

云菀沁袖子一滑，攥紧几锭金叶子，塞到守冷宫的一名管事嬷嬷手里：

“有劳嬷嬷了。”

“王妃有什么话快些说吧，万一被人发现告诉皇上那边，奴婢也吃不了兜着走。”嬷嬷将那金子收好了。

云菀沁关上门，将手上药膳房的一些用具放在案上，是打着给皇上整理药材的名义出来，中途转了方向，偷偷来了冷宫这边。

赫连氏见到来人，幽幽回过神，看着云菀沁说道：“你告诉世廷，他是皇上的亲骨肉，若皇上不信，我会自尽以保清白。”

一记勾唇轻笑，看得让赫连氏心神一凌，只见一身挡雨披风的女子打发了蓝亭，凝视过来，目光如刃：“不影响他？母嫔当年毒杀亲骨肉，又千方百计送走三爷，那会儿怎么就没这般的慈爱无私呢？当时您是怕三爷的身份有朝一日曝光，会连累了你的性命和荣华吧？”

赫连氏不敢置信地瞪大眼睛，身子也颤抖起来。

云菀沁并不客气：“母嫔自尽，保的是您的清白，可三爷却还得活着承受压力。”

赫连氏双目盈了水雾，扬起头，凄哀一笑：“自私。我确实是自私——”

她走到赫连氏跟前：“到了现在，母嫔还不愿说吗？我们就算想要自救，也得知道个原委。”

赫连氏十指一蜷，指尖嵌入掌心，忆起当年就浑身发抖。

一开口，嗓音嘶哑，却终究坚持了下来。

当年，赫连氏被来蒙奴的宁熙帝看中后，赫连允负责安排皇妹去大宣的和亲事宜。

启程之前，赫连允带着个蒙奴男子进了妹妹的帐殿，照顾公主的下人全都避得远远，不敢上前……

事后，赫连氏才知是皇兄在宁熙帝选中自己和亲时，就已经安排好了这个污浊打算。

带孕去中原，一来能够紊乱大宣皇嗣，二来，若这名皇子有福，成了能够手握实权的王爷，甚至成了更大的气候，蒙奴就更是捡了便宜。

不管怎么样，稳赚不赔。

身为蒙奴的皇女，就算知道这一场牵系在和亲上的政治阴谋是多么肮脏，赫连氏也根本无从反抗，更不可能告诉任何人。

唯一的意外是，赫连氏在跟着宁熙帝回大宣的路上就被宠幸了，进宫不久便发现有孕。可算时辰，这孩子实在拿不准到底是蒙奴人还是大宣皇帝的。

可不管是谁的，蒙奴那边却已经是认定了这孩子是北人的种。

赫连氏也清楚，赫连允既然这样安排，这孩子日后便可能成为被蒙奴利用的砝码，也是个定时炸药。一旦事发，她就完了。

怎么会真的忍心杀害亲骨肉？

若天生毒辣，她又怎么会蹉跎到世廷三岁之后才下手！

可儿子一天天长大，越来越肖似北人的容貌，让她越来越心中不安。

罢，罢！

这孩子即便留着，一朝东窗事发，母子都没好下场！

在乳娘身上涂抹了傀儡散，远远看着儿子吃奶时，赫连氏咬破了舌头，心中淌血，却没料到儿子命大，竟是撑了过去。

这一次失败了，赫连氏无论如何，再也狠不下心重来一次。

可也不能让他继续留在宫里！

她干脆趁皇儿中毒这件事，以宫内风水不适合他命格的理由，将他放到宫外去养育，如此就不会受皇上的注意，也许一辈子再进不了宫，回不了朝，就在宫外默默无闻地过下去！

却哪里知道儿子还是回到了朝上，得了皇上的欢心！

得知摄政那一刻，是世廷风光最盛的时候，赫连氏却仿似已经看到了他的身份被人戳穿，母子双双人头落地！

如今，她最害怕的终于来了。

蒙奴人逼世廷与他们沆瀣一气，皇上也对他的身世生了怀疑！

云菀沁听着，也不觉心潮起伏。

三爷一旦继续攀升，就宛如沾了蜜的花粉，会引来蒙奴人的垂涎和觊觎。

若他爬上最高的位置，到时蒙奴派人来捅破。可想而知，只有两种情况：要么是他被大宣宗室赶下龙椅，身败名裂，下场悲惨；要么便是他为了保全帝位，掩盖身世，从此却因为被胁迫，成为蒙奴的傀儡皇帝。

只有平淡低调一生，方能保全他终生平安，可又何其的憋屈！

也难怪赫连氏怜惜三爷，怕三爷承受压力太重，干脆要结束他性命，事败后，又要送三爷出宫，宁可独子当个闲散王爷，低调一世。

然，三爷也可能并非那场阴谋种下的恶果，而是不折不扣的大宣皇子。为什么要因为这种肮脏丑陋的阴谋，葬送一身的才干抱负？

云菀沁看了一眼几乎气竭脱力了的赫连氏，将她搀到了椅子上，袖风轻旋，退后两步。

赫连氏牙齿轻叩，抓住她袖子却捞了个空，险些摔倒："世廷会不会有事？你如今在皇上身边，你要帮他，帮他啊——"

云菀沁将她扶稳了："母嫔既然还是关心三爷的，为什么到现在还忍心看着他受傀儡散的煎熬？"

赫连氏见她已清楚到这份儿上，又是脸色一白，面上愧疚复卷。

终是让她弯下来，虚弱地撑起身子，凑近她耳边，低语一番。

云菀沁听毕，心内撼然，眸子里又黯然了一下，看着眼前的妇人，不知是气还是无奈："母嫔还真是沉得住气，这些年看着亲子月月毒发，受尽苦楚，近在咫尺的解毒方子，却都不告诉他。"

赫连氏合上双目，冰凉珠泪滚出来。

门外传来管事嬷嬷的催促。

云菀沁看了已无生气的赫连氏一眼，声音蓦然柔下来："三爷一定吉人自有天相。"

赫连氏见她要走，眼神一晃，朝前走了几步，也不知道是不是体力不支，身子晃了一下。

云菀沁伸出手臂去扶了一把，只听她在自己耳边轻叹："我不是好娘亲……可这一次，再不会叫他失望了。"

云菀沁心一动，正要说话，嬷嬷又不耐烦地叩起门："秦王妃，待会儿养心殿的宫人来查看，万一见着您，奴婢跟您可都要完了！"

赫连氏将她一把推开，退后几步说道："走吧，有你在，我信世廷一定会没事。"

眼看嬷嬷催促声加重，云菀沁也来不及多说，端起药膳房的托盘先行离开。

屋子里静下来后，蓝亭跑过来，哭着搀起贵嫔，安慰道："贵嫔，没事的。"

赫连氏支起身子，手不易察觉地一蜷，将刚刚在托盘上顺势拿到的东西紧捏在手心，平静道："蓝亭，传话给养心殿，就说我想要求见皇上。"

离开延寿殿，大雨虽转小了一些，但犹未歇。

云菀沁朝着紫光阁走去，走到一半，只听背后脚步伴着人声赶来。

齐怀恩追上前，低声道："三爷正在奉天角门。"

云菀沁将托盘放回去，跟齐怀恩踏着雨声，直奔奉天门。

无星无月的雨夜，夜色显得更浓黑。

角门前，灯笼亮光跳跃，才显得暖一些。

几个身穿蓑衣的侍卫簇拥着一具熟悉的身披雨具的昂长人影。

几日不见，斗笠下的轮廓清减不少，虽有些疲倦，却衬得脸庞上的五官愈发英挺。此刻已知道宫里发生什么，眉宇间却未见一丝情绪波动，尽是隐忍坚韧，宛如劈不开的岩石。

她从未像此刻这样想念他，丢了伞冲到他身边，抱住他腰身。

齐怀恩使了个眼色，众人纷纷退散四周。

夏侯世廷把斗篷脱下来套在她身上，让她淋不到半点雨水。一只手举着伞，一只手箍住她柔软腰肢，轻拍安抚。

半晌，她从怀抱中抬起头。整个皇城内这会儿最该焦急的人就在眼前，却噙着浅笑，瞳仁专注，就像在看天下至名贵的珍宝。长眉入鬓，峻岭一般不折不挠，双眸如星，映亮了一望无际的夜。

就算只是为了这一双甜润如杏核般的眸子充盈喜悦，他也得将每一场劫熬过去。见她情绪平静了些，将她的手蜷握在宽大的掌心，俯下头颈，轻声安慰道："没事。"

在他身边，她还有什么紧张的。

无论他是谁，到底是北人还是大宣皇子，一个身份却永不会变，是自己的丈夫。

她抬起柔荑，碰了碰他瘦尖了的下颌，有未来得及修整的胡茬儿青影，然后她将冷宫里跟赫连氏会面后的事一点点说了。

开始还顾及他的感受，可云菀沁发现自己多虑了，眼前的男子安静聆听，脸色淡漠，好像在听一件跟自己完全不相干的事。

她想起什么，将他手掌抓起来。没有，又去捉另一只手。

夏侯世廷一疑，却听她嚷起来："扳指呢？"

他眉宇一结，语气瓮闷："要那个干什么？"

"在哪里？快拿出来！"云菀沁拽住他袖子。

他声音更沉："丢了。"

云菀沁脸色唰一下雪白。开什么玩笑？

施遥安在一边看着，终是忍不住上前："三爷，王妃，……那扳指，我给捡回来了。"说着，从袖口里掏出来，递过去。

主子一时冲动，他却总不能眼睁睁瞧着主子戴了小半辈子的扳指被雨水冲不见了啊。

云菀沁大喜，吁了一口气，将扳指拿过来道："回府叫三爷好好嘉赏你。"

施遥安摸不着头脑，只见娘娘蹲下身，找了个冒出地面的砖石锐角，扬起扳指朝上面磕去！

"铿——"一声脆响！

夏侯世廷和施遥安一惊。

玉扳指裂开两瓣，迸出小粒玉渣，断掉的截面处，竟露出一张卷成细条状的纸。

云菀沁拿起那条叠得牢牢的卷纸，回到他身边。摊开有些泛黄的纸，施遥安凑过来一看，上面密密麻麻记载着一个个的词条儿，有几个倒像是草药名，讶然道："这是什么？"

云菀沁将纸交到施遥安手里："带回府上给应大夫，是解药的方子！"

施遥安震惊之后，明白过来，将纸条如获至宝地捧过来，半点儿闪失都不敢有，小心翼翼地放进袖袋里。

夏侯世廷却并不像施遥安那么高兴，他先是讶异，其后沉默起来。

云菀沁估计他跟自己听赫连氏说解药方子在扳指里时是一样的心情，将他袖口里的手掌轻轻一勾："若真下决心置你于死地，母嫔也不会将方子放在指环里……宫里的女人太难做了，各式各样的难，她也没办法。"

他知道她是让自己心里好过些。

心里有仇恨的人，赢了别人，也输了自己，永远快活不起来。可她不知道，有了她的那一日起，别的难处真的已算不了什么。

他俊朗的脸肌松弛下来，反握住她手，将她拉到颈边，低声道："你放心，你永远不会过那样的生活。"

她踮起脚尖在他耳边："信你。"

雨势不见弱，又下大了，齐怀恩见时辰不早，在旁边催了两声。

她轻声道："母嫔虽被押进延寿殿，皇上却没让外人知道，说明还是半信半疑的，等过了今儿的气头，我会伺机劝谏。"

夏侯世廷眉目一动。

劝谏？

天子岂会容皇嗣鱼目混珠，何况还是宿敌外族的血脉？

宁可错杀一百，不可蒙混一个。

皇子那么多，父皇不差自己一个，若是混淆了皇室血统，却是千年的罪人。

这一次，别说之前的功绩会前功尽弃，便是王爵地位恐怕都难保。

然，她愿意跟自己内外一心，携手进退，他又怎么能摧毁她的信心？

他轻抚了一下她额前秀发，神色不动，含笑道："好，就看你的了。"看着她离开了视野，方才转过身。

施遥安扬起车帘，却见三爷驻足，抬起头说："要变天了。"

可不是，暴雨没完没了，歇一会儿又下起来。施遥安正想要回应，再看自家主子的神色，悟了过来。

此变天，非彼变天。

"赫连允是明天上午出京返北吧？"

"是的，三爷。"

他目色微敛，轻唧一声："雨多路滑，道途难走，四处涨水淹河，须用舟船，北人不适应水路，就由礼部尚书、鸿胪寺卿等部长官携本王三千亲兵一路护送赫连允的队伍北上吧。”

手上尚有摄政权未卸。

此刻只能先发制人，拿来一搏。

沿途送使臣回国，彰显大国风度，是再正常不过的外交礼仪。

可施遥安却明白了三爷的话中另有一层含义。

养兵千日，用兵一时。

这些日子，三爷除了理朝上事，更是频繁下营地。除却皇子亲兵，更在京军中树立了威望，让不少原本对这名主子持观望态度的兵将都不无折服。

施遥安正想着，只听他声音又飘来……

一夜变故多，回了紫光阁，云菀沁睡不着，熬到下半夜，总算有一点儿倦意。刚闭上眼，朦朦胧胧之间，却听厢房外面传来急促步子声。睁开眼，天色已经蒙蒙亮。

本来就是提着一颗心和衣而眠，云菀沁一下子就被惊醒。只见门咯吱一声被推开，琴钗苍白着脸进来：“王……王妃，不好了……”

听弦也站在后面，慌里慌张的样子。

“怎么了？”她趿拉着靴，披上外衫，匆匆走过去。

“萃茗殿的赫连贵嫔，昨晚在养心殿服水银自尽了。”琴钗一听说，便忙不迭过来通知。此刻说得磕磕巴巴，显然受了惊吓。

昨晚在延寿殿临别时赫连氏的一席话，犹在耳边盘旋着，云菀沁已觉得不对劲儿。

没料赫连氏为了表清白，竟然以死明志。

……水银？

昨天她托盘中有水银。

竟被赫连氏偷拿去了。

水银因为辛寒有毒，在成药中分量很轻，每次不过添加一点，大半又是用来治疗疥癣、梅毒、恶疮、痔瘘的外敷用药，如今被人活生生吞下几小瓶，可想而知是个什么局面。

云菀沁好容易强打精神：“人呢？”

‘王妃是知道的，服用水银当下死不了，等水银流遍七窍全身，一点点腐蚀脏腑，人才慢慢衰竭而亡。贵嫔被送回了萃茗殿，皇上派了个太医去看过，说是人快不行了……”

流遍七窍全身……

赫连氏还是跟前世一样的命运，不管是皇上暴怒亲手施刑，还是她自裁，总归都是因为水银毒性而亡。

云菀沁让琴钗和听弦照看紫光阁的事务，自己则朝萃茗殿疾步走去。

琴钗见她一个人，不大放心，交代了听弦一声，也撒腿跟了上去。

萃茗殿内一片哀哀哭声，太医早离开了。

章德海与四个贴身婢子正在榻边为主子送行，一见云菀沁过来，哭声更大。

榻上女子气若游丝，双目半合着，眼角和耳朵里有血丝如小蛇一般流出来。

云菀沁身子一软，差点儿踉跄摔倒。床榻上的人，已经返魂乏术了。

水银挥发快，摧残了赫连氏的视觉和听觉，甚至感官，可模模糊糊之间，她却仍感受到来人是谁，纤细手指动了动。

“母嫔太冲动了，白耗了性命有什么用？”她坐在榻前，忍住红了的眼眶，颤抖地接过蓝亭递来的干净帕子，贴在赫连氏的耳畔，轻轻拭干血渍。

便是走，也得干干净净地走，到底是个美人。

就算到现在还是有些气她当年毒杀亲子，又让三爷半生饱受毒发的痛苦，可眼前的妇人到底生下了他。

“不……我这条命没有白耗，”赫连氏回光返照般，唇角一抽，竟浮出一丝莫名笑意，“皇上见我以死表明清白，心……心终究会软几分……你看……他不是将我送回萃茗殿了吗，还派了太医过来……有我开路，你们再好好劝劝，会顺利得多……咳咳……”

一阵猛咳，吐出一口血。

“贵嫔——”章德海与蓝亭、青婵等人大哭起来。

“好容易为他做一件身为人母该做的事，他若原谅我，我也心安了。”赫连氏锲而不舍地说着，身子剧烈颤抖，“我终于明白……毒性发作多么痛了，可怜我儿，受了这么多年的苦，我却眼睁睁看着……”

云菀沁看她克制着身子乱动，知道她在忍受水银腐蚀内脏的痛，将她几个大穴摁压住，想尽量让她感受的痛苦稍微少些。

赫连氏却抵不过体内蔓延的毒性，趁着五感俱丧之前，虚弱地笑着：“你看，老天爷其实是很会算账的……”

忽然十指紧扣床褥，身子一蜷，又呕出几口鲜血。

“贵嫔不要再说了，休息一下吧——”章德海扑上去哭着恳求。

休息？

心累了一生，终于要安心了，今后休息的光阴多得很。

赫连氏强支起头，双目一刹回光返照，灼灼似日，一字一句，拼尽气力，还想说什么，却终究昏迷过去。

章德海与四婢急急上前，掐人中的掐人中，唤太医的唤太医。

云菀沁被人潮挤了出去，琴钗将她搀出内室，悄悄道：“贵嫔如何……”

云菀沁摇了摇头，眼眶不觉湿润。

正此时，只听内室传来章德海的哭声：“贵嫔殁了！”

萃茗殿一片哭声不绝。

琴钗脸色哀下：“秦王妃……”

却见云菀沁袖口挣出来，背朝萃茗殿，步子如风，径直走出去。

琴钗紧紧跟上去，不一会儿，两人已经到了养心殿门口。

云菀沁跪下：“近侍医女云氏求见皇上。”

黄门官拦住：“皇上无诏，不得觐见。”

“让秦王妃进来。”廊下，姚福寿的声音传来。

黄门官放了行，云菀沁看了眼琴钗，示意无碍，进了殿内，刚走到最里间就嗅到一股浓烈刺鼻的药味。

各味药的分量又加重三倍不止。

光凭这药，床榻上的男子，已是病入膏肓的阶段。

“怎么，贵嫔是……走了吗？”榻上人早有预感，并不愠怒她的闯入，声音还多了几分颤抖。

云菀沁垂首跪下，回道：“皇上，贵嫔仙逝了。”

面前悄然无声，继而，男子喉间传来似哭又似笑的叹息：“好，一个个的，全都走在朕的前面……一个个的，都好狠的心……”

云菀沁等眼前男子情绪稳定下来，双臂一开，匍匐于毯上：“贵嫔已经用性命来证明清白，表明忠贞，还望皇上不要听信那些无稽之谈。”

宁熙帝就知道她来不仅仅是告诉丧讯，更是要为老三求情。暂且克制心头伤感，撑着倚榻：“朕也希望那只是无稽之谈，可事实上，朕不能姑息混淆皇嗣的事。”顿了一顿，“沁儿，就算秦王府真的有变化，便是为了你娘，朕也会保你性命无忧。”

这句承诺，非但不能让云菀沁放心，反倒焦灼起来。

皇上的意思，不单笃定三爷非他亲生，似是还要立刻降旨，对三爷做出裁决。

早知前路艰难，却也没想到才说一句话就被皇帝打了回马枪。

她抬头，看着皇上说道：“秦王忠心孝道，能耐卓绝，近日的表现，皇上看得清楚，也是满意的！”

“国之栋梁是珍贵，却能够再培养无数，但大宣皇子中一旦掺了异类，那就是不可挽回的错了！你是明白人，不是那些胡搅蛮缠的妇孺，孰重孰轻，不用朕再与你说得那样详细吧。”

“秦王若真是皇上亲骨肉，一旦被误判，皇上就不会捶胸顿足追悔不迭吗？”

“你放心，”宁熙帝望住她，并未怪罪她的失言，“朕再无情，也不至于让他丢了性命。”

这话的意思无非是死罪可免，活罪难饶。可是这样的活罪，比死又能好到哪里去？

云菀沁蓦地笑出声。

“你笑什么？”宁熙帝浓眉攒起。

“妾身笑皇上为了蒙奴人的一句气话，就断送了栋梁之才，为了对得住夏侯皇室的祖宗，宁愿中外人的反间奸计。看似孝敬，其实只顾颜面，不管社稷！”

“大胆！”宁熙帝一拍榻面，气得咳起来，挺起身子坐起来，抬起臂欲要掌掴。

正这时，只见帘子一打，姚福寿疾步匆匆进来，对着皇上耳语了一番。

宁熙帝听着，涨红脸庞上的血色退下来，慢慢恢复正常，又添了几许苍白，眉头扎得紧紧。

姚福寿说完，退到一边，宁熙帝坐在床沿半边，陷入艰难的沉思。良久，望一眼云菀沁："你下去吧。"

已是死谏了，那就到底吧！云菀沁望住皇帝："还请皇上三思开恩！"

宁熙帝眼色一敛，长叹了一口气："你放心，老三既然这么有能耐，朕又怎么舍得失了这个人才？贵嫔又以死表明了清白。罢了，这事秘不外宣，只当没有发生过！就此揭过！"

局势突然一变，让云菀沁回不过神。

姚福寿开口："皇上已经开了金口，秦王妃还不谢恩？"

云菀沁只得趴下磕头："多谢皇上。"

宁熙帝唇角浮现出一丝冷笑，又揉揉鼻梁，靠在了榻上。

待云菀沁行了跪安礼，出了养心殿，宁熙帝蜷了手击了一下床案，语气发凉："已是出城了？"

"是，"姚福寿直禀，"天一亮就走了。便是这会儿去拦，也拦不住了，礼部尚书、鸿胪寺卿等几十名长官送到百里之地折返，秦王亲兵送到北边国界才回来。"

派遣朝中几部的大员重臣与自己的亲卫士兵护送赫连允，一旦他在京中被贬，遭了责罚，岂不是逼得他反？

他一声暗令过去，几千皇子亲兵只怕要胁迫大宣重臣，当下投靠蒙奴人！

宁熙帝胸闷不已，咳起来。

姚福寿忙捶背："皇上息怒……就算真的是秦王故意这么安排，也不过是撑一时而已。等秦王亲兵回来，可下令擒压住那几千亲兵，再下旨除他爵位也不迟……"

亲兵送蒙奴人到北国界线，一来一回起码一个月。

老三如今既有这雷霆手段，这一个月间，一定还会有什么安排，绝不会坐等着一个月后束手待毙。

更重要的是，自己的身子，哪里还能等得起一个月？

万一撑不过，国中无主，太子刚即位，权柄不稳，老三也不知道会掀起何等的大乱。

宁熙帝尽力克制住喘息，眼光一瞥，看住不远处的小几，上面摊放着这几日陆续让姚福寿拟好的遗诏。

其中一封，刚拟了一半，部分人员还在拟定。

姚福寿顺着皇上的目光一看，会了意，赶紧过去捧起那张遗诏。

金黄云绸上的“殉葬”二字，在一列字中，格外的醒目。

东宫，颂元殿。

年公公从养心殿那边回来，将皇上的决意跟主子汇报了。

就此揭过，不追究？

这样大的事儿，就这么被老三避过去了？

罗汉榻上，太子手持戏文折子。听到这儿，放了下去。

再一听秦王那边的举动，也不奇怪了。这是拿重臣和亲兵，威胁皇上不得不罢休。

太子一声轻笑，盈尽了说不出的冷意。老三啊老三，你跟孤一样，还不是个疯子。

“亲兵回之前，秦王必定有行动。皇上的日子已经不多了，就怕待皇上一崩，秦王会先发制人。”年公公脸上写满了忧虑。

“五湖救了鸱夷命，尘劳事不听……”榻上男子唇角浮出笑意，不见半点操心。又抄起折子，随口念出戏词，“……龙蛇一任相吞并。”

龙蛇一任相吞并！

俊逸出尘的桃花眼内，乍现肃杀意。

入了夜的皇城，难得的好天气，苍穹似一张丝绒帐，镶嵌着繁星月轮。

除了巡守侍卫的步伐和断续的打更，处处静谧。

可越是静，仿佛越是藏着一把无形的利刃，随时随刻要划破天际。

赫连贵嫔不慎忤逆圣上，饮罪自裁以平息龙怒，圣上追忆往日情分，特赐三皇子秦王守夜萃茗殿，以成全孝心。

那赫连贵嫔到底是什么事儿忤逆了皇帝，宫人不得而知，皇帝那边不明宣，谁又敢多问？

嫔妃惹怒天子的事太多，在宫里也不稀奇。伴君如伴虎，说句话让皇帝不高兴，也算是忤逆，也没什么好多问。

听到圣旨后，云菀沁好不容易熬到了夜深。

琴钗和听弦两个细心，提前先去萃茗殿打探了一下，待那边没了人，才回来跟云菀沁说了一声。

萃茗殿的正殿是存放赫连氏遗体的殡宫，白色丧幡和灯笼挂在廊下。

熟悉身影跪于灵柩前的蒲团上，高僧禅定一般。

女子一身月色素衫，宽袖随风轻动，露出两截儿纤细白皙的小臂，清灵秀美宛如月中仙子，眉眼又隐着几分担心。此刻带着两个紫光阁的医女到了门口，却站在门槛处，凝视里面，并没移步。

陪同守灵的章德海与四名婢子一看，退下去了。

夏侯世廷只觉身后有轻盈脚步靠近，心意一动，知道是谁，并未回头，又觉身后的人蹲下来，展臂将自己腰揽住，声音如天降仙霖，泽润了苍生：“三爷。”

她不知道怎么安慰他，只想用举止让他知道自己的心意。

他伸出臂，将她拉到身边。只见她已经套上了殿内的麻衣和孝服，不觉勾起薄唇，嘴边泛出些涩意。托起她秀美的尖尖下巴，半晌，嗓音微哑：“这世上，本王只有你了。”

刚如磐石的嗓音，终究忍不住一丝颤。

她在蒲团上支起身子，将他束冠的头颅抱在怀里，宛如母亲拥着婴儿，声音甜柔：“沁儿也只有三爷。”

怀内人一动，大掌一用力，将她绵软腰身握得更紧。

夜色深了几分，她只安静待在他身边，陪他度过最难熬的一夜。

若可以，他愿意这么拥住她不放，溺毙在她一片软香温玉中。可时辰不早了，他不想她在离开宫廷前又发生什么意外。眼下是最如履薄冰的时刻，无论是她，还是他，有任何破格的举止，父皇只怕都会拿作借口。

转瞬，他目色清明，将她手臂扶起来：“回去吧。”

走到了殡宫外的天井，夜风一吹，她不知道他心头是不是还不舒坦，临近殿门口，忽地又转身，脑袋蜷入他热腾腾的怀里：“你就舍得赶我走？我再陪陪你跟母嫔好不好？”

这小人儿每次都是在他最难堪、最狼狈的时候，成为他生命的取暖火花。

舍得？

他俯首在她清馨的发窝轻啄一口，强颜浮笑：“今日不舍，明天不得。”

她知道他心情稍亮敞一些，放了些心，却又想起一件事。那天离开养心殿后，找齐怀恩问过，知道了他调兵送行蒙奴人的事儿，也明白了皇上突然回心转意，不再贬罚他的原因。

皇上是怕将他逼反。几千皇子精兵良将倒戈，又损失朝中重臣，到头来便宜了蒙奴人。

可——

近期能挡住，等他的亲兵回了京城以后呢？

还有，现在他身边没有亲兵护着，万一有什么事儿，连个抵挡的缓冲都没有，会不会很危险？

他听着她的质疑和担心，唇角禁不住一动，只低头撩起她一丝凌乱碎发，轻柔钩到她白净耳后，俯下头道：“你只静待出宫。”

出宫。

她一怔。

这次是以天子近侍医女的身份，召进宫侍疾，说是等蒙奴人走了，就能离宫，可皇帝如今病成这样，一时半会儿，决不可能放医女们走。

他说的出宫，自然是指皇帝驾崩。

暴雨不歇。

蒙奴人刚走没几日，宁熙帝似是强弩之末，耗尽了最后精力。短短几日，瘦成了皮包骨，几乎变了个人。

几日下来，宁熙帝病在养心殿的龙床上，大半时光都丧失意识。

任由姚光耀为首的御医施展尽了平生所学，也是回天乏术，挽回不了天子寿元。

有人惊慌无措，有人伺机待动，有人图谋打算。

贾太后来了几次养心殿，次次在帐内与皇上说完话之后，抹着老泪离开。

太子和几名内阁辅臣也来过养心殿，聆听遗训。

几日后，养心殿内传来旨意，储君伤势已愈，秦王还摄政权于储君。

这是毫无悬疑的事。

当初本来就是因为太子受了伤，才让秦王暂时担任朝纲。

宣旨的当日清晨，细雨绵绵，夏侯世廷进宫平静领了旨，脱下摄政朝服，交出掌权宝印，隔着帘子，说了几句父皇早日康泰的话，淡然转身出宫。

这件大事一了却，宁熙帝最后一笔包袱卸下，再撑不住，病势如当季来袭的暴雨，控制不住，急转直下。

满宫苑的太医成日围在御榻边，紫光阁这边的医女自然也忙得停不下来。

这日，正好是云菀沁和听弦二人夜间轮值，在药膳房正煎药。

紫光阁外大雨瓢泼，比往日还要下得凶猛。

两人一个摇扇子，一个看着火候，不敢有一点儿分心。

到了下半夜，琴钗来了药膳房，将熬好的药端去了养心殿，两个人终于能暂时歇一口气儿。刚收拾了泥炉，清理了药材碗碟，还没来得及倚在灶台边，却听急促步伐传进来。

刚去养心殿没多久的琴钗焦虑的声音在天井内响起来："——皇上，殡天了！"

云菀沁和听弦一惊，匆匆出去。

隔着紫光阁的天井朝外望去，满宫各处的灯火接二连三地亮了起来。

紫光阁内其他几名医女和嬷嬷都出来了，趴在雨中，如丧考妣地扯着嗓子哀号着。

该来的，终是来了。

天子之崩，旭落星沉，四海俱恸。

贾太后伤痛中，由近侍嬷嬷马氏与慈宁宫太监朱顺陪着，垂帘下谕，照大行皇帝遗诏，不可大肆耗费民力国财。

说是不可大肆操办，毕竟是天子驾崩，仍是照着夏侯皇室的凶礼规制。

梓宫停灵在乾德宫正殿二十五日，供给各宫各殿的主子以及皇室宗亲哭祭。

宁熙帝驾崩后，皇子们本该第一批进宫吊唁，可太子下了摄政后的第一道监国诏谕，大行皇帝新丧，朝中暂无新主，为防变化，只需内命妇和几个居住在宫里还未成年的皇子以及宫外部分许可的宗亲臣宦进宫吊唁，禁止大部分皇子进宫。

这一道旨，生生将宫内宫外隔开，宫里的出不去，宫外的也进不来。

新旧交替时，储君为了防止有居心叵测的人做出什么乱子，阻止其他宗亲进宫，不提供一丝空子让旁人钻。这种做法也是有的，所以，这道禁令虽带着个人私心，臣子也不好说什么。

皇子皇孙们在宫外没法进去哭丧，无非也只能私下骂个两句。

贾太后早知道太子自有谋算，却也没料到他这样不近人情，派朱顺去东宫说了两句，太子却以此刻是非常时期，若有人生乱，担当不起来推搡。

梓宫出殡当日，天色阴沉，虽没有落雨，却乌云密布，山雨欲来。

萃茗殿那天之后，快一个月没见到三爷，云菀沁本想着这场丧礼完毕之后就能放出宫，可一道诏谕下来，还不知道要等多久。

若按着太子这道诏谕的意图，等宁熙帝移葬进陵寝，政局安定，新帝坐稳江山，只怕一年半载都不够。

难道还得在宫里漫无止境地耗下去?

一大早，她跟琴钗、听弦以及几个紫光阁的近侍医女，跟其他养心殿的侍从去了乾德宫那边。

护送大行皇帝的梓宫会从正阳门出去，到了乾德宫外面，几人跪在人群里，等待起棺。

乾德宫外，允许进宫的一行重臣披麻戴孝，三三两两跪在大门外的两侧，送行先帝，中间铺着一道狭长的织毯。

太子身穿孝服，站在宫殿内，姚福寿和年公公则陪在身边。

直到内侍来传报时辰已到，太子方才站起身。

正这时，前方铜环大门咯吱一声，缓缓打开。

伴着脚步声，一个黄门官急促小跑进来，喘息着跪下来。

“殡宫在前，怎么能如此慌张！”姚福寿拂尘一甩，斥责了一声。

“大皇子、二皇子、三皇子、八皇子、十二皇子、十三皇子等人已进了宫，说是今日要为先帝爷送行！”

云菀沁身子一动，望向大门。

太子背手站在殿门口：“那道诏谕，几位王爷是没详读吗？”

“正是因为详读过了。”伴着沉声，乾德宫的宫院朱门轰一声，竟被两个孔武有力的侍卫生生踹开，震得宁静的宫院一响。

有人已跨进来，声音洪亮：“太子已免去了咱们的吊唁行孝，难道连父皇最后一程也不让咱们送吗？咱们宁愿冒着诏谕上的不敬之罪，也免得被祖宗说不孝。”

第十章 风雨来袭

美人思无邪 上

夏侯世廷走在前面，一身斩衰缟素，腰系白巾，额系生麻，沿着中间的长毯走过来。

云菀沁一个月没见他，此刻双目凝住他的身影。

他轮廓又清瘦不少，衬得身姿越发拔高了几分，精神明显好了不少，也不知道是不是解药有效的缘故，总归是松了一口气。

燕王站在他手边，紧紧跟着，其他几个皇子也跟在后面。

几名贴身侍从都跟在各自主子身边。

“是。太子，咱们兄弟几人宁愿当场被罚不遵诏谕，也不愿担个不孝之罪！”燕王向来是夏侯世廷的第一线敢死队，此时已经率先嚷起来。

这一嚷，其他皇子也都沉不住气儿，尤其稍微年轻的十二皇子厉王、十三皇子景王，锐气正盛，一见着殿内的梓宫，更是掀袍朝里面跪下：“父皇！咱们来拜您了！”

就连平时最老实的大皇子和二皇子也跟着说道：“咱们也都是大宣皇子，凭什么见不得父皇？咱们也要为父皇扶灵出宫。”

一群成年皇子摘冠除缨，身着孝服，强闯入乾德宫要行孝道，气势阻不住，于情于理更是不好拦。

乾德宫外，黑压压一片，全是各个皇子的亲兵侍卫。

几个王爷既是违诏进宫，又怎会不多带些侍卫伴驾助威，光看着这个场面，只怕等在城外的还有不少亲兵。

一旦太子真的以违反诏谕的罪名当场惩罚诸位皇子，这些亲卫护主心切，肯定得叫嚣抗议。便是皇子们忍下这口气儿，甘愿被罚，从此也肯定会埋下不服不甘，与太子交恶。

还未登基，就与手握兵权的成年皇子们明着结下梁子，脑子但凡稍微明白点儿的人都不会这么干。

再看看走在最面前的秦王，臣子们便知道今天挑起这场风波的是谁了。看来不管怎样，得益人，是秦王。早就想过秦王摄政以来，朝上朝下赞不绝口，又得了先帝爷的欢心，怎能甘心拱手让出权柄？

照着今天这局势看，太子也只能咽下这口气，通融各位皇子了。

殿门口，太子嗤意浮起。果真是会咬人的狗不叫。

那燕王本就是他的马前卒，就不说了，其他几个傻帽儿居然也被他说动了。

这老三今日能够唆使皇子大闹灵堂，与自己对着干，明日得做出什么事，也可以预见了。

太子缓缓出了殿门，下了玉阶，不紧不慢地对众人说道：“几位王爷孝感动天，连诏谕在前都不顾，孤又怎能阻挡王爷们行孝？”

年公公望了一眼主子，扯起嗓门喊道：“请各位皇子进殿祭大行皇帝，再随太子扶灵出正阳门——”

几名皇子如释重负，掸了掸衣袍，准备进殡宫。

夏侯世廷脸色凝住不动，只站在原地，岿然不动，任由几名皇子从两侧朝前面走去。果然年公公话还未说完，此时又继续道：“——除三皇子秦王以外。”

众人一愣。

云菀沁心头一颤，却见夏侯世廷神情平静，似乎心里有数。

“凭什么不让三皇兄进去？”燕王反应过来。

景王和厉王也停住脚步：“为何独独不让秦王进殿祭拜？”

太子面容浮上一丝若有似无的笑：“各位王爷都是大宣正统的皇子，自然能够进殿行孝。”

这话什么意思？难道是说秦王不是正统皇子？

臣子们顿时错愕。

燕王愤然：“太子不要在父皇灵前胡说！”

景王亦是打圆场，嘀咕着：“什么罪名都能乱捏，这话可不能乱说。”

太子扫视群臣："诸位王爷和卿家可知后宫萃茗殿的赫连贵嫔是如何殁了的？"

宫院之内，更是纷纷议论起来。

"听闻是忤逆皇上，自尽御前……"

"难道有什么内情？"

云菀沁冷汗渗出，宁熙帝忌惮蒙奴人，怕逼反了三爷，才压下这事儿，太子如今管不得那么多，三爷的亲兵若真是投了蒙奴人，太子正好借这罪名一举拿下，再没什么客气好讲。

"内情？"太子袖子一飘，遥指那名臣子，"问得好，孤告诉你们，赫连贵嫔当年是带孕来蒙奴，腹中孽种便是你们口口声声称呼的秦王，你们当赫连贵嫔为什么会自尽？便是因为这个才畏罪自裁。"

在场的所有王爷和臣子，包括乾德宫的侍从惊诧不已，再也顾不得殡宫肃穆，窸窣起来。

全场目光聚焦中间那一袭素白孝服的男子身上。

云菀沁蜷了粉拳。太子今日是下定决心要当着宫人和臣子的面宣出这事，若压不下去，只怕三爷……

庭内，夏侯世廷长身玉立，波澜不惊，挑起薄唇，淡淡地道："父皇刚崩，朝政不稳，太子生怕有人觊觎，引发动乱，本王与几位王爷也就顺了太子的意思不进宫吊唁，好让太子宽心。却不想太子仍不放心，继续穷追猛打，别的罪名就罢了，竟用这种伤皇室名声的罪名来栽赃，实在是凉了做兄弟的心。"

太子也没想过他会承认，瞥一眼身边的姚福寿："姚公公是父皇身边最亲近的，还不当着大家的面说一说，赫连贵嫔是不是因为带孕来大宣，与赫连允说话时无意被发现，父皇大怒，贵嫔才畏罪自尽？事关皇室血脉，又在父皇灵前，姚公公切勿有半点欺瞒！"

姚福寿冷汗直冒，皇上本想将这事儿压下去，谁想到这太子半点情面不讲，皇上一崩他就当着这么多人的面宣扬出来，只得道："是，不过皇上也只是怀疑，并没有……"

"行了！"太子打断他的话，说到这里就够了，"诸位卿家听清楚了吗？"

连姚福寿都发了话，一众臣子更是惊哗连连，原来这秦王——竟还是北边带来的孽胎，是蒙奴人？

这事儿可大条了！

“非皇族中人，哪有入殿拜祭扶灵的道理？”太子声音一高，“宗人府令在不在场？”

群臣中，宗人府令忙哆嗦着起身，出列抱手：“下官在。”

“皇族子弟中，有人鱼目混珠，以假乱真，照律法，那赝皇子该当何罪？”

“赝皇子理当被诛杀，阖府下狱。”宗人令吞吞吐吐。

燕王一把拎住那宗人令的衣领子，呸道：“放你娘的狗屁！没凭没证，就光凭几句狗屁话，就说秦王不是父皇的儿子？堂堂大宣皇子，岂容被你们这样的冤枉？”

几个黄门官立刻上前：“燕王御前谩骂，该当何罪！”

几个燕王近卫一见主子被动粗，不依了，上前保护，一声怒吼，将那两个瘦巴巴的黄门官一拎，甩了出去。

太子眼色一厉：“燕王的人好生狂妄啊！”

正要呵斥禁卫进来借机将燕王发落下狱，却见夏侯世廷已呵斥一声燕王侍卫：“明知道你家主子近日为皇上伤心过度，心神不稳，也不看牢些，还不将你家主子扶到外面歇着！”

太子见他以燕王失心疯为由，冷笑一声，却也不再多说，由着燕王被护着出了乾德宫。

不过燕王这一闹，臣子们的心意却也动摇起来。

燕王说得没错，皇上和贵嫔都没了，死无对证，光凭姚福寿和太子的话，也做不得准啊。

虽说太子贵为储君，可毕竟是关乎皇族血脉的事，也不能由着乱冤枉。

云菀沁下定决心，拉了一拉身侧的琴钗和听弦：“琴钗，听弦，你们可否帮我个忙？你们与我结交不长，这事可能会担着风险，我不会强求你们，可一旦成功，我也会倾尽全力，好生报答你们。”

两人对视一眼，并没考虑多久：“谨听王妃吩咐。”

云菀沁心中飞快整理了一下，先凑近听弦的耳边，吩咐了一番。

听弦听完，起了身，隔着人群，弯着腰身从后面踱过去，慢慢走到乾德宫门口，找到秦王身边的施侍卫，将王妃的话耳语转述了一通。

施遥安听完，略是吃惊，遥遥望了一眼宫人堆儿里的娘娘，并未犹豫，匆匆走到三爷身边。

云菀沁见听弦过去与施遥安交代完，又拉住琴钗的手："你在宫里时间久，认识的人更多些，进出也比听弦方便，就劳烦你去一趟正阳门。今儿文武百官、皇室宗亲以及内书馆的宫外子弟都会在门口送先帝出殡，你想办法在人群里帮我找个人。"

凑到她耳下，吐出个名字，又如此这般交代了一番。

琴钗飞快离开。

与此同时，殡宫前，臣子们仍是私下议论不休，场面僵持。

蒋妤父兄蒋平和蒋鸿济父子今儿也受邀进宫，与太子一块儿为大行皇帝扶棺送灵。自打皇后那事后，太子暗中推了几把，蒋平连升两级，蒋鸿济也被提拔进了太子管的詹士府。

此刻，父子两人见太子递来的眼神，忙开口道："既然姚公公都已经证明贵嫔是因为丑事曝光才自尽，那就表明秦王的确身世可疑。既然如此，就该削爵降罪。"

夏侯世廷刚刚从施遥安口里得了云菀沁的口信，脸色一动，听见蒋氏父子的话，扫了一眼过去。

眼光漠然，却让蒋氏父子不寒而栗。

夏侯世廷道："就算是如姚公公所说的，父皇也不过是怀疑而已，太子利用父皇的怀疑，便能给本王制造个罪名，"说着，长背轻轻一转，若有似无瞄了大皇子、二皇子等人一眼，"今日是本王，明天又是谁？"

几名皇子刚才虽一直没作声，却一个个都悬得慌。

先不管秦王到底是不是父皇的骨肉，光看太子这意思，明显就是想要将秦王拉下马，既然有秦王的份儿，他们以后还逃得过？

一听秦王的话，正中几人心头隐忧，拱手齐齐道："太子，秦王所言极是！父皇也不过是怀疑而已，不可冤枉了秦王啊。"

太子见几个王爷为夏侯世廷帮腔助阵起来，再不多说，语气毫无转圜余地："冒任皇子的事，宁可错杀，不可放过，混淆了大宣皇室血脉，谁来担这个责任？父皇来不及处罚秦王就龙驭殡天，可孤需要担负起责任！”

“太子说来道去不过只凭一张嘴，何必耽误出灵时辰？”夏侯世廷道，“不如当众验亲，也好还本王的清白，给在场的各位释疑。”

臣子们万般惊讶，倒不是惊讶秦王提出这个法子，而是——

“若先帝爷尚在，还能滴血认亲，”姚福寿脱口而出，“可如今……先帝爷已驾崩了，又如何验？”

人都死了，遗体都在宫里停灵了一个月，只怕连皮肉都腐了，尸骨都裸了出来，哪里还有血？

养心殿宫人的堆儿里，冒出纤细女声：“倒也不是不可以验。”

众人循声望过去，只见一名宫装女子跪在人群里，一身缟素，俏丽柔净，虽素脸垂得低低，却有许多人看出是谁。

是前些日子为先帝爷侍疾，还没放出宫的秦王妃。

姚福寿嘘一声：“不得造次——”

“既然有法子，大可一说。”太子语气宽和，尽显大公无私，“免得你们以为孤故意打压秦王。”

云菀沁单独出列几步：“活人验亲，可滴血，死者，则可以蒸骨。”

众人一下子还没反应过来。

其中一个有些见识的老臣会意，最先一惊，喊道：“蒸骨？这，这是大逆不道，绝对不可行！”

“那是什么法子？”有人追问。

那老臣犹自未从震撼中平定：“取死者尸骨，将活人的血滴在骨头上，再将两者放进器皿，用火蒸烧，取出来后，若有父子亲缘，活人血与那骨头会融合在一起；反之，骨头则光滑雪白，毫无杂色，保持原来的样子。”

臣子们喧哗起来，难道将先帝爷的尸体取出来去蒸？

望一眼群情激奋的臣子，太子立于阶上，脸色松缓。

“当然不会损伤先帝遗体，”云菀沁声音平静，“气候转暖，再加上停灵已一个月，御体遗体该已腐化露骨，先帝爷驾崩前，身子亏空，骨质十分松脆，如今只怕已是骨骼脱散，只需取一小截骨出来即可。”

“大逆不道！简直是大逆不道！”几个保守老臣禁不起秦王妃将先帝爷的

遗体当成食材一般描述，心脏突突跳，都快发病了，“就算是取其中一截龙骨，也不行！”

“诬陷秦王，却又不让秦王证明自己的清白，这不是要在先帝面前将秦王活活逼死吗？”云菀沁不徐不疾。

几个老臣虽是犹豫了一下，却仍是不依不饶，就是不准。

正这时，乾德宫大门口传来声音：“太后驾到！”

太子见贾太后左右伴着马氏，从大门跨进，迎上去：“皇祖母因伤感父皇犯了头疾，一直在慈宁宫歇着，怎么过来了？今儿大事有孙儿操持，皇祖母切勿操心。”

臣子和宫人们纷纷跪下行礼。

云菀沁知道太后是为秦王一事而赶来，松了一截子气儿。

贾太后来之前就听说了个大概，看见当下的场面，更是心中有了打算。看了一眼秦王，又望向云菀沁，说道：“你为秦王的清白，提出蒸天子骨验亲，在皇室里头往前数一百年，也算是第一人了。若秦王确实是大宣皇子，就罢了，若然不是，你可知道你下场如何？”

云菀沁还未出声，却见一具长影已落在身侧，降下一片阴翳。

夏侯世廷跪在她身畔：“若不是，儿臣愿罪加三等，替云氏抵罚。”

贾太后沉吟，凝住两人，良久之后，才一声令下：“朱顺，传哀家口谕，开棺取骨。”

“是，太后。”朱顺上前。

“不可啊，太后——”几名老臣死死拦住，“怎么能为了验亲取天子尸骨，这是大不敬啊！”

“大不敬？”贾太后目色一凌，尽显凤威，“哀家就算担着这大不敬的罪名，也不愿意百年后让夏侯家的祖宗说哀家眼睁睁看着正统皇子被人诬成野种，连个声都不出！若秦王真是先帝的亲骨肉，被你们发落下狱，扣上野种帽子，今日就是六月飞雪，人间最大的冤屈，你们当先帝爷还会吝惜这一截儿没用的骨头吗？你们怕被人指脊梁骨，怕被人说不敬先帝遗骨？没事，这罪名，哀家一个人来扛！”

老臣被太后唾面直斥，身子半软，再说不出一个字。

云菀沁鼻头发酸，趴下身磕头：“多谢太后。”

贾太后走过去，将她扶起来：“不要急着谢哀家，哀家只是不愿意见着自己的亲孙子被人说成野种，可若秦王真的不是帝嗣，哀家也保不得你们。”

虽这样说着，贾太后的手心却柔软发热，又暗中捏了一捏，明显是鼓励。

云菀沁汲了眼泪，点点头。

贾太后一声凤谕，再没人敢阻挡。

殡宫内，宫人准备好了器皿和一小摞柴炭，幸亏天子梓宫是去了陵寝才密封，若是真的彻底封了棺，就算太后来了也没用了。

开棺后，朱顺和姚福寿取出一小截碎骨，只有成年人半根拇指那么长，白森森的。

夏侯世廷在廊下一边伫立，静待着进殿刺血。

施遥安疾步悄悄走过来，在他手心塞了什么，轻声道：“是娘娘叫紫光阁一个医女送来的。”

他脸色不动，手心一蜷，摸着那物的形状，是个袖珍小针管，收到袖袋内。

“请秦王进殿。”传来姚福寿的声音。

云菀沁见琴钗完成任务回来，再见他进去，虽知道已经有了准备，一颗心却仍是扑通乱跳，捏着一把汗。

所有臣子和宫人们也都屏息，听着里面的信儿。

一炷香的工夫，过得就像年夜一般漫长。

好容易，殿内传来动静。众人扬颈看去，先是朱顺戴着手套，捧着那烧红了的器皿出来，再是秦王走出来。

朱顺停在贾太后和太子面前，打开瓦罐器皿，接过宫人递来的一双长筷，小心翼翼地将骨头夹了出来。

所有人都悬着一颗心，盯住朱顺的动作，只见他手腕一抬，筷子中间正是浸了秦王血的天子御骨。

虽只一小块，却清清楚楚，本来应该白森森的人骨此刻通身血红，莹润透亮，仿似名贵的鸡血玉！

血骨已混为一体！

众人哗然。

“王妃，没事了。”琴钗一喜，险些叫出声。

“我就说了，秦王怎么可能不是皇上的亲骨肉？也不知道是什么乱七八糟的传言！”听弦啐了一声。

琴钗笑意一收，想着云菀沁刚才交代自己的事儿，望了她一眼。刚刚她交代自己去正阳门在为先帝送灵的群臣中找到内书馆学子，避人耳目地将云家少爷偷偷拉到一边。

照着云菀沁的吩咐，琴钗撸起云少爷的袖子，将针管刺进去，收集了一小管血，然后回来后交给施侍卫。

云菀沁香汗湿透了轻纱里衫，这辈子都没这么提心吊胆过，此刻总算落下一颗心。

眼下绝对错不起，一定要百分之一百的保障，只能用弟弟的血代替。

贾太后也放下一块心事。望了一眼太子，面朝前方缓缓说道：“诸位爱卿亲眼看到了？再不会对大宣皇子的身世有什么猜测了吧？”

“秦王确实是大宣正统皇子，臣等再不会多心！”几个臣子带头道。其他人看见铁打的证据，也附议起来。

“那这事儿就到此为止，若今后再有什么假皇子、质疑皇子身份的流言蜚语，坏了皇家名誉，哀家定不饶！”贾太后铿锵发话，说是训斥臣子和宫人，同时也瞥了一眼太子。

“是，太后。”众人匍匐在毯，唯唯诺诺地应道。

太子并没说话。

朱顺看了一眼太后神色，道：“出殡时辰不可误了，请太子扶灵出宫吧。”又望一眼几名皇子，“几位皇子今儿见着先帝最后一面了，也先回府吧。”

几个皇子点头应下，正要离开，却见夏侯世廷掀袍跪下。

“秦王还有什么事？”贾太后凤目一凝。

“内子云氏被召进宫作为近侍医女为先帝侍疾，本来早该出宫，因太子诏谕，迟迟不返，今日也理应出宫了。”夏侯世廷道。

云菀沁这才明白他今日来，不仅仅只是来吊唁送行，也是来讨了自己出宫。

贾太后眉间一攒："紫光阁的几名近侍医女本是临时召集，说是待北人一走，就解散医女，拖了这么久，着实也不应该。"说罢，望向太子，"那么，就请太子安排放行吧。"

太子凝住太后："这事，儿臣只怕安排不得。"

夏侯世廷刚才面对那么大的事都没什么表情，此刻脸色却染了霜意："本王不明白太子的话。"

"紫光阁的医女解散不了，秦王妃云氏，自然也不能出宫。"太子道。

贾太后这下听不明白了："什么意思？太子说清楚。"

先帝爷都驾崩了，还要那些医女做什么？还不解散到原来的岗位去干什么？

太子看了一眼云菀沁。

云菀沁觉察不对劲，那一双本是天生含笑带嗔的眉眼，此刻竟是掺杂着可惜与遗憾，只听他语气黯然，字句传来："父皇遗诏，紫光阁内六名近侍医女，陪葬献陵，一个不漏。"

此话一出，贾太后脸色一变。

几个紫光阁医女也大为震惊。一个胆小的吓瘫软了身子，当下哭起来。

云菀沁攥住琴钗和听弦的手，却止不住身子轻微抖动。

"你矫诏！"夏侯世廷直视太子，语气已显肃杀意。

贾太后亦是不敢信，就算是有殉葬的人，秦王妃怎么会上名单？

"在秦王府，云氏是王妃，"太子轻描淡写，"在宫里，云氏的身份，是养心殿的近侍医女。天子驾崩，挑选近侍殉葬，有什么稀奇？"

眼光又一移，望向姚福寿："秦王说孤矫诏，孤担当不起这个罪名。那就劳烦公公念一念遗诏吧。"

姚福寿掏出袖口的遗旨，一字一句将陪葬名单念出来。

最后一人，正是云菀沁的名字。

贾太后叫朱顺接过圣旨逐句逐字地查验，一列列看下来，分明是先帝的墨宝和印鉴，绝无人工伪造涂改的痕迹。

确实就是宁熙帝的意思。贾太后脸色一变。

施遥安几乎能嗅到主子身上的火药味，转头，见他一双眸埋得幽深，几乎看不清情绪，袖下双手虬得紧紧扎扎，竟有轻微的骨节碰撞的嘎吱声，十指掐入掌心肉，指尖煞白到褪尽血色。

若是先帝的遗言，贾太后也是无可奈何。顿时有些发慌，看了一眼云菀沁，焦虑之中，忽地太阳穴一阵猛跳，本就还没好全的头疾又犯了。

“还不扶太后回慈宁宫，叫太医去看看！”太子沉目一喝。

马氏和朱顺忙搀了贾太后回慈宁宫。

太子长袖一挥，敕令众臣先退出乾德宫外等待起棺，又望了一眼几名紫光阁医女：“将医女们带回去。”

几名黄门官过来，一名医女吓破了胆子，朝旁边飞身避开：“我不要死——为什么非得是我殉葬——”

“大胆！抗旨不成？”一名黄门官手往下一滑，欲拔出佩刀！

云菀沁飞快将那医女一拉，又暗示那医女跪下认错，方才免了那医女当下成亡魂，然后跟着几人浑浑噩噩站起身。

走了几步，她一抬头，只见殿前阶下，夏侯世廷正望过来，目光灼灼，仿似盛满火星，一触即燃。

她怎么能不紧张，可是怕自己再多看他一眼，便忍不住会扑过去，只忍下眼泪，垂下头，手一紧，攥住琴钗和听弦的手朝紫光阁走去。

宫院静下。

太子见夏侯世廷站在原地岿然不动，吩咐宫人：“送秦王出宫吧。”

一名太监得令下阶，几步小跑上前，伸出手去：“秦王请……”

话未落音，满身冷霜男子终是一动，雷霆之怒一瞬爆发，将那太监送过来的手臂一箍，当胸一脚踢去。

这一记踢力道极大，连动怒之人都因惯性朝后猛退几步，靴底在毯子上刹出一道重重的印迹，被迁怒泄恨的太监就更不用提，心窝正中铁靴，没来得及叫一声，整个人就飞到身后的台阶上，摔得闷声一哼，吐出小口血。

“三爷——”施遥安一声惊叫！

太子瞥了一眼趴在阶上昏死过去的太监，胸膛鼓胀，看起来，肋骨全部都断了。啧，下手完全不留情。

曾几何时，朝上朝下和父皇臣子面前，低调深沉、循规蹈矩的温良秦王，呵，如今，终是显出了一两分如狼似虎的真面目。

踢的是个下人，却分明在震慑自己。

太子挥挥手，叫人将伤者抬下去，注视他说道："秦王的心情，孤能理解。孤也是可惜，可先帝遗旨不能违。若是孤提前知道父皇有让秦王妃陪葬的意思，一定会阻拦。如今……晚了。"

不知道是不是因为刚刚的泄恨，平息了胸中愠怒，夏侯世廷此刻语气静得出奇："什么时候？"

太子眯眸："按遗旨，今日父皇的梓宫先行出宫后，几位医女直接回紫光阁内等待。两日后清晨，赐自尽，遗体送往献陵，入陵寝偏殿，长伺先帝。"

夏侯世廷面无表情，沉默须臾，开了口："出宫。"

施遥安见三爷转身朝大门走去，咬咬牙，跟上去了。

太子盯住前方，那颀长背影如出笼猛兽，浑身气焰酝藏在皮囊之下，唇一抿，对着年公公道："你猜，老三会去而复返吗？"

年公公被问得一愣。秦王的这架势，说不会再进宫要人，自己也不信啊。

"秦王亲兵已经全部回京了吧？"太子拢着双袖，收回眼色。

"差不多了，听城外密报，昨儿已经到了京郊了，只怕今天就能全部进城了，"年公公忙回应，"要不要现在就派京城禁卫军将回京的秦王府亲兵先扣住？"

"不，"太子摇摇手，"既然全都回来了，急个什么？孤要擒贼，也要擒王。"

年公公明白主子的打算："太子的意思是，等着秦王带兵进宫，再一网成擒……"

怎能辜负父皇临终前的殉葬遗旨。

父皇就是要利用云氏死殉一事为饵，逼得老三进宫要人，再连兵带帅，一块儿拿下。如此，才能彻底除去大宣的心头患。太子眼皮一动。

紫光阁内。

几个医女被关在阁内最大的一间大屋内。

两天下来，满屋子一片潮湿，全是眼泪的气味。

女孩们哭累了睡着，睡醒了再哭。

明日太阳一升，便是赐死殉葬之日。

几名医女更是受了刺激一样，哭闹不已。

早上，琴钗和听弦蜷缩在云菀沁身边抹着眼泪。

“我不想陪葬。我本是丽妃宫殿里的宫女，再过几年就要出宫了，被临时召去当天子近侍医女，说好了侍完疾就能回去了，为什么会死？”听弦埋在双膝里饮泣。

“秦王妃，我家父兄几代行医，悬壶济世，救人性命，不是应该有好报吗？为什么当好人反倒会没命……”琴钗红着眼眶。

云菀沁替两人揩了眼泪，镇定下来。宁熙帝让紫光阁的医女殉葬，目的是自己，这几个医女不过是受了自己的牵连。

听弦的呜咽又响起来。

云菀沁将她搂紧，暂时不去多想。

她就不信邪了，老天爷既让自己重生这一次，难道就是为了让自己再被活祭一次？

一天格外漫长。

黄昏降临时，几个年轻女子心神俱疲，昏昏欲睡，室内静寂似坟墓。

门咯吱一声响，几个嬷嬷端了饭菜进来，刚好是六名医女的分量，依次放在桌子上。

“好好饱餐一顿，是御膳房的大厨做出的佳肴，全是你们平日吃不到的。”

最后的晚餐。

嬷嬷的话，刺激了几个好容易停止哭泣的医女。

几个人冲上去抱了嬷嬷的腿，哭喊道：“我不想死！”

“先帝赐你们殉葬，是你们祖宗十八代的福气，不但你们有了美名，连带着你们的爹娘兄弟也会跟着受犒赏！旁人想求还求不得！”一个嬷嬷骂了一声。

“我不要这个美名！爹娘还等着我回家呢！我不要殉葬——求求嬷嬷，转告太子，咱们不想死——”

几个医女哭成了一锅粥，都是如花似玉的年纪，日子还没过够。

“笑话！”嬷嬷们再懒得多说，推开医女们，“哐当”一声摔门离开。

屋子又暗下来。满案的佳肴美食，热气腾腾，香味扑鼻，反衬得屋子内的场景更凄凉。

年轻女子们两天中，只喝了几口水，没吃一口米，早饥肠辘辘，可谁又吃得下去？嬷嬷来了一趟，几人更是绝望了，抱住膝盖哭起来。

有个心性脆弱的女孩儿，受不了熬到天亮才被赐死，寻着没人看见，用头撞到墙上。幸亏几个医女眼疾手快，将她一把抱住，那医女的额头虽磕烂了，好歹没大事儿。

“还没到那一步，急什么！说不定有转机——”琴钗跺脚，给她用桌上的清水清理伤口。

“什么转机？我才不做那种白日梦！早死晚死都要死，早点儿死还痛快一些。我听说以往殉葬的宫人若是不敢自己吊，便被那些太监活活勒死，勒得舌头都出来了，我才不要……”自杀的医女捧住脸，说不下去，恸哭起来，引得其他几人也默默垂泪。

愁云惨雾间，云菀沁站起来，拿了几个白糕，一一递给琴钗、听弦和几个医女，又自个儿拿起一个，坐在墙角，一小口一小口地吃起来。见几个医女看过来，淡淡地道：“没被杀，自己倒把自己先给折腾死了，不划算。”

几个医女一怔，情绪仿佛受了感染，总算都平静了下来。

人家当娘娘的，本应该过着顺遂安乐的日子，如今被赐殉葬，应该是更憋屈，更委屈，更心不甘情不愿啊！

到头来，倒比她们几个当奴婢的更坦然。

连秦王妃都不怕，她们还怕什么？

几个医女止住哭泣和悲伤，也跟着一点点地吃起来。

热乎乎的食物下肚，让人充满饱胀和充实感，医女们的心情也整理好了一些，虽然仍旧恹恹的，却再没像之前那样失控了。

夜色渐深去，月露出一角，倒挂金钩地悬在乌云边际，向人间洒去清晖，给邺京的巍峨四方皇城笼上一层冷白光泽。

皇城正南的正阳门是连通宫内和宫外最外面的一扇门，跟平时一样，一入宵禁就关上了。城楼上闪烁着几点照明的灯火，是守护禁宫的京卫指挥使司士兵。

城楼上，几个当班值勤的士兵跟平日一样，沿着城墙，来回张望皇宫外。

大行皇帝驾崩，京城禁止一切娱乐喧哗。

这一个多月以来，连夜市的声音都听不到。

漫漫长夜，与往常一样的悄无声息。

今日，甚至比往日还要静得诡异。

巡守到上半夜，几人有一句没一句地闲聊起来，忽地，一个正说得起劲儿的同僚停住。

几个士兵只见他直直盯住城楼下面的远处，抬起手臂，结结巴巴：“你们看——”

几人抬灯循着望过去，一个个都仿似被点了穴，一呆。

城楼下方，笔直街道的末尾是一片夜的漆黑，漆黑中却夹杂着一小团一小团的火光，仿似幽冥鬼火，越跃越近，也越来越亮。

随着火光离皇城的逼近，声音传来。

踏——踏——踏——

噔——噔——噔——

是整齐划一的铁靴步履和马蹄顿地之声！

一人揉了揉眼，还当花了眼，“那……那是什么？”

队伍大步跨出了黝黯夜色，在火光中显出气势磅礴的轮廓。

是军队——军队！

刚才黑夜中跃动的鬼火，是前行兵卒手上的照明火把！

马肥器利，鲜衣怒铠，方阵队列井然有序，一看就是朝廷养的正规军。前方一排将官模样的人跨在高头大马上，领着大队，手握缰绳，徐徐打马，朝皇城迫近。

“还不赶紧报指挥使同知！”其中一个士兵终于醒悟过来。

几人慌了，连忙下城楼去告诉上级。

等城楼下的队伍停定，沈肇带着京卫指挥使司的官兵登上了城楼。

城楼上的士兵抬起灯具，照亮了护城河那一边，给上级看夜色下触目惊心的一幕。

沈肇已知道来者是谁。大军驻于皇城下，放眼望去，乍一看，人潮密密麻麻，宛如咆哮席卷而来的海潮。

正中间枣红雄骏的鞍上，年轻男子脱去一身朝上的绣龙纹轻袍玉带，也褪尽了往日的文雅尊贵，此刻顶戴熟铜盔，胸膛套柳叶铠，及膝铁靴夹在马腹两侧，绷出笔直修劲的大腿肌肉，浑身被青铜钢筋衬得强健，一双修俊眉斜飞入鬓，或许是旁边亲兵手持灯火，映得双瞳赤红，如夜中雌伏的猛兽。

看见城楼上的旧人，男子客气声音扩散在空旷的皇城外："沈同知，许久没见，别来无恙。"

沈肇眉一结："无旨无诏，秦王私自深夜领兵来皇城，可知道已经是犯了重罪？"

夏侯世廷朗声道："上次见面，沈同知还是将府公子，短短一年不到，沈大人已贵为京卫指挥使司指挥使同知，官威十足，已上了道。"

沈肇目色一凌："下官也没料到秦王好路不走，出了轨。秦王若是没任何正当理由，请尽快离开！"

只听军中前方将士的声音传来："谁说没正当理由？秦王进宫要见储君。"

"那也该先通传一声，奉诏进宫，贸然夜半带兵进宫，是为死罪！正是全国戒严哀悼时刻，秦王这般，更是罪加一等。"沈肇呵斥。

城楼上京卫指挥司的官兵纷纷握紧了刀剑，戒备着。

"本王就是等梓宫出宫，免得冒犯了父皇。"城楼下，夏侯世廷抬起缰绳，催马踱了几步，"既已出殡，本王再没什么顾虑，才敢进宫与太子商议紧急军务。"

"听见了吗？沈同知，请开城门！"施遥安再不耐烦。

亲兵们跟着吵嚷起来："开城门——开城门——"

夜半三更带着亲兵进皇城商议军事？

狼子野心还能昭显得更赤裸一些吗？城楼上的官兵手中刀剑捏得更紧一分，只等着上级一声令下就准备驱逐人。

"不知秦王与太子有什么军机要商议？又为何带兵？"沈肇不动声色。

"既是军机秘事，沈同知是让本王在城楼下昭告天下，说得路人皆知？"夏侯世廷唇角勾出冷笑，眉目间情绪却盖得严严实实，纵是大军之间灯火明煌，也照不出半点心绪。"至于为何带人马，——明日早起，内子要随先帝殉葬献陵，本王想亲自带兵送一程。”

沈肇手心微微一松，刀鞘亦是往下滑落几寸。

殉葬的事，早已听闻有云菀沁的份，只还不敢确定。

如今一听，才知，千真万确。

城楼安静下来，空气叫人窒息。

就在京卫指挥司的官兵们箭在弦上，下一刻就准备发难，却听上级声音在夜色中传来。

“开城门。”

开城门？

官兵们只当听错了。

一名士兵不敢相信自己的耳朵：“秦王司马昭之心路人皆知，什么商议军事，什么送一程，分明是不怀好意啊！您不能信啊！万一进了宫，有什么纰漏，咱们可全部都会被问责的，便是九条命都挡不住啊！”

却听沈同知冷了声音：“秦王已说了，是紧急军机。开门。”

官兵们虽然惊愕，却也抗拒不了上级。

一名管钥官员只得下去开锁。

嘎吱一声，通往天庭的九扇连铸朱门，缓缓而开。

“有劳沈同知。”夏侯世廷打了个手势，亲兵如潮水般涌入城门。

沈肇伫立城墙上，静静看着城楼下的队伍踏过护城河，长驱直入，耳边是官兵们的焦急叹气声，脸色却无半点波澜。

如今能救她的，只有他。

金銮殿外面的空旷之地，秦王亲兵停驻下来。

殿内灯火明亮，门口屹立着重重禁卫，早就为今晚做好准备。

施遥安瞟了一眼阶上的金銮殿：“太子今晚果真是等着咱们上钩。”

夏侯世廷怎会猜不出来。

父皇终究是容不下他，终究不能放过他这个可能是北人的皇子异类。

便是死了，也要留下一盘局，把自己擒下。

用她的死，来逼自己领兵闯城，方便太子将自己一举拿下。

不过，父皇确实是明智的，看准了就算知道这是一层网，他也得进来。

一名年长太监疾步下阶，跑过来传道："太子有请秦王入内——"

夏侯世廷翻身下马，径直走向金銮御殿。

寒冰铁靴在白玉丹墀边的阶石上笃笃响起，钢劲冷硬。

太监见他一身戎装，双目冷幽，腰际垮着佩刀，迎过去凑近道："请秦王先卸去兵器，再请里面——"

话未落音，夏侯世廷长臂一挡，已经将那太监推了出去，步履依旧大步不停，根本没有脱盔弃甲的意思。

直到男子走到殿门口，禁卫才回过神，冲上前拦住，重申："请秦王除掉身上利器，再进殿！"

"太子若畏惧，请他出来商议。"

殿前，男子手一滑，覆在精瘦腰际刀柄上，似有挑衅。昂起头颈，月光照得一双眸清幽无比，唇角噙着一丝笑。

门口的禁卫惊愕，想不到秦王口出妄言，却听殿内传来洪亮声音："由着秦王。进来吧。"

禁卫退到两边，夏侯世廷踏进金銮殿内。

太子坐在大殿中间，前方置一张香木小几，上面摆着一盘棋，是平日在东宫内的装束打扮，一派闲适俊逸，正独自捡子落下，身后只陪着年公公。

见到来人，太子眼一动。

老三的精神劲头，比前两日父皇出殡时又胜一筹，也不知道服了什么十全大补药，简直脱胎换骨，变了个人。

大殿四周的御柱后散布着一条条骏影，全是禁卫军。

虽然距离远远，个个却手压腰刀上，神情绷得紧紧，若是来人有任何不臣之举，即刻冲上护主。

夏侯世廷环扫一圈，淡笑道："难怪太子放心臣这么进来，原来早有准备。看来太子也是知道害怕的。"

太子也是宛如开玩笑："孤当然知道害怕，秦王当世间全都是你这种疯子，带着几千亲兵就敢进宫？既然秦王星夜进宫是有军情急奏，就尽快奏上来吧。"

夏侯世廷瞥一眼年公公，抬手做了个动作。

年公公吞了口唾液，将一把平日放在殿内供给上朝元老重臣坐的镂空大圈椅搬过去，放到秦王身侧。

太子眉毛一挑。

夏侯世廷轻撩甲胄下面的锦袍，在棋盘对面坐了下来，似是已积攒了满腔耐性来应对今夜："不急，坐着说。"

名不正言不顺地登堂入室，却摆出金銮殿之主的架子，野心昭昭。

太子眼光不易察觉地一移，朝斜对面殿柱后护驾的禁卫军统领使了眼色。

待他稍后一旦答不出个所以然，待自己手势一下，便将他当场擒下。

届时，早已铺排好的景阳王子弟兵也会入城，将金銮殿外的三千亲王亲兵，尽数制住。

两名男子各居大殿一处，间隔一张棋盘而坐，神情轻缓，却让在场暗中保护的皇宫禁卫军手心冒汗。

夏侯世廷不问自取，将太子那边的黑子棋篓拿过来，顺手拾了一枚，落定棋盘上。

秦王散漫慵懒的一举一动，却让众人脑子里的弦绷得紧紧。

只听夏侯世廷漫不经心地开口："上奏军情之前，请让臣派副将先去紫光阁接云氏出宫，待云氏安全，过了殉葬时辰，臣再告诉太子不迟。"

一番话说得施施然，却是在公然抗先帝爷的遗旨，要抢人！

太子哗的一声站起身，险些掀泼了棋局。好一个开门见山，半个圈儿都不饶啊！

殿柱后的禁卫军们也都跟着闪现身形，腰刀哗啦啦一阵响动，箭在弦上。

"秦王今日既然是来忤旨抢人，又何必打着进宫禀报军情的名义？"太子弯眸一眯，略有些讽色，退后几步，忽地脸色一厉，"秦王假借公务之名，夜闯进宫，却是为了一己之私，忤逆先帝遗旨，公然抢殉葬之人，该当何罪？"

俊挺男子依旧坐于金丝大椅内，双手覆在微微分开的腿上，脊梁挺直，又捡一枚棋子，眼皮一抬，薄唇轻合慢启，一字一顿地说道："谁说臣是假借公务？公务稍后再说罢了。棋还未完，太子别慌。"

太子面肌一抽，他的狂妄比自己想象中的更出格，再不迟疑，手臂悬空，重重一落，早就备好的罪状一字一句吐出口："秦王罔顾国法，不孝先皇，违反律例，数罪不可轻饶。来人，即刻将秦王抓捕下狱！”

禁卫军一拥而上，跨刀与铁靴如巨浪击岩。殿外的施遥安与秦王亲兵们听到里面的动静，都反应过来，也如一波潮慢慢涌动到大殿。殿门口的禁卫虽不及秦王亲兵人数多，却将大殿围成铁桶，举起长戟对外，让亲兵一时不好靠近。

夏侯世廷回头瞟一眼，举起手，示意一番，殿外喧哗退下，回过头，凝住太子：“还要拿下臣？”

太子冷笑：“皇城内的禁卫军有限，你是可以不放在眼里，可整个京城的兵将你又能全盘应付？等宫外兵将赶来，你可知道你下场怎样？”

“景阳王，是吗？”一枚黑子下定，截断了白棋退路，夏侯世廷抬起双眸，“那就给太子半个时辰，够不够？半个时辰，景阳王的护驾军队还不到，太子便好好考虑刚才臣的提议。”

神色自信满满，毫无半点慌张。

太子笑意顿止。

景阳王府。

子弟兵白日已安排好，在附近营地整装待发，随时来会合后，一块儿进皇城。

入夜不久，皇宫来了快马秘信，秦王已率亲兵进了宫。

时辰差不多了，景阳王在大厅与夫人潘氏交代了几句，站起身，赫然吩咐副将：“走！”

正这时，郡王府的老管事喘着气跑进来禀道：“郡王！”

“怎么了？”景阳王步子一停。

老管事歇了口气：“有人找郡王！”

这会儿谁会来找，景阳王眉一皱眉，问道：“谁？”

“好像是秦王府的长史，还带着几个下人。”管事回答。

“笑话，难不成是来给他主子讨情面的？”景阳王嗤笑，健臂一挥，“打发走！”

与此同时，天井的月洞门传来吵嚷声音。

景阳王夫妇循声一看，只见秦王府的高姓长史带着几个王府护院和下人强进了郡王府，已到了大厅这边。

“岂有此理！”景阳王勃然大怒，正要冲下去赶人，却见潘氏将自己一拦，“郡王莫急，你看他们的样子，不像是来找您徇私求情的，来都来了，不如先听他们怎么说。”

听了妻子的话，景阳王压住怒气，让人进来。

高长史带着几个下人上前，拱手道：“在下造次，景阳王、景阳王妃有礼了。”

“带着一群下人强闯郡王府，长史也知道是造次了啊！有什么事请，快说！”景阳王很不高兴，只差马上起身赶人。

高长史恭恭敬敬道：“倒也没其他事，只为郡王送个人来，送了咱们就走。”

送人？

景阳王和潘氏莫名其妙，望向高长史，目光又在他身边的几个下人身上巡梭。

夜色渐浓，月亮隐了一半，今夜无雨，可云际深暗，空气极其压抑。

一群下人身子一动，后面走出一个清瘦的干净老妇人，虽穿戴朴实，打扮也简单，像是普通百姓，可浑身流淌几分说不出的贵雅和恬和，看起来倒像个有些见识的。

老妇人垂头出来，走到天井中间，对着门槛处的景阳王夫妇，声音和泰：“请郡王留步压兵。”

声音异常熟悉。

几个郡王府的老家人都听得一清二楚，顿时呆住，再一望自家郡王，也是眉目震惊，半晌不动。

潘氏最先惊喊出声：“老太太，请抬起头来！”

妇人抬起头，廊下灯具照得一张面容清晰无比。

潘氏险些失声，竟是早几年在瘟疫中被送往京郊等死的婆婆余氏，可没看花眼吧？不是连尸骨都烧了吗？

可天下绝无这么相似之人，便是连眉梢那一小颗红痣的位置，都不偏不倚！

多年前，邺京发瘟疫，染病之人无药可医，必死无疑，传染性极大。

为免病情绵延，圣旨下发，凡是染疫者，无论身份，一律被送往郊外隔离。

余氏虽贵为景阳王生母，却也不幸成了其中一人，便是郡王也无力枉顾国法。

那一批隔绝的人，再没机会回来，最后全都病亡。怕疫病传染，连尸身都在郊外隔绝地方烧了，郡王只捧回一罐骨灰。

这也是郡王此生最是内疚的事。

可现在——

婆婆竟没死？

几个郡王府的老家人错愕喃喃："老夫人？不可能……不可能啊……"

正这时，景阳王已惶惶下阶，走到那妇人面前。

余氏没料有生之年还能见到家人，此刻见到儿子，激动得眼圈发红："虎头，你又高了不少，"又望向儿媳妇，叫她的闺名，"萍娘还是那个样子，倒是没变，芳姐儿和二郎可好啊？只怕我都不认识了吧。"

芳姐儿和二郎是景阳王夫妇的一双儿女。

而虎头，是景阳王尚在幼儿时，余氏怕他被鬼神觊觎，才取了这么个雄赳赳的贱乳名。自小到大，也只有余氏一人这么私下称呼儿子，因这名字不雅，长到三四岁就没叫了，几乎没人知道。

原来真的是母妃。景阳王这些年倾诉不出的惆怅一瞬如潮水涌出，跪下来，泪如雨下："娘，是孩儿不孝——"

潘氏也是泣不成声，走过去跟丈夫一块儿跪在地上，哭起来。

高长史看着一家三口团聚，抱手带着下人先退下了。

半会儿，景阳王从地上爬起来，却仍旧握着余氏的手不放。虽过了好些年，生母容颜老了些，却不见半分沧桑憔悴，一看就知道被养得极好，没受一点儿苦。

不用多问，他心中大概知道是怎么回事。

当年，那三皇子救下了被隔离在京郊的濒死母妃，还治好了她的病。

这些年，母妃衣食无忧，也全是因他收留照顾。

正是怔忪之间，余氏一双手覆上儿子掌背，紧紧一握："当时不仅是我，秦王更差人收留了不少疫症患者，却并没声张，可见不计名利，并不是天生奸恶。要是没有秦王，咱们母子绝不可能再见，求郡王网开一面。"

不计名利？

只怕是留着多年后再用吧。

当初的秦王才多大？十三四岁都不到的少年一个吧？

那个时候都能有这个放长线的耐性和远见，可见确实是个心不浅的。

景阳王叹口气，虽是这样，可母亲这条命毕竟是他救大的，自己的心病也是他除的，自己终归是欠他一笔债。

远在宫内，那人却将自己牢牢拿住，叫自己矛盾不已。

这个兵，也不知是发，还是不发。

金銮殿。

太子连败三盘棋局，还没听到殿外传来景阳王进城的奏报，气息已经有点儿不大稳。

滴漏渐深，殿外火光更亮，宫外救兵只怕已经被绊住。

夏侯世廷心中稳了，再不迟疑，语气怜悯地提示："太子，半个时辰早就过了。"

景阳王迟迟不到，大殿内外的禁卫军也察觉出不妙，手汗早浸透了刀柄。

太子稳住心神，从棋盘中抬起头，却一笑。

夏侯世廷见他露出笑意，眉宇一厉，知道他是打算抗拒到底，不可能同意放人。沉吟片刻，指腹一松，最后一颗棋子清脆落在棋盘上，手臂一展，"哗啦"一声，掀了棋案。

这一身巨响，殿外施遥安与几个将官已会意，下达军令，前排三排亲兵扬刀上前，直冲金銮殿，后面三排继而补上。

早已伺机埋伏在金銮殿四周门窗外的亲兵破窗而出，三两下制住殿内为数不多的禁卫。

殿门口的禁卫虽多，却哪里抵得了一波波来势凶猛的亲兵？一会儿工夫，大半已被绑手缚足，小半被立斩当下，金銮殿正门，空出一条染了血渍的红毯大道。施遥安领着主力亲兵，如势不可当的汹涌潮水，提刀入内。

霎时，秦王亲兵，密密麻麻聚满了偌大个金銮大殿。

夏侯世廷眸光冽冽："好好照看着储君。"

施遥安与两个侍卫上前架了太子，强行摁下去。

太子见他要去强闯后宫，蓦然笑起来："这就准备去闯宫救人？皇宫几千宫殿，数十万间厢房，地窖暗格水榭亭阁更是不计其数，便是你领着亲兵一起动手找，你觉得一个晚上能翻得出一个大活人吗？便是找到了，你认为在你找到之前，就一定不是一具尸首吗？"

字字贯穿人耳，冷得惊心。

夏侯世廷心头一震，止住脚步。

同时，殿外一阵惊叫，伴随着呼啸而来的倏倏声响，有肉躯倒地的声音。夏侯世廷领着几个亲卫快步走出去。

金銮殿外的空旷广场中，半空飞着点了火的尖厉箭矢，划破夜色呼啸而来，射到队伍中。亲兵一个个负伤落地，剩下的也乱了阵脚，一边躲闪，一边仰头四周找寻伏击的人。

无奈夜黑风高，一阵动乱中，队伍中的火折子大半灭了，根本看不清是哪个方位射来的。

"秦王，是从万寿山那边来的——山上埋着狙击箭手！"阶上亲卫站得高，看得清晰，循着箭矢飞来的方向查到来源指过去，惊叫道。

难怪笑得轻松，原来做了两手准备，景阳王不到，还有弓箭手在皇宫外沿的高地儿上伏击。

难怪皇宫中今夜只有禁卫军，太子的亲卫半个不见，只怕都提前安排潜伏在万寿山上。

夏侯世廷早知他有后招，冷笑一声，回头看了一眼太子，只见他虽被施遥安制服得紧紧，嘴边却勾起玩味："老三，孤要是你，就尽快出宫，尚能减少损伤，不然耗到天明，等京城和外地的救兵都来了，将这皇城重重包围，你们彻底插翅难飞！"

敌暗我明，又是在高地，就算知道弓箭狙击手埋伏在哪里，也没法子还击。

夏侯世廷上前喝道："散队，避开在宫院两边廊下！"

殿外丹墀下余下的部分亲兵听到，纷纷脱阵，四散周围，找掩护地方暂且避开伏击，空中乱箭才总算消停下来。

金銮殿外广场已经横尸数十具，其余亲兵也是负了箭伤，还有未熄的箭火融融烧着。

"看来你是选择继续待在宫里，生耗到明天，等着人生擒。"太子遗憾地摇头。

夏侯世廷几步回殿，拽起太子衣襟："果真不交出人？"

年公公扑上来："秦王休要——"话没说完，已经被他一脚踢开。

太子见他双目赤红，鼻息浓烈，只觉他手劲稍一大，自己的筋骨就要裂开，却一字一顿地说道："你是父皇的眼中钉，孤是继任储君，只能遵循父皇遗愿，不能放过你……她跟了你——只能算倒霉——"

手劲一猛，骨骼嘎嘎直响，太子气息一紧，脸色涨红，渐而泛紫。

"三爷。"施遥安阻止，还未找到娘娘，太子不能死。

况且太子今晚这样横死，三爷也得成为臣子们眼中的逆贼。

夏侯世廷手指一节节松开，将太子一拎，甩到小几对面坐下，转身回来，与他面对面坐下。

"怎么，"太子拉松了衣领，喘了几口，却又笑道，"还有什么话要跟孤说？"

却见对面男子眸含蔑意："太子忘了？今夜进宫，臣是来上奏紧急军情的，现在到时辰说了。"

太子嗤道："哟，还真的有军情啊？"

夏侯世廷两臂撑住小几，倾身道："赫连允眼下还没完全离开大宣国境。"

太子笑意一凝。

"咱们猜一猜，若是蒙奴太子在大宣境内横死，蒙奴皇帝会在几日之内与大宣开战？"

太子脸庞肌肉震颤，他这是要在国境内刺杀赫连允，祸水外引来威胁自己！

须臾，却镇定了心绪："秦王是在恐吓孤？你的亲兵全部折返回京了，那赫连允身边护驾的士兵侍卫一堆，谁能害了他？”

“身边侍卫一堆？”夏侯世廷唇边蜿蜒出一缕诡异的笑，“正好。”

太子心中一个跳动！

秦王——收买了赫连允身边的人！

他在蒙奴人中有眼线！

“本王臣千里传信，一夜就能让赫连允人头落地。不知道你这监国的，有没有时辰准备，能不能护得住大宣的江山社稷？”夏侯世廷浅笑。

“疯子，你是个疯子！”太子脸色发白。

“彼此彼此。”男子瞳仁泠泠，只待他一句最后的答复。

正这时，殿外传来激扬的马蹄声，伴着一阵响动，施遥安出殿查看，只见有人已领着兵进了皇城，大批人马停定在金銮殿外面。

一个中年男子披着斗篷，一人下马，瞥了一眼广场上的亲兵尸首和殿外的禁卫军尸首，深吸一口气，阶下抱拳道：“太子，秦王！”

景阳王伫在丹墀下，身后的两万京畿雄狮兵队威风凛凛。

没料余氏还是没能拖住景阳王，施遥安脸色小小一变。

得了殿内的传令，景阳王快步上阶进去，让殿内所有将官都退下去。

太子看见景阳王终是来了，安心一些，冷笑道：“殿内殿外的场景，景阳王都看到了？秦王夜闯宫闱，还用刺杀赫连允引外敌宣战一事要挟夺人，逼迫孤违逆先帝遗旨，免秦王妃殉葬，放离秦王妃，景阳王既然已经来了，还不速速将这逆臣拿下！”

回音在殿内响着。

景阳王沉默片刻，缓道：“太子，臣今夜来，并不是来帮太子擒拿秦王的。”

“你什么意思？”太子一震，“难道你也不遵国法，要背叛先帝爷？他给你什么好处了？”施遥安松了一口气。

景阳王朗朗道：“臣今夜既不会帮太子擒杀秦王，也不会帮秦王违反国法。今夜臣进宫，本来应该二话不说便擒拿住秦王及部下将官，可臣前段日子与郁相，跟秦王一同监国摄政，深知秦王是社稷可用之才，短短日子，深得先帝爷的欢心，如今国家用人之际，秦王实在不值得为了今晚这件事，毁了自身！”

“什么叫‘今晚这件事’？他这事闹得还小了吗？是宫变！”太子冷哧一声，这个手握兵权的堂兄景阳王，嘴巴说是公正，分明是袒护着老三！

景阳王置若罔闻，继续道：“……而且秦王今晚带兵进宫，也是情有可原，全因救妻心切，不舍秦王妃。”

说着转向太子，撩袍跪下：“只求太子给个叫秦王安心的答复，臣再来当个中间人伴秦王出宫。今晚这件事，也只当过眼云烟，既往不咎，再不提！”

这不是故意放老三走吗？

今晚好容易放了网，怎么甘心就这么放老三走？

可现在，不放也得放。老三用赫连允在大宣被刺杀来威胁自己，太子本来已经心里头不大稳了，先帝爷刚驾崩，国内权派不稳，这会儿蒙奴向大宣开战，他绝没信心拿得下来，如今，竟连景阳王也维护他，听这个意思，就算自己不愿意，景阳王也会强行保下他！

殿内沉得犹如静止的湖水。

饶是再不安心空撒网，太子也只得暂且妥协：“秦王进宫，不就是想要保住云氏一条命吗？你今夜若是堂而皇之，大摇大摆地带走一个殉葬之人，肯定不可能，孤今后怎么坐镇朝堂？更没法子跟先帝爷和臣子们交代。孤只能答应秦王，保住秦王妃的性命，一定会想法子让她避开明日殉葬。若是同意，就请秦王尽快收兵出宫。”

夏侯世廷唇角浮出凉飕寒意：“本王既要留住她性命，也要她的人。”

“不要太得寸进尺。”太子震怒。

景阳王看出秦王不甘，示意他走到殿门处，低声道：“秦王今夜的目的已经达到了，太子既已让步，您就罢了吧。来日方长，只要王妃的命能保住，何愁没有见面的一日？臣的意思，刚刚已表明过，太子若动您，臣必当想方设法维护您，可若是您步步紧逼，执拗不听劝……那臣也只得不顾您的恩情，为国执法了！”

字句铿锵，虽恭敬，却也没有任何转圜余地。

破晓渐近，景阳王的两万京卫铁骑手举火折子，立在广场正中。

宫院两侧，廊下的伤兵将中箭身亡的同袍已托到了旁边，正忍痛拔掉箭矢，捂住不住流血的患处，却依旧仰着头，在夜风中等着主帅颁布下一道命令。

闯宫，还是撤退，只在殿内人的一句话间。

夏侯世廷临殿而眺，目色渐浓。服用解药这一月来，伤毒渐愈，身体好得突飞猛进，情绪再怎么大起大伏，再也没丝毫毒发的迹象。应大夫说，再服用几个疗程，兴许就能痊愈了。

可此刻，心中只触动了一下，他却觉得百骸有痛感流过，胸膛微微一弯，披着甲胄上的柳叶铠在夜深凉风中簌簌抖着。